ジャパンタウン

バリー・ランセット
白石 朗 訳

集英社

ジャパンタウン

たゆみなくわたしを支えてくれている両親、ボブとレニーに。
また、これまでずっと〝囲いこまれている〟と感じてきた、
わが日本人の友人たちに。

目次

賢者は音なき音を聞き、形なきものを見る。

——禅の格言

第一日

白浪のあとはなけれど

1

サンフランシスコ

現場に到着したときには、ジャパンタウンのコンコースは二種類の赤で彩られていた。ひとつは少女の華やかなワンピースの緋色《ひ》。もうひとつは液体で、前者よりもずっと人間的な液体の赤だった。この惨劇がニュースの電波に乗れば、市の役人たちの顔が三つめの赤い色に染まることだろう。

しかし、この件がわが家の玄関先にやってきたのは、ニュース番組のアナウンサーたちがジャパンタウンの虐殺事件をおしゃべりのネタにするよりもずっと前だった。

緊急の呼出メッセージを受けとってから数分後、わたしはクラシックカーも同然の臙脂《えんじ》色のカトラス・コンバーティブルでフィルモア・ストリートを飛ばしていた。真夜中の電話がかかってくるまでは、夜なべ仕事に精を出していた――十八世紀につくられた日本の茶碗《ちゃわん》の修繕である。金継《きんつ》ぎと呼ばれる陶磁器の修復技術を学んだのは、かつて京都から車で一時間の信楽《しがらき》に住んでいたときだ。カトラスの幌《ほろ》をおろしているいまもなお、茶碗のふちの欠《か》けた親指ほどの部分の修繕につかっている漆のつんとするにおいが鼻に感じられた。漆が乾燥したら仕上げに飾りをほどこす――液体で溶いた金粉を継ぎ目に描きこむのだ。しょせん修復作業だが、適切にほどこせば陶磁器の元の風格も復元できるのである。

わたしは路面にタイヤがゴム痕を残すほどの急ハンドルで左折し、ポスト・ストリートにはいっていくと、ふたりのギャングが走らせていた火炎のような赤いボディのマツダ・ミアータの前に割りこんだ。凜《りん》とした冷たさの夜風が顔と髪のまわりで渦を巻き、最後まで残っていた眠気をきれいに吹き飛ばしてくれた。ふたりのギャングの車もトップをおろしてあった——どうせ、そのほうがなににも遮られずに標的を直接狙えるからだろう。

ふたりの車がこちらに追いすがってきた——ミアータのタイヤのうるさい音にも負けないほどの大声でふたりがわたしを罵っているのがきこえ、リアビューミラーには宙に突き立てられた拳も見えているなか、ほっそりした車体のスポーツカーがわたしの車のリアバンパーにぐんぐん迫ってきた。

次にミラーに出現したのは拳銃。つづいて男の胴体部分。いずれも夜空を背景として刻みこまれた不気味な影のエッチングだった。しかし次の瞬間、ミアータのドライバーは前方で警察による道路封鎖がおこなわれているのを見てとり、あわててブレーキを踏みこむとUターンしはじめた。この急激な方向転換のせいで拳銃をかまえていた男の体が車体側面に叩《たた》きつけられ、道路に落ちそうになった。男は両手をぶんぶんふりまわしてなんとか窓枠をつかむと、ミアータのクッションの利いたバケットシートに体を落とした。同時に車は欲求不満の叫びめいたエンジン音も高らかに遠ざかっていった。

彼らの気持ちはわからないでもない。もし個人的な招待を受けていなければ、わたしもおなじことをしたはずだ。しかし、選択の余地はなかった。助《すけ》っ人《と》要請がかかったからだ。

電話が鳴ると、わたしは有毒な漆のしずくが肌に触れないよう、慎重な手つきでゴム手袋を引き剝がすようにして脱いだ。昼間は店の仕事があふれるほどで身動きがとれないので、修復作業は娘を寝かしつけたあとの夜に進めるようにしている。今夜は茶碗だった。

サンフランシスコ市警察のフランク・レンナ警部補は、ただの挨拶で時間を無駄にしたりしなかった。「頼みがある。今度はデカい事件《ヤマ》だ」

デジタル時計の薄緑色に光る数字に目をむける。夜の十二時二十四分。「おまけに、いい時間じゃないか」

警部補は電話の反対側であげたうなり声で、謝罪の意を表明した。「コンサルタント料はいつもどおり払うとも。ま、充分な額ではないかもしれないが」

「なんとか食っていけるさ」

「そいつを肝に銘じておけ。それで、おまえに見てほしいものがある。野球帽をもってるか？」

「ああ」

「かぶったら深く引きおろし、目もとを隠せ。野球帽とスニーカーとジーンズ。支度をととのえたら、なるべく早く来てほしい」

「どこへ？」

「ジャパンタウン。歩行者専用の屋外ショッピングタウンだ」

わたしはなにもいわなかった——片手で数えられるほどのバーとコーヒーショップの〈デニーズ〉以外、ジャパンタウンは夜のあいだ店じまいすると知っていたからだ。

レンナ警部補がいった。「いつこっちに到着できる？」

「十五分後——いくつか法律を破れば」

「十分で来い」

そして九分後、わたしは車で道路封鎖スポットへ近づいていた——ブキャナン・ストリートの歩行者専用のショッピングタウンがポスト・ストリートにぶつかる終端部に、さまざまな警察車輛《しゃりょう》が乱雑にとめられて通行を阻んでいる。バリケードの先に目をやると、監察医用のワゴン車と三台の救急車が見えた。いずれも後部ドアをあけはなし、暗く洞窟めいた車内のようすをあらわにしていた。

バリケードまであと百メートル弱のところで、ジャパンセンター前に車を寄せ、エンジンを切った。

くたびれた黒革のシートから体を滑らせて車外へ降りたち、騒がしいほうへ歩いていく。渋面に無精ひげが目立つフランク・レンナ警部補が、地元警察官たちの集団からひとり離れて、現場までの道のりの半分ほどでわたしを迎えた。

「今夜は警察が総員出動かい？」わたしはいった。

レンナは顔をしかめた。「そのようだな」


サンフランシスコ市警察にとってのわたしは、日本に関係する事柄すべての面のアドバイザーという立場だ——ジム・ブローディという名前で身長百八十二センチ、体重八十六キロ、黒髪で青い瞳の白人であるにもかかわらず。

どんな関係があるのか？　わたしは法執行機関に献身的に勤めていたアイルランド系アメリカ人のいかつい父親と、父よりも繊細な性格で芸術を愛していたアメリカ人の母親のもとで東京に生まれ、その地で十七歳まで暮らしていた。金銭的余裕がなかったため、わたしは目の玉の飛びでるような学費のアメリカ人向けインターナショナルスクールではなく、ふつうの公立学校に通い、日本の言葉と文化をスポンジのように吸収した。

同時に東京という日本の首都でもトップクラスの師ふたりから空手と柔道を教わり、母親のおかげで日本の美術というすばらしい世界に目をひらかれることにもなった。

両親を太平洋の反対側の国に引き寄せたのはアメリカ陸軍だった。父のジェイクは東京西部の治安維持を担うアメリカ軍憲兵《MP》の一部隊を率いていて、そのあとロサンジェルス市警察に就職した。しかし命令にすなおに従えず、やがて東京に引き返して、この都会では初めて、調査とセキュリティ全般を専門とするアメリカ流の探偵社を設立した。

わたしが十二歳の誕生日をむかえると、父はいずれわたしをブローディ・セキュリティ社の一員とするべく、週一度の訓練をはじめた。わたしは父やほかの調査員に同行し、オブザーバーとして関係者との面談や張りこみや調査旅行などをともにした。オフィスにいれば、脅迫や不倫や誘拐などが関係したいろいろな案件について、スタッフたちが推測をかわしあっている会話に耳をかたむけ、そうでなければ古い案件のファイルを丹念に読んだ。彼らの会話は粗削りでリアルそのもの、六本木のディスコや原宿の破格の安居酒屋での夜遊びの一千倍はおもしろかった——とはいえ四年後には、わたしは偽造の身分証明書をつかって、その手の店でアルバイトすることになるのだが。

十七歳の誕生日の三週間後、楢崎《ならざき》滋《しげる》——父ジェイクのパートナーであり、わが家で夕食をとるときには、滋の愛称の〝シグおじさん〟だった——がわたしを〝監視任務〟に連れていってくれた。日本の大手電機メーカーの副社長と地元のやくざ組織の見習い連中がからんでいた恐喝事件の調査で、情報をあつめるための張りこみ仕事だった。具体的な行動は起こさず、関係者とも接触しない。それ以前にも同様の任務に同行したことは何十回もあった。

わたしたちは路地に乗り入れてとめた車内に腰をすえて、もうとっくに夜の営業をおえた街の焼鳥屋をかれこれ一時間もただ監視していた。

「どうしたのかな。ひょっとして店をまちがえたのか」楢崎はそういうと、車を降りて確かめにいった。

楢崎が店を一周して車に引き返そうとしていたそのとき、店の横手のドアからひとりのちんぴらがいきなり飛びだして棒術用の木の棒で楢崎を殴り、そのすきに残りのやくざ連中がほかの出入口から逃げだした。

楢崎が力なく地面に倒れると、わたしは車から出て大声で叫んだ。敵はわたしに狙いをつけ、ぎろりとにらみつけつつ、棒を野球のバットの要領でかまえた。ひと目でちんぴらに棒術の心得のないことがわかった。ちんぴらが突進してきた。運がよかったのは、男の棒が短かったことだ。そこでわたしは男が前に出した足が位置を変える瞬間を見すまして、靴で男の膝小僧を蹴りつけた。男は悲鳴をあげて倒れ伏した――これで稼いだ時間は、楢崎が立ち直って男を押さえつけるのに充分だった。そのあと楢崎はわたしを家に連れ帰り、この土産話をきいた父は、息子のわたしを誇りに思ってくれた。

　あいにくだったのは、壊れかけていた両親の結婚の絆《きずな》がこの出来事をきっかけにすっかり壊されてしまったことだ。父ジェイクは自分が帰化した日本が大好きだったが、母はどうしても馴染《なじ》めなかった。この国で母はとこしえの部外者になった気分、小柄なサイズ6のまま大きくならない人々の海で、ひとりだけサイズ14の服を着た大柄な青白い顔の白人の気分だった。〝わたしを危険にさらす〟この行為は、危なっかしくも高く積みあげられた藁《わら》の山に載せられた最後の一本だった。母はわたしを連れてロサンジェルスにもどり、ジェイクは東京に残った。この一時的な取決めがやがて恒久的なものになった。

　しかし、それはもう十五年前のこと。そのあいだにはずいぶんいろいろなことが起こった。母は他界し、わたしはサンフランシスコに居を移して、美術品売買への足がかりをつかんだ――ジェイクにいわせれば〝軟弱《ヤワ》な商売〟だが、わたしにも母とおなじく、この世界がたいそう魅力的に見えた。とはいえ、この世界にもこの世界なりの鮫《さめ》どもが泳いでいる。

　そのあと、いまから九カ月前、何年も言葉をかわしていなかった父が急逝した。わたしは葬儀のために飛行機で日本を訪れ、このときには本物のやくざとぶつかりあうことになった。それも、〝シグおじさん〟こと楢崎滋が相手にしたようなケチくさい見習いの三下ではない。わたしは彼らを敵として――からくも――もちこたえたが、それはわたしが伝説の茶匠、千利久《せんのりきゅう》が所持していたとされ、長いあいだ行方不明だった茶碗の行方を突きとめる過程でのことだった。この出来事は新聞の見出しになり、わたしは日本で英雄のような存在にまつりあげられた。

これも、わたしがジャパンタウンに招かれた理由のひとつだった。くわえて、わたしにはサンフランシスコ市警察にはない情報網や伝手《つて》がある。というのも父ジェイクが——わたしたちが断絶状態になっていても——わたしに会社の半分を遺《のこ》してくれたからだ。

両親がともに他界したいま、わたしは両親の仲を裂いた稼業に引きこまれたことになる。これが三十二歳というい主、気がつけば美術店とセキュリティ会社の両方をこなすという軽業を強いられるようになったいきさつだ。片や洗練のきわみ、片や荒事《あらごと》のきわみ。

要約すれば、わたしは下手に動けば周囲の迷惑になる人間をたとえた〝瀬戸物屋にはいりこんだ雄牛〟そのままだった——その瀬戸物屋を経営しているのもわたしだが。

そして今夜わたしは、この先どんな展開が待っているのかについて、心底からわるい予感をおぼえていた。

2

同僚の警官たちの好奇の目からわたしを守るため、レンナ警部補はわたしのシャツのポケットに警察ＩＤをクリップでとめ、ポケットのフラップを垂らして顔写真を巧みに隠した。もともとレンナは納屋のような巨体なので、警官の一部隊くらいの視界なら単身でふさげる。わたしはやや身長が高く肩幅もまずまず広いが、それでもＮＦＬの大半のディフェンス・ラインマン以上に太い体幹の雲つくような百九十センチの偉丈夫のそばにいれば目立たない。レンナがだれかに銃をむけて〝動くな〟と吠《ほ》えれば、まっとうな頭のある者なら従う。

「あっちだ」レンナはいった。「二度見たがるやつはいないな」

「心強いお言葉」

レンナはわたしのジーンズと軽いフランネルのシャツをながめ、頭にかぶっている野球帽を見て目をいぶかしげに細めた。「そのHTというのはなんの略なんだ？」

「阪神タイガース」

「そりゃなんだ？」

「大阪を本拠とする日本のプロ野球チームだ」

「野球帽をかぶってこいといったのに異国の雰囲気をもちこむ気か？　なんでそのへんの普通の人のようにできない？」

「これもわが魅力のひとつだからね」

「ま、どこかのだれかはそう思うかもしれないな」レンナは頭をぐいっと動かして、警察の身分証を示した。「だれかにきかれたら、潜入捜査官だと答えておけ。ここにいても、いないことになっている警官。だれからも弁が立つとは思われていない警官ってことだ」

レンナの小揺るぎもしない灰色の瞳が疲れをのぞかせている。これは相当ひどいようだ。

「了解」

レンナ警部補はまた一歩さがり、考えをめぐらせている視線でわたしの全身を見つめなおした。

「なにか問題でも？」

「今回は……いつもとは勝手がちがう。ええと……盗品がらみの事件じゃない」

レンナの言葉の裏に疑いの響きがききとれた――わたしの関心が人々のつくった品から、人々が壊すものに変化したのではないかと訝《いぶか》っているのだろう。このところ、わたしもおなじ疑問を感じていた。

　レンナと初めて会ったのは数年前。レンナと妻ミリアムがアウター・リッチモンド地区のギアリー・ストリートの突きあたりにある〈ブリストルズ・アンティーク〉にやってきたときのことだ。ふたりはショーウィンドウに飾ってあった、胡桃《くるみ》材をつかったイギリス製の抽斗《ひきだし》つきサイドテーブルに惹《ひ》かれて店に来た。妻のミリアムがテーブルを指さすなり、夫のフランクは不自然なほど静かになって、ちらりとわたしに目をむけた。ミセス・レンナの瞳のきらめきを見れば、この家具にすっかり心を奪われていることはわかった。ずっと夢に見ていたのかもしれない。思いがつのって眠れぬ夜を過ごしたのかもしれない。妻の購買欲を抑えられずに夫がついに屈するまで、妻はひたすら懇願し、食い下がっていたのだろう。すばらしい芸術作品に心を奪われるというのは、そういう状態になることだ。そしてテーブルはまぎれもなく逸品だった。

　わたしとしては象眼細工がいかに卓越したものであり、帯状の木工装飾細工《クロスバンディング》がいかに優雅なものであるかと、選《え》り抜いたコメントをいくつか述べて取引を完了させてもよかった。わたしにはそれがわかっていたし、レンナにもわかっていた。しかしレンナの顔つきと妻が身につけている控えめな装身具を見れば、この家具を買うことでふたりの暮らしが苦しくなることは見てとれた。そこでわたしはレンナの妻を、おなじくらい優美な十九世紀のペンブロークテーブル――天板の左右が折り畳み式で中央に抽斗のある小テーブル――のところに案内した。先ほどのテーブルよりも一世紀新しく、価格は四分の一。いずれ時がたてば、こちらの家具の価格もあがることでしょう――わたしはそうも話した。

この日に芽生えたレンナとわたしのあいだの絆は、それからの歳月を通して強まってきた——ふたりが購入したペンブロークテーブルの風合いに似ていなくもなかった。当時のわたしは、ヨーロッパのアンティーク家具を専門にあつかっている老ジョナサン・ブリストルのもとで、美術商としての訓練をまもなくおえようとしていた。いまはロンバード・ストリートに自分の店をかまえ、店では日本の美術品を重点的にあつかい、くわえてわずかながら中国や朝鮮やヨーロッパの美術品もあつかっている。初対面ののち、レンナは自分が担当する事件の捜査にアジア関係の情報が必要になると、おりおりにわたしのもとを訪ねてくるようになった——会うのはたいてい夜で、クラフトビールの〈アンカー・スティーム〉をジョッキで飲むか、そうでなければ上等のシングルモルトを飲みながら話をした。しかし、レンナが事件現場にわたしを招いたのは今回が初めてだった。

レンナがいった。「かなり凄惨な場面になるぞ。そっちが望むのなら、あした現場の写真をもっていってもいい。もうこれ以上は見なくてもいいんだ。ここにはおまえさんの知りあいはひとりもいないから、いまなら何事もなく立ち去れる」

「もうこっちに来てるんだ。見たも同然だよ」

「本当にそういえるかな？　象眼細工や線条細工とはかけ離れた世界だぞ」

「ああ、わかってる」

「あとから、おれが警告しなかったとはいうな」

「公平な話だね」わたしは点滅をくりかえしている警察関係のまぶしいライトに目を細めながら、そう答えた。

「ここには公平の〝か〟の字もないさ」レンナはひとりごとのように低くつぶやいた。その言葉が警察のバリケードの先にあるものを示していることを、わたしは察しとった。

わたしたちの頭上はるかに高いところを強い寒風が吹いて濃霧のつくる土手を押しやり、その結果、この都会のもっとも高くそびえている山々を陰鬱な霧の大波で包みこんでいたが、いまわたしたちが立っている平地は剝《む》きだしのまま、気まぐれな山猫のような風が吹いていた。

「夜も遅いというのに、ずいぶん大勢来ているんだな」わたしはショッピングタウンの出入口に群れている制服と私服の警官たちをながめわたしながらいった。「特別な理由でもあるのかな？」

「みんな、現場をひと目見たがってるんだ」

《こいつは本当に陰惨なことになりそうだな》レンナに導かれて殺戮《さつりく》ゾーンへむかいながら、わたしは思った。


そこから二百メートル弱離れた建物の屋上では、本拠地を離れて任務についているあいだはダーモット・サマーズと名乗る男が腹這《はらば》いになって、いましがた現場に到着した人物ともども〝爆心地〟へむかうフランク・レンナ警部補を監視していた。

サマーズは暗視機能つきの双眼鏡の拡大率をあげ、眉を寄せた。ジーンズ、フランネルのシャツ、一部を隠した身分証。あんな服装で現場にあらわれる市警官がいるわけがない。

潜入捜査官か？　そうかもしれない。しかし、それならどうして警部補がわざわざ出迎えたのか？

サマーズはこの新参者に双眼鏡をズームインしていった。大股の足さばきには気になる点もないではなかったが……いや、法執行機関の人間ではない。双眼鏡を下へ降ろしてカメラを手にとる。望遠レンズのピントをあわせ、新参者の写真を数枚撮影する。

このときには野球帽の《ＨＴ》の文字に気がつき、サマーズのうなじの毛がちりちりと逆立った。日本のプロ野球チームの帽子？　凶報だ。しかし自分はまさにこういった凶報を見つけるために報酬を払われている――見つけたのちに除去するために。それこそ曾我《そが》の十八番《おはこ》だ。殺害後の現場をこうやってひそかに監視していれば、だれかに足をすくわれることはない。

サマーズは新参者が乗ってきたカトラスにカメラをむけると、ナンバープレートのクローズアップ写真を撮り、さらに車体を数枚ほど撮影し、プレートの番号を連絡した。二十分もすれば、所有者の名前などの個人情報が判明するだろう。

それを思うと、サマーズの引金にかかった指がひくひくとした。標的の抹殺作業は完璧だった。殺害作業中は仕事の現場からはずされるかもしれないという思いが頭をかすめたが、これは天国から送られてきたボーナスである。このぶんだと、この先もアクションシーンが見られるかもしれない。

3

休憩エリアにはさまれた部分に、殺戮ゾーンが出現していた。

ブキャナン・ストリートのうち、ポスト・ストリートとサッター・ストリートという東西を走る二本の道にはさまれた一ブロックは、もうずいぶん前に歩行者専用のショッピングタウンに改装されていた。それまでの黒く冷たい舗装が除去されて、やさしい雰囲気の赤煉瓦《あかれんが》が敷きつめられ、コンコースの左右にはたちまち鮨《すし》屋や指圧パーラーなど、数十軒もの新しいショップがならんだ。そしてこの一ブロックぶんの遊歩道に、ベンチやオブジェを配した二カ所の休憩エリアがもうけられた――もともとは買物客が心身を休める場所として設計された場所だ。いまその休憩エリアは、死ぬまで忘れられそうもない光景のフレームになっていた。

近づいていくと、映画撮影用の可動式クリーグライトの強烈な光が犠牲者たちを浮かびあがらせていた——大人が三人、子供がふたり。

《子供たち？》

腹がぎゅっと締めつけられ、胃のなかでなにかが凝固しはじめた。犯罪現場であることを示す警察の黄色いテープで円形に囲まれたなかでは、子供をもつ親の最悪の悪夢が現実のものになっていた。少年と少女の、いずれも小さくて身だしなみのいい遺体が二体見わけられた。だれかの娘さんだ——しかも、多少の誤差はあれ、わがジェニーとおなじくらいの年齢だった。その近くに男がふたりと女がひとり、横たわっていた。家族。さらにいうなら日本人の家族だ。旅行者。ただの殺人現場ではない。神聖冒瀆《ぼうとく》の場だ。

「地獄だな、フランク」

「わかってる。どうだ、耐えられるか？」

《なんで子供たちまでここにいなくちゃならなかった？》

レンナがいった。「いまなら抜けだせる。最後のチャンスだ」

わたしは手をふって、その提案をしりぞけた。元気に動きまわっていた家族を、何者かが皆殺しにした——超強力な武器による犯人たちの攻撃のあとには、切り刻まれた肉や引きちぎられた布地、固まりかけた血しぶきがつくるトスサラダが残されていた。

胃の底で酸っぱいものが波立ち騒いでいた。「よっぽど頭がいかれたやつの犯行だな。およそ正気の人間にできることじゃない」

「最近のギャング連中のシマをうろついたことがあるのか？」

「一本とられた」

両親が離婚してロサンジェルスに引きもどされると、わたしはそれからの五年間を同市のサウスセントラル地区というギャング連中が横行する街で暮らした。そのあと二年間、ここサンフランシスコのミッション地区の薄汚れた部屋に住んだのち、サンセット地区のまっとうな部屋に住めるだけの余裕が生まれ、結婚後はいま住んでいるイースト・パシフィックハイツの家具つきアパートメントに移った。そんなわけで、それなりに死体を目にした経験もあったが、ここの光景はギャングランドで展開されるどんなシナリオをも凌駕《りょうが》していた。五体の遺体のあいだにぬらぬら光る赤紫色の血だまりができていて、見るからにねっとりした血液が煉瓦の隙間ぞいに広がりつつあった。

わたしは神経を落ち着けようと深呼吸をした。

ふいに、母の死顔が見えた。苦しんだ顔。絶望している表情。いまわのきわになって、周囲で展開されている恐怖に気づいた顔つき。

ここの光景にわたしは呼吸を奪われ、体の力をすっかり吸いだされた。自分はこれだけの光景に耐えられる人間ではなかったのかもしれない。四肢が鉛のように重かった。わたしはジーンズのポケットに両の拳を突っこみ、ぎりぎりと歯を食いしばって激怒をこらえた。

この家族はジャパンタウンをのんびりそぞろ歩いていた——次の瞬間、彼らはいきなり異国の地で暗闇と死に直面した。

白浪《しらなみ》のあとはなけれど岡崎のよせきし音はなほ残りけり

もう何年も昔、結婚するずいぶん前のこと、美恵子《みえこ》がこの言葉をわたしの耳にささやきかけてきたことがある——わたしが母の死に感じていた悲しみを癒そうとしてのことで、そのときがこの和歌との二回めの出会いだった。そのあと美恵子が殺され、ジェニーとわたしが美恵子をうしなった苦しみのただなかに残されたときにも、この和歌が自然に頭に浮かんできた。そしていままた、おなじ和歌が立ちあらわれてきた。理由もわかった。この和歌には、もっと大きな真実がくゆらせる芳香、何世代も昔にまで遡れる叡知《えいち》の心なごむ本質が埋めこまれているからだ。

「ちゃんと話をきいてるか？」レンナの声。

わたしは自分だけの悪魔たちのもとから、おのれを引きずり離した。「ああ」

レンナはありもしないおはじきを口のなかで転がすようにしながら、わたしの返答に考えをめぐらせていた。たっぷりと生えている黒髪が、警官らしい無表情な目とごつごつした顔の上にかぶさっている。レンナはいかつい顔に深々と皺《しわ》の刻まれた男だったが、その皺の輪郭はソフトだった。レンナの顔がキャッチャーミットなら、ちょうどいい崩れ方をしているといえそうだ。

レンナは犯罪現場を仕切るテープに近づいて声をかけた。「トッド、調子はどうだ？」

テープの内側では鑑識技官が血液のサンプルを採取していた。髪を短く刈りこみ、大きな耳はピンク色だ。「いい面もあるが、おおむねわるいな。いまは深夜で、ここは商業地域だ——だから現場が汚染されていない。それがいい面だ。その反面、ヘンダースンがいつもよりもでかい声で文句を垂れてる。おれたちがあつめた証拠からは——いくらやつが超特急で鑑定してるとはいえ——結局なにひとつ明らかにならないだろうといってる。やつは微細破片や繊維や痕跡を採取して大急ぎでラボに引き返したが、ずっと渋い顔だった。繊維は古いものだよ。射殺犯人のものではなさそうだ」

「どんな種類の痕跡を？」レンナはたずねた。

トッドはちらりとわたしを見やってから、レンナに目顔で問いかけた。レンナは無言の問いに答えた。

「こいつはトッド・ホイーラー。こっちはジム・ブローディ。この事件の捜査でアドバイザーをつとめてもらってる――ただし、この件はくれぐれも内密にな」

わたしとトッドは会釈をかわした。

トッドが頭を動かして、一本の路地をさし示した。「ここんとこ雨は降ってないから、レストラン横のあの路地から靴痕が採取できた。靴底は柔らかくてクッションいり、おそらく静音タイプだ。となると、靴底に溝のないローファーかモカシン・タイプだ。狙撃犯は待ちかまえていたのかもしれないな」

レンナとわたしはともに路地へ目をむけた。日本食のレストランと呉服店にはさまれた照明のない細い通路で、裏の公共駐車場へ通じている。建物の上階からバルコニーが張りだしているので、路地は薄暗い影に包まれている。左右にならぶショップを見わたした。遊歩道の反対側にも路地があったが、最初の路地ほど身を隠すのに適してはいなかった。

胃が痙攣《けいれん》し、わたしは被害者たちに注意をもどした。被害者たちはたがいに寄り添い、あちこちで腕や足が交差していた――小さな棒切れを積みあげ、その山を崩さぬよう一本ずつとっていくゲームのグロテスク版に見えた。クリーグライトの荒々しく強い白光のせいで、くぼんだ眼窩《がんか》に眉弓《びきゅう》の影が落ち、丸い頬骨やシックなヘアカットやスタイリッシュな服が浮かびあがっていた。年に三回、わたしが太平洋を飛行機で横断するたびに目にしていた人々と共通する顔だちだ。

いや、いや、いや、いや、いや。

この日本人たちは東京から来たらしい。

それどころか、昔の日本だったら、この情景がやがて浮世絵に仕立てられたかもしれない――浮世絵が〝浮世〟という日常の暮らしや明るい題材から離れた時代ならば。うちの店にも、幽霊や妖怪を描いた浮世絵や血みどろの場面を描いた無残絵などに目のない得意客が何人かいる。そういった絵は、いまわたしの眼前にあるスペクタクルとくらべれば迫真性こそ劣るものの、この域に迫っている作品もないではない。当時の浮世絵やそれに類するいろいろな絵は、日々の事件を世間に伝えるという第二の役割もあった。浮世絵などの絵は芸術作品というよりも、むしろ近代以前のデータストリームとして機能していた。そういった背景があったからこそ、浮世絵は壊れ物用のつかい捨ての緩衝材として西欧へ流出した――こんにち新聞紙が梱包《こんぽう》に利用されるのとおなじだ。

レンナが低い声でうなるようにいった。「じつに手早い殺しだな。オートマティックの銃器で至近距離からだ。一秒に四、五発。排出された薬莢《やっきょう》がピーナツの殻みたいに散らばってる。くそ野郎は薬莢を残していくことに頓着しなかったらしい」

「とんでもない思いあがりだ」わたしはいった。「おまけに高性能の銃器をつかっている……つまりどういうことだ？　犯人はサイコか、それともギャングか？」

「どっちでもおかしくないな。いっしょに来てくれ、見てほしいものがある」

レンナは両手をポケットに突っこみ、現場の反対側へ歩いていった。わたしはそのあとを追い、ふたりで母親にいちばん近い場所に足をとめた――ここまで来ると、さっきとちがう角度から子供たちを見ることができた。男の子の口は力なくひらき、アイスブルーに変色した唇が上下に割れていた。少女の長い黒髪が舗装の煉瓦に扇状に広がっていた。少女はピンクのコートの下に、きらきら輝くような赤いワンピースを着ていた。ワンピースは見たところ新品で、まさしくわが娘が着たいと夢見ている種類の服に思えた。

わたしは手をかかげ、目にはいるまぶしい光をさえぎった。女の子の指は赤ん坊時代のままのふくよかさで、その指が血にまみれた毛むくじゃらの塊めいたものをつかんでいる。その塊がなんなのか、見当がついたように思えた。

「あれは、くまのプーさんか？」

「ああ」

突然、肺にはいっては出ていく冷たい夜気が意識されてならなくなった。今夜、生者と死者の世界をへだてているのが黄色く薄い警察のテープだけだということも意識された。大好きなおもちゃを抱き寄せたまま舗装の煉瓦に横たわっている弱々しい少女は、胸騒ぎがするほどジェニーに似ていた。

レンナは母親の遺体にむけて、あごを動かした。「あれに見覚えがあるかい？」

わたしの目は、先ほどとはちがう場所から現場をひととおりながめていった。わたしたちが立っているところから二メートル弱のところ、母親の遺体近くの血だまりに一枚の紙片が浮かんでいた。紙片には漢字が書きつけてあった。繊維の多いノート用紙の白い表面に書きつけられた漢字は、不規則で気ままな形に足を広げた巨大な蜘蛛《くも》のように見えた。

漢字は、日本語の書き文字システムを構築している主要な建材である——もともとは千数百年前に中国からとりいれた表意文字だ。紙片に滲《し》みた血液が乾燥して古い肝臓を思わせる茶色がかった紫色になり、そのせいで漢字の下半分がぼやけてしまっていた。

「どうだ、見覚えは？」レンナが質問をくりかえした。

クリーグライトのまぶしい光を避けようとして左へむけた体が——瞬時に凍りついた。

仮借ない純白の光が照らしだしていたのは、妻が死んだ翌朝にわたしが見つけたものとおなじ漢字のようだった。

4

いちばん覚えているのは骨だ。

調査官とそのチームの面々は、妻の実家の前庭にある芝生に黒いビニールの防水シートを広げ、焼け跡から品物を回収するたびに灰にまみれた残骸をきちんと整理してならべていた。いったん溶けて形もさだまらなくなった金属。焼け焦げたコンクリート片。そして人目につかないところに立てられた可動式の衝立《ついたて》の裏側では、拾いあつめられた焼け焦げた骨がだんだん積みあがりつつあった。

それから二カ月、わたしはもてる時間すべてを費やして、歩道にスプレーペンキで書きこまれていた漢字の正体を突きとめようと奮闘した。そうすることで目的ができたし、自身の悲しみと戦う手だてもできた。美恵子の死にまつわることで受けとるべきメッセージがあるのなら、なんとしても知っておきたかった。

多くの専門家に電話をかけた結果、アメリカと日本の数多くの専門家を紹介された。しかし、問題の漢字を読めた人はひとりもいなかった。見たことがある人さえいなかった。そもそも実在しない漢字だった。何巻にも及ぶ漢字辞典にも出ていなかった。言語学データベースにも存在しなかった。何世紀も昔までさかのぼる地方データベースにも存在していなかった。

しかし、その漢字を実際にこの目で見たわたしはさらに調査をつづけた。そのときに応用したのは、行方不明になっている美術品をさがしだすときにわたし自身がつかうテクニックだ——そして、やがて手がかりが見つかった。白黴《しろかび》だらけになったような鹿児島の大学図書館の空気がよどむ一隅で、萎《しな》びたようなひとりの老人が近づいてきた。老人は、わたしがあちこち問いあわせをしていることを小耳にはさんだので問題の漢字を見たい、といってきたのだ。ただし話をするにあたって、あくまでも匿名のままにしてほしいと主張した。わたしは了承した。三年前――老人はそう話した――広島の郊外住宅地の公園にあった死体の横で、おなじ漢字を見かけた、と。さらにおなじ漢字は十五年前、福岡のある殺人事件の現場でも見つかったという。しかし、わたしが見つけた唯一の目撃者であるこの老人は明らかになにかに怯《おび》えており、わたしがこれ以上の詳細な情報を引きだす前に姿を消してしまった。

レンナはわたしが問題の漢字を追求していることを知っていた――わたしが何度も日本へわたっていたあいだ、娘のジェニーの面倒を見てくれたのはレンナと妻のミリアムだった。父親であるわたしが生者ではなく、もっぱら死者とつきあっていたあいだ、ふたりはわが娘をなぐさめてくれたのだ。

わたしはレンナ警部補にたずねた。「もっと近くで見てもかまわないか?」

レンナはかぶりをふった。「まだ動かすわけにはいかないな。おまえをテープの内側に入れるわけにもいかない。しかし、ここから見た範囲ではおなじ漢字だと思うか?」

「九十パーセントの確率で」

「確率をあげるにはどうする?」

「血の染みのない状態で見ることだ」

レンナがこれに答える前に、パトカーのそばからレンナを呼ぶ大声があがった。レンナは小声でぶつくさいいながらその場を離れ、ひとりの私服刑事とひたいを寄せあって話しこみはじめた。ふたりの話の中身はききとれなかった。そのあとでレンナは、ひとりの女性刑事に合図を送った――シナモンブラウンの髪、しっかり筋肉のついた体、化粧はしていない。女性刑事は警察の集団からひとり離れた。

「なんでしょう?」

「コレッリ？」レンナはいった。「前にも経験はあるか？」

「はい、二回あります」

「オーケイ。では、話をきいてくれ。これからだれかとふたりでチームを組み、明かりがついている家を片端からまわって聞きこみをしてほしい。まっとうな時間になったら……そうだな、朝の六時になったら、それ以外の家もまわる。あとは並みの警官もかきあつめてブキャナン・ストリートに送りだし、ショッピングタウンの左右両側のアパートメントの聞きこみをさせて目撃者をさがさせろ。丘の上から犯罪現場を見おろせる家があれば残らずあたれ。被害者家族が宿泊していた都《みやこ》インにもだれかを派遣して、徹底的に調べさせろ。なにか見聞きした者がいないかどうか、被害者家族のだれかがホテルのスタッフに接触していなかったかどうかを確認するんだ。あらゆる勤務シフトの従業員から話をきけ。必要があれば、相手をベッドから引きずりだしてもいい。わかったな？」

「はい」

足に頼った警察の捜査で有益な情報を手に入れられるとは思えなかった。例の漢字についての手がかりはなかったが、殺人犯の正体について、その半分の手がかりすらなければ、レンナの努力が結果につながることはあるまい。

「よし。では次。ホテルの勘定書と被害者家族の荷物、それに電話の発信と着信の全データのコンピューター・プリントアウトをつくって、おれのところにもってきてくれ。客室を徹底的に調べて指紋や繊維の標本を採取するように命じること。また日本領事館に行って、被害者家族の知人がこの街に、この州に、そしてアメリカ国内にいるかどうかを——この順番で——調べて、名簿をつくるんだ」

「オーケイ」

「通りがかりの目撃者は見つかったか？」

「いいえ」

「コーヒーショップのなかには？」

「目撃者はいませんでした。しかし、あの店は被害者家族が最後に食事をとったところです。大人たちは紅茶とケーキ、子供たちはサンデーを食べました。三夜連続での来店だったそうです。そのあと家族は、ホテルへ帰ろうとしたところを撃たれました」

そういってコレッリという女性刑事は、ジャパンタウンの終端部の先に見えている、都インの青いネオンサインを指さした。ネオンは、このコンコースの北端を示す赤い鳥居の左右の柱のずっと先で、やさしげに光っていた。

一般的な鳥居は、空へむかってそびえる赤い二本の柱——左右ともに内側へ傾斜している——の上に、笠木《かさぎ》と島木《しまぎ》、および貫《ぬき》と呼ばれる横木を水平な手すり状に配してつくられている。鳥居は日本固有の宗教である神道の象徴的建造物だ——一般的には、社殿と呼ばれる神殿にまで通じている参道を示し、ここから先は神聖な土地だと人々に知らせている。しかしここにあるのは装飾目的の鳥居で、ジャパンタウンというショッピングモールの北側入口の目印というだけだ。商業地域の境界を示すのに鳥居を利用するのは、どことなく神聖冒瀆にも思えた。

レンナが唇を引き結んだ。「しかし、目撃者はいない？」

「ええ」

「音をきいた者は？」

「〈デニーズ〉店内にいた人々の大半が銃声を耳にしています。しかし、ここは治安のよくない公営住宅にも近く、店内の人たちはギャングによる発砲か、そうでなかったら花火だと思ったようです」

いいかえれば、夜の店外にわざわざ出ていって音の正体を確かめようとした者はひとりもいなかった――となる。

「オーケイ。このエリアは封鎖だ。警察が必要な情報を引きだすまでは、だれひとり外へ出すな。また神さまじきじきの許可証でもないかぎり、だれもなかに入れるな。わかったか？」

「わかりました」

「それからな、コレッツリ――」

「なんでしょうか？」

「ブライアント・ストリートの本署に連絡して、おれの部下連中をそっくりこっちによこせと要請してくれ」

「それについては、リストで次の仕事になっています。しかし――」

レンナは訝しげに目を細くした。「しかし――なんだ？」

「かなりの人数を動員することになります。この事件が騒ぎの火種になるとお考えですか？」

「政治がらみの馬鹿でっかいクソの塊が降りそうな予感があってね。どうしてそんなことを？」

「いえ、お気になさらず」

コレッツリは新しく見出《みいだ》した動機を胸に走っていき、レンナはわたしがすわっているベンチへ足音高く引き返してきた。「一家のパスポートからわかった身元がコンピューターで確認できた。夫婦は中《なか》村浩《むらひろし》と栄子《えいこ》、子供が美貴《みき》と憲《けん》だ。心当たりは？」

「ないな。だいたい日本には中村姓の人間が百万人はいるんじゃないかな」

「スミスやジョーンズみたいなありふれた苗字《みょうじ》なのか？」

「そのとおり。一家の住所は東京じゃないのか？」

「まだわかってない」

「きっと東京だ」

「ほんとに？」

「ああ。髪形や身だしなみや服。あの一家は東京者だな」

「それがわかってよかった。吉田公造《よしだこうぞう》はどうだ？　ふたりめの男性被害者だが……」

わたしは肩をすくめた。

レンナはショップのならぶモールに目をさまよわせた。「その答えも想定内だ。さて、おれの記憶をリフレッシュさせてくれ。例の漢字のことを残らず話してほしい。いまだにあの字が解読できない理由もだ。簡潔にな」


カリフォルニアの海岸から三キロと少し沖合に出たところで、三十代初めの男が船長十メートルのスポーツフィッシャーマンの船尾に腰かけていた。ボルボのエンジンを二基積んだこのボートを操縦していたのはジョゼフ・フレイ船長だった。ボートは太平洋のうねる大波のあいだを雄々しく抜けてエンジン音を響かせながら、サンフランシスコの八十キロ北方にあるフンボルト湾を目指すルートを進んでいた。乗客と三人の連れは、北部カリフォルニアの沿岸で釣りをしたがっている裕福なアジア人ビジネスマンを装っていた。釣り道具はフックにかけられ、オイルで手入れされている。スチールの水槽の底に生き餌がうようよと群れていた――青く細長い魚たちが月明かりをうけてすばやく泳いでいた。

過去二週間で彼らがフレイ船長のボートで海に出るのは、これで三回めだった。フレイは彼らが常連客になってくれればいいと思っていた。この前の週末、一行はサンフランシスコの南にトローリングに出て、市街とサンタクルズのあいだにある三カ所の良好な釣り場で糸を垂れた。そのあと四人は翌日からはじまるＩＴ関係のコンベンションに出席するために、サンタクルーズで下船していった。さらにその前の週末は、市街からまっすぐ五キロの沖に出て、本気の深海釣りに取り組んでいた。そして今回の旅でフレイ船長の大事な得意客一行は、北へむかう道々でお気に入りの釣り場で釣糸を垂らしたのち、フンボルトで上陸する予定になっていた。一行はそこから夕方の飛行機でポートランドへ行き、そこで地元企業の会議に出席するという。

フレイ船長が知らなかったのは、一行がこの顔ぶれで旅行をするのはこれが最後だということだった。もっとはっきりいえば、今回の乗客たちはきょうを最後に、最低でもあと五年間はベイエリアに足を踏み入れることはない。

そのような行為は〝曾我の掟《おきて》〟で禁じられている。

男たちのひとりが船首近くでフレイを会話に引きこみ、アイナメ科のリングコッドの最良の釣り場はどこかとたずねていた。ボートに一貫して北むきのコースをとらせつつ、フレイ船長はこれからの海岸線沿いの海にある最適な地点《スイートスポット》を詳述しながら、船首のずっと先にあって、まだ見えていない釣り場を熱心にさし示した。フレイ船長にはまったく気づかれないまま、船尾の男は足もとの黒いスポーツバッグのジッパーを引きあけると、ジャパンタウンの仕事につかったウージー型サブマシンガンをとりだして船外へ落とした。サブマシンガンは泡立つ三角波に落ち、深さ約千四百メートルの海底の泥へむかって旅立った。

5

わが悪夢がぶりかえしていた。

バリケードのあたりにあつまっている制服警官の一群に目をむける。海から吹く寒風に対抗するため、巡査たちの多くは夏の青い制服の上に黒いレザージャケットを羽織っていた。一方、刑事たちはトレンチコートかヘビーデューティ仕様のパーカを着て背中を丸めていた。話をしている者も話をきいている者もいる——その少なからぬ者が、わたしたちがいるここ、左右にならぶショップがつくる通廊の奥へちらちらと視線をむけていた。

いや、正しくはちがう。

彼らは死体へ視線を投げていた。

不安はありふれた感情だ。いまその不安が暴力と絶望を語っていた——司法警察官にはめったに見られない流儀だった。しかしこの不健全な組みあわせこそ、四年前に妻が死んでから、わたしが毎日をともにしていた感情にほかならない。妻が死んだのは、両親の移民手続関係の書類仕事を手伝うために飛行機でロサンジェルスへ来たときだった。

電話で起こされたのは午前六時四十九分だった——警察は隣人からわたしの番号を入手していた。わたしはいちばん早いロサンジェルス国際空港行きのシャトル便に飛び乗り、レンタカーで現場へ急行した。着いたときには、火災調査官がまだ現場での仕事を進めていた。

わたしが自己紹介すると、調査官は同情の顔になった。「こういったケースだとどうしようもないね。古い家は、どうしてもあちこちガタがくる。電気系統に基準以下の部品がつかわれていたとか、大地震と大きな余震で部品に負荷がかかった場合もある。配電ユニットから電線チューブがはずれて、いっしょにケーブルがはずれることもある。はずれた先が普段つかっていないコンセントだと、だれも気づかないんだ。そこへもってきて、ロサンジェルスはここ何年も炎暑つづきで、木造家屋は干からびてる……そんななか、なにかのタイミングで剝きだしの電気ケーブルが垂れて梁《はり》に接触すれば――たちまち発火だ。この家の被害者のなかに喫煙者がいたのならともかく、まあ、おおかた原因はそんなところだね」

「いや、タバコはだれも吸ってなかった」

「だったら、ああ、そういうことだ」

わたしは茫然《ぼうぜん》としたまま歩道に立ちすくみ、なおもつづく調査をなすすべもなく見まもっていた。

前夜この家で寝ていたのは妻とその両親、および訪問中だった妻の叔父《おじ》の四人だった。

例の漢字に気づいたのは、現場検証が一段落するのを待っているあいだだった。美恵子の両親の家はわたしが昔住んでいた家から五ブロックしか離れていなかったので、周辺の土地鑑はあった。この地区はさまざまな人種が共存してギャングが猖獗《しょうけつ》をきわめ、あたりはよくある目ざわりな落書きだらけだった。わたしが驚いたのは、地元のエルサルバドル系ギャングの縄張りを示す落書きのなかに、いきなり日本語の文字が埋めこまれていたからだ。漢字は歩道にスプレーペンキで書きこまれていた――黒と赤と緑のペンキをつかっていたのは、ギャングがつかう高度に抽象化された神聖文字《ヒエログリフ》っぽい文字にわざと似せるためだろう。心得のない者の目には漢字もまわりに溶けこんでしまい、珍しくもない無意味な破壊行為の一例にしか見えまい。しかし日本語が読めれば、その漢字だけが3Dグラフィックなみの鮮やかさで浮かびあがって見えるはずだ。

アジア系ギャングもこのあたりを地回りしているので、漢字は珍しい存在ではない。しかし、妻が死んだばかりの家のすぐ外で見つかったうえに、近所に住む旧友からこの漢字を以前に見かけた覚えがないといわれたことで、わたしは疑念をいだいた。

問題の漢字がこの地区のほかの場所ではいっさい発見されていなかったことや、どんな辞書にも収録されていないことを確認したのち、わたしは日本へ飛んだ。日本ではひとりの老人が図書館の隅へわたしを追いつめ、秘密を明かしてくれた。自分の命が心配でならなかったのだろう、わたしが背をむけたとたんに老人は姿を消した。しかし、ほかにもあの漢字を目撃した者がいる――ショッキングではあるが、殺人現場にかぎって見た者がいる――という事実は、まさに天からの贈りものだった。

ただし、そう思っているのはわたしだけだ。

本来気にかけるべき人々は気にかけてもいなかった。

広島で日本の警察にアプローチしたわたしは、同情的ではあったが妙に恩着せがましい対応をされた。そんな事件があったことを記憶している者も、判読不能な漢字の話をきいたことがある者もひとりもいなかった。そもそも、市街地近郊の住宅街には数百もの公園が点在している――彼らはそう教えてくれた。それから、いかにも気乗り薄ではあったが、わたしが適切な書類を作成して提出するのを許可したのち、際限のないお辞儀と、なにか新しいことが判明したら連絡するという約束の言葉とともに、わたしを静かに出口へ案内した。新情報が浮かびあがることはなかった。ロサンジェルス市警察は書類作成の手間もかけず、わたしを笑って門前払いした。二週間後、火災調査官が火事は偶発的事故だったと結論づけ、警察は捜査を終了した。


「簡潔にな」レンナはわたしに釘《くぎ》を刺した。

わたしは指を広げて髪を梳《す》きあげた。「火事のあと、わたしは思いつくかぎりの人に会った。あらゆるところに足を運んだ——例の漢字が中国語由来だという可能性も視野に入れて、台湾とシンガポールと上海《シャンハイ》にも行った。成果はゼロだ。あの漢字を見たことがある人さえいなかった。鹿児島で会った老人がいなかったら、わたしは正気をうしなっていただろうね」

レンナは話をききながら、空想のおはじきを口のなかで転がしていた。「でも、得るものもなにかあっただろうが。両者がおなじ漢字なら、捜査のとっかかりがひとつ増えるわけだし」

「ちがう漢字のはずがあるものか」

「よし、わかった。フィフス・ストリートの〈M&Nタヴァーン〉を知ってるか？」

「もちろん」

「じゃ、午後四時ごろに会って早めのディナーにしないか？　鑑識の連中が顕微鏡で調べおわっていれば、あの漢字をもっていくよ」

「こっちは異存なしだ」

「あの紙はきれいになるかな？」

わたしはうなずいた。「書道用の墨がつかわれていれば、濡《ぬ》れてもダメージを受けることはない。乾燥した日本の墨には耐水性がある。だからこそ、昔の掛け軸の文字や絵がいまも残っているわけだ」

レンナの目が輝いた——わたしの想像が今夜初めて耳にする明るいニュースだといいたげに。「うれしい話だ」

「うれしくもあり、あいにくな話でもある。前の事件の漢字と一致したら、それはそれでトラブルを背負《しょ》いこむことになるからね」

レンナは浮かない顔でうなずいた。「おまえさんがいいたいのは、どっちの事件でも複数の被害者がいるってことか」

「ああ」

「あまり有望な話じゃないな。ただ、すべて話せといったのはおれだ。さっきの鹿児島の老人だが、日本の二件の殺人事件で被害者が全部で何人だったか、いっていなかったか？」

「いや。ただし、自分なりにある疑念をいだいているとはいっていたな」

「というと？」

「犯人はきわめて几帳面《きちょうめん》な連続殺人鬼ではないかと思う、といったんだ」

6

午前六時三十八分

ノックの音がしたとき、わたしはスクランブルエッグとトーストを手早く用意しながら、尺八の名人のひとりである横山勝也《よこやまかつや》の初期のアルバム《ＺＥＮⅡ》を流していた。この作品で横山は名匠ならではの穏やかさで、感情のこもった演奏をきかせてくれる。ほかの作品ではひとつの音を長く伸ばして吹き、山地を吹き抜けていく風のような、かすれてしゃがれた音を響かせもする。横山にかかれば、尺八は泣きわめきもするし、さめざめと泣きもするし、変化しつづける音はいまにも崖から落ちてしまうかのようであり、冷厳な真実を真摯に求めつづけてもいる。わたしが多少は知っている事柄のすべてを。

わたしがドアの鍵をあけると、わが六歳の娘のジェニファー・由美子《ゆみこ》・ブローディが、「おはよう、父さん」といいながらスキップして部屋に飛びこみ、期待の顔つきでわたしに両腕を伸ばした。おなじアパートメントの上の階に住んでいるクラスメイトのリサ・マイヤーズの家でのお泊まりから帰ってきたのだ。

わたしはすばやいハグで娘を床からすくいあげると、片腕で抱きかかえながら急いでキッチンへ引き返し、空いている手でスクランブルエッグをつくりつづけた。ジェニーがわたしの頬にキスをした。長く伸ばしている黒髪のピッグテールが顔の前で左右に揺れると、ジェニーはあくびをして、眠たげな笑みをむけてきた。いずれ前歯が生えそろって笑みを完成させるのだろうが、いまは隙間を見ているると胸が痛くなり、娘が永遠に六歳のままでいればいいと思った。ジェニー本人のためというよりは、このわたしのために。

ジェニーは鼻の頭に皺を寄せた。「これ、なんのにおい?」

「父さんが茶碗の修繕につかっている漆のにおいだよ」

茶碗につかっている漆は、二日かけて乾燥させなければ、仕上げの金粉はほどこせない。そこで茶碗を炉棚の上に置き、埃《ほこり》よけにビニールでつくった間に合わせのテントをかぶせておいたのだ。

ジェニーが不思議そうな目でわたしを見つめた。「父さん、大丈夫?」

娘はなにも見逃さない。ジャパンタウンから帰ってきたあと、わたしは冷蔵庫に残っていた〈アンカー・スティーム〉を何本か飲んだうえに、最高の米から醸造した新潟産の日本酒をかなり飲んだ。例の漢字のことをなにも解き明かせなかったせいもあって、だらだらとかなり飲んだ。あの漢字は十中八九わたしの妻が葬られる理由になったと見ていいし、今度は日本人一家の全員を市の死体安置所に送る原因にもなった。今回のジャパンタウンの事件では心底震えあがって当然だが、現実には事件は冬眠中だった怒りに燃料を注いだ。怒りはわたしの精神の暗い領域からとぐろをほどいて伸びあがってきた――長すぎた冬眠をようやくおえ、体を伸ばして鎌首をもたげる蛇そっくりに。

わたしは娘を床におろした。「ごめんな、ジェン。父さんはあんまり眠れなかったんだ」

ジェニーは壁の穴を指さした。「あの穴はなあに?」

三杯めと四杯めの日本酒のあいだに、わたしはあの漢字が呪わしくてならず、硬い石膏《せっこう》ボードを拳骨で突き破ったのだ。そんな馬鹿な真似《まね》をしても拳の骨が十あまりも折れずにすんだのは、ひとえに格闘技の訓練を受けていたからだ。しかしいくら護身の心得があっても、娘の鋭い精神をあしらえるテクニックは身についていなかった。

わたしの顔がわずかに赤らんだ。「ゆうべ、父さんの怒りが外にあふれてしまってね」

「どうして?」

「ひとことではいえないよ」

「父さん、わたしはもう六歳よ。話してもらえばわかるもん」

「うん、それはわかってる。でも、話はあとにしてもらえるかな?」

「うん。でも忘れないからね」ジェニーはそういうと、〝もう小さい子供じゃないもん〟という表情をわたしにむけ、儀式っぽいしぐさでわたしにサンフランシスコ・クロニクル紙の朝刊を手わたし、ピンクと黄色のストライプ模様の怪物なみに大きなビーンバッグチェアにどさりと体を落とすと、目を閉じて楽しげなため息を洩《も》らした。わが娘の宇宙に幸せがありますように。

新聞の一面に目を走らせて、殺人事件の記事があるかどうかを確かめた。記事はなかった。社会の好奇心という圧力がない状態でサンフランシスコ市警察に捜査の時間を与えるため、市の役人たちがかなりしっかり蓋をしたようだ。驚くべきは、警察が猟犬のようなマスコミをうまくかわしていることだ。この猶予も長つづきはしないはずだが、たとえ数時間でも、やかましく吠える犬がいないのはありがたい。

目を閉じたままジェニーがいった。「母さんにも会えればいいのに……中国人の男の人に会えたみたいに」

わたしは新聞を読むのをやめた。「中国人の男の人というのはなんの話かな？」

「廊下で目をきょろきょろさせてた変な男の人。あの人、うちの新聞を盗もうとしてたみたいだけど、わたしが驚かせたの」

ジェニーがうちの部屋とリサの部屋をしじゅう足音高く往復していることにアパートメントの住民のひとりから苦情が出て以来、ジェニーは音をたてずにおなじルートを行き来するというテクニックを完成させていた。そんなわけだから、娘がいきなり姿を見せたことで驚かされた人がいたらしい。うちの新聞を盗もうなどという人間が本当にいたとは思えなかった。しかし、親としてのアンテナにひっかかったのは、娘のいった〝変な〟という部分だった。

「その人はなにか話してたかい？」

「わたしの名前を教えてほしいって」

全身を冷たい大波が洗った。「教えたのか？」

「うん」

全身が氷と化した。「それで？」

「かわいい名前だねっていってくれて、それからミスター・コルトンが何階に住んでいるか、知ってるかってきいてきた」

頭のなかで警報が大音量で鳴っていた。このアパートメントにはコルトンという住民はいない。

「それはいつのことかな？」

「さっき、うちに帰ってくる前」

わたしは急いで窓に近づいた。この建物に一基だけのエレベーターはのろのろ運転で悪名高い。四階のうちの部屋からはゴールデンゲート・ブリッジの壮大な光景ばかりか、前の道路もよく見わたせる。ジェニーがわたしのところへやってきた。五秒もしないうちに、バギーパンツとゆったりしたTシャツを着て、野球帽を前後逆にかぶり、そのつばがうなじに接しているアスリート体形のアジア系の男が歩道に出てきて、北へむかって歩きだした。バイク乗りがつかうような細いエアフォイル・サングラスで目もとを隠していた。

「あの人かい？」

「うん」

思わずあごに力がはいった。「部屋から出ないで、ドアには鍵をかけておくこと。父さんはすぐにもどってくるからね」

ジェニーの両目に不安がなみなみとたたえられた。「どこへ行くの？」

「あの中国人の男の人と話をしたいんだ」

「いっしょに行ってもいい？」

「だめ」わたしはドアへむかった。

ジェニーがわたしの腕をつかんだ。「わたしを置いてかないで、父さん」

その言葉の真意は《外へ行かないで》であり、行間に《わたしをひとりにしないで》という気持ちがひそんでいる。

「でも、ほっとけないんだよ、ジェン。あの人はほんとなら、この建物にはいってきたり、おまえに話しかけたりしちゃいけなかったんだ」

「だったら、ミスター・キンベルにまかせればいいんじゃない?」

「中国人の男の人がおまえに話しかけたことで、これは管理人さんの仕事じゃなく、父さんの仕事になったんだよ。リサちゃんのうちで待っているかい?」

「ううん、ここで待ってる。でも、ほんとにすぐもどってきてくれる?」

「心配するな。父さんはあの人と話をするだけだ」

わたしは娘をハグしてから急いでドアから出ていった——娘を残していくことにうしろめたさを感じたが、ここでなんの手も打たず、ちんぴら《ホームボーイ》を脅かして遠ざけておかなければ、またここへ姿をあらわすかもしれず、そのときは比べものにならないほど暗い気分になるはずだ。

男との対決は、できれば警告の言葉とともにおわってほしかった。しかし腕力に訴えるような場面にいたっても、その用意はある。格闘技の訓練を受けていたことが役に立っていた。犯罪とは無縁な日本で十七年間も暮らしたあとで住んだロサンジェルスのサウスセントラル地区の境界付近は、ひとときも気を抜けるところではなかった。美術品のフリーランス学芸員として働いていた母が、むらのある収入を補うためにドラッグストア〈ライトエイド〉のレジ係などの仕事をこなすかたわら、わたしは日本で学んだ空手と柔道が錆《さ》びつかないよう、地元の二カ所の道場で修行に励んだ。

ごみくず連中が近づいてきて嗅ぎまわりだすこともあったが、わたしが二、三人の鼻を踵《かかと》で蹴りつぶしてやると、みんな尻尾《しっぽ》を巻いて逃げていった。しかしその一方、もっと強い連中があらわれた場合にそなえて腕をさらにあげておく必要があるのもわかっていた。助けは隣家の住民のかたちであらわれた——隣人には、韓国陸軍の特殊部隊の経験があったのだ。この男はわたしを庇護《ひご》の翼のもとに入れ、実の息子といっしょに訓練をほどこしてくれた。おかげで、わたしのスキルにテコンドーが追加された。男の訓練のおかげで、わたしの意識のレーダーは二倍に強まり、本能はさらに鋭くなった。

わたしは小走りに道を進みながら、さまざまな可能性に考えをめぐらせた——いずれもあまり思わしくなかった。わが家のあるアパートメントは二重ドアに高性能のデッドボルト錠でしっかり防犯対策がなされ、不審者の侵入をはばんでいる。しかしテクニックをそなえた者の前には、決して難攻不落ではない。先ほどのホームボーイは服装こそ怠惰なストリートキッズ風だが、身ごなしはいかにも密命を帯びた人物のようだった。アパートメントから出ていくときには、ずっと顔を伏せていた。泥棒か小児性愛者ならではの、人目を避けることが習い性になっている者の身のこなしだった。

二ブロック歩いたところでホームボーイに追いついた。人さし指にぶらさげたキーホルダーに車のキーがあったことから、近くに車をとめていることが察しとれた。わたしはホームボーイの肩に手をかけた。わたしの手が触れたとたん、手の下で逞《たくま》しい筋肉が動いた——わたしの獲物になるはずの男は液体のような滑らかな動きでするりと逃げだすと、すかさず身をひるがえし、わたしにむきなおってきた。

「なにかご用ですか？」

見た目にそぐわない言葉づかいだった。広げた足の両方にバランスをとって体重をかけた姿勢をとっている。両手はリラックスしていたが、体の左右でいつでも動けるようにかまえていた。キーホルダーはすばやくサイドポケットに吸いこまれていた。

わたしはいった。「うちのドアの外でいったいなにをしていた？」

「どこのうちのドアの前にも行ってません。通りすぎただけです」

ホームボーイは焦茶色の肌で、髪を肩まで伸ばしていた。農夫のような太い首に金のチェーンがかかり、ミニチュアのアラビア風の短刀の飾りがさがっていた。このチェーンもストリート風に見せる扮装《ふんそう》のひとつだ——太い猪首《いくび》は、雄牛のように逞しい肩とよく鍛えぬかれた二の腕につながっている。

百八十センチの身長に九十五キロほどのがっしりした体――身長ではわたしが二、三センチまさっていたが、体重は相手が十キロ近く多いだろう。顔は扁平《へんぺい》で日焼けし、アジア系だ。ただしどこの国かはわからない。

「じゃ、だれを訪ねていたんだ？」

男の右目がひくひく引き攣《つ》った。「あんたに教える義理はないね」

ホームボーイのかぶっている野球帽は小粋な角度で傾いてはいなかったし、それればかりか、見る者が見ればわかる〝世界に挑みかかる態度を示す傾き〟でもなかった。Tシャツもスラックスも、新品で買ってきた店の雰囲気が残っている。ストリートパンク連中は往々にして小ざっぱりときれいなファッションを見せびらかしたがるが、この男の服にまとわりついている〝さっきまで店の棚にならんでいた商品〟の雰囲気は、パンク連中なら店で服を仕入れて外へ出てきた瞬間に、まず消したがるものだ。この男がストリートキッズだったら、わたしはリトルマーメイドだ。

「わたしは気のいいナイスガイだから、おまえの話を信じたいのは山々だ。だがおまえが名前を明かさなければ、これからふたりでしんどい思いをすることになるぞ」

「最後に一度だけ――あんたに教える義理はない」

「そうともいえない。おまえが話しかけたのはうちの娘だからね」

「くたばれ」男はいい、わたしに背をむけた。

要約するなら、この男はうちのすぐ前の廊下をうろつき、わが家のドアの近くを……わたしの娘のそばをうろついていたのだ。ただそれだけの理由でも、この男が鞭《むち》で打たれて怯えればいいと思っていた。今後もうちのアパートメントがあるブロックに足を踏み入れるつもりなら、その前にたっぷり考える材料を与えておきたい。

「そう急ぐな」

二回めにわたしが腕を伸ばすと、男はさっきと同様に流れるように優雅な動作で左足を軸に体をめぐらせ、同時に右手をわたしののど目がけて突きだしてきた。格闘技の身ごなしだ。声帯を打ち砕かれるよりも早く、わたしは腕で相手の手を払いのけた。

それからすかさず男のあごにむかってパンチを入れた。男がパンチをさえぎろうとしたので、わたしは男を死角から殴った。粗暴きわまるストリートの流儀だ――男にとっては予想外だったのだろう。ストリートを経ていない格闘技は、マットの上では通用しても、リアルな世界では命とりになる。しかし反対に両方を組みあわせれば――すぐれた本能をもそなえていれば――すこぶる強力な刃《やいば》を獲得できる。東京で武道を習いだしたとき、父からそう教えられた。

男はこの一撃でよろけはしたが、ぎょっとするほど迅速に立ち直り、空手でも柔道でもない手足の動きで反撃してきた。おかげでこちらは片目をうしないかけた。

　わたしはあとずさった。「わたしの家に近づくな、このゴキブリ野郎」

「そっちこそ出すぎた真似はよせよ、おっさん。いま消えてくれたら、命は勘弁してやる」

わたしの耳がぴくんと動いた。男が最後に口にした言葉には、ほんのかすかに外国語のイントネーションがあった。中国語でもマレー語でもなければ、もっと歯切れのいい韓国語でもない。日本語だった。

つまり、この男は泥棒でも小児性愛者でもない。わが家のあるアパートメントにはいってきたのは、わたし目当てだ。わたしの日本とのかかわりは長く深い――それこそ、ゆうべの犯罪現場までつながっている。

「なにが目当てだ？」わたしはたずねた。

「おまえが消えること。あるいはめった切りにされることだ」

「そんなことになるものか」

マジックテープが剝がれる音がした。次の瞬間、男の右手で金属がぎらりと光った。

ナイフ。

警報が脊椎《せきつい》を駆けくだって、体内にアドレナリンがあふれだした。スチールは大きらいだ。スチールのナイフは下衆《げす》野郎御用達《ごようたし》の武器だ。ホームボーイの手にあるナイフは両刃で、片方はぎざぎざの鋸刃《のこば》になっていた。柄《え》の部分にはカスタムメイドで指をあてがう溝がつくられていて、特別な戦闘テクニックをうかがわせた。鋸刃はすっぱりと切る以上のことができる——鋸刃は犠牲者をざくざく無慈悲に切り刻めるのだ。

わたしは半分しゃがみこんだ——四肢から力を抜き、肩をすぼめ、ナイフから目をそらさず。ホームボーイは右にまわりこんで、わたしをフェイントで刺すふりをした。恐怖がうなじをそろりと撫《な》であげた。恐怖を克服すれば生きのびられるかもしれない。恐怖を甘く見れば、たちまち死ぬ。そういった例はこれまでストリートで何十回と見てきた。

わたしはすかさず相手と反対方向にまわってフェイントをかわし、そのあいだもナイフと男の両足から目を離さなかった。

襲撃者の唇が歪《ゆが》んだ笑みをつくった。「おや、どうした？　もうおしゃべり気分じゃなくなったのか？」

目を刃物に貼りつかせたまま、わたしはこの挑発を無視した。せせら笑いを返しもしない。わたし自身の言葉で応じたりもしない。

こんなふうに、ひたすら一点に集中していたことで命を救われた。

男はわたしが答えると予測していた。この餌にうかうかと食らいついていたら、わたしは死んでいただろう。

わたしがまわりながら離れると同時に、ジェニーのいう中国人は手首をスナップさせた——その瞬間、ナイフが右の手から左手にひらりと移動し、わたしがむかおうとしていた場所のあまりにも近くに出現した。これまで見たことのない動きだった。似た動きさえ見たことがなかった。ナイフそのものがわたしを追尾しているかのようだった。

ホームボーイの所作は完璧だった。一歩でわたしに迫る——ナイフの刃があってはならないほど迫ってきた。上体をひねって後方へ反らし、宙を高速で横切っていくナイフから逃れる。あごのすぐ下の空気をナイフが乱したのが感じとれた。スチールの切っ先とわたしののどは数ミリしか離れていなかった。

男の次の動きは、最初の攻撃の発展形だった。スチールの刃のスピードはまったく落ちず、考えぬかれたすばらしい動き方を見せている。ナイフの持ち手を一瞬にして変えたことで、わたしは一気に体の動きをとめなくてはならず、そのせいでバランスをうしない、のどのあたりを無防備にさらすことになった。これで自衛するには——わたしが実行したように——ぎりぎりの土壇場で上半身を一気にひねるしかない。しかしこの動作では、足を前に突きだして無防備にする姿勢をとるしかないし、そうなれば目をつぶっていても見逃すはずのない標的になってしまう。

相手の作戦がいかに狡猾《こうかつ》かは見抜けたが、攻撃を押しとどめる力はわたしにはなかった。ナイフはなんの害も与えずにのどの近くを通りすぎ、ふたりを隔てる空間に弧を描いて下へむかい、わがリーバイスとその下の腿《もも》の肉をざくりと切り裂いた。痛みにうめき声が洩れ、膝が力なく折れた。わたしは片足で跳びすさり、精いっぱいすばやく貴重な空間を相手とのあいだに確保した。傷口から血がどくどくと流れでてきた。

こいつは本物の天才だ。最初の攻撃にしくじれば、第二の攻撃が確実に用意されている――それも体の自由が利かなくなるような攻撃だ。さらにその次は命とりになるだろう。

攻撃者がわたしにとどめを刺すべく腹部を狙って突進してくると同時に、わたしはすばやくあとずさった。それから左へ踏みだして、弱ったほうの足で軽く蹴るふりをした。相手の予期していない攻撃だろう。男がためらった隙を逃さず、ナイフを握っている男の手を横ざまに払いのけ、手がたいジャブをあごにお見舞いする――打撃にまんまと体重の一部をかけるパンチだった。男が顔をしかめてあとずさった。こちらにとってはまぐれの当たりだ。パンチが決まったのは純粋な幸運のたまもの。こちらは片足が不自由で、相手にかなわない状態だ。男が前へ進むのを邪魔することはできても、完全にとめることは不可能だった。

ホームボーイはいったん動きをとめ、目に軽蔑の光をのぞかせた。「なかなかすばやいな、おっさん。だが、まだ足りないぞ」

「うちに近づくな」

わたしの防御の壁を突破できても、それまでにわたしからどれほど痛めつけられるかを考えていたらしく、男の顔に迷いがよぎった。それなりの時間を稼いで、まわりに目撃者がいなければ、男がわたしに突進してくることは、おたがいにわかっていた。しかし男は目に見えない力に押さえられているらしく、思いとどまっていた。

男はナイフをふり動かした。「かわいらしい娘さんだ。あの娘から先に切り刻んでやったほうがよさそうだね」

「娘は無関係だ。またおまえの姿を見かけたら後悔させてやるからな」

「無関係なものか。ずっぽりはまりこんでるよ。おまえもだ。自分で気づいている以上にな」

男はさっとあとずさり、刃物で身を守りながら退却しつづけ、手近な角を曲がって姿を消した。

怒りに燃えていたわたしは走って男を追いかけたかったが、足の切り傷からは血が惜しげもなく流れだしていた。ジーンズのベルトを引き抜き、出血を抑えるために太腿の上のほうをきつく締める。ホームボーイが最初にナイフをふるったあのときに刃先が届いていれば、出血はいちばん小さい心配事になっていたはずだ。男の戦闘テクニックは以前にお目にかかったことのないレベルだったし、わたしがいまも足で立っていられること自体が奇跡だ。

どう考えてもわたしは死んでいて当然だった。ここよりも人目につかない場所だったら、男は目的を達していたはずである。きょうのところ、男は思いもよらないわたしの抵抗で思いとどまったが、男が口にした脅し文句からすると、男の撤退は恒久的なものというよりも戦略的なものだと考えたほうがよさそうだった――《無関係なものか。ずっぽりはまりこんでるよ。おまえもだ》

7

帰宅したわたしを迎えたのは、耳をつんざく甲高《かんだか》い悲鳴だった。

ジェニーがわたしに駆け寄り、両腕でしがみついてきた。血に染まったジーンズがパニックの引金を引いた。つづいてベルトを代用した止血帯を目にし、わたしが足を引きずっていることに気づくと、ジェニーは限界を超えた。顔をわたしの腹に押しつけたまま、しゃくりあげて泣きはじめたのだ。全身が震えていた。わたしはそんなジェニーの体に両腕をまわした。ジェニーが泣き声をあげるたびに、胸を引き裂かれる思いだった。

「父さんなら心配ないよ」わたしが両腕を腰から引き離そうとすると、ジェニーは抱きついている腕にますます力をこめてきた。

ジェニーは泣いて真っ赤になった目でわたしを見あげた。「父さんは死んじゃう？」

「まさか、死ぬもんか」

「痛くない？」

「ぜんぜん。痛そうに見えるだけだよ」

わたしはジェニーをソファまで連れていき、横にならんで腰をおろした。ジェニーの頬が涙に濡れて光っていた。わたしは娘の手をとった。

「わたしのせいね、父さん」

「なんでそんなふうに考えるんだい？」

「わたしが父さんにあの男の人のことを話したから」

「あの人は〝知らない人〟だよ。そういう人のことは、父さんに話さなくちゃだめだ」

「でも――」

「よくききなさい。おまえがあの男をこの家から外に押しだしたんじゃない。おまえのせいで、あの男が父さんを襲ったのでもない。おまえはわるいことをひとつもしてないんだ」

「でも、もしも――」

わたしはジェニーの手を握る手に力をこめた。「このことは前にも話したね。ときには、いやなことが起こることもある。でも、そういったことからは逃げ隠れできない――なかでも、怖い出来事からは逃げられない、ってね」

涙をたたえているジェニーの目は、わたしの言葉をひとつもきき洩らすまいとしていた。わたしが口にしなかったのは、説明のつかないホームボーイの脅迫の言葉だった。

わたしはいった。「いいことがあっても、わるいことがあっても、それでも世界はまわりつづける――いいね？」いったん言葉を切り、父と娘のあいだだけの決まり文句を理解したしるしに、ジェニーがうなずくのを待つ。「世界がわるいものをもたらすときもある――たとえばビリーが腕の骨を折るとか、ケルターさんが喘息《ぜんそく》になるとかね。でも、いいことだってあるだろう？　先週のリサのバースデイパーティーとか、父さんとふたりで行った水族館とか」

ジェニーは気が進まないながらも同意していることを示したいのか、下唇を突きだした顔でうなずいた。「うん、いいこともあるし、わるいこともある――たとえば、母さんが死んじゃったこととか」

「そうだね。おまえのいうとおりだ。母さんは火事で死んでしまった――でも、いまでもおまえと父さんを見守ってくれてる。いいことがあったら、わたしたちはいっぱい楽しむ。わるいことに出会ったら、そこからなにかを学んで前へ進むんだ」

ジェニーは下唇を嚙《か》んだ。「父さんにはどこへも行ってほしくない」

「これからしばらくは、ずっといるつもりだよ」わたしは娘の願いに隠されている不安をなだめるためにいった。「父さんを信じるんだ」

ジェニーは顔をあげて、わたしと目をあわせた。「父さんはどうしていつも、おっかないことばっかりしてるの？　ほら、お祖父《じい》さんのお仕事とか」

わたしは深々と息を吸いこんだ。ブローディ・セキュリティ社は父からわたしへの置土産だった。依怙地《いこじ》なまでに父と疎遠になったことの責任の一端がわたしにあったというのがいちばん大きな理由だが、わたしは父がはじめたことを続行させる道をえらんだ。父の死後に、父がつくりあげたものへの敬愛の念を表したのだ。たいした金にはならなかったが、父ジェイクのはじめた事業を継いでいることが気にいっていた。しかし、この仕事が幼いジェニーの心に傷を残すのなら、考えなおすほかはない。そしてわたしはもうストライクをひとつとられている。九カ月前、若いやくざの男に殴打されて土産の傷をつくって帰宅したことがあった。それを見たジェニーは、残っている父親もうしなうのではないかという不安にとりつかれて、うろたえ騒いでしまった。

わたしはいった。「もし本当にわるいことになったら、父さんはあの仕事をやめる。それでいいね？」

「ほんとに？」沈黙。それから――「足はちゃんと治る？」

「もちろん。おまえの父さんはタフガイだ。おまえこそもう大丈夫かい？」

「うん。父さんが大丈夫なら、わたしも大丈夫」

ジェニーは涙の残る顔で微笑《ほほえ》むと、またしても両腕でしがみついてきた。わたしもジェニーを抱き返し、小さな体のぬくもりをたっぷりと浴びながら、娘がわたしの人生のどれほど大きな部分を占めているのかにあらためて驚嘆していた。娘のためなら、どんなことでもしよう。娘をこの苛烈な世界から守り、赤の他人がずかずかとわたしたちの生活に土足で踏みこみ、すべてを変えてしまうこともあるという残酷な事実から守りたかった。しかし、足を引きずって歩くことや出血はおよそ否定できるものではない。世界はまわりつづけている。

「よし、じゃ学校へ行く支度だ」わたしはいった。「そろそろ時間だぞ」

「うん」

ジェニーが着替えているあいだ、わたしたちは話をした。ジェニーは昂奮《こうふん》を抑えられない口ぶりで、近々おこなわれるタマルパイス山への学校の遠足のことを話していた。わたしは娘が新しいジーンズを穿《は》き、蛍光色の花々の上を蛍光色の蝶々《ちょうちょう》が飛んでいるイラストがついたお気に入りのTシャツを着るのを手伝ったのち、娘をせっついてサマースクールへ送りだした。昼間に公園でたくさん遊ぶことで、朝の出来事が心に残した傷が消えるといいのだが。

しかし、すっかり立ち直って息もつがずにしゃべりつづけている娘の態度のすぐ下に、いまも不安がしつこく残っていることが見てとれた。母親が死んで以来、ジェニーは父親であるわたしの身をいつも案じている。きょうの出来事も、そんなジェニーの心配に裏づけとなる理由を与えただけだった。

ジャパンタウンとレンナ警部補をひとまず脇へ押しのけたとしても、ひょっとしたらブローディ・セキュリティ社とその業務が、わたしとジェニーのあいだに楔《くさび》を打ちこんでいるのではないか――かつて、会社が両親のあいだに楔を打ちこんだように。父ジェイクはぐんぐん成長するおのれの会社と結婚し、自宅でやるべき仕事をやらないことが珍しくなくなった。だからわたしは、どんな仕事をしようともジェニーや妻の美恵子をそんな目にあわせるなと自分にいいきかせてきた。しかし父の死後、わたしは父の名前を冠したセキュリティ会社をつづけたいという強い思いに駆られた。父にとって重要な存在だった会社のスタッフの面々は、わたしにもまた重要な存在だった。

しかし、ジェニーにはかなわない。

それもまた事態を紛糾させるだけだった。わたしはレンナに、じっくり考えると約束したし、いうまでもなく例の漢字の謎もしつこく謎のまま残っている――くわえて、この先どんなことになるのかという問題もあった。

8

腿の切り傷のまわりには乾燥した血がこびりついていた。リーバイスのごわごわした生地が止血帯の役目をして、出血を食い止めてくれた。わたしはそろそろとジーンズを脱いで傷口を洗ってから、被害の程度を目で確かめた。ホームボーイの武器はかろうじてかすっただけだったが、それでもジーンズの生地とその下の肌をやすやすと切り裂いていた。もっと生地の薄い服を着ていたら、ナイフがこれほどの抵抗にあうこともなく、切っ先はもっと深くまで届いて病院に行く羽目になっていただろう。実際にはわが大腿四頭筋《だいたいしとうきん》のいちばん太いあたりに、たっぷり五センチほどの長さで深さ約三ミリの切り傷を負っただけですんだ。せいぜい数日ばかり、足を引きずるだけですむだろう。

医者に行けば、十針ばかり縫われたあげく、払う余裕のない高額の請求書を突きつけられるのがおちだ。そこでわたしは消毒薬をひたした綿棒で傷口をきれいにし、ガーゼパッドをあてがい、その上から太腿に繃帯《ほうたい》を巻いた。それからアパートメントの管理人に電話で、ホームボーイが建物に侵入した件を報告した。管理人は、ほかの住人にも問いあわせて情報をあつめ、結果をわたしにフィードバックすると約束した。

これに先立ってわたしはリサの母親のミセス・マイヤーズに、子供たちを車で学校まで送ってほしいと頼んだ。さらにジェニーがうちの部屋のドアを出ていくなり、校長に直接電話をかけてホームボーイの人相風体を伝えるという追加の安全策も講じたうえ、放課後もミセス・マイヤーズかわたし、あるいは店の助手であるビル・エイバーズが迎えにいくまで、ジェニーを教室にとめおいてくれとも頼んだ。こうしてあらゆる側面からジェニーの身の安全を確保したのち、わたしは朝九時に繃帯を巻いた姿で、食事をとらず、頭のなかは考えごとでいっぱい、手には茶碗をもち、足を引きずりながら、

〈ブローディ・アンティーク〉へはいっていった。

ビル・エイバーズがいった。「おやおや、きょうは早いな」

「眠れなくてね」

「酔っ払ったような顔だな」

「酔っ払ったなんて言葉じゃまだまだ足りないね」

「うっかり、暴走してくる象の前に立っていた——というのは？」

エイバーズは生まれも育ちも南アフリカで、のちに祖国を追われて出てきた男だった。

「そんなにひどいか？」

「こぶと青痣《あおあざ》だらけだ。なにかの衝撃で朦朧《もうろう》となってるみたいだし。引きずってる足を勘定に入れないでの話だが」

「あんたのように経験ゆたかな観察者からは逃げ隠れできないね」

ビル・エイバーズとその妻のルイーザは、もともと南アフリカの行政の首都プレトリアに住むリベラル派の白人ジャーナリストだった。当時はまだ人種隔離《アパルトヘイト》政策の時代で、その撤廃はまだ先だった。ふたりは当時の政権による人種差別政策の撤廃を強く求め、その結果〝三本の牙をもつ象〟よりも珍しい存在になった。やがてトラブルが街に吹き荒れはじめた。政権側の工作員が夫妻のささやかな新聞社を爆弾で吹き飛ばしたので、ふたりは伝手をたどり、ここなら安全な距離をたもてると保証された競合する三流新聞社で働きはじめた。そしてある日、妻のルイーザが夏のブラウスを買おうとして外出したとき、乗っていたスカイブルーのシボレーのジープが爆発した。遺体の断片はほとんど回収できなかった。この悲劇はいまもまだエイバーズにとり憑《つ》いていた。いま六十代も後半をむかえているエイバーズは、厳しい戦いの痕跡の残る顔と苦悩をたたえた目、そして雪のような純白の髪がつくる大きな冠《かんむり》のもちぬしだった。

「冗談はともかく、その足はどうした？」

「ちょっとしたいさかいでね」

エイバーズは剃《そ》り忘れも珍しくない朝の無精ひげをぽりぽりと掻《か》いた。「いっておくが、浮世絵の在庫の順番を入れ替えておいたぞ。ほら、夏のあいだずっと在庫がほとんど動かなかったからね」

「気がきくね」

うちの店は日本の古美術品を幅ひろくあつかっている。木版画、掛け軸、陶磁器、初めて家を買う人たち向けの家具などだ。店の在庫のほとんどが手ごろな価格で、はるか遠い国のはるか昔のことを物語ってくれる――そういう品は珍しい。ある意味ではそれこそがわたしの生活に豊かさをもたらしているし、望むらくは顧客にも豊かさをもたらしてほしいものだ。

浮世絵こそ、そのあたりの説明にうってつけの好例だろう。日本美術の世界では浮世絵は決して高位を占めているジャンルとはいえないが、この世界に入門するとっ、つ、き、としては最高だ。浮世絵は人々に愛されている。新しい客が来ると、わたしはこの日本の木版画が秘めている多彩な過去の作品から、人の興味をかきたててやまない注目点のいくつかを説明していた――伝説的な相撲の力士とのかかわり、実物を派手に誇張した歌舞伎役者の大首絵《おおくびえ》、当時の遊郭、気品ある高級娼婦《しょうふ》である吉原《よしわら》の花魁《おいらん》、幕府――徳川将軍を頂点とした政府――の圧政を、それとない風刺と深意を秘めたユーモアを駆使して揶揄《やゆ》した作品。さらには、浮世絵がゴーギャンやドガ、トゥールーズ＝ロートレックやファン・ゴッホをはじめとする画家の面々にいわくいいがたい影響を与えたこと。わたしとしては客に新しく購入した商品だけではなく、多少なりとも知識を増やし、それによって日々の暮らしをこれまでより充実させた状態で帰ってほしいと願っている。

エイバーズがいった。「あと、新しく仕入れた広重《ひろしげ》を額装しておいたよ。手すきのときに見てくれ」

「わかった」

わたしは店の裏手にある事務室のほうへ歩きだした。

「いま見てくれるとありがたいんだが」エイバーズはそう提案してきた。

エイバーズには天性の才覚があって、わたしはそれを活《い》かすようにいった。もとから商才に恵まれていたが、そのエイバーズが美術の世界にどっぷりと身をひたして初めて、それまでつきまとっていた陰鬱な雰囲気が消えた。ジャーナリズムの世界を去り、世界じゅうを旅してまわっては、胸の裡《うち》で絶えず暴れている苦悩になんとか意味を見出そうとし、やがてサンフランシスコに身を落ち着けた。女性にたとえれば、この街は〝目にきらめきを宿した女〟だからだ。そしてある日、エイバーズはうちの店先に姿をあらわし、わたしがそれと気づかないうちに――それこそ意志の強い野良猫がするように――この店に居座っていた。エイバーズは昔からの顧客も新しい顧客もひとしく魅了し、初めての客を店に呼び寄せもした。この男は美術通であり、人間通だった。

ゆうべまでは、エイバーズとわたしの共通点は美しい品物にむける不変の関心があること、および妻を突然うしなったことのふたつだけだった。そこまで考えたところで、もうひとつの関連に気づいて思わずぎくりとした――わたしの妻もエイバーズの妻とおなじく、何者かによって殺害されたかもしれない。わたしたちの経歴上の類似点が三つになることを阻んでいるのは、数画の漢字だけだといえた。

わたしは太腿を軽く叩いてみせた。「よければあとにしてほしいな」

「ああ、了解。だけど、こっちも気をつけて目を光らせたほうがいいぞ。このところ在庫があんまり動いていないからな」

その発言がありのままの事実だということに、痛いところを突かれた思いだった。早いうちに何件かの売上を達成しないことには、路上販売するほかなくなりそうだ。古美術品の販売では、収入から月々の請求書の払いをすませたあとに〈アンカー・スティーム〉を何杯か飲む程度の小遣い銭が残るだけだった。東京のセキュリティ会社がもたらす金も似たりよったりだった――しかも東京では、二十三人の従業員に給料を支払わなくてはならない。

エイバーズは肩をすくめ、体の向きを変えた。このあとはやるせない気持ちを解消するため、先日の日本への出張でわたしが京都のメインの取引先から仕入れ、つい先ごろ配達されてきた二棹《さお》の伝統製法の箪笥《たんす》を磨くのだろう。ずっしりと重量感のある最高級の箪笥で、それぞれの抽斗は卓越した鉄の細工で飾られ、漆塗りがほどこされている。仕上げは木目を浮かびあがらせ、全体に木材の自然な薄茶色から焦茶色、さらには芳醇《ほうじゅん》な赤褐色にいたる色あいに仕上がっていた。

エイバーズがそちらの作業にとりくんでいるあいだ、わたしは裏の事務室にこもってメールの処理をすることにした。わたし専用のこの事務室にはデスクとファイルキャビネット、それに来客用の革ばりの安楽椅子が用意されており、余人をまじえずに売買取引をまとめたいときにつから居室が付属している。

店があるのはロンバード・ストリート沿いで、ヴァンネス・アヴェニューとの交差点よりも西側だ。ロンバードはよく知られた抜け道のひとつで、マリーナ地区を抜け、パシフィックハイツの北側を通ってゴールデンゲート・ブリッジと、さらにその北のマリン郡へと通じている。だれもがロンバードから南にあるオールドタウン地区の商店や、反対に北側にある高所得者層むけの店で買物をする。いずれも家賃の高い区域だ。わたしが〈ブローディ・アンティーク〉をひらいたのは、ほかよりも繁盛しているのはモーテルばかりといった大通り沿いだった。とはいえ富裕層が車で行き来するところであり、さらにマリン郡とその先に住む金満家たちが車で通るところでもあった。わたしの店が必要としていたのは、前を徒歩で通りかかってふらりと店に来る客ではなく、まずは多くの人目につくことであり、その次は口コミだった。そのため、わたしは交通量の多いこの大通り沿いに店をかまえた。そしてエイバーズとわたしは、ゆっくりとながら着実に得意客を増やしてきた。

午前十時、電子メールの返信をすべて書きおえた。もとは仏教寺院にあった三体の仏像を所有する茨城《いばらき》の人から、わたしが提示した手ごろな価格で三体まとめて売る、という返事が来たのはうれしかった。エイバーズには魅力ある神仏の像を客に売る才能がある――そんなエイバーズのために新しい商品を補充するのは、たえざる難事だった。

十時半にアパートメントの管理人から電話があった。それによれば事態が急を要するので、在宅中の住人はもちろん、仕事先に出ている住人もふくめて全員から話をきいたという。ホームボーイの人相風体に合致する男性を客として迎える予定のあった者はいないし、見知らぬアジア系の人物を館内で見かけた者はいなかった――以上。

管理人に手間をかけたことの礼を述べると、わたしはホームボーイがなにを隠しているのかと思いながら電話を切った。あの男の身ごなしの敏捷《びんしょう》さと戦闘能力の高さを思うにつけ、名状しがたい激しい怒りに全身がわなないた。あの男は何者で、なぜわたしたちを狙うのか？　ストリートのちんぴらめいた扮装の裏になにがあるのか？　さらに不安をかきたてたのは、あの男の謎めいた発言の裏になにがあるのか、ということだった――《無関係なものか。ずっぽりはまりこんでるよ。おまえもだ。自分で気づいている以上にな》

なにに〝はまりこんでる〟のか？

エイバーズがドアから頭を突き入れてきた。「あんたにも考えごとがあるのはわかっちゃいるが、こっちの話ももう先延ばしにできないんでね。また盗難未遂があったぞ」

脈搏《みゃくはく》がびくんと跳ねた。全財産が店にしまいこんであるので、警備会社にはプレミアム料金を支払っている——半年前に押しこみ強盗の未遂事件があって、契約をアップグレードしたばかりだ。

「そうはいってもただの未遂だったんだろう?」

エイバーズは深刻な顔でうなずいた。「これまで話をしなかったのは、あんたがなにかに気をとられていたからでね。でも、今回は前とようすがちがうんだ」

わたしの声に恐怖が忍びこんできた。「どの程度きわどかった?」

「きわどいどころじゃない。侵入されたんだ」

わたしは周囲で部屋がすとんと落ちていくような気分になりながら、「そんなことがあるものか……」と、蚊の鳴くような声をようやく絞りだした。

頭がずきずきと痛んだ。考えようとした。最初の不法侵入未遂のあと、わたしは一レベル上の防犯対策を選択した——これにより、もとから最新鋭だったうちの店の防犯システムに、不退転の決意をそなえた不法侵入の達人でさえ意気阻喪するほどの付加機能が追加された。いまのいままで、このシステム設定はてきめんに効果を発揮していた。強盗犯をひとり未遂のままで退散させ、そのあと二階の扉をあけようとピッキングに精を出していたふたり組の経験豊富な泥棒の会話を、警備会社の担当チームがまんまと録音することもできた。

いいいい、ホームボーイ。イースト・パシフィックハイツの洞穴《ほらあな》のようなアパートメントに住んでいた三年のあいだも、不審者がアパートメントの廊下で目撃されたという話は一回もきいたことがない。セキュリティ対策は万全だった。エントランスは二重ドアで高機能ロックがそなわっている。各廊下と外部に通じる出入口には防犯カメラ。わたしの店の防犯システムは、さらにその上を行く。それなのに、過去十二時間で、どちらにも侵入された。

「警備員は駆けつけてきたのか？」

「いや、警報が作動しなかったからね」

「なに？　もちろん、ちゃんとセットしたんだろう？」

「そりゃ、南アフリカの羚羊《ブッシュバック》に角があるかとたずねるような愚問だね。きっちりセットしたに決まってる。警備会社のスタッフは、ゆうべは一回も警報が鳴っていないといってる。でも、おれには何者かが店に侵入したとわかるんだ。仕掛けをしておいたからね。まあ、髪の毛とか紙切れとか、昔ながらの小技だよ。連中は店にはいってきて、あたりをながめてから出ていった。いったん防犯システムを無効化し、そのあと再設定して立ち去った。そうとしか考えられない」

「まちがいないな？」

「おれはもう二年もここにいるんだぞ。まちがいないね」

「なにか盗まれたものは？」

「なにも。だからこそ、侵入者としては一流の連中だったとわかるんだよ」エイバーズはあごを動かして、わたしのあごをさし示した。「さて、そろそろ打ち明ける気になったか？　おれは東京から新しい仕事が来たんじゃないかと見てる」

　エイバーズは探りを入れていた。わたしが東京のブローディ・セキュリティ社からの仕事を請け負うことに――仕事の中身にかかわらず――エイバーズは本気で反対していた。そして、わたしの美術品を見る目は一級だと褒めた。

「あんたには、他人が人殺しをしても欲しがるような魔法の勘があるんだよ」エイバーズはくりかえしそう口にした。「なんで探偵仕事なんかで時間の無駄をする？　自分の才能を考えてみろ。ジェニーのことも考えろ。東京の会社は売ればいい――でないと、いずれ命とりになるぞ」

故国の南アフリカのプレトリアでくりかえし暴力にさらされ、かろうじて生きのびてきたエイバーズは、保護本能の塊のような男になっていた。

「ブローディ・セキュリティ社からは話はなにも来ていない」わたしはいった――レンナのために正面からの答えを避けたのだ。

エイバーズは困惑もあらわに頭を掻いた。「おれが口をはさむ筋じゃないのは承知のうえだが、けさ店に出てきたあんたの足どりがあんまり重かったんで、きかずにはいられなかった。最近、なにか怪しげなことにかかわらなかったか？　なにか変わったことがなかったか？」

ジャパンタウン。ホームボーイ。不法侵入。わたしがかかわっていないものがあるだろうか。目まぐるしい事態の展開にとまどうばかりだった。しかも、どれひとつとして筋が通らない。すべてがジャパンタウンの事件に関係しているということがありうるのか？　わたしのなかには、《まさか、そんなはずがあるか。あまりにも動きが速すぎる》と考えている部分があった。わたしは昨夜レンナのアドバイザーとして捜査に片足を突っこんだばかりだし、わたしが現場をあとにしたときには、まだ六十人もの警官が残っていた。

わたしひとりを選びだす理由があるはずはない。

そうはいっても、わたしはたったひとりの日本専門家だ。しかも被害者は日本人。ホームボーイも日本人だった。そういうことなのか？　日本がらみの関連があるというのか？　そのとおりなら、恐るべき疑問が立ちあがってくる。わたし個人が全サンフランシスコ市警察をもうわまわる脅威になるとしたら、いったいどんな情況でのことだろうか？

9

イタリア　テレニア海

アンリ・ベルトランは月の光が照らす大海原の波に目をむけた。いったい自分はエマニュエル・カストーレのどこにこれほど苛立《いらだ》っているのか？　いや、正直になれ——ベルトランは自分を叱った。正しくは——自分はカストーレのどこにこれほど怯えているのか？

いま自分はカプリ島沖に錨《いかり》をおろした自前のヨット上にいる——おまけにキャビンではフランス系アイルランド人のスーパーモデルがまどろんでいる。それなのに、頭がカストーレのことでいっぱいだとは……。

過去二十年のあいだヨーロッパ・トップの不動産業者でありつづけたこともあり、ベルトランの総資産額は三十億ドルになる。ベルトランが所有する建設と不動産開発の会社の次期会計年度の取扱予定高は八億ドル。パリとニューヨークと東京とドバイ、それにフィレンツェに自宅を所有。エリートたちと親しくつきあい、好意から彼らがリヴィエラにつくる夏別荘の設計を手がけもした。

リヴィエラ——それこそが問題だった。

カストーレは、ベルトランの最新の収穫を欲しがっていた。約八百メートルにおよぶイタリアの海岸沿いの土地——貪欲なスペイン人のカストーレは、ベルトランの購入額の二倍で買いとると提案し、代替案として共同所有者にならないかという話をもちかけてきた。ベルトランはどちらの提案も却下したが、そのとたん生涯の敵をつくったことがわかった。とはいえイタリアの土地はすばらしい掘出物で、その価値をわずかなりとも手放すわけにはいかなかった。いまは発展途上だが、いずれはヨーロッパで次のリヴィエラになる土地だ。この土地が売りに出されるなり、ベルトランは即座に可能性を見抜いた——それはカストーレもおなじだったが、あいにく一週間遅かった。カストーレからの共同所有の申し出をベルトランが断わったときには、黒く計算高いカストーレの目の白目の部分が、激怒に赤く光ったようにさえ思えた。

そのときの記憶を頭からふり払うと、ベルトランは一連の呼吸運動をして肺を広げてから、クリスタルのように澄んだ海に身を躍りこませた。そのまま海中を約五メートルの深さまで一直線に潜ってから、Uターンして海面をめざした。

ベルトランはこうした真夜中のダイビングを愛していた。コバルトの海のなかにいると、世界は果てしなく広がり、可能性は無限に思えてくる。いざフランスへもどったら、あの欲深なスペイン鼠《ねずみ》を破滅させてやろう。そんな低俗かつ無慈悲な対応はいつもの流儀に反するが、本能が告げていた——カストーレという男は、例外のないルールはないというルールの正しさを証明する存在だ、と。

満足感があふれて、思わずひとりにんまりと微笑んだそのとき、力強い二本の腕が腰にまわされたかと思うと、すぐにその腕が消え……腰まわりに奇妙な重みの感覚だけが残された。

《おいおい、いまのは本当に人間の腕か？　こんな真夜中のテレニア海で？》

そしてまったく予期していないことに、ベルトランの頭がするりと水中に没し、そればかりか体も沈みはじめた。水面めざして体を伸ばし、ひと口分の空気をなんとか吸いこみはしたが、不可解な重みによってまたもや水面下へ引きこまれた。

両手を腰にやったベルトランは、手がさぐりあてたものにショックを受けた。腹にダイビング用のウェイトベルトが巻きつけられていた——それも、体格がベルトランの二倍はある人間用の品が。ベルトランはバックルをつかんで引いた。ベルトがはずれるはず……だったが、なにも起こらなかった。

驚きに思わず目を大きく見ひらいた。
せっぱつまれば、水中でも三分間なら呼吸をこらえられる。自分の持ち時間はその三分——ただし、これまでの時間を差し引くと……無駄にしたのは五秒か。ベルトランの指がバックルの上を滑った。ベルトは改造されて、錠前と鍵穴がついていた。
《つかった時間は十秒》
こんなベルトは見たことがない。ダイバーの安全を守るため、ベルトは瞬時にゆるめられることが必要とされる。《こいつはカスタムメイドの死の罠《わな》だ》そう考えているベルトランの体は水面下三メートルにあり、しかも急速に沈みつつあった。耳がぽんと鳴った。圧力を逃すためにベルトランはあごの筋肉を伸ばした。
《二十秒経過》
あわてるな——自分にいいきかせる。逃げ道はどこかにきっとある。そもそも、この入江の水深は九メートル程度だ。
《三十秒経過》
《いったん海底へ行け》頭のなかでそう助言する声があった。《あとはなにをするべきか、おまえなら知っているはずだぞ》
ベルトランは膝を胸に引き寄せて、体を丸め、海底へむかって泳ぎはじめた。月の青っぽい灰色の光がざらついた海底をほのかに照らしている。腰まわりについている追加の重みが、いまはかえって有利に働いていた——降下を速め、結果として貴重な時間を節約してくれたのだ。さらに海底を移動していくうちに、さがしていたものが見つかった。
《五十秒経過》

この入江の海底はほぼ砂地で、黒曜石が散乱していた。建築家のベルトランには、地質学の心得があった。

ベルトランは拳大の黒曜石を見つけてつかみあげ、鋭利なへりをさがし、バックル近くのナイロン生地を切ろうとしはじめた。ざらついた繊維質の感触があるベルトは厚みが三ミリほどだろうか——しかし、火山岩のナイフはやすやすとベルトを切りつつあった。

《七十秒経過》

作業は迅速に進んだ。ベルトの半分が切れた。

《九十秒経過》

ここまで来れば力ずくでベルトを引きちぎれそうだし、そうすれば数秒の節約になる。ベルトランは黒曜石を腋《わき》の下にはさんで、ベルトを強く引いた——しかし布地が抵抗した。もう一度強く引く。今回も布地が抵抗し——大失態をしでかした。あまりにも急な動作のせいで、腋の下に納まっていた黒曜石が滑ってしまったのだ。ゆったりと海底めざして落ちていく石を、ベルトランは恐怖とともに見つめた。

《一分と四十秒経過》

ベルトランは大急ぎで黒曜石を回収し、作業を再開した。

《二分経過》

やっぱり、あのまま作業をつづけているべきだった。馬鹿め！　貴重な時間を無駄にするなんて！

《落ち着け。集中しろ》

ベルトランは疑念を黙らせ、ふたたびナイロン生地を切りはじめた。

頭上をなにかの影が通過していった。鮫の一種のヒラガシラだろう。逃げたいという衝動をこらえ、手もとの作業にひたすら集中する。
《二分と二十秒経過》
あと一歩だ。胸がきりきりと痛くなってきた。集中しろ、集中だ。また一センチと少し切れた。重みが腰から下へずり落ちて、海底のほうへむかいはじめたのが感じられた。
よし、いいぞ！　最後まで残っていた繊維が切れて、ベルトが離れて落ちていった。
《二分と四十秒経過》
ベルトランはいったんしゃがむ姿勢をとり、さらに水を反対に掻いて体をさらに海底に近づけると、固めの砂を思いきり蹴り、勢いをつけて一気に跳ねあがって海面をめざした。
このときには肺が燃えるように痛くなっていた。空気を吸いこみたくてたまらなかった。水面まではあと六メートル。
《二分と五十秒経過》
いよいよ息苦しくなってきた。口がひらいた。
《よせ！》
ベルトランは自分を業界トップにまで押しあげた強固な鋼鉄の意志を発揮して、口をしっかりと閉じていた。しかしすぐ、口をあけずにいられない肉体の要求が精神の命令を圧倒した。ベルトランは海水を飲みこんだ。
あと三メートル。
《よせ！》
酸素の欠乏のせいで胸がふくらんでいた。肉体が勝手に鼻から海水を吸いこんだ。
一メートル半。

塩からい海水が鼻孔をつたって流れこみ、体内に浸入したこの異質な液体が体の内側を刺すのが感じられた。

そしてついに海面を割って顔を出したベルトランは、咳《せき》とともに海水を吐き、つづいて嘔吐《おうと》した。

一回、二回、そして三回。

肺がすっきりさわやかになると、ベルトランは月明かりに照らされた夜空へむけて勝利の雄叫《おたけ》びをあげた。雄叫びはこだまになって、地中海の穏やかな波の上を遠くまで転がっていった。空気、新鮮な空気！　ここまで死に近づいたのは初めてだ！

次の瞬間、力づよい指がベルトランの足首をがっしりとつかんで、水中に体を引きずりこんだ。

ベルトランは足を蹴りだしたが、手は離れていかない。

頭が水面から一メートルばかり沈んでいた。

二本めのベルトが腰に巻かれた。

《待てよ、おい、やめろ！》

ベルトランはまた足を蹴りだしたが、最初の水中からの脱出でがむしゃらになったせいで、もうろくに体力が残っていなかった。体力の底あげには酸素が必要だが、水中に引きずりこまれたのはちょうど息を吐いたときだった。肺は空《から》っぽだった。胸は空気を求めて痛んでいた。海水が体内に染みこんできた。浸入した液体を吐きだそうとしても、そのための空気はもう残っていなかった。さらなる海水がのどを流れ落ちた。ベルトランは激しく咳《せ》きこみ、がむしゃらに足を蹴った。ベルトは絶えず体を下へ下へと引きおろしていた。海水が肺に溜《た》まりはじめていた。

目の隅になにかが動くのが見えて、ベルトランは頭をめぐらせた。ダイバーだ！　マスクの奥に見えたのは、奇妙なほど無表情なアジア系の顔だった。

さらに沈みこみながらも、ベルトランは必死になって水面めがけて手を伸ばし、両腕をしゃにむにふりまわした。筋肉のついた足を力強く下へ押しさげると、体が反動で浮きあがっていく。指先が水面を破って空気にふれると同時に、海水が肺をすっかり満たし、肋骨《ろっこつ》の下のほうに冷たい衝撃が走った。ベルトランは筋肉をコントロールする力をなくした。海水が脳に達すると同時に意識が消えていった。

ベルトランはもう暴れなくなっていた。海の水のゆったりした動きにあわせて漂っているだけだった。死体になったベルトランは入江の海底へ沈んでいった。

黒々とした水のなかから、ウェットスーツとダイビングギア姿の黒い人影があらわれてベルトランに近づいたかと思うと、錠前に鍵をさしいれてウェイトベルトをはずした。ベルトランの体が上昇しはじめ、一分後には波間に浮かんでいた。そのあいだふたりめのダイバーが入江の海底を調べてまわり、最初のウェイトベルトを見つけて拾いあげた。

ふたりのダイバーが殺人の証拠をすべてもち去ったあとには、水面にむかって浮かんでいく二本の泡だけが残されていた。

10

報道規制が敷かれていたにもかかわらず、あの男はわたしを見つけだした。

昼食のあと、わたしは事務室にこもって寺院の収蔵品だった十七世紀の仏像の売買話をなんとかまとめようとしていた。しかし、わたしが電話のために受話器をとりあげるよりも先に、エイバーズが事務室のドアをノックした。

「お呼びだぞ、相棒」エイバーズはそういって去っていった。いつもならこの言葉は、得意客のひとりがわたしを呼んでいるという意味である。

わたしは足を引きずって店の正面にまわっていき——凍りついた。

信じられない気持ちに胸をつかまれた。

ガラスのカウンターの前に立って、十六世紀につくられた日本刀用の鍔《つば》をひねくりまわしていたのは原克之《はらかつゆき》だった——東京の通信業界の風雲児であり業界の大立者、新時代の日本の顔ともいうべき人物である。ありとあらゆるルールを破り、それでも利益をあげ、そのプロセスを通じて日本でヒーローになった。和を乱さないことがよしとされ、突出して目立つ者に水をさす厳しい社会規範のなかでは、いくら打たれても頭として引っこまない杭《くい》のような例外的存在だった。横紙破りの反逆児としての原は若い起業家たちに希望を植えつけ、そのことでカリスマ有名人になった。その一方、本人の資産は成層圏レベルに達していた。新しく億万長者になった者の例に洩れず、原もその地位にふさわしいいでたちをしていた——顔は日に焼け、肌にはローション、手には美爪術《マニキュア》をほどこしている。身に着けているのは、淡い臙脂色のラインのはいった高価なチャコールグレイのフランスもののスーツ。数十万ドルの金を稼いでベンツを乗りまわしているようなテーラーにつくらせた誂《あつら》えの品だろう。

いま胸を締めつけられているように感じているのは、自分の店に原という大立者がいたからではなく、そもそも原がうちの店の扉をくぐるまっとうな理由がひとつもないからだった。ということは、まちがえて店に来ただけだろう。たしかに原は美術品をあつめているが、もっと高級品の世界での話だ。わたしの記憶が正しければ、最近ではニューヨークのクリスティーズのオークション会場で姿を見られていて、その会場ではデイヴィッド・ホックニーとジャクソン・ポロックを買ったはずだ。

わたしはいった。「なにかおさがしでしょうか？」

眼光鋭い目が、わたしの頭のてっぺんから爪先までをひととおりチェックした。「きみがジム・ブローディかね？　ジェイク・ブローディの息子さんだね？」

これで合点がいった。原は父を知っていたのだ。あるいは父の仕事を。

「ええ、そうです」

大立者の左側に〝万里の長城〟が立っていた——中国系か韓国系のアジア人ボディガードだ。肩幅が広く、短く刈りこんだヘアスタイルは現代日本では軍事関係の学校か武道のクラブ以外ではもうめったにお目にかかれないものだ。顔は丸くて肉づきがいい。頬骨がその肉を左右へ押しだしているせいで食べ過ぎの仏陀《ぶっだ》のようにも見える。しかし、胸や腕の筋肉は食べ過ぎの産物ではない。どちらの筋肉も茶色いニットのシャツの生地を限界まで広げ、力とスピードを誇示している。

原は非難がましい目で店を見まわした。「わたしの期待と大ちがいだな。ブローディ・セキュリティ社を引き継いだのは、ひょっとしてきみのお兄さんか？　それとも親戚？」

原の英語は完璧だった。

「いいえ、わたしだけです。あなたは正しいブローディと会っていますし、正しい場所にいらしたんです」

わたしはブローディ・セキュリティ社のアメリカ国内での連絡先として、ウェブサイトにも電話帳にもこの〈ブローディ・アンティーク〉を挙げている。店の出入口横の壁に埋めこまれている真鍮《しんちゅう》の銘板は、慎み深くわたしたちの存在を告げている——《ブローディ・セキュリティ社——店内でおたずねを》。これがエイバーズをひどく苛立たせていた。

原はいぶかしげに目を細め、刀の鍔をもちあげた。「この鍔について、話をきかせてくれ」

鍔は直径七、八センチの円板で、中央に細長い三角形の穴があいていた——刀の茎《なかご》を通すための穴だ。刀は侍のもっとも重要な所有品であり——侍の魂の象徴だ——なかでも鍔は刀の中心部を占めるものであるため、銀や金や漆、鍛冶《かじ》職人による細工や有線七宝《しっぽう》、日本でも屈指の職人による象眼細工などで飾られることも珍しくなかった。こんにちでは世界じゅうのコレクターたちが鍔の逸品をさがしている。

「その鍔は十六世紀末の品で、東京の某家の所蔵品でした——一家の先祖をたどっていけば、豊臣秀吉に仕えていた侍にたどりつきます」

原はうなずいた。「感じいったよ。この意匠は？」

鍔の前側には、飛んでいる二羽の野生の鴨《かも》があしらってあった。反対側にもおなじ二羽の鴨があしらってある——片方の鴨はなににも縛られずに空高く舞いあがり、もう一羽は地上へ落ちていくところだ。遠くに見える仏塔のいただきをきわめようとして疲れたのか、あるいは猟師に傷つけられたのかもしれない。

「この意匠は、命のはかなさをまずもって念頭に置く禅の教えに照らし、戦いは危険だと警告するものです」わたしはいった。

「ほう、少なくとも美術の知識はあるようだ」原は平板な口調でいい、鍔を陳列ケースにもどした。「では、もうひとつの探偵仕事についてはどのくらい知識があるのかね？」

店の前の通りを見ると、漆黒のロールスロイス・シルバーシャドウ・リムジンが歩道ぎわでアイドリングをつづけていた。きっちりと帽子をかぶって清潔そのもののお仕着せを着た専属運転手が羽毛の毛ばたきの長い柄を握り、午後の日ざしにきらめく汚れひとつないボンネットの上でワイパーのように往復させていた。

わたしは答えた。「奥へいらっしゃいませんか？　落ち着いて話ができます」

そういってわたしは原を事務室に隣接している会議室へ通した。ベージュのカーペット、コーヒー色の革ばりの椅子に胡桃材のテーブルをそなえた高級感のある部屋だ。テーブルは十八世紀初頭のウィリアム&メアリー様式の品で、あるお屋敷でのオークションで買いつけた。パステルグレイの壁にはチャールズ・バーチフィールドの水彩画が飾ってある。バーチフィールドは才能こそあれ、かなり過小評価されている二十世紀中葉のアメリカの巨匠だ。わたしとこの画家の作品はうまがあう。

原が椅子につき、〝万里の長城〟が強引に肩を部屋に押しこめてきた。次の瞬間、エイバーズがコーヒーをもって部屋にあらわれ、テーブルにカップを置いて静かにドアを閉めた——原の背中側から立てた親指を下へむける合図をこっそり送ってから、わたしたちを残して出ていった。

原は足を組んだ。わたしは〝万里の長城〟から目を離さずに立ったままでいた。

ついで原は室内を見まわし、日本語でこういった。「あの絵もわるくはないけれど……」

わたしは謙虚にお辞儀をしてから、「たいしたものではありません」と原の自国語で答えた——この場にふさわしい謙遜の響きを添えて。

原は五十代なかばの目鼻立ちのととのった男で、顔写真はニュースによく出ている。こうしてじかに会っても、角ばったあごもおなじなら、内側から光っているような日焼けもおなじ、突き刺すような鋭い視線もおなじだった。ちがっていたのは、櫛《くし》でうしろへ撫でつけてある髪が白かったことだ。フォーチュン誌やタイムズ紙、アジアトゥデイ紙に掲載される写真では、豊かな黒髪に白いものが交じって威厳を与えていた。

「こちらで仕事をしているのかね？」

原がたずねているのは美術関係の仕事のことではない——わたしはそう判断した。

「ええ、アメリカ国内でのセキュリティ専門会社としての業務はこの事務所でおこなっていますが、会社の本部が東京であることに変わりはありません。必要に応じてアメリカ国内で専門家に仕事を依頼することもあれば、東京からスタッフを呼ぶこともあります」

〝万里の長城〟は足をひらいて立ち、あごに力をこめ、両手を背中で組んでいた。将軍が下々に話をしているあいだ、整列休め。

わたしはあごを動かして番犬を示した。「ペットにしては図体《ずうたい》がでかすぎるようですね」

原はおもしろくもなさそうに、にやりと笑った。「そっちの仕事のほうでは、それなりに腕がいいのかね？」

「そういってくださる人もいます」

「千利久の茶碗が最近見つかった件に関係していたのではなかったか？」

「ええ」

「すばらしい仕事だったな。しかし、つきつめればしょせん美術品相手の仕事だ。それできみは、父親にならぶ腕前なのか？」

この質問にどう答えればいいというのか？　わたしは肩をすくめた。「トラブルへのかかわり方も、トラブルから抜けだす手だても知っています」

打ち明けるなら、いまのわたしには父ジェイクの伝説的な才能がどの程度のものだったかをおしはかることもできそうにない。また利久茶碗の件では数人が命を落とし、わたしもあやうく死にかけた。ブローディ・セキュリティ社内の評価はまだマイナスだ。

「つまり、きみは頭が切れるわけだ。しかし、タフなのかな？」

「必要な程度には」

原があごを、おそらくは一ミリの半分ほど動かした——〝万里の長城〟が突進してきた。

この動きを予期していたわたしは先制攻撃で相手を封じた——〝万里の長城〟が上方へ突きだした両手を、横に薙《な》いだ前腕で払いのけ、反対の手の掌底《しょうてい》を鼻に叩きこんだ。といってもほんの少しだけ力を抜くことで、呼吸器全体をどろどろに擂《す》り潰してしまわないようにする。力をこれ以上抜いていたら、この男に踏みつぶされていた。〝万里の長城〟が体をぐらりと横に揺らして、手を顔にあてがった。すかさず男の腹に膝蹴りを決めた——腹の上下のさらにダメージを与える箇所は慎重に避けた。〝万里の長城〟がくずおれていった。わたしのほうは、片足を駆け抜けていった強烈な痛みに必死で悲鳴をこらえるのが精いっぱい。繃帯の下で皮膚がざっくり裂けて血が流れだしたのが感じられた。急な攻撃で我を忘れて、本能が用心に優先した結果、ナイフの傷のことをすっかり忘れていた。

いい、いいよ、傷を縫ってもらうしかなくなった。

11

原は椅子にすわったまま、ぴくりとも動かないボディガードを見つめていた。

わたしはいった。「もう少し体が小さな男だったら、つかい勝手のいいドアマットになってくれたんですが」

原はわたしと目をあわせた——その顔には笑いや怒りはおろか、およそ感情という感情が抜け落ちていた。「ソニーの面々からきみの会社を推薦されてね。それも熱烈にだ。会社の仕事ぶりにはいささかの衰えもないようだね」

「ええ、そう思います」

父ジェイクはソニーやトヨタといった大企業を顧客としてとりこみ、そういった大企業は父の死後も会社の顧客でありつづけた。高名な大企業が顧客だったからこそ、父に忠誠を誓っていたスタッフたちも高給で雇いつづけることができた。しかし、問題もあった。VIPセキュリティには人員が多々必要で、そのひとりひとりに給料を払わなくてはならなかった。おまけに昇給も。さらに増える一方の社員の家族たち。企業を存続させるのは登り坂つづきの戦いのようなものだが、それをするのは父ジェイクへの義務のように感じていた。

〝万里の長城〟の口からうめき声が洩れた。

わたしはいった。「わたしたちの話がおわるまでは、床に横たわってカーペットのふりをしているよう、部下に伝えてください」

「わざわざ言葉で命じる必要はなかろう。わたしが知りたかったことを、きみはたっぷりと実地に示してくれたことだしね」大立者の瞼《まぶた》がすっと降りて半眼になった。「ところで、わたしは原克之という者だ」

「ええ、存じあげています」

「本当に？」

「コンプテル・ニッポン社。芝浦《しばうら》のガレージで、コンピューターを利用したおもちゃづくりからはじまり、電子機器やマイクロチップの製造を手がけ、東南アジアやヨーロッパや中国に工場をつくった。それからラジオ局やテレビ局、ケーブルテレビ局、出版社二社などをつぎつぎ買収したうえ、情報スーパーハイウェイの勝ち組の車に日本人で最初に飛び乗った人物になった。光ファイバー、ワイヤレス、電気通信システム。まだまだつづきます。合意形成をなによりも重視する会社が珍しくないなかでの一匹狼《いっぴきおおかみ》の改革者だ。触れるものすべてが黄金になり、失敗とは無縁。いえ、ボディガードの人選だけは失敗といえるかもしれませんね」

原はうなった。その声にはうれしさの響きがあったかもしれないし、なかったかもしれない。「教えてくれ、ミスター・ブローディ。古美術商売と探偵業の両者はうまく嚙みあっているのかな？」

その口調には猜疑心《さいぎしん》がまぶされていた――ふたつの職業はぜったいに両立しえないといっているかのように。

「どちらの仕事にも、断片をあつめる人間が必要です」

「わたしがここへ来た理由はわかっているか？」

「いえ。率直にいって、あなたがここへ来る理由はさっぱり思いあたりません」

「きみはわたしの家族と会っているよ」

その言葉の真意が理解できず、わたしはあえてなにも答えなかった。ふたりのあいだの沈黙がしだいに暗く、重いものになってきた。

「ゆうべ。歩道で」ごくわずかな言葉。一字一字を口にするのもつらそうだった。声には力があって抑制が利いていたが、声にこもった悲しみも力に満ち、あまり抑制されていなかった。

「中村一家ですか？」

「いかにも。中村というのは、長女の結婚後の苗字だ」

ジャパンタウン。母親《い》。

「なるほど」わたしは答えた。「お悔やみ申しあげます。本当に心の底から深く、お悔やみ申しあげます」

このときもあの女性の死顔がまた見えてきたし、女性はさぞや苦しみながら人生のおわりをむかえただろうという思いも浮かんだ。ほんの一瞬だけだったが、わたしは美恵子の最期の瞬間に思いをはせた。夜のあいだに凶漢が美恵子のもとにやってきたのだろうか？　美恵子は凶漢を目にしたのか？炎にすっかり飲みこまれる数秒前、はたして美恵子は運命を悟ったのだろうか？

「きみに犯人を見つけだしてもらいたいんだよ、ミスター・ブローディ。ひとりであれ、ふたりであれ、あんなことをした犯人をね」

「わたしに？」

「そう、きみに。きみの探偵社に。犯人を見つけだして始末してほしい。どうせゴキブリのようなやつだ、ゴキブリのように始末してくれ。物理的に可能なら、犯人を二度殺してほしいくらいだ——それもじっくり時間をかけて。もちろん報酬はそちらの望みどおりの通貨で支払うし、世界じゅうのどこであれ、きみが望むところに送金しよう」

そういって原は、わが社の通常レートの三倍の金額を口にした。原のことだから通常レートを知っていたにちがいない。

「どうして、そんな破格の報酬を出すとおっしゃるんです？」

「報奨があれば、それだけすばやい結果が出るからだ」

「マーセナリー社に問いあわせをされるといい」わたしは〝傭兵《ようへい》〟を意味する社名を口にした。「オフィスは隣のブロックです」

「弾丸でぼろぼろにされたわが家族を見ていながら、よくもそんな言葉を口にできるな」

「ええ」

原は眉を寄せて、王者のような苛立ちをあらわした。「金はわたしにとってなんの意味もない。わたしが信を置くのは人の動機づけだ。わたしが望むのは、きみの会社がこの事件の捜査に全力をあげることであり、きみがこの件の捜査に一意専心してくれるのなら喜んで報酬を支払おうじゃないか」

原はいつしか日本語で話していたが、基本的な発言のトーンは西欧流のままだった。率直で粗野、そしてビジネスライク。新種の日本人というべきか。伝説にもなっている日本流の礼儀正しい態度はまだ表面に出てきていなかったし、出てくるとも思えなかった。日本の既存の権力集団が原をきらう理由がわたしにもわかった。

「ブローディ・セキュリティ社は、人を害虫のように駆除したりしませんよ、ミスター原」

「それについては、きみの調査がいくらか進んだ段階で、また後日話しあってもいいのではないかね」

「それでも答えはおなじでしょうね」

「さあ、それはどうかな。わたしはきわめて説得力にすぐれた男だと、もっぱらの評判でね。欲しいものがあれば、かならず手にいれる男だ」

「わたしのほうは、強情な男だという評判です。ただし自分では、そうは思っていませんが」

原はおもしろくもなさそうな顔でわたしを見た。「けっこう。さて、報酬をさっきの二倍にしよう」

「それでも答えは変わりません」

原は身を乗りだした――いまその両目には黒々とした虚無以外のなにもなかった。「子供たちが目の前で死んでいくときの気分を知っているかね？　生きながら死ぬとはあのことだよ、ミスター・ブローディ。これまでの一生の仕事がまるで新聞紙みたいにくしゃくしゃに丸められ、顔に投げつけられる。子供や孫が自分よりも長生きすることはないし、子や孫がわが業績の恩恵にあずかることもないとわかるんだ。自分が死ぬときには、これまでの自分の仕事も業績も、ひとつ残らず自分といっしょに死ぬしかない、とね」

その声はわななき、いまにも途切れそうだったが、原はなんとか威厳をたもちつづけていた。これまでの人生の大半を通じて、原は高く高く飛んでいた。それがいまでは、たちまち落下していくところだ。そう、先ほど原本人がわたしに質問をしたあの日本刀の鍔にあしらわれていた、傷ついた鴨のように。

わたしは、ジャパンタウンの歩道の敷石に横たわっていた原の娘のことを思った。ロサンジェルスで迎えた、わたしなりの〝その翌朝〟のことも思った。灰と瓦礫《がれき》しか残されていなかったあの日。そのあと体験した幾多の眠れない夜を思い、悲しみにとり乱した娘が眠りにつくまでずっとわが腕で抱きしめていた幾多の機会を思い出していた。わたしは妻をうしなったが、まだジェニーがいる。いっぽう目の前にいる男は一挙に実の娘とその夫、ふたりの孫のすべてをうしなった。わたしは折れた。

「わかりました、ミスター原。この件を調べてみましょう」

原の事前調査結果では、わたしが説き伏せられやすい相手だと明らかになっていたのだろうか。

原は見るからにほっとしたようすで、椅子の背に体をあずけた。「ありがとう。それで犯人を見つけられるか？」

「遅かれ早かれ。かつ資金と人材がふんだんであれば。さらに、警察が先に解決にたどりついていなければ。しかし、いずれにしてもわたしたちは犯人を殺したりしません。そうでなくても多くの命がすでにうしなわれています」

「手を汚したくなければフリーランスをつかえばいい。外部から好きなだけ人手を調達したまえ。追加費用はすべて負担するよ」

わたしは内心で顔をしかめた。原の言葉にわたしはいったん口をつぐんだ。この男の口調から、いま提案しているようなことを以前に経験していることが察せられた。

わたしはいった。「しかし、なぜわたしたちに白羽の矢を？　あなたなら軍隊ひとつくらい買えるはずなのに」

「ブローディ・セキュリティ社は東京本社に二十人以上のスタッフをかかえていて、それ以外にも社外協力者がいる。きみたちこそ軍隊だ。ここの警察が夜を日に継いで捜査に邁進《まいしん》していることは、わたしも知らされている。そこに民間のマンパワーや、日本とアメリカ双方の知識をそなえた人材を追加で投入すれば、成功の確率がめざましく上昇するはずだとにらんでいてね」

　原の考えには一理も二理もある。それでも疑念は払拭しきれなかった。

　そんなわたしの内心を原は読みとっていた。わたしの疑念がほかよりも大きく膨らむ前に叩き潰そうというのだろう、ジャケットの内ポケットから封筒を抜きだして両手でささげもち、お辞儀とともに差しだしてきた。

「先ほど話した多いほうの報酬の半額がはいっている——もちろん必要経費は別建てだ」

　決断のときだ。わたしは言葉に出さずに利害を頭のなかで検討した。いくら原でも、わたし自身が望ましくないと考えるような仕事を無理に押しつけることはできない。うちの会社は暗殺者集団ではないのだ。しかし、もしジャパンタウンにあった漢字が美恵子の死の現場に残されていた漢字と同一なら、わたしは美恵子のため、そしてレンナ警部補のためにも、この件をとことん追いかけたい。だから、イエスと答える充分な理由がふたつそろっていた。そこで、わたしはそうした。立ちあがって手を伸ばし、原が差しだしたときとおなじように礼儀正しい仕草で封筒を受けとると、お辞儀をした。それから日本流エチケットの命じるまま、この場で封筒をあけたりせずにデスクの抽斗にしまいこんでから、ふたたびテーブルをはさんで原とさしむかいの椅子に腰をおろした。

「では、調査をお引き受けします」わたしはいった。「あなたには調査報告をお届けします。それだけです」

原も腰をおろし、暗い笑みをのぞかせた。「とはいえ、わたしがきみを説得して考えを変えさせれば話は別だ。しかし、その件はとりあえず置いておこう。手はじめとして、きみにはなにを提供すればいい？」

「娘さんの今回の旅程。娘さん夫妻の略歴。ハワイをふくむアメリカ合衆国内での友人や知人のリスト。昔からの友人や新しい友人、仕事でつきあいのある相手、個人的な敵、ペンパル……そのすべてを含めたリストです」

原が身をこわばらせた。「きみはこの場面で冗談をいうのか？」

「いえ、冗談ではありません。娘さんのアメリカ国内での関係者を全員知っておきたいんです——あなたにとって、あまり重要に思えない相手でも」

原は肩の力を抜いた。「わかった。二十四時間以内に届けさせよう」

「ありがとうございます。それから、もうひとりの男性被害者の吉田……あの人は友人ですか？」

「遠縁のいとこだ」

わたしはさらなる説明を待ったが、その言葉は出てこなかった。

「オーケイ」わたしはいった。「では吉田氏についても同様の情報をお願いします。吉田氏や娘さんのご主人は危険なことにかかわっていましたか？」

「それはない」

「では、娘さんは？」

「娘は専業主婦だ」

「ご夫婦の暮らしに、最近なにか大きなイベントはありましたか？　だれかの死……パートナーとの不和……恋人同士の痴話喧嘩《げんか》などは？」

「なかった」

「だれかが娘さんたちを殺したがる動機の心当たりは？」

「そんなものはない」

「あなたはどうでしょう？　あなたなら敵もいるはずです」

「いるにはいるが、こんなことまでする者はいないね」

「断言できますか？」

「無論だ」

「けっこう。なぜ事態がそこまで単純なのでしょう？」

《たとえば、被害者のひとりにあまり外聞のよろしくない秘密があるとか？》わたしは思った。

原は太腿を指でとんとんとリズミカルに叩いた。「あとひとつ話しておきたい。次女に連絡して、ニューヨークからこちらへ来て、きみと面談するように頼んでおいた。次女は姉の栄子と親しかったからね」

「ありがたい」

「次女のことは知っているのかね？」原はさりげない声音でたずねた——その声には誇りと疑念が混じりあっていた。誇りというのは、話に出た原リッツァは母国の日本では、跳ねっかえりタイプの有名人《セレブ》だからであり、疑念が混じっていたのは父親の原との現在進行形の確執がたびたびメディアをにぎわせているからだ。

「わたしも新聞を読みますので」

「あの子は欧米ではまだそんなに有名ではないぞ」

「だれが欧米の新聞の話をしたんですか？」

「うまいな」業界の大君《タイクーン》は立ちあがった。「大船に乗った気分を味わってもいいようだ。今回のアメリカ出張ではスケジュールが立てこんでいる。そろそろおいとましなくてはならないが、またすぐ話をすることになりそうだね」

原は、地位にふさわしい王族の儀礼にのっとって短いお辞儀をひとつすると、部屋から出ていった——ボディガードは立ちあがって、原のあとについていった。

ふたりの男が簞笥や屛風《びょうぶ》——折り畳み式の衝立——のあいだを抜けて店の正面玄関をめざすあいだ、わたしは原があっさりわたしを見つけた件を考えていた。原が見つけられたのなら、ほかの者でもわたしを見つけられるだろう。さらにいえば、もっと抜け目のない人物がもっと迅速におなじことをするかもしれず、それを防ぐ手だてはなかった。

12

〈M&Nタヴァーン&グリル〉は五番ストリートとハワード・ストリートの交差点の北東角にある、見た目は岩の上に陣取ったひきがえるのような店だ。おまけにコンパクトで地味、目立たず溶けこみたい警部補がお忍びで訪ねるのにもうってつけだった。

「いいテーブルだな」わたしはいいながら椅子を引きだした。

「おれの定番席さ」

「それをきいても、なぜ意外には思えないのかな」

黒っぽい胡桃材の壁ぎわにあるふたり掛けの席を見張るため、レンナ警部補はバーへ通じている通路でほかのテーブルから隔てられているテーブルを確保していた。声を殺して話せば、ウェイトレスが注文をとって離れたあと、声がきこえる範囲は無人になる。おまけに、通行人が窓から店内をのぞきこんでも姿を見られないまま、店の入口を見張ることもできる。

レンナはわたしがわずかに足を引きずっていることに目をとめた。「ひげ剃りの途中で切り傷でもつくったか？」

「刃物をもったちんぴらと鉢あわせしたよ」

「警察に被害届は？」

「出してない。警察はいま、もっと優先度の高い仕事をかかえてるんじゃないかと思ってね」

しかし原が店から引きあげたあと、わたしは隣のブロックにあるドクター・シャンドラーのクリニックまで足を引きずっていった。ドクターからは、傷口をふたたびひらいて、切り傷を前よりも長くするという偉業をこなしたと、お褒めにあずかった。〝万里の長城〟相手の勝利は、わたしに十五針の縫合とドクターからの医療費請求書をもたらした——そしてわれらが名医は、支払いは物々交換にしようともちかけてきた。シャンドラーは日本の高級漆器に目がない。おりよく新商品を数点仕入れたばかりで、そのなかには赤黒二色の根来塗《ねごろぬり》の盆が二枚ある。シャンドラー医師がよだれを垂らして欲しがることには、一カ月ぶんの稼ぎを賭けてもいい。

「話はまだほかにもある」わたしはそういってから、ジャパンタウンを引きあげて以来、わたしの自宅と店の両方でのめまぐるしい展開をレンナに話した。

「考える材料ができたな」レンナはいった。「おれも調べてみよう。さて、メニューは知ってるか？」

「知ってるもなにもあるか。わたしはコーヒーだけでいい」

〈M&N〉は過去のサンフランシスコの遺物のようなものだ。出す料理はフライドポテトをどっさり添えた平均的アメリカ料理だ。あるいは、おりおりに――たとえば茹《ゆ》でたルイジアナ産のザリガニにコーンを添えた料理のように――とっぴな地方料理を出しもする。ハンバーガーやチキンのバーベキュー、トラック向けのドライブインで出るようなオムレツも味わえる。いずれはなにか書きたくて仕方ないだけではなく締切に追い立てられてもいるレストラン評論家がふらりと訪れ、〝肩のこらない雰囲気〟とか〝心なごむ古風なおもむき〟という表現で、ここをレトロ趣味のダイナー扱いした記事を書くかもしれない。そうなるとレンナをはじめとする常連たちは、行列をつくって押し寄せる新参の客たちが食事をおえるのを待つしかなくなるかもしれない――といっても、その前に店が解体用の鉄球を叩きつけられなければの話だ。

レンナの唇がひくひくした。「どうした？　美恵子さんのことか？」

「美恵子のこと、小さな美貴ちゃんのこと、そのお母さんのこと。全員のことだ」

「気をつけないと、ジャパンタウンのような事件はおまえさんの体に風穴をあけるぞ」

「一家だぞ、フランク。一家全員だ」

バーにいた夏の薄手の制服を着たふたりの郵便局員が、ちらりとわたしたちのほうへ視線を投げた。

レンナは太い指で髪を梳きあげた。「いいか、その気持ちは抑えておけ。ああ、忘れられるものじゃないが、かかえて生きていくすべを学ぶことだ。運がよければ、朝食のハッシュブラウンは変わらずハッシュブラウンの味で食べられる。いや、ブローディ、そんなことは当然知ってたな。おまえだって生娘《きむすめ》じゃない。そうでなければ、こうしてふたりでこの店にはいなかったはずだ」

「ああ、そのとおり」

サウスセントラル地区で生き延びるのは際限のないダンスだ――それも命とりになるダンス、原始時代からあるダンス。いっときたりとも警戒をゆるめてはならない。油断すれば痛い目にあう。打ちのめされた者や青痣だらけになった者や死者なら、これまでにも目にした。しかし、一家全員の惨殺場面はゆうべが初めてだった。

ブロンドのウェイトレスがやってきてペンをかまえた。わたしはコーヒーを、レンナはコークとチーズバーガーを注文した。まずドリンクが運ばれてくると、レンナはなにもいわずにわたしをしげしげと見つめた。

わたしはいった。「よければ、この事件にそこまで熱くなっている理由を教えてもらえるかな？」

「五人も殺された……というだけでは不足か？」

「不足だとわかっているくせに」

ゆうべはレンナの目にもっといろいろなものが見えた。ただ、そこに見えたものの意味が解読できなかっただけだった。

レンナはちらりと壁に目をむけた。壁には、天を衝《つ》くような鉄骨を直立させている作業員をとらえたモノクロ写真がフレームにおさめて飾られていた。サンフランシスコが熱意と誇りをもって橋を建造しようとしていた時代の写真だった。ヘルメットとTシャツという姿の屈強な男たちが、メロンなみに太いケーブルを引きずって所定の位置におさめるため、波立ち騒ぐサンフランシスコ湾の数百メートル上に吊《つ》り下げられた作業用仮設路《キャットウォーク》の上を歩いていた。

「去年うちでクリスティーンに買ったワンピースが、中村美貴のワンピースにそっくりだった――ただし、うちが買ったのはブルーだった。それこそおれが警官になった理由だ。この件から逃げる気はない」

わたしはゆっくりうなずいた。理不尽な殺人を前にしたとき、なにがいちばん応《こた》えるかは予想できない。なにがいちばん胸に刺さるのかはわからないのだ。

　レンナは瞳にめらめらと炎を燃やして身を乗りだした。「いいか、これからもおれはおまえに情報を伝える——でも、頭を低くしていることだ。この先、必要な期間にわたって。できるか？」

「お安いご用だ」

「例の漢字が美恵子さんのときとはちがっていても？」

「あれを見たあとで？　どうということはないさ。死がふたりを分かつまで、だ」わたしは美恵子を思いながら、結婚式の決まり文句を答えた。

「よかった」

　レンナはジャケットのポケットから封筒をとりだし、二枚の紙を抜きだすと、ふたりのあいだのテーブルにならべた。片方は犯罪現場から回収された紙片で、セロファンの証拠保存袋に入れてある。もう一枚は、その拡大コピーだった。

「おまえがいったように、漢字だけがきれいに浮かびあがったよ」

　表面がざらついた日本の紙に縦横の黒い線で書かれた一文字の漢字を見たとたん、心臓がずきんとした。目の前にあるのは、かつて直射日光を浴びたロサンジェルスの歩道で見た漢字の完璧なコピーだった。似ているというのではない。線が一、二本ちがっているのでもない。完璧な複製だった。線

の一本一本にいたるまで完全に一致していた。ジャパンタウンでの事件が、同一殺人犯による四番めの事件だと示唆するものだった。

「どうかな？」レンナがたずねた。

気がつくと声が出しにくくなっていた。「おなじ漢字だ。完全に一致している」

「それをきくと胸が痛むよ」レンナはいった。「おまえが望むのなら、こっちからロス市警をせっついて美恵子さんの事件の再捜査をさせたっていいぞ」

のどに息が詰まった。これまではかり知れないほど長きにわたって、わたしはこんなシナリオが実現するのを待っていた。しかしいざ実現が視野にはいってきたいま、わたしは腰が引けていた。事件からもう四年だ。南のロサンジェルスでは、事件の証拠がすっかり冷えきった燃え殻になっている。捜査を前進させる力が不足している。

「調べれば、なにか出てくるだろうか？」わたしはいった。

レンナは肩をすくめた。「いわせてもらえば、いまボールはおれたちのコートにある。おれたちがこの事件の犯人をつかまえれば、おまえの奥さんの事件も解決できるな」

「うまくいきそうな計画だ」

「よかった」レンナはまたおなじことをいい、言葉の明瞭さはそのままに半オクターブ低い声で話をつづけた。「では、おれの要望を伝える。まず第一に、ジャパンタウンの銃撃事件でエンジンの回転が一段階あがった――だからおまえには、あの漢字がほかのところに隠れていないかをさがしてほしい。今回は答えが欲しい。たくさんの答えが」

わたしはジャパンタウンで見つかった漢字の書かれている紙を二本の指ではさんで擦《さす》ってみた。「そうだね……まず最初に、この紙は標準的な書道用紙だ。大量生産品だな。機械製だ。日本で職人が手作りしている和紙じゃない」

和紙は日本の伝統的な紙で、書道にもちいられる紙だと見られている。ただしそれ以外にも掛け軸、日本式ランタンの提灯《ちょうちん》、日本式スクリーンの障子《しょうじ》などにもつかわれる。最高級の和紙は、いまもなお千数百年前から伝わっている製法で職人が手作りしている。まず植物の繊維をパルプ状に砕いて漉《す》き桶《おけ》の水に溶かしこみ、そこに目の細かな金網を張った木枠を沈める。金網がとらえたパルプが薄膜をつくる。紙漉き職人は薄膜状のパルプを紙床《しと》と呼ばれるところに積み重ね、乾燥させて固めることで、ざらりとした質感をもつ紙をつくる。

レンナがむけた視線から察するに、わたしが規定のアドバイス料を稼ぐためには異文化豆知識をならべるだけでは不足らしい。

わたしはいった。「……というような話は、もう鑑識連中からきかされているみたいだね」

「ああ、数時間前に」

「では、こういいかえよう。大量生産品の和紙は日本じゅうで売られているし、アメリカでも多くの店であつかっている。一方、手作りの和紙は職人による少量生産の品であり、スタイルが地方地方によってちがうため、出所も容易に判明する。このことも、鑑識から教わったかい？」

「いいや」

「つまり、この紙が銃撃犯によって意図的に現場に残されたとするなら、容易には出所をたどられない紙をもちいる用心深さを物語っているといえる」

「なるほど。で、文字そのものは？」

「そちらの連中も、まだ文字の意味を解明できていない？」

「あちこち情報源にあたってはいるんだが。地球温暖化現象がそんなことを許せば、次の氷河期までには漢字の答えをききたい。で、どうしてこの字が読めないのか、そのあたりの理由を教えてほしい」

「常用漢字や当用漢字ではないし、近い過去にもちいられていた漢字でもないからだ」

「すまないが、いまの言葉をふつうの英語でいいなおしてくれるかな？」

「現在つかわれていない漢字であり、ひとつ前の戦争の前にも戦後にもつかわれていない漢字であり、さらには……たとえば……そう、十七世紀までさかのぼっても、一般的につかわれていたいかなる漢字でもない、という意味だよ」

「十七世紀も〝近い過去〟にはいるのか？」

「ルーツが二千年前にまでさかのぼる文化の話をしているときには、ああ、十七世紀は近い過去だ」

「気にくわない話だな。ほかにわかったことは？」

「漢字を書いたのは六十代か七十代の男性だ」

　レンナがすわったまま背を伸ばした。「まちがいないか？」

「まちがいない。男性的で成熟した筆跡だからね」

「日本語なのか？」

「ああ、あえていえば、日本人が書いた日本語だ。中国人じゃない。とはいえ、どことなく妙なところがある」

「日本語を偽造したか、あるいは模倣しただけということは？」

「いや、あれを書いたのは日本人だ。線はしっかりしていて、バランスもとれている。日本人でなければ、あるいは日本で長年……それもかなり若いころから勉強してなかったら、あれだけの字は書けないな」

「なぜ？」

わたしは指で中空に漢字の縦棒や横棒を描いた。「なぜなら、構成要素のすべてのバランスを適切にとって漢字を書くには修錬が必要だからだ。筆順を覚えておく必要もある。この字の場合、筆順は完璧でバランスもとれている。つまりこの漢字は、そっくりに書き写したものでもなければ、模倣者がお手本をとりあえず真似たものでもない、ということだ。これは日本人が特殊な筆、あるいはペン先が筆状になった筆記具で書いた字だよ」

「だったら、なにが妙なんだ？」

「筆跡が震えている。ふぞろいな箇所もある。墨もだ」

「書いた老人が二、三杯飲みすぎてたんじゃないのか」

「いや、全体のスタイルはしっかりしている。これを書いた人物は、この漢字を書き慣れていなかったんじゃないかと思う。あるいは関節リウマチかなにか、加齢に起因する病気だったのかもしれない」

レンナは顔を輝かせた。「それもいい材料だ。ほかには？」

「いまのところは、これで全部だ」

レンナは背もたれに体をあずけ、両手で腹を撫でていた――つかのまとはいえ、わたしが与えたパン屑《くず》のような情報で満腹しているらしい。「思いがけない幸運をつかまえたかったら、こいつを早く解決したほうがいい」

わたしは疑わしく思っている顔をのぞかせた。「それはなんだ？　座右の銘か？」

レンナの顔が一気に生気をなくした。「まあ、ゆうべはそうも考えていたんだよ。いまではジャパンタウンの件が、好転するよりも先にどんどん悪化すると思えてならない。犯人をつかまえたい気持ちに変わりはないが、みんなどんどんうろたえだしてる。怯えきってるんだ」

レンナの声が急激に沈んだ調子に変わった。こんな破滅の予言者めいたレンナの口調は、これまで耳にしたことがなかった。

「こいつは怪しい魔道じゃないぞ、フランク」わたしはいった。

「深夜の殺人事件にくわえて、解読不可能な謎の文字だぞ？　警官がどれだけ迷信深いかは知ってるだろう？　あいつらは、ジャパンタウンの事件には近づかないほうがいいと話してる。事件そのものが四十八時間以内に沈没するし、沈むときには全員を道連れにするはずだと噂《うわさ》してやがる」

「で、あんたはどう思う？」

「おれはなにがどうあっても、最後までつづけるさ。さあ、教えてくれ――おれが見ているものがなんなのか、なぜこの癪《しゃく》にさわる漢字とやらを見たおれの部下連中が、まるで悪魔を目にしたみたいに震えあがっているのかを。ああ、できることなら犯人の頭のなかにはいりこんでみたいものだね」

13

スイス　チューリヒ

ヘレナ・スペングラーは、招いてもいないのに自宅の居間に居座っているふたりの不気味なアジア人男が厭《いと》わしくてならなかった。

「クリストフ、こちらのおふたりとはお知りあい？」ヘレナは、スイスの銀行家である夫にたずねた。役立たずのメイドのセレナは家の主人の帰りを待たずにアジア人ふたりを家に通してしまい、そのあと奥の部屋へ姿を消していた。

「そんなようなものだ。片方とは先週会ったよ」

年かさのアジア人——奇妙なオレンジ色の肌と細い目のもちぬし——は、オービュソン織りのカバーがかかったルイ十五世様式の肘掛けつき長椅子に背すじを伸ばしてすわっていた。この男のほうが、まだしもいくばくかの敬意をのぞかせている。もうひとりのアジア人、髪をポニーテールにしている男は、夫クリストフ専用の安楽椅子にわが者顔でだらしなく体をあずけ、長い手足のすべてを椅子の見当ちがいのところから突きだして垂らしていた。

「コーヒーでも運ばせます？　それとも……」ヘレナはわざと途中で言葉を途切らせた——必要なら地元警察に通報するのもやぶさかではないという含みを添えて。

そのときだった——若いほうのロレンス・ケイシーというアジア人が、なんの前ぶれもないままヘレナの背後に忽然《こつぜん》とあらわれた。ケイシーは背後から固め技の要領で片腕をヘレナの胸にまわし、同時に空《あ》いている手を反対側から前にまわしてハンカチをヘレナの顔に押しつけた。もがいて抵抗しながらも、ヘレナ・スペングラーは気がつくとこんな疑問に頭を悩ませていた。

《この人はいつの間に移動したんだろう？》

ヘレナは年配のご婦人らしい体をひねってさらに一、二秒は抵抗していたが、そこで瞼が垂れた——薬がヘレナを安らかな眠りへ引きこんだ。ケイシーがヘレナの体を長椅子まで引きずってクッションに寝かせようとすると、年かさのアジア人がおどけた仕草で一礼しながらスペースをあけた。

「さてと」荻慶治《おぎけいじ》——スペングラーがケヴィン・シェンという名前で知っている男——がいった。「先週あなたに説明したが、例のワインをこちらへ引きわたしていただきたい」

銀行家一家の六代めにあたるクリストフ・スペングラーは、夜遅くまでの饗宴《きょうえん》とたっぷり飲んだ酒のせいで頬を薔薇《ばら》色に染め、腹もくちくなっていた。十四世紀からスイスの貴族たちに料理を出しているレストラン、〈ハウス・ツム・ムデン〉での友人たちとの会合だった。

「その件はもうおわったじゃないか」銀行家のスペングラーは、部屋がぐるぐるまわるのをとめようとして目をしばたたいた。

「交渉再開と考えたまえ」荻はサイドテーブルに札束をぽんと投げた。「代金はあくまでも一本分だ。残りの二本は、ペナルティとして没収させてもらう」

スペングラーはシェンの目がぎらりと光ったのを見逃さなかった——当人が着ている服のように黒々とした奇妙な光だった。招かれざるふたりの客は、肌に吸いつくような黒いスーツを着ていた。ふたりともジャケットの下には、おなじ奇妙な素材の黒いタートルネック。しかし、きわだった特徴のある服装だからスペングラーの家族を手荒くあつかっていいという理屈はない。

「ミスター・シェン」銀行家のスペングラーはいった。「気をわるくしないでほしいのだが、現時点では、そちらの要請に全面的には応じられないな」話しながら、たっぷり糊《のり》をきかせたシャツの左のカフをいじり、頭文字つきのカフリンクが反射した光がシェンの目にあたるように調節した。ときおり目下の者たちに〝おまえたちが相手にしているのはだれか〟を思い起こさせるためにつかうテクニックだった。「できれば、もっと通常の業務時間内にオフィスを訪ねてもらえないか」

《そういった時間なら、きみたちの体を文字どおり外の往来へと叩きだせるボディガードたちもいるしね》

荻はまぶしい光から顔をそむけた。「こちらの要請に従い、それ以上の心配をせずにすませたいのなら、これが最後のチャンスだ」

「本心からいわせてもらうが、もうお引きとり願いたいね、ミスター・シェン」スペングラーはそう応じた——相手への侮蔑が高まり、そこから向こうみずなまでの胆力を引きだして。「いますぐ引きあげれば、あしたはあらためて歓迎しよう」

先週以前には、クリストファー・スペングラーはこの粗野なアジア人の俗物のことをなにも知らなかった。両者の道筋は、一九〇〇年もののシャトー・マルゴーのマグナムボトル三本をめぐって交差した。ワインは、迫りくるナチの軍勢から一家で逃れたオーストリアの某公子が所有していたが、そののち忘れられて久しくなったワインセラーから見つかったものだ。公子はワインセラーを煉瓦でふさぐだけの先見の明はあったが、自身が戦争に負けずに生き延びるだけの才覚はなかった。そののち公子の屋敷は人手にわたり、都合四人の所有者を経たが、長年のあいだ完璧なコンディションで保管されていた傑出したワインのコレクションが発見されたのは、現所有者による改修工事のさなかだった。コレクションはオークションにかけられ、世界じゅうのワイン愛好家があつまってきた。

第一段階から参加して争ったのは九人。三本セットの競売開始価格は四万ドルだった。六万ドルになった時点で残っていた入札者はわずか五人。価格が九万ドルに上昇すると残っていたのはシェンとスペングラーのふたりだけで、ほかは全員おりていた。そこから価格がさらに三万ドルあがると、シェンは鉄面皮ぶりを発揮してスペングラーに直接交渉をもちかけてきた。

「こんなふうにふたりで争うくらいなら」シェンという名前をつかっていた荻はそういった。「どちらも入札はここで切りあげ、ふたりで三本を分けあおうじゃないか」

「そちらの願いをききいれたいのは山々だが、あいにくマルゴーをわたしの五十五歳の誕生日パーティーでふるまうと約束してしまったのでね。招待客が世界じゅうから飛行機でやってくる。彼らを失望させたくはないね」

「だったら、ちょっとだけ妥協しないか。きみに二本、わたしに一本ではどうだ？　わたしはもう七十二歳だ——これほど良好な状態でこのヴィンテージを味わえるチャンスは、これが最後かもしれないじゃないか」

「あいにく、こちらは三本全部必要なんだよ。だからそちらに入札の意向がもうなければ、ここでおりてくれ。次に出品されるワインも負けず劣らずすばらしいものだと思う」スペングラーはシェンこと荻に背をむけ、うなじに高まりつつある説明のつかない震えを抑えこもうとした。

そしていま、スペングラーはこう答えた。「オークションのあいだ、そちらに返答したとおりだ。断わる理由もそのときに話したとおりだよ」

「金をうけとれ」

「下品な真似はつつしめ」

「そうまでいわれたら、おまえのワインセラーのドアをあけるのに必要なコンビネーションをききだすまでだ」

「教えるものか」

「ケイシー。こちらの紳士を説得したまえ」

呼ばれたケイシーは警告の言葉も省いて、わからず屋銀行家の腹にパンチを叩きこんだ。スペングラーは〝ううう……〟と声を洩らして、椅子にくずおれた。

シェンこと荻は腕をふって室内を示した。「ムシュー、われわれは並みの銀行員とちがって、そう簡単に畏れいったりしないよ。コンビネーションを明かさなければ、この先もっと苦しい目にあうだけだ」

「たかが三本のワインのために、ここまでするような者はどこにもいないぞ」スペングラーは苦痛に食いしばった歯のあいだから、これだけの言葉をなんとか押しだした。

荻は退屈顔を見せた。「先週はわたしからの要請だった。しかし、いまは要求になった。それだけだ」

この家にはメイドがいる――スペングラーは思った――メイドが騒ぎをききつけて、警察に通報したはずだ。しかし考えてみれば、メイドのセレナは客に飲み物の注文をきいてもよさそうなのに、屋敷の奥からいっこうに出てこない。住みこみのメイドがこんなふうに仕事をさぼっているとなると……セレナはもっと早い段階で無力化されたと考えたほうがいい。妻とおなじ手段で。

ケイシーの携帯電話が鳴った。朦朧としているスペングラーから離れて通話を受け、「話せ」と相手に日本語でいう。この男とおなじ暗号化処理された携帯情報通信機器をもっているのは、韓国とアメリカとイスラエルの政府系情報機関に所属するトップレベルの工作員だけだ。

スペングラーはチャンス到来を見てとり、椅子から躍りあがって走りだした。ケイシーは耳に携帯を押しつけたまま身をひるがえし、スペングラーの後頭部を片足の踵で蹴りとばした。倒れたスペングラーは、突きでた太鼓腹をカーペットに押しつけて不格好に滑って進んだ。ケイシーはうっかり含み笑いを洩らした。《馬鹿のきわみだな》

「いや、たいしたことじゃない」ケイシーはさっきと変わらず日本語で携帯に話しかけた。「つづけてくれ」ケイシーはふらりと歩いて、倒れたスペングラーの背骨を片足でしっかり押さえつけた。「あ、わかった」そういって荻にむきなおる。「サー、ダーモットからです」

ダーモットはサンフランシスコで、ジャパンタウンの一件の事後処理チームを率いている。

「わたしが出よう」荻はゆるく投げあげられた携帯を、何十歳も若い男のような軽い身ごなしでつかみとった。「ああ、わたしだ」

「殺害現場にあらわれた民間人が厄介な問題になりそうです」

「がらくたを売っている美術商が？　まさか」

「あの男がジェイク・ブローディの息子であることをお忘れなく」

「ああ――ついでに、白髪頭のばあさんたちに手描きの絵がついた瀬戸物を売っている男だぞ。あんな男のことは忘れろ」

「事件の捜査を担当している警部補が、街の反対側でつい先ほどブローディと会っていました。さらにブローディのもとを原がたずねてもいます」

「原が？」

「ええ」

荻は思慮をめぐらせる顔になった。「よくわかった。日本との直接のチャンネルは、あの美術商だけだ。いましばらくあの男をよく見張っておけ。ブローディだけだ。警察は恐るるにたらん」

作戦は消毒をほどこされた。殺害後の数分以内にケイシーとそのチームが現場周辺を無人化し、そこへダーモットのクルー一同がすばやくあらわれ、地元警察の動向を監視し、事件後に思わしくないことが起こらないよう確実を期した。ほかの部分も対策ずみだ――サンフランシスコ市警察が東京に公式に照会した場合もふくめて。

荻がたずねた。「どうしてそんな些《さ》細《さい》な問題で、いちいちわたしをわずらわせる？」

相手の返答をききながら、荻はすっと目を細くした。ダーモットは命令を無視してブローディを襲った。つまりあの美術商はすでに死に、いまダーモットは事後処理の許可を得るために電話をかけてきているのだろう。部下のなかで格闘戦にもっとも優れたダーモットは、あいにく癇癪《かんしゃく》のもちぬしだ。

《忍の一字、忍の一字。つねに忍耐を心掛けよ》荻はそう思いながら、相手の言葉をさえぎった。「いったはずだぞ、サンフランシスコではもう死体を出すなと。この仕事はそのくらい重要なんだ」

「ブローディは死んでいません」

ダーモットがブローディとの遭遇の一部始終を話しおえると、荻はいった。「引き下がったのは正しい判断だ。この前、だれかがおまえの攻撃をかわしたのはいつだった？」

「今回が初めてです」

「それは考えていなかったな。だとすると、これが問題になってもおかしくない」

「サー、わたしもそう考えていました。〝優先排除〟の許可をください」

〝優先排除〟とは、手段を問わずに対象人物をただちに始末することをあらわす隠語だった。

「気持ちはわかるが、答えはノーだ。殺人そのものは完璧だった――警察はなにも知らず、今後なにかを見つける見込みもない。新たな展開があって警察の注意を引きつけないかぎり、捜査はいずれ沙汰やみだ。新しい展開がぜったいないように手を打っておけ。しばらくはあらゆる接触を避け、死体をこれ以上出すな。これを守らなければ、わたしはきわめて不愉快になるだろうね」

「かしこまりました」ダーモットはいい、ためらってからたずねた。「いま〝しばらくのあいだ〟とおっしゃいましたね？」

荻は人参《にんじん》をぶらさげるべきタイミングを心得ていた。ダーモットとケイシーは手下のなかでいちばん腕のいい現場工作員であり、そのため特殊なメンテナンスが必要だ。ダーモットについていえば、おりおりに殺戮欲求を満たしてやらなくてはならない。そのため荻は、ジャパンタウン事件のほとぼりが冷めたころにでも美術商についてのゴーサインを出してやったほうがいいと感じていた。

「きいたとおりだ」荻はそういって電話を切り、注意をスペングラーにもどした。「さて、考えをあらためたかね？」

スペングラーはごろりと転がって仰向《あおむ》けになった。目から涙が流れていた。「ああ」

「すばらしい。さて、コンビネーションを教えろ」

「教えたら、もうなにもせずに立ち去ってくれるか？」

「ここでのわたしの願いがかなえられたら、きみにはなんの不満もなくなるだろうね」

スペングラーは一連の数字を口にした。

荻はスペングラーにも理解できるように、ケイシーに英語で指示を出した。「くだんのワインを運びだしてきたまえ。いいか、あの三本だけだぞ。ミスター・スペングラーのそれ以外の貴重な品々には、いいか、決して手をふれるな」

それから日本語で命令をくだす。

「燃やせ」

つまり、《ほかの品はすべて焼却処分せよ》という命令だ。

二分後、ケイシーは三本のダブルマグナムボトルをもって引き返してきた。

「すばらしい」荻は目を輝かせながら、またおなじ言葉を口にした。

「狙った獲物を手にいれたんだ」スペングラーは敗北にすっかり肩を落としながらいった。「だから、もう出ていってくれ」

最初のひと筋の煙が、下のフロアからただよいのぼってきた。

スペングラーが弾《はじ》かれたように立ちあがった。「なんてことを！　わたしのセラーが燃えてるぞ！」

ついでスペングラーの耳に、上等な生地の上を金属が滑るひそやかな音がきこえた。同時に、目の前を細いワイヤの輪が通りすぎていったように思った。つづいて、さらにシェンこと荻の熱く湿った吐息がうなじにかかった。

荻が手にしていた絞殺具の両端の小さな木製の糸巻に、ワイヤが巻きつけてあった。この糸巻が把手《とって》の役目を果たしている。荻は両手の指で糸巻をしっかりとつかんだ。スペングラーの背後で、荻は手首を交差させてワイヤの輪を狭め、さらに強く引いた。

スペングラーは両目にショックの色をたたえたまま、両手で自分の首をさかんに引っ掻こうとした。なにが起こっているのか完全には理解できていなかったが、両手に勢いよく降りかかって胸もとへ流れ落ちていく赤い液体のことはいやというほど理解できた。

スペングラーの頸部《けいぶ》の重要な器官がひとつずつ破壊されていくのを、荻はまざまざと手に感じていた――気管、頸動脈、頸静脈、迷走神経。獣脂をすんなり切り分ける肉切り庖丁《ぼうちょう》のように、細いワイヤは頸部の器官すべてを切っていった。ワイヤが頸椎《けいつい》に行きあたると、荻は交差させていた手首をもどしてワイヤの輪をほどき、もちあげた両手の手首を慣れた動作で一気に跳ねさせて、被害者の頸部に食いこんだ絞殺具のワイヤを抜きとった。

スペングラーは両目を剝きだし、弧を描いて噴きだしている真紅の鮮血を部屋じゅうにまき散らしながら、ふらふら歩きまわっていた。出血を食い止めようとしてはいるが、指はぬるぬるした血で滑り、首のまわりをむなしく這いずるだけだ。首のあたりから、うがいのような音が湧きでてくる。赤い泡がいくつもできては膨らみ、ぱちんと弾けた。ついで両腕から力が抜けて垂れ落ち、両目がごろんと上をむいて白目を剝きだしたかと思うと……六代つづいた銀行家のなれの果てがどさりと床に倒れ伏した。

荻はワイヤをハンカチできれいに拭い、くるくると丸めてから上着の内ポケットにおさめた。

ケイシーは血糊が飛び散っている床をじっとながめた。「これは計画外の出来事になりましたな」

「わかっている」荻はいった。「この男の態度に我慢がならなくてな」地下室のドアから火事の煙が波打つように噴きあがっていた。「もう時間があまりないようだ」

ふたりは慣れた手つきで夫妻の死体を主寝室に運びこんでベッドに横たえ、手早く夜着に着替えさせていった。荻たちが来訪した痕跡は、すべて火事の炎が消してくれるはずだ。彼らの仕事のほとんどは、こういった〝偶然の不幸な死〟の演出だった。ジャパンタウンでこなしたような直接的な襲撃はめったにない。仕事の大部分で要求されるのは、もっと自然に見えるかたちでの対象の排除だった――溺死、自殺、車の猛スピードでの衝突事故。リストは長く、創意に富んでいた。

「どうやら、この家の好意につけこんで長居をしてしまったな、ケイシー」荻はいった。「金は回収していこう。わからず屋のこの友人には、もう金をつかう機会もないだろうしな」

14

わたしはレンナ警部補が知りたがっていることを話した。

「漢字は日本語の文字体系の大多数を占めている文字でね。日本語にはこのほかひらがなとカタカナという二種類の文字があり、それぞれ約五十の文字から構成されている。しかし漢字は数千、数万の単位だ。漢字は原始的なシンボルや表意文字から進化した。たとえば〝目〟は、最初はもっと実物そっくりな記号で書かれていた。しかし長い歳月をかけて、縦長の長方形が二本の横棒で区切られる形に変化した。ペンをもっているか？」

レンナはボールペンをとりだした。わたしはテーブルに置いてあるステンレススチールの容器から紙ナプキンを一枚抜きとり、目を意味する文字を書いた。

レンナはわたしの絵を見つめた。「これはおもしろい。いまの漢字も、最初の記号に似ているな」

「そう、様式化されただけなんだ。また〝山〟という字は、最初はごつごつした三角形がつらなっている形で、それが抽象化されて出来あがってきた」いいながら、わたしはナプキンに二列めのイラストと文字を書いた。

目

山

「気にいってきたぞ」レンナはいった。「内なる論理が通っているな」

「いかにも。そして、こうした初期のシンボルが滲透《しんとう》していくのにあわせて、人々はシンボルを組みあわせるようになってきた。たとえば、農地をあらわす〝田〟という字の下に、パワーをあらわす〝力〟という字を添えて〝男〟の字にした——当時の人々にとって〝農地で力を発揮する〟のは〝男〟だったんだね。そういった変化が何世紀にもわたって中国で進み、のちの時代には日本でも変化が進んだ」

テーブル担当のウェイトレスがレンナの注文したバーガーをもち、ヒップを盛大に揺らしながら近づいてきた。ウェイトレスは首を伸ばして、ナプキンに書かれた日本語の文字に目を落とした。「あら、フランク、秘密情報部員に昇進でもしたの？」

レンナは目をあげた。ウェイトレスは三十五歳前後、ハニーブロンドのたっぷりとした髪を形のいい頭のてっぺんに盛ったヘアスタイルをしている。ひと筋だけほつれた髪の房が、意志の強さを示すあごの片側に絶妙な具合で垂れているのが、漁船がつかう延縄《はえなわ》に似ていた。あのウェイトレスは髪のひと房でなにかを釣りあげたことがあるのだろうか？

「夜学だよ、カレン」レンナが答えた。「市当局からいきなり馘《くび》にされたときにそなえて、言語学者になる勉強をしておこうと思って」

「あなたが馘に？　市当局がそんな大それたことするもんですか」

軽口の裏にあるウェイトレスの目つきは、それほど明るいものではなかった。

わたしはゆったりヒップを揺らして離れていくウェイトレスを見送りながらいった。「いまの彼女、あんたに釣糸を垂らしてるのかな？」

レンナはうなずいた。「カレンはご亭主と別れたばかりなんだよ。おれをうまく家に連れて帰れたら、カレンは有頂天になる。で、おれが家に行くという話をこっそり洩らせば、別れたご亭主がおれを狙って家に来る。そこでおれが元のご亭主をこてんぱんに叩きのめすと踏んでるんだ」

「そんな話を洩らしそうなのか？」

「ああ、まちがいないね」

レンナは二百グラムのハンバーグにたっぷりとケチャップをかけると、トーストされたバンズの上半分を載せて右手でつかみあげた。それからわたしが日本語を走り書きしたナプキンを左手で高くかかげ、バーガーにかぶりついた。

レンナはナプキンをわたしにむけてふった。「オーケイ。ブロックを組みあわせる話をするんだったら、どうして例の漢字のブロックを分解できない？」

「理由はふたつある。最初の理由は抽象性だ。漢字に足される要素が増えれば増えるほど、組みあわされて出来た漢字は最初の基本的な意味から離れる傾向にある。たとえば〝山〟という字に〝高〟を組みあわせて出来た字は〝嵩〟。もっと抽象的な意味、具体的には〝ふくらむ〟とか〝量が増える〟といった状態をあらわす〝嵩《かさ》ばる〟という言葉の基礎になる字だ。さらに歴史的経緯というフィルターの問題もある。〝山〟から運んで来た材木を〝屋根〟の下に入れて火で処理すれば、出来あがるのは〝炭〟だ。屋根は、昔、炭を焼くのにつかっていた窯《かま》をあらわしている」

「つまり複雑にからみあっているわけか」

「そう見ることも不可能ではないな」

「単純であってほしいというのは過ぎた願いらしいな」レンナはまた二百グラムのハンバーガーを大きくかじりとった。おそらく三口めだったはずだが、ハンバーガーはもうあらかたなくなっていた。「日本にいる知りあいからの返事はいつになれば届くと思う？」

わたしは時差を計算した。「向こうでは一時間前に業務時間がはじまったところだ。メールには〝緊急〟のタグをつけておいたから、業務時間がおわるまでには一次調査の結果が届きそうだ。ただし、奇跡は期待しないでくれ」

「まさに期待してるよ」

わたしは運ばれてきたコーヒーに疑いの目をむけた。「警告しておく。およそ日本に関係することは、そもそもが曖昧なんだ——当の日本人にとってもね」

わたしという存在の核の部分には、この観察が腰をすえている。わたしは白人の両親から生まれたアメリカ人だが、わたしの経歴や仕事や個人的な生活の一部は、日本に縛りつけられている。子供時代には、大部分の時間を東京の裏通りで遊んで過ごした。妻は日本人だったし、娘は母親から日本人の血を引き継いでいる。父は成人してからの歳月の大半を東京で過ごし、ブローディ・セキュリティ社をつくった。日本はわが心のなかで特別な場所を占めつづけ、毎日に豊かさをもたらしてくれた──それゆえ感謝の念を絶やしたことはない。

それでも──決して警戒心をゆるめず、打ち解けることもない友人や恋人のごとく──日本はわたしから距離をとりつづけていた。そして長いあいだわたしは、日本の有名なとらえどころのなさは、わたしの〝外人《ガイジン》〟──閉鎖的な社会における永遠のアウトサイダー──という地位ゆえのものだと思いこんでいた。しかし、それは理由のひとつにすぎなかった。数名の日本人の友人たちと新宿で純米酒を何本か飲んだのち、彼らも同様のよそよそしさに悩んでいることを知らされた。彼らがいうには、わたしには日本語の能力があり、日本の人々や伝統への知識もあるため、表面を突破して、いちおうインサイダーになっているようだ。問題は単純に、あらゆるクラスタが防備を固めていることにあった。何世紀もかけて、秘密が何層も何層も積みあげられてきた。その秘密を知っているのは内輪の関係者だけ──輪の外側の者たちは除外される。しかも、内輪のなかにも輪があるという。父ジェイクの仕事の性質や、自分がどんな仕事を受け継いだのかがすっかり理解できたのは、ようやくこのときだった。わたしのもとに助けを求める声が寄せられるのは、その種の秘密が内輪よりも外側の人々に影響をおよぼしてしまった場合である。

レンナはおもしろくない顔を見せた。「こっちには何週間もの時間はない。だから、おまえには仕事を急《せ》かしてもらう必要があるな。で、漢字というのは何文字ある?」

「こんなふうに説明しよう。平均的な日本人は三千字の漢字を読むことができる。大学を卒業した成人であれば四千字から一万字だ。標準的な辞典には一万から一万五千字が収録されているが、歴史上のあらゆる漢字を収録している全十三巻の『大漢和辞典』には五万字が収録されているよ」

「五万字？　たまげたな。この事件がブラックホールになってもおかしくない。で、おまえは何文字くらい知ってる？」

「歴史的な漢字をふくめれば、六千から七千字くらいかな」

レンナは拳を握りしめた。「それでも、おまえにはこの漢字が読めないんだな？　ありがたくないね。まったくありがたくない」

「ようこそ、神秘の東洋へ」

「あと二日ばかりは待てるが、それ以上は延ばせそうもない。友人たちをできるだけ急き立ててくれ。あしたの午前中、十時くらいに署に来て、それまでにわかったことを知らせてほしい」

「わかった」わたしは曖昧な表情で答えた。あまりにも多くの成果を、あまりにも急いで手に入れたがると、結局は失望がもたらされるだけだと知っていたからだ。

レンナは立ちあがった。「よかった。もう行かないと。ありがとう」

「というと？」

「なにはともあれ、おまえのおかげで例の漢字が普通の字ではないとわかったからね」

「それで？」

「どちらも決定打じゃなかった」

わたしとレンナは長いあいだ見つめあっていた。

不安の影がレンナ警部補の顔をよぎっていった。「もうひとつ。調べているあいだ、背中に気をつけていろよ、ブローディ。何者かがうろついてる——こっちは、向こうに見つけられる前に相手を見つけておきたい」

その言葉に、わたしははっとした。鼓動が乱れた——心が真実の核を見抜いたときにそうなるように。ふたたび、ジャパンタウンに足を踏み入れてからの十八時間のめまぐるしい出来事に思いを馳せた——ちんぴらのふりをした男、なにも盗まれていなかった店への不法侵入、予想外の原の来訪。

レンナもおなじ目にあったにちがいない。

ふいに、わたしの店での鮮やかな手ぎわの仕事がなにを目的にしていたのかがわかった。なにひとつ盗まれてはいなかった。なぜなら、あの不法侵入の達人の目あては店にならんでいた美術品ではなかったからだ。となると、その目的はわたし個人か店、あるいはわたしの動向にまつわる情報が目あてだったことになる。あるいは、その三つすべてか。さらに、その人物が置土産をしていったことも考えられる。じっと耳をすませているような機械を。

となると、相手はもうわたしを見つけだしているのかもしれなかった。

噂
第二日

15

例の漢字について問いあわせるメールを東京のブローディ・セキュリティ社にあてて急ぎ送信したのち、わたしは第二のメッセージを、昨年の夏に出会い、いまでは友人になっている美術商に送信した。ふと、あの男なら、何年も前に冷えきってしまった手がかりを見るための新たな視点を提供してくれそうだと思ったからだ。いちかばちかの賭けのようなメールだったが、翌朝早く、多少せっぱ詰まった調子の電話がかかってきたことで賭けが報われた。

高橋和雄《たかはしかずお》は京都在住の有力な美術商だ。わたしにわかるかぎり、日本文化にまつわることにかけては分野を問わず天才の域に達している男である。炯眼《けいがん》のもちぬしであり、八世紀の奈良時代のはじまりにまでさかのぼる自国のルーツについての深い理解をそなえている。しかしそれ以上に重要なのは、高橋がつねに例外なく誠実であることだ——これはわたしたちの業界では、めったにお目にかかれない美点だった。

受話器をとりあげると、京都に住む高橋の愛想のいい声が耳に届いた。「ブローディさんかな？　高橋だ。きみや由美ちゃんを起こしてしまったのでなければよかったのだが」

この質問は、親しみのこもった丁寧な日本語で発せられた——高橋は日本語しか話さない。わたしの娘のジェニーのことは、ミドルネームの由美子の愛称で呼んでいる。

「いえ、あの子なら友だちの家に行ってます」わたしはいった。「それに、わたしはもう起きてました」

「きみがあの漢字にからんだ仕事を進めているのなら、ああ、きみが起きていても驚かんぞ。しかし、その件の前に、少しだけビジネスの話をしてもいいかな？」

「もちろん」

「十一月のサザビーズのオークションでアシスタント役をお願いしたい。大丈夫かね？」

「ええ、特段の予定はありません」

「ありがたい。リキテンスタインの絵を欲しがっている顧客がいるんだ――初期の代表作の一枚をね。この一枚でコレクションの穴が埋まるといった事情もあって、顧客は確実に落札するためにマンハッタンに人を派遣したがっている。入札のあいだは電話をつなぎっぱなしにしよう。手数料はいつもと同条件でかまわないかね？」

「ええ、異存ありません。さて、あの漢字についての所見をうかがわせてください」

高橋は咳払《せきばら》いをした。「奇妙な種類の漢字だよ」

「というと？」

「まず――もうおわかりだと察するが――主要な漢字辞典のいずれにも収録されていない。しかし、それはまだ序の口だ。わたしのメールはもう受信したかね？　話しながら見比べられるように、わたしがあの字を書きなおしてみたんだ」

「少々お待ちを」

わたしはほかの部屋へ行ってコンピューターを起動させ、高橋が送ってきた画像ファイルを印刷した。わたしたちの住むアパートメントには、コンパクトなキッチンのほかに朝食用コーナーと、二部屋の〝プチ・ベッドルーム〟があり（ちなみにこれは不動産屋愛用の婉曲《えんきょく》語のひとつで、意味は〝ベッドとドレッサーを入れたら立っているスペースが残るだけの部屋〟だ）、バスルームがあり、ふたつの優美な出窓をそなえた家族室がある。すべての部屋にベージュのカーペットを敷き、東京の根津《ねづ》美術館や五島《ごとう》美術館の展覧会のポスターを額装して壁にかけているほか、特別にえらんだスポットには店から〝貸出品〟の絵画をもちだし、定期的に交換して飾ってもいた。北に面した出窓の前にコンパクトな作業デスクを設置し、わたしとジェニーそれぞれのノートパソコンを置いてある。これなら、ふたりでキーボードを打ちながら親子の会話ができる。

わたしはプリンターの排紙トレイに出てきた用紙をつかみあげ、コーヒーテーブルに置いてからソファにすわった。つづいて作業デスクから、〈M&N〉でレンナから受けとったコピーをとりあげ、高橋が書いた新しいバージョンとならべて置いた。

オリジナル

新版

「いま受けとりました」わたしは子機をとりあげて高橋にいった。

「鮮明かな？」

「ええ、とても」

「よかった。まずいっておきたいのは、書きぶりにぎこちなさがあるというきみの指摘は正しいし、そこから書き手がこの漢字を日常的に手書きしてはいないことが察しとれる」

「つまり、なにか特別な目的で書かれた漢字だ、ということでしょうか？」

「それがわたしの仮説だよ。さらにいっておけば、筆致が一貫せず、線に勢いがないことから、書き手の教育程度が限られていることが推察される。学校には六年、いや、せいぜい七年程度しか通っていなかったのではないかな」

それをきいて、あることを思いついた。「日本語を日常的に書く必要に迫られていない人物だということは考えられますか？　たとえば……国外生活をしている日本人とか？」

高橋はためらいの気持ちもあらわに答えを口にした。「通常、わたしが筆跡標本を鑑定する場合にはその領域までは踏みこまないが……そうだね、たしかに故国から離れていることで字が下手になることもないではない。そうだとすれば、書き手の通学期間はさらに一、二年増えるかもしれない……それも……うぅむ……あまり設備の整っていない学校にね。いずれにしても字を見るかぎり、書き手は中級以上の書道教育をうけておらず、書法の深い理解にも欠けているといえる」

人に見せるために詩歌や格言を書くのは、伝統的に画家や学者、それに仏僧たちである。今日にいたるまで歴史に残る書の数々は、日本の歴史に名を残す傑出した偉人たちの性格を——部分的とはいえ——明らかにしている。

わたしはいった。「国外の日本人学校で教育を受けた二世という線はどうでしょう？」

二世というのは、国外で日本人の両親から生まれた子のことだ。日本国内で生まれた子供と比べると、伝統的な教育に接する機会が少ない傾向にある。

「その可能性もある」美術商はいった。「もしその人物が多少なりとも昔からの教育を受けていれば。それなら、漢字に親しんでいながら文字に優雅さが欠けていることにも説明がつくね」

「つくかもしれませんし、つかないかもしれない。ほかにはなにか？」

「あの漢字は組みあわせでつくられたものかもしれないね。いくつかの文字が圧縮されて、ひとつの字になっているというか……漢字をつくった者がそれぞれの意味には頓着せず、いくつもの要素を一文字に溶かしこむことでシンボルをつくることに関心を向けている、といえばいいかな。ロゴといってもいい。あの漢字の意味を解き明かすための鍵は、漢字をつくる線のなかにこそあるのかもしれない」

「あの字を読めますか？」

高橋はためらった。「手もとには明白なものや曖昧なものを含めて、いくつかの解釈を書きとめたリストがあるが、きっちりと確認するには二、三日の時間が欲しい。そのあいだ、心理学的な含意について考えるとしよう。経験を積んだ者には、この漢字が人に胸騒ぎを起こさせるものに見えるね」

それを恐れていたのだった。レンナとの会話以来、ずっと胸につかえていたあの暗い予感が、いま勢力を倍に増やして襲いかかってきた。羽毛のような恐怖がふわりと、わたしの手足を通り抜けていった。

「ほかでもない、きみが相手であれば――」京都の美術商、高橋はそう話した。「いまわたしが知っていることを、どのようにして知ったのかを説明する必要はあるまい。しかし、この漢字には見逃しようもないほど強い傲岸不遜の雰囲気が底流として流れているばかりか、別の要素もあってね――その要素に、わたしはかなりの不安を感じているんだ」

高橋の言葉のしめくくりを耳にするなり、脈搏《みゃくはく》がびくんと跳ねあがった。読みとる力のある目があれば、書は心理学的な含意をもたらす。一連の手書き文字が、あまりにも人間的な特色をあらわにすることもあるのだ――茶目っ気、喜び、悲しみ、自尊心、浅慮、欲望、親切心、残酷な心、怒り、精神的な深み、あるいはその欠如。

「あなたの目にはなにが読みとれましたか、高橋さん？」

美術商は落ち着かなげに体を動かしていた。「きみのメールには事態が切迫しているとあったので、わたしもあえて火中の栗《くり》を拾ってみよう――ここには抑えつけられた偏執的なエネルギーが封じこめられている。けだもの同然で操縦不能なエネルギーだ」

高橋はためらった。

わたしはたずねた。「つまり、どういう意味ですか？」

「わたしがきみならね、ブローディさん、この漢字を書いた人物に急いで会おうとはしない。それだけではないよ——わたしなら、できるかぎりすばやく、この人物とは反対の方向に逃げていきたいと強く思うはずだ」

16

次なる爆弾は野田国夫《のだくにお》からの電子メールで届けられた——野田は口数少ない男であり、ブローディ・セキュリティ社きってのすぐれた調査員だ。

早稲田大学の当年二十九歳の優秀な若手研究者がヒット。その研究者が作成したデータベースに件《くだん》の漢字あり。現時点で判明している関連先は滋賀県の曾我十条《そがじゅうじょう》という村のみ。さらなる追跡をお望みなら現地出張も可。乞《こう》返信。　　野田

わたしは驚嘆とともに、コンピューターのスクリーンを見つめた。最初は高橋、今度は野田。野田はどんな手段でこれほど迅速に情報を見つけられたのか？　わたしが四年前に、二カ月におよぶ集中的な調査をおこなっても見つけられなかったことを、わずか一日で見つけだすとは。あのときわたし

は十人以上の国語学者から話をきいた。二十人以上の歴史学者にもだ。古い受領証や前所有者にまつわる曖昧な記憶だけを頼りに数えきれない古美術品の行方を追いかけてきた経験から、はっきりしない手がかりを追う手だては知っている。それなのにわたしは、ひとりの老人から恐怖にいろどられた証言をひとつ得ただけにとどまった。またしても野田は、みずからが無能でないことを立証したのだ。

わたしが野田のメッセージの行間にこめられた不穏な意味に思いをめぐらせているあいだ、眠気の残る目をしたジェニーが玄関のドアの鍵をあけて、部屋にはいってきた。きのうホームボーイと出くわした事件をうけて、わたしはジェニーになんとしても家の鍵をもたせようと決めた。たとえ一秒でも、ジェニーが外の廊下で待たされる事態は望ましくなかった。わたしが目をむけると、リサの母親が廊下から手をふり、階段をあがって引き返していった。これも対応策のひとつ。アパートメントの部屋間の移動にあたっては、この先無期限でかならず大人の付添がつくようにしたのだ。

「父さんはまた早起きしたのね。足はまだ痛いの？」

「足はもうなんともない。でも、よく眠れなくてね」

ジェニーは椅子をガステーブル前へ引き寄せて、ぴょこんとその上に乗ると、フライパンをのぞきこんだ。「ピーマンいりの特製オムレツをつくってるの？」

「そうだよ。ただし、きょうはタバスコいりだ」

「わたしにも少しもらえる？」

「キスしてくれたら半分あげるよ」

ジェニーはわたしの頬にキスをしてから、爪先立ちでうれしそうに跳びはねた。けさのジェニーは快活そのもので、きのうの不安定なところはきれいさっぱり消えていた。リサとのお泊まり会をさらに一回増やしたことが効果を発揮したのだ。わたしはほっとすると同時に、この上機嫌がつづくことを祈った。

成長するにつれて、ジェニーには美恵子の面影が浮かびあがってきた。かすかな震えをともなう話し声に。微笑《ほほえ》みに。身ごなしのはしばしに。このところわたしは、地元の空手道場で初めて会ったときに美恵子のなかに見えたものが、娘ジェニーにも見えはじめていることに気づいていた。初対面のとき、わたしは十七歳で美恵子は一歳年下だった。当時のわたしには恋人がいたし、浮気をするつもりはさらさらなかったが、わが未来の妻はいやでも目を引く存在だった。美恵子はバターのような肌と鳶《とび》色の瞳をもち、見識ゆたかな者ならではの超然とした雰囲気をそなえていた。

それだけではなく、美恵子は日本語を話した——そのことが、少し前の両親の離婚で自分がなにから引き離されてしまったかを、あらためてわたしに思い起こさせた。美恵子は日本語しか話せなかったので、道場での練習のあいだは、わたしが非公式的な通訳をつとめることになった。

そのあと美恵子の英語はぐんぐん上達したが、わたしたちは友人でありつづけた——ふたりをつなぐ絆《きずな》、それは日本だった。十八歳になると、わたしと美恵子はともに地元の二年制カレッジに進学した。英語にさらに磨きをかけるため、美恵子は一学期ぶんの授業を受け、そののち教育を最後までおえるために日本に帰った。

わたしはといえば、母の死後にあれこれの雑務を片づけてからサンフランシスコに居を移した。そしてある年の夏、両親と会うためにアメリカへやってきた美恵子がわたしの住所を調べて会いにきてくれた。美恵子はわたしに、自分でも必要としているとは気づいていなかった心の慰めを与えてくれた。おかげで喪失の悲しみは、じょじょに薄らいでいった。

会わずにいたあいだに、美恵子の揺るぎない自信に満ちた雰囲気は——初対面の場でわたしを惹《ひ》きつけた特質は——成熟とともに、深遠なまでの賢明さへと変わっていた。美恵子の中核には、深みをそなえた静けさが宿っていた。アーモンドの形をした両目は、わたしが這《は》いこんでいきたいと思う光を宿していた。わたしたちはそのあとも連絡をとりあい、最初に思ってもいなかったほど親しくなり、親密さが成長しきったのちに結婚した。

「ね、ほんとに卵をわけてくれる？」ジェニーがたずねて、わたしを現在へ引きもどした。

「おまえが相手ならもちろんだよ」

わたしの勇ましいこの申し出を当然のものだと受けとめたのだろう、いつものビーンバッグチェアにどさりと倒れこんで手足を奔放に伸ばした。「父さんがつくるオムレツ大好き。すごくおいしいんだもん」

「おまえがこの料理を好きなのは、食べるとくしゃみをしちゃうからだし、くしゃみのあとで鼻が痒《かゆ》くて笑いだしちゃうからだって、そういったらどうする？」

ジェニーは話に出てきた鼻に皺《しわ》を寄せた。「うん、それも理由」

わたしはフライパンのなかの料理に最後の仕上げをほどこして、「朝食ができたぞ」と声をかけてから、オムレツをふたつの皿に盛りつけ、トーストにバターを塗った。そのあとふたりの皿をテーブルに運んでから、またキッチンに引き返して、ジェニーのミルクを用意した。娘は待ちかねたようすで、ピッグテールの髪を揺らして跳ねながら椅子に腰をおろした。それからオムレツを食べてミルクを飲む。

「気にいったかい？」わたしはそう質問する一方で、こう考えていた。《野田はどうやって、こんなにすばやくあの漢字を見つけたんだろうか？》

ジェニーはにっこりと笑ってうなずき、フォークの柄《え》を上からぎゅっとつかんで、またオムレツを口いっぱいに頰ばった。そのあとまた大きな塊を口に運んでいく途中で、ジェニーは「うぅっ」と声を出してから盛大にくしゃみをした。卵の黄色い塊がカタパルトから打ちだされたようにフォークからふっ飛んで、離れた壁にぴしゃりとぶつかり、壁をつたってカーペットに落ちていった。

ジェニーは不安で目を丸く見ひらいて「しまった！」とひと声いい、椅子から弾《はじ》かれたように立ちあがってキッチンから雑巾をとってきた。急いで卵料理を拭きとって雑巾をゆすぐと、早足でテーブルに引き返し、体をもぞもぞさせてわたしの膝に乗ってきた。

「おうちを汚しちゃってごめんなさい、父さん」

わたしはいった。「汚したって、なんの話かな？」

このコメントが、またしても心もとない笑みを引きだした。

「だってね」わたしは説明した。「いまじゃ、あそこがうちでいちばんきれいな場所になったんだよ。よかったら、ほかのところも掃除してもらえるかな？」

ジェニーは声をあげて笑うと、またもぞもぞと動いて、わたしに背中をさらに近づけてきた。「父さんって、だいたいはいい父親だよね」

このありがたきお言葉の真意をさぐる間もなく、ジェニーはわたしの膝から飛びおり、アパートメントの奥にある小さなあなぐらのような寝室へ走りこんでいって、サマースクールの支度をはじめた。ジェニーが顔を洗って着替えもすませると、わたしは髪にブラシを通して編みなおしてやり、上の階のマイヤーズ家まで送っていった。

自宅に引き返したわたしは、冷徹な真実と正面からむきあった。わたしは意図しないまま、父ジェイクがあのとき——母もわたしも危険だと感じていた任務のために、夜になってから出かけていったあのとき——わたしに押しつけた有害なサイクルを再生産していたのだ。ジェニーの笑みはいまもまぶしいほどだが、ホームボーイとの前哨戦《ぜんしょうせん》を経たいまでは、声に不安の響きがはいりこんでいた。

これからは娘の身辺によくよく目を光らせているべきだろう。

わたしは頭から家庭内の悩みをふり払い、新たにこみあげてきた驚きとともに野田の電子メールに目を通した。

主任調査員の野田は――どんな手をつかったかはいざ知らず――ブローディ・セキュリティ社の調査力をうまく利用して、例のとらえがたい漢字にしっかり居場所を与えていた。それも辞書や歴史書のなかではない。民間伝承のなかでもなければ、わたしがしらみつぶしに調べた黴《かび》くさい文書保管庫のどれでもなかった。見つかったのは東京から西に数百キロも離れた遠くの県の小さな町だ。わたしでは見つけられなかったのも無理はない。野田は手がかりの糸のうち、いちばん細い糸をしっかりとつかんで手繰《たぐ》ったのだ。

わたしは野田に感謝のメールを送り、例の村への出張はもう少し待ってくれと伝えた。それから、はるか彼方《かなた》の地にまつわる秘密をかかえたまま、わたしは過去三十時間で三回めになるフランク・レンナ警部補との面談の約束をはたすために家を出た。

17

「つまり、キャンディの包み紙みたいなありふれたものじゃないわけか」レンナはいった。

「ああ、ちがうね」

わたしたちはドアを閉めたレンナのオフィスで不味《まず》いコーヒーを飲みながら、野田の発見について話しあっていた。含意を相手に格闘をつづけるうちにレンナは考えこみがちになり、一方でわたしは原という新たな仕事の依頼人——警察の仕事とは利益相反になるに決まっている依頼人——の話をどうやって切りだそうかと思案していた。ガラスの壁で区切られたレンナの個人オフィスの外は警官集合室で、ジャパンタウン事件の特別捜査本部に所属する三人の刑事たちが、新しく判明した情報すべてが書きこまれている幅三メートルのホワイトボードの前にあつまっていた。三人のうち最年長の刑事がしきりにかぶりをふっていた。

レンナはもの思いからふっと我にかえった。「おまえさんの話をまとめると、例の漢字はきわめてレアなものであり、そんな漢字が犯罪現場に偶然あらわれる確率は、おれが目覚めたら隣にミス・ユニヴァースが寝ている確率とおなじくらいだ——ということだな?」

「あるいはミスター・ユニヴァースでも」

「で、その土地の名前はなんだっけ?」

「曾我十条。地図で調べた。人里離れた小さな谷間《たにあい》にある小さな農村だ。かなり辺鄙《へんぴ》なところだよ。先祖代々ずっと住んでいる人々。苗字《みょうじ》もひとつふたつだけ。何世紀にもわたって大根と稲を育ててる。二十世代、ことによったら三十世代前までさかのぼれるのかも。現地に足を運べば、一九七二年の映画『脱出』のリメイク版がつくれそうだ」

レンナは即断した。「そっちのスタッフを派遣してくれ。費用は市が負担する。この事件で解決のとっかかりになりそうなものなら、どんなことでも、おれに異存はない」

これはわたしが一線を引いている箇所だった。利益相反の問題でレンナとの友情を危険にさらしたくはない。原からの仕事の依頼を引き受けたことで、わたしはまぎれもなく利益相反をかかえこんでいた。日本の実業界の大立者との関係があれば事件への足がかりができるし、万やむをえなければともかく、その足がかりを手ばなすのは本意ではない。レンナならそのあたりの事情も理解してくれそうだ。しかし、利益相反には変わりない。

「市当局が経費を負担する必要はないぞ」わたしはいった。「原克之がわたしのもとに来てね。事件の調査を頼まれた。原は、殺された子供たちの祖父なんだよ」

レンナがさっと顔をあげた。「あの通信業界の大物が？　おまえのところに？」

「ああ」

「その話を洩《も》らしたら、おれがやつを締めあげる羽目になるぞ」

わたしたちはともに黙りこんだ。警官集合室を見ると、三人の刑事たちはそれぞれ自分のデスクについて、電話をかけていた。つきあたりの壁の掲示板には勤務ローテーションの表や指名手配ポスターがあり、さらに**《今週の注目犯罪者》**という見出しの下に市長の顔写真がかかげてあった――ただし細長く切った黒いクラフトペーパーが目もとを隠している。そんな情景をながめながら、わたしは事件捜査のプレッシャーのもと、レンナとの友情をどこまで広い範囲に適用できるだろうかと考えていた。キャリアそのものが危なくなれば、レンナは市政と市警察がつくる迷路を用心しながら前へ進んでいくほかなくなる。

レンナが身を乗りだした。「原に食らいつけ――ただし、まずはこのオフィスで、知っていることを洗いざらい話してもらおう」

「原が求めているのは詳細ではなく結果だけだ。だから、原が問題になることはない。しかし、東京にいるうちの社のスタッフには要旨説明《ブリーフィング》をおこなう必要がある。そうでなくては仕事にならない」

レンナのひたいに皺が刻まれた。「わかった。ただし、情報はそちらの社内にとどめておくこと」

「わかった。そっちは市庁舎を押しとどめておけるか？」

「それはなんともいえないな。しかし現時点ではおれが連中を必要とする以上に、連中がおれを必要としているよ」

「それがもし変われば？」

レンナはこれまでサンフランシスコ市警察ひと筋のキャリアを歩んでいる。それ以外のシナリオは魅力的ではなかった。

「結果を出せなければ？　降格されるか、もっとひどい目にあわされるな。そんなことになったら、市長が動くと見てまちがいない。市長と会ったことは？」

「ない」

「すぐにでも会えるぞ」

背後のドアにノックの音がした。レンナはガラスの壁の反対側にいる人物に手をふった。市長のゲイリー・ハーウィッツが入室してきた。そのうしろから、いずれもスーツ姿の三人の取り巻きがつづく。市議会議員のカルヴィン・ワシントン、ロバート・デモンド副市長、そして市長を補佐するスタッフのなかではもっとも凶悪な鮫《さめ》として知られる広報官のゲイル・ウォン。

「やあ、ゲイリー」レンナは立ちあがりながら市長を名前で呼んだ。わたしもレンナにならって腰をあげた。

「すわりたまえ、フランク」市長はいった。「お邪魔ではなかったかな？」

「いえ、いいタイミングでした」レンナは立ったままで答えた。「ジム・ブローディを紹介させてください。前にお話ししましたが、ジャパンタウンの件でアドバイスを期待できる人物です」

市長はわたしに晴れやかな笑みをむけた。「ああ、お噂《うわさ》はかねがね。こうして会えたのは奇遇だね。わたしは本件については最前線にいたい。だから、こうしてお目にかかれてうれしいよ」

市長はグレイのヘリンボーンのスーツと白いボタンダウンのシャツ、パウダーブルーのネクタイという服装で、波打つような黒髪と突き刺すように鋭い灰色の瞳にこの着こなしがよく似あっていた。

わたしたちは握手をかわし、ハーウィッツ市長が同行の三人を紹介した。わたしはそれぞれと手早く握手をかわした。値踏みするような視線をいちばん長くわたしにむけていたのはゲイル・ウォン広報官だった。それがすむと、市長が口をひらいた。

「さっきまで廊下の先にあるテイラー判事のオフィスにいたのでね。ひょっとして、きみの捜査がこれまでよりも進展したのではないかと思って、こっちに来てみたんだ」

とはいえ市長が進展などはなから期待していないことは明らかで、だからこそレンナが野田によって判明した情報を明かしていくさまを、わたしは満足心を隠しながらながめていた。

「わたしたちは漢字の出所を突きとめました」

市長は驚いた顔をのぞかせてから、うれしさをあらわにした。「もうわかったのか？　よかった。とにかくよかった。手がかりとしては袋小路だときいていたのでね」

「おや、わたしはそんなことをお話ししてませんよ」レンナはいった。

「ほかの情報源からきかされたよ」ハーウィッツ市長はいい、わたしに満面の笑みをむけてきた。「きみの仕事の成果かな？」

「調査協力者の手柄です」

市長はまたしてもわたしの手を握って上下にふった。「きみがアジアのあれこれに深く通じているという話はフランクからきいた。うれしいね。すばらしい仕事ぶりだ。その調子でがんばってくれ。市長として、わたしはこの痛ましい事件の早期解決を望んでいるよ」

「その気持ちはみなおなじです」

「けっこう、まことにけっこう。きみさえよければ、ここにいるゲイルか副市長のボブをここに一日二回ばかり立ち寄らせて最新情報をチェックさせたいんだが――どうかな?」

「けっこうです」レンナはいった。

「ありがたい、まことにありがたい」市長はそういって、またもやわたしの手を握った。それから一行は来たときと同様、すばやい足どりで部屋から出ていった。

「表現力ゆたかな男だな」わたしは皮肉をいった。

「ああ。でも騙《だま》されちゃいけない。鋭い牙をもつ男だよ。あの連中は全員そうだ。とりわけ牙が鋭いのはゲイルだね。もともとはシリコンヴァレーのベンチャー企業の副社長だった女だ。ボブはやり手の営業マンで、一代で財をなした百万長者。カルヴィンはサンフランシスコ・ベイエリアの東側、オークランドとフリーモントの一帯を中心にバーベキューのチェーンストアを展開して、ひと財産を築いた。連中の多くが、その手のおなじ穴の狢《むじな》だ。いまハーウィッツは、来年の選挙にそなえてゲイルとボブのお手入れに余念がないという噂でね。ゲイルを副市長にしたら、自分が引退したあとはボブを市長の椅子にすわらせようという肚《はら》だ。権力を内輪で独占しつづけるためにね」

　わたしは肩をすくめた。「まあ、その程度ですめばましだろうよ」

「たしかに」レンナは残っていたコーヒーを一気にあおった――内心、もっと強い飲み物ならよかったと思っているかのようだ。「鑑識連中の調べで、ちょっとしたことがわかった」

「というと?」

　レンナは顔を曇らせた。「あまり食欲増進につながる話じゃない」

「食欲はもうこれ以上減りようがないほどさ」

「ところがどっこい」レンナはいった。「まだ減退の余地はある。液体飛散についての知識はあるか?」

「いや」

「別名、血しぶきパターン。街でつかわれる銃器がどんどん増えているいま、この鑑定は拡大の一途をたどる科学の一分野だ。成長産業といってもいい」

「嘘《うそ》だろ」

「本当さ。弾丸が肉体を貫通すると、そのあと血が噴きだす。複数の弾丸に撃たれれば、複数の血しぶきが残される。そして血しぶきは厳密に時系列順で地面に落ちる——最初の血にあとの血が重なるわけだ。飛び散る方向もちがう。血液型もちがう。水に水が落ちれば混ざりあうが、血の上に血が落ちても層をつくるだけだ。血はオイルのようにこってりしているからね。先に落ちた血の上に新しい血が落ちると、後者は円や半円をつくっても完全に混ざりあうことはない。というのも、血は外部に噴出して空気に触れた瞬間から凝固しはじめるからだ。そういった血しぶきの位置をチャートにして、さらに血しぶきが交差している箇所から充分なサンプルを採取できれば、鑑識連中には最初にだれが撃たれたかが割りだせる」

心臓の鼓動がゆっくりになったように感じられた。「それで……？」

「五人の被害者全員が、数秒以内に撃たれていた。五秒か六秒。最長でも七秒だ。被害者たちはひところにまとまっていた。無駄弾《だま》はない。しかし、たとえあっという間の仕事とはいえ、かならず順番がある。狙撃犯はまず被害者たちに接近し、大柄な男性を背中から撃ち、成人を狙うために高い位置で銃を横に——左から右へと動かしながら、父親の次に母親を撃ち、すかさず銃口を下に降ろして右から左へ動かして子供たちを撃ってる」

最長でも七秒。わたしたちはしばし黙りこんだ——犯人が中村家の全員を皆殺しにするのにかかった時間よりも若干長めに。わたしはくすぶっている熱い燠火《おきび》が、わが血流をふたたび速めたのを感じとった。

「クールだ、じつにクールだね」わたしは抑えた声でいった。

「うまい言い方だ。そう、まずは最大の脅威を排除したわけだ」

「そこからなにがわかる?」

レンナはいかにも考え深げに息を吸った。「わかるのはふたつ。まず、どこからどう見ても、死刑執行だったということだ」

わたしはいったんためらったのち、避けがたい質問をやっと口にした。「ふたつめは?」

「おれが思っていたよりも時間がないってことだ。だから、さっそく動こう」

わたしは慎重にうなずいた。「ああ、いいとも」

いずれわかることだが、捜査のスピードアップなどはわたしたちの心配事のなかでも最小のものだった。

18

その男の姿を見かけたのは二日めの午後だった。

ランチタイムが近づいていたうえに足が順調に治りかけていたこともあり、わたしはカトラスを一軒の家の前にとめて五ブロック歩き、〈スウィート・ヒート〉に行った——スタイナー・ストリートにあるテックスメックス料理専門の活気あるレストランだ。わたしは定番メニュー——サルサソースを増量したチキンブリート——を注文し、ジャパンタウンの事件からこっち食欲が減退していたにもかかわらず、ほぼ完食した。勘定をすませたあとは、スタイナー・ストリートをロンバード・ストリート方面へのんびり歩き、よく晴れた夏の日の陽気を心ゆくまで楽しんだ。

わたしはまぶしい昼間の日ざしを全身に浴び、足のリハビリに勤《いそ》しんだ。筋肉が楽しげに屈伸をくりかえした。かすかに潮の香りをはらんだ午後のそよ風が湾から吹きこみ、ちらほら出ている霧が、気温をひんやりと下げる濃霧の到来を予告していた。しかし、いまのところはまだトーストが焼けそうなカリフォルニアの太陽が全力で照りつけてわたしの肩を温め、歩道をカスタードクリームのような黄色に染めていた。

男の気配を感じたのはそのときだった。全身が一気に緊張した。前腕にちりちりと鳥肌がたった。昔住んでいた界隈《かいわい》ではこの現象を、〝サウスセントラル地区の早期警報〟と呼んでいた。そのあと韓国系の隣人の注意深い目に鍛えられた警報システムが、いま作動しはじめた。

何者かがわたしを尾行していた。

そのまま視線を冷静かつ一定にたもちつつ、道をのんびりと歩きながら、わたしは目の隅で道路の反対側、十メートル弱うしろを歩いている男の姿をとらえた。いかにも、どこか行くあてがありそうな普通の歩きぶりだった。水が流れるような滑らかさだが、だらけた感じはしない。男にはわかっていなかった――霧も、海も、午後のうららかな陽気がたちまち逃げていくことも。サンフランシスコが気まぐれで天候が変わりやすいことに順応していないため、男はやけに目立っていた。

わたしはのんびりしたペースを崩さずに店に引き返すルートをとり、おりおりにベージュのスポーツコートを着た男の姿を目の隅でとらえながら歩きつづけた。ロンバード・ストリートに行きあたって左に曲がると、男はそれから二ブロックのあいだ、わたしのすぐうしろについて歩き、そのあと大通りの反対側へわたって、上下あわせて四車線の道をはさんでわたしを尾行しつづけた。

わたしが店にもどると、エイバーズが迎えた。「ずいぶん早い帰りだな」

「ああ。チェスナット・ストリートをゆっくり散歩するという考えは却下した」

「そりゃ残念だ。散歩にはもってこいの天気なのに」

つまりはそういうこと。南アフリカからの移民であるエイバーズでも、そのあたりの事情はわかっている。受け答えの口調はあくまでも明るかったが、わたしが原の依頼を引き受け、さらにその件の話しあいを拒んでいることへのエイバーズの怒りはまだ冷めていなかった。それでも、わたしとエイバーズは無言の合意に達していた。エイバーズはわたしを待つ。わたしはわたしで、いずれ準備ができたら口に出せないことを口に出す。

「ちょっと店を見ていてくれる？　電話をかける用事があるんだ」

「じゃ、そのあと裏の在庫の再整理についてちょっくら話しあおう」

「賛成だ。時間が許せばね」

そう話すわたしの口調になにかを察しとったらしく、エイバーズはこれで引き下がった。

事務所にはいってドアを閉めると、わたしはブローディ・セキュリティ社の業務用のプリペイド携帯をとりだして裏の路地に出た。セキュリティスタッフによるオフィス内の盗聴器スキャンがおわっていないからだ。わたしはレンナの番号を押した。

「はい、殺人課」

「レンナを頼む」

「どちらさま？」

「ブローディだ」

「ああ、日本の専門家だね。少々お待ちを」相手が受話器を手で覆って声がくぐもった。「だれか分捕り品《ルート》のやつを見かけたか？」

「廊下の先にいたぞ」

刑事がまた電話に出てきた。「ルートのやつ、代役が欲しいくらい忙しいみたいだ。ちょっと待ってくれ」

電話が保留にされると、スピーカーから〈聖者が街にやってくる〉が流れはじめた。市の広報を担当している唐変木《とうへんぼく》連中は趣味のよさを発揮している――ハンマーでがんがん叩《たた》くようなブラスセクションの響きが趣味のいいものだといえるなら。

レンナが受話器をとりあげると、ありがたいことに聖者たちは消えてくれた。「なにかわかったか？」

「部下にわたしを尾行させているのか？」

「ジャパンタウンの事件じゃ、かきあつめた情報の断片を追いかけるために三十五人の警官を街に送りだしてるし、そのほか十五人の警官に残業につぐ残業をさせて、街じゅうのいかれた野郎どもを全員調べさせてる。政治家どもはやたらに嚙《か》みついてくるし、連中が嚙みつかないところはマスコミの連中に嚙まれてるしまつだ。だから、おまえを尾行させるような人手も時間の余裕もない。まあ、おまえが自供するなら話は別だ」

「じゃ、そっちのだれかが、わたしにいやがらせを企《たくら》んでないのは確かなんだな？」

「ああ、断言する。尾行してたやつは警官っぽかったのか？」

「その道のプロらしくはあったね」

「おまえの依頼人がおまえの身辺を調べてるのかも」

「なんでそんな真似《まね》をする？」

「なんでそんな真似をしないといえる？　とりあえず何人か送りだして、その尾行野郎をつかまえてやろう」

「わたしひとりでもつかまえられるが、足に怪我《けが》をしていることでもあるし、まずは最初のチャンスをきみに与えるのもやぶさかじゃないぞ」

「ありがたいね」

「そういうと思った。尾行野郎はいまロンバードにいる――うちの店からだと西に二十メートル弱のところだ。そっちの手下が二手に分かれて挟み撃ちにすれば、あっさり封じこめられるぞ」

「了解。つかまえれば、なにか答えもきけるだろうし」

「ああ、ちゃんと答えを引きだしてくれよ――答えがどんなものなのかをこっちが忘れないうちに。つかまえてほしいのは黒髪にベージュのスポーツコート、薄手のスラックスの男だ。〝かもしれない〟レベルの話はどうする？」

「頼む」

「日焼けしている白人か、肌が茶色いアジア系かヒスパニックか、とにかくそのあたりだ。びびらせたくなかったので、正面からきっちりとは見られなかった」

「わかった」レンナはきびきびといって電話を切った。わたしの耳には、回線が切れたあとの音が怒れる蜂の羽音のようにきこえていた。レンナが四方八方からハラスメントを受けていることは明らかだった。

　わたしは店の前のほうへ出ていって、外の通りからも見えるカウンターの裏側に立った。それからエイバーズがカウンターの下に置いているラジオから流れている番組をきくともなしにききながら、いかにも興味がなさそうな顔つきで窓の外に目をむけた。

　五分経過。さらに五分経過。わたしは店のフロントカウンターに立って雑用をこなしつつ、わがアンテナを外の通りにむけて、なんらかの行動が起こらないかと警戒しつづけた。尾行野郎の姿は見えなかったが、この十分間は存在が肌で感じられた。ついで、尾行野郎が消えた。警官たちがとり押さえたのだろう。

時間がたつにつれて、疑念がわたしの気を逸《そ》らして、別シナリオを提示しはじめた。どのシナリオも明るいものではなかった。わがレーダーから尾行野郎の存在がふっと消えてから三十分後、ふたりの新人警官が店にやってきた。ひとりは戦車を立てたように角《かく》ばった逞《たくま》しい体形の男、もうひとりは長身瘦軀《そうく》の考え深げな顔だちの男だった。

戦車が口をひらいた。「あなたがブローディ？　不審者を見張っていた人？」

「いかにも」

「レンナ警部補から情報提供がありましてね。わたしはドブズ」戦車警官は頭をパートナーのほうにふり動かした。「で、こっちはセイルズです」

「あいつをつかまえたのかい？」

ドブズはいった。「おれたちはアドバイスにしたがって、左右から挟み撃ちにしたんですが、あいにく問題の男はこっちが進路を封じるより先に道路をわたって反対側へ逃げ、角を曲がってしまったんです。追いかけましたが、追いつけませんでした。男を疲れさせれば、こっちが一気に走ってタックルできるかと思いましたが、あの野郎は姿を消してしまって……」

「どうやって消えたのかは見当もつきません」セイルズが静かにいい添えた。

わたしは顔をしかめ、不愉快な気持ちで反対側の壁をじっと見つめた。

ドブズは視線をわたしのほうへ移動させ、つづいてパートナーのセイルズをにらみつけた。「あんな妙なものは初めてだ――そうだよな？　あの路地は袋小路でした。ちっぽけな小鳥が隠れる場所もなかった。両側はビルだし、突きあたりは金網フェンスで封鎖され、フェンスの上はカミソリ鉄条網になってました」

　この発言に、わたしはふたたび注意を引かれた。「チェスナットにある路地か?」

「ええ」

　ドブズのいうとおりだった。たしかにあそこは袋小路だ。チェスナット・ストリートにあるヴィクトリア朝様式の建物を改装した二軒の商店にはさまれたところが入口で、そこから三十メートル弱のところで行き止まりになっている。ヴィクトリア朝様式の二軒の建物の側面が、三軒めの家――玄関が一本先の通りに面している家――の裏壁に接していて、その三軒めの家の裏手には高い金網フェンスが張ってある。建物のあいだに人が通れる隙間はない。つまり金網と材木で囲まれたどんづまりの場所だ。

　わたしはいった。「男がきみたちをふりきって、別の角を曲がったとは考えられないか?」

「それはありません」セイルズがいった。「おれたちはあの男を路地へと追いこんだんです。男とは半ブロック離れていましたが、着実に距離を詰めてました。路地に面していたドアはどれも施錠されていました。ですから、どこかに隠れ場所があったとしか思えません」

「あるいは飛んで逃げたかですね」ドブズがいった。「あのクソ野郎がにょっきり翼を生やして、家々の屋根の上をふんわり飛んで逃げてったのかも」

「大型ごみ回収容器《ダンプスター》は?」わたしはたずねた。

「調べましたとも」

　パトロール巡査にコーヒーを運ぶついでに、エイバーズがわたしに鋭い視線を送ってきた――《これもまた、いまは口に出せない例の件がらみだな?》と語る視線を。

　わたしはいった。「どちらでもいいから、男の顔をはっきり見たのか?」

セイルズが顔を赤らめた。「それが近くまで迫れなかったもので……」

わたしは苛立《いらだ》ちを抑えこむために深々と息を吸った。ふたりは好機を台なしにした。完全にぶち壊した。頭のずっと底で鈍い痛みが疼《うず》きはじめた。レンナはなにを考えていたのか。ようやくつかんだ見込みのありそうな手がかりを追うのに、ろくな経験もない青二才の警官をさしむけるとは。こんなことなら、わたしが自分で追いかけるのだった。足がまだ不自由なので男をつかまえることはできなかったかもしれないが、わたしなら容疑者の顔をちらりとでも見るチャンスを台なしにすることはなかったはずだ。新米コンビの収穫はゼロ以下だ――ふたりはこちらの手の内を相手にさらしながら、なんの成果も得られなかった。

わたしはセイルズにさぐるような視線をむけた。「近づくきみたちに気づいたとき、男はどう反応した？　いきなり大急ぎで逃げだしたのか？」

ドブズが鼻の穴をふくらませた。「そりゃもう、あのクソ男は一目散、すたこらさっさとどこかへ逃げちまったんですよ。そうでもしないことには、自分が一巻のおわりだとわかってたんですね」

セイルズの表情は、いまの言葉に静かな異をとなえていた。「いや、それはちょっとちがうかな。たしかに問題の男はおれたちに反応してました――でも落ち着いて、スムーズに動きだしたんです。というか、男は周到に計算しながらあの場から走りだし、おれたちをわざとオクテイヴィア・ストリートへ誘いこんだといいたいですね」

わたしはいった。「誘いこんだ？」

「ええ、そんな感じでした」

「脱出不可能な路地へ？」

「ええ」

セイルズとわたしは視線をかわした。

ふたりの目と目の会話に気がついたドブズが口をひらいた。「なにがどうした?」

セイルズはしばし黙ったまま答えを組み立てていた。「もしかするとあの男は、おれたちがあの路地まで追いかけることを望んでいたのかもしれないな」

「クソがつくほど馬鹿な考えもあったもんだ。そんなことをして、あいつがどこへ行ったというんだ?」

わたしはいった。「最上の脱出ルートは、追跡者が追跡できないルートだぞ」

ドブズがいぶかしげに細めた目をわたしにむけた。「つまり、あの男がこの近辺の下調べをすませていて、壁をよじのぼって逃げたとでもいいたいのですか?」

「ああ、そんなところかな」

セイルズがうなずいた――そこはかとない不安をのぞかせる目で部屋のずっと奥を見つめていた。「ミスター・ブローディ、おれはあの男が何者なのかを知りません。でも、これだけはいえます――やつは、しゃらくさい手管をたくさん心得てます」

のちにわたしはこのときをふりかえり、追跡劇でへまをしたとはいえ、この思慮深いブロンドの新米警官こそ、当時わたしたちが直面していた比類ない脅威をだれよりも先に感じとっていたと気づくことになった。

19

エイバーズが浮世絵を整理しなおして、わたしと確認しているあいだに、〝台風〟が襲ってきた

――これは、唐突に事態があわただしく動くことをあらわす、日本人お気に入りの言いまわしだ。

テレビ東京の青いヴァンが急ブレーキの音を響かせて店の前にとまり、リポーターがみすぼらしい撮影スタッフを引き連れて後部座席から飛びだしてきた。つづいて車体側面に《読売新聞》という文字のはいったグレイの四ドアセダンがやってきたかと思うと、車内から記者とカメラマンが転がるように出てきて、うちの店先に場所を確保するべく走りだした。そのあとからやってきたのは、朝日放送の白いヴァンだった。一分もしないうちに十を超える日本のマスコミの猟犬たちが、うちの店のショーウィンドウの前にあつまっていた。

騒動の理由に思いあたらないうちに、黒いストレッチリムジンがヴァンの横に二重駐車した。つづいてすみれ色のシルクのワンピースに銀のベルトを締め、銀の靴を履いたエレガントな日本人女性が降り立ち、手をふった。フィルムがまわり、カメラのシャッター音が響いた。

エイバーズが片眉を吊《つ》りあげた。「おまえさんの女友だちかい?」

「いや、まったく知らない女だ」

「ま、いつだって希望はあるさ」

女は店に近づきながら、いったん足をとめた――カメラのフレームに自身と店の看板がおさまるようにとの配慮だった。女性の前に何本ものマイクが突きだされた。女性は記者からの質問のいくつかに答えていたが、わたしたちには声がきこえなかった。

エイバーズが目を細くしてリムジンを見つめた。「いい車だな」

日本人女性は記者たちに手をふると、賛美者たちに背中をむけ、店の玄関をあけてはいってきた

――その瞬間、事情が理解できた。

「ビル」わたしはいった。「紹介させてくれ――こちらはミズ・リッツァ原だ」

事情がわかったらしく、エイバーズが顔を輝かせた。「お会いできて光栄です」セイルズとドブズというふたりの警官が引きあげたあと、わたしはエイバーズにジャパンタウンでの惨劇について詳細を話し、中村家と原克之の関係を話し、さらに美恵子とのつながりについても強調した。一部始終をわたしが話すあいだ、エイバーズの顔は感情の万華鏡《カレイドスコープ》だった。不信、激怒、嫌悪、寂しさ、そして――わたしが漢字というつながりを認めたときには――悲しみ。あまりにも深い悲しみに大きく見ひらいたエイバーズの両目は、出口のないトンネルのようになっていた。

原リッツァはうなずいた。「そしてあなたがジム・ブローディね。父は、あなたがわたしを知っていると話してました」

「知ってます。世評を通じて」

こうして実物を目にすると、原克之の次女のリッツァはパブリシティ用のスチール写真よりもずっと美しかった。すみれ色のワンピースは――軽やかな色あいだが――高貴な雰囲気を与えつつ、すらりと伸びた足の長さやヒップの曲線を強調していた。この女性なら、どんな服でも見事に着こなすだろう。最新アルバムのジャケットでは、リッツァはタイトなサイクリングショーツと純白のスティレットヒールでポーズをとっていた。カメラマンはリッツァがうしろをふりむいた瞬間をとらえていた――肌に貼りつくようなエレクトリックブルーのスパンデックスの上で、長い黒髪がふわりと浮かんでたなびいていた。丸みを帯びたヒップは動かさず、茶目っ気ある乳房がつんと上をむき、突きだされた肉感的な唇はルビーレッドに塗られていた。いまもアルバムジャケットとおなじ要素を惜しげもなく人目にさらしているが、きょうはもっと大人の雰囲気で統一されていた。

リッツァはわずかに頰を赤くし、なにかを払い捨てるように宙で手をふった。「なにか助けになれることはないかと思って。それに、カリフォルニアはとってもすてきだし、いつもならこっちへ来るのは大好きだけど、今度は……今度ばかりは……」

リッツァの目が曇って涙が転がり落ちた。ハンカチを出すと、外の歩道でカメラのフラッシュがいっせいに光った。エイバーズがリッツァを奥の会議室へ案内し、わたしは店の玄関ドアを施錠してから、プレートをひっくりかえして《**準備中**》にした。数名の記者がわたしの写真を撮影した。あしたの朝刊で、わたしの写真がいったいどんな見出しをつくりだすのかは見当もつかなかった。

会議室でリッツァはいった。「美貴と憲には、つい三カ月前の夏のあいだに会ったばかり。わたしのリムジンに乗って、みんなでビーチへ行ったの」

いまにも泣きそうな表情が震える笑みと争っていた。涙がもどってきた。今回リッツァは両肩をわななかせ、上下の唇のあいだからくぐもった悲しみの声を洩らした。悲嘆はいっこうに減じることなく数分つづき、嗚咽《おえつ》の声は少しずつ薄れてきて不規則にしゃくりあげる声に変わってきた。やがて肩のわななきもおさまってきた。ハンカチで目もとを叩くように拭う。

「ごめんなさい。メーキャップが滅茶苦茶になったみたい。でも、どうでもいいわ。あなたたちといっしょにいれば、わたしは安全ね？　マスコミを近づけないでもらえる？」

「もう手は打ちました」エイバーズが答えた。「店の玄関には鍵をかけてあります」

リッツァは安堵《あんど》に愁眉《しゅうび》をひらいた。「ありがとう。とてもやさしいのね。飛行機の旅ではひどい目にあった。愛《いと》しいあの子たちのことを考えるだけで精いっぱい。とにかく耐えられなかった」

控えめな話し声だったが、単語のひとつひとつが音楽的によく響いた。リッツァの英語には明るい調子の日本語の響きがまじり——その響きは独自に飛び跳ねもした——そこにリッツァ自身が明らかに贔屓《ひいき》にしている若手の映画スターやポップアイドルたちのメロドラマじみた語彙《ごい》がちりばめられていた。

リッツァのキャリアをスタートさせたのはその声だった。いまではリッツァが何者なのかを知らぬ者は日本にいない。男性アイドルの沢田《さわだ》憲之《のりゆき》とのツーショット写真を撮られたのち、リッツァのデビューアルバムは百万枚近く売れた。父親の原克之がおなじ船に飛び乗り、ふれるものすべてを黄金に変えるその指がさらに百万枚の売上増を現実にした。感謝を忘れぬ恋人であり娘でもあるリッツァはすかさず記者会見をひらき、その席で女性解放に理解がないという理由で当時の恋人を捨て、娘のキャリアに干渉したと父親を非難した。この動きはセカンドアルバムの発売日にあわせたものだった。おかげでセカンドアルバムは——今回は父親の支援がなかったが——たちまちファーストの売上を抜いた。映画出演のオファーがあり、何本もの連続ドラマも制作された。そういった活動を五年つづけ、歌手と女優の双方でのキャリアを日本で確立したのち、リッツァはふたたび世間を驚かせた。精神的に消耗したので、今後は活躍の場を世界に広げるためにニューヨークへ引っ越すと発表したのだ。ニューヨークでは、グリニッジヴィレッジのイタリアン・レストランで、ジャスティン・ティンバーレイクに腕をからませている現場を日本人パパラッチに撮影された。

アメリカでも音楽キャリアを追求したが、新人の域を出ることなく、パーティーめぐりでの武勇伝のほうが有名になっている。

わたしはいった。「お姉さんとそのご一家のこと、まことにお気の毒でした、ミズ原」

「それはご親切に」リッツァはわたしの膝をつよく握った。「それから、どうかわたしのことはリッツァと呼んで。おふたりとも。あなたたちのひとりでも役立たずの老いぼれだとわかったら、わたしは失望しそうね。父から、あなたがこの件で力を貸してくれるという話をきいて大喜びしたのよ、ミスター・ブローディ」

「本当に？」

「ええ、当たり前でしょう？　あなたが長いこと行方不明だった利久茶碗《ぢゃわん》を発見したときには、日本じゅうの人が写真雑誌であなたの顔を目にしたのよ。あなたはまぎれもなくヒーローだわ」

「そういっていただくのはありがたいのですが――」

「父からすぐにここへ来るようにいわれたの」リッツァは日本語に切り換えて話をつづけた。「知っていることを全部話すようにと。だから来たの。知っていることはあまりないけれど、あなたには全面的に協力するつもり」

「ああ、それはありがたい。では、二、三の質問をさせてもらってもいいですか？」

「ええ、わたしでも役に立つと考えているのなら」

「ええ、それはまちがいのないところでしょう。お姉さんとは親しかった？」

リッツァは下唇を突きだした。「答えはイエスであり、ノーでもある。わかるでしょう？　姉のことは愛していたし、姉や姉の夫の浩さんが死んだことは悲しく思っている。でも、わたしと姉は住む世界がぜんぜんちがっていたの」

「お姉さんと最後に話したのはいつでしたか？」

「昔々、ずっと昔」

「もうちょっと範囲を狭めてもらえませんか？」

「そうね……一カ月半から二カ月くらい前」

「お姉さんにはなにか不安に思っていることや心配事がありましたか？」

「つまりそれは……姉があんな目にあう原因のようなことがなにかあったかという質問？　まさか、そんなことがあるわけない！　あれば、わたしに話したはず。というか……話してくれていればよかったと思う……ええ、本心からそう思う……だって……ほら、もしも……」

ここでリッツァの自制がまた崩れた。両手で顔を覆い、先ほどよりも激しく肩をわななかせている。エイバーズが咎《とが》める視線を送ってよこした。わたしは無言で自分の立場を述べた。リッツァが知っていることを知る必要がある、と。エイバーズがリッツァの肩をやさしく叩いた。

「いいんですよ」エイバーズはいった。「気のすむまで泣くといい」

「質問はあとにまわしてもかまいませんよ」わたしはいった。

リッツァは目をしばたたき、手首を力なく曲げたまま手をふった。「いいえ、いま話したいの。ただ……少しだけ待ってて」

そういって、ありえないほど小さな黒革のハンドバッグからコンパクトをとりだす。リッツァがコンパクトで化粧なおしをしているあいだ、わたしたちは待っていた。それがすむとリッツァはコンパクトをバッグにおさめ、かちりと音をたててバッグを閉じ、わたしに気丈な笑みをむけた。

「もう大丈夫」

といっても、リッツァがもろくて崩れやすい状態であることに変わりはなく、わたしは爪先立ちで歩を進めた。「あなたの義理のお兄さん、中村浩さんのお話をうかがわせてください。お義兄《にい》さんはなにか危険なことにかかわっていましたか？」

「そんなことはなかったと思う。穏やかな性格の人だったわ。だからこそ姉はあの人に惹かれたの。父とは正反対。とても親切で、とても物静かで。とてもすてきな人だったのに、靴を売ってたの。いえ、あの人の会社が。経営者だったわ。でも……紳士靴？　正直にいうけれど、どれほど突拍子のない夢のなかでも、それ以上に退屈な仕事が想像できて？」

それにも一理ある。

「お父さまのボディガードの話をきかせてください」わたしはいった。「お父さまは以前からずっとボディガードを同行させていますか？」

「その質問には簡単に答えられる。答えはノーよ」

「では最近になってからなんですね？」

「三カ月くらい前ね。テックＱＸ社のことがあってから」

「どんな会社なんですか？」

「台湾の半導体メーカー。父が買収したがっていたの」

「その会社のなにが特別だったんでしょうね？」

「わかるわけない。だれもがあの会社のことを話題にしていた——それだけ」

「理由をご存じですか？」

「知るわけないでしょう？」

いかにもそのとおり。この感情があふれんばかりになっているリッツァから、いまわたしが引きだせる情報には限りがある。わたしは質問の方向を変えた。「お姉さんの話にもどします。お姉さんやそのご主人が関係したことで、おふたりを危険にさらすようなことがあったかどうか、心当たりはありますか？」

「姉のことで？　いいえ、まったく」リッツァは強くいいきった。「あなたはうちの家族について勘ちがいしてる。うちでは父とわたしが、危険をものともせずに引き受ける性格。でも、浩と姉の栄子はもっと控えめな性格だったわ」

「そうですか……あなたのお父上は、あなたならわたしになんらかの話ができるものと考えておられたようですが……」

わたしの声に苛立ちが出ていたようだ。というのも、リッツァの声が半オクターブほど低くなって、陽気なパーティーガールの顔が消えたからだ。「父がなにを考えているのか、正確に知っている人はひとりもいないの。これは、あなたたちが父について頭に入れておくべきことのひとつよ」

「わかりました」

「でも心配はいらない。わたしのいうとおりにして。父を無視すること――そうすれば、うまくやっていけるから」

「アドバイス、痛みいります」

リッツァはいきなり真面目《まじめ》で真剣な顔になって、わたしを見つめた。「いったいなにがあったのか、これまでなにか思いついたことはあるの、ジムさん？」

「まだ調べはじめたばかりなので……しかし全力で取り組んでいます。また警察も総力をあげていま す。大勢の警官が調べています」

「よかった。でも、これだけは忘れないで。父はあ、あ、あなたを選んだ。父になにか取柄があるとするなら、人を見る目があること。その父が、あなたなら犯人を見つけだせると見こんだの――わたしもそう信じてる」

そして唐突に、リッツァとの話しあいはおわった。父親のときとおなじく、なんの前ぶれもなく。リッツァはすっと立ちあがると、親指を上にむけて立てたまま右手を差し伸べてきた――いかにも人目を意識して手を傾けているその仕草は、女性がビジネスライクな雰囲気をつくりたいときに利用するものだった。

エイバーズとわたしも立ちあがった。差しだされたリッツァの手を順番に握って、店の正面まで付き添っていく。

乗ってきたリムジンを目にして、リッツァは足をとめた。「これからあのリムジンを目にするたびに、いやでも姉や姉の子供たちといっしょにビーチへ行った日のことを思い出してしまいそう」

このときにもリッツァの頰を涙がつたい、カメラマンたちがシャッターを切った。名誉のためにいっておけば、リッツァはカメラをかまえた寄生虫たちを無視したまま、毅然《きぜん》とまっすぐ前をむいて大股で店を出ていき、威厳ある態度をいささかも崩さずに、すらりとした車体の黒いリムジンへと体を滑りこませた。

リムジンが車道へ走りでていくと、落ち着かない気分がわたしを包みこんだ。なぜとはわからないながら、リッツァを帰らせるのはまだ早かったにちがいないと思えた。いや、それどころではない——わたしがさぐりを入れた質問を、リッツァがすべて巧みにかわしたようにも思えた。

リッツァはマスコミという猟犬の群れをじゃれつかせながら、ここへやってきた。わたしは野田に電子メールを送り、マスコミとは別種の猟犬をリッツァに放った。

野田が即座によこした返答は血も凍るようなものだった——しかし、これまでとはまったく異なる方向からのものだった。

20

真夜中前後、わたしが窓の外に目をむけて、かすかな霧の向こうに浮かぶゴールデンゲート・ブリッジのシルエットをながめていたときに電話が鳴った。橋を見てすごす時間はずいぶん多い。あの橋はいわば試金石だ——わたしの裡《うち》なるなにかが、あの橋の語らざる約束に共鳴してふるえる。寝室が狭苦しく、家賃も高いこのアパートメントに、それでも入居した理由はそこにあった。

電話がふたたび呼出音を鳴らした。ジェニーは上のフロアにいるので、やかましい音を心配する必要はなかった。

「ブローディだ」

「野田だ。知らせたいニュースがある」野田はそう日本語で話した。

野田国夫はいついかなるときでも、言葉を短く切り詰めたような口調で話す。たとえ電話ごしでさえ、ブローディ・セキュリティ社の主任調査員である野田は寝ずの番をする闘犬《ピットブル》なみの増強されたエネルギーで満ちている雰囲気を伝えてきた。野田の愛想はありふれた丸石なみだし、口数の点でいえばそのへんの石のほうがまだおしゃべりだといえる。ひらべったい顔、抜け目ない目、百六十五センチの体で胸は樽《たる》のように逞しく、道を歩けば人々がよけていきそうな男である。近づきがたい頑丈なひたいの下の眉にはいくつかの切れ目がはいっている――以前、あるやくざの組に所属するポン引き男が、野田の顔を包丁で彫ってやろうとして失敗したときの名残の傷だ。その結果できた傷痕も、野田のイメージをやわらげなかった。地まわりのごろつきに思われてもおかしくないが、目を見れば印象は変わった――目には若干の人間らしさがのぞいていた。

わたしはいった。「どんなニュースだ？　リッツァのことか？」

野田は鼻を鳴らし、日本語でこういった。「ちがう。問題発生だ」

「きかせてくれ」

「例の国語学者が消えた」野田は無駄口をいっさい叩かずにいった――口数を増やせば、それだけ損をすると思っているかのように。たまさか気分が明るければ、この主任調査員が饒舌《じょうぜつ》にも十語前後の発言をすることもないではない。

消えた？　うなじを恐怖のおののきが駆け抜けた。「あの漢字をデータベースに収録していたという研究者のことか？」

「そうだ」

「どこへ行った？」

「曾我十条」

あの漢字と関連のある町だ。

「研究者には、町に近づくなと警告したんだろう？」

「もちろん」野田は日本語で鋭く切り返してきた。「それでも、ひとりであの町へ行ったんだ」

わたしの質問がしだいにせっぱ詰まったものになった。「研究者は現地に着いてからだれかに連絡をとったのか？」

「妻。一度だけ」

「それはいつ？」

「きのうの午後」

「携帯から？」

「いや。旅館からだ。チェックインをしたときに」

「旅館に確認の電話は？」

「まっさきに電話した」

「それで？」野田からなんらかの答えを引きだすのは、甘言を弄してもぐらを日ざしのもとへおびき寄せるのにも似ている。

「散歩に出たきり、宿にもどらなかった」

わたしは一本だけ残った最後の希望の糸を投げた。「失踪はまちがいないんだな？　いや、くだんの国語学者は、ほかのだれよりも無害な存在にしか思えないんだが」

「まちがいない」

「まさか、早稲田の研究者がそんな目にあうとは……」

「その早稲田の研究者は、漢字とサンフランシスコでの五人殺害事件との関係をおおっぴらにたずねてまわっていたんだよ」

この無愛想な調査員がもてる言語能力を最大限に駆使したら、とても異論をとなえられるものではなくなる。いま野田はわたしの最悪の恐怖を言葉にしていた——いわく、ジャパンタウンの事件はあまりにも荒々しく、あまりにも大胆、ただ一度だけの空前絶後の事件になるだろう、と。

「あんたのいうとおりだな」

「ああ」電話の向こうで野田が書類をいじっている音がした。

この事件は時間を追うごとに、どんどん混迷を深めている。サンフランシスコ市警察はなにもつかんでいない。わたしもつかんだ手がかりはゼロ、街の噂にもなにも出てこない。早稲田大学の国語学者は例の漢字とある土地の関係をつかみ、わたしは明らかによそ者の謎の人物につけ狙われた。そして国語学者は単身で曾我十条へ行き、たちまち姿を消した——そのプロセスで、わたしたちがつかんだ最初の手がかりといえる情報を残した。

漢字も国語学者もともに西をさし示している——日本の方角を。

野田の側からきこえる書類のばさばさという音が、高音量の雑音レベルにまで高まってきた。

わたしはいった。「そっちへ行ったほうがよさそうだ。これから飛行機を予約しよう」

「手配ずみだ。午前九時の日本航空のフライト」

わたしはいった。「プロと仕事をすることには、たしかに利点があるね」

「予約確認番号がこのあたりにあったはずだ」またもや書類をひっくりかえす音。「おれに伝えたい情報は？」

わたしは原やリッツァやレンナとの会話の中身を話してから、台湾の半導体メーカーであるテックQX社に関心を示しはじめたころの原の動向を調べてくれと野田に依頼した。つづいて、さもあとから思い出したかのように、わたしは尾行男と、その尾行男がみずから演じた消失マジックのことを話した。

野田が関心をのぞかせた。「その路地を自分の目で見たのか？」

「これまで何度も見てるさ」

「ようすを教えてくれ」

わたしは三軒のヴィクトリア朝様式の建物でつくられた袋小路を言葉で説明した。

野田は不機嫌そうなうなり声を洩らした。「銃はもっているか？」

「もちろん。なぜ？」

「もち歩くようにしろ」

「自分の身は守れるぞ。そっちも知ってるようにね」

「ブローディ、おまえは身ごなしも速くて腕もたつ。銃を荷物に入れておけ。チャンスをつかむ助けになるかもしれない」

わたしは胸を締めつけられた気分だった。「理由を教えてもらえるか？」

「おまえがこっちに着いたあとで話す。それまで待ってろ。おまえがこっちに無事着ければだな」

「もし？」

「ヒーローになろうとするな。たいていの人間には近づく連中の姿が見えない」

わたしの全身を震えが駆け抜けた。理由はさっぱりわからなかったが、それでも主任調査員のいまの言葉は適切なものに思えた。

「東京へ来るんだ、ブローディ。いくら連中でも自宅の裏庭で殺しはやらないからな」

「なにかつかんだのか？」

「いまおれが考えていることだけでも、明らかになれば、おれたちが殺されかねない。東京へ来るんだ。無事なまま到着したら、そのとき話をしよう」

野田はそういって電話を切った。

21

荻の携帯電話がさえずりめいた着信音を鳴らした。いま荻は自宅で、奈良の蔵元がつくる十年ものの日本酒をちびちびと飲んでいた。藍染の作務衣《さむえ》──日本の伝統的な作業着で、豊かな青系の色あいの着物風の上着と、同色のゆったりした長ズボンからできている──の襟をととのえると、荻は電話に手を伸ばした。サイドテーブルには最近のスイス旅行で入手した一九〇〇年のシャトー・マルゴーのマグナムボトルが三本ならんでいた。まもなくワインセラーにきちんと納めるつもりだが、いまのところはボトルに反射する控えめな光が目の保養をしている。

荻は暗号化通信を解読するためのボタンを押し、日本語で答えた。「話せ」

「そろそろブローディを始末する頃合かと」

ダーモットはまたしても引金を引きたくなる症状を起こしていた。荻は鼻梁《びりょう》を揉《も》みながら答えた。「それはどうかな。とにかく、なにがあったかをきこう」

筋骨逞しく、フットワークが軽く、ひとたび動きだしたらだれにもとめられないダーモットは、傑出した戦闘マシンだった。ただし、知能はまた別の問題である。ダーモットに配下のチームをつけてリーダー役をやらせたのは、二度とくりかえしてはならない計画遂行上のミスだった。優秀な兵士がかならずしも優秀な現場指揮官になれるわけではない。

そして、配下ではトップクラスの兵士であるダーモットは、わずか二日のあいだで二回めに荻を驚倒させた。「あの美術商にこちらの尾行を勘づかれました。尾行にはガスをつけたのですが……」

《愚か者どもめ！　忍の一字、忍の一字だ……》

ガス・ハーパーは、故郷である曾我十条で生まれたときには服部秀夫《はっとりひでお》といった。荻の手下きっての〝影の男〟だった。なんといっても特別の申しあわせで、イスラエルのモサドにおいて一年半にわたる特訓を受けてきた男である。ガス・ハーパーの尾行を見抜ける者はひとりもいない、いない──ダーモットの攻撃を払える人間がいないのと同様だ。ダーモットは、荻の配下ではロレンス・ケイシーに次ぐ最上の狙撃手であり、最上の格闘テクニックをそなえている。ブローディの自宅と店の双方にハイテク盗聴機器をいくつも仕掛けているので、尾行は最小限にとどめていた。可能な場合、荻は配下のスタッフを相手に先んじて目的地に行かせる策を好んだ。その好例が〈M＆N〉での市警警部補との会合だ。あのときは道路の反対側にある空家の貸しオフィスにパラボラ集音マイクを設置し、会話の一部始終をとらえた。ブローディが尾行中のガス・ハーパーに気づいたのなら、要員交替にあたってどじを踏んだスタッフがいるのだろう。

「向こうの動きを見逃したのはだれだ？」荻はたずねた。

「だれも見逃してません。ブローディの動きがなめらかだったのです。そのため警官たちがあらわれるまで、ガスは自分の尾行がバレていたことに気づいてませんでした」

荻は怒りに駆られると同時に興味をかきたてられてもいた。あの美術商の血筋を思えば、ありえない話でもない。蛙《かえる》の子は蛙。やっぱり——ジェイク・ブローディの息子は父親の才能の大部分を受け継ぎ、しかも現在の美術商という職業でその才能を無駄にしているわけだ。あのアンティーク店が隠れ蓑《みの》でないかぎりは。もしや、あの店は人目をごまかすための隠れ蓑か。いや、そんなはずはない。あの男は父親の事業の半分を引き継いだ——だから、あっちは道楽で手を出しているだけだ。たしかに、あの瀬戸物屋みたいな店の玄関に小さな真鍮《しんちゅう》の銘板をかかげてはいる。しかし、探偵仕事の訓練はひとつも受けていないはずだ。

いくら隠されてはいても、荻の怒りは他人にもよく伝わった。「だったら近づくな」

「そうおっしゃるのなら。しかしあいつの店に人々が押しかけるようすときたら、初詣のときの明治神宮なみですよ。警官たち、原リッツァ、日本のマスコミ各社、おまけに東京から電話がかかってもいます」

原リッツァ？　東京？　そのあたりは調べておく必要がある。しかし、あとでもいい。いまなによりも大事なのは忍の一字だし、荻にはダーモットの際限ない落ち着きのなさに対抗するだけの忍耐力があった。これはまた、指導者に適した人材が少ないことの理由でもある。彼らはパニックを起こすか、さもなければ過剰反応する。適切な動機づけをほどこせば、意欲的な訓練生を正確に任務を遂行する殺戮《さつりく》マシーンに仕立てることは可能だ。しかしリーダーシップはまったく別の問題である。荻自身は十歳をむかえたときから実父に訓練されてきた。その実父も荻の祖父の薫陶《くんとう》をうけた。実に十四代、三百年前の将軍その人にまでさかのぼる荻一族は、ごく初期からリーダーシップを組みこまれていたからこそ、人目につかない〝影の王朝〟を築きあげてきたのだ。もともと質実剛健な武家の出であり、一族は影のまた影。荻一族は戦略にすぐれた男や先見の明にすぐれた男ばかりか、配下の戦士たちの心をも知りつくした男をも輩出した。譲るべき時機と情けを捨てるべき時機を見きわめられる男たち。とことん無慈悲になれる男たち。曾我衆の中核の部分にまで立ち入ることを許された外部の者はわずかひと握りにとどまり、しかも時宜がいたれば、そのだれもが声ひとつあげられぬまま痕跡を残さずに消された。ダーモットの激しやすい性格は、きわめて控えめにいっても未熟さのあらわれだった。

「ブローディは友人の警察官の手前、調査をすすめているふりをしているだけだろうよ」荻はいった。「日本関係者に助言を求めるとはね——あの警部補は、ほかの警官より少しは頭がまわるらしい。しかし、だからどうした？　警察がつかんだ手がかりがどれも行き止まりになれば、ブローディの友人の警部補は降格されて異動になり、ブローディはまた浮世絵や壺《つぼ》を売る商売にもどるだけだ」

「あの男、しばらくはわれわれの苛立ちの種になりそうです。これから東京へ飛ぶということですから」

「どうして？」

「あいつのもとに電話があったんです。われわれのことで警告をうけていました」

そういってからダーモットは失踪した国語学者についての会話の要約を荻に伝えた。話をきいている荻は警戒心をかきたてられたものの、驚きはしなかった。ブローディくらい目はしがきけば、質問するべき相手を心得ていて当然だし、短期間で例の漢字のことを割りだすほど頭の切れる者に連絡をとったのも当たり前の話だ。荻には、才能のある者をきっちり見抜くだけの眼力がある。ひょっとしたら、自分たちは最終的にブローディと取引したほうがいいのかもしれない。しかしいまの時点では、現状維持がすべてに優先する。

「連中はろくに知らないが、いちおう村に警告しておこう」荻はいった。

「あの男を排除させてください」ダーモットはいった。

「だめだ。サンフランシスコではぜったいにだめだ。警察が勘づくし、われわれの依頼人は余計な注目をあつめることを愉快には思わん」

「だったら東京で始末するのは？　いまなら、あいつよりも早いフライトをつかまえられます」

荻は自分に思い起こさせた――ダーモットの熱意は、ほかならぬ自分が配下に奨励していた姿勢だ。

「それが法度《はっと》であることは、おまえも知っているはずだ」

「ブローディは村に行くと思いますか？」

「わからん」

「では、せめてわたしが――」

「ならぬ。おまえの仕事は監視だ。おまえのことだから、いまごろはあの男の弱点のひとつなりと見つけたことだろうな」

四千八百キロの距離をはさんで、ダーモットがはじめてにたりと笑った。

「ええ。あの男には娘がいます」

荻は忠誠をたもっている兵士の声に笑みをききつけ、所感を返した。「願ったりかなったりではないか」

22

《東京へ来るんだ、ブローディ。いくら連中でも自宅の裏庭で殺しはやらないからな》

その夜は眠れなかった。野田はなにを知っているのか。そもそも〝連中〟とは何者なのか？　あの無愛想な調査員に電話をかけることも考えないではなかったが、そもそも野田は前世でロバたちに頑固な性格を教えこんでいたとしてもおかしくない男だ。だから、わたしが東京に到着するまでは頑として口を割るまい。ただし、野田の口ぶりはもっと雄弁だった。プロの調査員としての冷静さの裏に、恐怖がききとれた。自身を案じての恐怖ではなく、わたしを案じての恐怖。野田はだれよりも堅実で信頼できる男だ。その野田がわたしに警戒を強めるべきだというのなら、その助言を無視するのは賢明ではない。

しかし、なぜ？

《ヒーローになろうとするな。たいていの人間には近づく連中の姿が見えない》

姿が見えないのはどういった人間か？　野田がわたしに警告したきっかけは、くだんの足の速い尾行野郎の話をしたことだった。そこから考えるに、どうやらわたしたちは、袋小路から姿をくらます能力をそなえた人間について話していたと見てまちがいないだろう。さらにいうなら、ひとつの家族を皆殺しにしても、あとに手がかりひとつ残さない能力をそなえた連中だ——だれにも解読できない漢字を名刺として残してはいたが。

形のさだまらない不安がわたしを包んだ。いまわたしはどの程度まで危険にさらされているのか？　あるいはレンナは？　このなかに、妻を殺した犯人にたどりつくための手がかりがあるのだろうか？

わたしは窓辺に歩みよった。ゆっくりと間断なく降りつづく霧雨が、ガーゼのカーテンのように市街を覆っていた。ゴールデンゲート・ブリッジは誇らしげにすっくと立っていた——くすんだアプリコットオレンジの色は、包みこむような雨でもまったく褪《あ》せてはいなかったが、いまは橋の鎮静作用という魔力に効果がないことが実証された。

胸騒ぎを起こさせる不安が背すじをつたい落ちていった。連中が外にいる。その点だけはまずまちがいない。しかし、美恵子の死後にわたしがアジア各地を調べまわったことからはじまって、ジャパンタウンでの虐殺事件の捜査でサンフランシスコ市警察が明らかに一歩も進んでいない現状にいたるなかで、わたしはもう耐えられないほど袋小路に行きあたっていた。猛烈なもどかしさを感じるばかりだった——手がかりひとつ得られぬまま漫然と立っている一方で、全身の神経がなんらかの行動を起こす必要があると叫びかけているのに。

なんらかの行動……およそどんな行動でも。

わたしは、この事件の出発点をあらためてふりかえった。ジャパンタウン。これから東京に旅立つにあたって、あのショッピングタウンを最後にいま一度見ておくのもわるくないだろう。

わたしはウィンドブレーカーに袖を通し、ブローニングの拳銃をポケットにおさめると、すべてがはじまった場所へ車で引き返した。

爬虫類《はちゅうるい》を思わせる青みがかった銀色の月光に照らされて、ジャパンタウンには人けがまったくなかった。大昔からある蜘蛛《くも》のような漢字の数々が、暗くなっているショップの正面を這いずりまわっていた。

煉瓦《れんが》がしゃべれればいいのにと思いながら、わたしは足を引きずり、ひとつの家族の全員がずたずたに切り裂かれた現場に足を運んだ。胸苦しい静寂があたりを支配していた——この都会そのものが中村一家を悼んでいるかのように。

《五人の被害者全員が、数秒以内に撃たれていた。五秒か六秒。最長でも七秒だ。被害者たちはひとところにまとまっていた。無駄弾はない。しかし、たとえあっという間の仕事とはいえ、かならず順番がある》

ここまで車を走らせているあいだ、次第に勢いを強めていた風が雨雲を吹き払い、暗く考えに沈んでいるような夜空や濡《ぬ》れて光る路面やコンコースのあちこちに水たまりを残していた。

血糊《ちのり》がきれいに洗い流されているいま、ここが殺害現場だったことを示すものはほとんど残っていなかった。敬意を表して距離をたもったまま、きれいに洗浄された舗装の煉瓦を見つめているうちに、生命に不可欠な液体がたまって、煉瓦のひび割れや亀裂のあいだに流れこみ、おぼろげな影の輪郭を浮かびあがらせていたのがどのあたりだったかが見えてきた。

《おぼろげな影の輪郭》——このフレーズこそ、ジャパンタウン事件の現時点までの展開をよくいいあらわしている。サンフランシスコ市警の連中はみんなそろって影につかみかかっているし、わたしはといえば……やはり影を相手にしているだけだ。周辺事情をすべて削《そ》ぎ落とせば、中核に残るのは五人の遺体と漢字一文字だけ。指紋はひとつも検出されなかった。痕跡証拠もない。目撃者もいない。容疑者もいない。五人の遺体はわたしたちに名前を教え、くだんの漢字は国語学者を教えてくれたが、その学者はアパラチア山脈の奥地以上にまわりから隔絶されている日本の奥地の村におもむいて行方不明になった。

わたしたちの手もち材料はゼロだ。

もどかしい思いに息を吐くと、わたしは一ブロック分の長さのあるコンコースを早足で歩いた。〈デニーズ〉からホテルまでの百五十メートル弱のあいだに、実地に見て確認したところ、影で見えなくなっているショップの戸口は十あまり。体をすっぽり隠せるほど奥まった戸口もいくつかあった。殺害犯人が選んだ路地は、このショッピングストリートにある半ダースばかりの同種の場所のなかでは最上のスポットだった。完全な闇に包まれていたのだ。街灯の光は届かず、月明かりは上で張りだしているベランダで遮られ、周辺光はいずれも両側にそそりたつ壁にはばまれている。

昼間の光のもとではおもしろみのない遊歩道でも、ひとたび日が沈めば殺しにうってつけの死角になるのだ。

わたしは犯人が選んだ路地を歩いていった。路地の先は、ならんだショップの裏手にある公共駐車場だった。右側の高くなった土地には、こけら板で屋根を葺《ふ》いた民家がならんでいた。夜もずいぶん遅い時間だというのに、半ダースほどの家の窓に明かりがのぞいていた。左を見ると、そちらは影にすっかり沈みこんでいて、ポスト・ストリートに面している店舗それぞれの裏側が不ぞろいな大きさの箱のように見えていた。

うってつけの隠れ場所と脱出ルート、その先にあるのは人けのない駐車場。わたしはその現場を脳《のう》裡《り》に思い描いた……。

夜中の十二時をまわった時刻、一家は一日の活動のあとでまだ昂奮《こうふん》をおさえられない陽気な気分だ。みんな時差にまだ体が適応していないので、一ブロック先にある二十四時間営業の〈デニーズ〉をめざして歩いている。先立つ二夜とおなじように。それが一家の行動パターン。習慣といってもいいほど。

《どこからどう見ても、死刑執行だったということだ》

しかし、どういった趣旨の死刑執行だったのか？

中村一家がこの夜もまた〈デニーズ〉へむかったのを見て、犯人は行動を起こした。下準備はすでにすませていた。旅行中の一家を、ほぼずっと監視していたからだ。いや、全行程にわたって監視していたかもしれない。犯人は武器をとってきて――おそらく近くにとめていた車からだろう――路地で待機しはじめた。暗闇に体を押しつけるようにして待った。準備万端ととのい、自信たっぷりだったことだろう。武器はきれいに手入れされて実弾をこめられ、脱出ルートも計画ずみだ。

《それにしても目撃者がいなかったのか？》わたしは自問した。

《いなかった》

狙撃者は黒い服を着ていたのか。いや、ちがう――黒ずくめだ。黒い服、黒い靴。そして隠れ場所に身を落ち着けてから黒い目出し帽をかぶる。車からここまで歩くあいだ、人目を引くようなものはひとつもない。ひとたび暗がりに足を踏み入れれば、犯人は夜闇にまぎれて見わけられなくなる。

《繊維は古いものだった。射殺犯人のものではなさそうだね》

犯人は繊維を残していない。着衣の素材は自然に繊維が抜け落ちるものではなかった。特殊な高級素材――もしかすると特注品かもしれない。

《レストラン横のあの路地から靴痕が採取できた。靴底は柔らかくてクッションいり、おそらく静音タイプだ》

犯人のいでたちに、靴底に溝のない靴を追加しよう。慎重に選定した靴だ。出所をたどられることはない。特注品の可能性もある。

もってこいの位置を確保、服装も適切。その先にあるのは綿密に計画された死刑執行。

しかし、その趣旨は？　理由は？

コーヒーショップ〈デニーズ〉で中村一家はケーキやサンデーを楽しむ。楽しい会話も弾む。狙撃者は銃をダブルチェックし、着衣を確認し、逃走ルートを再確認する。夜中の十二時をまわり、外には歩行者の姿はめったに見られない。手をつないだ若いカップルが通ることはあるだろう。カップルが犯人を目にとめることはない。酔っ払った日本人ビジネスマンが二、三人で隣のブロックにあるバーを出たあと、このショッピングストリートにやってくるかもしれず、彼らの大きすぎる声が夜の静けさを壊すかもしれない。そんなサラリーマンたちも犯人には気づかない。

中村一家は食事をおえて、レストランをあとにする。五人はコンコースにはいってきて、都ホテルの客室を目指して歩きはじめる。血糖値が急上昇したせいで子供たちは元気になっており、彼らのにぎやかな話し声がシャッターを閉めたショップ群のつくる回廊に響きわたる。子供たちの明るい気分には伝染力がある。一家のはしゃぎぶりに狙撃者は警戒をつのらせる。一家にはホテルのネオンが見えている。歩いて二分ほどの距離だ。いまはだれもが満ち足り、安心しきっている。肌寒いそよ風のせいで、一家の面々はすぐそこにある温かいベッドのことを思い出している。先頭を歩いているのはいいとこ。そのあとを、だらだら歩いているのは子供たち。両親はそのうしろ。

いまだ！　狙撃者は路地から出て一家のうしろにつく。男たちは狙撃者から離れていて逆襲してくる気づかいはないし、どっちみちうしろをふりむくほど機敏でもない。ふたりは自分たちを倒した銃の銃声さえ耳にしない。狙撃者は銃を水平にかまえる――犯人の両手でかまえられた重い銃がすんなりあがる。大柄な男性に狙いをつけて引金を引く。最初の標的が倒れる。犯人は銃を左から右へふり動かす。手首をすばやく動かし、計算したうえで引金を引く。両親が倒れる。まず夫、つづいて妻。血しぶきが飛び散り、体が地面に倒れこむ。狙撃者は波に乗り、リズムを感じとっている。なめらかな動作で引金を引き、正確に標的を撃つ。時間を一秒も無駄にせず、弾薬は一発も無駄にしない。銃を反対へふってもどし、子供たちを狙う。狙いは正確無比。子供たちは犯人のものだ。完全に。

《最長でも七秒間の犯行。それで全員死亡。犯人はサイコ野郎か？　地元のギャングメンバーが荒れ

くるったのか？　いかれた銃マニアか？　それとも元軍人の異常者か？》
犯人は成人男性をまず倒している。それゆえ計画を立てる人間だ。几帳面《きちょうめん》。冷徹。あまりにも冷徹で、ギャングメンバーが羽目をはずしたとは考えられない。とはいえ、頭のたががはずれた者にはちがいない。あるいは——鹿児島で会ったわが証人が信じていたような——連続殺人鬼か。新聞記事のたぐいを信じれば、連続殺人鬼のなかには病的なほど几帳面な者もいるらしい。また、助手役と組んで行動する者もいる。
《では、いかれた銃マニアか？　あるいはサイコ気質をそなえた元軍人か？　自分は社会不適応者だと感じて苦しんでいる者？　劣等感にさいなまれている者？》
しっかりと訓練をうけてきた元軍人や、軍人らしいヒーローになりたがっている情緒不安定者が世界にむけてなにかを証明したいと思いたったら、観光客一家ではなく、もっとハードルの高い標的を狙うものだ。いや、犯人は軽度の精神上の問題をかかえた人物ではない。境界性パーソナリティ障害者も除外できる。犯人は完全に頭のいかれた異常者か、まったくの正常者のどちらかだ。
《ではこの殺人の動機は人種がらみのものか？》
サウスセントラル地区で出会った人種がらみの犯罪は、例外なく侮辱や軽蔑の要素をそなえていた。暴行であれ殺人であれ。標的が黒人であれ白人であれ、あるいはヒスパニックだろうとアジア人だろうと。しかし——漢字が日本とのなんらかの関係を示唆しているとはいえ——今回の事件に侮辱の要素はない。
《だったら、どうして狙われそうもない人たちを標的にした？　無防備な家族を倒しても、無意味な勝利だ……ただし……そうでない場合があるとすれば……それはなんだ？》
標的を選んだのが犯人ではなく別人だった場合だ。これが犯人から指示された任務だった場合だ。

もしそうなら、手がかりをいっさい残さずに標的を始末するのは義務になる。犯人はそのとおりに完遂した。正確無比に。いちばん障害になりかねないふたりを真っ先に倒して。

《それをもって異常者の犯行という可能性を排除できるか？　できない。では、これがなにかを〝証明〟しているだろうか？　そうともいえない。現場からの逃走については？》

殺人者は凶器をバッグのようなものにしまう。周囲に溶けこむような黒っぽい色、あるいは黒そのもののバッグ。銃の形をごまかせるようなキャリーバッグ。犯人は路地に引き返して、ショッピングタウン裏手の駐車場に出る。そこですぐに左へ曲がり、最初のうちはショッピングタウンにならぶ店舗の、そのあとはポスト・ストリートの建物が上から落とす影づたいに進んでいく。犯人はすばやく移動しているが、通行人から不審の目をむけられたり、丘の上にある家々の住人が窓から外をのぞくほど急いでいるわけではない。

《そのあいだも時計は着実に進む》

十秒後には犯人は駐車場の反対側、殺害現場から一ブロック離れた場所にたどりついている。車はそこにある。道ばたのどこか。まちがいないのは、街路樹の下だということだ。街路樹は都会の天蓋《キャノピー》だ——その下なら丘の上に住む人たちの目を避け、上方からあたりを照らしている街灯の光を防ぐことができる。犯人は影のなかの車に身を滑りこませる。車内灯はあらかじめ切っている。エンジンが静かな音をたてる。それからギアを前進《ドライブ》に入れて発進。ただし最初の角を曲がるまで、ヘッドライトは消したままだ。二十秒、さらに時間経過中。二ブロック離れ……三ブロック離れる。一分後には六ブロックの距離を稼ぎ、犯行現場とは完全に縁が切れた。そんな犯人の逃走劇を見ているのは空に浮かんだ月だけだ。

ジャパンタウンの事件の顚末《てんまつ》はこんなところだろう。些細《ささい》なちがいは一、二あるだろうが。

それでもなお、これが完全な狂気の犯行という可能性は捨てきれない。その瞬間、こんな考えが頭に閃《ひらめ》いた――証拠が存在しないという事実が物語っているではないか。

ジャパンタウンを見おろす丘には数十軒のアパートメントやリフォームされたヴィクトリア朝様式の家が建ちならんでいる。そのうちどれかひとつの窓からひとりでも外をのぞいていれば……あるいは、飼い主に連れられて散歩中の犬が吠《ほ》えるとか、深夜の帰宅者がひとりでもいるとかすれば、それだけでよかった。しかし、現実にはそういった手がかりはひとつもなかった。

なにひとつ。

ハンターとしての隠れ場所と逃走ルートを選んでおくだけなら、天才でなくてもできる。しかし標的全員を倒したのち、だれにも見とがめられず、現場にいたという痕跡をひとつも残さずに脱走するとなると、平均的なプロの仕事ぶりというだけでは不足だ。きわめて傑出したプロの仕事というべきである。

《指紋はひとつも検出されなかった。痕跡証拠もない。目撃者もいない》

《活気あふれる都会の人口密集地帯のまんなかで》

頭のおかしなサイコ野郎の犯行ではない。よくしつけられていようといまいと、サイコ野郎ではない。この鮮やかな仕事ぶりからわかるのは、武器のあつかいに習熟していたことだけではない。カムフラージュの方法や優れた計画立案、および正確なタイミングまでをも含む、すこぶる高度な訓練の成果だと金切り声をあげているも同然だ。この銃撃事件の犯人は、ちょっと銃をかじっただけの素人《しろうと》でもなければ、それなりに腕のたつアマチュアでもない。ドラッグでハイになったギャングの犯行でもない。軍隊経験のある異常者でもない。犯人はもっと上級者だ――たとえば特殊活動専門の工作員。いや、それすら上まわる存在かもしれない。

どんな存在かはともかくとして――。

レンナとわたしは低いところしか見ていなかった。証拠が発見できないという事実そのもののなかにこそ、証拠が存在していた。わたしはこの考えをさらに展開させ、ジャパンタウンでの惨劇につづいて起こった出来事を思い返した。《ホームボーイ……店に侵入してきた〝泥棒ならざる泥棒〟……新米警官コンビがへまをした尾行野郎の追跡劇……》

この三つの出来事は、どれもおなじ三十六時間の枠内で発生した。

三つの出来事のいずれにも、同様の専門的なテクニックが見られる。

《三件は関係しているのでは？　しかしどんな関係が？》

わたしがいちばん近づけた相手はホームボーイだが、ジェニーとわたし以外にあの男を目にした者はいない。わたしたち親子が標的だったら、あれもまた目撃者のいない事件になっていたはずだ。うなじをうそ寒いものが這いのぼってきた。それに例の不法侵入について、エイバーズはなんといっていただろうか？　そう、「侵入者としては一流の連中だったとわかるんだよ」と話していた。

ひたいを揉みしだきながら、頭のなかで最初からすべてを精査しなおすうち、ひとつのパターンが驚くほど明瞭に浮かびあがって見えてきた。ジャパンタウンの事件以後の一連の出来事は、封じこめ作戦だったのだ。

わたしを封じこめるための。

わたしは尾行されていた。

監視されていた。

あやつられていた。

いまだ説明のつかない理由から、彼らはわたしの自宅にやってきて、わたしの店に押し入り、わたしを尾行した。古典的なストーキングと封じこめの手口。ホームボーイの発言は、いわゆる売り言葉に買い言葉などではなかった。あの男はジェニーのことをチェックしていたのだ。

ジェニー。

つかのま、わたしは当惑していただけだった。つづいて激しい怒りがこみあげた。顔がぐんぐんと熱くなった。首すじの血管が膨張した。野田の言葉が以前よりもずっと鮮やかな響きでよみがえってきた。

《東京へ来るんだ、ブローディ。いくら連中でも自宅の裏庭で殺しはやらないからな》

第三日

王を壊す者

23

わたしは時間を無駄にしなかった。

ジャパンタウンに立ったまま携帯電話を手にすると、熟睡していたレンナを叩《たた》き起こして、野田の警告をどう解釈したかを伝えた。一から十まで推測だ。直接関連のない印象を重ねただけだ。しかし、正解のように思えた。確実に思えた。これを無視するのは愚か者だ。なんといっても、ことはわが娘に関係している。

わたしがすべて話しおわる前から、レンナは一計を案じた。わたしの東京出張のあいだ、ジェニーをサンフランシスコ市警察もおりおりに利用しているＦＢＩの隠れ家《セーフハウス》にかくまってはどうかといったのだ。さらにレンナは、ジェニーの滞在中は女性警官がずっと付き添うように手配する、ともいった。所在地秘密の施設にかくまわれて、一日二十四時間の護衛がつけばジェニーの身は安全だろうし、わたしも後顧の憂いなく海外で仕事を進められる。後日こうした用心が過剰だったとわかるかもしれないが、安全の問題であとあと後悔することはなんとしても避けたい。さいわい、レンナもわたしとおなじ考えだった。

それからわたしは夜の闇にまぎれて、アパートメントの上の階に住むケリー・ルーとリサのマイヤーズ母子《おやこ》に詫《わ》びを述べてから、ジェニーをレンナ警部補の自宅まで連れていった。レンナはわたしが車のエンジンも切らないうちに玄関から出てきた。

ミリアムがジェニーを奥の部屋に連れていってホットチョコレートを飲ませているあいだ、レンナはわたしを横へ引っぱっていって、説明をはじめた。三十分後に覆面パトカーがやってきて、ジェニーをＦＢＩの隠れ家へ運ぶ予定。万一にそなえて、覆面パトカーがもう一台つく。警備上の理由から、ジェニーとはここで別れたほうがいいともいわれた。

レンナの自宅へ来るまでの車中で、わたしはジェニーに今回の措置について説明をすませていた。おまえはこれから、〝秘密の遊び場〟で寝泊まりすることになった。いつもならゲームとテレビは一日それぞれ一時間だが、そこでは毎日好きなだけゲームをして、好きなだけテレビを見てもいい。でも、その代わり、わたしが日本にいるあいだはサマースクールをお休みしなくてはならないし、友だちと遊ぶこともできない。遊び相手は一日おきに訪ねてくる予定のレンナの子供たち――クリスティーンとジョーイ――だけだ。ジェニーはほぼ即座にわたしのあいている腕を引っぱって、なぜ父親はいつも出かけてしまうのかと質問してきた。

「お仕事でどうしても旅行しなくちゃいけないんだ。でも、なるべく早く帰ってくるよ」わたしはいった。内心わたしは、なぜ今回はいつものリサの家ではなく、〝秘密の遊び場〟に行かなくてはいけないのか、という質問をされなかったことにほっとしていた。

「なるべく早くってどのくらい？」

「一週間くらいだ」

ジェニーは肩を落とした。「えー、長すぎる……」

わたしが出張に出るたびに、こうした会話の変種が毎回くりかえされている。たとえいまの質問に二日と答えたところで、ジェニーの反応はおなじだったはずだ。

「こっちにいられないの？　だって、いまはわたしの夏休みだよ」

ジェニーがとにかく口実をひねりだしているだけなのはわかっていたので、わたしは満面の笑みを見せてから、ジェニーを自分の膝の上に引き寄せた。こうすればジェニーはハンドルの前で、わたしが車を走らせている道路の濡《ぬ》れて光った路面を見ていられる。

「話をそらしちゃだめ」

「おまえの頭のよさにはかなわないな。とにかく、なるべく早く帰ると約束する。あと、電話もかけるよ」

「あの中国人の男の人にも気をつけるって約束する？」

「ああ、約束する」

それからジェニーはわたしに難題を突きつけた——同時に原克之がメールでわたしに投げてよこした謎に匹敵する難題を。


予定よりも遅れていたので、わたしは大急ぎでアパートメントに引き返して荷造りをすませ、あとで読むために原の公式発表《コミュニケ》をスマートフォンに転送し、サンフランシスコ国際空港へ行くべくカトラスを飛ばした。車を長期間駐車場に入れ、ＪＡＬの成田便に搭乗したわたしは、座席に身を落ち着けると、緑茶のカップと機内サービスのあられを友として、原が送ってよこした自分の家族についての資料に目を通しはじめた。

最上部に《未来への耳目たれ》という会社のモットーが表示されているコンプテル・ニッポン社のデジタル用箋で送られてきた資料は、名前と住所と基本的な個人データ、およびアメリカ人の友人知己の短いリストにとどまっていた。すでにサンフランシスコ市警察が被害者たちのパスポートや、東京都を管轄とする警視庁への問いあわせで把握していたことばかりだ。日本最大の通信会社を所有する男に四十時間以上を与えたにもかかわらず、こちらが得られたのは名前と階級、それに公式ＰＲ用の断片的な情報だけだった。

日本流儀の引き延ばし術なら、わたしには見分けがつく。すぐに感じたのは、なぜこんなことをするのかという疑問だ。日本では物事が最短距離を直線的に進むことはめったにないし、その理由が説明されないままおわることも珍しくない。一九九五年に阪神・淡路《あわじ》大震災が発生して神戸が壊滅的な被害をうけ、数千人の人々が瓦礫《がれき》に生き埋めになったときには、飛行機なら一時間の距離にいた日本の首相よりも、ヨーロッパから駆けつけたスイスのレスキューチームのほうが先に現場入りした。

なぜそんなことになったのか？　自身のキャリアを守りたい一心の公人たちが、そろいもそろって保身に走ったからだ。善行が期待される国——しかし称揚されはしない国——においては、なにか失態をしでかせば、すぐさま敵に嚙《か》みつかれる。そのため政治家も官僚もそろって、この自然災害の周辺をとりまく些事《さじ》ばかりにかまけていた。出世したけりゃ働くな——とは、ある日本人の情報協力者の言葉だ。なにかのきっかけをつくる仕事を避けていれば、あとでなんらかの責任を問われることはない。

そのため地震発生の直後は、なんの対策もとられないまま火事の猛火が荒れくるった。時間だけが過ぎていくなか、瓦礫に埋もれた何千人もの日本人が死ななくてもいいのに死んでいった。さらに数千人もの人々が、仮設救護所で自身のバイタルサインが弱まっていくのを見ているしかなかった——というのも、四角四面のお役所仕事で医療器具や薬剤ががんじがらめに縛られ、馘《くび》覚悟で発送を急がせる官僚がひとりもいなかったからだ。医師たちやボランティアの人々、自衛隊の主力部隊の面々はわきへ引っこみ、だれかが配置命令を出してくれるのをむなしく待ちつづけた。電話が不通になっていたので、わたしは東京の小学校での同級生、田中清《たなかきよし》の安否を推測するしかなかった。田中は高校時代の恋人と結婚して、神戸で仕事についていた。夫婦のひとりきりの子供は庄司《しょうじ》、名づけ親はわたしだった。

庄司とその母親は、地震発生から十五時間後に発生した火事で命を落とした。のちに彼らの隣人からきいた話では、地震直後に適切な重機類が配備されていれば、火事が起こるよりもずっと早くふたりを瓦礫から救いだせたはずだったという。また清は、輸血用の血液を待っているあいだに死んだ──血液は最寄りの医療機関から輸送されるはずが、厚生省の書類仕事のせいで動かせなかったのである。

これは大規模におこなわれた日本流の時間稼ぎの例である。これまでにも世界は類似の事例をさまざまな条件の順列組みあわせで目撃してきたし、東日本大震災での福島県の津波災害と原子力発電所の大事故でも見せつけられた。これからも、同様の例が見られるだろう。さらにそれだけでは不足だというのか、人の生死でさえ国家の体面の前には二の次にさせられる。不幸にも救出の優先度が低いとみなされてしまった市民集団の場合には、その傾向がますます強まる。ここでの不文律はこうだ──全世界が注視しているなかで、なりふりかまわず被災地に急いだりすればパニックや拙速を疑われかねず、弱みを見せることにもなる。それはまた品位に欠けるふるまいであり、さらに由々しき不謹慎な行為だ。

気流の乱れで、トレイテーブルの穴におさまっていたわたしのティーカップが小刻みに揺れた。ちらりと窓から外を見やると、ひと筋の暗い嵐雲が遠くに見えた。原はジャパンタウンの惨劇から身を隠しているわけではないにしても、自分独自の道を進んでいた。どうしてだろうか。さっぱりわからなかったが、この通信業界の大物とは東京で会う機会もあるだろう。そこでわたしは原の行動の謎を解き明かす作業をあきらめ、サンフランシスコのがらがらに空いた道路をレンナの自宅へむかって走っていたとき、ジェニーが運転を手伝う一方、わたしに突きつけてきた難問に注意をふりむけた。

「これで父さんはわたしのことをずっと考えてくれそう」あのときジェニーはそういった。

「いつだっておまえのことを考えてるさ」

「だったら、これまでよりもたくさん、わたしのことを考えてくれるようになるもん」

「これ以上おまえのことを考えるなんて無理だよ」わたしは答えた。「でも、父さんにどんな話をきかせてくれるのかな？」

「これまでで最高のジョーク。えーと、ミルクがどんどん出てくるお菓子はなーんだ？」

「わからないな。どんなお菓子？」

「だめだめ。これ、最高のジョークなんだから。ちゃんと考えなくちゃだめ」

「オーケイ……じゃ……ミルクキャンディかな？」

「はずれ」

「ミルクボンボン？」

「ちがーう」

「南アフリカ名物のビッグサイズのミルクパン？」

「ふざけちゃだめ。はずれ」

「オーケイ。で、答えは？」

ジェニーは不満に口をとがらせた。「だめだめ。だってこれまでで最高のジョークなんだから、父さんも考えて考えて答えを出さなくちゃ。それにこの問題の答えを考えるあいだ、父さんはわたしのことを考えてくれる。わかった？」

わかった。痛いほどわかった。ここまであからさまで、しかも、わたしには癒してやれない渇望を目のあたりにして胸が痛み、旅をおえて帰ったら娘との時間をもっと増やそうと誓った。

旅客機がまたしても揺れると、フライトアテンダントたちがいきなりそれまでの活動を中断してドリンクサービス用のカートをせわしなくギャレーにもどした。この先は悪天候になるという、機長の義務としてのアナウンスが流れるころには、全員がそれぞれの座席でシートベルトを締めていた。

わたしを待っていた〝悪天候〟のことを、機長が知っていれば……。

激しく荒れ狂う強風は、成田空港への到着までずっとわたしたちを苦しめた。いや、堅固な大地の上にもどってさえ、乱気流の勢いが減じることはなかった——そう、乱気流はわたしがブローディ・セキュリティ社の扉を押しあけてから二十分後に襲いかかってきたのだ。

24

東京　午後五時十五分

「さあ、こっちへ来い、ブローディ」

わたしがブローディ・セキュリティ社にたどりつくと、指が太く大きな手——十世代にわたる漁師の先祖たちがつくりあげてきた手——がわたしの背中をぴしゃりと叩いてきた。わたしの父のパートナーだった楢崎滋、わが社の創立期から働いている古参社員だ。優秀で目はしがきき、フットワークの軽い楢崎はかけがえのない人材となり、たちまちわが父ジェイクの事業拡大の右腕になった。また楢崎は東京に住んでいた子供時代のわたしにとって、本物のおじにいちばん近い存在だった。

「いったいなにがあった？」楢崎はたずねた。「残り物のごはんみたいなありさまじゃないか」

「ジョージのリムジンサービスのせいです」

楢崎はにやりとした。「トップをはずしたバイパーに乗ったわけか?」

「ご明察」わたしはいった。「ジョージのやつ、あの車なら夏の夕立に追いつかれずにすむと思ったようです」

ジョージこと鈴木《すずき》穣治《じょうじ》は長年の友人で自動車愛好家だ。きょうは、最近手に入れたばかりの車で成田空港まで迎えにきてくれた。ちなみにその車とは、大統領選挙の年だった一九九二年型のバイパーのコンバーティブル。自宅を出発する前にジョージは、そのままではわたしのスーツケースが積めないだろうと、トップをはずしてきた。おかげでわたしたちは、きらきら輝くような水田の広がる千葉の地から都会の混沌《こんとん》そのものの東京まで来るあいだに、激しいにわか雨に降られてしまった。出発から五十分後、ジョージのスマートな車は高低新旧さまざまな建物がスプロール状に拡大した都市をつくっている東京に滑りこんでいた。どこを見ても狭苦しい賃貸アパートがごちゃごちゃ建ちならぶ一角や、針のように細長くそびえるオフィスビルや、店先に漢字が乱舞している商店が目についた。

しかし、これこそが東京だ。人はこの街を愛するか憎むかの二択だ。この街はいわば建築学的ブイヤベース——整然と清潔なシンガポールと、ジャンク屋の大集会ともいうべき香港の中間あたりに位置している。天をつくような高層マンション群が落とす影のなかに古い木造家屋がならび、その横にはけばけばしいネオンサインを光らせるコンビニがある。さらにその隣はいまにも倒れそうなたたずまいの古い個人商店があつまっていたりもする。たとえば、一階はきらきら輝くステンレススチールの冷却水槽《バット》がある豆腐屋の店舗で、二階が住まいになっている民家などだ。しかし、ごった煮式のこの都会はなぜだかうまく動いている。あらゆるものにふさわしい場所があり、だれもが行先を心得ている。街路は清潔で、人々は礼儀正しく、目的意識をもっている。そして足もとでは、数えきれないほどの路線の地下鉄が走っている――どの路線も本数が多く、しかも時刻表どおりに運行していた。

ブローディ・セキュリティ社がビジネスの本拠地にしているのは、都心の西側にあるファッショナブルな街、渋谷のあまり人目につかない脇道にある建物だ。一階は蕎麦屋《そば》で、その上の四フロアがわが社のオフィスである。数軒先には四代つづく漢方薬の店がある。木造の店舗は第二次大戦後の苦難の時代の遺物で、いまでは南側にかたむきかけていた。オフィスのなかでは、かつて父ジェイクが築いた事業がいまなお活発に動いていた。十二メートル×十五メートルのオフィスに二十のデスクが詰めこまれているほか、いちばん奥の壁沿いには個室がならんでいる。ざっとながめわたしたところ、いまいるスタッフは十五人ほど。父がそうだったように、わたしも正社員は全員名前まで覚えている。これまで会ったことのない長髪の日本人の若者――フリーランスか、そうでなかったら最近雇われた社員だろう――が、わが社のサーバーのひとつをあけて、内部に頭を突っこんでいた。

ジェイクの昔のパートナーである楢崎はくすくすと笑った。「ジョージらしいな。とはいえ、バイパーは速く走れるだろう?」

「猛スピードですよ」

「それこそいちばん肝心な点だ。野田のうなり声の意味がもっとよくわかれば、話しあって解決できる問題もたくさんあるんだが」

「本当は意味もわかっているはずです」

楢崎はわたしの足もとを見つめた。「きみが自分のボートをわたしたちのもとに碇泊《ていはく》させれば、ワックスをかけたばかりのうちの床を濡らすこともなくなるんだが」

楢崎は前々からずっと、わたしが東京本社にポストをもって常駐し、サンフランシスコの古美術の店は離れた東京から経営すればいいと主張していた。いずれはこの会社の手綱もみずから手ばなすつもりだろうが、その反面わたしが実力を試されていない未知数のままでいるかぎり、この会社にとどまろうとするはずでもある。

「利久の茶碗《ちゃわん》のありかをつきとめたとき、きみはやくざと対決して生き残った」かつて楢崎はわたしをその件で叱った。「しかし、あれが成功したのは、ほかのなによりも美術の要素と幸運のたまものだ。ジェイクの地位を継ぐなら、きみには現場での訓練が必要だな。そうでなければ、灸《きゅう》でつかいおわった艾《もぐさ》なみの役立たずだ」

わたしが子供のころ、楢崎は週に一度わが家で夕食をとり、クリスマスなどのホリデイシーズンにはプレゼントをもってきてくれた。父が出張で不在の週末には、楢崎は――〝シグおじさん〟は――ちょくちょく顔を見せては空手や柔道のアドバイスをくれたり、わたしの練習につきあったりし、わたしがとりわけむずかしい動きを修得すると喜びに顔を輝かせた。楢崎にとってブローディ家は都会の家族だった。日本の拡大家族文化のなかではありふれたシナリオだが、楢崎はひとり都会に出てきた。楢崎が田舎《いなか》に残した家族――妻と三人の子供たち――は、楢崎の高齢の両親を世話し、田で米をつくり、さらに楢崎の弟と漁船で漁に出もした。その弟の息子たちは、大きくなると漁船を手伝うようになった。楢崎本人は年に四、五回は実家に帰り、夫婦の時間をともに過ごす。

「人生つらいことばかり」わたしはいった。「これが助けになるかもしれません」

わたしはジョニーウォーカーのボトルをぽんと投げた。楢崎の漁師の手が空中でやすやすとスコッチのボトルを受けとめた。

「全身の毛穴から水分が出ちまったか？」楢崎はいった。「この雨じゃ釣餌も調達できないが、濡れていようといまいと、またきみに会えてうれしいよ」

「わたしもここに帰るとほっとします。体を拭ってさっぱりしたら、わたしのオフィスで五分ばかり話せますか?」

「ああ、わかった」

ひとたび、以前は父のオフィスだった部屋のドアを閉めてひとりになると、わたしはブラインドを降ろし、スーツケースをかきまわして、清潔なシャツとジーンズに着替えた。それから、かつて父ジェイクのものだったデスクのうしろの椅子にすわる。

このブローディ・セキュリティ社の仕事場は、ほぼ父が残した状態のままだった。おなじ木のデスク、おなじ書棚、おなじ道具類。父が東京のMPだった時分に没収した短い日本刀があり、ブローディ・セキュリティ社をひらいたときに祝いの品として贈られた三百年前の陶器の徳利《とっくり》があり、ロサンジェルス市警察時代に射撃コンテストで獲得した優勝トロフィーがあった。射撃の才能は、ありがたいことに遺伝の精霊がわたしに受け継がせてくれ、韓国人の隣人とその息子ともども、ロサンジェルスの射撃練習場でさらに磨きをかけてもいた。

もとからあった小物類にわたしが追加したのはジェニーの写真と、長らく行方不明だった千利久の逸品が発見されるにあたって、わたしが果たした役割を文化庁が顕彰した賞状——〝かけがえのない国家的至宝の発見にあたっての多大なる尽力に感謝する〟——のふたつだった。

礼儀としてわたしは自分が東京に到着したことを伝えておこうと、原克之に電話をかけた。あいにく原が会議中だったので、秘書にメッセージを残した。一分後に楢崎がノックをして入室し、しっかりとドアを閉めると、椅子から立ちあがろうとしているわたしの背中をまた励ますように叩いた。

「きみとこうしてまた会えて、本当によかった。きみも最初の大物を釣りあげたみたいだな。あの大立者に品定めされたかい?」

ボディガードが攻撃してきたことを思い出し、わたしは真面目《まじめ》くさってうなずいた。「ええ、調べられました」

大きな笑みが楢崎の顔をふたつに分けた。「怪物を釣りあげるときにはいつだってそうなんだ」と、それだけいったところで笑みが消え、楢崎は真剣な顔になった。「たしかにこれはきみがひとりで釣った獲物だ――でも、きみはもう手を離し、リールを巻いて獲物を引きあげる仕事をわたしたちに任せてもいいんじゃないか?」

「そういうわけにはいきません。この件でわたしは、サンフランシスコ市警察のコンサルタントになってます」

楢崎が後頭部をぽりぽりと掻《か》いた。「たとえば調査の現場からは一歩しりぞいたまま、われわれの調査結果を先方に報告するだけでもいい」

「この件では無理です。だいたい、前からブローディ・セキュリティ社の仕事に本腰を入れろとわたしにいっていたのはあなたです。この事件は、その手はじめにふさわしいと思いますよ」

楢崎は眉を寄せた。「わたしはもっと小さな事件を考えていたんだが……」

わたしは肩をすくめた。「原はわたしに仕事を依頼してきたんです」

楢崎はまだ納得できない顔だったが、しぶしぶ譲歩した。「なるほど。きみがそれでいいなら」

「ええ、けっこうです」

「わかった。こっちとしては、できるだけきみをバックアップするようにしておかないとな。野田を担当にしよう。うちのスタッフのなかではいちばんの腕ききだ。いっしょに仕事をすれば速く学べる。きみはとにかく頭を低くしていろ」

「お安いご用です」

「後方支援はジョージに手配させる。あの男は帳簿つけ以上のものをやりたがっている。それでいいね？」

去年の十月、わたしはジョージにブローディ・セキュリティ社でパートタイムの仕事をしてもいいのではないかと提案した。わたしたちは新しい血を必要としていたし、ジョージは家からあまり遠く離れずに、家族が所有する多国籍企業から一歩離れることを必要としていた。わたしとジョージはおなじ年に東京で生まれた——そして、父親が親友同士だった。ふたりの心の絆《きずな》は、東洋と西洋の充分に成熟した調和、きわめて珍しい調和だった。わたしたちは子供時代のすばらしい思い出をいくつも共有したのち、わたしの両親の離婚という荒波に揉《も》まれてもがきながら進んだ。そのあとジョージは、わたしがまさにジョージを必要としたピンチのおりにやってきて、また友情が息を吹きかえしたのだ。

「ええ、かまいません」

「だったら話は決まりだ。野田が中心になり、きみは補佐する。ジョージが周辺部分での支援だ。野田はきみのお父さんの大親友だった。野田ならきみに……まあ、あの男なりの流儀で……仕事のこつを教えてくれるはずだ」

そういってから楢崎はオフィスのドアをあけ、野田とジョージのふたりを呼んだ。数秒後、ふたりがオフィスへはいってきた。主任調査員の野田はわたしにうなずきながら、どさりと音をたててブルドッグめいた体を椅子に落とした。ジョージは上品で優雅なしぐさですわって足を組んだ。野田の眉に残る切り傷の痕はかなり目立っていた。社内の噂話《うわさばなし》だが、野田を襲ったポン引きにはナイフを二度めにふるうチャンスはなかったという。野田がポン引きの手から武器を奪い、その手で相手にいくつか傷を残したのだ。

楢崎が楽しげな声でいった。「ジャパンタウンは今年最大の事件だ。金持ちの有名人、新聞にも大見出しがどっさり出る」

「おれたちが解決できなきゃ、それも見出しになる」野田がすかさずいいかえした。

楽観的な見方ばかりが幅をきかせる土地では、いつも苦虫を嚙みつぶしたような顔をしている調査員の野田は、真面目の上にクソの二文字がつく一派の代表者だった。日本人スタッフは野田を煙たいが必要悪だと見ていた。アメリカ人スタッフにとっては、目新しいほど率直な人物に見えていた。

楢崎は銀髪の社内長老として、社員たちを──針が突き立った剣山のような性格の社員もふくめ──鷹揚《おうよう》に甘やかしていた。

「ケイくん、きみはいつもながらの不平屋だ」楢崎は親しみをこめて、部下の野田をそんなふうな愛称で呼んだ。「いったいどうすれば、きみを楽しい気分にできるものかね」

「楽しい気分は野田さんのなかにはないんじゃないかな」ジョージがいった。「ぼ、ぼくだっ、たら、栃木あたりへの温泉旅行と二十一歳の双子の女の子がいれば楽しくなれるけど」

どっさりと財産があり、家系をさかのぼれば有力な武士の一族に行き着くという特権階級の一家に生まれたジョージは、他人に耐えがたい気持ちをいだかせる寸前で踏みとどまっているような高慢な雰囲気をただよわせている男だ。その身分を反映するように、きょうの服装はライトブルーのジバンシーのスポーツジャケットに薄いマリンストライプがはいったワイシャツ、それにグッチのミントグリーンのネクタイだった。鈴木一族の者の常として、ジョージにもたまに羽目をはずす傾向がある──この男の場合、羽目をはずすというのはノーネクタイで外出することだ。

決して忍耐心をなくさない楢崎はくすくす笑った。「それで楽しくならない者がどこにいる？　さて、ブローディ、わたしたちに最新情報を教えてもらえるかね？」

わたしはジャパンタウンの殺人現場のようすを言葉で描写してから、主要な出来事を簡潔に要約して話した──ホームボーイにまつわる疑惑や店への不法侵入、それに美恵子と漢字の関係についても話をした。最後に、脅迫がどの程度まで深刻かという点についての自分の印象を添えた。

楢崎がすわったまま姿勢を変えた。「ちょっと待った。おなじ漢字だというのは確かなんだね？」

「ええ、まちがいありません」

楢崎はまだ信じられない顔だった。「どの程度の確率で？」

「おなじ漢字なんですよ」わたしはいささか大きすぎる声でいった。

部屋が静まりかえり、楢崎が物悲しげな顔になった。「すまなかったね、ブローディくん。話の残りをきこう」

話のしめくくりには、サンフランシスコ市警察とのあいだの微妙なバランスを維持していかなくてはならないことを述べ、ジェニーを隠れ家へ移すという土壇場での決定についても話しておいた。わたしは打上げ花火を期待して、尾行野郎が逃げ道のない袋小路から忽然《こつぜん》と姿を消してしまった一件を話し、野田にうなずきかけた。全員が目を主任調査員にむけるなか、野田はずいぶん昔に訪れた曾我十条の町で筋金いりのプロたちに遭遇したという友人たちについて、なにやら不明瞭にぼそぼそいっただけだった。

わたしは口をつぐんだ。野田の《東京へ来るんだ、ブローディ》はどうなった？

野田の寡黙さの裏にあるものをわたしが解読できずにいるうちに、オフィスのドアにノックの音がして、社内のコンピューター専門スタッフの川崎真理《かわさきまり》が部屋にはいってきた。若々しい顔、林檎《りんご》の頰の川崎真理は、ブルーデニムのシャツの上から農夫風のピンクのオーバーオールを着て、髪にはオレンジ色のメッシュを入れていた――今月のヘアカラーだ。多くの日本人女性に通じる不可解な点だが、真理も二十三歳なのに十六歳にしか見えないし、この女性の場合にはその外見が、ソフトウエアやインターネットやIT全般への豊富な知識をそなえていることを隠している。

「どうしたんだ、真理ちゃん？」楢崎がたずねた。

「お邪魔をしてすみません。しかし、どうしても見てほしいものがありまして」

楢崎は解《げ》せないといった顔でたずねた。「もしや、ふらりと依頼人がやってきたとか？」

「いいえ、コンピューターです。どうもトラブルが発生したみたいです」

全員が音をたてて椅子をうしろへ押しやって立ちあがるなか、楢崎とわたしは視線をかわしあった。ついで野田がなにやら低い声で曖昧につぶやいた――そのつぶやきは、「はじまったな」という言葉に怪しいほど似通っていた。

25

大きなコンピューター・コンソールの前にスタッフがあつまっていた。近づいていくと、モニター上でコマンドラインがひとりでにスクロールしているのが見えた。モニター前の椅子にはだれもすわっていないし、キーボードにはだれも触っていない。

＞**オープン・システム**　op.
＞**管理者パスワードを入力してください。**
＞TokyoBase.
＞**アクセスは拒否されました。管理者パスワードを入力してください。**
＞BrodieSecurityCentral.

＞アクセスは拒否されました。管理者パスワードを入力してください。

＞オープン・ファイル：通信記録《コレスポンデンス》──東京
ジョージがいぶかしげに目を細めてモニターを見つめた。「これはブラジルの提携企業のアカウントかな？」

次々に表示されるテキストに目を貼りつかせたまま、真理がすばやくうなずいた。「ええ。この人物は向こうのシステムにはいりこんで、古いパスワードをいくつか見つけてます。パスワード入力を三回失敗するとロックアウトされるのも知ってて、だから通信記録に参加しようとしたわけです」

ブローディ・セキュリティ社は、アジアとヨーロッパ、南北アメリカにある提携企業とのあいだに情報保護対策を講じたセキュアなネットワークを共有している。あらゆるアカウントはアクセスのために一週間に二回変更されるパスワード入力を求められ、オフィス間でやりとりされるメッセージは暗号化処理される。この侵入者はわたしたちが見ている前で期限切れの通知をひらき、目を通して廃棄すると、社内連絡文書のファイルを漁《あさ》りはじめた。手当たりしだいに探っているふるまいは、システム自体をよく知らない人間のそれだった。

調査員のひとりがいった。「こいつはまずい」

「たしかに」わたしが会ったことのない長髪の日本人の男が会話に参加した。「テクノ屑《くず》野郎だな。この行動パターンには見覚えがないが、こいつはあなたたちの会社のシステムを高速で吸収してる。ふざけるにもほどがある」

そう話すこの男は川崎真理と同年齢か、ひとつふたつ年上に見えた。

「つまり、ハッカーということか？」わたしはたずねた。

「ええ、まちがいない。このまま手をこまねいていて、こいつに八時間から十時間もオンラインで好きにさせていれば、あなたたちのネットワークをクラックしそうだ」

楢崎がいった。「ブローディ、紹介しよう。この男は波越融《なみこしとおる》。わが社のコンピューター・ネットワークを構築した企業の担当者さんだ」

わたしと融は握手をかわした。下はジーンズ、上は裏原宿ブランド――アベイシングエイプ――の自虐的なレトロ風デザインの黒Tシャツ。ほっそりした色白の顔の上の頭に巻いた赤いバンダナが、波打つ長髪を押さえていた。

あつまっているスタッフのなかから女性の声があがった。「その人は日本屈指のコンピューターのつかい手で、おまけに真理の彼氏でもあるの。重要情報でした」

控えめな笑い声の波がオフィスに広がった。

融は前に垂れ落ちている髪の房のあいまから、わたしを横目で見てきた。「コンピューターには詳しい？」

「まあ、隣の男よりは少し詳しいかな」

「隣にいるのはぼくだけど」

「じゃ、少し負けるくらいだ」

融はわたしに皮肉っぽい笑みを投げ、片目をモニターへむけた。ハッカーは検索機能をつかって、さらにいくつかのファイルをひらいては中身をざっと調べている。だれも操作していないコンピューターでカーソルがひとりでに動くのを見ていると、肌がぞわぞわとしてくると同時に、自分の領分に土足で踏みこまれた気分と怒りとが高まってきた。

野田がたずねた。「こいつは、われわれが監視しているのを知ってるのか？」

「いや、これはデフォルトのモニターだね。システムの標準設定ではオフになってる」

「どうやってシステムに侵入したんだ？」わたしはいった。「ファイアウォールがあるんだろう？」

「最高のファイアウォールがね。おまけにダイナマイト級の番犬ソフトウエアもインストールずみだ。しかしこの侵入者は低レベルのパスワードでサインインし、この会社がブラジルの提携会社とサーバー内で共有しているスペースにはいりこんだ。いまはまだ玄関から片足だけを突っこんだ状態だけど、ほかの人がログオンしたらパスワードを記録するような〝トロイの木馬〟プログラムを仕込んで、メインサーバーへのアクセスを目論《もくろ》んでる。ひとたび充分な情報をあつめれば、こいつは会社の機密ファイルへのアクセス権を手に入れてしまうな」

突きあたりの壁に天井から掛かっている大型液晶テレビの画面では、ＣＮＮｊのアナウンサーが日本の各銀行のエグゼクティブたちがこぞってチューリヒへむけて出発しているというニュースを報じていた。先日、ワインセラーの電気系統の故障による火事で悲劇的な死を遂げた、銀行家一族の六代めにあたるクリストフ・スペングラーの葬儀に参列するためだった。

「スペングラーは日本のメガバンクすべてと取引があり、東京や大阪を頻繁に訪れていました。スペングラー銀行と日本の関係は一八〇〇年代後期にまで遡ることができます。当時、香港にあったスペングラー銀行出張所が支払ったのは――」

「そいつの音を消せ」野田がぴしゃりというと、スタッフのひとりが急いでリモコンをつかみあげて消音《ミュート》ボタンを押した。

わたしが見ている前で、コンピューターのモニターが空白になった。

真理がいった。「あいつが消えた……」

「よかった」融がいった。「やつがもどってきたときのために連結点《ノード》を仕込んでおこう」

楢崎がたずねた。「さっきのやつはまた来ると思うかね？」

「ああ、来るね。あの手の連中は、いったん足を踏み入れると、そのあと何度もくりかえし侵入してくる——地獄のブーメランといった感じだよ。たいていは新しいデータストリームにハイになってるだけなんだけど、この悪党はそうじゃない」

融はコンソール前の椅子にひらりと腰かけると、拳の関節をぽきぽき鳴らしてからキーボードの上むき矢印キーを押して、ハッカーが打ちこんだコマンドのログをバックスクロールさせていった。融は最初期の一連のコマンドを長いあいだ見つめていたが、ふっと渋面になり、立てた指を唇にあてがって周囲のわたしたちに〝静かに〟と合図した。それから立ちあがり、コンピューターの裏側にまわってケーブル類をあれこれいじりはじめた。さらにメインケーブルに指を巻きつけ、そのケーブルをずっとたどって裏の部屋に設置してあるセントラルサーバーにたどりついた。わたしたちも黙ったまま、そろって融のあとにつづいた。融は顔をしかめたまま、壁ぎわのラックからライトをちかちか点滅させている箱状のマシンを抜きだしてしゃがみこむと、ケーブルをたどってサーバー筐体《きょうたい》の裏側に手をまわし、そこでようやく控えめな笑みをのぞかせ、わたしたちを手招きした。

わたしたち全員がそろそろと前へ進み、融の肩ごしにのぞきこんだ。壁ぎわの床に設置された接続箱から上へむかって配され、サーバーマシン内部に通じているケーブルの途中に、六、七ミリの長さの細い切れこみが入れられていた。

融は手近な紙切れにこう走り書きした。「盗聴器スキャンは？」

楢崎がその質問を読んで答えを書いた。「毎朝」

「きょうは異状なし？」

「なし」

「最近は？」

「去年の二月以来ずっと異状なし」

「それなら大丈夫」融はそういって静寂を破った。「だったら盗聴関係の心配はいらないな。ほら、これが見える？」そういいながら、切れこみのすぐ上、ケーブルがわずかに膨らんでいる部分をさし示す。「だれかがケーブルにキャパシターを入れてたんだ。この仕掛けを見るのは初めてだけど、前に話をきいたことがある。さあ、ごらんあれ」

融がドライバーでケーブルのビニール被膜を切り裂いて広げると、直径三ミリもない小さな電子部品があらわれた。

「クールじゃないか。オランダの最先端技術の賜物《たまもの》。強力なコネがあって、おまけにうなるほどの金がなけりゃ手に入れられないしろものだね。こいつはここを通るシグナルをコピーして保存、命令に応じてそのデータを送信する——標的にしたコンピューター・システム自体を利用してね。今回のハッカーが最初に走らせた一連のコマンドはそれだ。みなさんは一杯食わされてたんだよ」

楢崎は頭を掻いた。「うちのシステムにちょっかいを出すなんて不可能だ。防護手段《セーフガード》を講じてある」

融はくすくすと笑った。「そりゃ普通の人には無理だ。でも、ぼくならできる。そして、こいつは実際にやった」

「どうやって？」

「合法的なハイテク機器で。銃弾もつかわずスパイをもぐりこませもせずに、向こうはあなたたちの動きを把握してたってわけ」

「どうしてスキャンにも引っかからなかった？」

融の口調が畏敬の念のにじむものに変わった。「こいつは栗鼠《りす》みたいにデータを貯めこむんだ。ぱくっとくわえて大事にかかえこむ。世間にありふれている盗聴器は小型送信機だ――つねに電波を発信していて、盗聴器スキャナーはこの電波を探知する。ところがこっちの新しい仕掛けは、昼間はゴキブリみたいに寝ていて、データを吸いあげてるだけ。送信のための電波を出すのは、外部から命令シグナルを受けたときにかぎる。だから、こいつはここの毎日の盗聴器スキャンにもひっかからなかったんだね」

古美術店に不法侵入があったあとで、わたしはようやく警備保安会社に連絡し、盗聴器や隠しマイクのスキャンをさせた。結局なにも見つからなかったが、さしものあの連中も、ここで見つかったような最先端デバイスを見つけられる装備はそなえていなかったのだろう。

楢崎がいった。「で、こちらの被害はどのくらいだ?」

「最低限ですんでいれば、電子メールの交信記録と添付ファイル程度。これから真理とぼくとでハッカーを阻止できるミラーシステムを構築するから、その完成までは、重要な情報のやりとりはオフライン限定でお願いしたいな」

「被害はもう出ているよ」わたしは、例の漢字を見つけたことを報告してきた野田の電子メールのことを思い出しながらいった。

融の指がキーボードの上に浮いていた。「どうしよう? こいつを脅かして追っ払う?」

「いや、それはやめろ」野田がいった。

融は楢崎に目をむけた。楢崎は野田と同意見だった。「ケイくんのいうとおりにしよう。こっちは巻き返しをはかる必要がある。侵入者の足跡をたどって根城を割りだせるか?」

融は真理と視線をかわしてから答えた。「まかせて。二日……いや、一週間はかかるかも。でも、とにかく相撲をとる必要があるな。立ち合いで一気に突進。相手にがつんと食らわせる」

野田がうなった。「まあ、好きにやれ」

楢崎がうなずいてゴーサインを出した。融はワークステーションにむきなおり、革ケースのジッパーをあけてノートパソコンをとりだすと、数本のケーブルを接続してマシンを起動させた。それを機に魔術がはじまった。融はまったくぶれずに神経を完全に集中させ、キーボードの上で目にもとまらぬ速さで指を躍らせた。タイプし、読み、さらにタイプする。融の指がキーを打つと一連のコマンドが画面を高速でスクロールしていくさまを、わたしたちはうっとりとただ見つめていた。

三分後、融はひと房のほつれ毛をさっと耳の裏へかきあげた。「オーケイ。ここのソフトウエアのアップデート完了――これで向こうに勘づかれずに〝トロイの木馬〟を無効化できる。これから侵入者の電子足跡を逆にたどって、バイトスキッパーを炎上させてやる。あとはカロリーとマットを調達してくるだけでいい」

楢崎が顔をしかめた。「すまん、素人にもわかる言葉で話してもらえるか?」

融は笑った。「まず、ぼくたちはやつのパスワード盗み読みソフトウエアを骨抜きにしてやった。そのあとは電子の世界に残っているやつの足跡をたどって、やつがつかっている回路を焼き切る。ただし、こいつ相手の対策を休みなしに毎日二十四時間態勢でつづけるとなると、食べ物と仮眠用ベッドが必要だ。そう、三次元に住むあなたたちが張りこみと呼んでるやつ。サイバースペースの張りこみだね」

楢崎が細めた目を融にむけ、真理にいった。「この若者に必要なものをすべて用意してやってくれ。ようやく年寄りにもわかる言葉で話してくれたのでね」

またしても、控えめな笑い声の波がオフィスに広がった。

楢崎がつづけた。「あとひとつ。侵入者のあとをつけるのはいいが、向こうからは見られないようにできるのか？　電子の世界で？」

「できるのは防御用のテトラポッドをどっさり山ほど積みあげることくらい。最悪のケースを想定しておいたほうがいいかも。敵がつかってる機材は超優秀だし」

「どのくらい優秀なんだ？」

「ぎりぎり限界まで。こいつらは危険な連中かな？」

「きわめて危険だ」

「どんなふうに？」

野田がいった。「ブローディ？」

「こういっておこうか」わたしはいった。「この連中はハイテク盗聴器でわたしたちにハッキングを仕掛けるだけじゃなく、わたしたちの知るかぎり、これまで九人を殺害している、と」

「十人かも」野田がいった――失踪した国語学者を勘定に入れているのだろう。

キーボードの魔術師の顔から血の気が引いていった。わたしはふたたびモニターに目を移しながら、いましがた目撃した事態をあらためて反芻《はんすう》した。わたしたちが追っている人々は、専門会社によるセキュリティシステムに探知されずにわたしのアパートメントの建物と店の双方に出入りしたばかりか、ブローディ・セキュリティ社が誇る最先端の防衛システムをもあっさり無効化した。この事実は、真夜中に訪れたジャパンタウンでわたしがたどりついた結論の正しさを裏づけるものでしかなかった。

この連中は、優秀という言葉でも足りないくらいの辣腕《らつわん》集団だ。どう出るかが読めず剣呑《けんのん》で用意周到な連中だ。確実にいえることはいろいろあるが、まもなくわたしたちのもとを再訪することはまちがいない。しかし、どの方角からやってくるのだろうか？

26

野田と楢崎ともども三人でわたしのオフィスにもどると、ジョージが新しく届いたばかりの知らせを前に渋い顔をしていた。

「また歓迎できないニュースだぞ」ジョージはいった。「まだ五分もたってないんだが、東京ＶＩＰセキュリティ社からメールが送られてきた。さあ、みんなよくきいてくれ――ジャパンタウンで殺されたふたりめの成人男性の吉田公造は、原のいとこではなかった。ボディガードだったんだ」

東京行きの飛行機に搭乗する寸前、わたしもまた吉田の身元の再確認を要請する電子メールを急いで送信していた。そしてようやく、原リッツァに質問するはずだったのに、うっかり失念した質問を思い出した――いとこの件だ。リッツァの口から吉田の話が出なかっただけではない。事件発生から二日たったいまも、吉田についての詳細は――日本のマスコミにさえ――曖昧なままだった。その理由も、いまわかった。

野田がいった。「城治郎《じょうじろう》の会社だな」

楢崎がうなずいた。「業界でも一、二を争う会社だよ。何年も、あの男を引き抜こうとしたものだ。でかしたな、ブローディ」

「仕事の依頼を引き受ける前に確かめられればよかったんだが」

「無理に決まってる。残る唯一の疑問は、なぜそのことを隠したのかだ」

嘘《うそ》をつかれるのはどうにも気に食わないが、税金の申告にあたって創作の才を発揮する会計士よりも、話をごまかす依頼人のほうが多いとは前々から警告されていた。真実の半分しか話さない依頼人を断わっていたら、うちの調査仕事はぐっと減ってしまうだろう。それはそれとして、この嘘には落ち着かないものを感じた。

「原はおれたちをからかってるんだ」野田がいった。「報酬の額がでかすぎる」

「あの男は家族を殺されたんだぞ、ケイくん。同情を示したまえ」

「いくら悲しんでいても、うちの社に支払う大金がお気に入りの慈善金になるはずがないんでね」

野田のこの意見が神経に障った。わたしはサンフランシスコで原の悲しみをこの目でじかに見ている。原が傷ついていたのはまちがいない。しかしいまあの男は、周囲に石垣を築いている——そのようすにわたしは、傷ついた原の心がどんな形をとるのかと思わずにいられなかった。

ジョージが鼻を鳴らした。「原があちこちに札束をばらまいているのは、とにかく事態をかきまわして、相手になんらかの行動を起こさせるためさ。金持ちがしじゅうやっていることさ」

これもまた一理ある。おまけにジョージこと鈴木穣治はその手の領域を知りつくしている。なにせ父親が日本屈指の巨大複合企業のトップなのだ。

楢崎が考えをめぐらせる顔を見せた。「野田とジョージ、両人の意見に同意せざるをえないな。そこで、こうしたらどうかな——アクセルをゆるく踏んで調査を進めるんだ」

ジョージの目が曇った。「もっと普通の日本語でお願いします」

「単純なことだ。調査をやめはしないが、波風を立てるほど深入りはしない。原はうちの会社に大金を支払った。だからその一部を投入して、とりあえずこっちの体面が立つ程度の仕事はする。野田、伊藤《いとう》兄弟に電話をかけて、原の最近の行動を調べてもらえるかどうかを確かめてほしい。原とテックＱＸ社と曾我という村の関係をさがす。通例からはずれることはすべて調べる。しかし、あくまでも背景事情だけだ。伊藤兄弟には隠密《おんみつ》行動を心がけ、原に気配を感じられないようにしてほしい」

野田はこの命令を受けたしるしに、ひと声うなった。

「よし。そのあいだブローディと野田のふたりは、予定どおり曾我にむかうんだ。くれぐれも警戒を絶やさず、周囲に目をくばりたまえ」

「今回はぼくも現場に出て働きたいな」ジョージがいった。

「きみはサポート役だよ、ジョージくん。ステップアップだ」

「でも、ぼくならもっと力になれます。ぼくが不在のあいだ、売掛金勘定がどこかへ逃げていく心配はありませんよね」

実務面での経験を買われて、ジョージは会社の会計業務の穴を埋める役目をこなしていたが、かねてから自己アピールをしていて、今回もアピールがあるのはわたしも予測していた。裕福な鈴木一族のほかの面々とは一線を画するため、ジョージは空手と柔道と古武道の柔術を身につけていた。先ほどわたしは原に同行していた〝万里の長城〟男のことを話したが、そのときにはこの旧友の顔にちらりと猛獣をおもわせるぎらぎらした光がよぎるのが見えた。

「野田、きみはどう思う?」楢崎がたずねた。

ブローディ・セキュリティ社の主任調査員である野田は、唐突にひとことだけ〝だめだ〟といった。今回もいつもの野田らしくなかった。ここでなにが起こっているのか?

ジョージが爆発した。「それだけ? 〝だめ〟のひとことですますのか?」

野田はこう答えた。「訓練面がだめ、基本的なスキルがだめ、おまけに現場経験の面がからきしだめ。おれがひとりで行く。ブローディも必要ない」

楢崎はいった。「それも一案だな。ただ、わたしは――」

「わたしは行くよ」わたしは口を出した。「レンナ警部補に約束したんだ」

「で、ぼくはどうなる?」ジョージがいいつのった。「一日じゅう狭苦しいオフィスに閉じこめられていて、どうやって現場経験を積めばいい？　曾我十条までブローディといっしょに車で行かせてくれ。バイパーがつかえるんだから」

野田の顔つきは暗く、胸騒ぎを起こさせた。「話にならん」

「ぼくだって、おかしなことをいっているわけじゃない——」

この議論をノックの音がすっぱりと断ち切った。ドアが細くあいて、川崎真理のオレンジ色のメッシュがはいった髪の毛がまたあらわれた。「つい先ほど、会社の銀行口座に原さんからの入金があったようです。みなさん、入金通知をごらんになりたいかと思いまして」

楢崎が手を伸ばし、真理が書類を手わたした。書類の中身に目を落とした楢崎は渋面になり、書類をほかの面々にまわした。これによれば原はつい先ほど、わが社が請求する調査料の残額を一気に支払ってくれたようだ。

これにまっとうな説明がつくかどうか、わたしは頭のなかをざっと検索したが、ひとつも見つからなかった。「二回めの入金にしてはいささか時期尚早だな。原はサンフランシスコでわたしのもとに小切手を残していったばかりなのに」

野田が顔をしかめた。「すばらしい。またも満足した顧客の誕生か。ま、こいつは不吉だな」

27

午後八時三十分

行方不明になった国語学者の妻の森理恵《もりりえ》は泉岳寺《せんがくじ》の裏手に住んでいた――この寺は一七〇三年（元禄十六年）、赤穂《あこう》事件に関与して切腹をいいわたされた四十七人の浪士たちが葬られたことで有名だ。三世紀たったいまもなお多くの参拝客が浪士たちに敬意を表して線香を手向けている。香り高いその煙は四十七士の墓所の上をただよったのち、寺の塀をふんわりと越えて周囲の住宅地へ広がり、過去の遺恨がいまだ晴れていないことを人々に思い起こさせている。

目的地の民家の一ブロック手前で、野田はマツダの茶色いSUV車のうしろに車をとめてエンジンを切った。それからわたしたちは無言のまま、しばし闇のなかですわっていた。野田もわたしもこの先に待っている仕事には気が進まなかったが、手もちのわずかな証拠につけくわえられるものがあるなら、やらなくてはならない仕事だった。

「静かな夜だな」野田がいった。

「静かすぎるよ」

野田はうなり声をあげた。「顔を平手打ちされたときみたいだ」

わたしの胃がぎゅっとよじれた。

月の出ていない夜の闇をすかして、ふたりで国語学者の自宅を見ているあいだにも、薄青い線香の煙がフロントガラスの前をふわりと横切っていった。一七〇一年（元禄十四年）、時の幕府で儀式典礼を司《つかさど》っていた高家《こうけ》の筆頭だった吉良上野介《きらこうずけのすけ》は、朝廷からの勅使の江戸城における接待役を命じられた播磨《はりま》赤穂藩の若き藩主である浅野内匠頭《あさのたくみのかみ》にしかるべき儀式のならわしを教えるにあたり、賄賂がらみで浅野を侮辱し、これに耐えられなくなった浅野は怒りに駆られて江戸城の松の廊下で抜刀、吉良に切りかかるという刃傷沙汰《にんじょうざた》を起こした。幕府重鎮である吉良の命に別状はなかったが、当時の法のもとでは幕府の役人への威嚇行為は——たとえ未遂であっても——謀反《むほん》とみなされた。そのため幕閣たちは、領民から慕われてはいたが経験に乏しかった藩主の浅野内匠頭に即日の切腹を命じた。これにより赤穂藩の数百名の家臣たちは主君と、禄《ろく》と呼ばれていた給与を同時にうしなった。浅野のわずか一回の行為で、彼らはつかえるべき主君のいない侍、すなわち浪人の身に落とされたのである。

この情けを知らぬ公儀の仕打ちに怒りをかきたてられた忠義にあつい四十七人の浪士たちは、将軍家の隠密に動向を監視されつつ二年の雌伏の日々を過ごしたのち、吉良の広壮な江戸屋敷に討ち入りをかけて、その首を討ちとった。そののち浪士たちは江戸市中を泉岳寺へ歩き、主君・浅野の墓所に吉良の首級《しるし》をそなえた——浪士たちは、腐敗する一方のご時世における不正に敢然と鉄槌《てっつい》をくわえたとみなされ、一夜にして市井の人々から英雄視されるようになっていた。

これは将軍にとって困った事態だった。

将軍は進退を封じこめられた。

それまでにも幕府の密偵は、公儀の威光を笠《かさ》に着て暴威のかぎりをつくしていた。それなのに最初は浅野内匠頭が、そして今度はその浅野の元家臣たちが、公然と将軍家に弓を引く挙に出た。

そこで幕府は日本特有の折衷案をとった。将軍は四十七士の主君への忠義をあっぱれと褒めたたえ、通例謀反をくわだてた者には普通の罪人とおなじく打ち首を申しわたすところ、武士としての誉れある死、切腹を命じたのである。

体制側の強圧に抗議して立ちあがった四十七人の忠臣たちは、今日《こんにち》もなお人々の崇敬をあつめている。それにも充分な理由がある。徳川幕府による治世がおわり、一八六八年（明治元年）を迎えると、機を見るに敏な武士たちは士族として、旧来の官僚組織から新時代の官僚組織へと踏みだした。現在の省庁の公務員たちが平均的な日本国民に、なにかにつけて往時とおなじような規制をかけたがる理由もそのあたりにあるのだろう。現代の日本での生活には、まったくもって不可解な規制事項がどっさりあるうえに、どこかの角を曲がるたびに政府がつくった料金所が待ちかまえている。

野田はフロントガラスを横切っていく線香の細い煙を見つめた。「用意はいいか？」

「いつでもゴーサインを出してくれ」

「おまえが主導権をとれ――忘れるな」

「忘れてないさ」

「これをうまくさばけなければ、なにがあってもおまえは曾我へ行けない――いいな？」

「わかった」

「で？」

「よし、はじめよう」

わたしたちは夜のなかへ足を踏みだし、目当ての民家に近づいた。白いペンキを塗ったばかりの二階建ての新築家屋。左右に雛罌粟《ひなげし》の咲く短い邸内路を進んだ先が、合板づくりの玄関扉。扉には桜花を模したノッカーがついていた。ノッカーをつかんで金属板に打ちつけると、ほどなく屋内からスリッパの足音がきこえてきた。

つづいて扉がひらき、森理恵がわたしたちを招きいれた。わたしたちは玄関をはいって三和土《たたき》で靴を脱ぎ、上がり框《がまち》の先に用意されていたスリッパに履きかえた。そのあと森夫人はわたしたちの先に立って狭いキッチンを抜けて客間へはいっていった。わたしたちは白いソファにすわった。夫人はやはり白い椅子にすわると、わたしたちに緑茶を用意した。

野田が咳払《せきばら》いをして口をひらいた。「ミスター・ブローディを連れてきました。電話でも、この人のことはお話ししましたね」

野田はそれだけいうとソファにもたれ、わたしに《さあ、お手並み拝見だ》といいたげにうなずいてゴーサインを送ってきた――細めた目の奥に疑念をのぞかせつつ。

森夫人がまたしても一礼した。鼻梁《びりょう》の高い立派な鼻と長く伸びたあごが特徴的な風貌は、昔の浮世絵でたまに見かける馬めいた顔つきに通じるものがあった。わたしたちの来訪にそなえて森理恵はベージュの麻のスカートに、淡い紫色の花模様がプリントされた薄茶のブラウスをあわせていた。艶のない黒髪はひっつめにされて、焦茶のヘアバンドで留めてある。ウエストには黒いベルトが締められ、その下の控えめな膨らみを強調していた。

「土曜の夜にお邪魔して申しわけございません」わたしはいった。

「お力になれるのならなんなりと」夫人は妙に平板な声で答えた。

室内に置かれた生活用品はどれも輝くような新品で、居間の家具類も真新しいものばかりだった。つかい古したようすの品はひとつもない。日本では新婚夫婦がふたりの生活をはじめるにあたって、なにもかも新品をそろえる。磨きあげた杉材づくりのキャビネットにはオーディオシステムとテレビ、デジタルレコーダーとノートパソコンがある。いずれも新品だ。キャビネットの最下段には本と写真のアルバムがおさめてあった。アルバムの背には愛らしくも素朴な雰囲気の欧文文字で、几帳面《きちょうめん》にアルバムの内容が書きこまれていた――《ふたりの結婚式》、《ふたりのハワイ新婚旅行》、そして《ふたりのおうち》。わたしたちの前にあるコーヒーテーブルには、何冊もの女性雑誌が扇状に並べてあった。

「最後にご主人と話をしたのがいつだったか教えていただけますか？」わたしはたずねた。

「旅の目的地に着いた日でした」

「旅館にチェックインしたあと？」

「ええ」

「電話は何時ごろ？」

「三時を少しまわったところでした」

「そのときの話題は？」

夫人は両手で膝のスカートを撫《な》でて、生地の皺《しわ》をのばした。「新幹線での移動のことや村のこと、自分が昂奮《こうふん》していることなどでした」

「昂奮？」

「野田さんと話をしたあとで、主人は例の漢字がどの辞書にも収録されていないことを発見したのです。それまではずっと、どこかに収録されているものと考えていました」

「では、ご主人の漢字データベースにどういった事情であの漢字が収録されていたんでしょう？」

「あれは主人がある古文書で見つけた字です」

「なぜあなたがそこまで断言できるんですか？」

「暇をみて、わたしが主人のデータベースを更新しているからです——といっても、最近は遅れがちなのですが」夫人はいいながら、ほんのわずかに膨らんだ腹部の上に手指をさまよわせた。

「例の漢字を入力したのもあなただった？」

「ええ」

「出典もごらんになったのですね？」

「ええ。さる無名の大名が曾我村を近々訪ねるにあたって、曾我十条の某要人に書き送った書状でした。当時の書状としては典型的なものです。ところどころ解読しにくい文字もありました。ですから野田さんがサンプルをもってお見えになるまで、主人は自分が手書きの書状から文字を正確に書き写せたかどうか心もとなく思っていました」

「その書状の現物はありますか？」

「いえ、ありません。出典といっても、主人が日常的に調べる何千という古文書の一枚というだけでしたし、そもそも学術的価値のない文書でした」

「ではご主人も、あの漢字の意味はご存じない？」

「ええ。あれが曾我十条のなにかをさし示しているということ以外には」

「ご主人の写真はありますか？」

「ええ、用意しました。これが手もちではいちばん最近の写真です。撮影は二カ月前です」

そういって森夫人は、カラーのスナップショットをわたしに手わたした。写真のなかでは夫人が、秀でたひたいの上のきれいな黒髪をうしろへ撫でつけたハンサムな男とならんでいた。その男、森一《いち》郎《ろう》の目はカメラのレンズよりも遠くへむけられている――これから意気揚々と世界へうって出ていき、フルボディ・タックルで世界を引き倒してやろうと考えている人物の気概に満ちた目つきだった。

「それ以外に、うかがえる話はありますか？」

「ないと思います。とりたてて変わったこともありませんでした」

「わたしたちがご主人を見つけますよ……あるいはご主人を連れ去った連中を」

森夫人は無言のまま優美なしぐさで小首をかしげた。「みなさんが最善をつくしてくださるのはわかります。でもわたしは、主人がその最後の日々を、この世界でいちばん楽しみに思っていたことに熱中して過ごしたとわかって、心の安らぎが得られました。たとえふたりの日々がもうおわったとしても、それは短くとも充実した日々でした」

森夫人の目がわたしの目をとらえ、つづいて野田の目もとらえた。

短くとも充実した日々。そのフレーズが胸のなかで跳ねて痛みをもたらした。

椅子の端に浅く腰かけたまま、森夫人はわたしたちに深々と一礼した。「みなさんがご心配くださったことに心の底から感謝しています。みなさんが力をつくして助けてくださるとはわかっていますが、同時に夫は独立独行の人でした。大学時代からそうでしたし、その後もずっとその流儀をつらぬきとおしたのです」

独立独行の人でした。つらぬきとおしたのです。

森理恵の目に、わたしは赦《ゆる》しの光を見てとった——わたしたちがやってきたこと、そして夫人がわたしたちの行動だと思っていることすべてが、結果的に夫の人生をおわらせたとしても、そしてそれがどんなものだったかが判明しても、やはりすべてを赦すと語る光だった。わたしが見てとったのは深遠な静寂だった。俗世をはるかに超越した深慮。同時に現世にも住みながら、この女性は夫が行方不明になった事態をすでに乗り越えて先へ進み、独自の流儀で夫をいまなお生かしつづけている。

夫人の無邪気な視線をうけて、野田がうめき声を洩《も》らし、目をしばたたいた。

「おふたりとも、わざわざ足をお運びくださりありがとうございました」森理恵はいった。

「失礼いたします、森さん」わたしはいった。「わたしどもはあらゆる手をつくす所存です」

夫人はこのときもまた小首をかしげた。「物事はなるようにしかなりませんので」

野田がソファから立って深々と一礼した。わたしもならった。それからわたしたちは、短時間の面談の衝撃もさめやらぬまま森家を辞去した。森夫人はわずか数語の控えめな言葉で、ためらいも悔しさもにじませず、だれを責めることもないまま赦免を申しでてきたのだ。

　左右に雛罌粟の咲く邸内路を野田とともに車へむかって歩き、俗世よりもずっと次元の高い世界に住む人々もこの世にいるという事実をみずからに思い起こさせているうちに、わたしは森夫妻の生活と自分の生活をいやでも比べてしまった。美恵子の死後、わたしは美恵子が生きているあいだに話す機会のなかったことをあますところなく伝えるため、あと一回、最後のチャンスが欲しいという思いに胸を焦がした。いまでも熟睡中にもかかわらず、夜中にいきなり過去への疑念のせいで飛び起きてしまうことが認めたくないほど頻繁に起こる。一方、森夫妻は一日ずつ堅実に充実した日々を過ごした。森理恵がいま明鏡止水の心境にあるとするなら、それはひとえに、美恵子とわたしがどちらも口に出しそびれていた言葉のすべてを、森夫妻がおたがいに残らずきかせあっていたからではあるまいか。ふたりが直接わかちあわなかったことがあっても、夫人はたぐいまれな洞察力で感じとっていたのだろう。

　アクセルを踏みこんで歩道ぎわから車を発進させ、泉岳寺と四十七士の墓所から遠ざかるあいだ、野田は不明瞭な言葉をぶつぶつとつぶやいていた。

　そしてわたしは澄んだ目を新たに得たことで、主君の仇討《あだう》ちをせずにいられなかった四十七士の執念が唐突に理解できるようになっていた。

28

ホテルの廊下を自分の客室へむかって歩いているあいだ、しつこい電話の呼出音が近くから響いていた。わたしは最後の十メートル弱を大急ぎの早足で進むと、焦る手でルームキーを鍵穴に挿し、急ぎ足で呼出音の方向へむかった——途中でスーツケースをどさりと床に落として照明のスイッチを入れると、西欧スタイルの客室が見えてきた。藤色のカーペット、桜花の模様のベッドカバー、窓にはカーテンではなく、細い木が格子をつくっている障子がついている。

急いで受話器をつかみあげ、息を切らしながらハローと挨拶を口にしたわたしの脳裡《のうり》に、八年前のある情景がよみがえっていた。夢見るような微笑をたたえた美恵子の顔……だんだん膨らんできた腹部……輝くように血色のいい頬……そして目に浮かぶ期待の光……。森理恵の顔もおなじような期待に輝いていた。そう、森夫人は妊娠している。行方不明になった夫が見つかるあてもないまま。

「ブローディさんか？」それは京都在住のわが友人の美術商の声だった。「ようやくきみをつかまえられたな」

「高橋さんですか？　どうやってここがわかったんです？」

「きみの会社の若い女性スタッフだよ。くすくす笑っていたね」

川崎真理と波越融のふたりが会社に泊まりこんでいるのだ。サイバー張りこみ。

高橋はつづけた。「ともあれお帰りなさい——地球のなかでも文明化された側の半球にね」

「といっても、わずか二千年ばかり先んじているだけではないですか」

「わたしたちのなかには、それを重く見る者もいるのだよ。ところで今回の旅行では、わたしたちがきみを京都で迎えるという栄誉に浴せるかな？」

「あいにく、そちらにはうかがえそうにありません」

近くにある奈良とならんで、京都はわたしがいちばん好きな日本の都市のひとつだ。高橋の店へ足を運べば、高橋が最近仕入れた品を目にできるのは確実だが——その大半が日本美術の輝ける至宝といえる――それだけではなく、隠れ家のような五つ星レストランで最高の食事を楽しみ、京都でも一、二を争う美しい手入れのなされた寺院の庭を散策することもできる。庭園の熱烈な愛好家でありアマチュアカメラマンでもある高橋はひっきりなしに写真を撮影するかたわら、数世紀も昔につくられた高名な日本庭園の景色に組みこまれている玄妙にして巧緻な構成の仕掛けについて、どんどん詩的になりながら語りつづける。

美術商の高橋は電話の向こうですわる姿勢を変えた。「それはまた残念だな。とはいえ、きみにはもっと切迫した仕事があるのだったね」

わたしの耳がぴくんと立った。「というと、なにか新情報でも?」

「いかにも。今回の話を、以前のわたしたちとの話しあいに追加してもらってもいいよ――そう、わたしにはあの漢字が象徴的なものに思えるんだ」

「ということは、解読できたのですか?」

「どうにかこうにかね。この問題を話しあったある専門家も、お話にならない解釈ばかりのなかでは、わたしの最終的な解釈が最上だと同意してくれたよ。この分野に通じた権威にいわせるなら、あの漢字の書きぶりは不体裁でいかにも素人くさい。そこでわたしは美術的な観点をあえて捨て去り、もっとも基本的な角度から意味を読み解こうとしてみた。そうやって浮かびあがってきたのは、いかにも不気味な意味だが、打ち消しがたい解釈だった」

「というと?」

「あの漢字の上半分の要素を重視して文字どおり読んだら、どういう意味になる?」

「〝支配者〟か〝国王〟。〝君主〟でもいいでしょうか」

「そのとおり。では漢字の下半分の中央にならべたような冠《かんむり》の〝亠〟を書き加えたらどうなる?

いいかね、以前わたしは、この漢字の書き手は教育程度が低く、この字を書く機会もあまりない、と述べたのだよ」

「そう書き足せば、下半分は〝壊す〟という字になりますね。意味は……〝破壊する〟？」

「そうだ。〝割る〟〝砕く〟……さらには〝抹殺する〟という意味にもなる。さて、それでなにか思いつくことは？」

「さっぱりわかりません。なにか思いつくべきでしょうか？」

「現実にそんな言葉があるわけではないんだよ。しかし、ものを知らない人物の目にはおのずからいくつかの可能性が浮かんで見えてくる」

「たとえば？」

「あの漢字をどう読めばいいのかはわからない。しかし、豊かなイメージを喚起する漢字だね。きみたちの英語のなかで、わたしがいちばん近いと思うのは〝王をつくる者《キングメイカー》〟という単語の鏡像だ」

「鏡像？」

「そうだ。つくる者ではなく破壊する者。いうなれば〝王を壊す者《キングブレイカー》〟だ」

「それがどういう意味かはおわかりでしょうか？」

「まったくわからん」

「過去にその漢字が使用された例はなかったんですね？」

「まったく見つからなかった。しかし、教えてほしい――わたしのこの解釈は情況に適合しているだろうか？」

「なんともいえません。どのような含意が考えられるでしょう？」

「くりかえしになるが、暴力を示唆している――ただし、こちらのほうが規模が大きい。強大な権力をもつ組織や強大な権力をもつ個人を引きずりおろす、といった意味が含まれているね」

《原のことだ》

「適合しています」わたしは答えた。

高橋は不安そうに黙りこんだ。「きみのことが心配だよ、ブローディさん。きみはまた、自分の理解を超えた情況に足を踏み入れているんじゃないのか？」

「また……ですか？」

「去年の秋、きみがやくざ連中や殺害脅迫から身をかわしつづけていた件は、あえてわたしがいわなくても思い出せるだろう？　今回はあれ以上の厄介ごとになりそうだよ」

受話器をもつ手に一段と力がはいった。受話器内部のどこかでプラスティック部品がぱちんと音をたてた。

《殺害脅迫。なんてこった》

これまで高橋は国じゅうの情報源に電話をかけ、国語学者である森の失踪を招くことになったあの漢字について質問してまわっていた。それなのに森が曾我十条で行方不明になったあとも、美術商の友人である高橋に警告しておくべきだという思いは一度として頭をよぎらなかった。

「この漢字のことをどんな人たちに話しましたか？」

「四、五人の専門家だ。歴史学者、国語学者、研究者。どうしてそんなことを？」

「話をした人たちにあらためて連絡をとって、この件を秘密にすると約束してもらってください。またなにがあろうとも、その人たちがさらにほかの人に問いあわせるようなことがないようにしてください」

「問いあわせ先は、いずれもわたしが信頼している人たちだ、ブローディさん。長年、公私ともにつきあいつづけている面々だ——一貫して秘密を守ってくれているよ」

「それでも、重ねて約束をとりつけてください」

「そんな頼みをして、友人諸氏の不興を買うのは気がすすまんな」

「自尊心が傷つくほうがまだいい——そうでないと……」

「そうでないと？　いったいなんの話をしている？」

「次々に死人が出ているんですよ、高橋さん。しかも、理由がわかりません」

29

荻はみずから設計した、ぎらりと輝く金属製の絞殺具に愛《いと》おしげな目をむけた。自然に弧をえがく形状も銀色のきらめきも喜ばしい。弧の内側にある鋭利な刃の切れ味を維持するため、荻はまず鮨《すし》職人用の砥石《といし》で研ぐことからはじめた。その次に宝石研磨職人がもちいる目の微細な鑢《やすり》と瞼《アイ》にはさむ拡大鏡《ルーペ》をもちいて、肉眼ではほとんど見えない両刃——荻がさがしもとめてきた刃——に仕上げ研ぎをほどこしていく。こうして特別仕様で仕上げられた刃のおかげで、殺害所要時間が十二秒から七秒に短縮された。四十二パーセントの時間を削減できたことで、それまで夢にも思わなかったような結果が得られた。かつては殺害対象人物には、ごく短いものながら時間の猶予があった——その時間で対象人物が暴れたり反撃したりすることもないではなかった。しかしいまでは、対象人物が攻撃を察するよりも先に頸部《けいぶ》切断が完了する。七十二歳を迎えていまなお殺しをたしなむ者としては、この五秒の短縮が要点だった。武士の血をひく誇り高き戦士がおのれの腕を錆《さ》びつかせたくないと考えたとき、新たな改良をほどこしたこの絞殺具はうってつけの解決策だった。

しかし、この大切な道具の刃はいま研ぐ必要があった。荻はまず左右ふたつの木の握りからワイヤ部分を抜いてはずし、その両端を万力にはさんで固定してぴんと張った。七年前、六十五歳の誕生日プレゼントとして自分にこの武器を贈ってから、六人の男と三人の女がこのしなやかな刃物の犠牲になった。あいにく、この最愛のおもちゃはそうたびたび使用するわけにいかなかった。被害者の頸部がほぼ完全に切断された遺体は、捜査関係者に強い印象を残してしまうからだ。皮肉なことに、荻がこの絞殺具に魅せられてやまないのも、ほぼおなじ理由によるものだった。スチールワイヤの速効性は、これまでに荻が採用してきたどんな殺害道具にも勝るとも劣らない。そしてこの鋭く研ぎ澄まされた刃をもつワイヤをつかうには、標的人物のすぐそばにまで近づくことを余儀なくされ、そんな彼らの命をいままさに奪っているときに感じるパワーこそ、老境の域に達した戦士の魂を若返らせてくれるのだった。

電話が鳴った。荻はしぶしぶ作業台から一歩離れると、作務衣《さむえ》のポケットから通信が暗号化される携帯電話をつかみだして、こういった。「ケン・シェンだ」

「ブローディと野田が曾我へむかっています」

「なんとまあ好都合な。いろは組の格好の練習台になる。では本件を最優先課題としよう。両名の排除を求める」

「お言葉ですが……」

「話はすんだ」

電話の相手の男は恐れいりながらもためらいをのぞかせた。「わたしたち共通の知りあいから、ふたりを無傷で通せと指示されていまして……」

「わたしの命令は、その指示に優先する。完全武装のうえカムフラージュをほどこせ」

ゆうべ遅くのダーモットからの二度めの電話ののち、荻は目ざわりな美術商が自分を進物用包装紙でくるんで玄関先にあらわれるような愚かしい真似《まね》をしたら、ためらわずに排除すると決めていた。

「それでよろしいのですね？　こちらも厳然とした命令なのですが」

「もしや、わたしを問い質《ただ》すつもりか？」

恐怖に思わず息を吸いこむ音。「めっそうもありません」

「けっこう。では進めたまえ」

「処分につき、特別な指示はございますか？」

「一般的な方法でよろしい」

曾我の村は周囲から隔絶された谷間《たにあい》にあり、うねるように起伏をくりかえす深山幽谷に四方をとりかこまれている——谷には死体を埋めておける場所、何世紀も埋めたままにしておける場所が何十もあった。

「では、お望みのままに」

「この件は他言無用だ。わかったな？」

「ええ、一点の曇りもなく」

荻は電話を切ると、目下の作業を再開した。ジム・ブローディが死ぬことを思うと後悔がちくりと胸を刺す。これに先立って荻は、ジェイク・ブローディの息子をわが手で殺すことを検討していた。そうやって十人めの標的をあの世へ送りこんだら——この殺人道具にとっては大いなる節目となる人数だ——この武器を額に入れて、居間の壁に飾ろうと思ってもいた。だが、あいにくそのとき荻は日本にいない――依頼人のもっと大きな利益を優先させ、個人の野心をいったんわきへ置くほかなかった。あしたのいまごろ、ジェイク・ブローディの一粒種《ひとつぶだね》の男は、日本の山林の奥深くで夏の羊歯《しだ》というカーペットの下に横たわっているはずだった。

第四日

村

30

日曜日、ジョージこと鈴木穣治とわたしは、トップをはずしたジョージのダッジ・バイパーに乗りこんだ。それからわずか二時間後には——道路交通関係の法律の大半を破ったおかげもあって——東京から西に三百二十キロ離れ、国語学者が行方不明になった村にむかうべく幹線道路をさらに走っているところだった。

「きみはブローディ・セキュリティ社の共同所有者だぞ」ステロイドで馬力を増幅されたようなバイパーのエンジンの咆哮《ほうこう》に負けじと、ジョージが声を張りあげた。「きみがあの男に我慢する筋はない。むしろ会社から追いだすべきだ」

「おいおい、正気か？」わたしは叫びかえした。「野田はあの漢字をたった一日で見つけてきた男だぞ」

「でも、あの男はきみの社内での立場を揺るがそうとしている。はた目にどう見えるかを考えるといい」

「きみの思いすごしだ」わたしはいった。「野田は手放すには惜しい凄腕《すごうで》だしね」

野田は不機嫌なうなり声で異をとなえつづけたが、ジョージは寛大なところのある楢崎を説得して、ジャパンタウンの事件の調査にこれまで以上に深く関与することになった。しかし、夏の日ざしがバイパーのなめらかなアップルレッドのボディに反射し、内装の黒革を熱く焼き焦がしているいま、わたしはきょうの早朝、会社のあるビルの一階の蕎麦《そば》屋で、いま名前の出た海千山千の調査員とかわした不穏な会話について、深く考えをめぐらせていた。

ニス塗りの松材のテーブルを前にしてすわっていた野田は、さしむかいのだれもすわっていないべンチ席をあごで示すと、箸で五、六本の蕎麦をつゆにつけてから、口もとへ運んだ。薄茶色の麺がざるからつゆへ、つゆから唇へ移動して消えていく——日本人が麺類を食べるときに発揮する迅速さで。この〈蕎麦処《どころ》むら田〉は十一時半開店なのだが、店主の村田直樹《むらたなおき》が店にいれば、時刻にかかわらず野田に蕎麦を出した。

わたしは不退転の決意を胸に野田の正面のベンチ席に身を滑りこませると、夜のあいだずっと頭を悩ませていた疑問を野田にぶつけた。

「どうしてきのうのミーティングでは話をしなかった？」

野田が返答を口にするよりも先に調理場に通じるドアが一気にひらき、店主の村田が小走りに出てきた。着ている白い調理服にはきっちり糊《のり》がかけられて染みひとつなく、腰に巻かれた前掛けはぴんと張っている。陽気な丸顔のもちぬしだが、微笑《ほほえ》んだときにできる目尻や口角の皺《しわ》には根深い疲れがのぞいていた。

「ああ、ブローディさんでしたか」村田はいった。「だれか来たのはわかったんですが、どうして調理場に来ないのかと思ってました。ほら、朝のうち来るのは配達スタッフだけですから。いや、配達と野田さんだけだ」

主任調査員の名前を口にするときばかりは、その口調がふっとやわらいだ。

わたしはたずねた。「純子《じゅんこ》さんは元気かな？」

「ええ、元気でやってます。来年の春には歯科助手講座を卒業する予定ですよ」村田が微笑むと、肉づきのいい赤らんだ頬がゆるんだ。「なにかおつくりしましょうか？」

「いや、けっこう」

「ほんとに？　遠慮なさらずともいいんですよ」

「次の機会にお願いするよ」

「じゃ、気が変わったら大きな声で呼んでください。あたしはこれから調理場で昼の仕込みをしますんで」

村田はぴしっと音をたてて前掛けの紐《ひも》を締めなおし、風のように調理場へもどっていった。ややあって、村田がまわす大きな石臼《いしうす》の静かで単調なリズムの音がきこえてきた——蕎麦の実を挽《ひ》いて、手打ち蕎麦の原料となる粉をつくっているのだ。

野田はこの店で死ぬまで好きなだけ蕎麦を食べられる権利を得ているが、きっかけになったのは村田の娘の純子が東京の暗黒面の水たまりにほんの足先をつけたところ、やがて水面下まで引きずりこまれた事件だった。事の起こりは、純子が電話で受けつける会員制デートクラブに登録したことだ。午後の時間を利用して孤独な年寄り男の自尊心を撫《な》でてやっただけで、純子はあっさり十万円ばかりの金を稼いだ。「撫でたのは自尊心だけ」とは純子の弁だ。つづいて、服装をもっとランクアップすればさらに大金を稼げると店から約束された。店長は純子にシャネルやディオールやヴェルサーチを買うように薦めた。最初は週一着だったのが二着になり、やがて純子は高価な素材の生地が素肌にこすれる感触にすっかり慣れてしまった。さらに店長から、ひたすらグレードをあげるファッションをさらに完成させるために真珠やゴールドの装身具の購入を提案された純子は、同時に手の切れそうな未使用の紙幣の束をうけとった。さらに店長はあとから思いついたような顔で、芸術作品のような組みあわせ文字の飾りがほどこされた携帯電話はどうか、と話をもちかけてきた——ナイトクラブやデパートで友人に電話をかけるときにエレガントな雰囲気を演出できるね、と。純子は美貌と内気そうな笑顔でさらなる大金を稼ぐようになったが、仕事で得られる収入では追いつけないペースで借金がかさんでいた。

そしてある朝、純子は住んでいた部屋のドアをしつこくノックする音で目を覚ました。この新しいライフスタイルのために借りた三百万円は利息が月十パーセント、それが九十万円に膨れあがり、周囲にも知られるようになっていた。店長はもう純子に甘くささやかなくなった――それどころか、純子にこんな選択を迫った。これまで何人もの愛らしい顔を切り裂いてきた前科がある知りあいのやくざと、ふたりきりで話しあいをしてもらう。さもなければ、愛情に恵まれない男を言葉で慰めるだけではなく、より親密なもてなしを提供するため、それにふさわしい銀座近くの豪華なマンションの一室に行ってもらう。自分の愚かさを正直に両親に打ち明けるには忍びなく、純子はずきずき脈打つような東京の水商売の世界に姿を消した。娘と連絡がとれなくなった村田は野田に相談した。東京とその周辺をふくめた広域地区の人口は三千五百万人――さしもの野田も、そのなかで純子の行方をつきとめるためには五週間かかった。野田は純子をとらえていたやくざのポン引きと対決してマンションの部屋に火をはなち、あらゆるしがらみをきれいに断ち切って、純子を家へ連れもどした。

野田の眉毛が傷で分断されたのも、蕎麦屋の店主が感謝の念をいだいたのも、このポン引きとの対決が契機だった。

村田が話のきこえないところに遠ざかると、わたしは質問をくりかえした。「わたしに話したことを、どうしてみんなに話さなかった？　サンフランシスコにいたわたしに警告した危険のことを、なぜ黙っていたんだ？」

「連中のやる気が削《そ》がれるかもしれないからね」

「みんなプロだぞ」

「今回は例外だ」

「というと？」

「いくら連中でも、今度のような集団を相手にした経験は一度もないはずだ」

「あんたには経験があるのか？」

野田はかぶりをふった。「いや、話にきいたことがあるだけだ」

「その話とおなじ集団だというんだな？」

「何者かがおれたちにそう思わせたがっているのでなければ」

「それでは、わたしたちが向こうの土地に足を運んで、その集団が関心をむけてくれれば、そのときにわかるということか」

「ああ」

それから野田はよどみない一連の動作でまた箸で蕎麦をつかい、蕎麦をつゆにつけて、口に運んだ。野田が大きな音をたててすすりあげると、蕎麦はたちまち消えた。

「どういった形で関心をむけてくるんだろう？」わたしはたずねた。

「ダンスパーティーにはならん」

この口数の少ない調査員はまたもや隠し立てをしていた。

「ほかには？」とわたし。

「以前あそこで友人たちがトラブルに巻きこまれた」

「いつ？」

「五年ほど前」

「それから？」

「闇だ」

「結果がはかばかしくなかった？」

野田はわたしの顔をじっと見て、日本語の熟語を口にした。「神出鬼没《しんしゅつきぼつ》」心臓がすとんと落ちた。神出鬼没――これは〝目に見えない鬼神のように所在が容易に知れず、自由に出没する〟という意味だ。野田は幽霊について語っていた。とらえどころがなく、望まれていない存在。ジャパンタウンのように。サンフランシスコ市警で事件の捜査に押し寄せてきた迷信の数々のように。

「どこまでひどい結果だった？」わたしはたずねた。

ほんの一瞬だが、苦痛の光が野田の顔をかすめて消えた。しだいに事情が見えてきた。

「だからこそ、あんたはジョージのやる気を削いでおきたかった――そうだね？」

野田はうなった。

「自分の背後に目を光らせるだけではなく、ジョージの背後にも目を光らせるのを避けたかったんだね？」

ここでもうなり声。「ひとりで充分だ」

つまりはわたしのことだ。父ジェイクの残した穴を埋めるには多くのことが必要とされる。十代のわたしはブローディ・セキュリティ社で出会う情報の断片をひとつ残らず浴び、尽きることなき関心をいだいてあれこれ調べていた。そんな五年間は、わたしにとって一種の徒弟時代だったといえる。わたしが会社でいまの地位についてからの期間はまだ短いが、ジャパンタウンの事件がきっかけで、わたしは――学習曲線は若いころよりもゆるやかだが――この仕事を修得しようという決意を新たにしていた。

にもかかわらず、父の部下で業界きっての優秀な調査員である野田は、いましがたわたしの能力に疑義を呈した――その一方、あとひと押しでわたしにチャンスを与えそうにも思える。もちろん、わたしが野田を見当ちがいの方向へ押さなければ。

　わたしはたずねた。「しかしあんたはジョージの言葉にも納得したんじゃなかったか？」

　野田はかぶりをふった。「いや、滋の言葉だ。ジョージはうしろ、二台めの車に乗っていてもらおうと思ってる」

「わたしの役目は？」

「絶頂期のジェイクほど優秀な男はこれまで見たことがない」

「あんたよりも優秀だった？」

「ああ」

「どんな点で？」

「考えは鋭く、戦いぶりは見事。くわえて軽いフットワーク」

「それがわたしとどんな関係が？」

「おまえはジェイクにも負けないほどストリートの流儀に通じてる」

「だったらわたしに注文はないんだね？」

「ないわけじゃない。しかし、おまえは聴取を無難にこなした」

「おなじ話とはいえないね」

　野田は肩をすくめた。「おまえはあの場をうまく仕切った。自分自身をも。タイミングを誤れば感情は命とりだ」

「わたしは楢崎を説得できるほど巧みだった？」

「いや」

「しかし――？」

「わたしは先導役。おまえは調査担当だ。上首尾を祈る。苛酷な試練だぞ」

その言葉の響きが気にくわなかった。

「さて、もう行く時間だ」野田はいった。

ひとことの言葉もないまま野田は立ちあがって体の向きを変えたが、その寸前にわたしの目は、野田の顔をまたしても影がよぎっていったのを見逃さなかった。ブローディ・セキュリティ社の主任調査員の野田は、つねに冷静沈着このうえなく、恐れ知らずの男だ。そんな野田の顔に重ねて不安の影が射すのを見せられて、わたしの警報ベルが鳴りはじめた。

きくべき話がまだある。

わたしはその話をききたかった。

わたしはいった。「自分で過剰反応をしていないと断言できるか？」

「していないことを祈るだけだ」

「ひどい結果ばかりのはずはない。友人たちはちゃんと帰ってきた――そうだね？」

野田の片目の上にある傷痕が浮かびあがった。「ひとりは帰ってきた。残るふたりは帰ってこなかった」

31

曾我十条の村まであと三キロ強になり、ほかに車も人もいない道路がまっすぐ延びている場所にさしかかると、ジョージはハンドルをあやつって道ばたの退避所にバイパーを乗り入れ、先にとまっていた銀色の日産ブルーバードから十センチにまで寄せてとめた。ブルーバードの車内では、野田が読売新聞の夕刊をめくっていた——エアコンの効いたレンタカーの車内という密室で、さも居心地よさそうにすわっている。野田が車の窓をあけると、心地よい冷風が車外へ吹きだしてきた。

「ここが目的地か？」ジョージがたずねた。

野田はうなずいた。「あの山を越えたところだ」

ジョージは鋭い目をあたりに走らせた。どちらを見ても視界は水田の稲に埋めつくされていた。道の五十メートル弱先に、茅葺《かやぶ》き屋根の農家が一軒だけぽつんと建っている。苗を水田に植えるのにつかう小型の田植機が家の前にとめてあった。農家にも周囲の田畑にも、生きて動いているものの影は見あたらなかった。

「いわせてもらえば、いくぶん時代に乗り遅れた土地だね」ジョージはいった。「古きよき鄙《ひな》びた里山……警戒するべき兆候はなし。いや、トラクターをつかった待ち伏せ攻撃を予期しているのならともかく」

「とにかくおまえは車とともに、ここにとどまることになる」

「喜んで仰せに従うよ——今度ばかりは。別にあんたを恨んじゃいないと示すのにいっておくけど、こちらの提案はまだ有効だ。バイパーで曾我の村に乗りこんでもいい。きっとかっ、こ、よ、く見えるから」

野田は肩をすくめた。「なんだっていい——おまえがここに残るのなら」

「でもどうして？」

「暗くなってから、おまえにここにいてほしいからだ——川のそばに」

道路から二百メートルほど下、杉と松がつくる帯状の木立をすかして、橙《だいだい》色の夕日を受けてきらめく清流が見えた。ロードマップを確かめると、曾我谷にまっすぐ通じている急峻《きゅうしゅん》な峡谷を流れくだってきた川だとわかった。車で村へ行くには大回りのルートをとる進入路をつかうしかないが、川はまっすぐ流れている。

「わかった。トラブルが予想されるのかな？」

「念には念を入れよ、だ」野田は古い日本の格言を引いて答えた。

ジョージの目がきらりと光った。「アクションシーンも少しは見られるかな？」

野田は眉を寄せた。「われわれの運がわるかった場合には」

「ぼくも覚悟はできてるさ」

「そうだろうな」野田はそっけなく答えた。「われわれの運がとことんわるければ、おまえはなにに襲われたのかもわからずじまいになるさ」


二十分後、野田とわたしは山中を経由して村へはいる道の最高点に達していた。

標高の高いとまり木めいた場所から、わたしたちは曾我十条を見おろした——忘れられたような地方の忘れられた谷間《たにあい》にある忘れられた村。道路の片側に美しい青い瓦をいただいた昔ながらの木造家屋がならび、いかにも人畜無害な集落をかたちづくっている。反対側に目をむけると、一面みずみずしい緑色の水田が肥沃な盆地の突きあたりにまで広がっていた。静謐《せいひつ》なる田園地帯、日本風《ア・ラ・ジャポネ》——といったところ。

これからの下り坂にそなえて低速ギアに入れ替えるあいだ、わたしの胸の内側では圧力が高まっていた。数千キロもの距離を越えて手を伸ばし、サンフランシスコ市内で一家を皆殺しにした目に見えない力とはなんなのか、わたしは思いをめぐらせた。そのおなじ力のせいで、わたしは娘を、友人たちや学校をはじめ、娘が愛してやまないあれこれから引き離さざるをえなくなった。つい四日前までのわたしは、そんな力の存在も知らぬまま暮らしていた。そしてわたしは点と点をつないだ結果、こんな僻遠《へきえん》の地の片田舎《かたいなか》に来た。さらにことを厄介にしていたのは、いまだに娘のジェニーと話ができていないことだった――これは、レンナがFBI側の連絡要員とのあいだで安全な通信プロトコルを確立できていないことに由来していた。

九十九《つづら》折《おり》のアスファルト舗装の道を下っていくあいだ、車に轢《ひ》かれた動物の死骸がちらほら目についた。三匹めの蛇の死骸に行きあったあとで、わたしはたずねた。

「国語学者を見つけられると思うかい?」

野田は腹部にパンチを食らったかのように顔をしかめた。野田がなにを感じていたかはわかった。熱心すぎた若き天才研究者はすでに死んでいる公算が高い。国語学者の森は、〝近づくな〟という野田の警告を無視した。野田の警告を無視させたのが学者としての野心だったのか、若さゆえの好奇心だったのかは、永遠にわかる日が来ないかもしれないが、仮にわかったとしても野田が――わたしの要請によって――森一郎を一方通行の旅路へ送りだした事実は覆い隠せない。

そしていまわたしたちは、おなじ旅路をたどっていた。

わたしはいった。「いや、ひょっとしたらと思っただけで――」

野田は気色《けしき》ばんだ。「そうだな。その伝《でん》でいえば世界は握り飯と母ちゃんの味噌《みそ》でできているのかもしれん」

そのあとの下り道のあいだ、わたしたちはどちらもおし黙っていた。谷底にたどりついたわたしたちの車は、四つ辻《つじ》に行きあたった。三十メートル弱進んだところで、村の中心を通る目抜き通りは、工事用バリケードと縞《しま》模様の天幕で通行止めになっていた。その先では、白地に藍色の柄の浴衣《ゆかた》を着た女たちが軽やかに行きかっていた。子供たちが歌ったりスキップしたり、縄跳びで遊んだりしていた。次の瞬間、ずらりと連なった赤と黄色の祭り提灯《ぢょうちん》にいっせいに明かりがともった。
いま村は〝お盆〟――死者を迎える日本の祭り――の準備中だった。

32

「いらっしゃいませ」わたしたちが車から降り立つと、この旅館を切り盛りしている女将《おかみ》さんが玄関先から日本語の歓迎の言葉をかけてきた。「ジェイスンさまでいらっしゃいますね。そちらのお客さまが電話をくださった黒田さまでしょうか?」

女将は白藍色《しらあいいろ》の和服姿で、髪をピンで留めてシンプルで優美なスタイルにまとめていた。旅館の玄関で女将は繊細な手の動きだけで、外出用の靴を脱いで宿が用意したクッションつきの楽なスリッパに履きかえるよう、わたしたちにうながした。

疑わしい気持ちが胸を刺した。見たところ女将はあでやかそのものであり、人に害をなす気配はみじんもない。この女将のような人が、ジャパンタウンの事件を画策して実行できるような連中と、この村で肩を寄せあって暮らしていけるのだろうか?

女将はいった。「あいにく不調法で日本語しかできませんが、外国のお客さまをお迎えするのは大好きですのよ。ジェイスンさまは日本語がおわかりなのですか?」

「ほんのちょっと」わたしは期待されている答えを日本語で口にした。

「まあ、お上手ですこと。東京言葉そのままですね」

野田はここでいきなり、わざとらしいほど興味津々の顔で旅館の土壁を見つめはじめ、宿の女将は野田のヒントを正しくうけとめた。女将は愛想のいい笑顔で、わたしたちを客室へと案内した。部屋は十畳の和室で窓には障子がはめられ、部屋のまんなかには脚の短いテーブルが置いてあった。障子を左右にひらくと、旅館の裏手にある竹林の光景が広がった。岩の上を流れくだっていく小川のせせらぎがきこえていた。

女将はテーブルのまわりに配された四角いクッション——座布団——のひとつに膝立ちになり、綿の着物の裾を膝の下にたくしこむと、わたしたちに緑茶を用意した。そのあと着物の隠しからペンと宿帳用のカードをとりだす。野田とわたしはそれぞれの荷物を部屋の隅に置き、女将のそばにすわった。

宿帳用カードへの記入をおえると、わたしはカードといっしょに国語学者とその妻の写真を女将へむけて滑らせた。「よろしければこの写真を見てもらえますか?」

「その人がここに泊まったことはわかってるんだ」野田がぶっきらぼうな声でうなった。

女将は横目でスナップショットをちらりと見やった。「存じあげています。森さまですね。やはり東京からお見えの」

「森さんは、ここからどこへ行くのかを話していましたか?」

「いいえ」

「だれかと会うような話をしていましたか?」

「いいえ」

「参考になりそうな話をしてくれる人を紹介してもらえますか?」

「いいえ——申しわけございません」

「もう少しちがう答えをいえないものかね」野田がいった。「さっきから〝いいえ〟ばかりだ」

わたしは写真を滑らせて、さらに女将に近づけた。「写真に写っているのは森さんの奥さんです。いま二十三歳です」

「申しわけございません」

その声は後悔と諦念に震えていた——いつまでも放蕩《ほうとう》をつづけている親戚のことを他人に謝っているかのように。

わたしは穏やかな声でたずねた。「森さんはこちらに帰ってきましたか?」

「いいえ」

否定の答えをひとつ、またひとつと重ねるたびに、女将はひと目盛りずつ顔を伏せ、わが希望の光はさらに翳《かげ》ってきた。女将の表情はもう見えなかったが、髪の生えぎわの肌が青ざめていたし、目尻からは強く目を閉じていることが察せられた。そう、女将は隠し事をしている。

わたしはいった。「以前にもおなじようなことがありましたか?」

女将はわたしと目を合わせないようにしつつ、最後にもう一度、写真に視線をむけた。「奥さまは……このお写真のとおり、さぞやお優しい方なのでしょうね」

「優しい女性というだけではありません」わたしは答えた。「この笑顔は新婚の女性、それもまもなく母親になる女性ならではの笑顔なんです」

「そうでしたか」

女将は急須に手を伸ばし——急須はつややかな白い陶器で、茅葺き屋根のあずまやのある竹林の光景がしなやかな筆づかいの藍で描きこまれていた——野田とわたしの茶碗《ちゃわん》に緑茶を注《つ》ぎなおした。といっても機械的に作業をこなしているだけで、女将の思いはどこかほかの場所に飛んでいた。

「ちょうどお盆の時期にこちらにいらしたのは幸運でしたね」女将は押し殺した一本調子の声でいっ

た。「のんびりと散歩なさるのもよろしいかと存じます」

「賭けてもいい――この村で人が消えたのはこれが初めてじゃないんですね」わたしはいった。

女将は急須をテーブルに置くと一礼して立ちあがり、和室の出入口にまで下がった。宿帳用カードを着物の隠しにしまいこんでから、女将は手馴《てな》れたしぐさで襖《ふすま》をすばやくひらくと、するりと外へ身を滑らせ、ここでもまた優雅なお辞儀をしながら襖を閉めて、わたしたちを部屋に残した。

襖の隙間から顔が細い筋になってのぞくだけになったとき、女将はこういった。「盆踊りの会場に足をお運びください。あそこにはみなが顔をそろえます」

33

日本のほかの土地とおなじように、ここ曾我十条の村も死者を迎える準備を進めていた。

日本では、亡くなった家族や先祖はあちらの世界から生者たちを見まもり、目には見えない流儀で生者を導き、年に一度、夏のあいだにこの世に帰ってくると信じられている。そのお盆の時期には、人々は先祖代々の墓を清め、生花をたむける。やがて夜になると、人々の関心はやってきた死者を楽しませることにむけられる。歌や踊りや儀式がつづき、音楽と浮かれ騒ぎと酒がお祭り気分でひとつに溶けあったエンジン音が、日本全土で響きわたる。

今夜の曾我十条では、そのエンジンが最高出力で稼働していた。村の商店街に足を踏み入れたわたしたちの前で、たくさんの日焼けした人々の顔がつくる海が波打っていた。どちらに目をむけても見えるのは、田舎の住人たちのなごやかで赤らんだ顔また顔だ。しかしなにげなくあたりを見まわして偶然わたしたちと目があうと、相手は警戒を強めて目をそらした。

　胸の奥に、ひんやりした感覚が広がってきた、これは日本人の通常の反応ではない。日本人は人見知りしがちだが、お盆のような年中行事にあたっては包容力のある面が外に出て、客人を喜んでもてなそうとする。ところが曾我十条では、わたしたちは明らかに歓迎されていなかった。慣習は土地ごとに異なる。しかし最悪のケースであっても、わたしたちを迎える日本人は、よそよそしくても礼儀は崩さず、おりおりにとまどいの笑みや会釈をはさんでいた。一方曾我十条では、わたしたちは疫病の感染者かと思われているような扱いをうけていた――村人の顔にのぞいているのは、不安と猜疑《さいぎ》と嫌悪のいりまじった表情だった。

　わたしは野田に目をむけた。「感じるかい？」

「ああ」

「やつらはここにいる……」

「そのようだ」と野田。

「見分けがつくか？」

「いや。そっちは？」

「つかない」わたしは答えた。

　群衆がますます膨れあがってきたかと思うと、前方から野太い太鼓の音が響きはじめた。道の左右にはさまざまな夜店の屋台がならんでいた――いか焼きや焼きそばの屋台もあれば、おもちゃを売る屋台や子供むきのゲームの屋台もあった。

　わたしと野田は人々の流れにすっかりさらわれていた。総じて楽しげな雰囲気のなか、人々がたがいに体をぶつけあっていた。おしゃべりや浮かれ騒ぎの喧噪《けんそう》があたりに満ちてはいたものの、わたしは閉所恐怖めいた気分で自分が無防備に思えてならなかった。わたしたちが雑踏をかきわけて進んでいると、太鼓が刻む基本的なリズムに竹の横笛のささやきがくわわった。さらに鉦《かね》も演奏に参加する。農産物の収穫をことほぐ歌が高まった。

　野田とわたしは先へ進むあいだ、群衆にさりげなく視線を走らせつづけていたが、これといったものは特段見つけられずにいた。夏用の白い半股引《はんだこ》に法被《はっぴ》をあわせ、鉢巻きを締めた三人の男たちが、近づくわたしたちをいぶかしげに細めた目で品定めするように見ていた。三人は村の家具職人の店先にしゃがみこみ、祝いの酒を瓶でまわし飲みしていた。

「外人だ」そのうちひとりが、吸っていたタバコの灰を道路に落としていった。

「デカくて強そうだな」

「おまけに色男だ。おまえの娘を隠しておいたほうがいい」

「どこから来たんだろうな」

「前にロシアのカニ漁師と会ったけど、あんな感じじゃなかったな」

「アメリカ人かイギリス人って雰囲気だ」

「外人の連れを見たか？　手出ししないほうが無難だな」

「狆《ちん》みたいな顔の男か？　どうってことないさ」

　三人の農民たちはわざとらしいくらいの大声で話していた——自分たちは閉鎖的なクラブの会員であり、他人にはこの会話がきこえていないと思いこんでいるかのように。

「いや、大阪の闇夜であいつに出っくわしたら、そうはいえないはずだぞ」

「あの夜おれたちがぶちのめしたやつ以上に手ごわいってことはないさ。あんときの稼ぎはどうだった——デカいのが五枚か？」

「あいつは年寄りだった。こっちのふたりを相手にしたら、おまえなんか、たちまちまたぐらのパチンコ玉を揺さぶられっぞ」

野田とわたしはともに事情を心得た視線をかわしあい、三人の男たちを無視することに決めた。畑仕事のなくなる冬のあいだ、農民たちは大都会へ出稼ぎに出て臨時雇いなどの仕事をこなす。先ほどの言葉を信じるなら、彼らは自分たちよりも弱そうな人を襲って小遣い稼ぎをしていたようだ。三人がどんな連中であれ――どんな連中のふりをしているのであれ――わたしたちがさがしている相手ではない。

野田とわたしは村の中心にたどりついた。上を見上げると、格子状に張られた電線から赤い提灯が吊《つ》りさげられ、人々に真紅の光を投げていた。たくさんの顔が浮かんで通りすぎていった――にたにた笑っている顔、ぽかんと口をあけた顔、人の頭がつくる海ごしに友や弟や子供に声をかけている顔。

角を曲がると、のぼりで飾られた舞台が見えてきた。米屋と豆腐屋にはさまれた空地につくられた臨時の舞台で音楽や演芸が披露されていた。舞台両側の柱に松明《たいまつ》がくくりつけられ、そのゆらめく橙色の光を浴びて女たちが舞台で小さな輪をつくって踊り、締めこみにねじり鉢巻きの男たちが砂糖きびの茎なみに太い桴《ばち》で大太鼓の黒ずんだ皮を叩《たた》いていた。

考えにふけっているわたしに、野田が低い声をかけてきた。「ここはひとりで対応できるか?」

わたしの鼓動が一段階速まった。なにかが起ころうとしている――しかし主任調査員は手がかりひとつ洩《も》らそうとしない。「ああ、大丈夫だ」

「けっこう」それから野田はまわりにきこえるような大きな声に切り替えた。「ジョンスンさん、おれは退屈したよ。いつだっておんなじ踊りと変わりばえしない安っぽい音楽だ。あんたは見物していくといい。楽しめ。おれは先に宿へ引きあげて待ってる」

それから野田は、わたしがひとりだけの〝狩り〟をこなせるだろうか、とたずねかける表情をちらりと見せ、進路を変えて人ごみに姿を消した。

ふだんなら、わたしはお盆を大いに楽しむところだ。古来より今に伝わる祭祀《さいし》は、時間の連続性を強く意識させる。この祭りは、人々が耐えぬいてきたトラブルや勝ち得た勝利を思い起こさせる。すでに世を去ってはいるが忘れられない愛する人たちを思い起こさせる。人を謙虚にさせると同時に気分を浮きたたせもする。お盆の雰囲気にどっぷり身をひたせば、自分自身よりも大きな存在とつながっているという感覚、手を伸ばせばその存在に触れられそうな感覚が胸に芽生えてくる。

しかし、〝ふだん〟と曾我は、もはや左右両者が同等の数式ではなかった。

新しい曲がはじまった。太鼓と三味線と横笛が陽気な雰囲気を盛りあげていく。音楽がうねり、村人たちが踊る。女たちは柳を思わせるしなやかな動作で腕をふり、淡い笑みと夢見るような表情をのぞかせ、小刻みなステップで輪を描いて踊る。《前へ、前へ、一歩下がって、ひらりと手をふり、はい拍手》。踊り手たちの動きには催眠性があり、リズムには伝染力があった。踊りは静かな自信に満ちている。何世代もの母親たちによって受け継がれてきた踊り。抑制された放縦そのものの踊りだ。

《前へ、前へ、一歩下がって、ひらりと手をふり、はい拍手》

以前からわたしは、盆踊りには人を引きこむ力があると感じていた。東京で過ごした子供時代の夏祭りが思い出されてきた。祭りでは母といっしょに踊りの輪にくわわり、父と金魚すくいをした。両親の離婚前のすばらしい日々。両親のどちらもが生きていて、いっしょに暮らしていたあのころ……。

《集中しろ、ブローディ》

昔の思い出は、いまここでは場ちがいだ。今夜のわたしは、野田の友人たちが闇のなかに見つけたものをさがしている身なのだから。

いや、野田の友人たちを見つけた存在……というべきか。

のどに貼りついた田舎の土埃《つちぼこり》を洗い流すべくビールを買いこむと、わたしは腰をすえて、祭りの参加者たちの顔や動きの観察に集中した。

わたしがまず目にとめたのは、田畑で働く男たちの日焼けした前腕と革のような首だった。肌は樹皮を思わせる焦茶色。忍耐力をうかがわせる諦念まじりの表情。一方農民の女たちの場合には、穏かだが変化しない表情だ——それは我慢の表情であり、長時間にわたるつらい家事労働の表情であり、稲田やキャベツ畑で夫と肩をならべて働く女の表情だった。こうした女たちが麦わら帽子に日除《ひよ》けの手ぬぐいを組みあわせ、たゆみなく田畑を移動しながら、雑草とりや田植えや刈りとりなどを進めていくようすがなんなく想像できた。

村人のなかには、見るからにいい食事をとり、農民のようには日焼けしていない白い顔をした者もいた。商人だろう。小売店の経営者や居酒屋の店主。ころころと太った者もいれば引き締まった体の者もいるが、例外なくいつでも人をもてなしたがっている。

やがて第三のタイプに気がついた。忍耐心の表情でもなければ、お追従《ついしょう》をいいそうな顔でもない。肉食動物の顔——狩人《かりうど》ならではの、いかつい石のようなひたい。最初はごく少数しか見つからなかったが、村人たちを職業で分類する方法がわかると、その数は増えてきた。

ひと粒の汗がうなじをつたい落ちていった。《やつらを見つけたぞ》そう思いつつ見当をつけると、今夜出歩いている人々は五百から六百人だ。それ以外に商店や居酒屋に出入りしている人々がいる。狩人たちは祭りの参加者たちにまぎれこんでいるが、正体を隠してはいない。少なくともわたしの目からは。

歩いているうちに、樫《オーク》の巨木の根元に立っている黒い御影石《みかげいし》の大きな記念碑に行きあたった。黒々とした表面に刻まれた一連の昔の漢字は、荻小太郎《おぎこたろう》という武将を追悼していた。荻は将軍家直参《じきさん》の武士で、一七〇〇年代に飢饉《ききん》からこの村を救ったという。石づくりの記念碑が建立されたのは、徳川体制がおわって日本が近代国家の道を歩みはじめてから三十年たった一八九八年だが、いまも汚れひとつなかった。この碑に誇りと喜びを覚えている人物がいるのだろう。わたしは表面の碑文に二度目を通したが、ジャパンタウンで発見された例の漢字は見つからなかった。石碑の基部には、故郷の村の英雄のため、菊やグラジオラスや鹿子草《かのこそう》を束ねた十以上もの花束が捧《ささ》げられていた。

　三百年という時がたっても、この武将はいまもなお人気をあつめている。

　さらに三十分ほど雑踏のなかをあてどもなく歩いたわたしは、焼きそばをひと皿とまたビールを買いこんだ。わたしは徹底して観光客を演じ、伝統を感じさせるものにはなんにでも飛びついて好奇心もあらわにながめまわしていたが、その一方ではこっそりと彼らに目を光らせていた。

　彼らの歩きぶりはなめらかで、無駄な動きをせず雑踏を滑って抜けていけるようにだろう、肩をもちあげていた。彼らの動き方には、浮かんだまま移動しているようなよどみなさがあった。わたしが確認したところでは確実に彼らだといえる者が十人、怪しい者が三人いた。大半は年若く、ふたりは女性だった。

　彼らがこちらに注意をむけていると察しとれたことが一回だけあった。楽しい気分でくすくす笑っていた小学生の女の子が、うっかりわたしの背中にぶつかった——すかさずふりかえって女の子の小さな体を支えたその瞬間、あわてて逸《そ》らされていく視線に気づいた。その一瞬にかぎって、わたしはまさにこちらを値踏み中の目——冷徹で決して譲らぬ目——をしっかりとらえていた。小さなおののきが全身の肌を這《は》うように通り抜けていった。

この目つきひとつで、曾我十条が田舎ののどかな村だという幻想は永遠に蒸発してしまった——同時に、だれからも挑みかかられずに撤収できる可能性も雲散霧消していった。

わたしたちをつけ狙うストーカーたちは好機をうかがっているだけだった。

34

わたしたちは旅館の部屋にもどった。野田は錠剤を二錠飲み、わたしに薬を差しだした。「飲むんだ」

「なんの薬かな？」

「眠気を遠ざける薬だ」

たしかに眠気と時差ボケの影響が重なれば、反応時間が遅くなることは考えられる。わたしは二錠の薬を、水と野田への完全な信頼とで飲みくだした。「連中が来ると予測してるのか？」

「おれたちが脅威だと思われていればね」野田はいった。

恐怖と信じられない気持ちで引き裂かれるなか、頭のなかに第二の考えが形をとりつつあった。

「思われなければ無視されるかもしれない？」

「かもしれない」

「心配か？」

「たしかに、どんな手をつかうかという点は」

なるほど、その点はたしかに問題だ。わたしたちは目を光らせて待つことしかできない。薬を飲んだので、わたしたちは敵の武器庫から〝寝込みを襲う〞というオプションを消してやったが、それでも夜はいまもなお連中の武器だ。あいつらは夜をどう利用するのか？

わたしたちが外出しているあいだに、低いテーブルは和室の奥の隅へ片づけられ、ふた組の布団がのべてあった。それぞれの布団の上には、ぱりっと糊づけされて折り畳まれた白地に青い模様の浴衣が置いてあった。野田とわたしは風呂をすませてから、浴衣に着替え、藍色の帯を腰に巻いて締めた。

部屋の明かりを消す前に野田はバッグから口径九ミリの拳銃をとりだし、薬室に弾薬を送りこんでから、長さ二十センチの消音器《サプレッサー》をとりつけた。野田はこの武器を右足の横、すぐ手の届く場所に忍ばせた。

「ご大層な消音器だな」わたしはいった。

「少しでも音をたてたくなくてね」

「備えあれば憂いなしか」

「そう、役に立つ……」野田はいった。「……こともある」


十分後、野田は天井の明かりを消し、草深い田舎の闇が客室を満たすにまかせた。ほどなくわたしは、うとうとと浅く眠っては起きることをくりかえしはじめた。

野田の錠剤が次第に効果を発揮してきた。さらに数分もたつと、自分がだんだん覚醒しているのがわかった。手足の先端にちくちくという感触が走る。両腕や両足、それに体幹の血管の搏動《はくどう》が感じとれた。全身の筋肉が収縮した。

期待と憂慮が、わたしの思考を半々に占拠していた。室内と室外の両方の音がよくきこえるようになってきた——野田が両足を動かす音、窓ガラスをくすぐるそよ風の音。この旅館のどこかで、水道の配管がしゃっくりをした。真夜中の風が、旅館の裏にある竹林の葉をさやがせていた。

野田の寝息は規則的でごく自然なものだった。時間が過ぎていった。わたしの張りつめていた状態も、いまでは穏やかで健康的な輝きにまで弱まっていた。

最後まで残っていた祭りの参加者もついに帰路についたらしく、浮かれ騒ぐ酔っ払いの歌声や、母親が子供を呼ぶ大きな声、犬の遠吠《とおぼ》えなどがきこえてきた。それから自然の物音がだんだんと喧噪を奪いとっていき、村は静かになってきた。虫や蛙《かえる》の歌声が大きくきこえるようになってきた。単調にくりかえされる虫の鳴き声は三味線に通じる響きを帯びていた。雄の蛙がパートナーになってくれる雌に呼びかけていた――より大きく、より豊かな響きの歌声が雌を引き寄せるのだ。あとわずかでも鳴き声が大きければ、翼をもつ襲撃者がすばやく舞い降りて蛙をとらえてしまう。

わたしたちを狙う襲撃者もまた、上から降りてきた。

天井板の一枚が横に滑ってひらき、ひとりの男が音もなく床に降りてきた――膝が屈伸して着地のショックを吸収する。大人の男が突然飛びおりてきたことで畳には衝撃が与えられたが、クッションいりの靴がその大半を吸収したせいで、小さな〝ぷしゅっ〟という音が出ただけだった。

心臓は肋骨《ろっこつ》を内側から叩くほど激しい鼓動を搏《う》っていたが、わたしは狸寝入《たぬきねい》りを決めこんでいた――はためには目を閉じているように見えるほど目を細めていたので、客室が睫毛《まつげ》で寸断されて見えた。野田もおなじようにしていることを、わたしは祈った。いまこそ、わたしが合格できるかどうかを見きわめる場面だとわかった。わたしは息づかいを低く一定にたもちながら、野田がもっていた薬がふたりを救ったことに気づいた。眠りに吸いこまれていたら、野田もわたしも抵抗ひとつせず、自分たちが死につつあることにも気づかないまま、まどろみのなか、ひっそり息絶えていたはずだ。

黒ずくめの侵入者はなめらかな動きですっと左に移動し、視線を上にむけた――天井ではすでにパートナーが開口部から足を垂らしていた。ついでこの第二の侵入者は、先ほどと同様に〝ぷしゅっ〟という音とともに降り立ってきた。

《こっちは女だな》わたしは思った。そのあとふたりの侵入者は身じろぎひとつせず、たっぷり五秒近くもただ立っていた。

わたしの体がうっすらと汗に覆われた。このふたりは凄腕だ。とんでもなく凄腕の連中だ。頭のなかに《逃げろ！》という金切り声が響いた。わたしは声を無視した。

わたしはふたりの侵入者をうかがった。どちらも黒ずくめだった。障子ごしに射している月明かりは客室内にある調度類の光沢面に反射しているが、侵入者の衣類の黒い生地は光を深く吸いこんでいた。見えたのは、ふたりが腰にきつく巻いているベルトだけだ――ベルトにはリングやスナップがあり、さまざまな道具が吊ってあった。重そうな道具もかさばる道具も見えず、正体を明かすような金属のきらめきを発している品もなかったが、いずれも硬いはずで、黒塗りのチタン合金あたりにちがいなかった。きわめて軽い最先端のツールや武器。ブローディ・セキュリティ社で波越融が発見したデータ盗聴器のような。

客室のわたしがいる側で、黒い手袋の手がベルトへむけて滑っていった。本能と訓練の成果がわたしを支配した。わたしは両手と腰を見まもった。全身の神経と筋肉が緊張した。男の身ごなしはすばやく、よどみないものだった。男の手があがると同時に――その手は細長いものをかまえていた――わたしは寝返りを打って逃れた。つい一瞬前までわたしが寝ていた布団に、しなやかで細長いものが突き刺さった。

野田が襲撃者へむけて二度発砲した。弾丸は右胸の二カ所に命中し、襲撃者はくずおれた。女は銃声に反応し、さっと体を丸めて転がった――体を小さくして、弾丸に当たりにくくしている。同時に女はボディスーツからナイフを抜き、野田めがけて投げつけた。

野田はすばやく手を左へ動かして転がっている女を銃口で追いつつ、丸まっている女の体めがけて二発撃ちこんだ。二発の弾丸は女がナイフを投げる寸前、その体に命中した。着弾の衝撃が、手もとを離れたナイフのコースに影響した――はなたれたナイフが刺さったのは、野田の足から数センチしか離れていない畳だった。

野田はその場をまったく動かなかった。拳銃を足にぴったり押しつけて隠したまま――サイレンサーの黒々とした口が太腿《ふともも》をくすぐっているような状態で――ふたりの襲撃者をあっさり始末した。体のどこかを動かして自分の攻撃の手口を明かすような真似《まね》も、ふたりの敵と視線をあわせて攻撃を誘発するような真似もいっさいしなかった。きわめて巧みで、とことんプロフェッショナルなやり口だった。

《ひとりは帰ってきた。残るふたりは帰ってこなかった》

背すじを悪寒が駆けくだった。前もって警戒していたとはいえ、野田にはわずか二秒の時間の余裕もなかった。わたしは注意しながら体を起こした――恐怖が骨の髄にまで滲《し》みこんできた。

野田がいった。「明かりはつけるな」

「ああ、考えてもいない。それにしても……こいつらはいったい何者だ？」

野田は唇に指を立てた。「大きな声を出すな。おれたちは殺されたことになってる」

胸の奥で原始の影がうごめいた。わたしは狩人の怒りを胸に曾我へやってきた――しかし、いまでは狩られる者の恐怖に飲みこまれていた。自分たちがどんな窮状にあるか、ここで初めてひしひしと実感された。いまわたしたちは、全世界から完全に切り離された日本の寒村にある小さな旅館の小さな部屋に閉じこめられている。外に黒装束の殺し屋が何人待ちかまえているかもわからぬまま。

わたしたちは罠《わな》に閉じこめられていた。バイパーは見張られているはずだ。わたしたちが駐車場へむけて動きだしたら、そのとたん連中に斬り倒されてしまうだろう。脱出のためのたったひとつの手だては例のレンタカーだが、いまは山をひとつ越えて何キロも離れたところにある。

野田は前に進みでていき、倒れているふたりの襲撃者の頭を撃ちぬいた。

わたしは低い声でいった。「で、こいつらは何者だ？　傭兵《ようへい》か？　それとも私兵のたぐい？　なんなんだ？」

「ゴキブリだ」

「なにをきいたかはわかっているはずだぞ」

「とにかく、相手にするべき連中がふたり減ったんだ」

わたしはいった。「少しでも答えを引きだせればよかったのに」

「いまはそんな場合じゃない。こいつらに手出しをすれば逆に刺されるに決まってる。そしてひとたび刺されたら――」

「どうなる？」

野田はあごを動かして、わたしの布団に突き立っているナイフのスチールの柄《え》を示した。「ああなる。刃に毒が塗ってある。おれのそばのナイフは柄に塗ってある」

わたしはしゃがみこんで近くからナイフを検分した。布団に刺さっている刃は、油のような液体でぬらぬらと光っていた。ナイフは諸刃《もろは》、おまけに鋸刃《のこば》だった。それがわかったとたん、心臓がずきんとした。ホームボーイがつかっていたナイフも同種のものだった。

わたしはいった。「サンフランシスコでわたしを襲った男がおなじような刃物をつかっていたな。扱いがむずかしそうな刃物だ」

「だったらその男も曾我の者だ。連中は一方通行の武器を好む」

「一方通行？」

「投げ返せない」

「なぜ？」

「特殊なバランスでつくられたナイフだからだ」

「でも相手を刺すことはできるぞ」

「相手に近づければ。それまでに毒でやられていなければ」

刃物は甘い香りをただよわせていた。「なんの匂いかな？　マグノリア？」

「地元の灌木《かんぼく》から抽出した毒だ。数秒とかからずに死ぬ」

なぜ知っているのかという質問はしたくなかった。

わたしは、あと一歩でわたしたちの暗殺犯になるところだったふたりの死体を検分した。

黒いボディスーツ、黒い頭巾、クッションを加えた黒足袋《くろたび》は踵《かかと》の部分を厚くしてある。

《ふたりとも頭から爪先まで黒ずくめの服装だった》

《ふたりは毒をつかっていた》

《ふたりは一方通行の武器をつかっていた》

中村一家には千にひとつの勝ち目もなかったのだ。

わたしの娘の場合もおなじことだろう。

「ジェニーの身辺警護を強化しなくては」わたしはいった。

野田がうめいた。「そいつはリストの二番めだ。まずは、ここでできることをすませるのが先決だな」

「ふたりのユニフォームから調べよう。ＳＷＡＴ御用達《ごようたし》の黒装束に似てる。ただ、こっちのほうが上質だ」

　野田は女のふくらはぎを包む生地を指でつまみ、つづけてあばらのあたりの生地もつまんだ。「薄い。超軽量だ。特注品だろう」

　フェイスマスクの開口部からのぞく素肌には黒いペイントが塗ってあった。ふたりの白目は、アーモンド形の大きな黒いコンタクトレンズで隠してある。押さえようもない震えに全身ががくがくとした。このふたりはどう見てもただの傭兵ではない。もっと進化した存在、周到な計画のうえにつくられた存在だ。

　わたしは低い声でいった。「こいつらを殺したのは正解だな」

　黒のボディスーツの下にある筋肉には質感と逞《たくま》しさがあり、プロスポーツ選手の筋肉なみに弾力性をそなえてもいた。マスクの下はどんな顔なのか？　今夜、早い時間にどこかで見かけた顔だろうか？男は、いきなりふりかえったわたしをにらみつけていたあの男だろうか？

　わたしはいった。「この連中は、わざわざ脅迫や妨害行為という手間をかけそうもないな」

「そのとおり」

「わたしたちは歓迎されざる客らしい」

「新婚初夜の母親なみにね」

「調理場を抜けて裏口から出よう」

「よし、荷物をもて」野田はいった。「着替えは外だ。おまえはよくやった」

「その評価の根拠は？」

「殺されずにすんだからだ」

　わたしはふたつのダッフルバッグを肩にかつぎあげながら思った——わたしたちが生き長らえたの

は、ひとえに本能とわずかな事前の知識と、四回引いた引金のおかげだった、と。

わたしたちは、いったいなにに足を踏み入れてしまったのか？

〝だれ〟や〝なぜ〟といった面での答えはまだ得られなかったが、〝なに〟という疑問への答えはわかった——できればわからずにすませたかった。

ともあれ目の前の情景を見れば、この部屋の壁から先にもおなじような事態が——いや、これに輪をかけて厄介な事態が——わたしたちを待ち構えていることに疑いの余地はなかった。

35

ふたりで階段を降りていると踏み板がきしみ、その音で旅館の女将が部屋のドアを細くあけた。わたしたちの姿を見ると、女将は驚きをあらわにした。それからわたしたちのダッフルバッグを目にとめて、こうたずねた。

「ご出発ですか？」

「部屋に客が来たのでね」野田はいった。相手からは見えないよう体の横に拳銃を隠してかまえている。

女将の目が驚愕《きょうがく》の色に満たされた。つづいて恐怖。「それなのに、おふたりとも生きている……？」

「ああ」

「おふたりは何者なのです？」

「それはどうでもいい」

女将は——自分自身にむけて、なにかを確かめるように——うなずいた。「わたしたちはあの連中を〝見えない人たち〟と呼んでいます。たいていの宿泊客の方はふっと姿を消すだけです。お部屋の掃除で、布団に小さな血の染みが見つかることもないではありません。血を吸った蚊が叩きつぶされたときのような染みが」

「森一郎さんの身にも、そういうことが起こったんだね？」わたしはたずねた。

女将の唇が震えた。「はい。お昼寝のあいだのことでした。わたしは仕入れで出かけていました」

女将の言葉に、わたしは拳でぶん殴られたような衝撃を感じた。体がふらついて半歩うしろへよろけると同時に、吐き気が全身を洗っていった。「前は森が散歩に出かけたといっていたじゃないか」

「それ以外、わたしになにがいえたというんです？」

野田が口をはさんだ。「あんたは気にするな。おれたちはここの裏口をつかわせてもらう」

強い決意の表情になると、女将の口角の皺がくっきりと目立った。「いえ、裏口はいけません」

「なぜ？」

「あの人たちが見張っています。建物の反対側に出入りの業者がつかう勝手口がありますので、そちらをつかってください——駐車場からは離れています」

「車はつかえるか？」わたしはどんな答えが返ってくるかと怯《おび》えながらも質問した。

女将は頭を左右にふった。「いえ、罠が仕掛けられているでしょう。お車はここへ置いていくしかありません」そういって一歩正面玄関のほうへ近づく。

「どこへ行く？」野田は銃をもちあげ、銃口で女将を追いながらたずねた。

「お履き物をとってきます」

銃が視界から消えた。

野田とわたしの靴をとってくると、女将はわたしたちの先に立って旅館の裏手に通じる暗い廊下を歩いていった。そこかしこに設けられた明かりとり用の窓から射している月明かりが足もとを照らすなか、わたしたちは何度か廊下を曲がって進んでいった。大浴場エリアの先の通路にはいると、女将はしゃがみこんでわたしたちの靴を下に置き、勝手口の扉に手を伸ばした。

野田がすかさず女将の手首をつかんでひねりあげた。くぐもった苦痛の叫びが洩れる。罪悪感が胸を刺したが、これをやらずにすませるわけにはいなかった。

野田は無愛想なささやき声で問いかけた。「なぜこんな真似をする？　早く答えろ！」

責め立てるような鋭い口調だった。女将の答えが信じられないものだったり、嘘《うそ》であることを示す口調を察したりしたら、野田はたちまち女将を撃ち殺すだろう。新しく見つかったばかりの案内役を頭から信じるという選択肢は存在しない。最初あれほど答えを避けていた女将が、なぜいま土壇場になってわたしたちに情報を提供しているのか？　これが万一の場合に備えた予備の罠でないと断言できるか？　確実なことはひとつだけ――ひとつでもミスをしでかせば、わたしたちは無慈悲に殺されてしまう。

女将の顔を不安の色がよぎったが、なにに怯えているのかは判断しがたかった。女将が恐れているのは野田か？　それとも、わたしたちを罠にかけそこなった場合の彼らの出方か？

「簡単に答えろ」わたしはいった。「いますぐ」

女将の目が落ち着きなく動いて、まず野田がつかんでいる手首を、つづいて野田が反対の手に握っている拳銃に視線がむけられた。それから――「息子があいつらのもとにいるのです」

「名前は？」

「永山亮《ながやまりょう》。たったひとり、の息子です。あの連中と自分たちなりのやり方で戦おうとしている人たちもいる――ほとんどは母親たちです。何世紀も昔、村はただの貧しい農村でした。当時この国は侍たちが支配し、村を支配していたのが荻一族でした」

村のまんなかにあって、いまも丁寧に手入れをされていた記念碑のことが思い出された。

「やがて村の人たちは生きるすべを見つけました」女将はいった。「といっても、あまり褒められたすべではありませんでした。みずから進んで汚れ仕事に手を染める人たちが大いに必要とされていたのです。そういった仕事は、いつも決まってご公儀から命じられました。一族がいちばん得意としていたのはそのわざであり、村はそれからいままでずっと、その策謀《はかりごと》にとらわれてきました。今日でも荻一族は人々の崇敬をあつめています。暮らしぶりは昔よりもよくなりましたが、あいかわらず自由には暮らせません。村の人々は世話をされてはいますが、同時に見張られてもいます。荻一族は、わたしたちではとうてい太刀《たち》打ちできない大金や娯楽で若者たちを誘惑しています」

わたしとおなじく、野田も旅館の女将の顔をつぶさに観察していた。そこに浮かんだ表情は暗く真剣で、口調は誠実だった。嘘であることを示す表情や声のわずかな変化も察知できなかった。女将は信頼できる――そうでないのなら、卓抜な演技力をそなえた大女優だ。

野田は女将の手首を放した。

女将はいった。「おふたりは何者なのですか?」

わたしはいった。「それはどうでもいい」

「あいつらに襲われて生き延びた者はひとりもいませんでした」

「世の中は変わる」

「いえ、ここでは変わりません。三百年のあいだ、なにひとつ変わっていません」女将はためらった。

「村から逃げる道筋にはもうお心当たりがおありですか?」

野田とわたしはともに口をつぐんだままだった。

「ええ、わたしに話さないほうが賢明です。わたしが知れば、連中に口を割らされてしまうかもしれません。しかし、おふたりはもう準備なさっているものと存じます」

わたしたちは黙ったままだった。

「それもどうでもいい。さあ、もうお行きなさいませ」女将はいい、わたしの体をそっと出入口へむけて押した。「もうじき連中がやってきますし、いざここへ来た連中は熟睡中のわたしを見つけることになります。連中がわたしを起こす理由も疑う理由もありません。でも、これだけは伝えておきます——村から出るのなら川伝いが最上です。左の川岸に沿った浅瀬をたどれば、高い土手と頭上に張りだしている木々の枝のおかげで姿を見られません。川の水から出ないことです。いまの時季は水もそう深くありませんし、土手ぞいの岩のあいだには夜行性の蛇がたくさんいます。あの連中もさすがに蛇のことは恐れています。さあ、もうお行きなさいませ。急いで」

36

野田は勝手口を出たところで長いことしゃがみこみ、前方に広がる闇に目を凝らしていたが、いきなり三メートルほどのひらけた空間を一気に駆け抜けて竹林に走りこんだ。わたしはあらゆる物音とすべての黒い影に注意をむけつつ、先に夜闇に身を躍りこませた主任調査員の反応を待った。

動きの気配がまったく察しとれなかったので、わたしは安全な旅館をあとにし、ふたりの荷物をもったまま、野田のたどったルートを全力で走った——見えない目がわたしの動きを追っているのではないかと思い、わたしの背中めがけて飛来中の弾丸を脳裡《のうり》に思い描きながら。しかし、なにごともなく竹林にはいりこめた。

「奥で着替えろ」野田がささやいた。「おまえが先だ。おれが見張ってる」

「了解」

わたしは巨大な竹がつくる林をさらに奥へと分けいった。竹の背はたいていの民家よりも高く、ペポカボチャよりも太い。谷間の上空には熱がこもっていたが、竹林の空気は湿っぽく、ひんやりとしていた。戸外で普段着に着替えるという野田のプランはなかなか抜け目のないものだった。旅館の客室という閉鎖空間にくらべ、竹林のほうが行動の幅が広がる。

わたしは竹に身を隠して浴衣を脱いだ。近くで蟋蟀《こおろぎ》が鳴いていた。「ここから生きたまま脱出できるだろうか？」

「そのつもりだよ」

野田はわたしと同様に神経を張りつめさせ、周囲のあらゆるレベルの闇を警戒していた。野田の口調は自信たっぷりだったが、わたしはそこまで確信をもてなかった。まずわたしたちは、すでに敵の領分の奥深くにはいりこんでいる。わたしたちが助かるとすれば、整然と音もなく撤退するほかはない。大あわてで野山をやみくもに突っ切っていけば、たちどころに死ぬことは確実だ。曾我の者たちはわたしたちのバイパーに仕掛けをほどこすことでメインの退路を断ち、こちらの行動の選択肢を狭めていた。

わたしはジーンズとダークブルーのTシャツに着替え、黒いリーボックのスニーカーの靴紐を結ぶと、野田が着替えるあいだ見張りの役を代わった。着替えをすませた野田は竹林のへりにまで出てきて、わたしの隣にしゃがみこんだ。「川沿いに進んで脱出するぞ」

「それだけか？　それが計画のすべてなんだな？」

「ああ」

「旅館の女将の言葉以外にも、その方法をとる根拠があるんだろうね？」

「ある」

すばらしい。寡黙術の達人にこれ以上迫っても苛立《いらだ》たせるだけだし、わたしの命を握っている男を苛立たせたくはなかった。

百五十メートル弱離れた三階建ての農家の屋根の上に、屋根の輪郭にそぐわぬ場ちがいな影が見えた。わたしは影から目を離さなかった。影は滑るように動いて二階建ての隣家の屋根に移り、陶器の瓦がつくる急斜面を滑りおりて音もなく地面に降り立ったかと思うと、方向を転じて消えた。

わたしはいった。「見たか？」

「ああ。油断するな」

森にはいると、わたしたちはかなりのスピードを維持し、迅速に、しかし音をたてぬまま前進していった。竹林という安心できる隠れ場所から出ていくのは気が進まなかったが、頭で自分たちの生存確率を計算しつつ、アドレナリンの推力で一気に前へ進んでいく。松と杉の天蓋の枝ごしに見あげると、空は墨を流したように黒々として遠かった。星々はアイスブルーの微細な粒。無数の粒はちらちら揺らめき、またたき、しっかり見さだめようと真剣に見つめると、その場からするりと逃げてしまった。

野田は遠くの小道を指さした。「左へわかれていく道が見えるか？　あの道を二百メートル弱進むと峡谷に出る――六メートルから十メートルばかり下におりることになると思う。川はその谷底だ。先に行って姿を隠し、五分間待っていろ。五分たってもおれが姿を見せなければひとりで逃げだせ。

三キロ少し先で川が右曲がりになる。そこまで行ったら、対岸にあがって土手をのぼれ。ジョージが待ってる」

「あんたはそれまでなにをしてる？」

「尾行されていないことを確認する」

「さっきの道案内にまちがいはないな？」

野田はわたしをまじまじと見つめた。「きょう歩いたからね」

「わたしが祭りの場にいるあいだに？」

森を見わたしながら野田はうなずいた。わたしは静かに安堵《あんど》の吐息をついた。わたしたちは、あてもなく移動しているわけではなかった。

わたしはいった。「ここでなんらかの情報を得ようとは思っていなかったんだね？」

「手に入れられる情報なら入手するさ」

「向こうの連中は、わたしたちの素性も知っているんだな？」

「そのとおり」

「では偽名をつかったのは無意味だった？」

「そのとおり」

「つまり連中はジャパンタウンの事件に関与していたし、わたしたちはそのことを知っている。わたしたちが知っているということが、連中にも知られたわけだ」その点がいきなり理解できると同時に、悪寒が全身を駆け抜けた。

「すまん。ほかに方法がなかった」

「そして連中は、いま報復をくわだてている」

「いや、連中はプロだ。態勢をたてなおして監視するつもりだ」

「わたしたちが曾我を脱出できればね」

「ああ。脱出できれば。こっちが東京にたどりつけば連中は引き下がる」

「なぜ？」

「こっちがなにもつかんでないのを向こうも知っているからだ」

「では、連中が東京で再集結して、わたしたちを殺そうとするようなことは——？」

「ない」

「なぜ？」

「東京が禁域だからだ。理由は知らない」

小動物がせわしなく走る物音がして、わたしたちはつかのま真剣にきき耳を立てた。

わたしはいった。「きょうの午後、あんたがひとりで行動していたのを連中に見られていなかったのは確かなんだね？」

「ああ、まちがいない」

「勘ちがいだったら？」

「もうじきふたりとも死ぬ」

わたしは気を落ち着かせようと目を閉じた。主任調査員の野田がここまで率直な男でなくてもいいのにと思うときもある。

野田がささやいた。「さあ、出発だ」

それからわたしたちは分かれた。野田はわたしに待つのは五分、それだけだと釘《くぎ》を刺した。わたしは左の分かれ道に進んだ。足もとは茶色い枯葉が積もって、スポンジのような感触だった。小道には左右から羊歯《しだ》や苔《こけ》が迫っていた。小型車なみに幹が太い杉の巨木の枝葉が頭上で天蓋をつくっていた。四方のいたるところから蟋蟀と蛙の声が湧き起こっていた。

わたしは神経質になっていた。野田をひとり残していきたくはなかった。これっぽっちも。あらゆる生存本能に反する行為だった。決して仲間と分かれることなかれ。サウスセントラル地区では人数が安全をもたらしてくれた。ここでもその原則が変わることはない。野田は優秀な男だが、ここは敵の領分である。地元で戦うことの利点は無視できないほど大きい。

二分ほど進むと小道がカーブして向きが変わった。わたしは道のカーブを利用して小道を離れ、もと来た方向へ引き返しはじめた。かなりの短時間で引き返すと、すぐに十メートルばかり先の木の陰にしゃがみこんでいる野田が見つかった。わたしは野田がとったルートをたどり、自衛のために杉の巨木の陰に身を寄せた。

野田は銃をかまえ、わたしからは見えない標的を銃口で追っていた。次の瞬間、野田は発砲し――仕留めそこねた。しかし一瞬の銃口炎が、音もなく森のなかを走って逃げていく人影を浮かびあがらせた。数秒後、野田の左肩の上にある木の幹に一本のナイフが突き立った。野田は身を守るために木の反対側へまわりこんだ。あたりの気配に耳をそばだてて見まわし、わたしもおなじことをした。

一分が経過した……そして二分。

攻撃者は姿をあらわさないが、わたしたちは警戒を絶やさなかった。サイレンサーをつかったが、発砲のせいで蟋蟀と蛙はいっせいに黙りこみ、まだ歌を再開していなかった。

一拍の間ののち、野田の口からくぐもった悲鳴があがり、わたしは驚きに目をみはった――野田の両足が地面から離れて浮きあがり、漆黒の輪縄が野田の首に巻きついていた。一大事だ。野田は顔をあげずにロープの先へ狙いをつけ、立てつづけに三発発砲した。

樹上から人の体が落ちてきた——しかしロープはしっかりその場にとどまり、野田の体は堅牢《けんろう》な大地の約三十センチ上にぶらさがったままだった。より大きなスケールで見ればごくわずかな距離だ——しかし、三十センチが命とりになった人々は多い。野田は拳銃を落として、ロープに爪を立てた。輪縄と首の皮膚のあいだになんとか指をこじいれようと奮闘するあいだ、野田の体は宙で激しく揺れていた。

わたしが隠れ場所から移動する前に、暗視ゴーグルを装着した黒ずくめの人影が木立から離れ、空を蹴っている野田の両足や左右によじれる胴体を食い入るように見つめていた。野田は両足を蹴りだすことで逞しい肩の強い力をさらに強めてロープを引っぱり、あごの下にわずかな隙間をかろうじて確保すると、輪縄と首の皮膚のあいだに指先をこじ入れ、騒々しく音をたてながら空気を吸いこんでいた。

「なかなか立派な筋肉だな、老いぼれ」人影がそういった。「その点だけは認めてやるよ。ただし、無駄な努力だ。これからおまえの息の根をとめてやる——おまえの相棒も、見つけしだい殺してやるさ。別行動をとったのがまちがいだったな」

男はそう話しながら、腰の道具ベルトから拳銃を抜きだした。

一気に爆発した衝動のまま、わたしは最後に残っていた数メートルの距離を全力疾走していった——その行動が、わたしの存在を相手に明かした。

野田を襲った犯人がわたしのほうへ身を翻し、同時に銃口をこちらへふりむけた。

そのあとの格闘は時間にすればわずか二秒だったが、わたしの目には超スローモーションでのビデオ再生のように、時間が引き延ばされて見えていた。動きがひとコマずつ見えた。動きが瞬間ごとに見えた。わたしは身を躍りあがらせ、同時に片足を高く蹴りあげた。まず足のコースが正確無比であることが目で確認できた――つづいてわたしの踵が目標をとらえ、男のあごの骨がへし折れる音が耳をついた。その直後、銃口から炎が噴きだした。一瞬の閃光《せんこう》――敵はのけぞり、うしろざまに倒れていく途中だった。わたしのあばらのあたりに、弾丸がかすめる痛みが走った。同時に、発砲した男の頭部が森の地面にぶつかり、枯葉のクッションの弾力で跳ね返った。気がつくと、わたしはいまの弾丸が毒を塗るような細工をしていない弾丸であることを祈っていた――ただの弾丸ならいいのに、と。同時に頭のなかの超然とした部分は、〝撃たれただけならよかった〟とわたしに思わせた曾我の神秘の力に感歎《かんたん》していた。

発砲した男の背骨が拳大の石に激突した。骨が折れる鋭い音が響いた。男の体が激痛に弓なりにそり返ったのち、がくんと沈みこんで動かなくなった。

足指の付け根部分をクッションにして着地したわたしは。ワンバウンドで男に馬乗りになった。男は起きあがろうとしたが、無理だった。背骨が折れている。わたしは男の目もとから暗視ゴーグルをむしりとって横へ投げ捨てた。連中が野田をあっさり見つけられたのも当たり前だ。黒い頭巾の下で、油断のない目がぎらぎら光っていた。

「国語学者」わたしはいった。「あの学者はどこにいる?」

「おれたちの農家だ」男はささやいた。

「ブローディ、そいつに近づくな」野田が苦しげな声で呼びかけてきた。

野田は先ほどよりもさらに深くまで指先をロープの下にこじ入れていた――おかげで野田のあごは両の拳の上にしっかりと載っていた。さらに地面へと引っぱられる体の重みを、上腕二頭筋の力で打ち消していた。そのため二の腕の筋肉が緊張でふくらんでいた。さらに野田は頭を前後に動かし、その動きのたびに少しずつ輪縄を前へ引いて隙間を広げはじめていた。

「助かる可能性が残っているかもしれないし」わたしは、旅館の女将が学者の死体を見ていないことを思い出しながら答えた。

「あの男は生きたまま拉致したぞ」黒衣の男はいった。

「連中は人質をとらない」野田がいった。「離れろ」

野田の言葉には、警戒すべきありとあらゆる対象への恐怖が満ちていたが、森の妻の姿やその丸く膨らみかけていた腹部のイメージがわたしの抵抗を圧倒した。

わたしは男の返答をきくために上体をかがめた。

「どこなんだ？」わたしはあらためて問いかけた。

「死んでるよ」男はにやりと笑った。「おまえとおなじだ」

それだけの動作でも背すじに強烈な激痛が駆け抜けたにちがいないが、男は片腕をもちあげようとした。ねじ曲がった腕の先の麻痺《まひ》して動かなくなったとおぼしき手の指から、これまでわたしが見逃していた拳銃が転がり落ちた。

「おまえのせいだ」男は引き攣《つ》った声を出した。

わたしは銃を拾いあげ、銃口を漠然と男の方向へむけた。国語学者は死んでいる。わたしが握りしめていたかぼそい希望の糸がふっつりと切れた。魂が沈みこみ、胸の裡《うち》になにやら説明のつかない寂しさが落ちてきた。

発砲した男が冷たい笑い声を洩らした。「おまえもすぐに仕留めてやる。おまえたちが思っているよりも早くにな」

わたしは男を無視していた——頭のなかにあったのは、森夫人の細長い顔にのぞいていた赦《ゆる》しの表情と、どことなく浮世離れた夫人の挙措だけだった。拳銃の男がまた口をひらいてなにかいいかけたが、ロープから脱出してきた野田が銃口を男の頭に押しつけて黙らせた。

「いいか、静かにしていろ」野田は食いしばった歯のあいだからうなった。銃をかまえていない手でダッフルバッグをかきまわして靴下をとりだす。靴下は丸められ、倒れている戦闘要員の口に押しこめられた。つづいて野田は一枚のシャツを男の頭部に巻きつけて結び、猿ぐつわ代わりにし、二枚めのシャツで男の両手を縛りあわせた。

「この男から話をききだそうと思ったんだが」わたしはいった。

「時間がない。さあ、行くぞ」

野田の言葉が耳の奥でわんわんと反響した。わたしは横へよろめいた。

「どうかしたか、ブローディ?」

わたしは前のめりにくずおれ、地面に膝をついた。スラックスの生地に地面を覆う枯葉の水気が滲みこんでくるのが感じとれた。吐き気の大波が全身を駆け抜けていく。体が震えはじめた。

「体が……おかしい……」わたしの口からそんな言葉が出ていた。

「銃を落とせ」野田がいった。

「なに?」

野田がわたしの手から拳銃を蹴り落とし、膝をついて銃のにおいを鼻で確かめた。

「毒だ」野田はいった。「一方通行の武器——覚えてるか?」

それから野田は力ずくでわたしの手を広げさせた。手のひらや指の内側に青い軟膏《なんこう》の筋がついていた。マグノリアの香りがふわりと鼻をついた。野田は地面に爪を立てて湿った土をひとつかみすると、その土をわたしの手のひらに擦りこんで毒をこそげ落とし、重ねておなじことをくりかえした。土を吸取紙代わりにして、わたしの毛穴から毒を吸いだそうとしていたのだ。

「ブローディ?」

全身を冷汗が包みこみ、同時に顔や首すじが熱く火照ってきた。目をつぶって頭を左右にふることで眩暈《めまい》を追い払おうとしたが、葉がまだひらかずに巻いたままの羊歯の茂みに吐いただけだった。

「いいか、ブローディ。時間がないんだ。これを力いっぱい握りしめ、なんとしても意識をうしなわないよう踏ん張っていろ」

野田はひとつかみの表土をわたしの手のひらに叩きつけると、指を曲げて握らせた。

アドレナリンで奮い立った野田は、わたしが横に投げた暗視ゴーグルを拾いあげ、先ほど樹上から撃ち落とした男の死体からも暗視ゴーグルを奪い、わたしを肩に担ぎあげると、小道を走って先へ進みはじめた——予想もしていなかった速さだった。

野田はふたつのダッフルバッグを置き去りにしていた。

37

野田はわたしをかついで急斜面をくだり、川の水で熱く火照ったわたしの体を冷ましてくれた。そのうえわたしに大量の水を飲ませもしたが、わたしの命を救ったのは湿った泥だった。残っていた毒物を泥がこそげ落としてくれたおかげで、手についた毒のすべてが皮膚から吸収されずにすんだのだ。それでも毒は効果を発揮していた。精根尽きた気分だった。消耗しきっていた。それと同程度のダメージをもたらしていたのが——恥の感覚だった。わたしはしくじった。旅館の客室での攻撃の前にも、そのさなかにも、そのあとにも多くのことを学んだにもかかわらず、自分が倒した男にまんまと毒でやられてしまうとは。

わたしと野田はごく短時間の休みをとり、それぞれの暗視ゴーグルを装着し、川の流れにそって下流へ進んだ——耳をそばだてて、ほんの小さなさざなみの音もきき洩らさず、前後を問わず小さな水音もききとるよう努めた。また、さらなる攻撃者があらわれた場合にそなえて、峡谷両側の山の背に目を走らせもした。そのあいだ旅館の女将の助言にしたがって、ずっと川岸にへばりつくようにして歩いた。

ゴーグルを装着しているので、わたしたちの目に見える世界は不気味なエレクトリックグリーンの輝きを帯びていた。世界はときおり白っぽい緑の熱点《ホットスポット》で活気づけられていた——梟《ふくろう》をはじめとする夜行性の動物がゴーグルの視野にはいってくると、そう見えるのだ。しかしこうしたハイテク装具以上にわたしたちが頼りにしたのは、母なる大自然そのものだった。

左右から覆いかぶさるような川岸の崖から蟋蟀《こおろぎ》や蛙の歌がきこえているかぎり、わたしたちの安全は保証されていた。野田とわたしは自然界の動物たちが深夜にくりひろげている浮かれ騒ぎを片耳でききながら、音をたてないように浅瀬を先へ急いだ。自然の音が途切れれば、どんな場合でも曾我の者の到来を示す。そうなれば——いまのわたしが衰弱していることを思えば——わたしたちがたちどころに死ぬことを意味していた。

わたしたちが川を進むあいだ、蟋蟀たちは鋸《のこぎり》めいた音をたてつづけ、蛙たちはしゃがれ声で歌いつづけた。森がつくる天蓋が——いまでは樺《かば》の木の枝が幾重にも重なっていた——退却していくわたしたちを隠してくれた。足が踏んでいるのは川の水と泥と小石だ。前方で夜行性の鳥が川から小さな鱒《ます》をつかまえていた。

体がすくんだ。今夜もっと早い時間に、わたしたちがあの鱒のような目にあっていてもおかしくなかったのだ。

この峡谷は花崗岩《かこうがん》と砂岩の層を抉《えぐ》って形成されていた。ところによっては、岩の崖が川面《かわも》から十メートルほどもそびえていた。川岸に転がる大きな石のあいだで、夜行性の毒蛇がわたしたちを左右から守っていた。

わたしが衰弱していたため、移動のペースは拷問にさえ思えるほど遅かった。しかし川が一回蛇行するたびに、わたしたちは村から遠ざかった。足を引きずり、膝までの深さのある川の水のなかを進むあいだ、わたしの体の動きはぎくしゃくしていた。国語学者の森がどんな最期を迎えたのか、その想像ばかりが頭のなかにいくつも浮かんできた。足がよろけて転んだことも二回あった。そのたびに野田がやむなく引き返し、わたしの腰に腕をまわして体をささえ、わたしを引きずるようにして前へ進ませた。

ほどなく、蚊がわたしたちを見つけだした。蚊は予想外のごちそうにありつけるかもしれないという期待のもと、羽音も高らかに熱意をこめて飛びまわり、わたしたちの頬や目や耳を狙って接近してきた。わたしはなにも考えずに、蚊の一匹を平手で叩きつぶした——わたしの手が肌を叩いた音が、石の回廊ともいうべき峡谷の先にまで響いた。

「よせ」野田が厳しい声でいった。「その音は遠くまで響くぞ」

「でも、蚊に生きたまま食われそうじゃないか」

「もっとひどい死に方もある」

まさにその言葉が合図だったかのように、最悪の事態が現実になった。蟋蟀と蛙が同時に黙りこんだ。野田もわたしも、すぐに耳がつぶれたような静寂に気づいた。野田は唇に指を立てて下を指さした。それから野田は水音をいっさいたてずに体を川に沈め、かろうじて顔だけを水面から出した。わたしもそれにならって浅瀬に体を沈め、川底に横たわった――川の水の冷たさが襲いかかり、急激な温度変化に全身が震えた。

数秒後、峡谷から見あげた崖のへりに何者かの頭がのぞいた。暗視ゴーグルで見ていると、この男は川にじっくりと視線を走らせていた。男は頭をしだいに大きく左右にふり動かしつつ、いま見えている夜の光景を分析していた。

男の探索法は几帳面《きちょうめん》で効率的だった。わたしが手を鉤爪《かぎづめ》のようにして川底にしがみつき、曾我の戦闘員のたゆみない精査の視線にさらされつつも現在の位置を守っているあいだ、川の凍るように冷たい水はわたしの体を洗って、体温をどんどん奪っていった。体を麻痺させる寒気と忍び寄る眠気にあらがうため、わたしは定期的に右手を川底の泥から離しては、わざと爪を腿に食いこませた。

顔をのぞかせてから三分後、男は顔を引っこめた。野田が「待っていろ」とささやいた――その一分後、敵の頭部が下流方向へ二十メートル弱進んだあたりでまた出てきた。さらにおなじ動きがまたくりかえされた。このときには、男が川を見わたすのに費やした時間は短く、頭の動きは一段とすばやくなっていた。男が眼下の風景のなかにさがしているのは立っているふたりの人影だろう。男が装着している暗視ゴーグルはそもそもが不正確なフィルターだが、わたしたちふたりを救ったのは、居場所を敵に明かしてしまうふたりの体の熱を奪った冷たい川の水だった。

またしても敵の頭が引っこんだ。わたしは川底をつかんでいた手の力を抜き、流れに身をまかせて野田の隣に行くと、さらに下流を指さした。野田がうなずいたのを確かめ、指を泥から引っこめる。水流がわたしを足から先に前方へそっと引っぱった。わたしは両手を舵《かじ》代わりにしてコースを調節した。水中に沈んだ石に足の裏がこすれると、片手か両手で水を掻《か》くことで障害物を避《よ》けて進んだ。

野田は先を進むわたしのあとを追ってきた。わたしたちはこの流儀で八百メートルばかり進んだ。

最初の三百メートル弱のところで、わたしは川の中央部に移動した。流されるスピードが速くなった。さらに五百メートル弱進んだあとで川べりにむかって方向転換し、やがてまた浅瀬に出た。わたしと野田は浅瀬にすわって耳をそばだてた。森林の歌声は元気と自信に満ちていた。

野田が体を起こし、わたしにあとをついてこいと合図してきた。わたしたちはふたたび足を引きずるようにして、膝までの水のなかを前進していった——そのあいだ、冷えきった体がじわじわと解凍されてきた。このときには、もう蚊に好きなだけ血を吸わせてやった。ごちそうである血が冷えきっていたせいで、蚊には前ほどの熱意はなかったが、腕や首や顔から血を吸っていたことに変わりはない。蚊は肉が柔らかい部分を好むはずだが、区別がつかない蚊もいた。一匹の蚊がひたいの右眉の上あたりにのんびり落ち着いていたので手で払いのけたが、おなじ場所に三匹の蚊があつまってきただけだった。

わたしたちは緊張したまま警戒を絶やさず、蟋蟀と蛙の歌声を絶えずモニターしながら、視線を左右に動かして峡谷左右のいちばん上部の監視もつづけていた。

そして二時間後、わたしたちはどちらも神経はぼろぼろ、体は寒さで震え、体力は最後のたくわえにいたるまで底をついた状態で峡谷の急峻な川岸をよじのぼり、灌木の茂みをかきわけて進んで、ようやく明かりひとつついていない日産ブルーバードのもとにたどりついた。車内では眠っているジョージと、世界のほかの部分では当たり前になっている文明がわたしたちを待っていた。

38

　曾我への旅では、それまで経験したことのないレベルの苦痛を教えられた。日産ブルーバードの車内で、わたしは網にかかった鱒のように七転八倒していた。体調不良の原因のひとつは、肉体が残留毒物を排出しようとしていることの副作用だった。ただし、いちばん大きな原因はちがった。

　心臓は曾我で耳にした太鼓なみに執拗《しつよう》なリズムで、胸郭の内側に体当たりをつづけていた――そのメッセージは粗削りだった。《さあ、これからわたしたちはどうする？》

　滋賀県内の闇に閉ざされたこの僻地《へきち》で、わたしたちは危うく消されかけた――二度までも。こうして比較的安全といえる車で急ぎ東京へむかっているいま、周囲から隔絶された峡谷の川での野田とわたしの体験に、わたしはどうしても筋を通せずにいた。

　ナイフなどの刃物はまだわかる。しかし……毒物や絞首？

　野田から事前にいろいろ話をきいてはいたが、わたしたちが実際に目撃したことの心がまえにはならなかった。とても事前に推測できるものではなかった。わたしたちは悪魔を目覚めさせた。疑いの余地はない。今回は逃げきれたが……これからどうする？　曾我の村はあそこにある。そして、曾我の連中の次なる攻撃を避けるすべはない。おまけに――その敵が男か女か、あるいは人ならぬものかにかかわらず――いざ迫ってくるまでは攻撃されているかどうかもわからないというのだ。

　隣にいる野田も、この男なりの方法で敵との邂逅《かいこう》に対応していた――常ならぬ強烈な集中力で車を走らせ、果てもなくつづく黒いアスファルト舗装の上をひた走り、田舎の濃密な夜闇にヘッドライトが穿《うが》つ細くまぶしい光のトンネルに視線を貼りつかせたまま。

　復路の最初の一時間は、ふたりとも押し黙ったままだった。その一時間が経過したのち、野田がいった。「おれたちは最悪のものを目にしてきたわけだ」

わたしは窓の外に視線をむけた。稲が育つ水田がヘッドライトのまぶしい光を反射し、後部座席ではジョージが眠っていた。

「見なければよかった」わたしはいった。

「おまえが望むのなら、この件の調査をやめてもいいんだぞ」

「つまり、まっすぐアメリカへ帰って、娘ともども、しばらく身を隠すという意味かな?」

「ああ」

「この仕事がわたしでは無理だとでも?」

「ほとんどの人間に無理な任務だ。それに、おまえは経験不足だし」

いつものように野田は、見たままを飾り気ない言葉で口にする。

野田はさらにいい添えた。「なかには、この時点で調査から手を引くのが賢明な行動だという者もいるだろうよ」

わたしはシートのヘッドレストに頭をあずけて目を閉じた。賢明な行動。〈ブリストルズ・アンティーク〉での徒弟時代をおわらせて自前の店をひらくにあたって、わたしはひとつの原則を定めた。ずいぶん昔に叩きこまれた価値観と、独立にまつわるライフスタイル面での決断の双方に足をしっかりすえ、決して屈するな。自分の地歩をあくまでも守り、毎朝、なににも縛られない自由な良心とともに自分の顔を鏡で見ること。ブローディ・セキュリティ社で仕事をすると決めたときにも、おなじ理想を職場にもちこんだ。それは、父がみずからの人生を律した生き方でもあった。どんな事件の調査においても戦い、どれほどちっぽけな自由でも、そのために戦った。子供のころ、父といっしょにシャワーを浴びたことがあった。そのとき父はわたしに〝汚れをかき落とす方法〟を示し、その日に調査した事件のことを話してくれた。善人、悪人、そして卑劣なやつら。「なにがあろうとも」そんなとき父はいった。「堂々と頭を高くかかげよ。背の低き者たちのため――そしておのれのため」

疎遠になったままの父が昨年十月に他界し、わたしはようやく理解した――わたしの底流をなす原則は、独立不羈《どくりつふき》そのままの男だった父から受け継いだものだった。ありとあらゆる困難をものともせず、自分勝手をつらぬいて、地球を半周した遠い異国に新たな居場所をつくった男から。

わたしにはそのすべてが重要だった。野田なら父とわたしが似ていることに気づいたかもしれないが、わたしがこれまで個人的な好みをいっさい話題にしていない以上、その手のことはなにも知らないはずだ。つまり、野田はわたしを試しているのだ。

事件の調査を前進させるため、わたしたちは予想された危険をあえて引き受けた。そんなわたしたちは情況を最大限に甘く見積もっていたが、生き延びることはできた。しかし、わたしたちが暴いた事実が、いまでは――徹底的、かつ冷徹無比に――わたしたちを葬り去ろうとする脅威になっている。たしかにわたしたちは危険をかわして逃げてきた――しかし、これまで以上に深みにはまってもいた。逃げようもない混迷にとらわれたともいえる。もう曾我に背をむけて逃げるわけにはいかない――うっかり足を踏みこんでしまった檻《おり》のなかで、険悪なうなり声をあげているライオンに背中をむけられないのとおなじだ。

たしかに事件の調査から手を引くという選択肢もなくはない。しかし手を引けば、レンナ警部補との約束を破ることになる。美恵子の件もあった。曾我はわたしから美恵子を奪った。盗み、その過程でわたしの人生を引き裂いた。悲嘆にくれたあれだけの日々、眠れずに過ごしたあれだけの夜、そしていまなお苦しめられる孤独――そう、曾我には借りがある。

だからわたしには賢明な行動というものはないし、愚かな行動もない。ただの行動があるだけだ。

まもなく静岡をあとにするころ、わたしはいった。「この件からは手を引かないよ」

野田の唇をごく淡い笑みがかすめた。「おまえが手を引くとは思っていなかったが、いちおう質問せずにはいられなくてね」

「じゃ、もう質問はおわりだね」

今回、野田はわたしに視線をむけてきた。「こういった場合に重要なのは知識と本能、それだけだ。おまえの本能はすばらしい。見上げたものだ」

体を喜びの波が駆け抜けていったが、わたしは顔に出さないようにした。「どうして四人めの男を殺さなかった？」

「もう脅威ではなくなったからだ。おれたちは連中とはちがう」

「これからどうする？」

「前よりも知識が増えた」

「知識が増えれば仕事がやりやすくなる？」わたしはたずねた。

「ああ」

「死ななければね」

「その前提はいまも有効だ」

「あんたの計画には変更の余地があまりないようだね」

野田は肩をすくめた。「つまりはそういうこと。やるか死ぬかだ」

この男のなかには、どうしても透かし見ることのできない闇が存在する。わたしはたずねた。「あんたの友人たちが殺されたとき……友人たちは相手がどんな連中かを知っていたのか？」

「まったく知らなかった」

「友人たちは漢字のことを知っていた？」

「いいや」

野田の言葉を切り詰めた返答に、わたしはためらいを察しとった。この男はなにを隠しているのか？

ハンドルを握る野田の手に力がこもった。「死んだふたりの片方は友人で、もうひとりは実の兄だ」

そういうことか。野田もわたしたちとおなじく傷をかかえこんだ身なのだ。東洋人の精神にとって、復讐《ふくしゅう》は時間に左右されない課題だ。四十七人の赤穂浪士は潜伏生活を送りながら、二年の時間を過ごした。そして野田は復讐欲を五年も抑えつけている。

「気の毒に」わたしはいった。

野田はうなり声を洩らした。

美恵子、原、森夫人、旅館の女将の息子、そして今度は野田。生死を問わず被害者は増えていくばかりだ。

「お兄さんは腕のたつ男だった？」

「おれにすべてを教えてくれたよ」

「それなのに殺された……」

「ああ」

頭がずきずき痛みはじめた。《野田に匹敵する凄腕の男が結局は殺されたとは》

もしかしたらわたしたちは、この窮地から自力で脱出できないのかもしれない。

39

曾我の屋敷（所在地非公開）

木々が鬱蒼《うっそう》と生い茂った敷地の奥まったところにある錬成場には、世界でもここにしかない設備がととのっていた。場内の北に面した壁ぞいでは、いま三人の男とひとりの女が六メートル離れた人間のシルエットという標的にむけ、恐るべき正確さでナイフを投げていた。錬成場中央の武道場では、ケイシーが四人の弟子たちに空手と柔道とインドネシアのシラットという伝統武道、および少林寺拳法と曾我の村に伝わる独自の武道をまぜあわせた組打ち術を伝授していた。

今週は総勢十二人の男女が訓練講座を受講していた――ロンドンやロサンジェルスやサンパウロに住んでいながら飛行機でやってきた者もいる。訓練生たちは年に二回、毎回十六人のグループでやってきて――任務で出張中の者は欠席したが――それぞれの技倆《ぎりょう》レベルの維持に努めていた。

曾我は現在、総勢で三十二人の現場工作員を擁していた。その半分の十六人のうち、八人の集団が実際の暗殺をうけもち、四人が任務の遂行を担当、さらに残りの四人が事後に現場入りして計画実行後の展開を見まもり、あらゆる紛糾の種に対処する――目撃者、見落とし、それにしつこい警察などだ。

毎回の任務は各部門の専門家が細心の注意を払って実行する。それでこそ、暗殺実行時の不測の事態を未然に排除し、任務後に発生するかもしれない壊滅的な事態をさりげなく抑止することができる。仕事に熱心すぎる刑事がいたとしても――これはあくまでも一例だが――不幸にも重症の食中毒で入院するかもしれないし、そうなれば捜査は失速する。目撃証人がいても、家族か仕事方面の材料で脅迫すれば、十人のうち九人までは記憶をなくす。少数の高慢な連中の場合には——一例をあげればスイスの銀行家だ——すかさず恢復《かいふく》不可能な手段が実行された。

ジャパンタウンの件は、作戦が完璧に遂行された一例だった。依頼人からは、とびきり人目を引く、とびきり残酷な見世物にしてほしいという要望が寄せられ、荻は壮麗きわまるショーの演出で応じた。ケイシーが一家殺害を実行し、そのほか三人のメンバーが戦略的に配置されて現場周辺を無人化した。そののちダーモット率いるチームが、殺害後の監視活動と封じこめ作戦のため、すばやく現場いりした。

曾我衆による作戦が失敗することはきわめて稀《まれ》であり、メンバーが生きたままつかまった前例は一回もなかった。荻の統治下において、当局の手に落ちた者はふたりしかいない。ひとりはアフリカで奇妙な死を遂げた。もうひとりは——いや、できれば考えたくない。

曾我衆の現首領である荻はケイシーを呼び寄せた。「工作員たちにサコフ術を復習させろ。腕を一段階あげさせるんだ」

「かしこまりました」

サコフ術は一九七〇年代初期にKGBによって開発されたテクニックだ——すばやく手を三回動かすだけで、至近距離の敵を武装解除するためのものである。曾我衆は武道のレパートリーをたえずアップグレードしようと努めており、その探索のさなか、歴史からこのテクニックを発掘した。

錬成場の南壁の前では、ひとりの女が極細ケーブルの端のフックを十八メートルほど上にある訓練用の屋上のレプリカへむかって投げあげていた。女は最初の一投で突起部に首尾よくフックをかけて即座に屋上にまでよじのぼると、ケーブルのグリップのボタンを押して侵入経路を明かすケーブルを一・八秒で回収した。訓練助手が大きな声で女に知らせた。

「三十四・七秒、くわえてケーブル回収時間」

荻は壁から突きでた棚のような部分を見あげた。「ケーブル回収時間を含めて三十五秒フラットにしたまえ、ボニー」

「かしこまりました」

荻はボニーの全身にじろじろと目を走らせた。「いささか贅肉《ぜいにく》がついたようだ。次の訓練セッションまでに減量しろ」

「かしこまりました」

荻のウエストポーチで、携帯電話が振動で着信を告げた。荻はすばやく電話をうけて答えた。

「話をきこう」しばし相手の話に耳をかたむけたのち荻はたずねた。「どういう意味だ、逃げられたとは？」

《忍の一字、忍の一字だ》

荻は訓練中の工作員たちに背中をむけると、錬成場の裏口からすばやく外に出ていき、顔を歪《ゆが》ませていた噴火のような苛立ちに手綱をかけた。森の木々の枝がつくる天蓋の下を行きつもどりつしながら、荻は静かに毒づいた。あの美術商と友人は配下の工作員三人を殺害し、四人めを車椅子に押しこめた。ふたりは、いろは組の全員を片づけたのだ。全員が一年めの訓練生で、義務として課されている三年の訓練課程のうち三分の一しか修了していなかったが、そもそもきわめて容易な任務だったはずだ。

「相手がふたりだけだったのは確かか？」

「はい、そのとおりです」

「話をすべてきかせてくれ」

荻は電話を耳に押しつけた。話をききながら、《あいつらは事前に情報を得ていたんだ》と考える。しかし、いくら事前情報という武器があったにしても、ふたりが生きたまま曾我の村から逃げられたはずはない。ブローディとその連れの男はふらりと曾我の村にやってきて、なにごともなく出ていった——まるで村がありふれた寺の庭かなにかのように。

荻はいった。「ふたりはなにかを知っているはずだ。両者のことを裏も表もすっかり調べあげろ。われわれはどこかしらで、このふたりと出会っているはずだ——どこで会ったのかを知りたい」

こんな事態になったとなれば、それ以外の原因はまずないといっていい——荻は考えた。

「ふたりを雇ったのは原です——いうまでもありませんが」

「しかし、原はただ疑っていたにすぎない。とにかく、わたしが知らないことを掘りだしてくれ。鍵はそこにある。感じられるんだ」

「かしこまりました。ほかにはなにか？」

この質問にどう答えようかと考えながら、荻はまた錬成場にはいっていき、ケイシーがサコフ術を完璧に実演しているのを見つめた。それを見て荻の胸は誇りにふくらんできた。いずれこの若者は優秀なリーダーになる。荻は電話にむかってこう話した。「東京での仕事をおえたまえ。通常の手順で」

「あれをもう一度くりかえしてもいいのですね？　東京で？」

「いかにも。東京で」

すぐ近くでボニーの訓練助手が大声を出した。「三十六・一秒——ケーブルこみで」

電話の相手は「了解いたしました」といい、電話を切った。

荻は配下の面々を見わたした。選良《エリート》の集団。世界最高のメンバーだ。世界五十七カ国で活動し、刑罰をうけたことはない。方法も標的のエリアもさまざまだ。あまり頻繁に実行せず、おなじ都会でおなじ殺害シナリオをくりかえすことはない。敵の身体能力を奪うこともある。敵を誘拐することもある。敵を殺すこともある。肝心なのは秘密保持だ。ブローディとその仲間に、秘密を破られかねない。四、五年に一度、挑戦してくる者があらわれるが、ほとんどの挑戦者はろくな努力もせずに追い払うことができた。しかし、ブローディには警察とセキュリティ会社という後ろ楯《だて》がある――それゆえ、格別に慎重な態度が必要とされた。

荻は苛立っていた。東京のいちばんの情報源がなんらかの隠し事をしている気分をふり払えないのはなぜか？　いま以上に情報をあつめたら、今回の突発事を叩きつぶしてやらなくては。

「きょうはこのロープを何回よじのぼった？」荻はボニーにたずねた。

「五回です」

「三十五秒でこなせるまで、いまの段階にとどまれ。わかったな？」

「わかりました」

《忍の一字、忍の一字だ》

ジェイク・ブローディの息子は頭の切れる男だ。おまけに、日本語でいう〝顔が広い〟男でもある。多くの人とつながりがある。あまりにも多くの人々と。そのブローディが怪しい情況で死ねば、数多い知りあいがいろいろ探りはじめるだろう。ブローディが事故にあえば、事故のあらゆる側面がほじくりかえされるはずだ。

あの美術商は排除しなくては。

曾我衆がダメージコントロールをおこなうのだ。

第五日

影の将軍

40

わたしたちが東京に帰り着いたのは翌朝十時だった。ブローディ・セキュリティ社にもどると、わたしはデスクに目を走らせ、原からのメッセージの有無を調べた。しかしメッセージが見つからなかったので、原の直通番号に電話をかけた。前回とおなじ秘書が電話に出てきた。

「たびたび失礼します、ブローディです。ミスター原はいらっしゃいますか?」

「申しわけございませんが、出張で台湾に行っております」

「それでは伝言をお願いできますか?」

「かしこまりました。お問いあわせいただいたこと、原も喜ぶでしょう」

「今回のご出張はテックQX社に関連しているのですか?」

「それについては原におたずねください」

「原さんはなにかおっしゃっていましたか?」

「ええ。これまでどおりの仕事をさらに進めてくれ、近いうちに連絡する——そう申しております」

《これまでどおりの仕事をさらに進めてくれ》しかし、わたしがなにをしていたのか、原が知っているはずはない。いや……知っているのだろうか?

「ほかには?」

「以上です」

「ありがとう」わたしは電話を切った。

それから野田がわたしを脇へ引っぱった。必要な情報をあつめるまでは、とにかく生きつづけている必要がある。しかしそれまでのあいだ、野田はブローディ・セキュリティ社の従業員をこの方程式から除外しておきたいといった。そうでなければ曾我の連中は――灰色熊《グリズリー》が川いっぱいの鮭《さけ》を餌食にするように――うちの社員を餌食にしていくにちがいない、と。

「この調査にかかわらせなければ、ほかの社員を守れるだろうか？」わたしは野田にたずねた。

「おそらくは」

「では、そうしようじゃないか」

「だったら仲間に入れるのは、こっちではジョージと楢崎だけだ。海の向こうではレンナ警部補とその部下たちだけ。守るべき人間の数が少なければ、それだけおれたちが生きるのが楽になる」

こうして原則が定まったことで、多少は荷が軽くなった気分だった。

かくしてジャパンタウン事件の調査チームは要旨説明《ブリーフィング》のため、わたしのオフィスに集合した。まず野田が楢崎を部屋に入れた。楢崎は、曾我十条での敵との遭遇については今後とも秘密にしておくべきだというわたしたちの意見に同意した。つづいてジョージを部屋に招き、秘密保持を誓わせた。チームメンバーを怖がらせても意味はない。楢崎はわたしの任務での初成功を祝う言葉を口にした。わたしが今回は最初から最後まで野田のひとり舞台だったといって抗議すると、父の昔のパートナーだった楢崎は事情を心得ている者の笑みをのぞかせた。

野田は大局的な視点から戦略再構築を訴えたが、その裏づけは波越融と川崎真理の調査結果の精査だった。若きコンピューターの天才ふたりを現実の銃火から遠ざけておけるかぎりという条件つきで、楢崎はふたりに従来どおりサイバー空間の探査をつづけさせるという決定をくだした。ふたりはオフィス南東の隅に仮眠スペースを設営した。いまそこでは融が軍用の簡易寝台でいびきをかいて寝ていた。ふたりは高機能の対ハッカー用ソフトトウエアを駆使して、交替で侵入者の追跡をつづけていた。

真理の説明によれば、このソフトトウエアは――光ファイバーの内視鏡が人間の食道にもぐりこんでいくように——データ回線のなかをもぐっていけるそうだ。このソフトウエアをモニターしていれば、インターネットのどこであれ、われらが〝黒帽子屋《ブラック・ハッター》〟がログインした二分後には察知できるし、ハッカーがネットサーフで先へ進んでいくそばから、ソフトウエアが退却のための〝バックトラック〟を焼き落とし、ハッカーがみずからの活動拠点を隠匿するために利用している多数のサイトがつくる迷路だの電子データのボトルネックだのを、すっきり解き明かしていくという。ゆうべふたりはブラジルネットのインターネットエクスチェンジ内のハッカーの足どりを逆にたどって、イスタンブールとモロッコまでは突きとめたが、そこで通信障害にあって敵を見うしなった。

わたしたちチームのメンバーがわがオフィスにこもっているあいだに、EUでの活動が俄然《がぜん》オーヴァドライブモードになって、ブローディ・セキュリティ社の面々は出払っていた。チームの会合をおえたわたしは、サンフランシスコのレンナ警部補に電話をかけた。うまくすれば娘のジェニーに電話をつないでくれるかもしれないと思ったが、レンナからは、いまはジェニーと話をしないほうがいいと助言された。万事順調であり、ジェニーとクーパー刑事はじつに仲よく過ごしているとのこと。わたしはジェニーの警備スタッフの数を増やしてほしいと頼んだが、レンナは署の許可がおりないだろうと答えた。

「いや、許可されるさ」わたしはいった。「こっちでわたしがなにを体験したかをきけばね」

ついでわたしは例の漢字やハッカーにまつわる情報、および曾我十条からわたしたちが間一髪で脱出したことを語ってきかせた。当初のショックから立ち直ると、レンナはジェニーがかくまわれている家の前に二名ひと組の警備を配置するといってくれたが、その向こうで署長が吠《ほ》えている声が東京のわたしにもきこえた。レンナはなにか証拠があるのかとたずねた。ない——わたしは答えた。目撃証人は？　いない。調査が進んでいることを示すと同時に、ジェニーの三人態勢の警備を正当化するために上司に見せられるような材料はあるか？　まもなく入手できる——わたしは答えた。わたしたちはそれから一分ほど事件のことを話しあって電話を切った。確固たる証拠がひとつもないことへのレンナの苛立《いらだ》ちがありありと伝わってきた。

わたしは宿泊先のホテルにもどってシャワーを浴び、ひげを剃《そ》り、軽食をとって眠った。休養をとったことでわが脳細胞が再活性化され、そのお礼にジャパンタウン事件というパズルのピースをシャッフルしてくれた。曾我の脅威を乗り越えて過去のものにしたいま、わたしの心配は娘ジェニーのことだった。いまだに娘と話せていないし、娘のほうもだんだん不安が膨らんでいるはずだ。隠れ家《セーフハウス》に身柄を移したとき、ジェニーはいまにも壊れそうな状態だった。せめてもの救いは、あすの朝になれば三人からなる護衛チームが配置されて全方向に目を光らせることだ。

新たに思いついたことのあれこれを野田に話してみたくて、携帯に電話をかけてみた。野田は、夕食客で混みあう直前の五時ごろ、〈むら田〉で蕎麦《そば》を食べながら話しあおうといってきた。わたしは同意した。約束の時間になると、わたしは蕎麦屋に足を踏み入れて野田とさしむかいの木のベンチ席に身を滑りこませ、会社からまっすぐ店に来たのかとたずねた。

「ああ」

「融と真理になにか変わったことは？」

「ああ、ふたりとも若干汗くさくなってきたね。だから、石鹼《せっけん》と近所の銭湯の入浴券を買ってやった」

「それ以外に調査の面で変化はあったかな？」

「画面に出ていた輝点を、ロンドンとマドリードとニュージーランドまでは追えたといっていた」

「融はいつになれば結果が出ると話してた？」

「その話は出てない」

店主の村田が二人前のざる蕎麦をもってあらわれた。茹《ゆ》でたあと氷水で冷やしたために濡《ぬ》れ光っている茶色い蕎麦が、赤い漆塗りの盛皿に盛りつけられていた——皿の内側に細く加工した竹のざるがはめこまれ、蕎麦の水気が切れるようになっている。店主の村田がわたしたちの前にざる蕎麦を置くと、挽《ひ》かれたばかりの蕎麦粉の淡い香りが嗅ぎとれた。

「いまだによくわからないことがひとつある」ふたりだけになると、わたしは野田にいった。「サンフランシスコにいたわたしへの電話で、あんたは連中が裏庭では殺しをしない、だから東京まで来いと話していた。曾我でもおなじことを口にしていたね」

「ああ——それで？」

「どうしてそのことを知っていた？」

「三人めの男だ」

「生き延びて東京まで帰りついた男か？」

「そのとおり」

「男はなにを話した？」

「話ではない。その者の行動だ。男は三週間後に飛行機で札幌へ行った。そうして、すぐに死んだ」

その返答にわたしは絶句した。しかし野田はいつもの無頓着な態度のまま、自分の蕎麦を手繰《たぐ》りはじめた。

わたしは大急ぎで考え、いまの言葉の隠された意味をさぐろうとした。つまり、わたしたちは東京という罠《わな》に閉じこめられているのか？　生きつづけたかったら、スモッグで汚染された日本の首都の空気をずっと吸っていなくてはならないのか？

こみあげるパニックをなだめながら、わたしは当然の疑問を口にした。「その男はどんな死に方を？」

蕎麦に目をむけたままの野田が、初めてためらいをのぞかせた。わたしは即座に、野田がわたしをずっと守っていたことを察した。さらには、これからきかされる答えが気に入らないものであることも。

「火事」野田は日本語で答えた。「ホテルの部屋。二度と目覚めなかった」

火事。美恵子とその家族の殺害にもちいられたのとおなじ犯行手段。心臓がずきんと痛み、眩暈《めまい》で店の隅がぼやけて見えた。吐き気がこみあげ、自分の居場所すら心もとなくなり、周囲の世界が崩壊していくかのようにさえ思えた。いままで野田がこの話を打ち明けなかったのも無理はない。事前に知らされていたら、わたしは曾我で怒りに我を忘れて、野田ともども殺されていただろう。

野田はまた蕎麦を口に入れた。わたしは眩暈と戦って、自分の考えをまとめようとした。新たな激怒がぐんぐん膨らむのを感じながら、連中にどうやって仕返ししようかと思案した。わたしは鼻梁《びりょう》をつまんだ。「話を整理させてくれ。連中は男が東京から出ていくのを待っていたのか？　三週間も？」

「そうだ」

「そのことがわたしたちにどういう意味をもつ？」

「わからん。この街を出たとたんに猟が解禁になるといえるな」

「驚いたね」

「あいつらはサンフランシスコからずっと、おまえのことを見張っている」

野田は五年間も曾我のレーダーのもとで活動をつづけていながら、あえてこの混乱に身を投じたのだ。

わたしはいった。「その男はほかにどんな話を？」

「ほとんどなにも」

野田はそういって、また蕎麦を口に入れた。わたしのほうは食欲が失《う》せてしまい、村田が腕によりをかけてつくったせっかくの蕎麦が、手つかずのまま漆塗りの盛皿の上で乾きかけていた。

わたしはいった。「実はその件で新しく思いついたことがあってね。東京がどうしてわたしたちにとって安全な地なのかがわかった気がするんだ」

「というと?」

「東京があまりにも住まいに近いからだ」

「連中の?」

「いや、仕事の発注者たちの住まいだ。大きなちがいだよ」

野田はふたたび蕎麦を口に入れながら、わたしの言葉を頭のなかで検討していた。口のなかの蕎麦をすっかり食べおわると、野田はいった。「考えられなくはないね」

わたしは自分の仮説を話してきかせた。旅館の暗い廊下で女将《おかみ》はわたしたちに、荻一族の傑出した才能は、ときどきの支配権力層に仕えるところにあると話していた。京都在住の美術商の高橋の解釈によれば、例の漢字は曾我の連中が王たちを排除してきたことをうかがわせている。そして歴史が示すとおり、王者は王者と相戦うものだ。日本でいうなら大名同士で。将軍と大名。さらには将軍の世継ぎ候補同士で。当時の権力者集団は、行政首都だった江戸に本拠地をおいていた——江戸が東京と名前を変えて行政とビッグビジネスの中枢になっているいまも、そのあたりの事情は変わらない。東京が安全な避難場所になっているのは、ひとえに——いまも数世紀前も変わらず——曾我の大口の依頼人たちがこの地に居をかまえているからだ。日本の全人口の四分の一が広域首都圏に住んでいる——曾我の連中はこの地域を死体で汚すことはできない。それゆえ仕事の依頼人たちを安心させると同時に、自分たちの事業を末長く存続させるため、〝王を壊す者たち〟は日本の首都を立ち入ることのできない禁域に指定した。単純にビジネスセンスゆえの判断だった。わたしは独演会のしめくくりに、とっておきの洞察をいい添えた――曾我の連中の活動拠点は、曾我以外の場所にあるはずだ。なぜなら曾我の村はあまりにも人里離れた僻地《へきち》であり、若き戦士たちの顔があまりにも若かったからだ。

つづく数分間でわたしの話をじっくり考える必要があったのだろう、野田は残りの蕎麦をその数分できれいに食べおえた。それから残っていたつゆに蕎麦湯を足して薄め、吸い物をつくった――蕎麦湯は蕎麦の茹で汁で、蕎麦粉の栄養が溶けだしている。野田は吸い物をひと口飲むと、満足のしるしにうなずいた――わたしがまだずっと若いころ、たまたまブローディ・セキュリティ社の社内にいたときに、野田が父にむかって、こんなふうにうなずくところを見かけたものだ。

「筋の通った話だね」

「本当にそう思うのか?」

「すべてがすっきりまとまる。穴はひとつもない」

「こうなると、融と真理が担当している仕事がこれまで以上の大きな意味をもつことになるね。ふたりがハッカーの居場所をつきとめれば、連中の活動拠点の所在もわかるかもしれない」

「つまり、モニターに輝点があらわれるのを待つということか?」

「そのとおり。ただ、そちらにもっと名案があれば話は別だ」

「そんなものはない。しかし――」

「なにかな?」

「おれたちは曾我で一線を越えた。だからそれまでは油断するな」

その心は――なるほど、曾我の連中が東京でわたしたちを殺すことはないかもしれないが、ほかにも連中にやれることはたくさんあるぞ、だ。

店から出ると、外にはまだ夏の暑さが残っていた。ひんやりと涼しい蕎麦屋にいたせいで、蒸し暑い空気が両のこめかみを直撃し、歩道に反射した夕陽が目の奥の刺戟《しげき》に弱い部分に突き刺す痛みを与えてきた。わたしが会社のある建物の側面の出入口に近づいたそのとき、黒いリムジンが歩道に寄ってきて停止した。

この大きな車から、いずれも身長百八十五センチほどで、岩の城壁めいた肩をもつ猪首《いくび》の衛兵じみた男がふたり降り立ち、わたしを左右からはさみこんだ。

「おまえがブローディか？」片方の男がいった。

脈搏《みゃくはく》が速まった。会社の建物の壁を背にしているので、わたしは進退きわまっていた。

わたしはいった。「いかにも。なぜそんなことを？」

引き延ばしだ。時間稼ぎだ。野田がいまのわたしの姿を目にするようにしなくては。野田は店に残って店主の村田と言葉をかわしていた——丹精こめてこしらえた蕎麦をわたしが手つかずのまま残したので、村田はおもしろくない気分だろう。

「われわれにご同行いただきたい」

いいだきたい。うしろに立っていた衛兵が手を伸ばし、後部座席のドアをあけた。わたしは必死に頭をつかって、目の前の光景から意味を読みとろうとした。ふたりの男はダークスーツと黒のタートルネックという服装だった。ここにいるふたりの巨漢にはどことなく身ごなしが敏捷《びんしょう》な印象があった——しかし真夜中に黒ずくめのいでたちで軽業を披露するというよりも、むしろ薄暗い路地や真夜中の路上でげんこつをふるいそうな印象のほうが強かった。

何者かの個人ボディガードか？

のどがぎゅっと締まった。このふたりがだれかの雇われ用心棒でしかなくても、事前の話がなにもないまま、所有者不明の車でどこかへ連れていかれるのは愉快ではない。日本では、光の届かない物陰には見えざる力が潜んでいると決まっている。

わたしはリムジンに目を走らせた。窓はスモークガラスで、正面ボンネットの先に小型の日本国旗が飾られていた。堂々とした雰囲気がある。スーツ姿の番犬二頭にちらりと目をむけたわたしは、ふたりの姿にもおなじ堂々とした誇りを見てとった。当初感じた不安が期待に場所をゆずった。ふたりの番犬の所有者の正体はいまなお謎だが、それなりの地位にある人物だということは、トランペットが高らかに吹き鳴らしていた。

《何者かが手を伸ばしてきている……》

蕎麦屋の店内で人が動くのが見えた。野田が立ちあがって歩きだしていた。

わたしは蕎麦屋とのあいだにいくらか距離をとると、リムジンにむけて足を踏みだした。数秒後に店外へ出てきた野田はこの場の情勢を見てとると、ひとこともいわずに反対方向へ歩きはじめた。

車内へ身を滑りこませながら、わたしはこっそりと後方へ視線を投げた。野田は手のひらで携帯電話を隠しながらボタンを押していた。

見たところ、ここは計算ずみのリスクをあえて引き受けるべき局面だった。

41

男は脆《もろ》くなった骨格と黄ばんで垂れ落ちた肉からなる五十キロほどの体をイタリア製スーツに押し

こみ、クロームめっきの車椅子にすわっていた——車椅子が男を飲みこみそうにも見えた。緋《ひ》色の膝かけの下で、両手が死んだ魚のように横たわっていた。

わたしが拉致されてから十五分後、リムジンは二十世紀初頭に建てられた新古典様式の赤煉《あかれん》瓦《が》づくりの大邸宅の前にとまり、わたしの身柄はもっとまっとうな身なりの民間警備員ふたりの手に引きわたされた——ふたりとも青いスーツにシルクのネクタイをあわせ、コロンをつかっていた。そのうちのひとりが、薄暗くて天井の高い部屋にわたしを通した。部屋を飾りつけていたのは、ざらついた風合いの壁紙と毛足の長いフラシ天の絨緞《じゅうたん》、天井から床までの長さがある厚手のビロードのカーテンで、いずれも緋色だった。天井から吊《つ》られた銀のシャンデリアがインテリアの仕上げだった。昔のロシアかヨーロッパを思わせる優雅なこの様式は、日本で数世代前に権力闘争に明け暮れていた連中が好んで自宅に採用していたものだった。

「部屋が薄暗いのは、どうか大目に見てくれたまえよ」正体不明のわが招待主がいった。「まぶしい光にあたると目が痛むのでね」

自分がどんな人物を相手にしているのかを知らないので、わたしは黙っていた。室内の照明がすべて消され、日陰になっている石庭に面した北向きの窓が仄暗《ほのぐら》い光を投げかけているだけだった。真夜中の停電時のほうがまだしも明るいくらいだ。

「どうかかけてくれたまえ、ブローディさん」

「それでは、お言葉に甘えて……恐れいりますが、お名前を教えていただけますか？」

「いずれしかるべき時に話そう」

こういった種類の男たちにとって、はぐらかした答え方は第二の天性だが、だからといって不愉快に思わないわけではなかった。ずるい答え方だし、この会合がどう転んでも実りあるものにだけはならないと予告してもいた。わたしは気乗りしないまま、クッションつきの肘掛け椅子に腰をおろした――この部屋で唯一、車輪のついていない椅子だった。わたしと男のあいだには大きなコーヒーテーブルがあった――彼我の距離をたもつために選ばれた家具にまちがいない。向かいにすわる男の顔をもっとよく見たい一心で、わたしの目は昼でも暗いはずのこの部屋に適応しようと苦戦していた。

「いきなりこんなふうに呼びだして申しわけなかった。せめて飲み物をふるまわせてもらいたい。フレッシュジュースかな？　コーヒーかビール、それともウィスキー？」

ふたりの女性使用人がすぐそばに控えて、わたしの答えをきき逃すまいとしていた。ふたりとも高価な正絹《しょうけん》の着物を身につけ、仕事に身を入れている態度だったが、練達の使用人ならではの巧まざる優美な物腰の域には達していなかった。

「いいえ、いっさいおかまいなく」

わたしの答えをきくと、着物姿の使用人ふたりはともに一礼して部屋を出た。コロンをつかっている二名の番犬は部屋の出入口の左右を固めていた。つまりわたしは、許可がなければどこへも行けない。

「きいた話によれば、きみはこの国のあれこれによく通じているようだ」目の前の老人はいった。「どうだろう、『能ある鷹《たか》は爪を隠す』という格言を知っているかね？」

「秀でた者や能力のある者は、あえてその力量を周囲に見せないものだ――という意味ですね。ええ、知っています」

「きみが知っていて安心したよ。これからの話しあいのテーマがまさにそれだからね」

この格言は多くの日本人にとって生き方の指針になっている――自身の真の力を周囲に見せびらかすことなかれ。物陰にひそむ形のさだまらぬ顔なきもの、それこそ力の宿るところ。またこれは、日本が自分たちの内輪だけではなく、世界全体を相手にするときに採用する流儀でもある。能力を隠すポーズには、攻撃されにくいという利点もある。立ち位置などを曖昧にしておけば、標的になっても照準をあわせられなくなる。近年の日本の歴史においてもっとも重要な面々は、スポットライトのあたる表舞台を避ける隠れた〝王をつくる者たち《キングメイカーズ》〟だ。彼ら権力ブローカーたちは黒衣《くろご》と呼ばれることもある――もともと黒衣とは、黒は目に見えないという約束がある歌舞伎の舞台で黒ずくめの装束に身を包んだ手伝い係のことで、舞台に立ったまま観客の前で衣装を早変わりさせる役者の手伝いなどをするのが役目だ。人目にたたない場所で権力をふるう者は〝闇将軍〟とも呼ばれる。日本人なら闇将軍が実在することは知っているが、素性を知っている者はほとんどいない。いまわたしの前にすわっているのは、そうした〝幻の人物〟だった。

「おやおや、わたしのせいで言葉をなくしてしまったのかな、ブローディさん？　まあ、そうかしこまらず。きみの噂《うわさ》はかねがねきいているよ」

自身がそなえる力について言葉でほのめかすのは鉄則に反する。となると、男が言及しているのは、ここではない権力の中枢のことか。

わたしは手もとに一本しかない糸を投げた。「ジャパンタウン？」

男はその調子だといいたげにうなずいた――緋色の膝かけの下で骨ばった手が一度だけ動いた。

「例の漢字？」

いいながら、わたしは男のようすを観察していた。男は驚きも困惑も、さらには好奇心さえもうかがわせなかった。この男は知っている。サンフランシスコでは、市警察の特別捜査本部のメンバーと選ばれたごく少数の者以外、あの漢字の書の存在を知る者はいない。日本であの漢字のことを知らされているのは、政府内でもきわめて高い地位にあるひと握りの人々にかぎられる。そこからわかるのは、いまわたしの向かいにいる車椅子暮らしの男がどれほどの影響力をそなえているのか、ということだった。

わが招待主がいった。「では、鷹は興味があることを表明するべきだろうか？」

「鋭い爪を見せてもいいかもしれません。爪を見せるだけで事足りる場合もよくあります」

男の目のまわりの肌に皺《しわ》が寄った。「きみが区別をつけられる人物でうれしいよ」

わたしはその区別なるものを消化した。いまこの男は中村一家殺害事件について、考えられるいくつかの解釈から、ひとつを選ぶようにうながしている。わたしはいちばん真相に近いと思えるものを口にした。「ジャパンタウンはメッセージだったのでは？」

「優れたコメントだ」

「恐怖を叩《たた》きつけるための？」

「鋭い考察だ」

わたしは男に変化球を投げた。「犯人たちがみずから進んで正体を明かすことのない人々なら、彼らの仕業だと示す署名を残す代償として、かなり高額の報酬が要求されたにちがいありません」

「きみの理解の幅は広がっているようだ」

鷹……漢字……メッセージ……。「これはきわめて高次元での脅迫行為です……そのため漢字の意味を正確に受けとめて恐怖を感じるのは、トップの地位にある人たちに限定されるでしょう」

わが招待主はねじ曲がった手を緋色の膝かけの下から抜きだし、車椅子のクッションつきの肘掛けに置いた。忍耐。精神集中。そして期待。

わたしは明かりの消えたままのシャンデリアを見あげた。殺人事件……メッセージ……原の対応の遅さ……ちくしょう、やられた！　わたしは目も耳もきかず、そのうえ頭も働かない愚か者だったのか？　最初から、海老《えび》の天麩羅《てんぷら》に載せられたバターのようにあからさまに見えていたではないか——ブローディ・セキュリティ社は釣餌だったのだ。

当初の攻撃はまさしく孤高の実業家である原を標的にしていた。そして原は攻撃の矛先を変えさせ、曾我の面々をひらけた場所に引きだすために、わたしたちを舞台へあげたのだ。

原がわたしの電話から逃げていたのも無理はない。原の秘書がわたしに、いまの仕事をそのままつづけろといってきたのも当然だ。攻勢に転じて、わたしに行動を起こさせたのち、原本人はすかさず雲隠れした。原はブローディ・セキュリティ社の人的資源とわたしのサンフランシスコ市警察への伝手《つて》の双方をてことして利用し、力ずくで曾我をひらけた場所へ引きだした。原は飛行機でサンフランシスコまでやってくることで、わたしたちの姿を曾我の連中の目にさらし、さらに次女で有名人の原リッツァにわたしの店を訪ねろと指示した。日本のパパラッチたちは予想どおり、いつもと変わらない仕事ぶりだった——原リッツァの涙や派手なふるまいのすべてを記録した。父親である原克之の謀略のなかで意図せざる手先となったリッツァは、わたしの店の前でポーズをとりさえした。《父がなにを考えているのか、正確に知っている人はひとりもいない》リッツァは自信たっぷりにそうわたしにいった。いまふりかえれば、なんと真実をいいあてた言葉だったことか。原の裏切りへの怒りで顔がかっと火照ったが、一瞬後には自分の騙《だま》されやすさに身のすくむ思いになった。

原は、あらゆる罠をおわらせる罠を仕掛けるために画策した。

そしてわたしは、お人よしにも輪縄に進んで首をさし入れたのだ。

42

はらわたの底に近い闇の領域から、憎しみがこんこんと湧きでてきた。心地いい感情ではなかった。部屋の反対を見ると、わが招待主の目が隠しようもない歓喜にぎらぎらと輝いていた。この男はわたしの憎悪をむさぼり食べている――いわば、臓物の山をあさってごちそうに舌鼓を打っている鼠《ねずみ》だ。ふたりの男への憎しみをろくに隠すこともできないまま、わたしは歯を食いしばり、目の前の権力ブローカーに嚙《か》みつくような声でいった。「つまり、わたしたちは鷹の前の鳩《はと》だったわけか？」

老いたる大物閣下は、あくまでも大阪城の石垣なみに泰然自若として無表情のままだった。ただし両目は例外だった。両目は愉快な思いに生き生きと輝いていた。わたしの驚愕《きょうがく》ぶりは、どうやらこの男にとって一級のエンターテインメントだったようだ。

男の唇を薄笑いがかすめ過ぎていった。「尾行されていたのではないかね？」

「ええ」

「いつから？」

「サンフランシスコにいるときから」

「あやつらはきみの動きを監視しておった。もしもきみが深刻な危険因子だと感じたら、あやつらは攻撃してくるはずだ。きみとブローディ・セキュリティ社の面々はもちろん、必要とあらばきみの家族もね」

ジェニー。

「それはまた、ずいぶんたくさんの人間がからみますね」

「きみも見たとおり、あやつらには数など障害でもなんでもない」

この男がジャパンタウンの事件のことを知りつくしているのは明らかだった。「しかし、中村一家はまったくの無防備でした。わたしたちはちがいます」

「原のことだ、鳩が爪を生やすことも予想しているさ。必要に迫られればね」

「曾我の連中がわたしたちを〝深刻な危険因子〟と見なす確率はどの程度でしょう？」

男の唇が上下にわかれ、無音の馬鹿笑いを発した。暗い鼠色になった歯茎に三本だけ、切り株のような黒ずんだ歯が突き立っていた。黒々とした腐った穴のような口中を見せつけられて、全身を嫌悪の大波が洗っていった——本気で努力しなくては隠せないほどの嫌悪だった。

「その点は心配無用だ。原は実に周到に手をつくしていたし——」次に男の口から出てくる言葉を察しとり、わたしの胃がぎゅうっと収縮した。「——原に遺漏があれば、わたしが手をつくしたはずだからね」

曾我の村でわたしはナイフで攻撃され、銃で狙われ、毒物による攻撃を受けた。そしていま飾りつけられた客間で、権力と特権を手中におさめた男は——言葉を飾りもせず——わたしに仕事を依頼した原がわたしを罠にかけなければ、自分が罠を仕掛けていただろう、といってのけた。ふたたび話ができるようになるまでは、なおしばらくの時間が必要だった。

「やっぱり飲み物をいただきましょう。ウィスキーをストレートで」

招待主の男が指を一本立てると、番犬の片割れが部屋の片側にあるホームバーに歩みよった。

屋敷のどこか遠いところで、時計がチャイムを七回鳴らした。わたしが酒を待っているあいだに、老人の骨ばった片手は肘掛けをずるずると這《は》いおりて、ふたたび赤い膝かけの下という安全なところへ引き返していき、それっきりまた屋敷の石庭にある苔《こけ》むした庭石なみに動かない姿になった。

古色蒼然《そうぜん》とした客間の頽廃《デカダン》的な雰囲気にも、目の前の権力ブローカーの謎かけめいた話しぶりにも、いいかげんうんざりしてきた。男の次なる言葉にいまから嫌悪を感じる一方、早くききたくもあった。そのあいだウィスキーは体にありがたい温《ぬく》もりをもたらし、落ち着かない気分をなだめてくれた。

「個人的な見解だが」老人が口をひらいた。「何者かが計算ちがいをしたようだ」

わたしは招待主にして、わたしをいたぶる拷問者でもある男を見つめた。「どういうことです？」

「あやつらは原からすべてを奪った。いまや残っている家族は奔放な次女だけになり、あの男は反撃に出ておる」

「では、あなたもあの事件は原への攻撃だと考えているんですね？」

「その見立てで、まずまちがいあるまいよ。あやつらは原を生かしておいたまま、手懐《てなず》けたいと思っていたのだな」

「理由は？」

老人の口調が氷のように冷たいものに変わった。「だれにもわからん。しかし、これだけは確かだ——曾我を雇ったのが何者であれ、その目的が原の資金や事業であったなら、いまごろ原は死に、雇い主たちは原の後継者との交渉をはじめていただろうよ」

わたしは目を閉じて頭をうしろへ倒し、椅子の背にあずけた。この下卑た老人には心底うんざりだった。「だったら、わたしはなぜここにいるのでしょうね」

「わたしは助けたいんだよ」

わたしは一気に目をひらいた。「あなたがこのわ、た、し、を助けるというんですか？」

「曾我を敵とする戦いにおいて——いかにも」

「あなたの側にはどんな材料がありますか？」

老人はわたしと目をあわせたまま身を乗りだしてきた。「あちこちの扉をあける力がある」

「オーケイ。〝あやつら〟というのは何者ですか？」

「きみがその目で見た連中だ」

「連中の活動拠点はどこなんです？」

「おそらく曾我十条。しかし、ほかの土地にもあると見たほうがいい」

「いま話題にしている連中の人数は？」

「彼らのつくる組織の規模は不明のままだ」

「なにを質問しても、きき飽きたような答えばかりだ」

「きみの質問がことごとく的はずれだからだよ。われわれは具体的な名前や地名は知らない――しかし、有用な情報のもちあわせはある」

「では、連中の仕事の一例を教えてもらえますか？」

「ボストンの実業家、サンフォード・スミス－コールドウェル。八カ月前だ」

「本当ですか？」

東海岸有数のグローバル金融企業でCEOに選出されたスミス－コールドウェルの死は、世界じゅうで大きく報じられた。

「嘘《うそ》ではない――まぎれもない事実だ。その前は、ドイツのボン出身で香港にいたブローカー――自社の会長職につくために帰国する予定だった。さらにオーストラリアの実業家、ハワード・ドナー――この男が死んでからわずか数日後、遺族は一大帝国のようなアパレル企業をアジアの巨大コングロマリットに売却した。また、確証こそないが、おそらく彼らの仕業と見られているのが、フランスの土地開発業者の一件だ――この業者はイタリアのだれからも無視されていた海岸ぞいの広大な土地を買い入れたばかりだった」

「最後のフランス人の話はきいた覚えがあります。ラジオのニュースでは、乗っていたヨットから海に転落して溺れ死んだと見られている、といっていました。ほかにもそのニュースでは、地中海のその近辺では晩夏になると遊泳中の死亡事故が急増するという話もしていましたね」

権力ブローカーは口をぱっくりとあけて笑った。「曾我の連中なら、その手の統計をうまく利用するだろうよ」

「そのすべてが、いわゆる〝事故死〟なんですか？」

「そうだな。フランス人の場合は遊泳中の溺死。スミス－コールドウェルは滞在中の別荘で階段を踏み外しての死。ドイツ人は運転していたＢＭＷがセミトレーラーと衝突した。ハワード・ドナーの場合には搭乗していたプライベートジェット機が人里離れた山中に墜落した」

「他人による犯行をうかがわせる証拠のたぐいはなかった？」

「なかった――それぞれの事件を捜査した関係当局にとっては」

わたしは不興の念に顔をしかめた。この男の話はどれも事実なのかもしれない――あるいは、だれもが見聞きした大ニュースをいくつか選んで、わたしに浴びせかけているだけなのかもしれない。男は裏づけめいた話をいっさいしないので、わたしにどんな話でも投げつけられるし、わたしはわたしで男の主張を事実だと確認することもできない。確実にわかっていることはただひとつ――目の前の氏名不詳のこの老人は、いまの日本でも指折りの老獪《ろうかい》な頭脳のもちぬしであり、もっとも危険な人物のひとりだ。

わたしはいった。「ジャパンタウンの事件はそこまで巧妙に仕組まれてはいませんでした」

「曾我の連中は依頼主の要求にあわせて任務をかたちづくる。しかし、これだけは断言しよう。ジャパンタウン事件のような大胆不敵で残忍このうえなき凶行は、疵《きず》なき黒真珠のごとく稀《まれ》だ、と」わたしが疑わしく思っていることに気づいたのだろう、老人はいった。「予想外ではないが、やはりきみは簡単には説得されない男だね。きみは無と引きかえに実体を求めている。しかし、海に潜って真珠を得ようと思えば危険を覚悟するしかない」

わたしの体がこわばった。この男はわたしを脅しているのか？　老いたる黒幕相手の会話をおわらせたい一心のわたしは、あえて挑戦の辞を吐き捨てるようにいった。「では、わたしを驚かせる話をきかせてください」

老人の唇から低いうなり声が洩《も》れた。「その言葉、後悔するかもしれんぞ」

わたしはふたたび椅子に体をあずけながら、自分はなにを解き放ったのだろうかと思った。

「四年前のことだ」老人は地響きめいた低い声で話しはじめた。「ロサンジェルスとソルトレイクシティとシカゴで、立てつづけに殺人事件が発生した……」

四年前……ロサンジェルス……。

《この老人は美恵子の事件について、なにかを知っているんだ》

43

老いたる権力ブローカーの目にのぞく意地悪そうなきらめきは、先ほどの挑発めいたわたしの言葉への報復を考えていることを示唆していた――老人の仲間たちなら、例外なくそうするだろう。

「通常、曾我の者どもはしごく目立たぬよう巧みに仕事をこなす。だからこそ、連中は長年にわたって仕事をつづけてこられた。四年前、曾我の面々は半年の期間にわたって一連の殺人を実行した。ただし、それぞれの殺人事件の関連を見つけだしたアメリカの法執行機関はなかった。地元当局もＦＢＩも合衆国執行官もだ。共通点に気づいた者はいなかった。しかし、日本国籍の者の不自然死を非公式で常時モニターしていたからこそ、われわれは連続殺人だと見抜いたのだ」

息がのどの途中につかえていた。今回の話は、過去の大ニュースの見出しの羅列におわることはなさそうだ。

「犠牲者は全部で七人。ロサンジェルスで四人。シカゴではふたり。ユタ州のソルトレイクシティでひとり。いずれの事件でも被害者の少なくともひとりはきわめて裕福で、自動車の正規独占販売権《ディーラーシップ》を所有し、一等地に店舗をかまえていた」

いくら考えても動機が見えなかった理由も、これでわかった。標的は美恵子の両親ではなく叔父《おじ》だったのだ。美恵子の叔父は通商関係の役所にいた日本人のいとこの力を借りて、日産車のきわめて重要なディーラーシップを早期に獲得し、サンディエゴからシアトルにいたる西海岸一帯に販売店網をつくって成功をおさめていた。叔父の死後、遺産相続人たちは最初の入札者に会社を早々に売り払って、早期の引退生活にはいった。

わたしはいった。「つまり曾我は、妻の叔父を自宅以外の場所で殺害することで、自動車がらみのつながりを隠したわけですね。ディーラーシップの件はまちがいありませんか？」

「疑いの余地はない。三人のオーナーたちが所有していた資産の大半は、バルカン半島諸国の二社のペーパーカンパニーが買い入れ、そののち三社めのコスタリカのペーパーカンパニーが買っている」

わたしは胸がむかむかし、衝動の赴くままに椅子から一気に立ちあがった――足を伸ばさずにはいられず、考えることが必要だった。わたしの唐突な動きがボディガードたちの反応の引金になった――ふたりは猛烈なスピードで突進してきた。最後の一瞬で、老人がふたりを押しとどめた。

「これからは急な動きを控えていただけるかな、ミスター・ブローディ？」皺だらけの招待主がいった。

わたしは大きすぎるコーヒーテーブルの前を行きつもどりつし、老人のコメントを無視する代わりに、いま老人から与えられた新しいパズルのピースと格闘していた。そのかたわら、老人は喜びを隠そうともせず、いましがた自分が突き刺したピンの痛みでわたしが身をよじっているさまを見まもっていた。

死亡当時、美恵子の叔父の年収は、税引前で三百万から四百万ドルだった。三人の死者それぞれの事業を相場よりもかなりの安値で計画的に買収すれば、相続人である最近親者は指一本あげずに経済的に独立した立場を得られるため、いわばウィンウィンの取引だ――そのおかげで、だれかが安価にビジネス帝国を築けるわけだ。

老人があざけり口調でたずねてきた。「今度の話ではきみを動揺させられたかね？」

わたしはそっけなく答えた。「ペーパーカンパニーの追跡調査はしたんですか？」

老人は骨ばった肩を雄弁にすくめた。「部下たちが調べようとしたが、無駄足におわったよ。どう調べても袋小路ばかりだった。きみにはその袋小路から調べてもらおう。きみときみの会社にね」

わたしはくずおれるように、また椅子にすわった。いましがた、わたしは日本の権力構造がつくる回廊の奥深いところから、ジャパンタウン事件の犯人たちについて信頼できる情報を――それも、この男以外には明かせないような情報を――与えられた。それによって、妻の死の裏にあった動機についても信頼できる情報が与えられた。わたしなら話を追跡調査できると知っているのだから、老権力ブローカーもそれほど事実から逸脱した話は口にしないだろう。しかしすべての話と行動がおわっても、この男は以前の例とおなじように、確固たる証拠をひとつも提示していなかった。

さらなる情報が必要だった。いま以上の情報が。

勇気づけられると同時にもどかしい気持ちにもさせられ、わたしは髪の毛を指で梳《す》きあげた。「そもそも、曾我の連中はどんなサービスを提供しているんですか？　いくらあの連中でも、好き勝手にうろついて人を殺しまわっているわけではなさそうだ」

「日本という国では、およそなんであれ、起源にまで遡れば説明がつく。曾我の実態が形成されてから最初の二世紀半、彼らは諜報《ちょうほう》活動や強圧的な実力行使、さらには脅迫や誘拐などをおこなっていたほか、むろん決して稀とはいえないペースで暗殺も実行していた。彼らがまず最初に仕えたのは代々の将軍や大名で、維新後には明治政府にも仕え、ついには第二次世界大戦前と大戦中、日本が海外へ領土を拡大しようとするのにあわせ、勢力を拡大しつつあった軍部に協力した。一九四五年の日本の敗戦をきっかけに、曾我は活動範囲を海外へ広げた。彼らが実行した任務から察するところ、アジアやヨーロッパや南北アメリカでじわじわと顧客を増やしてきたふしがある」

「海外進出の理由は？」

「日本の降伏後、国内の仕事が激減したからだよ。連合軍はこの国を五年以上も占領していた。そのあいだ曾我はさらなる収入源をもとめ、海外の民間企業に彼らのサービスへの需要があることを見出《みいだ》したわけだ。初期にかぎれば、顧客は満州やそれ以外の土地から逃げた日本人だったが、やがて外国人相手にも商売を広めたのだね」

「曾我はどういう種類のサービスを提供したんです？」

老人は明かりの消えたままのシャンデリアを見あげた。「得意の権謀の数々であることに変わりはない——ただし、洗練された高レベルな〝事故〟を演出し、とりかえしのつかない結果を出す仕事に重点がおかれた。もちろん、受けとる報酬もきわめて高レベルだったがね」

わたしは権力ブローカーを見つめた。「いまの話を証明できますか？」

「できないに決まっておる」

わたしは頭を左右にふった。「では、質問を変えます。いまの話をどこでどうやって知ったんですか？」

「調査だよ、ブローディさん。曾我の連中は町の畳職人を殺したりはしない。彼らが殺すのは、世界各国の高名で前途有望な市民たちだ——グローバルに活躍している人々であることも珍しくない」

「それで？」

「数年かけて調べつづけているうちに、〝三つのＰ〟に目を光らせるすべが身についた。財産《プロパティ》、成長拡大《プロモーション》、そして権力《パワー》だ。大立者といわれる人物の死去にあたって、この三つの要素のうちひとつ、ないしそれ以上が他人の手に移れば、その出来事はさらなる調査の対象として候補リスト入りする。曾我が要求する報酬は最低でも五十万アメリカドル——そのあとは仕事の難度や、仕事の発注元が曾我の仕事の結果でどれだけの利益を得るかを勘案して増額される。曾我は破格の高値で破格のサービスを申しでている。たとえば水ぎわだった鮮やかな殺人だ。上首尾。あと始末も完璧。ミスひとつなく計画を完遂する。発注元にとっては将来の利益を確実にできるのだから、相対的に安い買物だ。日本人自動車ディーラーから遺産を相続した最近親者の税金申告書類を調べた部下の試算によれば、死去という悲劇から間をおかずに即金での取引をもちかけたことで、買い手は——すなわち曾我への仕事の発注元は——故人の事業を市場相場の三分の二で買い入れることができたし、ふたつの取引だけで九百七十万ドルを節約したことになる」

「つまり曾我の連中は、ビジネスを円滑に進めるのに役立つ〝死〟を売り物にしているんですね？」

「企業買収や企業合併を〝円滑におわらせる〟ためだ。成長拡大《プロモーション》を確実にするためでもある。あるいはまた、多くの利益を得られる発注元の立場を守るためだ。用意周到に計画された〝事故〟が経済的に意味をなすなら、曾我はあらかじめあらゆる障害や脅威を事前に排除する。世間には、これがきみたちアメリカ人ならではの自由市場を論理的に敷衍《ふえん》した結果だという見解に賛成する向きもあるだろうね」

この男は頭がいかれている。

「あなたはそういった問題を裁けるような立場にあるとはいえないかもしれませんね」わたしはこの男が弄している邪悪な策略もまた、曾我のものに負けず劣らず壊滅的な結果をもたらしていることを知りつつ、そういった。

名前を隠したままのわが招待主の目がきらりと光った——この男が影響力を本気で行使すれば、どれほど危険な存在になりうるのかが具体的な形でうかがえたのは、これが初めてだった。しかし老人は次に口にしたあけすけな言葉で、わたしを動揺させた。

「そういう事情があればこそ、わたしにはあやつらのありようが理解できるのだよ」

唐突にわたしは自分が汚されたように思って気持ちが沈んだ。嫌悪をおぼえた。しかし沼地で狩りをするのなら、泥をかきわけていかなくてはならないのも道理だ。

「それで、曾我に仕事を依頼したのはだれなんです？」わたしはたずねた。

「おなじ世界観を共有している実業家たちだ。曾我はただ、彼らの求めに応じて仕事をこなしているにすぎん。率直にいえば、それこそ徳川将軍の時代から、だれもやりたがらないが、それでもだれかがやらなくてはならない仕事があった。現代で繁栄を謳歌《おうか》している資本主義システムといえども——それがアメリカであれ、ヨーロッパやアジアや中東であれ——しょせんは形を変えた権力の巣であり、やはりだれもやりたがらないが、やらなくてはならぬ仕事をかかえている。そういった需要にずっと応じてきたのが曾我だ。きき覚えのある話ではないか？」

「ええ、吐きたくなるくらいです。それなのにどうしてあなたは――？」

「曾我の提供するサービスをつかわなかったのか、とききたいのかね？　つかおうと思ったこともないではない。その点で嘘はつかん。しかし、わが競争相手のほうがいち早く曾我を見つけおった。曾我が死守するものがあるとするなら、仕事の発注者への忠誠心だ。くわえて、苛立ちの種にもなる未処理の問題をきれいさっぱり確実にあと始末することもだ」

この言葉にわたしははっとした。「つまり、いまではブローディ・セキュリティ社が曾我にとって〝未解決の問題〟になっているのですか？」

冷ややかな瞳がわたしを見つめた。「少なくともその点は確実だ。きみは無礼千万だが、それには目をつぶって、助言を与えよう。きみの命を助けるやもしれぬ助言だ。これまでどおりに動きつづけるのはいいが、くれぐれも目立たぬ動きを心がけたまえ。きみが今回の試練を生きて切り抜けたければ、極端なまでの隠密《おんみつ》行動が必要だ。それを忘れて行動したが最後、曾我は巨大な槌《つち》となって、きみに襲いかかってくるだろう」

わたしは目を閉じて、深々と息を吸った。いまとなっては遅きに失する話だった。「手遅れですね。わたしたちはあの村へ行きました」

わが招待主が驚愕に目を大きく見ひらいた――この男がそんなことをするのは数年ぶりだろう。「な、い、い、んだと？　連中はきみたちに近づいてきたのか？」

「近づいてきただけではありません」

それからわたしは、曾我の村を訪ねたてんまつをかいつまんで話した。わたしの話がおわるころには、老人がわたしの存在に感じていた不興の念がなににも束縛されない賞賛の念に形を変えていた。ついで老人は失望もあらわにかぶりをふった。

「なんという浪費か。きみにはずいぶん期待したのだぞ。ひょっとすると今回ばかりは、曾我に一矢《いっし》むくいうるかもしれぬと思ったのだが」

「無理ではないかもしれません」

「誓って本心だが、そうであればどんなにいいことか。しかし、いまとなっては無理だ。きみがあの村へ行ったことを前もって知っていたら、こんなふうにきみに接触を試みたりはしなかった。死人相手にビジネスをしても意味はない」

「わたしたちはまだゲームを降りたわけじゃありません」

「反対に、きみたちは深みにはまりすぎた。いまはまだ、きみたちのことすべてを把握していないかもしれぬが、曾我の連中がすべてを知るのは時間の問題だな。いまここにひとつ謎があるとするなら、いまだにきみが息をして歩きまわっているのはなぜかという点だ」

老人の冷徹そのものの情勢分析に、わたしは血が凍る思いだった。返事をしようとして口をひらいたその瞬間、部屋の正面入口のボディガードの体が床へむかってくずおれていくのが見えた。

《もしやこの権力ブローカーは超能力者でもあったのか？》

すかさず椅子から立ちあがったが部屋には身を隠せる場所が見あたらず、それでも意識をうしなった番犬男の体が床にまだ落ち着かないうちから、わたしはすわっていた安楽椅子の裏に反射的にしゃがみこんでいた——襲撃がこの先どう展開するかを見さだめたかったし、銃火を避けたかったこともある。次の瞬間、部屋の反対側の出入口に立っていたボディガードの体が背後の暗い戸口へ引っぱりこまれた。つづいてボディガードが床に倒れたらしく、くぐもったうめき声が耳に届いた。

しかし、襲撃者の姿はまだ見えない。

静寂あるのみ。

薄暗い室内にすばやく目を走らせたが、すでにわかっている事実を再確認しただけにおわった——わたしは武器をもたず、身を守るすべがひとつもないまま、広い部屋に追いつめられている。

アドレナリンがわたしに電撃を与え、体がいっきょに緊張した。あと数秒で、わたしは襲撃者たちと相対《あいたい》するはずだ。わたしは両の拳を握り、肩を怒らせて備えを固めた。それから、クッションつきの真紅の椅子の裏から体を起こした。どんな弾丸でも、椅子の柔らかいクッションなどあっさり貫通する。だったら襲撃者たちに正面からむきあい、あとは運にまかせたほうがましだ。

一段と弱々しく見えてきた老人が、倒れたボディガードとわたしに不安な視線を往復させているなか、わたしたちふたり——武器をもたない無防備なふたり——は黒装束の男たちが部屋になだれこんでくるのをただ待っていた。

44

しかし、このときわたしは死なずにすんだ。

部屋に滑りこんできた野田は、銃身の短いスミス&ウェッソンの拳銃を老人の胸の高さにぴたりとあわせ、油断を見せない目の焦点をわたしにあわせていた。

「無事か？」

「ああ、いまは」

野田はうなり声を洩らしつつ、室内に目を走らせた。「暗すぎる」

そういって野田が戸口近くのスイッチを入れると、天井のシャンデリアが瞬時に息を吹きかえし、部屋のすみずみにまで柔らかな白い光を投げかけた。

「いい景色だ」無駄口とは無縁の調査員である野田は、好奇心を隠そうともしない目つきで権力ブローカーをじろじろ見つめていた。

われらが招待主には、体毛がまったく見あたらなかった。顔も腕も、そして頭も完全な無毛状態。信じられないことに眉さえも、ほかの体毛と足なみをそろえて消え去っていた。顔の肌は干からびて黄色がかった灰色になっているうえ、左右の眼窩《がんか》と頬がかなり落ちくぼんでいた――茶色い畑が、地下のいくつもの排水口に吸いこまれているかのようだ。胸がわるくなって思わず顔をそむけた。

「暗闇が性《しょう》にあっているのだよ」老人は落ち着かない気分をみじんも外にうかがわせずに、そういった。

裏に通じる側のドアからふらりとジョージが姿をあらわした。「なんともないか?」

わが旧友のジョージは、きょうはシックな紺のブレザーと、ボタンをきっちり襟もとまでとめた黒いシルクのノーカラーシャツで決めていた。

「ああ、おかげさまで」

「それはよかった。野田はこれが簡単な仕事になると踏んでたよ。曾我での約束を守って、裏口にいたふたりの悪党の始末をぼくにまかせてくれた。いまは結束バンドで縛ってある」それからジョージは権力ブローカーに辛辣《しんらつ》な口調でいった。「あんたも約束を守るってことを身につけなくちゃだめですよ。おれたちは仲間に無理じいをする連中に我慢できないんだ」

わが招待主がにたりと笑った。「そうとわかって喜ばしいよ。ああ、おまえたちにはわからんほどにね」

ジョージは不愉快な視線を老人に投げてから、野田にむきなおった。「この電話の受け方も知らないような道化の老いぼれは、いったいだれなんです？」

「児澤《こざわ》だ」野田は答えた。

この萎《しぼ》んだような権力ブローカーの正体についてはこれまでにも推察をめぐらせていたが、それでも脈がぴくんと跳ねた。驚きだ。手がかりを見落としていたのか？　児澤吾郎《ごろう》は皇居なみに巨大な存在感をそなえた人物だ。この男に呼びだされた者は、次の四通りの帰り方からひとつを選ぶ――裕福になるか、貧乏になるか、出世するか、破滅するか。いや、五通りにしてもいい。酔っ払って帰る者もいる。

児澤は権力ブローカー一族の族長といえる。現在の与党ばかりか野党にも強力なコネがあり、北は北海道から南は沖縄まで全国のやくざ組織と裏でつながっているとも信じられている。もとは冷徹な実業家で、いつしか闇将軍になった。最初は石油や鉱物、それに贅沢品《ぜいたくひん》などを輸入する小さな貿易会社の経営で財をなし、つづいて建築や鉄道や小売業の分野に事業を拡大した。この男の会社は多くの物品の独占輸入権を所有していた。さらに児澤はクロコダイルの牙よりも多くの政治家を手懐けていたため、利益の独占状態もつづいていた。みずからの権力基盤を築いたのち、児澤はもっとも忠実な手下たちのなかでも、ひときわ抜け目のない者たちにトップの地位を譲り、みずからは地下に潜った。VIPがあつまる式典などに出席することはあっても、写真を撮られたことは一度もない。そのため大々的な行事に顔を出せば噂が駆けめぐりこそすれ、確証は存在しなかった。いってみれば児澤は、曾我にさえ匹敵する亡霊のような存在だった。

ジョージは片眉を吊りあげた。「あんたが児澤吾郎？　いろいろ噂は耳にはいってるよ」

「こちらはブローディ・セキュリティ社の噂をあれこれ仕入れていてね。宝物のような社員たち――いや、そんなものが実在していれば」児澤はちらりと野田を見やった。「おまえは……わが配下四人の注意を逸《そ》らしたのか？」

野田は表情をひとつも変えないまま小さくうなずいた。鼻で笑いもせず、鼻高々になることもない。得意げなところもなければ自己満足をうかがわせるものもなかった。

「見あげたものだ」

ジョージはまた片眉を吊りあげた。「あんたの手下たちが意識をとりもどせば、ちがう意見を口にするのはまちがいないね」

「ああ、当然だ。あやつらには客人が来るかもしれぬと警告しておいたのだが」児澤は倒れたボディガードに視線をむけてから、その視線をわたしにひたとすえた。「きみは目立ちすぎたね、ブローディさん。きみがひと月後も生きている確率は……そうだな……歌舞伎町の売女《ばいた》が付添もなしに山谷《さんや》地区を歩いて無事に通り抜けられる確率よりもまだ低い。しかし、万が一きみがなんとかして生き延びたなら、そのときにはいっしょに仕事ができるかもしれん。こちらにうしなうものはひとつもありはせん」

ジョージが鼻を鳴らした。「そっちがそんな態度で、どうしておれたちが協力するというのかな？」

「どこの小童《こわっぱ》か知らんが、ひとつ教えてやる。いまほど世間を知らなかったころ、わたしはふたりのボディガードを曾我十条へ派遣した――ちょっとした障害と思えたものを排除したくてね」

「それで？」

児澤は黒い瞳のきつい目つきでジョージをにらみ、その目をわたしに移した。「ミスター・ブローディ、きみやきみの仲間が曾我を敵として生き延びたければ、もっと知識を増やすことがなにより肝要だ」ついでジョージにむけて――「きみの質問には、わたしがここにいることだけで答えになる。わたしたちは現にこうして話しあっているではないか」

わたしは唇を噛んで、視線を緋色のカーペットへ落とした。しかし、ジョージが餌に食いついてしまった。「あんたが派遣した男たちは、どのくらい腕がいい？」

「どのくらい腕がよかったか、というべきだ」児澤は過去形でいいなおした。「ふたりは失敗した。命を落とした。いや、命を落としたというのは、ただの推測だ。ともあれ、ふたりは帰ってこなかった」

わたしはいらいらしながら口をはさんだ。「なかなか胸を打つ話ですがね、児澤さん……あなたを信じていいと、どうすればわたしたちにわかるんです？」

「曾我は古くからの敵だ。連中は長年のあいだ手を変え品を変え、わたしに嚙みついてきている」

野田がいった。「まだ質問の答えになっていないな」

そのあと児澤はわたしたちを長いあいだ見つめて考えをめぐらせ、また新しい話を披露しはじめた。

「三年前、わたしが養子に迎えた男――わたしが引退にあたって仕事の後継者に指名した男――が軽井沢の路上で死体になって発見された。首が背骨まですっぱりと切られた姿でね。絞殺具がつかわれていた。警察は、その地域の中国系秘密結社の抗争の犠牲になったという結論を出した。しかし、わたしはそうではないと知っていた。曾我を雇った男は傲慢の代償を払ったが、わたしは容易に忘れない男でね――曾我について、できるだけ多くの情報をあつめることをおのれに課した。しかし、簡単ではなかった。このわたしにすら」

わたしはいまの話の行間にききとったものが、どうにも気にいらなかった。「そもそもあなたには多すぎる伝手がある。どうしてわたしたちの助力が必要なんです？」

「たしかきみは、警視庁の加藤信一《かとうしんいち》警視正と知りあいだったね？」

「わたしが加藤を知っていることは、あなたも知っているはずです」

昨年の秋、わたしが西新宿にある新宿住友ビルディングの屋上から五十四階分も下へ落ちたさい、わたしを助けたのが加藤だった。加藤警視正とわたしのあいだには、たとえ児澤がなにをもちだしてこようとも壊されない強固な絆《きずな》がある。
「では、向こうもきみを知っているね？」
わたしがうなずくと、児澤は上着の内ポケットから封をされた手紙をとりだした。わたしは巨大なテーブルをまわって反対側への長旅をおえると、差しだされた封筒をうけとり、一枚きりの便箋を抜きだした。

ブローディさま

これはあなたを児澤吾郎氏へ紹介する書状です。氏の名前が海外の関係各所で取りざたされることはめったにありませんが、あなたにはそれなりに意味をもつ名前でしょう。わたしはここに、あるひとつの村の問題については——いい添えれば、その村の問題についてのみ——児澤氏が信頼できる人物であり、あなたとおなじ目的を達成したいという熱意をそなえていることを、あなたに保証します。

敬具
加藤　信一
（警視庁渋谷署　警視正）

加藤は軽々しく紹介状を書く男ではないし、児澤がつかうような圧力にたやすく屈する男でもない。

わたしは手紙を野田にわたした。野田は中身に目を通してジョージに手わたした。ふたりとも異論をとなえなかった。

児澤がいった。「これで満足かね？」

「ああ」

「では、さっそくとりかかろう。まず、きみたちに会ってほしい人物がいる」

「だれだ？」野田が疑いの気持ちに目を細めながらたずねた。

「これでわたしがなにかを口にしたら、きみたちに信じてもらえるかな？」

「鵜呑《うの》みにはしないぞ」野田がいった。

「だったら、こう理解してくれたまえ、野田国夫さん。わたしがいまの地位に昇れたのは人々の歓心を買ったからではなく、人々のことを知っていたからだ、と。そんなわたしにいわせてもらえば、きみのその答えは想定内だね。きみたちにはさらなる情報が必要だ――それゆえ、これからきみたちを大魚が泳いでいるところへ案内しよう」

頭のなかで警報のチャイムが鳴った。ジョージもわたしも野田のフルネームを口にしていない。それなのに児澤はフルネームで呼びかけた。つまりこの男はわれらが主任調査員の素性を知っており、知っていることをわたしたちに示したがっているのだ。

「さあ、もう行く時間だ」児澤がいいながら正面に通じるドアをさし示すと同時に、屋敷の奥にある大音量の時計が八時を打った。

夜間の謀略。

これぞ日本流。

45

児澤老人はわたしたちを一流の料亭へ案内した。料亭は権力の座にある人々のお気に入りの場所であり、国を支配する選良たちが最終決定をくだす場でもある。ときにはこうした料亭で、通商関係なり政治関係なりの国家の方針が一夜にして変わることもある――おまけに一回の酒席で料金は数十万円にもなる。

われわれ一行が分乗した二台の車がとまると、着物姿の四人の女が近づいてきて、魅力的な笑みでお辞儀をした。ひとたび外の通りから内側へはいると、三十代のスーツ姿の男が物陰からあらわれた。児澤が口をひらいた。

「紹介しよう――手島晃《てじまあきら》。防衛省という空でひときわ明るく輝く若き新星だ」

児澤の言葉をきいて、期待の震えが体を駆け抜けた。このぶんだとこの国の最高レベルの者しか知らない選《え》りすぐりの情報がきけそうだ。防衛省は、アメリカでいえば国防省にあたる。ほかの省庁と変わらず、防衛省も管轄分野においては絶大な権力をふるっていた。防衛省の傘は、日本の国境を自衛することにかかわるすべての計画や組織をその下に擁している――そこには国家防衛予算や防衛大学校、さらには自衛隊を構成する航空と陸上と海上の三部門すべてが含まれていた。

手島はわたしにごく一般的な日本の挨拶をすませたが、お辞儀をしないことで、無作法にもわたしを低レベルの客人に分類した。どうせ、白人の客にはそのあたりの差異が見きわめられないとたかをくくっているのだろう。

わたしには手島をきらう下地があったし、この男にいだいた第一印象は、これまでの日本の官僚とのつきあいで知らされたことを補強したにすぎなかった。中央省庁のキャリア官僚は、おおむね傲慢ならうぬぼれ屋だ。彼らはトップクラスの大学から選抜され、夜郎自大な態度で国家権力をふりかざし、国民の日々の生活のあらゆる側面をがんじがらめの法規制の枠におさめる仕事を進めている。新人官僚には高圧的なふるまいができない者もいるが、政策の一環として官僚らしさが次第に教えこまれる。目だけは例外だったが、手島の全身からは過剰なまでのうぬぼれがじくじく滲《し》みだしていた。しかし、少なくとも今夜ばかりは心もとなげな表情も混ざっていた。

わたしたちは着物姿のふたりの女性のあとについて、仄暗い明かりしかない廊下を歩き、暗い中庭を通り抜けた。地面に配された竹細工の行灯《あんどん》の光がわたしたちの歩く飛び石を照らしていたが、それぞれの顔は暗いままだった——日本独特の流儀により、わたしたちの行列は風情のある控えめなものになっていた。

ふたりの女は中庭のいちばん突きあたりに建つ離れの玄関に近づくと、それぞれにお辞儀をしてわたしたちに入室をうながした。部屋にはいると、大きな低いテーブルの上にさまざまな飲み物がずらりとならんでいたほか、ふんだんな海鮮料理や選りすぐりの肉料理などがわたしたちを待っていた。

ボディガードが児澤のすわる車椅子を押して玄関前のスロープを進ませていく。そのあいだふたりの仲居は、車椅子の回転している車輪にうしろからそっと濡れたおしぼりを押しあてていた——目に見えるものと見えないもの、双方の車輪の汚れが十二畳の和室にはいりこまないようにするためだ。和室はくつろげる雰囲気だったが、日本の平均からすれば食事用の部屋としてはかなりの広さがあった。〝王をつくる者《キングメイカー》〟の児澤をテーブルに近づけると、ボディガードが見えないところにあるレバーを押した。車椅子に組みこまれたマシンが稼働して座面を降ろし、床とおなじ高さにした。

わたしが示された座布団にすわると同時に、淡青色の着物を着た女性がわたしに熱いおしぼりをわたしてきて、顔と手を拭くようにいった。ジョージと野田は席を辞退して部屋の隅に控えた——わたしたちの話しあいと離れの入口を同時に視界におさめられる場所だった。ここまで来る車内で野田は、児澤が接触してきたのがわたしである以上、これからもわたしが調査の〝顔〟でありつづけるのがいいと提案してきた。児澤が自席に落ち着くと、ボディガードは三つめの隅に陣どって腕組みをし、野田とジョージをにらみつけた。

仲居はわたしたちに飲み物を手わたすと、立ちあがって一礼し、部屋を出ていった。野田とわたしは視線をかわした。心臓の鼓動が速くなった。ふだんだったら、この和室ではアルコールがたっぷりとふるまわれ、芸者たちの涼しげな笑い声が響いていることだろう。しかし今夜ばかりは、ふだんのしきたりはおこなわれていなかった。

「今宵《こよい》は――」児澤吾郎はそう切りだすと同時に、自分の酒を乾杯のためにかかげた。「――アメリカからの客人に敬意を表し、堅苦しいことを抜きにした無礼講としようではないか」

わたしたちはグラスをかかげて酒を飲んだ。テーブルには鮑《あわび》の刺身と伊勢海老、瀬戸物の皿にこぼれるように盛りつけられたロシア産のキャビアなどがならんでいる。

「児澤先生はざっくばらんな雰囲気をお望みだし、わたしも賛成だよ」手島がいった。「わたしたちの目標が同一なら、周辺事情にかんがみて、関係者が一致協力するべきだとなる。最初に、わたしたちが話しあっている対象が……ええと……おなじ組織だということを確認しておきたい。どういう話をきかせてもらえるかな？」

わたしには苦労して得た秘密をこの男に明かすつもりはなかった。こちらの材料は少ないうえに、手島の世評はなにも知らない。さらには、何者がこの男の肩ごしにのぞいているかも知れたものではないのだ。

わたしがこの問題に頭を悩ませていると、野田が進みでてきて、波越融がブローディ・セキュリティ社で発見したキャパシターというデジタルデータの盗聴器の写真を出してきた。

手島はよほど写真を見たかったのか、超然とした態度をみずから破ってスナップショットに手を伸ばしてきた。ピンク色で肉づきのいい手島の指がわずかに震えていた。しばし調べたのち、手島は満足のうなずきとともに写真を野田に返した。「わたしたちはおなじルートをたどっているようだ。その点に疑いはない」

わたしは冷静に防衛省の官僚を見つめた。「それはどうして？」

官僚族に特有の恩着せがましい調子で、手島はわたしたちのために詳細を述べはじめた。「きみたちが発見したのは、オランダのアムステルダムに本社を置くスコス・コーポレーションの製品だよ。選びぬいた客としか商売をしないハイテク企業だ。同社の製品は、そもそもがきわめて希少でね——注文に応じて製造されるうえ、きわめて高価だ」

わたしはいった。「つまり、わたしたちがだれを追っているか、そちらも知っているわけだね？」

「三年前、おなじ盗聴装置がサハラ砂漠のまんなかにいた日本国籍の人間の所持品から二個見つかった。この日本人は、部族の土地を横断しようとしているさなかに殺害された。十五本もの毒矢を受けて死んでいたよ……しかし死ぬまでにこの日本人は、なんと七人の現地部族の戦士を殺害していた。さらにわたしたちはそれなりの根拠があって、この日本人が現地の部族長を暗殺したと考えている——部族長は広大な土地を所有し、原油採掘のリース権を某国有力者に認めることを拒んでいたんだ」

「某国とは西欧？　それともアジアかな？」

「そのあたりを明かす権限はわたしにはない。しかし、これだけはいえる。遺体が日本に送り返されて判明したのは、この人物が十代の若者のときに海外にわたり、それから一度も帰国していなかったことだ。さらにいえば、この人物は第二次世界大戦がおわる直前に満州から姿を消した某特務将校の孫だった」

「〝特務〟とは？」

手島は和室のだれもいない一隅に視線を投げ、言い抜けようとした。「軍の将校だ」

わたしは前ぶれなしに立ちあがった。「児澤先生、時間の余裕はわずかであり、わたしたちは危険にさらされている。それなのに、あなたのお友だちは官僚族のお家芸であるごまかし言葉を弄するばかりだ。助力を申しでてくれたことには感謝していますが、そろそろほかの場所へ行かせてください」

「短気は損気だぞ、ブローディさん。手島くんは秘密を守るのが習い性になっている。仕事でいちばん重要な点だからね」児澤はいった。

わたしは顔が紅潮するのを感じた。「ひとかけらの情報を入手するたびに戦いを強いられるくらいなら、その時間をもっと有効につかいたいんです」

児澤の緋色の膝かけの下で、片手がぴくりと痙攣《けいれん》した。「手島くん、この人のいうことにも一理ある。そこできみにお願いしたいが――」

「しかし――」

児澤のひたいが翳《かげ》った。「これからはブローディさんの質問に、いっさい隠し立てをすることなく正直に答えたまえ」

「しかし、わたしは上司から――」

「きみの上司はここでは障壁にはならん。きみの上司なら確証を求めたり疑問をさしはさんだりせず、すべてを受けいれる。とにかく勢いがついているのだよ。ここ数十年でわたしが――そしてきみたちの委員会も――ここまで相手の近くに迫ったことはない。それなのに、きみが重要な情報をひとり占めして隠しとおし、それが原因でこの好機を逃したら、わたしはきみひとりに責任があると解釈するぞ。わかったか？」

手島は前のテーブルにならぶ陶器にも負けないほど蒼白な顔になって、深々と頭をさげ、低い声でつぶやいた。「かしこまりました」

児澤吾郎を敵にまわすのは、みずからのキャリアを殺すのと等価である。もし手島がここで適切な足はこびをしなければ、この鼻っ柱の強い高級官僚はあしたの朝には異動の辞令を押しつけられているだろう――日本のシベリアとでもいうべき僻地への転勤だ。

「きみが今宵の本題にもどってきてくれてありがたいよ。さてと……ブローディさん、なんの話だったかな？」

わたしはふたたび座布団に腰をおろした。「手島さん、特別な軍隊というのはどういうものなんだ？」

手島は目を伏せ、自分の膝へむけて不明瞭につぶやいた。「憲兵隊」

血管のなかを恐怖の奔流が荒れ狂った。情勢は一時間おきに悪化している。最初は児澤、次は原の裏切り、そして今度はこれ以上ないほど忌まわしい国家機密。手島のすみかの池には鮫《さめ》が泳ぎ、その鮫はこれからわたしたちが仕入れる知識に身の危険を感じることになるのだろう。

落ち着かない視線をかわしあいながら、野田もわたしもおなじことを考えていた――これでまたひとつ、自分たちの命とりになる理由が増えたな、と。

46

いましがた手島が明かしたのは、日本でもっとも厳重に封印されている過去の醜悪な秘密のひとつである。

戦時中の日本では多くの警察組織が乱立し、民間であれ軍であれ、とにかく人々の生活のあらゆる側面を厳しく規制していた。例をあげれば特別高等警察（いわゆる特高、思想警察としても知られている）や、憲兵隊の名称でも知られる秘密軍事警察だ――後者はもっとも恐れられていた。彼らの職務範囲は諜報と防諜であり、当時の最高責任者だった東條英機《とうじょうひでき》は憲兵隊に国内外の双方でテロ行為をおこなう権限を付与し、憲兵隊はなににも束縛されない熱意でこの権限を行使した。憲兵隊がナチのゲシュタポとくらべられるのも珍しくはなかったが、第二次世界大戦が日本の無条件降伏でおわると、占領軍の指導者たちは日本のイメージを〝東洋におけるアメリカの従順な同盟国〟へと一新させるため、憲兵隊のきわめて悪質な所業をじっさいよりも軽く見せようとした。五年後に朝鮮戦争が勃発すると、アメリカは新しく同盟を結んだ日本の西に位置している怒りっぽい隣人と戦うにあたっての中継拠点として、日本国内の基地を必要とするようになった。そのため、過去の忌まわしい秘密の数々は残らず地中深く埋められた。世界史という年代記で、憲兵隊の活動はいまも明かされていない一章である。その最悪の犯罪行為の犯人を狩り立てるアジア版サイモン・ウィーゼンタール・センターは存在しない。

わたしは手島をさらにせっついた。「日本の降伏後に行方不明になった憲兵隊の将校は何人いた？」

「下級将校や中級将校だけを見れば不明者は珍しくない。しかし高級将校の行方不明者は十九人だ。うちの省の専門家にも説明できない人数だね。この十九人のエリート集団のうち、七人はさらにスーパーエリート・グループをつくっていた。七人の曾我十条生まれの男たちだ。七人のうちふたりは憲兵隊の最高位にあった。このふたりが特別に重要だという理由は、曾我出身ではないほかのふたりの最高位将校ともども、百万アメリカドルに匹敵する金塊をあつかえる立場だったことだ。いわずもがなだが、一九四〇年代のドルでね」

「それだけの資金をあつかえた四人の将校のうち、行方不明になったのは？」

「四人全員だ」

「冗談だろう？」

「あいにく冗談ではないよ」

「四人の遺体は見つかったのか？」

「まったく」

「すばらしい。戦時中の軍資金が曾我の起業資金に化けたわけか」

手島が抗議した。「そのようなことがあったという証拠はないぞ」

児澤が鼻で笑った。「こらこら、手島くん……」

「いまの仮説を、歴史的事実にかなり近いものだと解釈することもできないではないね」叱責された官僚はそそくさといい添えた。

「ではその四人以外に、秘密資金のことを知っていた曾我出身ではない憲兵隊将校は何人いたんだ？」

「六人」

「その六人のうち、戦後まで生き残っていたのは何人だ？」

「ひとりもいなかった」

わたしは座椅子にもたれ、信じがたい思いをいだいたまま高級官僚の手島を見つめた。まさしく衝撃的な供述だった。野田を一瞥《いちべつ》する。その表情はいっさいの内心を明かしていなかった。あの主任調査員もわたしとおなじことを考えているのだろうか。これだけの人々を効率よく消せたこともまた、曾我の者たちがどこまで冷酷になれるかを示す例証にほかならない。

「つまり――」わたしはいま明かされた話に考えをめぐらせてから口をひらいた。「ある意味できみは、自宅の裏庭の掃除を命じられたようなものじゃないか？　骸骨なみに忌まわしい秘密をいったん掘り返して、もっとしっかり埋めなおせ――万が一、秘密が世間に知られて困ったことになる前に」

手島は渋面をつくった。「ところで、録音をきいてもらう時間はあるかな？」

「それなら時間はいくらでもある」

手島はうなずくとブリーフケースに手を伸ばした。手島は暗証番号を打ちこんで、ブリーフケースのラッチをあけると、小型のボイスレコーダーをとりだした。それから過度の几帳面《きちょうめん》さを発揮し、長い数秒の時間をかけてレコーダーの角の部分とテーブルの隅をぴったりあわせた――次の暴露にそなえて気力をたもつため、こっそりと時間稼ぎをしているようにも見えた。

わたしは目の前の手島を見つめた。外見に気をつかっている男だった。身だしなみには隙ひとつない。ヘアスタイルは完璧でコロンは控えめ。手には美爪術《マニキュア》がほどこされ、爪の甘皮はすべて非の打ちどころない弧を描くように整えてある。甘皮の下から白い半月状の部分がのぞいていた。レコーダーを動かしはじめると、白い半月がわななきはじめた。

レコーダーから、ドアがさっとひらくときの空気のざわめきがきこえた。硬木づくりの床を踏んで近づくふた組の足音。椅子の脚が床をひっかく音。

自信を感じさせる男の声。「動いているのか？」

ふたりめの男性。「動いてます。先ほどまでテストをしていましたので。リセットしますか？」

《へりくだった口調からすると、下位に属する人物だ》わたしは思った。《最初の声の男性が上司にちがいない》

最初の男。「その必要はない。そのまま動かしておくように。さて、用意ができた。はじめよう」

三人めの声——いかめしく緊張した声だ。「じゃ、これからもったいなくもわたしの話をきいてくれるんだね？」

最初の男。「その機会をつくってくれたことに感謝する。佐伯《さえき》くん、きみは下がってよろしい」

「かしこまりました」

静寂——おそらく佐伯と呼ばれた男が深々と一礼していたのだろう。つづいてレコーダーから遠ざかる足音がきこえ、ドアが閉まる音がつづいた。

最初の男。「これからのセッションを実りあるものにするためにも、きみには精いっぱいの率直さを期待したい。いうまでもないが、きみが口にする話はすべて機密扱いになる」

いかめしい声。「この一回の席ですべてを話そう。本当に用意はできているんだね？」

「もちろん。これからきみが伝えてくれる話のすべてを、ありがたく拝聴させてもらうよ」

「けっこう——いったん話がはじまったら、もうあともどりはできないからね」

「わかった。さて、どうしてみずから話す気になったのかな？」

「わたしは当家の六代めとして生まれた男だ。いちばん古い家になると当代は十四代。父が任務のさなかに命を落としたが、その仕事で百万長者になった。母には金銭上の不安がまったくなかったので、わたしの入隊に反対していた」

「好きにさせてもらえたのかね？」

「意欲ある志願者たちが不足することはなかった。あの仕事にはスタミナと完全なる献身が求められる。しかし三年の集中訓練を受ければ、法外な報酬が待っている。母はすでに他界した。わたしはずっとひとり身だが、姪《めい》たちや甥《おい》たちがそろそろ志願年齢に近づいていてね。彼らの母親である妹から、子供たちが自由に成長できるような道を見つけてほしいと懇願された」

「きみがこうして話すことで、子供たちの母親に危険がおよぶことはないのか？」

「ない。危険が及ぶのは子供たちの伯父《おじ》だけだ」

短い間。それから――「つまり、あなた自身かな？」

「いかにも」

この一語だけの返答に、わたしは強い決意をききとった。覚悟を決めた男の声、容易ならざる決断をくだして前へ進みでてきた男の声だ。覚悟を決めて結果を引き受け、それでいて悪趣味なジョークを口にできるほど精神のバランスをとりもどした。見あげた男だ――こんな男が実在するとすれば。

「わかった。ところで、なにを根拠に妹さんには害が及ばないと確信できる？」

「曾我の掟《おきて》だよ。生まれ故郷である村のなかにとどまっているかぎり、妹は無事だ」

「なるほど。まず記録のためにたずねるが、これほどの長きにわたって秘密がたもたれてきた理由はどこにある？」

「彼らには、きわめて強固な忠誠心をそなえる同胞集団があり、村人ならおおむね家族なり親戚なりのだれかしらがその集団の一員だ。曾我は閉鎖的な村だし、そのうえ義理もある――何世代にもわたる深い義務観念といいかえようか。あの集団はいつも村のあれこれに目をくばっていた。天災に見舞われれば村人は彼らを頼った。また曾我衆は、野心に燃える武将や熱意のありすぎる将軍の手勢から村人を守ってきた。直近の四世代にかぎれば、飢饉《ききん》の年月に彼らが村人を支えたからこそ、村人たちは年ごろの娘たちを都会の娼館《しょうかん》の亭主に売らなくてもよくなった。第二次大戦後、曾我衆は村に復興資金を提供した」

曾我の村をたずねたとき、野田もわたしもいま話に出た忠誠心を目のあたりにした。さらに旅館の女将の場合には、その忠誠心が生み落とした恐怖が見てとれた。

「その同胞集団が村の後見役をつとめているわけだね？」

「そうだ」

「ほかの面々は？」

「それ以外には各地の警察や軍や官庁の一員になった者もいた。そういった面々は〝隠れ曾我〟と呼ばれる。ふだんはふつうの暮らしを送っているが、曾我の出身者や親戚や長年にわたる協力者たちが広範で人目につかないネットワークをつくりあげている――彼らは忠節そのものであり、経済的に支援もされている。曾我衆はこのネットワークを利用して、日本のあらゆる重要な権力構造に食いこんでいる。〝情報収集者〟の需要はいつも満たされる。それ以外にもたんまり報酬をもらっている情報屋たちがたくさんいる――彼らは曾我衆の所業についてはなにも知らないまま、三百年以上も昔につくられたネットワークのおかげで職業や経済的な安定を得ているんだ。曾我衆のためにスパイ活動をしている村人もいるが、彼らもくわしいことはなにも知らない。わたしがなぜ知っているかといえば、生前の父がひそかにわたしの訓練をはじめていたからでね」

「あなた以前にも組織からの離脱をこころみた者は？」

「ひとりかふたりはいた――しかし曾我衆を辞める離職手続に必要なのは再訓練ではなく、線香と数珠《じゅず》だ」

《またしても悪趣味なユーモアの発露だ》わたしは思った。

辛辣な含み笑い。「田谷《たや》さん、話を盛りあげるあなたの才能には驚くばかりだ。しかし、どうか話す内容は事実に限定してもらいたい」

「わたしの名を口にしたな！」

「それがどうかしたか？」

「まったく無頓着に名前を口にしたではないか！　録音されているのに！」

「落ち着きたまえ」

「話しあいで決めたはずだ――名前は出さないと」

「この録音は内部利用に限定される」

「わたしの話をきいていなかったのか？　あいつらは、その内部にもいるんだぞ」

「疑心暗鬼の度が過ぎるようだな」官僚の声には恩着せがましさがまとわりついていた。「その件はしばし忘れよう。これまでの話のなかで、あなたは長い歴史があることをほのめかしていた。曾我の発祥はいつのことだ？」

　間があった。それから――「開祖は荻小太郎《おぎこたろう》。曾我出身の高位の武士であり、犬公方《いぬくぼう》と呼ばれた将軍、徳川綱吉《つなよし》に仕える直参《じきさん》のひとりでもあったが、おのれの剣術の腕をさらに磨かんとして野良犬を斬り殺した――これは小太郎自身が仕える将軍の命《めい》にまっこうから背く行為だった。その結果、小太郎は身分を剥奪されて、地下牢《ちかろう》に幽閉された」

　話に出た人名が頭のなかで別の情報ときっちり組みあわさって、そのショックが全身を駆け抜けた。荻小太郎は、わたしが曾我で目にした一枚板の記念碑で顕彰されていた武将ではないか。

「そんな昔の因縁話が、いまここでの話に関係があるのかね？」官僚がたずねた。

「この出来事こそが曾我衆を鍛造したんだ」

「どういうことだ？」

「犬公方が死ぬと、牢屋はすっかり空《から》にされた――荻小太郎も自由の身になった。獄から解放された小太郎は、以前とは別人になっていた。この経験で小太郎は自分がいかに弱い立場にあったかを痛感し、もう二度と高位の人間に翻弄されるだけの立場には甘んじないと誓った」

「どうにも話のつながりがわからないな」

「その日を境に小太郎は、おのれとおのれの血族と仲間の村人だけを頼りにするようになった。小太郎は一七一〇年ごろ、曾我の村の出身である武士たちをひとり残らず連れて故郷へ帰って自前の組織をつくり、彼らに特別な任務を与えて、各地へ派遣した。小太郎が提供したのは隠密行動とすぐれた技能だった。もともと前将軍の側近であり、犬公方の死去後は犬殺しという罪状での投獄をだれも大仰に受けとめなかったので、小太郎はたちまち敬意をあつめた。噂は広がり、やがて新将軍が――〝余のあずかり知らぬことだ〟と関与を否定できるように――外部の実行者を必要とする局面になると、小太郎に声がかかるようになった。荻小太郎のつくった組織は、このころから報酬と引き換えにおりの将軍の御用をつとめ、また各地の藩主からも幕府に有利になるという条件を満たす仕事を受けた。仕事が途絶えることはなかった。大半は暴力や脅迫や誘拐だったが、やがて密偵や暗殺も手がけるようになった――支配層が必要としていても、関与を疑われたくないたぐいの仕事なら、どんなのでも曾我衆に注文が寄せられた。彼らは野《や》にくだった武士だったが、こうして最重要の仕事で奉公したわけだ。日本が近代化の道を歩みはじめて武士道が没落すると、曾我衆との連絡役をつとめていた者の多くが明治新政府に鞍替《くらが》えした。そのため、両者の取決めはその後もつづいた」

「つまり、そのたぐいの秘密の絆がこんにちもなお存在しているというのか?」

「そのとおり」

嘲弄の笑い声。「ひとことではいえないほど疑わしい話だな、まったく」

《この官僚は自分の情報提供者を笑い物にしているぞ》わたしは思った。《思いあがった人でなしめ》

「しかし、話を進めよう」官僚はいった。「これに先だった話しあいで、きみは新しい方法について話していたな。その話をくわしくきかせてほしい」

田谷は曾我衆がどのように戦闘技術をアップデートしてきたかを物語った。彼らは現代のあらゆる武器はおろか、監視術にも近接戦にも、そして毒物のつかいかたにも熟達するようになった。厳選された顧客たちには、とびきり高額の報酬を請求する——なにより大事なのは、秘密を厳守するからこそ仕事をつづけられる、という点だった。

「曾我衆は、秘密を守るためならどんなことでもする。彼らはそうやって三百年のあいだ、目覚ましい成功をおさめつづけてきた。疑念を声にする者がいれば、その疑念の声は封じられた。完全に」

「では、その組織の弱点を教えてくれ」

「わたしが知っている弱点はひとつだけだ。彼らは四人ひと組で行動する。作戦の全貌を把握しているのはトップのひとり、あるいはふたりだけ。リーダーたちを殺すのは女王蜂を殺すようなものだ。それだけで下働きの者たちはなにもできず、あてもなくぶんぶんまわりを飛ぶだけになるだろうよ」

「そんな曾我の連中のことだから、日本国内に違法な武器を隠しているんだろう？　つまり、連中がどっさりと銃砲類をしまいこんでいるところを見つければ——」

「法律をどんなふうに運用したところで、曾我衆を壊滅させることなどできない相談だ」

「わたしたちは防衛省の人間だよ、田谷さん。あくまでも法律にのっとって動くんだ」

「わずか数カ所とはいえ、国内に武器庫もなくはない。しかし、いずれにせよ武器の数はわずかだし、重要なことは——」

「いやはや、そうなるとわが委員会の仕事はぐっとむずかしくなる——そうだね？」

「わたしの話をききたまえ！　彼らはナイフだろうと素手だろうと、おなじようにあっさり人を殺せるんだぞ、東くん。曾我衆が仕組んだ殺人はいかにも事故のように見えて、じっさいにはちがう。法律をつかう手段はこのさい忘れることだ」

「わたしの考えた解決策なら、なにもかもきれいに片づくよ。銃砲類の貯蔵施設の所在さえ判明すれば、わたしが強制捜査を提案する。日本国憲法のもとで――」

田谷は倦《う》み疲れたため息を洩らした。「いいか、耳の穴をかっぽじって真剣に話をきけ。これはきみのただ一度のチャンスかもしれない。曾我衆は訓練と伝統と血が育んだプロフェッショナル集団で、十四世代にわたって技倆《ぎりょう》を研ぎ澄ませてきているんだ」

東《あずま》と呼ばれた官僚は侮蔑の舌打ちをした。「わかった、わかっているとも。それであなたには、われわれに提供できる知恵のひとつもあるのかな？」

「ひとつだけある。もしきみたちが曾我衆を相手にした戦いで成功をおさめたいのなら、通常のパターンをみずから破壊することが必要だ。彼らはパターンを利用する――いや、あらゆるものを利用する。きみはこれから曾我衆との戦いにそなえ、訓練をほどこされた戦闘要員を採用することと思う。きみが送りだす戦闘要員がだれであれ、その人物はどんなレベルの秘密保持が採用されていようとも、いついかなるときも敵の攻撃があるという想定のもとに行動するべきだ。もしも途上でいつもと異なるものに注意を引かれたなら――小さな物音でも影でもいい、ささやき声でも、予期していないノックでも、とにかくなんであってもいい――質問などせず、まず相手を撃つべきだ。確証を待っていても死ぬだけだからね」

「話はそれだけか？」

「わたしはいまきみの部下に、生死をわける手だてを伝えたのだぞ。それで充分ではないかね？」

官僚の東は抑えきれない馬鹿笑いを炸裂《さくれつ》させた。「田谷さん、なんというか……貴重な機会をつくってもらったことに礼をいわせてくれ。ただ、ほんの少しでいいので、わたし相手に正直になってもらえるか？　どうだろうか、自分でもいささか大袈裟《おおげさ》になっているとは思わないかね？」

「たわけ！　わたしの話をきけ！　きみたちにこの話をきかせて、わたしになんの得がある？　売名か？　金か？」

「いや」

「だったらわたしの動機は？　より大局的な視野からは、ここになにが見える？」

「わたしこそが、より大局的な視野なるものの代表だよ」

田谷が拳をテーブルに打ちつけた。「きみに大局的な視野などあるか。しかし、あと一日か二日でわかるはずだ。今週末になってもわたしが生きていれば、きみが連中を敵とした戦いに勝つ可能性もないではないことが、わたしにわかるわけだ」

「元気を出したまえ、田谷さん。断言する——われらが防衛省は侮りがたき敵手だと」

「きみの部下がきみのような鈍物でないことを祈るばかりだよ、東くん。わたしがきみに伝えたことをすばやく利用したまえ。時間を無駄にするな。わたしのためではない——きみ自身のためにだ」

録音はここでおわっていた。

47

そのあとにつづいた緊張をはらんだ沈黙を破ったのは手島だった。

「いまあなたたちがきいたこのインタビューが実現するまで、われわれにはこの特定集団の存在さえ確認することができなかった。記録されていたのはただの噂や曖昧な報告だけだったからね。数年に一度、ジャパンタウンで見つかったような漢字が殺人事件とともに出現することはあったが、そんな漢字の出現も噂話に燃料をあたえ、恐怖のレベルを押しあげて、神話めいた話をつくるだけだったよ」

児澤が身じろぎした。「あの漢字はもっとずっと古い時代のことを呼び覚ますな。いろいろな話があるのだよ」

「どんな話が？」わたしはたずねた。

「みずから命を絶った者の話。眠りのさなかに他界した高名な人々の話だ」

「事故ではなかったかもしれない事故のことですね？」

「さよう」

わたしは手島にむきなおった。「では、きみはその録音に話が出ていた委員会のメンバーなんだね？」

「そうだ」

「これまで委員会が曾我十条に人を送りこんだことは？」

「もちろんある。スタッフが聞きこみをおこなったが、そもそも周囲と隔絶した地域だ。村人たちは口を閉ざしがちで、珍しく口をひらけば話をはぐらかしてばかりだった」

野田とわたしもおなじ対応をされた。「ではきみのもとには、先々にまでつながらなかった手がかりが記録されたファイルがあるわけだ」

「たしかに。ともあれ定められた手順どおりの調査はすべておこない――」

「――調査終了にした？」

手島は目を伏せた。「認めるのは癪《しゃく》だが、ああ、そうだ。書類の上にかぎれば問題はなにもない」

日本政府のことはいうまでもなく、さしもの防衛省も全体が無力だったことに一同が思いを馳《は》せていると、場に重苦しい空気が流れた。

手島がためらいがちにわたしと目をあわせた。「ひとつ質問させてもらってもいいかな、ブローディさん。いまさっき耳にしたあの会話からどんな印象を得た？」

「田谷という人物は知識が豊富で意志堅固、さらには説得力に満ちていた。いっぽうきみのお仲間のミスター東は――きわめて控えめにいっても――おつむがかなり鈍いように思えたね」

先ほどとおなじように、手島の手が震えはじめた。今回手島は両手をテーブルのへりに押しつけることで、筋肉と靭帯《じんたい》を伸ばしていた。つづいて意図的にゆっくりと息を吸い、計算された速度で吐きだす――この呼吸を何回かくりかえすうちに、手の震えがおさまってきた。

この場への招待主である手島は震えがおさまると口をひらいた。「わたしは半年前に上司から東さんの補佐をつとめろと命じられた。このインタビューの三日前だ。そのころわたしは新参者で、委員会の仕事にはまだ直接かかわってはいなかった。自分なりの好みの方法で資料にあたって勉強することを、まわりから期待されている段階だった。それでわたしはファイルやメモをコピーして、自分の時間に目を通していた。ある日の夜遅く、先ほどのインタビューがおわった直後、わたしは録音ファイルをコピーした。ただし、だれにもその話はしなかった――あえてなにもしなかったこと、それだけがわたしの命を救ったんだ。翌朝にはもう、オリジナルの録音データは東さんのコンピューターから消えていた。東さんは自分がミスで削除してしまったのではないかと気を揉《も》んでいた。わたしはそうでないことを知っていたが、心の平安のために黙っていた」

手島は自分の手をやけに真剣に見つめていた。

「先ほどきみの前で見せたあの呼吸法を、わたしは毎晩ベッドにはいる前におこない、毎朝目が覚めたあとも実行している。それだけではなく、昼間の仕事のあいまにも何度か実践の必要に迫られもする――するときは決まって人目のないところだ。夜は夜で悪夢のせいで安眠できない。食欲はほぼゼロにまで落ちている。毎朝、目が覚めるたびに死んでなくてよかったと胸を撫《な》でおろすものの、たちまち夜まで生きていられるだろうかという不安にとりつかれ、そのまま過ごす一日がいやでいやでたまらなくなる。わたしはこの国最高の大学を卒業し、祖国に奉仕したい一心で防衛省に入省した。仕事のほとんどが書類の作成だのなんだのでね。重要な書類なのはわかるが、しょせんはただの書類だ。わたしたちはデスクについている。兵士でもなければスパイでもない。幸運だったのは、相談にたずねた児澤先生が話をよくきいてくださったことだ。たしかに、わたしは怯《おび》えている。しかし、勘ちがいしないでくれ。わたしはこの件を成功裡《り》におわらせたいと強く思っている――それこそ祖国にとって肝要だと信じていればこそだ。その点はわかってもらえるね？」

高級官僚という地位にあるばかりか、先ほどは口論にもなったが、それでもわたしはこの男が好きになりかけていた。「ああ、わかると思う」

「きみには驚かれるかもしれないが、わたしもいまではあらゆる省庁の高官のなかに曾我から給料をもらっている者がはいりこんでいると信じるようになったよ。きっと防衛省にもいるのだろうね」

わたしはすわったまま、わずかに背を伸ばした。「どうしてそう思う？」

「インタビューのときまで、東さんは完璧な隠密行動をつらぬいていた。移動には覆面パトカーを利用していた。打ちあわせには追跡不可能なプリペイド携帯だけをつかった。第三者の仲介も用いなかったし、わたしたちの側に失態はひとつもなかった。こちらにわかった範囲では、情報提供者の側にも遺漏はなかった。田谷さんがみずから進みでて打ち明ける決意をしたことは、田谷さんの妹さんにも、ほかのだれにも知らされていなかった。さらに東さんは、この件を口頭だけで上司に報告した――わずか五人の上司に」

「しかし……？」

「翌日の早朝、東さんは突発的に発生した緊急事態対応のために仙台まで呼びだされた。そしてその夜、ホテルで首を吊って自殺した。自分の杜撰《ずさん》な仕事ぶりに絶望した、という手書きの遺書が残されていたよ」

《彼らは東京では殺さない》

わたしはいった。「話しているところをきかされた東には、自殺というのは似つかわしくないいな」

「たしかに」手島はいった。「似つかわしくない」

「情報提供者のほうは？」

手島の顔がくしゃくしゃになった。「インタビューの直後に身を隠しはしたが――四十八時間もしないうちに死んだ」

48

手島が最後に明かした話を耳にするなり、冷たい恐怖の波が全身を駆け抜けた。日一日と曾我がどんどん無敵の存在に思えてくる。わが父ジェイクも、ブローディ・セキュリティ社の創業まもないころにはそれなりの試練にあってきたはずだ。それでも、わたしたちが村で体験したようなレベルの危険とめぐりあっていたかどうかは疑わしい。

野田とジョージとわたしの三人はいろいろと話しあうために、オフィスから離れた人目につかない場所をさがし、最終的に御茶の水の奥まった細い路地にある、〈金剛《こんごう》〉という隠れ家めいた飲み屋に腰を落ち着けた――付近は迷路のような一角で、よほど通じた者でなければ歩けない。タクシー運転手でさえ、東京のこのあたりでは完全に迷ってしまいかねないほどだ。

〈金剛〉は、居酒屋と呼ばれる日本流の飲み屋だ。店主はもともと建設作業員で、三十年前はゴキブリだらけの安い下宿に寝泊まりして、わずかな給金をこつこつ貯めこんでいた。やがてなんとか充分な額の金が手もとにあつまると、自分が昔住んでいたあたりに土壁の安普請の家を買った。いまでは店主は店の上にある自宅で、妻とふたりの息子と暮らしている。ふたりの息子も建設作業員になりそうだよ——話をきく者がいれば、店主の西川平蔵《にしかわへいぞう》はそう話した。〈金剛〉では壁が薄くなりかけた箇所があると、そこに——擦りきれたジーンズに縫いつけるパッチのように——銘酒のラベルを貼りつけていた。店内には、がたつくテーブル席が五つと、肩を寄せあえば八人すわれるカウンターがあるほか、店の奥に人目につかない座敷があり、六つめのテーブルがおいてあった。わたしたちは座敷に席をとった。

「これがどのくらい危険をはらんでいるか、みんなわかっているよな？」わたしはいい、二杯めの燗《かん》酒《ざけ》をひと息にあおった。

いまわたしたちは、怪物のまごうかたなき肖像画を手に入れていた——そのことで、わたしたちは砲弾《シェル》ショック状態だった。そうなる理由は多々あったが、そのうち最大の理由は、三世紀前に主君の禁令を破った侍が開祖となった秘密結社によって、わたしたちが攻撃されているという事実にあった。

野田はむっつりしていた。「見立てよりも大きな危険だったな」

「どのくらい大きかった？」ジョージがたずねた。

〈金剛〉が容易にたどりつけない場所にあることが、今夜のわたしたちが切実に必要としていた安心感を与えてくれていた。ところが主任調査員のいまの言葉で、安心感のかなりの部分が滑り落ちていった。

野田が肩をすくめた。「大きいよ。おれたちは近づきすぎた」

「それはどういう意味なんだ？」

「おれたちは知りすぎたんだよ」

野田の声に、これまでになかった深刻さがききとれた。「あんたのお兄さんや友人たち以上に知ってしまったということか？」

野田は三杯めの大吟醸《だいぎんじょう》——五十パーセント以上削って小さくした米を原料にした日本酒——をあおった。「兄たちはなにも知らなかった」

ジョージが目を大きく見ひらいた。「なにも？」

「ああ、なにも知らないも同然だった」

ジョージが蒼白になった。「なにも知らなかったのに殺されたのかい？」

「いかにも」

アイビーリーグ風のスマートさが崩れ、ジョージはとり乱した目をわたしにむけた。酒のせいで頬を染めていた薔薇《ばら》色がいまは消えていた。帆立《ほたて》と鰤《ぶり》の刺身の盛りあわせがテーブルにおいてあったが、だれも手をつけていない。ジョージが手もとの酒を飲み、自分の猪口《ちょこ》をふたたび満たし、たちまち飲み干した。いま飲んでいるのは、金沢郊外の蔵元がつくる、人気があって入手困難な銘柄だが、今宵ばかりはこの酒の魅力は、希少性にも風味にもなかった。

「その人たちはなぜ曾我へ行った？」

「推測を頼りにして」

「つまり当てずっぽうで曾我へ行き、それで消されたわけか？」

野田は深刻な顔でうなずいた。「ブローディ、きみに銃をもたせる必要がありそうだ」

日本には、世界でも指折りに厳しい銃砲規制の法律がある。小火器をもち歩くのは——隠匿しての携行であれ、人目につくような携行であれ——違法行為だ。見つかれば厳罰が待っている。それゆえ銃をもち歩く危険をあえて犯すのは一匹狼《いっぴきおおかみ》のやくざくらいだ。そんな国で野田がわたしに銃の携行を認めたというのは、わたしたちが直面している危険が実刑に処せられる危険を上まわっていることを意味する。

「あんたはどうする?」わたしは野田にたずねた。

「おれには会社のベレッタがある」

二十五年前、父ジェイクは多方面との交渉の末にようやく銃の携行許可を得た。たった一挺《ちょう》のためだけに。許可証はいまもあるが、これ自体がこの国の銃砲規制関係の法律の効力の強さを物語る証拠であり、それゆえこれを最後に許可はひとつも得られていない。

「奥の部屋の金庫に口径九ミリのオートマティックが一挺ある」野田がいいそえた。

「違法な銃か?」

野田は苛立ちに眉をつりあげた。「当然だ。つかうか?」

「選択の余地はないも同然じゃないか」わたしはいった。

ジョージがいった。「ぼくはどうすればいい?」

「おまえは村に一歩も足を踏み入れていない」

ジョージはまず安堵《あんど》の顔を見せ、ついでうしろめたい顔になった。

わたしたちは残っていた酒を飲み、追加注文をした。酒を飲むための猪口は美濃《みの》の織部焼《おりべやき》スタイルだった——白い粘土に緑と黒の釉薬《うわぐすり》で模様を描いて焼きあげた陶器だ。

野田がわたしにいった。「あとひとつだけ。今夜、きみはあのホテルにもどらないほうがいい」

「そこまで危険なのか?」

野田はうなずいた。「おれたちはこれから毎晩、泊まる場所を変えるんだ」

「おれたち?」

「そうだ。だれかに連絡して、必要な品はオフィスへ運ばせよう」

「ジーザス」ジョージがいつしか英語モードにもどっていたことが、驚いた気分を強調していた。

「今度の件では、おれの力不足だった」野田はいった。「すまない。大失敗だ」

第六日
ブラック・マリリン

49

ジョージはタクシーで帰宅し、野田とわたしは近所の終夜営業のコンビニエンスストアで必要な品を調達したのち、〈金剛〉に近い商人宿の隣りあった部屋をとった。風呂にはいって歯を磨き、かびくさい布団にもぐりこむと、たちまちずいぶん長いこと先送りにしてきた眠りへと引きこまれていった。夢にはダークスーツと黒いコート姿のアジア人の男たちがうじゃうじゃ出てきた。男たちは街灯に寄りかかって、曾我十条で発行されている日本語の新聞を読んでいた。そばを若い女子学生たちが通りかかると、新聞の見出しから大きな漢字がタランチュラのように飛びだして、女子学生の喉笛を狙った。

ひとりの女子学生の体が変形してジェニーになったところで、わたしは飛び起きた。心臓が激しい鼓動を搏《う》ち、思いはわが娘とその新しい護衛役たちへむかった。

《彼らは四人ひと組で行動する》

結局そのあとはもう眠れず、わたしは午前六時ごろに野田が泊まっている部屋のドアの下にメモを差し入れて、近所の喫茶店でコロンビアブレンドのコーヒーをちびちび飲み、娘ジェニーのことを思いながら待っていた。娘が恋しかった。そばかすの散った顔とピッグテールの髪をたまらなく目にしたかった。それに電話もしなくてはならなかった。まめに電話をかけると約束したのに、いろいろな事件やサンフランシスコ市警察とＦＢＩのあいだのコミュニケーションラインに出没したグレムリンがわたしたちを妨害していた。わが思いはくりかえし、父親のわたしの不在が長引くことでジェニーがこうむるかもしれない影響におよんだ。

一時間後に野田がやってきて軽い朝食をとったあと、わたしたちは別々のタクシーに乗って反対方向をめざした。ブローディ・セキュリティ社へむかいながら、わたしはレンナ警部補に連絡をとるのを忘れないことと自分にいいきかせた。あの男のことだから、わたしから連絡があるまでじっと耐えているだろうが、いまごろはプレッシャーで汗をかいているはずだ。太平洋の反対側にいても、サンフランシスコで高まる緊張が感じとれた。レンナにしても、確固たる事実の裏づけがなくては永遠に耐えられるはずもない。わたしにしてもレンナに提供できるような確たる事実のもちあわせがあるわけではないが、レンナのチームよりは多くの材料を掘りだしたことは賭けてもいい。

会社につくと、スタッフたちが出勤してくるところだった。ジョージの顔はまだなかったが、ほかの面々は出社している。一日の活動がはじまる雰囲気のなか、波越融と川崎真理のふたりがキーボードを打ち、高い場所にとりつけてあるテレビは無音のまま、パキスタンの市場における爆弾テロ事件を報じるCNNのニュース映像を流していた。わたしは部屋の隅にある自分のスーツケースにこっそり目をむけた。

「調子はどうだ?」わたしは若いふたりにたずねた。

融はスクリーンからちらりと目をあげた。「ゆうべ、例の〝黒帽子屋《ブラック・ハッター》〟が遊びに出てきたんで、ぼくたちでプログラムにくっつくコードみたいに追いかけた」

「向こうに気づかれたか?」

「そこまで間抜けじゃない。そちらの調査は進んだ?」

「あっちで少し、こっちでちょっとずつ――ただし、どれもきわめて危険だ。きみたちの調べでなにか確たる事実がわかったら――ネットのアドレスでもサイトでもなんでもいい――すぐに知らせてほしい。そういった情報が切実に必要だ」

融はわたしを数秒ほどまじまじと見つめたのち、視線をコンピューターへもどした。「わかった」

わたしは礼をいい、自分の専用オフィスにむかった。デスクの上に、野田が約束した武器がおいてあった。その口径九ミリの拳銃を、着ていたウィンドブレーカーのサイドポケットに滑りこませる。ブローディ・セキュリティ社の代表者である関係上、わたしには政府主催の銃器関係の講座を受講する義務があった。受講後の試験は抜群の成績で合格し、指導教官はわたしに天性の才があると話した。とはいえ未登録銃器を所持しているところを逮捕されれば、試験に合格したことなどいっさい関係なくなるのは当然の話だ。

楢崎がノックして、ドアを細くあけた。「きみが出社してくるちょっと前に、ケイくんから電話があったぞ」と野田のことを愛称でいいながら、一瞬前まで拳銃が置かれていた場所へ心もとなげな目をむける。「ああ、銃を見つけたんだね」

「おかげさまで」

「すまないね、ブローディ。この一件がこんなふうに爆発するとは予想もしていなかった」

「父だってそれなりにトラブルとめぐりあっていたはずです」

「トラブルはね。でも今回の事件のようなものにはめぐりあっていなかった。とにかく外を出歩かないように。野田がきみの背後に目を光らせることになってる」

デスクにはレンナからの三回にわたるメッセージと、店のスタッフであるエイバーズからのメッセージがひとつ残されていた。まず警察署のレンナの直通番号に電話をかけたが、留守番電話につながっただけだった。三度のメッセージのあげく連絡不可能。あまりいい展開ではない。

エイバーズがメッセージを残してからまだ一時間もたっていなかった。ジェニーと話をしたというメッセージだ。わたしはサンフランシスコの店に電話をかけた。

「はい、〈ブローディ・アンティーク〉。スタッフのビル・エイバーズです」

わたしはいった。「約束もろくに守らないその店の主人はいまどこにいる？」

「そいつはいまいちばん流行中の質問だ。だれもがあんたをさがしてる——レンナ警部補、ジェニー、ついでにＡＢＣのリポーター。リポーターは新人だぞ。髪はブロンド、瞳はブルーグリーン。こっちはブロンドの髪が大好きだ」

「ジェニーのようすは？」

「こっちでも今度の事件がますますホットになってるのかい？　あの警部補ときたら五、六回は電話をかけてきたぞ。東京に電話をかけても、あんたがつからまらないといって」

「頼むからジェニーのことを教えてくれ」

「娘さんは警部補の家族と、妙にごっつい感じの〝メイド〟といっしょに店に来たよ。ジェニーは事件のことを知らないんだな？」

「ああ、なにも知らない。ジェニーがあっちでどんなようすかを知らないか？」

「ずっと家のなかに閉じこめられてて、あのままじゃおかしくなりそうだった。そこでミリアムがジェニーと自分の子供たちを映画に連れてったそうだ。いや、心配いらない。映画館の外に覆面パトカーがいた。それに——おっと。これはこれは、なにが駆け寄ってきたかと思ったら。いまおれのすぐ右でぴょんぴょん跳ねてるのはなんという生き物かな？　いったいきみはどこから来たんだい、きんぽうげ《バターカップ》ちゃん？」

エイバーズが受話器をわたすと、息せききった声がきこえてきた。「父さん？」

きき慣れた子供っぽい巻き舌の言葉が耳に届くなり、わたしの全身をぬくもりの波が駆け抜けた。権力ブローカーの児澤や高級官僚の手島とやたらにお辞儀をしあったあとでは、愛娘《まなむすめ》の声をきくだけのひとときが世界で最高の恵みにも思えた。

「やあ、ジェニー。父さんもおまえに電話しようとしていたよ。元気でやってるか？」

「うん。まあまあ」

ジェニーがなにを話そうとも、こうして声をきけるかぎりほとんど問題ではなかった。ほとんど。「おやおや、答えは〝うん〟だけかい？　秘密の隠れ家で好きなだけ朝寝坊ができるんだぞ。それならすごく楽しいはずだぞ」

「最初は楽しかった。でもいまじゃ退屈。学校へは行けないし父さんはいないし。クリスティーンとジョーイとミセス・クーパーの三人とで、ありったけのゲームを何万回も何億回もやっちゃったし。そうだ、これまでで最高のジョークのことは考えた？　ほら、〝ミルクがどんどん出てくるお菓子はなーんだ？〟っていうジョーク」

「もちろん考えたさ」

その言葉に嘘《うそ》はなかったが、ジェニーの考えているような意味ではなかった。

「じゃ答えもわかった？」

「イタリアの特製ミルクスイーツだろう？　ミルクだけじゃなくて、ジェラートだって出てきそうだ」

ジェニーがくすくす笑うと、また体にぬくもりが満ちてきた。「はずれ」

「じゃあ……ミルクプリン？」

「またはずれ。いつ帰ってくるの？」

「もういつでも帰れるさ」

「そっちにはナイフをもった中国人の男の人はいる？」

「日本だよ、ジェニー。父さんがいるのは日本、おまえの母さんの生まれ故郷だ」

「で……そういう男の人はいる？」

なかなか答えにくい質問を投げつけてくる娘だ。「ああ、手ごわいやつらはいるさ。でも、おまえの父さんだってかなり手ごわい男だぞ」

「じゃ、そういう人たちに気をつけてくれる？」

「わかった」

ジェニーの声がささやきにまで低くなった——受話器の送話口に手をかぶせて、声が外へ洩《も》れないようにしているにちがいない。「ミズ・クーパーはほんとは警察の人。みんなはわたしが気づいてないと思ってるけど、わたしは知ってる。あの人、いまはお店にいるの。わたしが泊まってる家のメイドのふりしてる。でも、ハンドバッグに警察のバッジがあるのが見えちゃった」

立派なものだ。六歳児に正体を見破られるとは。そんな女性警官がどれほど優秀になれるものか。わたしの不安レベルが一段階跳ねあがった。

「父さんもその人のことは知ってる。みんなを助けるためにいるんだよ」

ジェニーがふっと黙りこんだ。「だったら、だれが父さんのまわりに目をくばってくれてるの？」

「ブローディ・セキュリティ社のみんなだよ。ミスター野田やジョージ。おまえも知ってる人たちだ」

「父さんはすごく大変なトラブルに巻きこまれてるんじゃないの？」

わたしにどう答えられただろう？　嘘は避けたかったが、ジェニーの不安レベルはすでに健全値の範囲を大きく超えている。「たしかに予想よりは面倒になってるかな。でも、父さんのまわりにはプロの人がいっぱいいるんだよ、ジェン。それにいいニュースもある——母さんのことが、前よりいろいろわかってきたんだ。だからおまえは警察の女の人に見守ってもらい、父さんはこのまま友だちに見守ってもらう——いいね？」

「ぜんぜんよくない。警察の女の人は最低。**さいってい**。わたしにバッジが見えたんだから、だれにだって見えたに決まってる。父さんの友だちもあんなふうに最低だったらどうするの？」

ジェニーがいきなりカウンターに受話器を叩《たた》きつけて走りだした——嗚咽《おえつ》の声が遠くまで娘のあとにたなびいていた。わたしは内心で自分を蹴り飛ばした。単純な公式だった——ジェニーは父親であるわたしが危険にさらされているとき、自分も危険にさらされていると感じる。わたしはそれを知っていながら、娘の不安をなだめるはずだと思った言葉の効果を見誤ってしまったのだ。ジェニーの泣き声が号泣に変わった。その疳高《かんだか》い嘆きの声は、わたしの内面のある部分——これまで痛むことはないと思っていた部分——をずたずたに抉《えぐ》ってきた。エイバーズがジェニーをなだめようとして、その思いを果たせていないようすがきこえてきた。

ジェニーの願いは楽しい家庭、それだけだ。安全な巣。しかし世界はジェニーに理解できない流儀で、ひたすらまわりつづけている。ジェニーは家にとどまれとわたしに懇願した。これまでで最高のジョークの話もした。全身全霊で耐えようとしていた。おなじような不安が娘のちっちゃいひたいを曇らせたときのことを思い返す。これまでは、わたしがじかに不安をなだめる言葉をかけ、その場で娘を抱きしめた。今回はこれまで以上に困難な仕事であり、危険度も大幅に高く、おまけにジェニーから一万キロ近くも離れている。わたしはため息をつき、もっと大きな真実にむきなおった。なんとかしてジェニーに長つづきする安心感を与えられる手だてを考えださなくては。考えだせなかったら、父がはじめたこの会社をあきらめるほかはない。電話の反対側の遠くから、エイバーズがあの手この手でジェニーの恐怖をなだめようとしているようすが伝わってきたが、ジェニーは容易にはなだめられなかった。わたしは自分で自分を叱りつけて身をすくませながら、受話器を電話機本体にもどした。

ジャパンタウン事件は、いまやわたしの生活のあらゆる側面に滲《し》みこんでいたし、いまではわたしもこれ以上どこまでもちこたえていられるかという疑問を——あるいは、これ以上どこまで娘を犠牲にしていられるのかという疑問を――いだくようになっていた。今回の出来事で、いやというほど覚えのある鐘の音が鳴りわたりはじめた。長らく忘れていた記憶が泡になって水面に浮かんできた。わが両親がいつものように口論し、母が最後通牒《つうちょう》をつきつけていた場面の記憶だ。

「選んでよ、ジェイク。仕事と家庭のどちらかを選んで。さあ、選ぶの！」

「いくらいわれても無理なものは無理だ」父はそう答えていた。「会社はわたしが一から築いた。そう、きみたちのためにね」

「そうはいっても、わたしたちだってこの家庭を〝築いた〟のよ。いっしょに。でも、いまその家庭は崩壊寸前。じゃ、ほんとに崩れるのはどっち？」

ブローディ・セキュリティ社はかつて父ジェイクから母を遠ざけたが、おなじように今度はわたしからジェニーを遠ざけてしまうのか？　このままわたしが父の会社にしがみついていれば、否応もなく娘に回復不可能な心の深い傷を負わせてしまうのか？　あるいは……もっと悲惨な結果になるのか。

恐怖に誘発された娘の癇癪《かんしゃく》という、こんがらがった謎をときほぐそうとしつつ、レンナ警部補に連絡をとろうと電話に手を伸ばしかけたとき、テレビの画面がわたしの注意をとらえた。画面を満たすゴールデンゲート・ブリッジの映像に《**血の惨劇――ふたたび**》というキャプションが重ねられていた。

わたしはメインオフィスへ走りでると、リモコンをつかんでボタンを押し、音量をあげた。だれもがテレビに顔をむけた。ときおり見かけるサンフランシスコの地元リポーターがカメラにむかって息せき切って語りかけ、その背後に、何台もの救急車やパトカーが猛スピードで走っていく映像が流されている。サンフランシスコの現地時間でゆうべの夜遅く――わたしが緋《ひ》色の客間で児澤吾郎と〝猫と鼠《ねずみ》のゲーム〟に興じていたころ――観光名所のひとつ、ギラデリ・スクエア近くでドイツ人一家が射殺されたという。

今回の被害者は母親と父親、そして十一歳の息子だった。

わたしがこれまで学んだことすべてに照らして判断すれば、この二番めの銃撃事件は曾我の犯行ではない。ジャパンタウン事件が呼び水になった模倣犯の犯行だ。しかし、たとえ模倣犯による犯行であれ、ブローディ・セキュリティ社がすぐにでも証拠をつかまなくては、この新たな凶行がおよぼす影響にレンナが耐えられなくなるだろう。

レンナだけではなく、わたしたちの全員が耐えられないかもしれない。

50

次に電話をかけたとき、レンナは市役所の役人たちとの緊急会議とやらでドアの閉まった会議室に閉じこめられていた。わたしは電話に出た刑事に、レンナへの緊急の要請を伝えた——以前、美恵子の叔父《おじ》が所有していた自動車のディーラーシップを買い入れた人物について調べてほしい、これは曾我への仕事の発注者が残した手がかりなので、できれば追ってほしい、という内容だった。

電話を切ってから、わたしはアドレス帳をスクロールさせて毎日新聞社の番号をさがし、富田弘《とみたひろし》の直通番号に電話をかけた。富田は四十代なかばのジャーナリストであり、若いころには自由民主党の汚職政治家や悪辣《あくらつ》な不動産成金、メガバンクがひそかに資金を提供していた悪質な高利貸し業者などをペンの力で倒したこともある。三つめのスクープのあとで海外の報道関係者は、富田という苗字《みょうじ》とトンプソン・サブマシンガンの愛称をアレンジして〝トミーガン〟と呼ぶようになった。

「トミーか?」わたしは愛称で呼びかけた。「ブローディだ」

「ブローディさん、ひさしぶり」富田は日本語で挨拶した。

「一年以上のごぶさただったね。聞屋《ブンヤ》稼業はどんな調子だ？」

「八月の東京なみに退屈だよ。きょうはまたどうして？」

「じつは原克之とタックQX社について教えてほしいことがあってね」

富田の声がすっと冷たくなった。「おれに話すのは筋ちがいだ。おれはその手のニュースの担当じゃない」

「でも――」

「いまおれが担当してるのは驚異的な新型モノレールの記事だ。ウルトラモダンなデザインでね。世界最高水準のテクノロジー。そりゃもう、すンばらしい乗りもんだ」

いかにも熱をこめて話しているその口調が演技であることは見えすいていた。

「トミー？」

「すまんな、ブローディ。ところでジェニーちゃんは元気か？」

「元気だ」わたしは平板な声で答え、話の先を待った。

「おれがよろしくいってたと伝えてくれ。この次おまえが出張で日本に来て、そのとき時間があれば会おうじゃないか。サヨナラ」

通話が切れ、きこえるのは発信音だけになった。いずれにしても、これ以上あからさまなシグナルを送ることはできないだろう。

受話器をもどすと、わたしは後頭部で両手を組みあわせて椅子に体をあずけ、フレームにはいったジェニーの写真や、父の形見である備前焼《びぜんやき》の徳利《とっくり》と短い日本刀をながめ、ロサンジェルス市警察時代に父が射撃コンテストで獲得した優勝トロフィーをながめた。それから天井に視線をさまよわせて考えごとにふける。十分後、真理が一本の外線をまわしてきた。受話器を耳にあてると富田の声がこういった。

「おいおい。猿の脳みそ男、おれを馘《くび》にしたいのか？」

「そっちが話を出したからきくが、なんでまだ会社から蹴りだされてない？」

「おまえがこの先も会社の番号あての電話でヤバい質問をしたら。それが現実になるかもな。あの電話はモニターされてるんだ」

「でも、前は問題にならなかったじゃないか」

「いまは問題なんだ。ところで将棋《しょうぎ》は好きか？」

将棋はしばしば〝日本のチェス〟と形容される伝統的なボードゲームである。縦横各九枡《ます》、合計で八十一の枡があるニスを塗られた木製のチェッカーボードの上で、双方が先のとがった五角形の木片を動かす。駒と呼ばれるこの木片は、敵にとられたり生まれ変わったり、移動したりし、最終的に〝王将〟の駒の進退がきわまったところで勝負がつく。

「これまで学ぶ時間がなくてね」

「時間をつくれ。池袋の西口公園。ひとりで来い。尾行されるなよ――わかったな？」

「わかった」

「いいや、まだわかってない。半分も」


このときも野田とわたしは二台のタクシーに分乗して、反対方向をめざした。そして今回は野田を乗せたタクシーが大回りをして、わたしのタクシーの二百メートル弱後方についた。携帯電話で連絡をとりつつ、わたしは池袋駅の西口に――神のお望みどおりに尾行されない状態で――到着した。富田がなにを伝えようとしているのかと首をひねりながら。

わたしは運転手に料金を支払うと、駅の出口から吐きだされてくる大勢の人の群れのなかにすばやく溶けこんだ。野田も背後のどこかにいるはずだ。携帯電話は静かなまま——つまりわたしが怪しい人影を引き寄せてはいないということだ。

西口公園は、その人畜無害な名前のとおりの公園だ——東京都心の北端にあるターミナル駅の池袋駅の西側に隣接している。公園そのものはタイルが敷かれた公共広場といったつくりで、そこかしこにオブジェが配され、屋外ステージがあるほか、東京芸術劇場もここにある。地上九階建ての劇場の建物には、巨大な立方体をざっくり斜めに断ち切ったような形の広大な吹き抜けロビーがあった。

以前ロサンジェルスに住んでいたとき近所の通りを歩きはじめる前にやっていたように、いまもわたしの目は反射的に周囲を薙《な》ぐように見わたしていき、物陰や暗がりを残らず穿鑿《せんさく》したり、公園利用者の小グループをひとつずつ吟味したりしながら、眉を寄せてわたしに目をむけている者はいないか、こっそり視線を飛ばしている者はいないか、それ以外にも社会で正常とみなされている雰囲気のなかに小さな空気の乱れの波はないか、と調べていた。異状はないように思えた。公園の南側にある栄養不良のポプラの木立のなかに、ホームレスたちがたむろしていた。ラジカセやギターをもったティーンエイジャーたちが公園の屋外ステージに陣取っていた。すぐ近くでは、ひっくりかえしたプラスティックのビールケースに折り畳み式の将棋盤が置いてあるコーナーがあった。それぞれの前にある風呂屋の腰かけにすわり、背中を丸めて将棋盤に顔を近づけているのは、痩せぎすの教授風の男やタクシーの運転手や年金生活者たちで、そのだれもが将棋の駒を戦闘の場へと進める戦術に夢中になっていた。危険を感じさせる者はいなかったし、周囲とそぐわない者や場ちがいに見える者もいなかった。

人ごみに視線を走らせて富田をさがしながら、わたしは将棋指しのあつまっている一角にさらに近づいた。富田記者の姿はなかった。将棋盤のあつまっているコーナーを二度めに通り抜けようとしたとき、銀髪に読売ジャイアンツの野球帽をかぶっている老人から声をかけられた。

「あんたは将棋ができるのかい、外人《ガイジン》さん？」

外国人にむけられる名誉の称号だ。わたしはうめき声をあげた。つまり、あの手の連中のひとりだ。いまいちばん歓迎できない。

「いや、できないよ」

「できるとも。さあ、すわって」

なるほど。トミーこと富田から送りこまれた者にちがいない。そうでなければ、外人の将棋指しを好んで引きこもうとするわけがない。わたしは黄色い風呂屋の腰かけにすわった。老人が駒を動かした。

「さあ、そっちの番だ」対戦相手の老人はいった。

わたしは周囲に視線を飛ばして富田をさがしながら、適当な駒を前へ進めた。

「こうするんだ」老人はいった。「手首をひねる――わかるな？　駒を一気に叩きおろす――男らしく」喧嘩腰《けんかごし》で、口うるさい雰囲気だ。いったい富田はどこにいる？　わたしは老人のしぐさを真似《まね》して、二手めを打った。

「どうしようもない下手くそだな、ブローディさん。おれなら十秒でおまえに勝てるね」そう話した相手の声からは老人ならではのしゃがれた響きが消え、もっと澄んだ声になっていた。

わたしは顔をあげないまま盤面の向こう側にいる男に視線を飛ばした。ごま塩頭のウィッグとおよそ三十年相当の老けメイクの奥に、富田記者の顔が見てとれた。わたしは驚きを顔に出さないように努めたが、この変身ぶりにはうそ寒いものを感じた。これでは東京駅で富田記者と鉢あわせしても、相手が富田だとはわからなかっただろう。このときもわたしは、とんでもなく深入りしてしまった気分に駆られた。わたしが相手の正体を察したのは富田の声があってこそだし、それだって富田本人が老人の演技を中断し、わざとわたしにきかせた声だ。

「いいぞ」富田はいった。「こっちを見るな。おれのあとから駒を動かしていればいいし、どう動かしてもかまわない。どうせ遠くからは普通に見えるはずだ。ただし顔を伏せたまま、唇の動きは最小限にしろ。できるか？」

「ああ」わたしは自分の単純な質問から、どうしてここまで手のこんだ策略が生まれたのかと首をひねりながらいった。「しかし、いったいなんの騒ぎだ？」

「おまえさんは、たまたま今年いちばんホットな問題について質問しただけだ」

「たしかに中村一家の殺害事件がビッグニュースなのはわかる。でも――」

「そっちじゃない。原のほうだ。原については報道規制が敷かれてる。殺人事件以外のすべての側面でね」

「な、なんだって？」

「きこえてたんだろう？」

「知っていることを教えてくれ」わたしはいった。

「駒を動かせ。勝負しないのなら席をあけなくてはならない。それが公園のルールだ」

わたしはこれまでよりも自信に満ちた手つきで、駒と呼ばれる木片を前へ進めた。事件で感じた原の悲しみは新聞各紙の一面で報じられていたし、いまもトップ記事のネタになりつづけている。富田は過剰反応しているだけにちがいない。

「知っていることを教えてくれ」わたしはくりかえした。「とりわけテックＱＸ社のことを」

「あれか？　ああ、おれも察して当然だったな」

「話してくれ、トミー」

「まず最初にいっておく」

富田はそういうとポケットから携帯電話をとりだし、将棋盤のへりに寄せて置いた。

「いまもおれの仲間が公園じゅうで目を光らせてる。だれかが近づいてきたら、この電話が一回だけ鳴る。二回だったら、やつらがすばやく近づいているという合図。そうなったらすぐに逃げろ。いちばんいいのは南側だ。おまえのすぐうしろの階段を降りたら、右に曲がって商店街を走り抜けろ」

「なにをいうかと思えば」

四肢からすべての感覚が消えていった。わたしはいきなり曾我の村に逆もどりしていた——暗闇で亡霊が浮かんで踊り、一歩一歩がすべてリスクに変わる。こんなことにあとどれくらい耐えられるのか、見当もつかなかった。

落ち着かない気分になり、富田の仲間たちにまったく気づかなかった自分を静かに呪いつつ、わたしはいった。「で、これはどういうことだ？」

「新大久保の三人殺しの事件以来なかったような報道規制だ。なにか知ってるのなら教えてほしい」

「いまはそっちが話す番だぞ。わたしにもなにがどうなっているのかがわかったら、そのうえで知ってることを教えるさ」わたしはいった。

「おまえのもっている情報を先にくれ」富田は日本語でいった。

「時間がない。こっちも何者かに背中から動きを見張られてる。こうして話しているあいだにも」

「じゃ、もう連中に目をつけられてる？」

「大注目をあつめてるよ。まず背景を教えてくれ。そのあと、こっちが知っていることを全部話そう。

それでいいな?」わたしはいった。

　富田はわたしの焦りを察したようだ。「それでいい。だが、くれぐれも気をつけろ。強大な圧力だ。原に肩入れする記事は軒なみつぶされる。スキャンダルならOKだ。例の一家だって、殺される前にはいろんなスキャンダルが紙面に出ていたんだから」

「なにが起こってて、裏にだれがいる?」

「推測をめぐらせても無意味だよ、ブローディさん。ただ最上層部といっておけば、当たらずとも遠からずだ」

「仲間が見張ってると話してたな。どういった連中なんだ?」

「おれみたいな記者連中だ。こうやっておたがい力を貸しあってる。いまだれが公園を歩いて通り抜けようとしていて、だれが公園にとどまっているのかもおれたちが把握してる。だれかが意図をもって広場を横切ってくれれば、すぐにそれとわかるんだ」

「じゃ、前にもこういったことの経験があるんだな?」

「今回の件では初めてだが、負けないくらい扱いに慎重を要する事件のときにね。いまこの件の記事を書けば、おれはたちまち失業だ。掲載させるには、印刷に横槍《よこやり》がはいらないタイミングを見はからう必要がある――でなけりゃ、だれも知らない僻地《へきち》に飛ばされて、桜前線の記事を書かされるのがおちだ」

「テックQX社。この会社のことが知りたい」

「ふたりの若き天才がつくった台湾に本社のある企業だ。ひとりはイスラエルで教育をうけたアメリカ人のコンピューター専門家で、もうひとりはスタンフォードに学んだ台湾人のソフトウエア・エンジニアだ。ふたりはいくつもの点でマイクロチップを進化させた。取得した特許を積み重ねれば富士山を越える高さになる。それから噂《うわさ》が流れはじめた。彼らはもうじき次世代マイクロチップの開発に成功するし、それぱかりかマイクロプロセッサー設計に革命をもたらす、という噂だよ。コンピューターの未来、ワイヤレス技術、そしてありとあらゆるものの〝スマート化〟。パチンコの大当たりだ。ダブルフラワー・ジャックポット。つづいて獲得戦争が勃発した。中国、オランダ、そして韓国の三つの財閥が参戦してきた。おまえの国からはインテルが競争をリードしてる。しかしおれたち日本も最大のキャンペーンを打っているところだ――で、おまえが登場してきたのは、そのあたりのからみだな？」

財閥というのは、親族が独占している韓国のコングロマリットだ。ビッグ5《ファイブ》と呼ばれる五大財閥が韓国の国内市場を支配している。

「まあ、通りすがりだ。じゃ、東京の政府が深くからんでいる？」

「政府は〈鉄の三角〉の承認を得て、全力で動いてる」

「まちがいないか？」

「ゴシップこそわが商売だよ、ブローディさん」

日本の〈鉄の三角〉とは実業家と官僚と政治家それぞれの最上層の面々によって形成された、相互の依存関係を基盤とする秘密のネットワークである。中央官庁の役人と政治家は〈三角〉所属の大企業グループの求めを満たすような法律をつくったり予算をつけたりし、企業側は多額の選挙資金の寄付のかたちで政治家たちに返礼し、役人たちには旨味《うまみ》たっぷりの天下り先を用意する。

「なるほど。遺憾だな。で、勝つのはだれだ？」

「試合はまだおわってない。台湾政府が介入して自国企業の国内囲いこみを目指すという噂もあれば、〈鉄の三角〉がテクノロジーを共同所有するという約束のもと、韓国財閥を買収するという噂も流れていて、韓国人はこれに怒ってる。いまのところいちばん勝者になりそうなのが中国人と韓国人、それに日本人。日本勢の顔ぶれでは、原のコンプテル・ニッポン社、NEC、富士通、それに東芝といったあたりがリードしている情勢だね」

すばらしい。わたしはジャパンタウン事件の犯人として曾我への仕事発注元をさがしていたが、たったいま富田は容疑者リストにアジアの大半を追加してくれたのだ。

「この件で日本企業はそれぞれ協力していないのか？」わたしはたずねた。「テクノロジーを確実に手に入れるためなら、日本の企業はいつも情報だのなんだのを共有して戦うじゃないか」

「ああ、そうしてるよ。官庁サイドの圧力でね。しかし、原は裏切って抜け駆けをした。あの男は中央省庁やそのさまざまな規制ばかりか、制度そのものをまるっきり歯牙にもかけていない。原はこのテクノロジーこそ未来だと確信している――いや、そこまでいかずとも、これから数十年間のグローバルなテレコミュニケーションの世界というジグソーパズルの最大のピースだと考えているんだ。アメリカ人やオランダ人はそんなふうに考えてはいない。あの連中にはほかの選択肢もある」

原はこれまで一貫して先駆者だった――勝ち目がほとんどなくても立ちあがり、既存の企業がつくるいわゆる〝日本株式会社〟と塹壕戦《ざんごうせん》で戦ってきた。一般庶民にとって原は規範とするべき民間の英雄だが、既存の権力層は原の一匹狼《いっぴきおおかみ》戦法を憎んでいた。

「どの見方が正解なんだ？」

「それはどうでもいい。というのも台湾政府の介入がないとすれば、いつ取引がおわってもおかしくないんでね」

「どこが勝つ？」

「原のコンプテル・ニッポン社」

ひとり抜け駆けでテックQX社獲得に動きだした瞬間から、原には多大なプレッシャーがかかっていたにちがいない。競争相手の他企業からの圧力ばかりか、日本政府もまた原に圧力をかけた。富田によれば、原は近づいてくる者を残らず門前払いしていたという。また娘のリッツァによれば、原は台湾のこのマイクロチップ企業に魅せられたときからボディガードをつけはじめたという。

「つまりだれが話し相手かによって、原は風雲児でもあり逸脱者でもあるわけだね」

「おれの情報源によれば、日本の中央省庁は怒り狂っているらしい。口から泡をふかんばかりにね」

原はみずからの属する一族や十指にあまる競争相手の意向を踏みにじって、ひとり叛旗《はんき》をひるがえした。そのうちのだれかが原に曾我をけしかけた。しかし彼らは、いまも原を生かしておくことを選んだ。なぜか？

「テックQX社の将来の収益を予測した者はいるのか？」

「十年以内に年間の企業収益は、二十億から五十億アメリカドルのあいだになると見られてる」

動機となるには充分すぎるほどだ。「しかし、原についての報道規制がだれの差し金かはわからないんだね？」

「わからないよ、ブローディさん。すまない」

「あんな真似をするほど原を憎んでいるのがだれなのか……」

「家族を皆殺しにするほどの憎しみ？　おれにはわからんが、おまえさんはそれを追ってるんだろう？」

「その件を考えてはいる――それだけだ。役に立つ話をありがとう、富田。もし公《おおやけ》になればスクープ記事になる情報という借りができたね」

「〝もし〟じゃなくて、〝いずれ〟といってほしいな。そっちの話の味見をさせてくれないか？　おまえが原の依頼で仕事をしているという噂を小耳にはさんだぞ」

話が広まっていたようだ。「他言無用にできるか？」

「当たり前だよ」富田は日本語でいった。

「その噂は本当さ」

富田はにやりと笑った。「おまえもなかなかやるな、ブローディ。またちょくちょく話そう。いいな？とにかく原には気をつけろ。油断していると火傷《やけど》をするぞ」

「最後にもうひとつだけ質問させてくれ」わたしはいった。「児澤吾郎についてはなにを知ってる？」

富田の目がぎらりと光った。「あいつもからんでるのか？」

わたしは口を閉ざしたままだった。それだけで富田にはメッセージが伝わった。

「児澤は日本語でいう〝腹黒い〟男だよ。児澤と交渉するのなら、くれぐれも背中とポケットの財布に気をつけ、あの蛇男の言葉をひとことも信用しないことが肝心だ」

高まる緊張で、わたしの胃の皺《しわ》が深くなった。わたしに仕事を依頼した原はいまではわたしを倒そうとしているうえに、いま富田はわたしがいちばん最近手を組んだ相手はさらに狡猾《こうかつ》だと話しているのだ。

富田の携帯電話の着信音が一回だけ鳴った。次の瞬間、小さなディスプレイに日本語の短い単語が下からスクロールでせりあがってきた。《逃げろ！》

「トラブル発生だ」富田がいった。

ついで、携帯電話がふたたび鳴った。

「行け！　いますぐここから立ち去るんだ、ブローディ。いますぐ！」

わたしは先ほど富田が話していた商店街へむかって全力で走った。ずっと右のほうで何者かがあわただしく動いているのが、視野のいちばん隅に見えた。わたしを襲撃しようとした連中が二十メートル弱後方にいて、距離を詰めてきていた。巨大な羽音が響きわたると同時に鳩《はと》の群れがいっせいに空へ舞いあがった。ふたりの男が鳩の群れを突っ切って、まっすぐわたしに迫ってきた。

わたしは走るスピードをあげた。背後から歩道に響く足音がきこえる。携帯電話が鳴った。野田もまた追撃者たちを目にしていたが、一歩遅れをとっていた。

商店街は歩行者でごったがえしていた。顔をうしろへめぐらせる。三人めの男が追撃チームにくわわっていた——最初のふたりの数メートル前を走り、わたしが人ごみをかきわけてつくった空間を利用している。わたしまで三メートル弱に迫ったところで、男が銃を抜いた。狙いをつけた。わたしは一気に左へそれた。ブティックの買物袋を腕にかけて、わたしにむかって歩いていた女性がいきなり倒れこんだ。銃声はきこえなかったし、傷も見当たらなかった。

わたしは走りつづけた。

野田はもう近くにいて近づいているところだろう——もしわたしを見失っていなければ。あと数秒もすれば、うしろのふたりもわたしに追いつく。三人をひとりで相手にしなくてはならないのは、いささか荷が重い。

わたしは左の路地に飛びこみ、さらに建物と建物のあいだのクレヴァスのような細い隙間に体を押しこめた。銃をもった男が隙間の前を駆け抜けていった。わたしはすかさず隙間から身を躍らせ、九ミリの拳銃を男の頭にふりおろした。衝撃で男が体をふたつに折って倒れた。わたしは走りつづけた。ふたりの男も進路を変えて路地に駆けこみ、倒れている仲間をジャンプで飛び越えた。わたしはすばやく右にそれ、グレイのスーツを着たふたりの男をかきわけて走った。追撃者たちが迫ってきた。ふたりが銃をとりだした。わたしはジグザグに走った。わたしのほうへ歩いていたひとりの歩行者が、いきなり白目を剝《む》きだしてくずおれた。このときにも音はまったくきこえず、銃創も見当たらなかった。あいつらはなにを撃っているのか？

　またしても右に曲がると、一軒のラーメン屋の前に出た。店の裏口が、つい先ほど通った路地に面している。わたしは店内に飛びこみ、大きな丼からラーメンをすすっていた十人ばかりの客を驚かせつつ店を駆け抜けて裏口から飛びだした。それからおなじ一画を三周すると、追撃者たちの三十歩ほど背後にまわりこむことができた。今回の攻守逆転テクニックの実践に要したのは三十秒。もともとは中学校時代の友人が教えてくれたテクニック、ロサンジェルスのサウスセントラル地区ならではの、常識の裏をかくテクニックだ。ちなみにその友人はやがてちんけな犯罪者になり、いまはサンクェンティン刑務所で服役中である。

　ふたり組はさらに半ブロックほど進んでから、走るペースを落とした。ふたりの目がすばやく、しかし冷静に通行人の群れをスキャンしている。

　わたしは銃を左手に移動させた。

　ふたりの男が足をとめた。背の高いほうがなにか話し、頭だけをめぐらせて後方に視線を投げてきた。このときにはすでに男のすぐ背後に迫っていたわたしは、右の拳骨《げんこつ》を男の顔のまんなかに叩きこんだ。男が倒れた。追撃の相棒が体を半分ねじってふりかえった。わたしは日本語で「武器を捨てろ」といいながら、左手にもった拳銃を男の背骨のあたりに力いっぱい突き立てた。

　男の手から銃器が落ち、わたしはそれを歩道の先のほうへ蹴り飛ばした。

　すばやいペースで近づく別の足音が耳をついた。わたしはふりかえった。

　四人めの男が銃を抜いて走り、つい五メートル先まで迫ってきていた。

　野田が左側から男に不意討ちをくらわせた。ふたりはもつれあいながら倒れていき、鈍い音をたてて歩道に体を打ちつけた。野田が銃をもった男の目もとに肘打ちをくらわせた。男はぎゃっと悲鳴をあげて顔を手でかばった。

　わたしがとらえている男が身じろぎした。

「また動いたら、今度は引金を引くからな」

　とらえた男が軽蔑の目をわたしにむけた。わたしはその軽蔑が反抗へと成長しないうちに、拳銃で顔を横ざまに殴ってやった。男は歩道に倒れこんだ。

　野田はすでに立ちあがっていた。組みあっていた男のほうはぴくりとも動かない。

　まわりでは人々が怖がって店先に背中を押しつけ、わたしたちを遠巻きにしながら、地面に倒れている男たちの体やわたしたちの銃器に警戒の目をむけていた。二百メートル弱うしろに交番があった。だれかがこの騒ぎのことをすでに交番の警官に通報したか、もうすぐにも通報するにちがいない。いずれにしても、制服警官たちがまもなく現場に駆けつけてくることはまちがいなかった。

　野田がわたしの肘をぐいっとつかんで、現場から遠ざかる方向へ歩かせた。「いい勝ち方だったぞ」

「プロに褒められるのはいい気分だ」

　野田が眉を寄せた。「注意を欠かすな」

「もちろん。これはなんの騒ぎだった？」

　わたしたちは駅へむかう人の群れにさりげなく溶けこんだ。

「拉致未遂だ」

　拉致。その単語にわたしの胸の筋肉がこわばった。野田の友人のときとは異なり、今回曾我はわたしが東京を離れるのを待っているだけでは満足しなかった。わたしを策略で東京から連れだそうと試みることもせず、いきなり拉致という手段に訴えてきた——わたしの死体を東京以外のどこかに捨てるために。

「まちがいないな？」

「やつらが撃ったのは麻酔薬入りのダーツだ」

「なんで連中はこんなに死物狂いになっている？」

「おまえを一刻でも早く消したいからだ」野田はいった。「たぶんおれのことも。そのベレッタで撃ったのか？」

翻訳すれば——野田は銃器関連の法律を心配している。

「いや。しかし……」

「よし。それなら安全だ」

わたしはまじまじと野田を見た。「もちろん冗談だね」

51

野田とわたしは三人の警護スタッフをうしろにしたがえつつ、ブローディ・セキュリティ社のドアから社内に走りこんだ。社のあるビルの外の通りには三人の警護スタッフが立ち、さらに四人のスタッフがふたりのペアを組み、時間差でこのあたりを巡回している。渋谷にあるこの本社にもどるのに先だって、野田は事前に電話で本社にいる調査員たちに、万一曾我がわたしたちの本拠地近くで二度めの襲撃を試みた場合を想定して、近辺一帯の安全確保と危険を寄せつけない防御ゾーンの設置を依頼していたのだ。

わたしたちが入口から社内にはいっていくと、すぐに安堵《あんど》のささやき声が社内に広まっていった。

ついで窓のブラインドがおろされ、正面玄関のドアが内側から施錠され、さらにシャッターがおろされた。わたしが危機的情況にどう対応したかを調査員とサポートスタッフが話しているあいだ、ほかの面々がこっそりわたしのほうを見ていた。こそこそ品定めをされるのは苛立《いらだ》たしいが、この仕事にはつきものだ――わたしの仕事にも、彼らの仕事にもだ。

野田は楢崎とジョージのふたりに要旨説明《ブリーフィング》をおこなった――曾我の断固とした攻撃を妨げることはほぼ不可能といえる。曾我の連中はぎりぎりの瀬戸際になるまで、わたしのバックアップをつとめていた野田の目をすり抜けていた。わたしたちを救ったのは、トミーこと富田の仲間たちの尽力だった。曾我はジャーナリスト・チームの存在を予期していなかった――だから、そこに曾我が利用できるパターンが存在しなかった。たとえそうだったとしても、曾我村にいたときと同様、安全を確保できたのは秒単位で数えられるくらいの短時間だった。わたしはレンナに緊急コールをかけた――今回レンナ警部補は会議を中座して電話口に出てきた。わたしは池袋での襲撃について話し、ジェニーを護衛している警官たちによりいっそうの注意をうながすように頼み、自動車ディーラーシップの購入者を追跡してほしいと重ねて要請した。この一件の真相を結末からさかのぼってすべて解明するには、いまの時点ではディーラーシップの所有権移転についての事実をさぐりだし、手がかりにするしかない。

ひととおり話がおわってわたしのオフィスから外に出ると、だれもが波越融のコンピューターのまわりにあつまっていた。

「もうなんともないのか、ブローディ？」楢崎がたずねた。

「大丈夫です。お気づかいに感謝します」攻撃のあいだに奔流のように体内にあふれたアドレナリンの影響がまだ残っているのを感じつつ、わたしはいった。「で、いまここでなにをしてるんです？」

「融がちょっとした手がかりをつかんでね」

「ちょっとしたどころじゃない。ぼくたちはいまロックなみにノッてる。真理、作戦のベータバージョンに切り替えてくれ」

野田は融の肩をつかんだ。「ひとつでも名前が判明したか？」

「ノー」

「アドレスは？」

「なし」

「それじゃロックじゃない。おまえのやってるのはスローワルツだ」

両手の指がキーボードの上で舞い飛んだ。融は気むずかしい主任調査員の野田に不満そうな目をむけた。「もうすぐのはずなんだ」さらにいくつかのコマンドを打ちこんでから、楢崎にむきなおる。「ぼくたちはいま最後の勝負に備えてる。これまでやつの足どりを逆にたどってイスタンブール、モロッコ、ロンドン、マドリードを経由して、その先はニュージーランドとベルリンと香港、メキシコ、そしてアメリカはニューアリゾナまで。すっごい旅だったよ。ベルリンのデータグリッドがまたクールな雰囲気でね」

つんつん立てた髪を揺らしながら真理がうなずいた。「あなたにも見てもらいたかった。黄色と黒のクローム、それに虹色のフラクタルだったんです」そのとたん真理のスクリーンに警告のボックスが表示された。真理は返答を打ちこんだ。「警告《アラート》が出たわ」

「どんな種類？」

「ちょっと待って……」

融がいった。「見えた。あれはいったいなんだ？」

融のスクリーンに目もくらむほどの白い光が一面に爆発し、つづいてその白い平原の中央からいくつもの緑色の同心円が脈搏ちながら出てきた。その次には赤い波が融のスクリーンにあふれでてきた。

「わーお。緑のドーナツは知ってたけど、この赤いベビーは初めてお目にかかるな。真理、こっちの正体を隠すプログラムを走らせろ。こっちはサイト分析にかかる」そういってまたコマンドをいくつか打ちこむ。「こいつだ！　やつの尻尾《しっぽ》をつかんだ。ここが〝黒帽子屋《ブラック・ハッター》〟の根城だぞ。真理？」

「赤いのは敵の弾薬ね。緑はやつのファイアウォール。緑を突破……いま内部に侵入したわ」

「どうなった？」野田はたずねた。

融はスクリーン上のデジタル花火に目を釘《くぎ》づけにしてコマンドを打ちながら、肩をすくめて答えた。

「侵入するまではなんともいえない。こいつはタフなファイアウォールだ。一層じゃなくて側面にもある」

楢崎がいった。「ファイアウォールとはなにかね？」

「電子の世界のバリアです」真理が答えた。「システムを防御するためのセキュリティソフトウエア。サイトを守り、流入してくる情報パケットだのなんだのをスキャンしてます」

目にもとまらぬ速さで指を飛ばすように動かしながら、融はスクリーンにコマンドを散乱させた。次の瞬間、融のスクリーンがフリーズした——かと思いきや、たちまちまばゆく黄色い閃光《せんこう》が炸裂《さくれつ》してスクリーン一面に広がった。

融は派手な歓声をあげた。「やった、侵入できた！　クソ野郎に背乗り《ピギーバック》してやったぞ」

それから融は説明した。サイトから外へ出ていく情報の足を引っぱることでシステムを騙《だま》し、システムあてにもどされるエラーメッセージの背に乗って侵入したのだ。

楢崎が驚いた顔を見せた。「じゃ、本当に内部にはいったのか？」

「そりゃもう、鯨の腹にもぐりこんだようなもんです」

わたしも楢崎に負けないくらい驚愕《きょうがく》していた。われらが雑多なクルーグループがついにやってのけた。曾我のハッカーたちを出し抜いたのだ。オフィスが昂奮《こうふん》のざわめきに沸きたった。

楢崎がいった。「ブローディ、もっとよく見るといい。コンピューターは若い者のゲームだ」

「ええ。ありがとうございます」自分の内面で昂奮が高まるのをおぼえつつ、わたしは融にむきなおった。「こちらの手の内を明かさない範囲で、少しでも多くの情報をあつめてくれ」

「まかせてくれって。第七オペレーション・プロトコルを投入……よし……侵入成功……ええと……だれにも気づかれてない……スキャン進行中……よし。おおっと。ファイアウォールが守っていたのはファイアウォールだ。日本銀行以上の厳重なセキュリティ。あのオレンジ色のグリッドが見える？」いいながら融は、スクリーン隅にあるサーモンピンクの斜交平行線のグリッドを指さした。「あれが高度な機密エリアになってる。あそこなら大漁が見こめるね。調べようか？」

わたしはためらった。「こっちの正体が割れることになる？」

「なるかも」

わたしはちらちら揺れて光っている青い四分円を指さした。「あそこは保護されていないエリアかな」

「まったくオープン」

「あそこなら存在を探知されずに、基本的なファイルをいくつかとりだせるか？　ひょっとして、相手の正体がわかるようなものをとってこられるか？」

「まかせて……」融のカーソルが近づいていく。ついで融はファイルネームを読みとっていく。「ガス……電気……電話……料金請求書……給与支払い名簿。経理エリアにはいっているみたいだ。事業継続中の企業だね、ここは。どうかな、予想どおり？」

わが熱意がしぼんでいった。「いや、その反対だよ」

曾我はこれまで三百年の長きにわたり、社会の辺境の暗い影のなかにひそんでいた。彼らのやっていることはなにひとつ記録に残されず、すべては隠密裡《おんみつり》のまま、スポットライトのあたらない場所で進められていた。彼らは秘密で行動する。給与支払い名簿や経理事務は、わたしの予想からいちばん遠く離れたものだった。

「ちょっと待った……名前が近づいてきたぞ……あと少しだ……よっしゃ。ギルバート・トゥイード社？　心当たりはある？」

わたしはかぶりをふり、野田に視線でたずねた。野田は眉を寄せた。向こうの返事もノーだ。

「これもよく見かけるダミーサイトのひとつに思えるな」わたしはいった。「プロファイルには適合しないが、いちおう調べてみよう」

わたしはブローディ・セキュリティ社の面々の顔をざっと見わたした。だれもがわたしとおなじことを考えていた——調査はここで袋小路に行きあたった、と。失意が社内に重くのしかかってきた。わたしの気分は暗くなった。スクリーン上の輝点についての調べはここでおしまい。曾我の真実をあばくことは永遠にできそうもない。彼らは何世紀にもわたって敵から逃れてきた。わたしたちはといえば、彼らを追いはじめてわずか五日だ。わたしたちはどんな相手をもてあそぼうとしていたのか？これでおわりだ。調べるべき新しい道がもう存在しない以上、わたしたちの調査はここで頓挫したといえる。わたしたちが水中で足どめをくらっている一方、曾我は勝手気ままにうろついて獲物を狙っている。あいつらは急がずに接近してくる。そんな曾我の連中が、うっかり油断したわたしをすかさず仕留めるまでに、どのくらいの時間が残されているのか？

野田は渋面をつくって顔をそむけた。社員たちはまたそれぞれのデスクへともどっていった。わたしは自分のオフィスへ引き返しながら、融に声をかけた。「なにか見つかったら、すぐ教えてくれ」

「ちょい待ち、ブローディさん。これから〝一般通信アーカイブ〟にはいるからね」そういった融の声には、わずかに必死になっている響きがあった。

わたしはオフィスのドアをあけた。

「待って」と融——つづいて、「これはどう？　〝上級管理職スタッフ・リクルーティング〟というのがあるけど」

部屋の向こう側にいる野田が日本語に訳せといってきた。

わたしは野田におなじことを日本語で伝えた。

野田はのどの奥から低いうめき声を洩らすと、ひとことこういった。「やつらだ」

52

すべてがおさまるべき場所へおさまった。あの萎《しな》びた権力ブローカーの児澤吾郎によれば、曾我が請け負う仕事には二種類あり——片や事業《ビジネス》、片や人材《キャリア》——その双方で依頼者にとっての障害を排除しているという。ならばギルバート・トゥイード社は人材面を担当して、収益をあげているのだろう。出世の階段をすべり落ちていき、百万ドルの年収が危機に瀕《ひん》しているトップレベルのエグゼクティブの要求を満たすのか、あるいはもっとすばやいペースで出世街道を先へ進みたがっている上昇指向の強い面々の要求を満たすのかはともかく。

アドレナリンの増量のせいで心臓の鼓動が速まった。「野田のいうとおりだ。あいつらにまちがいない。合法的な企業が依頼者たちをあいつらに引き寄せる。曾我はギルバート・トゥイード社に正規のヘッドハンターたちを雇い入れ、腰をすえて待つわけだ。この会社を利用する顧客の九十五パーセントまでは、既存のビジネスチャンネルを通じて新しい仕事につく。しかし、会社の経営陣の最上層部にいる二、三名の曾我の者たちが有望な候補者たちをみずから入念に選抜し、社外の独立した別組織を通じて彼らに接触をはかるんだ」

「わたしならそうするね」楢崎が同意した。「岸辺から長い釣糸をキャストする。相手との距離をたもつために」

次第に確信が強まってくるのを感じながら、わたしはさらに思いついた二通りのシナリオを語っていった。「依頼人からすれば、接触してきた相手がどうやって自分の名前を知ったのかがわからない。同僚かもしれないし噂話かもしれないし、業界人だの業界事情のあれこれかもしれない。曾我は上にある障害を排除して、彼らを出世させる。あるいは、下から挑む者がいればその足をひっぱったり、攻撃的な重役会メンバーを抑えこんだりする——そうすることで、当人の地位や数百万ドル単位のサラリーを安泰にする。いずれにしても曾我はそれで利益をあげる。依頼人も利益をあげ、金を節約できる。〝王をつくる者《キングメイカー》〟にして〝王を壊す者《キングブレイカー》〟だ」

しかもこれは出発点にすぎない。依頼人たちが出世して権力を増していくにつれ、曾我のもとにはビジネス関係の取引を申しこむ電話がかかってくるかもしれない。曾我の支援をうけたエグゼクティブが提案した企業のヨーロッパ進出計画に、だれかが反対の声をあげたとしよう。その場合、曾我のもとに電話がかかる。すると、計画に反対していた者は不幸なスキー事故で死亡し、企業の吸収合併はとどこおりなく進み、エグゼクティブは報奨金として一千万ドルをポケットにおさめ、曾我がその一部をうけとる。あるいはアジア系のコングロマリットがオーストラリアのアパレル企業を買収しようとしたところ抵抗にあったので、曾我に電話をかける——すると、アパレル企業のCEOが乗っていた飛行機が墜落する。野心に満ちたある実業家が利益の見込める自動車のディーラーシップを格安で買ってアメリカ市場で資産を増やしたいと思ったら、曾我への電話一本でビジネス拡大を実現できる。そう、すべてが符合する。

融が文字を入力した。「これが所在地ですね。オフィスがあるのは……ニューヨーク、ロサンジェルス、それにロンドンです」

その言葉をきくなり、わたしの推測がぴたりと停止した。「アメリカ国内に？　そんな馬鹿な。アメリカでそんな大々的な工作活動をすれば、かならずだれかに気づかれてしまったはずなのに」

「とにかく、ふたつのレターヘッドにはそうあるんです」融はオフィスの住所を読みあげた。

わたしは融のスクリーンに近づいた。オフィスがあるのはてっきり、アジア・太平洋地域の中程度の都市だろうと思っていた。それなりの中核ではあるが、踏みならされた道からは少しはずれた都市。ジャカルタかクアラルンプール。あるいは一段階アップして……そう、シンガポールやメルボルンあたり。しかし、ロンドンやニューヨークはないだろう。

わがアメリカ国内にはない、い、い、い、い、はずだ。

アメリカの国境線の内側で暗殺者のグループが多年にわたって活動をつづけながらも、いっさいその存在を探知されていないというのは、そもそも考えられない。それどころか不可能事といえる。合衆国国土安全保障省やFBI、CIAやNSAが海外の情報源から吸いあげている情報のあれこれまで考えあわせれば、活動のハードルは極端に高くなる。しかしレターヘッドの文字はその反対を示唆していた。おまけに彼らのオフィスはマンハッタンのレキシントン・アヴェニューと、ロサンジェルスのウィルシャー・ブールヴァードにある。これ以上に安全な場所に身をおくことはできないほどだ。

「わたしたちが追いかけている連中のはずがないぞ」わたしはいった。「オフィスの所在地がどれもこれもそぐわない。こういった組織だったら、人目につかないようにして、遠くから手を伸ばすはずだ」

「ブローディのいうとおりだよ」楢崎がいった。「これじゃ目立ちすぎてる」

真理がいった。「定期刊行物のサンプル検索の結果です。〈ギルバート・トゥイード社、ひそかに国際金融界の一大勢力に〉……〈ギルバート・トゥイード社、またもやCEOハンティングで大成功〉……〈フォーチュン誌選定トップ五百企業専門のギルバート・トゥイード社リクルーター〉」

わたしはこめかみをもみながら手近な椅子にすわりこんだ。「だれもかれもが大企業経営陣の最上層レベルだね。あまりにも目立ちすぎている。とてもそうは思えない」

ジョージが手早く記事に目を通した。「ああ、見覚えのある名前がちらほらあるな。一流企業の経営者だ。年俸は六桁から七桁。ボーナスや自社株購入権《ストックオプション》を足せば、八桁や九桁はいきそうだ。ふたりばかり、少し前にひどい目にあった者がいるな。その連中も、また表舞台に出てくればニュースになるだろうね」

わたしの耳がぴんと立った。いまジョージは児澤が下卑た緋色ずくめの客間で説明していたこととの主眼点を――表現こそ多少は異なっていたが――くりかえしたも同然だった。煉瓦《れんが》の壁にぶちあたったエグゼクティブたちが曾我によって救われた、という話だ。

もし曾我が反対の手口をつかっていたとしたら？　常識の裏をかく手で行動すると決めていたら？　あのような大都会の一等地に活動拠点をさだめるのは大胆な行動だ。厚かましいにもほどがある。曾我を探している者がそんな場所に目をむけるだろうか？　そもそもだれが疑いをいだく？　そしてわたしたちが遭遇した曾我の者は、攻撃的にもほどがある連中だった。

わたしはこの考えをあらゆる角度から検討した。

すべての辻褄《つじつま》があった。

やつらにまちがいない。

それにこんな事情もある——ハッカーの足どりを逆にたどってトップレベルのヘッドハンター集団に行き着いたというのは、偶然にしては出来すぎた話だ。ギルバート・トゥイード社という表《おもて》の顔はあまりにも巧妙につくりこまれすぎていて、わたしたちが狩り立てようとしている〝命の略奪者たち《プレデターズ》〟が隠れ蓑《みの》にしているダミー企業としか思えない。そう、野田の見立ては正しい。これはやつらだ。何世紀も昔から伝わっている闇に身を潜める戦略をいまもなお遵奉しつつ、曾我は商才をそなえたその腕を鉄面皮にも表の世界にまで伸ばしたのである。

　融が背すじをぐいっと伸ばした。「くそ。やつらのシスオペ番犬が来たぞ」

　野田と視線をかわしながら、わたしはたずねた。「それはなんだ？」

「システムオペレーション・ソフトウエア。こうなったら退却しないと。やつらを始末してもいい？闇サイトを焼きつくすのが大好きなんだ。あと十秒あるし」

「いま引きあげたら、向こうには侵入者がいたとわかるのか？」

「それはない。あと七秒……」

「またあとで侵入できるか？」

「ああ、もちろん……四……三……二……」

「逃げだせ」

「オーケイ」融がキーを打った。黄色い閃光がスクリーンを包みこみ、ふっとかき消えた。「脱出したよ」そういって、がくりとうなだれる。「ぼくのへまだ。あとちょっとでも時間があれば、すべてそっくり盗めたのに」

楢崎が融の背中を叩いた。「そうともいえないぞ、若いの。きみはきょういちばんの大物を釣りあげたじゃないか」

真理がいった。「融、ちょっとこっちを見たほうがいいみたい」

そういった真理のスクリーンを蛍光オレンジの光の筋が横切っていた――黒い夜空を背景に飛ぶ彗《すい》星《せい》のように。

「あれはなんだ?」わたしはたずねた。

「まずい」融がいった。「バイナリー背乗り《ピギーバック》追跡ウエアだ。ぼくたちは連中のソフトにピギーバックしてシステムに侵入したけど、さっき脱出したとき逆に連中のプログラムにピギーバックされたってわけ。こっちの裏口ガードを無効化されてたにちがいないな」

「じゃ、相手にはだれかがはいりこんだとわかっているんだね?」

「ええ、そうです。すいません」

「しかし、連中もここまではたどれないんだろう?」

「無理だよ。ぼくがシグナルを切ったので」

「どっちにしても、連中にはわかるさ」野田がいった。

「どうして?」

「連中にはわかるんだよ」

53

わたしたちは頭を低くした。ずっとずっと低く低く。

池袋での拉致未遂のあとは、収拾のつかない大混乱状態がつづいた。曾我が次にどんな手段に訴えてくるかもわからなかった。多少なりともわかっていたのは、曾我は女だろうと子供だろうと、事件にごく漠然としか関係しない罪もない一般人だろうと、ためらいもなく殺すという事実だけであり、それゆえブローディ・セキュリティ社の全社員が警戒モードに切り替わっていた。

いよいよわたしがサンフランシスコへ引き返す潮時だった。レンナ警部補とひたいをあつめて相談する頃合だ。ジェニーを身近に引き寄せておきたくもあった。手の届く場所にジェニーを置いておきたかった。娘をわが家へ連れ帰り、朝になったら髪を編んでやって、娘のくしゃみを必ず誘うスクランブルエッグをつくってやりたかった。わたしがそばにいないまま、赤の他人にジェニーの警護をしてほしくなかった。

日本を発《た》つ前に、あとひとつだけ石をひっくり返すようにして確かめておくべきことがあった。翌朝、まだ早い時間にわたしは原克之のオフィスに電話をかけた。原はすでに台湾から帰国しているが、翌週まで予定が詰まっていると教えられたわたしは、これからそっちへ出むくと秘書にいった。このまま原が多忙で会えないというのなら、十人ばかりの警備員を引き連れていき、原が会ってくれるまでオフィスのドアの前にすわりこみをしてやる。こちらには自分たちの存在を隠すつもりは毛頭ない。かくして秘書にもわたしの話の要点が伝わり、原との会合が決まった。

ＣＴＮ――コンプテル・ニッポン社は、西新宿にある四十五階建ての高層ビルの上から三フロアを占めており、一匹狼の実業家である原の専用スペースとなっているビルの角のペントハウスは、その堂々たる仕上げのひと筆だった。原のオフィスはシルバーとグレイのクールなポストモダンスタイルに統一されていた。公園の水遊び場なみに大きく、牡蠣《かき》を思わせる色あいの大理石のデスクがあり、そのまわりをスチールのチューブ状の椅子がとりまいていた。いちばん奥の壁ぎわには、薄灰色の象の革にポリウレタンフォームを詰めた素材で波打つように仕上げられたソファが配されていた。この部屋でモノクローム以外の色彩を放っているのは、ソファの上の北側の壁にかかったジャクソン・ポロックの絵だけだった。東側の壁からは、美しい銀色の髪をもつウォーホルの〈ブラック・マリリン〉がわたしたちを見つめていた。残るふたつの壁面はどちらも床から天井までの大きなガラス製で、南側から目をむければ東京湾が見えたし、西側の遠くに視線を投げれば富士山のシルエットが見えた。デスクのすぐ近くには、まちがっても高価な装飾品に見えないように努めているのだろう、わたしがサンフランシスコで打ち倒したボディガードが立っていた。この男が同席しているという事実からは、信頼や善意の雰囲気は感じられなかった。

わたしはボディガードに声をかけた。「最近はまっすぐ立っていられるんだな?」

男がわたしを見つめる冷たい目には憤慨の色もなければ、前回のわたしとの出会いを連想していると思える色もなく、わたしは男のことを不思議に思った。

原は公園の水遊び場なみのデスクにつき、両手を組みあわせてすわっていた。わたしが入室しても椅子から立ちあがらずに、「ようこそ、ミスター・ブローディ。またお会いできてなによりだ」といっただけだった。

業界の大立者である原の頭髪は、サンフランシスコのわたしの店で会ったときの白雪のような白髪ではなかった。いまの原の髪はプロフィール写真で見たとおり、生えぎわにわずかな白髪が交じる黒髪だった。ジャパンタウンの事件前は、これが原の自然な髪の色だったにちがいない。堂々としたそのたてがみが一夜にして白くなった……しかし一刻も早くアメリカへわたって家族と合流したいと急ぐあまり、髪を染める時間がなかったのだろう。しかし、いまは染めていた。

「わたしの側もおなじことがいえればよかったんだが……」

原は片眉をぴくんと吊《つ》りあげた。「棘《とげ》のある言い方だね。しかし考えてみれば、わたしの情報提供者のひとりが、いみじくもいっていたよ――きみは〝遺憾ながら短気なきらいがある〟と」

「だからこそ、釣りあいのとれた物の見方ができるわけだ」

「お察しする。飲み物でもどうかな？」

本音でいえばこの巨大なデスクを一気に躍り越え、乙に澄ましかえっている男の喉頸《のどくび》に指をかけて締めあげてやりたかった。しかしそんなことはせず、わたしは相手をにらみつけてこういった。「けっこう。どうせ長居はしない」

「というと、なにか報告してもらえるのかな？」

「こちらには質問したいことがある」

「いまごろはもう、きみからなんらかの答えがきけるものと思っていたんだがね」

「ああ、答えの用意もある。ききたいか？」

「もちろん」

「次女をわたしのもとに送りこんできたのも作戦の一環だね」

原の顔は無表情のままだった。「どうしてそんなふうに考える？」

「あれは彼らの注意を引くためだった。そもそも次女のリッツァさんは、殺された栄子さんの毎日の行動のことは知らないも同然だったとし」

「それは知らなかった」

「いや、あなたは知っていた。リッツァさんが渡米すれば、日本のパパラッチたちもサンフランシスコまで追いかけるはずだと知っていたように」

わたしのぶしつけな物言いに、原は不機嫌そうに目を細めた。「ああ、それはあの子ならではの才能だ。たしか、きみには充分な報酬を払ったのではないかな」

「とはいえ、囮《おとり》になるために報酬を受けとったわけじゃない。さらにいえば、まだ生きている実の娘を手駒として動かすことしか考えない依頼人に罠《わな》にかけられるための報酬でもない。いいか、サンフランシスコへの旅でリッツァさんは心の傷を負ったんだぞ」

原は立ちあがってわたしに背中をむけると、遠く地平線にのぞく富士山を見つめはじめ、ボディガードに命令した。「城《じょう》、この若造にはもううんざりだ。こいつをほうりだせ」

「城治郎か？」わたしが声をかけると、ボディガードはうなずいた。楢崎が以前ブローディ・セキュリティ社に雇い入れたがっていた男だ。「前から噂はいろいろきいてるぞ」

わたしたちの視線が正面からぶつかりあった。城がいった。「初対面のときは、おまえを見くびっていたよ」

「わかってる」

「美術商としかきいていなかった。油断した」

「ほんの少しね」

「おなじ失敗は二度としないぞ」

「それもわかってる」

原がくるりと身をひるがえした。「その男をほうりだせ」

城は原の命令を無視して、じっとわたしをにらみつけたままだった。その顔にはなんの表情ものぞいてはいない。しかしその目つきからは、この次わたしがこの男に襲われたら勝利は前回よりもずっと得がたくなることがわかった。

原がいちだんと大きな声をあげた。「その男をここからほうりだせといったんだ」

「わたしには理由がわかりません」城はいった。

「わたしが命令している——それが理由だ」

「わたしは汚い仕事はしません。あなたはこの男を騙して罠にかけた。この男に嘘をついた。そればかりか、わたしにも嘘をつきましたね」

「おまえに給料を払っているのは、他人に指図させるためではないぞ」

「あなたを生かしつづけるというわたしの仕事は、わたしが自分の足で立って考えることであり、先のことを考えることでもあります。ブローディはまったくおなじことを、反対側から進めている。ブローディがなにかつかんでいて、それが有用な情報だと思えるのなら、わたしは喜んで話をききます」

原は苦虫を嚙《か》みつぶしたような顔で、叛旗をひるがえしたボディガードをにらみつけた。

城は力なくうなだれた。「それに、吉田公造は友人でした」

ジャパンタウンで殺されたボディガードだ。

今度はわたしがにらみつける番だった——注意を業界の大立者にむけ、喜びを少しも感じることなくにらみつける。「あなたはあまりにも多くの人の命を危険にさらしたんだよ、原」

「ブローディ・セキュリティ社はまさにそうした危険をかぶるために報酬を払われているのだろうが」原は反論した。「わたしは、きみがこの一件にもっと深くかかわるように圧力をかけさせてもらっただけだ」

顔が怒りに紅潮するのがわかった。「もっと深くかかわる？　あなたはわたしの背中に標的を貼りつけたんだぞ」

「どんな場合であれ、標的となる人物はかならず出るものだからね」

わたしはもどかしい思いに頭をふった。「この一件にとりくむ方法はほかにもある。そもそも、あなたが最初からすべての情報をわたしに明かしてくれていればよかったんだ」

「そうなっていたら調査を引き受けたか？」

「おそらく断わっただろうね。うちの会社が手がける分野の仕事じゃないし」

「わたしが見たところ、きみは理想の立ち位置にいたのだよ」

先週から鬱積《うっせき》していた怒りがほとばしるまま、わたしは原にむかって突き進んでいた。相手との距離は六メートル弱——これが半分だったら、原は無事ではいなかっただろう。しかし現実には、城がやすやすとふたりのあいだに割ってはいってきた。

「ブローディ」城は押し殺した声、低く険悪な声でいった。

わたしは両の手のひらをかかげて後退した。理想の立ち位置にいた。そしていまや野田とわたしは曾我の要殺害者リストのトップにあがり、わたしは娘のジェニーを隠れ場所に送りこまねばならなくなった。わたしという騙されやすいカモは原の狙いどおりの立ち位置にいたのだ。

わたしは深呼吸をした。「いつから知っていた？」

原は冷ややかな目をむけた。「なぜそんなことをきみに話さなくてはならない？」

城は腕組みをしなおした。「あなたが話さなかったら、わたしはここを出ていきます」

城ほど有能な人材はめったにいない——そのことは数秒間で生と死が峻別《しゅんべつ》される場面でこそちがいを発揮する。原もそのことは心得ているはずだ……しかし、それでもなお城の脅しの言葉も、原の自尊心を抑えられないのではないだろうか、とわたしは思った。

原はいった。「わたしなら、きみと同程度の人間を五人まとめて即座に雇えるぞ」

「あなたをとめられるものはありません」城は身じろぎひとつせずに答えた。

城からわたしへ視線を移動させた原は、自分のはったりが通用しなかったのを見てとったらしく、それとわかるほど肩を落とした。自分がなにを相手にしているのかがわかったのだ。いや、原のなかにあった闘志が消えたのかもしれなかった。

「日本政府のある関係者が、わたしに例の漢字のことを教えてくれてね」原はいった。「その男には漢字の意味がわからなかったが、わたしにはわかった」

わたしはいった。「では、最初からどの連中のしわざかを知っていたんだな？」

「いや。それが問題だった」

「説明してくれ」

「いろいろな噂は知っていたよ。金で雇われる日本人暗殺者たちがつくる私兵集団があって、どこか海外に活動拠点を置いているという話だった。きいた話では、彼らは〝ビジネス調整者〟と呼ばれているという。わたしくらいの地位だと、その手の話も耳にはいってくるし、例の漢字がその集団の仕事だと示すサインだということもわかった」

「つまり、一種のメッセージだった？」

「そのように思えるね」

「テックＱＸ社がらみの？」

原は驚きにさっと顔をあげた。ついで勝ち誇ったような笑みが唇をかすめた。「ほら、わたしの選定眼もまんざら捨てたものではなかったな。ごく短期間で、きみはそこまで解明したのだからな」

原の顔から笑みを剝ぎとってやりたかったが、今回わたしは怒りを心中に抑えこんだ。いまは答えをききたかった。原が仕掛けた罠からわが身を救いだせる望みがあるのなら、なおさら答えをきいておきたかった。

「質問に答えてくれ」わたしは肩を怒らせながらいった。

原がちらりと城に目をむけた。「断定はできないが、そう信じているよ」

「家族の身上調書の提出を引き延ばしたのも、あまり意味がないとわかっていたからか？」

「そのとおり」原が薄笑いとともに日本語で答えた。「わたしとしては、きみが無関係な情報にまでわされて無駄足を踏むことを避けたかった。きみには中央の最前線を進んでほしかった——まわりに盛大にしぶきを跳ね飛ばしながら。波を立てながら。そういったイレギュラーな動きがあれば、鮫《さめ》どもが引き寄せられる。きみは立派にふるまった」

わたしはいった。「ブローディ・セキュリティ社への多額の送金も、そういった波のひとつだったわけか」

原はわたしに感歎《かんたん》の目をむけた。「きみは実に飲みこみの早い男だな」

「わたしが鮫どもを引き寄せているあいだ、あなたはなにをしていた？」

「こちらなりに方々を調べていたとも」

「進展はあったか？」

原は悄然《しょうぜん》となった。「ほかのことがなにも考えられなくてね。それ以外、なにもしていない。眠れないし、食欲はまったくない。それでも連中を見つけられずにいる。自分の時間を注ぎこむ以外にも、ほかの五人のスタッフを調査に割り当てている。このプロジェクトにはすでに数百時間単位のマンパワーをつかったが、なにひとつ判明しなかった」

原の言葉は、おそらく本人も気づいていないほど深くこちらの胸に刺さった。わたしは美恵子の死の直後に感じた底なしの悲しみや、なにも理解できない死を前にもがきながら進んでいた日々を思い出した。ジャパンタウンでの事件以来、原も夜となく昼となく同様の絶望のなかであがいていたのだろう。原ほどの富があれば山脈をも征服できようが、死者を生き返らせることはできない。その意味では、原の金も散らしおわった紙吹雪なみに役立たずだ。

わたしはそのすべてを一瞬で把握した。激怒も憎しみも蒸発していった。その一瞬でわたしと原は相互理解の視線をかわしあった——それがあまりにも事情を心得ているばかりか、苦痛と絶望と打ちひしがれた心境をいやというほど知る者ならではの視線だったことに、わたしははっとした。

「それでは、テックQX社に関心をもっている人々をわたしが全員覚えているかどうか、ふたりで確かめようじゃないか」わたしの声からはもう喧嘩腰の棘は消えていた。「韓国の財閥、アメリカ人、オランダ人、中国人、台湾政府、そして日本の電子機器関連企業の有名どころ」

原がわたしと目をあわせた——この男の悲嘆は、いまやぱっくり口をあけた生傷だった。「そのへんでやめないか？　これまでわたしが提案を却下してきたのは、オーストラリアの二企業のCEO、ヨーロッパのメガバンク、それに世界各国のさまざまな企業のエグゼクティブ十人ほどだよ」

「どうして？」

「最高にすばらしいテクノロジーだからだ。いずれ適切なタイミングで、わたしが設定した金銭的条件で使用許諾《ライセンス》を出す。それまでは、コンプテル・ニッポン社が世界最高水準の製品をわがものにできる」

「何回も脅迫が寄せられたのかな？」

「いや、一回だけだ。あいつらからいわれたよ——企業吸収にあたっては、もっと弾力的な対応をすることを学んだほうがいいと」

「あいつらというのは？」

「関係省庁。というよりも、わたしと競争関係にある某日本企業の代理をしている省庁というべきかな。下っ端の使い走りがやってきて、テックQX社の件は合同買収にしてくれと〝要請〟してきたよ——そうすれば〝日本株式会社〟が新テクノロジーを共有できるからといってね。あいつらのいつものやり口だ」

「エリート官僚が来たのではなく？」

「あの連中がわがオフィスにご降臨あそばされることはない。使い走りさえ態度は傲慢だったね。要請というよりも、ほとんど命令だった」

「で、あなたは拒否した？」

「どうしてわたしが、どこぞの下級役人と交渉しなくてはならない？」

「では、もっと地位の高い官僚があらわれたら態度を変えたかな？」

「嘘偽りなくいうが、この件についての答えはノーだ」

「で、その使い走りの提案をはねつけたらどうなった？」

「〝結果を楽しみに待ってろ〟といわれたよ」

どうにも辻褄のあわない話だ。省庁トップクラスの官僚の大多数なみに傲慢な態度をとるとはいえ、原ほどの地位のある人物に下級役人を送りこんでくるのは筋が通らない。

「そのあとも向こうから連絡はあった？」

「あったよ。一回ね——考え直してもらえないかといわれた」

「そのときの相手はトップクラスの官僚だった？」

「いいや。このときは別の使い走りでね、こいつは要請と脅迫をしつっこくくりかえしていただけだ」

全身が悪寒に包まれた。原が最初の要請を蹴ったあとも、彼らはその轍《てつ》を踏んだのか？　テックQX社は次世代マイクロチップのための革新的なテクノロジーを開発し、ずらりとならぶ多くの日本企業がいずれもこのお宝ほしさによだれを垂らしているなかで？　わたしには気にくわない話だ。

「今回の件以前にも、政府から脅迫されたことは？」

原はそっけない口調でいった。「いつものことだ」

「二回めに要請を蹴ったあと、向こうから報復された？」

「なにもなかったね」

わたしはいった。「脅迫の対象には家族もふくまれていた？」

原は椅子の背もたれに体をあずけた。「ああ。しかしそのときには、どうせいつものはったりだとしか考えなかった」

「となると、調査の範囲は中央省庁と足なみをそろえて動いている日本企業にまで狭められるな」

「それならもうやった」原はいった。「なんの結果も出なかった。大手の下請け企業群まで視野に入れれば調べきれないほどの数になる」

わたしはもどかしい思いに唇を噛んだ。怒りがおさまらなかった。これでどれだけの時間が無駄になったことか。原ほどのビジネスマンの立証ずみの才能が、どうすればここまで無力になれるのか？時間と人材力と資金を賢明に注《つ》ぎこんでいれば、手がかりが多すぎて困るような事態にはならない。

「鮫どもがぐるぐる泳ぎまわっているいま、わたしにいっておきたいことはまだあるかな？」わたしはいった。

「もう何年も前から、こうした男たちの噂はあれこれ小耳にはさんできた。しかし、連中がわたしの生活にかかわることはなかった——いまのいままではね。そして連中はわたしの生活を破壊した。復《ふく》讐《しゅう》したいんだよ、ブローディさん。だからこそ、きみにはそれなりの大金を支払ったんだ」

「いったはずだぞ——ブローディ・セキュリティ社は人を害虫のように駆除しない、と」

「そしてわたしはきみに、わたしは欲しいものをかならず手にいれる男だと話したはずだ。あの連中はけだものだ。血も涙もない極悪非道のけだものだ。あんな連中は駆り立てて追いつめ、ゴキブリみたいにひねりつぶしてやらなくてはならん。あんな連中の死は栄光に包まれたりせず、徹頭徹尾、不名誉にまみれなくてはならん。きみならそうできるな——ジャパンタウンでわたしの家族を見たのだから」

最初にわたしのもとを訪れたときにも、原はおなじような情熱をのぞかせていた。しかしきょうわたしは、その情熱の奥に冷淡な部分が潜んでいることを知っていた。わたしも原も、愛する者たちを曾我に奪われた。しかし、それで情け容赦なく他人を操る人間になったのは片方だけだ。

わたしは顔が怒りでちくちくと痛むのを感じた。「わたしの娘はいま警察による保護下にあるんだぞ——あなたの策略のおかげでね」

原は手を広げた。「きみはその道のプロじゃないか。娘さんを守りたまえ」

この場に城がいようといまいと関係なく、この言葉に我を忘れかけた。わたしの顔つきに暴力の気配を読みとったのか、城がわずかに原に近づいた。同時に片手がジャケットの下に滑りこみ、そこにあるはずの武器に近づいていった。

もし城が銃器で武装していなければ、わたしは口径九ミリの銃をサイドポケットから抜き、原の傲慢きわまる得意顔に銃弾を撃ちこんでいたことだろう。しかしわたしは自分の心の悪魔を閉じこめ、歯を食いしばってこうたずねた。

「連中を追いかけてやると心に誓ったのはいつのことだ？」

「最初にニュースを耳にした瞬間だ」

「それからブローディ・セキュリティ社をえらびだすまでの時間は？」

「わたしの部下が、わたしの要求するスペックを満たすサンフランシスコのセキュリティ関係の会社を三社リストアップしてきた。そしてきみはジャパンタウンに招待されるという不運を引き当ててもいた。あの日わたしがきみのオフィスで話した言葉に嘘はない。わたしはただ……自分自身の苦しみを、有利な立場を得るためのてことして利用しただけだ」

わたしは強く歯を食いしばっていた。「あなたは他人がみんな思いどおりに動くと決めてかかってるのだろうが、それにも例外が出ようとしてるんだよ」

「あえて馬鹿な真似をしてはいかんぞ、ブローディ。浮くも沈むも、きみの決断しだいだ」

「あしたには日本から飛び立つ」

「おや、帰るのか？　どうせあいつらに見つかるぞ」

「さあ、それはどうかな」

原の目がぎらりと光った。「連中を見つけたんだな。どこにいた？」

わたしは体の向きを変えて、ドアをめざした。

「話したまえ」原はいった。声に昂奮の響きがはいりこむことを完全には防げなかったようだが、だからといってわたしに懇願するのはプライドが許さないのだろう。

「わたしの調査仕事が完了したときには、いただいた料金に見あう報告を届ける。約束したように」

「きみの依頼人として、わたしにはいま調査内容をきく権利があるぞ」

「わたしには生き延びる権利がある。依頼人たちがいくら逆方向に全力をつくそうともね」

全身で血が沸き立っていたわたしは、視線をすっと横へずらした――それでウォーホルの〈マリリン〉がはっきり見えてきた。この肖像画の髪の生えぎわを見て、わたしはぎょっとした。あまり広く知られていないこんなエピソードがある――当時さばききれないほど仕事をかかえていたウォーホルは、モンローの肖像画用シルクスクリーン用のマスターをヨーロッパにあった自身のギャラリーにあらかじめ送り、自分の到着前にプリントを刷りだしておくように指示した。到着後に自身のサインを書きこむつもりだった。そしてある夜、ヨーロッパのギャラリーにあったマスタースクリーンが〝行方不明〟になったが、数時間後、まるで置き場所をただまちがえたかのように、ギャラリーの倉庫の片隅で見つかるという事件が起こった。それから数カ月後、髪の生えぎわがウォーホルの意図した精緻なグラデーションではなく、かすかにほかの部分とそぐわない横棒めいた影になっている肖像画が市場に出まわった。海賊版が制作されたのだ――しかしこの海賊版は、いちばん上のスクリーンだけがおそらく二ミリずれていたせいで、だれの目にもわかる偽造品になっていた。

「あのウォーホルが偽造だということは知ってるね?」わたしはそういって顔を原にむけ、反応をうかがった。

原の顔は一瞬驚いた表情をのぞかせたのちに紅潮した。「うっかり忘れていたが、きみのいかつい外見の下には、鋭い感受性が隠されていたんだな。ああ、もちろん知っていたよ」

「それは驚いた。さて、これ以上はわたしの邪魔をしないでくれ、原。そうでなければ後悔することになる。これはわたしがかならず守る約束だ――そこのボディガードがいようといまいと」

わたしは城にうなずき、部屋をあとにした。

54

わたしの帰国に先立って、ブローディ・セキュリティ社で最後にもう一回、会合がひらかれた。出席者は楢崎と野田、ジョージ、真理と融。社の正面玄関はこのときもまだ施錠されたまま、シャッターがおろされていた。建物の前の通りには三人のスタッフが立ち、くわえて三人のスタッフが周辺をパトロールしていた。またわたしが原のオフィスまで往復するにあたっては、三組めの三人組が背後の警戒にあたってくれていた。

「原との会合はどんな具合だった?」楢崎がたずねた。

わたしは通信業界の大立者である原との会合の一部始終を語った。語っているあいだにも怒りが再燃してきた。

楢崎がうなずいて同情を示した。「この商売をしていると、こちらが追っている悪党と、その仕事の依頼人が五十歩百歩の悪党だったというのはよくある話だ」

融がうなずいた。「あいつらが仕掛けた情報盗聴器のおかげで、前よりも面倒なことにもなってるね」

「というと?」野田がたずねた。

「ブローディさんであれだれであれ、出張旅行するスタッフの足どりがあいつらに筒抜けになってるんだ」

わたしはいった。「つまり曾我が航空会社の乗客名簿あたりをハッキングして、わたしたちの旅程を把握するかもしれないということか?」

「このレベルの敵なら、航空会社やクレジットカード会社やホテルの予約システムあたりはハッキングできる——ネットにつながっていて情報が行き来しているシステムならどこでもね。あなたが本名で旅行するとなったら、曾我はたちどころに〝いつ・どこへ・どうやって旅行するのか〟を把握する――こっちが〝通信監視ウエア《トラップウエア》〟と、ひとこと口にするよりも先にね」

「だったら手がかりを残してやるか」わたしはいった。「あからさまではあるけれど、過度にあからさまでないように」

融はにたりと笑った。「クレジットカードをわざとチラ見せするんだね」

わたしは楢崎にむきなおった。「どう思います？　そろそろサイドラインから踏みだして、試合に参加する頃合でしょうか？」

「きみはサイドラインがどういうものかをよく知っているようだね。気にいった。しかし本件はすでに通常の危険のレベルを越えている――よって、きみをもう撤退させるつもりだ」

わたしはびっくりして楢崎をまじまじと見つめた。

「勘ちがいするなよ、ブローディ。きみのこれまでの仕事ぶりは、最上のメンバーとくらべても遜色ない――しかし、きみがまだ新参者であることに変わりはない。きみがここまでやってこられたのも、わたしがきみを野田と組ませたからだ。仕上げはプロにまかせろ。そもそも、もう娘さんのもとにもどるべきだとは思わないか？　この件が落ち着くまで、娘さんを見まもっていたほうがよくないか？」

野田が渋い顔で身を乗りだした。「ブローディがこの仕事をつづけられない理由がわからん。やるべき仕事はきっちりこなしていたぞ」

楢崎が答えた。「わたしはジェイクに借りがある――息子さんを危険から遠ざけておくという借りがね。ジム、きみは鯨の居場所を割りだすのに力を貸してくれた。立派な仕事だった。ここから先のあと始末は、もっと経験を積んだチームに任せてくれ」

野田の渋面がますます渋くなった。「話にならん。ブローディは背中に標的を貼りつけられているんだ。おれとおなじでね」

「そのとおり」楢崎はいった。「この一件がおさまるまでブローディを前線から引っこめ、娘さんともども隠しておけば、この情況もなんとか立てなおせるかもしれないぞ」

野田は低くうなり声をあげた。「まさか」

わたしは長年にわたって父ジェイクのパートナーだった楢崎に感謝の笑みをむけた。「楢崎さん、あなたはわたしにとって父親も同然ですし、あなたのご意見は大いに尊重していますが、曾我から隠れるつもりはありません。わたしの妻を殺害した連中ですから」

楢崎の顔がふっとやわらいだ。「それもよくわかる。しかし、やはり危険すぎることに変わりはない。それに、これはブローディ・セキュリティ社の仕事の進め方ではないぞ」

「でも、会社の半分はわたしのものです」

楢崎はわたしの決意のほどを受けとめると、苛立ちもあらわに椅子の背にもたれた。「その癪《しゃく》に触る頑固な顔つきを、きみのお父さんからも何度となく見せられたな。水平線にいくら黒い雲が出ていても、きっちり漁の収穫をあげるまではぜったいに網を引き揚げようとしない頑固一徹の漁師みたいだった」そういって大きなため息をつき、野田にむきなおる。「よし、わかった。きみたちの要望どおりにしよう。ただし、ケイくん……」と野田を愛称で呼び、「サンフランシスコ市警察の目のない場面では、アメリカにいるうちの関係者による警護をつけさせてもらうよ」

野田は承諾のうなり声をあげた。

楢崎はわたしにむきなおった。「きみは友人に身辺警護を頼むんだね?」

「ええ」

「けっこう。だったら、仕事をこんなふうに分割しようじゃないか。まずロンドンは権威ある立地だ。

そこで土地鑑のあるケイくんがロンドンでギルバート・トゥイード社について調べ、ジョージはロサンジェルスをカバーしたらいい。そうすれば、われわれは同時にふたつの大陸に目くばりできる。ロンドンの調査が空ぶりにおわっても、ニューヨークまではひとっ飛びだ。ブローディ、きみは家へもどってサンフランシスコ市警と連携しつつ、ジェニーちゃんと会いたまえ」

「最初にニューヨーク、次がロンドン」野田がいった。

「わたしも同意見です」わたしはいった。「ビッグアップルに進出するというのは大胆不敵な動きです。これまで曾我は巧みに逃げまわってはいましたが、決して引っこみ思案ではありませんでした」

楢崎はなおも抵抗した。「両大陸にひとりずつ人員を配置して、活動範囲を広くとったほうがいいぞ」

「ぼくだったらニューヨークをえらぶよ」ジョージが口をはさんだ。「ま、質問されればですが」

三人対ひとり。

楢崎は口をひらきかけたが、すぐ降参のしるしに両手をかかげた。「よし、わかった。ニューヨークで決まりだ。この件については、わたしよりもきみたちのほうが詳しいことだし」

そしてその日がおわるころ、わたしは北極航路でサンフランシスコへむかう飛行機でシベリアの海の上を飛んでいた。窓の外では太陽が空から姿を消し、夜のあいだずっと乱気流が飛行機を小突きまわしていた。

会合がおわるまでには、わたしたちの計画はさらに進歩したものになっていた。

一例をあげれば――楢崎は懸念を表明したものの――わたしはあえて、みずから囮になることにしたのだ。

第七日

曾我が語る

55

　搭乗した飛行機が着陸すると、わたしは荷物を受けとり、長期間駐車場から愛車の年代物のカトラスを出して国道一〇一号線に飛び乗った。国道を北へ走って市街地にはいると、途中で西に曲がって州間高速道路三八〇号線にはいる。サンブルーノでおなじく州間高速道路の二八〇号線に乗りかえて、また北をめざした。セラモンテを通りすぎ、さらにデイリーシティを通りすぎるあいだ、つねに片目をリアビューミラーへむけていた。いまのわたしは神経質になっていた。武器もなければ背後から警戒の目を光らせてくれる者もいないいま、丸裸になった気分だった。

　曾我と二度にわたってわたりあった経験から、野田もわたしも水中での立ち泳ぎのような現状維持だけでは地歩をとりかえせないことがわかっていた。野田はこれからいったん地下へ潜り、わたしは──自宅と店とサンフランシスコ市警察という──巡回ルートをまわる予定だった。そのため、一族の長としての楢崎の懸念にそむくことにはなるが、これからレンナ警部補と帰国後初めての打ちあわせをはじめるまで、わたしの姿はだれからも丸見えになる予定だった。曾我がどれだけ攻撃的になるかを思うなら、身辺警護もないまま旅行をするのは大きなギャンブルだ。しかし、わたしたちは手を縛られてもいた。過度に注意深く動けば、かえって曾我の疑いの念をかきたてて、こちらの策を見抜かれる危険がある。わたしたちの狙いは、曾我にわたしたちの動向を見張らせることにあった。

　ちょうど昼近い時刻だったので、フリーウェイも市街地の一般道も空《す》いていた。わたしはクラシックなマスタングのコンバーティブルのあとから二八〇号線を離れて、フニペロセラ・ブールヴァードに走りこんでいった。古いスポーツカーがこうして元気に道路を走っている姿を見かけると、わたしは決まって唇に笑みを誘われる。

フニペロセラ・ブールヴァードが一九番アヴェニューに合流するあたりで、マスタングのドライバーがわたしの目をリアビューミラーでとらえた。ついでマスタングは車線を変更して減速し、わたしの車と並走しはじめた。

わたしは胸騒ぎをおぼえながらドライバーに目をむけた。男の動きはなめらかだった、クラシックカーの愛好家なのかどうか、そのあたりはわからない。わかっているのは、自分の車の動きがマスタングのせいで制限されたことだけだ。前方に目をむけると、対向車線の車の列が途切れている箇所が見つかった。もし事態がこの先まずい展開になったら、二重の黄色いセンターラインを躍り越え、すかさずUターンして逃げるまでだ。

マスタングのドライバーが隣の車線から声をかけてきた。「ずいぶんしゃれた車に乗ってるな。その子の年式は?」

ドライバーは白人だった。赤い口ひげ、赤らんだ顔、茶色いベレー帽。曾我が自分たちの村の出身者以外を——それをいうなら日本人以外を——手先につかった形跡はいっさいない。その反面、その可能性を完全に排除できるような根拠がわたしたちにあるわけでもなかった。ドライバーはマスタングのハンドルに両手をかけていたが、もし片手が見えなくなったら即座に行動を起こすかまえをとった。

「七七年」わたしは答えた。

「いい年だな。うちのベビーは七三年だ」

「負けたよ」

男は二本の指を立てる敬礼をわたしに送ると、ギアを切り替えた。マスタングはすばらしいドライビングテクニックを披露しながら、角を曲がって消えた。

思い過ごしだったようだ。疑心暗鬼モードをおわらせると、両肩の緊張がゆるんでいくのがわかった。ジョージと野田はわたしよりも早い時間の飛行機に乗ったが、ふたりとも迂回《うかい》ルートをつかうので、アメリカ到着はわたしよりもあとになる。それからわたしたちは提携会社との協力態勢をととのえ、ジョージと野田が新規調査をはじめられるように下準備をすることになっていた。

わたしは北へさらに二ブロック走ってから左折して、スロート・ブールヴァードにはいった。数ブロック走ってパインレイク公園の横を過ぎてから右折し、サンセット・ブールヴァードへはいる。

もう着いたも同然だ。

あと数秒後には、ジェニーをわが腕で抱きしめられる。そうなれば日本で過ごした不安な日々は――少なくとも一時的には――おわる。たしかに曾我が脅威であることは変わらないが、いまこの瞬間にかぎっては、娘を家へ連れ帰れるようになったことのほうが、わたしにはよほど大きな意味があった。信頼に満ちた茶色の瞳を、すきっ歯ののぞく笑顔を早く見たくてたまらなかった。ひとたび落ち着いたら、娘の身の安全を守る新しい計画を立てよう。娘のみならず、わたしと娘の。

隠れ家の住所はレンナ警部補から伝えられていた――賃貸契約が来月で切れるのにあわせて、FBIがここを手放すことになっていたからだ。隠れ家のある通りに車を乗り入れるなり、うなじに恐怖の羽毛でくすぐられる感触が走った。ちょうど、隠れ家のあたりだろうと見当をつけたその場所の前の道路に、三台のパトカーがいずれも奇妙な角度のままとめてあった――運転していた者が大慌てで降りていったかのように。さらに近づいていくと、レンナ警部補の妻のミリアムが、両腕で胸をぎゅっと抱きしめた姿勢で前庭に立っているのが見えた。

まさか！

さらに通りの反対側の角を曲がって救急車が近づき、サイレンを鳴らさないまま家の前に停止した

——もう緊急性がないというしるしだ。

まさか!

FBIの隠れ家が血の海になっている光景が脳裡《のうり》にまざまざと見えてきた。唇が青く変色してぴくりとも動かないジェニー……その近くにはクリスティーンとジョーイのこわばった小さな死体が横たわっている。レンナ夫妻のふたりの子供は、レンナのチームのメンバーによって毎日この家に連れてこられていた——だからいまミリアムは、ふたりを迎えにやってきたのにちがいない。

そう、わたしは過剰反応しているだけだ。なにも問題ないにちがいない。そうに決まっている。わたしたちはジェニーを安全な場所へ移した。FBIが所有している非公開の隠れ家に身柄をかくまった。最高度のセキュリティ対策。レンナのチームでも選《え》りすぐりの三人がジェニーの身辺に目を光らせていた。いくら曾我の連中でも、警官隊ひとつを相手にことを起こすほど図太い神経をもちあわせてはいまい。いや……もちあわせているのか?

わたしはカトラスの車体がまだ揺れているあいだに外へ飛び降りていた。ひとりの女性警官がミリアムから話をきいている。一方ふたりのパトロール警官が家屋の敷地のへりで群衆整理にあたっていた。

「ミリアム!」わたしは大声で叫びながら、次第に膨れあがりつつある見物人の群れと群衆整理にあたっているふたりのうちの片方の警官の横を駆け抜けた。

「ちょっと!」制服警官がわたしの背中に叫びかけてきた。

「ミリアム!」

レンナ警部補の妻のミリアムは緑の瞳のブルネットで、顔には歳月の皺《しわ》が刻まれているが、それでもモンタナ生まれらしいクリーム色の容貌のもちぬしだ。ミリアムが動揺もあらわな目をわたしのほうへ滑らせると同時に、ふたりの警官がすかさずわたしとミリアムのあいだに立ちふさがった。どちらも拳銃のグリップ近くに手を浮かせている。ミリアムは左に体を乗りだして、守っている警官の横から顔を出した——ミリアムと目があった。その口が驚きに大きなO《オー》のかたちになった。ショックと悲しみで顔が歪《ゆが》んでいた。

わたしの背後では、警官がいますぐとまれと命令していた。前方にいる警官ふたりはそれぞれの銃を抜いていた。

ミリアムが大声をあげた。「いいの。その人は知りあい。あの子のお父さんよ」

わたしはミリアムの両肩を手でつかんだ。「ジェニーじゃないよな……」わたしはいった。「頼む、《あの子のお父さんよ》——まさか、そんなことがあるものか！

わたしに肩をつかまれて、ミリアムの体から力が抜けていった。両の頬を涙がつたい落ちていた。いつもは自信の光をたたえている瞳が、謝罪と絶望と敗北の色に変わっていく——それを見て、わたしの胸にぽっかりと暗黒の穴がひらいた。

56

すべてわたしの責任だ。ホームボーイはナイフをつきつけて、引っこんでいろとわたしに警告した。村では曾我の連中が手加減なく襲いかかってきた。東京では権力ブローカーの児澤が曾我の執念深さについて警告してきた。それなのにわたしはなにをした？　ひたすら前へ突き進み、追加の警護を依頼したただけだ。市警察の警官に。相手は曾我なのに。

胃が勝手によじれて結び目をつくり、同時に体内のほかのところでは理不尽な怒りが頭をもたげつつあった。

「ジム」ミリアムの声がした。「本当にごめんなさい」

《最初は美恵子、今度はジェニーだ》ようやくいまになって、曾我がどれほどの怪物《モンスター》なのかが理解できた。過去七日は、わき目もふらずに美恵子を殺した犯人たちを追及していたが、それがかえって曾我をすんなり招き入れ、たったひとり生き残っていた家族をみすみす殺させてしまった。《わたしはなにをしてしまったのか？》

ミリアムがわたしに近づいてきた。「さっきまでふたりでガレージにいたと思ったら、次の瞬間にはジェニーの姿が消えてて……」

わたしはさっと顔をあげ、すぐ目の前に見えていた真剣な緑色の一対の瞳を視線でさぐった。「消えた？　いま消えたといったのかい？」

「ええ。だれかがあの子をさらっていったの。だれかはわからない」

「ジェニーは死んでないのか？」

「ええ、誘拐されたの」

「クリスティーンとジョーイは？」

「薬を飲まされたけど無事よ」

わたしはもう話をきいていなかった。精神が一気にオーヴァドライブ・モードに切り替わった。ジェニーは生きている。レンナの子供たちは無事だ。まだチャンスはある。

わたしは気を引き締めた。胃の緊張がほぐれていく。「でも、あの救急車は……？」

「メイドのためよ」ミリアムはいった。「逃げきれなかったの」

ルーシー・クーパー――メイドのふりをしていた女性警官――は、どうやら敵の攻撃の矢面に立ったらしい。

ミリアムの事情聴取をしていた女性警官が、わたしたちのあいだに割ってはいってきた。胸の黒い名札には、白い文字で《**スピルズベリー**》と彫りこまれていた。「心苦しいのですが、どうかいま少し離れていただけますか？」

「追加の警護要員はなにをしていた？」わたしはたずねた。

「失礼ですが――」

「いいんです」ミリアムが女性警官にいった。「この人はあの子の父親です。東京から飛行機でこっちに着いたばかりで」

「事情はわかります」女性警官はミリアムにいった。「しかし、まだあなたの記憶が新しいうちに、お話をきいておく必要があります。お父さまとのお話はそのあと。どうです、よろしければ残りのお話はお部屋でうかがいましょうか？」

ミリアムはまた自分を抱きしめた。「いえ、まわりが見える外のほうがいい。あの子が帰ってきたときのために」

「けっこう。しかし、お話をなるべく早くうかがう必要があります。サー、恐縮ですが、いますこし離れていただけますか？」

「こっちの質問に答えてくれ」わたしはいった。「ほかの警官はどこにいた？」

スピルズベリーという女性警官は目を細くし、これまでわたしがめぐりあったどの警官にも負けないきつい目つきをむけてきた。「その質問に答えれば、ここから一歩離れて、わたしの仕事をおわらせてもらえます？」

「ああ」

「六ブロック離れたところで進行中だった強盗事件の現場に呼ばれていました」

わたしの耳で怒りがぶんぶんとうなりはじめた。「陽動作戦だ。それくらい、だれにもわからなかったのか？」

「いえ、わかっています」スピルズベリーは無限の忍耐心を感じさせる緊張した声で答えた。「いまとなれば、そのことも明らかです。さて、よろしければ――」

「レンナはどこだ？　なぜここにいない？」

「こうして話しているあいだにも、こちらへむかってます」

「それはよかった。しかし、話に同席させてくれ。さらわれたのは娘なんだから」

「ええ、事情によっては。しかし、あなたは目撃者ではありません。今回の誘拐に直接関係している情報をご存じでないかぎり、わたしたちの助けにはなりません。そういった情報はおもちですか？」

「いや。しかし――」

「でしたら、あの野次馬のいるところまで下がって、たったひとりの目撃者の事情聴取という仕事にとりかからせてくれますか？」

わたしは目を閉じながら、こんな自分にもなにかできることがまだあるかもしれないと考えたが、スピルズベリーのいうとおりだ。いまにかぎれば、わたしはお荷物にすぎない。といっても、サンフランシスコ市警が目覚ましい結果をあげると期待しているわけでもなかった。わたしたちの相手は曾我だ。疾風のごとくあらわれて、ＦＢＩの隠れ家からジェニーをさらっていった連中だ。娘がさらわれてから時間がずいぶんたつ――薬を盛られてヴァンかトラックか、あるいはプライベートジェット機に運びこまれ、曾我がえらんだ目的地へむけて移動しているところか。ふいに気力が抜けていった。わたしはあとずさり、どんどん増えて四十人を超えている見物人たちまで、あと二メートル弱のところへ下がった。

スピルズベリーはミリアムにむきなおると、ききまちがえようもない緊迫した声で話しかけた。「オーケイ、ミセス・レンナ。それでは犯人の人相や服装を教えてください」

ミリアムは目もとの涙をぬぐった。「さっきも話したように、犯人たちの姿を見てはいないの。あいつら、いきなりわたしに襲いかかって……」

「あいつら？　つまり犯人は複数だったんですね？」

「そう思う。ふたり以上だったように思えたわ」

「でも確証はない？」

「ええ」

新たな恐怖が胃の腑《ふ》の底でかもしだされた。ジェニーはいつまで安全なのか？　あいつらはいつまでジェニーを傷つけずにおくのか？　未成年者の誘拐事件では、おおむね被害者が殺害される。子供を生かしておけば、無敵の証人になるからだ。未成年者が法廷でだれかを指させば、どんな陪審もたちどころに有罪評決を出す。

スピルズベリーが質問した。「なにか見ましたか？」

「いえ、なにも。あいつらにいきなり、車のあいていたトランクに押しこめられて、そのまま閉じこめられたから」

「ガレージ内にいたんですね？」

「そうよ。車を入れて、指示されていたようにガレージのドアを閉めた。これにはけっこう時間がかかった。ね、だれかに連絡してもらえる？　さっきジェニーの写真をわたしたでしょう？」

「捜査手配を出しますが、そのためにも情報が必要です。犯人たちはあなたになにかいいましたか？」

「いいえ。わたしをトランクに押しこめて、勢いよくふたを閉めただけ。ジェニーが一回だけ、『ミセス・レンナ？』とわたしを呼んだ。わたしにきこえたのはそれだけよ」

それで気がついたが、ミリアムの命が助かったのは手近に車のトランクがあって、閉じこめる場所として好都合だったからにすぎなかった。トランクがなければ、この家で見つかる死体が二体になっていたはずだ。レンナとわたしは子供たちが訓練を積んだ刑事たち、適切な警戒策を心得た刑事たちのエスコートでこの隠れ家へやってきて、ジェニーの遊び相手をすればいいということで合意した。いまにして思うなら、レンナの家族をこんな危険に巻きこんだことが正気の沙汰とは思えなかった。

スピルズベリーはいったん黙って、最後の証言を嚙《か》みしめていた。この女性警官もミリアムの命が危機一髪だったことに気づいているはずだ——しかし警官ならではの無表情が、その反応を押し隠していた。「犯人たちの声を耳にしましたか？　ささやき声とか？　アクセントはどうでした？」

「いいえ。ひとこともきいてない」

「押し殺した声で指図していたとか？　取っ組みあいめいた音は？　争うような物音は？」

「いいえ」

《誘拐実行犯たちは手早く、自信に満ち、プロそのものだったということか》わたしは思った。

「あなたを押した手についておうかがいします、ミセス・レンナ。手をごらんになりましたか？　肌の色を覚えていますか？　あるいは指輪は？」

「いえ」

「足音はどうです？　重かったか軽かったか、あるいはせわしなかったか？」

「わからない。とにかく背後に人の気配を感じはしたけれど、ふりかえって確かめる間もなくトランクに閉じこめられていたから」

「犯人たちはどうやってあなたをトランクに押しこめましたか？」

「どういう意味？」

「犯人たちにしても、あなたとまったく揉《も》みあわずにトランクに押しこめることはできなかったはずです。そこまで広々としたトランクではありませんから」

「まず、トランクのふたがあいてたの。わたしは上体をかがめて、トランクから箱をとりだそうとしていた。そしたらだれかが片手で、わたしの頭をトランクの床にまで押しつけた。そうそう、スペアタイヤのにおいを覚えてる。新しいゴムのにおい」

「つまり、体をふたつ折りにされたような体勢だった？」

「ええ。頭を押さえつけている手を払いのけようとしたけど、力が強すぎて無理だった。それから、だれかがわたしの足をもちあげたの」

「そのあいだも、頭はトランク内に押しつけられたままだった？」

「ええ」

《曾我はチームを送りこんできたんだ》

「つまり、少なくとも犯人はふたり組だったことになる」

「そうでしょうね。ええ。そうにちがいないわ」

スピルズベリーは頭の切れる警官だ。いまもなにもなかったも同然の虚空から金塊を掘りだした。

わたしはこれまで以上にくつろいだ気分で一歩わきへ退き、スピルズベリーに仕事をまかせた。

「それであなたの頭を押さえつけていた手ですが、どんな感触でした？」

「感触？」

「ええ。大きな手でしたか？」

「大きめだったと思う。でも大きさよりも印象に残ったのは力ね。とにかく力が強かった」

「どうでしょう、あなたの手よりも大きかった？」

「ずっと大きかった。でも、わたしの手は小さくて——」

「わたしの手より大きかった？」

「ええ」

「男の手だった？」

「そこまではわからない」

「でも、どちらかといえば……？」

「男の手だったかも」

「なにか感じましたか？　指輪の感触とか？　腕時計は？　ブレスレットは？」

「いいえ」

「あなたの足をもちあげた手は？　やはり大きな手でしたか？」

「わからなかった」

「大きな手だったかも？」

「そうともいえないみたい。前の手より指が細かったような気がする。わたしの頭を押さえつけていた手の指は大きくて太かった。肉づきがよくて太いのではなく——がっちりして逞《たくま》しい指だったわ」

スピルズベリーはミリアムの答えを手帳にどんどん書きつけていた。

「コロンや香水のにおいはどうです？」

「香水。ええ、ブランドまではわからないけど、あれはたしかに香水のにおいだった」

《大当たり。男と女》

「あなたを名前で呼んだあと、ジェニーはなにか話していましたか？」

「いいえ」

「まちがいない？」

「ええ」

《三人》そのうちふたりがミリアムを車のトランクに閉じこめ、そのあいだ三人めがジェニーをおとなしくさせた。

　スピルズベリーはパートナーの男性警官にうなずいて合図を送った。警官はパトカーに歩みより、この新しい情報を関係各所に無線で伝えた。

　スピルズベリーはぴしゃりと音をさせて手帳を閉じた。「大変参考になりました、ミセス・レンナ。女の子の特徴や服装の情報を伝えて全部署手配《APB》をかけます――単身か、大人といっしょかもしれないということもあわせて。同行している成人はおそらく三人、そのうち少なくともひとりは女だという可能性がある、と。これが出発点です」

《少なくともひとりは女》筋の通る話だ。ふたりの男が少女を連れていれば好奇の目で見られる。しかし男女のカップルなら、子供を連れていても、通りいっぺんの視線すら引き寄せない。

「ありがとう」ミリアムはいった。「この次はいつ連絡をもらえる？」

「新しい情報がはいりしだい、すぐご連絡します。いったんお休みになられたあと、差し支えなければ署まで出向いていただき、あらためて事件当時のお話をおうかがいしたいと思います。あなたがなにか思い出すかもしれませんし」

「ええ」

視界の周辺から、ひとつの人影が見えてきた——人影は見物人の群れのうしろから、のんびりした足どりで近づいてきた。そして二歩ほどでわたしの背後につき、背中のくぼみにスチールの筒の先端を押しつけてきた。拳銃はジャケットのポケットにおさめたままだろう。男は周囲の見物人に背をむけて立つことで、手もとをまわりの目から隠していた。

「騒がず静かにしていろ」男がいった。どことなく、きき覚えのある声。ついで肩のあたりに、男のごわごわした口ひげの感触があった。マスタング男だ。

わたしはふりかえらずにたずねた。「あの子はどこにいる?」

「おれは知らないし、知りたくもない」

「だったらなぜわたしに話しかけてくる?」

「こりゃ鋭い質問だ。ふだんなら、話をするためにおれを雇う者はいないんだから」銃の先端が背中に食いこんだ。「こいつの意味はわかるな?」

「いやというほどね」

「今回はメッセージだ。あいつらは、東京のおまえの友人たちが雲隠れしたことを知って、機嫌をそこねてる。きいてるのか?」いいながらマスタング男は、背中の神経が痛むほど強く銃口を押しつけてきた。

わたしは背を反らせた。「きいてる」

ジョージと野田は別々のフライトに搭乗し、香港とシンガポールへむかった。アジアの両空港で一時降機するにあたってはどちらも本名だったが、飛行機を乗り換えるにあたってはパスポートもとりかえ、正体を偽ったままロサンジェルスとニューヨークに滑りこみ、東西の両海岸にある提携セキュリティ会社による秘密作戦をスタートさせる手はずになっていた。なお、それぞれの地域での意思疎通は対面方式に限定される。電子メールもコンピューターも電話もつかわない。とにかく曾我のハッカーによる傍受が可能なデジタル手段は禁止だ。提携会社はわたしたちの依頼で、ギルバート・トゥイード社の社員を綿密に調べ、曾我十条への旅をもとに組みあげたプロファイルに合致するような日本人か、あるいは日系アメリカ人社員がいるかどうかを確認する。これは藁《わら》をつかむような作戦だし、そもそも藁をつかめれば御《おん》の字だとわかってもいる。融からはこんな警告も受けていた――ギルバート・トゥイード社所属のコンピューターの天才は、わたしたちの側で想定外の動きがあった場合、即座に自分あての警報を発するような追跡プログラムを仕込んでいるはずだ、と。融の言葉は正しいように思えた。

「おまえがなにを企《たくら》んでいるにせよ、いますぐやめろ。メイドの姿をよく見ておけ。おまえが馬鹿な真似《まね》をすれば、次におなじ姿になるのはおまえの娘だぞ」

その言葉が合図だったかのように、救急隊員たちがストレッチャーを屋外へ運びだしてきた――ベージュのキャンバス地の布に覆われた遺体が、ストラップで固定されていた。あたりから低いざわめきがあがった。ミリアムが片手で口を覆っていた。

「あの女警官がすなわちメッセージだ」マスタング男はいった。

ルーシー・クーパーのなきがらが見えた瞬間、それまでくすぶっていた怒りが一気に大きく燃えあがった。女性警察官を殺害するというのは、ずいぶん思い切った行動だ。おまけに痛烈な一撃でもある。わたしたちは日本で曾我を激しく攻撃した――そして曾我が反撃してきた。曾我がこれまでのスコアを記録していれば、こちら側の死体の数はさらに増えるはずだ。

「そちらの望みは？」わたしはたずねた。

「さしあたり、なにもせずにじっとしていろ。いずれ連絡がある」

「従えるかどうか、なんともいえないね」

「従わなければ娘が死ぬだけだ。あとはおまえが選べ」

マスタング男は人ごみのなかをあとずさって離れていった。わたしは一拍置いてから、顔をうしろへむけた。マスタング男は見物人集団のいちばんうしろに立ち、これ見よがしに二本の指を立ててわたしに敬礼してから、さりげない足どりで遠ざかった。

いい、いい、いずれ連絡がある。

57

わたしはレンナ警部補とオフィスにすわり、湯気をあげる警察署のコーヒーのマグカップを重さを確かめるような手つきでもちあげた。夜も遅かった。サンフランシスコでは夜の十時、ニューヨークでは夜中の一時だ。わたしは最後に会話をかわしてからの出来事を、すっかりレンナに話した。いまはふたりで電話を待っていた。重要きわまる電話を。オフィスのドアは閉まっている。ふたりとも黙りこくっていた。

電話が鳴った。レンナが受話器をすかさずつかみあげて、「はい」といい、相手の声に耳をかたむけてから、受話器を差しだしてきた。「おまえあての電話みたいだ。かけてきたのはグレムリンらしくて、おれには言葉がさっぱりわからない」

「あんたかい、野田?」わたしはレンナにもわかるよう英語で挨拶した。

野田はひと声うなった。

わたしはレンナにうなずきかけ、会話を日本語に切り替えた。「なにか進展は?」

「あったかもしれない。あと一日必要だ」

「ああ、急いでくれ」

「なぜ?」

「ジェニーがさらわれた」

そんなふうに言葉に出すことで、娘の誘拐事件が一段と緊迫したものに思えてきた。いまこの瞬間まで、わたしは心のどこかで今日の夜遅くかあしたになれば、ジェニーが自宅のドアをあけて帰ってくるのではないかと思っていた。しかし、そういったことは起こりそうもない。わたしたちがとびきり慎重に動くか、とびきり幸運に恵まれるかしないかぎり——あるいは両方の条件がそろわないかぎり——きょうもあしたもいつまでも、ジェニーが帰ってくることはない。その認識がわたしを、これまで経験したことのないやりかたでぎりぎり締めあげてきた。胸が内側へむかって一気に陥没したように思えて、息をするのも苦しかった。

野田がいった。「いつのことだ?」

答えがのどにつかえて出てこなかった。

「ブローディ? いつのことだ?」

野田のぶっきらぼうで実務的な声が、わたしから答えを引きだした。「きょうの……午後。わたしの到着時刻にあわせて」

電話の反対側から、不機嫌に歯を剝《む》きだすような声があふれてきた。「犯人たちから連絡は?」

「直接警告されただけだよ。向こうはあんたとジョージが東京を発《た》ったのは知っているが、行先まではつかんでいない。それで焦って、ことを起こしたんだろうな」

「とにかく、あと一日だけくれ」

「わかった。ただし、絶対に見つかるな。ジョージにもおなじ注意をしておいてくれ。あんたなりジョージなりが連中に見つかれば、その代償はジェニーが払うことになる」

「ああ、わかった」

「野田？」

「なんだ？」

「あのとき森のなかで、あんたは曾我が人質をとることはないと話してたな」

「覚えてる」

「で……いまはどうだ？」

電話の反対側からは、しばらくなんの答えもきこえてこなかった。それから——「おれもまちがうことはある」

わたしののどは乾いて、ひりひりと痛んでいた。野田がわたしの不安をなだめようとして、精いっぱい言葉を工夫しているのは感じとれた。問題は野田の口ぶりに説得力が欠けていることだ。

レンナのオフィスのドアを四角四面で知られるロバート・デモンド副市長がノックしてひらき、顔だけを室内にのぞかせてきた。ブルーのピンストライプの三つぞろえを着て、赤いシルクタイを締めている。まじめ一方の性格は手もちの服のバリエーションにまで及んでいる。ゲイリー・ハーウィッツ現市長のあとで、デモンドが市長になっている姿はなかなか想像できなかった。サンフランシスコの市長を務めるには堅物すぎるように思えたのだ。

電話にむかって、わたしはいった。「そろそろ行かないと。わたしへの連絡方法は知ってるな？」

「ああ」野田はそういって電話を切った。

デモンドがいった。「やあ、ブローディ。例の件をきいたよ。なんともお気の毒に。娘さんをとりもどせる者がいるとすれば、ほかならぬわが市の警官たちだ。フランク、ミリアムとお子さんたちは大丈夫かな？」

「ええ、ありがとうございます。おかけになりますか？」

「いや。ただし、あとで直接話しておきたいな。ボスの命令だ。広報官のゲイルも話をしたがってる。警察署の公式発表をいくらかトーンダウンしてもらう件だそうだ」デモンドはレンナに意味深な視線をむけ、わたしにうなずき、きびきびした歩調で歩き去っていった。

「あれはなんの話だ？」わたしはたずねた。

「市長は事態がすでに収拾のつかない段階にあると見てるんだよ。それで警察内部にフルタイムの監視の目を入れようとして、選ばれたのがあの四角四面男というわけさ」

「あまりいい話じゃなさそうだな」

「すぐには信じてもらえそうもないが、おれならどうあってもゲイル・ウォンよりデモンドを評価したいね。あの女は表むき広報官だが、じっさいには市長室を仕切ってる。あの女の邪魔をして生き延びた者はいないよ」

それからレンナは残りの話をすっかりきかせてくれた。いまもレンナがジャパンタウン事件の捜査チームの指揮をとっている理由は、レンナに代わってバッターボックスに立とうという正気の人間がひとりもいないことに尽きた。しかもＦＢＩの隠れ家であんな事件があったあとは、志願者たちもひとり残らずいなくなってしまった。だれしも自分の家族を危険にさらしたくはない。急迫した危険であれ、長期的な危険であれおなじだ。署内の関係者は全員、わたしが明らかにした事実を記したレンナの報告書に目を通していた——曾我が専門分野で傑出した技倆《ぎりょう》をそなえていることはいうまでもなく、きわめて執念深く復讐《ふくしゅう》する性質もそなえていることを知ると、立身出世を第一に考えている連中は他所《よそ》へ行ってしまった。事件解決を求める社会のプレッシャーがぐんぐん高まっていくなかで、市長室は特別捜査本部の仕事の進捗《しんちょく》ぶりをつぶさにモニターすることにした——やがて地域社会の抗議の声が抑えがたいほど高まれば、そのおりにはレンナ警部補がいけにえに供されるのだろう。

「わるいな、フランク」わたしはいった。

「いや、おまえの責任じゃない。引き受けたときから、この事件は難物になると覚悟しておくべきだったんだよ。だいたい、おまえに謝らなくちゃいけないのはおれのほうだ」

「どうして？」

「追加で警護につけた連中を、あっさり馬鹿みたいにジェニーから引き剝がされてしまった件だよ。あれはとんでもない大ドジだった。あれ以上デカくなりようのない大ドジだ」

　その失態をあらためて考察したうえで評価を変えていたわたしは、肩をすくめて謝罪をふり払った。

「いや、あの場に彼らまでいなくてよかったよ」

　レンナはまじまじとわたしを見つめた。「まさか本気じゃないよな？」

「本気だよ。曾我はプロ集団だ」

　プライドがレンナの瞳に炎をもたらした。「じゃ、おれたちはなんだ？　ただの焼売《シュウマイ》か？」

「もちろんちがう。ただ曾我にとっては、殺人や暗殺や誘拐が日常業務だ。もしきみの部下があの場に居合わせたら、曾我チームは女性警官ばかりか、きみの部下二人もまとめて片づけていただろうね」

「まさか、そんなことが」

「今回は都合よくトランクがあいていたからよかったが、もしあいていなかったらミリアムの身がどうなったかと考えてみたか？」

　レンナと知りあってから何年もたつが、この警部補の顔がさっと血の気をなくすところをわたしは初めて目にした。スチールグレイの瞳がふらふらと泳いでいた。しかし次の瞬間、そんな反応は消えていた。

「ああ、いいたいことはわかった。おれたちは曾我を見くびっていたな。それも大幅に」

「ああ、そのとおり」

「この件には、いつものルールはあてはまらないわけだ」

「その点に異論はないよ」

　レンナは椅子の背によりかかった。口のなかで、ありもしないおはじきを転がす。「それはそうとして、ひとついいかな？　このクソ野郎どもも、ほかの人でなし連中とおなじで死ぬときは死ぬ。連中はいずれおまえのところにやってくる。こっちはおまえの自宅に監視装置を仕掛け、近くの建物の屋上に狙撃手を、近場の街路に覆面警官を配置しておく——これなら連中をとっつかまえられるぞ」

「無理だろうね」

「選りすぐりの人材を配置しても？」

「曾我なら見つける。あいつらは警察の台本を知りつくしてるし」

「もっといいアイデアでも？」

「あえてなにもせず、曾我が近づいてきて、持ち手をさらすのを待つんだ」

「危険すぎるな」

「あいつらはジェニーをさらい、さらにＦＢＩの隠れ家の前で、近くには半ダースの警官ばかりか四十人もの見物人がいたというのに、その衆人環視のなかでわたしの背中に銃を突きつけたんだぞ。そんな連中がこちらの策略を見逃すはずはないし、そのことを忘れればジェニーが痛い目を見ることになる」

レンナはまた架空のおはじきを口中で転がして眉を寄せた。「おれのふだんの対処法とはちがうが、この下衆《げす》どものことは、おれたちのだれよりもおまえのほうが詳しいな」

「おまけにジェニーのこともある」

レンナはうなずいた。「そいつが最高度の優先課題だ」

東京にいたときには、レンナに頼んでわたしの背後に警戒の目を光らせてもらうと約束した。しかしジェニーが誘拐されたことで、計画は変更を余儀なくされた。楢崎はこころよく思わないだろうが、危険度が大幅にあがったのだ。

「あとひとつ、いっておきたい」レンナがいった。

「なにかな?」

「今回のような復讐が動機になっている誘拐事件では、犯人側からの連絡が比較的早めにくるケースが多い。だから、心がまえをしておけ」

第八日
喪失

58

その翌日、ふたりの男が同一のグロックをこれ見よがしにふりたてながら店にはいってきた。美術品を買いにきた客ではないことは即座にわかった。

やってきたのはふたりの男だった。ホームボーイと、三十代なかばに見えるほっそりとした筋肉質の男。

わたしはレジの下にあるはずの武器に手を伸ばした。武器はなくなっていた。次に無音の警報スイッチを押した。無効化されていた。エイバーズとわたしは店の正面にむきあうカウンターの内側で身動きがとれなくなっていた。一瞬でスリーストライクをとられたようなものだ。なるほど——この連中を相手にしたら、サンフランシスコ市警の警官たちには勝ち目はまったくない。

初めて顔を見る男は、わたしのひたいの中央に銃口を押し当てた。「これから三十秒を生きたまま過ごしたかったら、ミスター・ブローディ、じっと動かずにいることだ」

わたしは動かなかった。なにもいわなかった。

ホームボーイが拳銃をかまえ、うちの店の奥へむけて発砲し、すかさず銃口を右へ動かして二発めの弾丸をはなった。

わたしはあいかわらずじっと動かなかった。

新顔の男は銃口をわたしのひたいの中央から離し、エイバーズのひたいの中央に押し当てた。「まわりを見てもいいぞ、ミスター・ブローディ。ただし、足はしっかり床につけておけ」

腰をひねって体の向きを変えることで、わたしはまず左の壁を調べたのち、さらに店の奥へ目をむけた。ホームボーイは驚くほど狙いの正確な銃撃で、十八世紀の信楽焼《しがらきやき》の壺《つぼ》を粉々にし、江戸時代の掛け軸に穴を穿《うが》っていた。このふたつは、たまたまわたしの店ではいちばん高価な品だ。これによって曾我は、私生活と公的な生活の両面で、わたしのすべてをつぶさに調べあげていることを明確に示した。カウンターの下の銃、アラームのスイッチ、店、そして娘。きのう感じた揺らめくような激怒がふたたび広がり、凝結したような熱気をわが魂のすみずみにまで広げてきた。

ホームボーイのパートナーがいった。「これで集中してもらえるかな?」

この男の両手はほっそりとして、美爪術《マニキュア》がほどこされていた。両目はどちらも突き刺すような光をたたえる鳶《とび》色の円だった。

わたしはまともに話せる自信のないままにうなずいた。

「よろしい。さて、つぎの一分のあいだに死にたくなければ、あちらの椅子にすわってもらおう。わが相棒がおまえたちふたりに手錠をかける。そのあとは話しあいだ」

男は一歩あとずさり、グロックの銃口をわたしの胸とおなじ高さにした。動作には無駄がいっさいなく、英語は完璧だった。銃器のあつかいには物憂げにも感じられる優美さがそなわっていて、男が巧みな銃の使い手にとどまらない名手であることを告げていた。男の一挙手一投足に感じられるゴムのようなしなやかさは、一意専心で格闘技の修行にうちこんだ者ならではのもの。そう、格闘技でも名手にちがいない。ホームボーイはたしかに危険な男であり、わたしはかろうじてあの男を押しとどめた。だがこの相棒は、わたしを完膚なきまでに叩《たた》きのめしそうだ。

エイバーズが椅子にすわったが、わたしはまだカウンター近くにとどまり突破口をさがしていた。

「ダーモット、どうやらミスター・ブローディにはなにやら腹案があるらしい。いい機会だから夢から目を覚まさせてやりたまえ」

ダーモットと呼ばれた男がエイバーズに銃をむけて引金を引いた。

エイバーズの左肩からわずか五センチほど上の背後の壁に、弾丸がめりこんだ。エイバーズは半狂乱の光を目にのぞかせて、びくんと跳びあがった。

わたしは降参のしるしに両手をかかげ、わが助手エイバーズの隣の椅子に腰をおろした。

「ミスター・ブローディ、きみはどうやら自分の命を粗末にあつかうきらいがあるようだからね、わが相棒がきみたちふたりに手錠をかけるあいだ、わたしの銃はミスター・エイバーズに狙いをつけておこう。ダーモットの気を一瞬でも逸《そ》らそうとして妙な真似《まね》をしたら、わたしはまずミスター・エイバーズを撃ってから、きみと交渉にとりかかる。ダーモットからは、きみがすこぶる優秀な反射神経のもちぬしだときいているよ。そういった才能のもちぬしは往々にして自信過剰になり、愚かしい挙に出がちだ。だからくれぐれも心したまえ——きみがなんらかの行動を起こしても、一秒もしないうちに、わたしは三発の弾丸をきみの助手に撃ちこむだろう。三発ともきわめて近接したところに命中するから、死はたちどころにやってくる。最上の場合、きみがわたしたちふたりを力で圧倒し、ミスター・エイバーズは死ぬ。最悪の場合、きみはこっぴどく殴られてミスター・エイバーズは死ぬ。つまり、きみがどんな動きをしようとも、ミスター・エイバーズは死ぬんだ。わかったか？」

わたしはうなずいた。男の話しぶりからは、他人に命令をくだすことにも、他人がその命令に従うことにも慣れているふしがうかがえた。

「けっこう。ダーモット」

ダーモットが店の入口ドアを施錠し、営業中のプレートを裏返して準備中に変え、ブラインドをおろした。それから引き返してきたダーモットは、わたしとエイバーズがすわっている十八世紀のコームバックのウィンザーチェアの背もたれの縦桟に手錠を通し、わたしの手首を金属のブレスレットで固定して鍵をかけた。さらにエイバーズの背後にまわって、おなじ手順をくりかえす。

「すばらしい。さて、お約束の挨拶を片づけておこう。わたしはロレンス・ケイシー。これはわたしの助手――過日ミスター・ブローディがご自宅の前で顔をあわせた相手だね――ダーモット・サマーズだ」

わたしとの初対面の場ではせせら笑いをのぞかせ、こましゃくれた態度をとっていたダーモットは、ロレンス・ケイシーの下にいるいま、注意深い手下になっていた。これは理解できる話だ。ケイシーという男は手下に忠誠を要求する。物腰はあくまでもしなやかで気品に満ち、いかにも一段上の存在のようだ。髪はひと筋もあまさずうしろへ撫《な》でつけられ、非人間的なまでに左右対称のポニーテールをつくり、度外れた几帳面《きちょうめん》な性格であることをうかがわせていた。着ているのは仕立ての上等な黒いスーツと、おなじく黒のタートルネック。どちらも曾我の村でわたしたちを攻撃してきた連中が着ていたのとおなじ素材のようだが、こちらのほうが若干厚手らしい。ダーモットもほぼ同様のスーツを身につけていたが、がっしりした体をおさめるためだろう、前者よりも襟が広い仕立てだった。ふたりとも足には黒いローファーを履いていた――靴底が柔らかな素材で音をたてないタイプの靴だ。ふたりとも日本人だった。

「ダーモット？　ケイシー？」ふたりが日本出身であることから、その名前がいまだに信じられない気持ちのまま、わたしはいった。

「どちらも仕事上の名前だ」ケイシーは武器をショルダーホルスターにおさめ、肩をそびやかしてスーツのスタイルをととのえた。

「さて、うちの娘について話しあえるか？」わたしはたずねた。

ケイシーはユーモアの片鱗《へんりん》もない顔つきだった。「もしや、きみはこの場のルールをさだめるつもりなのか？」

「いや、わたしはただ――」

「とはいえ、きみを長々と待たせるのもわたしたちの本意ではない。ダーモット、時計をスタートさせてくれ」

時計？

わたしが反応する間もなく、ダーモットが銃をかかげてエイバーズを撃った。

59

エイバーズはショックに大きく口をひらき、椅子にすわったまま一気に体をのけぞらせた。左の太《ふと》腿《もも》から血がどくどくとあふれだしていた。

「ブローディ」エイバーズがうめいた。

「しっかりしろ、ビル」わたしは氷のように冷たい目でケイシーをにらんだ。「いったいなんでそんな真似をした？　ふたりとももう手錠をかけられているじゃないか」

ケイシーの顔が暗く翳《かげ》った。「ミスター・ブローディ、きみはわたしたちの仕事の邪魔をしすぎているんだよ。そのため、こうしてわたしが特別にサンフランシスコを再訪せざるをえなくなった。これはわたしの時間の浪費であり、さらには……わたしたちの掟《おきて》に背く行為でもある。この場合適切な措置は、きみをおなじくらい痛めつけることだろうと思えてね。ダーモットは弾丸であの男の大《だい》腿《たい》動脈を傷つけた。ミスター・エイバーズの肉体からの出血ペースは計量可能だ。このまま出血がつづけば――つまり、止血措置をとらなければ――ミスター・エイバーズは十二分ないし十五分以内に死亡する。きみは背中にまわされた手に手錠をかけられているから、応急処置をほどこせない。手錠の鍵はわたしたちがもっている。さて、なにかご要望は？」

「ない」わたしはいい、唇を嚙《か》んだ。ちらりとエイバーズに目をむける。苦痛がひたいに険しい皺《しわ》を刻みこんでいた。

ケイシーはにっこり笑った。「賢明な答えだね。これでやっと本題にかかれる。わたしたちの提案は単純だ。こちらは現在の情況の緩和を望んでいる。きみの娘の身柄を預かったのはその第一歩だよ。通常であれば、あっさりきみを殺して片をつけるところだが、きみがサンフランシスコ市警察とブローディ・セキュリティ社にかかわっていることで事態が複雑化していてね。それで、わたしたちがこちらへお邪魔したわけだ。あの女性警官が死んだことで、こちらが本気なのはわかってもらえたね。わたしたちの要求はたったひとつ――原から依頼された仕事から手を引け。きみはファンファーレで送られることなく、ひっそり姿を消す――色のくすんだ夕陽《ゆうひ》のようにね。きみの調査会社が引き下がり、警察による捜査が滞れば、娘は生きながらえる。わたしたちが望むのは、きみがこれから数日ばかりは調査をすすめるふりをして、依頼人の原や警察の連中を満足させておくことだ。その数日が過ぎたら、きみは調査が空《から》ぶりにおわったと報告する。きみの娘の命は、きみのこの動きにかかっているんだ」

「ああ、話はきいている」わたしはそう答えながら、《わたしが彼らにとって脅威であるかぎり、ジェニーの命が奪われることはないのだ》と考えていた。しかし、ケイシーという男には恐怖を感じた。この男は冷血であり、几帳面であり、知的だ。なかでもいちばん厄介なのは、恐ろしいまでに予測できないところだった。いまもわたしは気力をふりしぼろうと努めてはいたが、ケイシーの冷ややかな凝視にあうと、自信が薄まっていくのを感じていた。

「けっこう。無駄にあがいても、持ち時間が減るだけだ。さて、きみの行動リストのトップにあがっているのは、ミズ・リッツァ原との二回めの会合だ。きみは飛行機でニューヨークへ飛ぶ。わかったかね？」

「ああ、簡単な話だ」

「その次は、本件と無関係な仕事のために、ミスター鈴木とミスター野田を世界周遊の旅に派遣する——そのためにも、きみはもっともらしい口実を用意したまえ。くれぐれも説得力のある理由をでっちあげることだ」

「お安いご用だね」わたしはいい、エイバーズに視線をむけた。「もっとペースをあげてもらえないか？」

「失敬——いまなんと？」

ダーモットがエイバーズの右足を銃で狙って、にたりと笑った——引金を引きたくて我慢できないようすだ。まずい。

「いや、なんでもない」わたしは急いでいった。「つづけてくれ。頼む」

ケイシーは感心だといいたげにうなずいた。「さて、これから先はね、ミスター・ブローディ、きみであれきみの部下であれ、計画からはずれた行動をとることはいっさい許されないよ。きみの行動にわたしたちが満足できない点があれば、こちらはいつでも攻撃を仕掛けられる。標的はきみの家族や友人たちだよ。根絶やしにするぞ。この日本語の意味がわかるかね？」

根絶やしにするぞ。文字どおりに解釈すれば〝おまえの根《ルーツ》を切り払う〟となるが、〝血縁者を皆殺しにする〟というのが真の意味だ。ケイシーが話しているのは、武家社会での忌まわしいならわしが多く存在する国における、もっとも恐ろしい戦争の武器のことだ。敵と戦って勝利をおさめたら、敗者の一族をひとり残らず殺す——それが封建時代のこの国のしきたりだった。たとえ幼い子供でも生かしておけば、のちのち成人したときに仇《かたき》をとろうとして勝者を狙ってくる、と信じられていたからだし、日本の歴史を通じてその前例があった。生き延びた敗者の血縁者たちは、名誉の問題として復讐《ふくしゅう》を誓った――それゆえ勝者が自分たちの安全を確保したければ、一族皆殺ししか方法がなかった。ケイシーの言葉の言外の意味にわたしは麻痺《まひ》してしまった。この男から暴力的な反応を引きださないような答え方がどうしても思いつかず、わたしは一回うなずくにとどめた。

「けっこう。それというのもわたしたちはもう三世紀にもわたって〝根絶やし〟を実践し、大きな成功をおさめてきているからでね。これはまた、比類なき説得術であることも立証されている。だからね、わたしたちがきみを殺すだけではなく、きみの家族やきみの親しい友人たちをもひとまとめに消し去ることになると、頭に叩きこんでおいてくれ」ケイシーはそういって、ぱちりと指を鳴らした。「ダーモット」

「サンドラ・ファンディーノ――カリフォルニア州ミルヴァレー、フレモント・アヴェニュー一七一三番地のアパートメントB在住」

「わたしの昔の彼女か？　その女なら、わたしがまだ生きていることも知らないだろうよ」わたしはいった。

「ところがこの女性はいまも思い出の品を手もとにとっているし、いまも冷蔵庫にきみの写真を何枚か貼っているよ」

「どうせ冷蔵庫には、ほかに何十枚も写真を貼りつけてるんだろうな。ひょっとしたら、わたしの写真だけ選《よ》り分けて捨てる手間を省いているだけかも」

「きみの写真がいちばん目立つ場所に貼ってある事実は、そうではないことを物語っているね」

実をいえば共通の友人たちから、サンドラがまだわたしに恋心をいだいているという話をきいてはいた。しかし、もう何年も言葉をかわしてはいない。わたしは無関心をよそおった。「それは初耳だ」

「よかった。この女が死んでも、きみが心を痛めることはないんだね。この女のことは本番前の軽い練習とでも考えてくれ」ケイシーはまた指を鳴らした。

ダーモットがせせら笑う顔を見せた。「了解。その女はあしたの早朝、日課のジョギングの最中に轢《ひ》き逃げで死ぬことになる」

大変だ……サンドラ……。わが心臓が闇の井戸にすとんと落ちた。不本意にも本心をあらわにしてしまう震える声で、わたしはいった。「きみたちの仕事はこれまでにも見てきた。だから、いまさら例を示してもらう必要はないね」

ケイシーはいぶかしげに細めた目をわたしにむけた。「しかし、やはり必要があるのではないかな。きみはわたしの好みからすると、いささか反抗的すぎるからね」

反抗的？　最初こそ椅子にすわるのをためらったりしたものの、そのあとのわたしは事実上まったく無抵抗だったではないか。毒にも薬にもならない言葉しか口にせず、その口数も抑えたのに、それでもケイシーは不愉快だという。というか、この連中は人殺しが好きなのだ。

「命令を取り消すんだ、ケイシー」わたしはいった。

「もう遅いな」

「命令を取り消せ」わたしは拘束に抵抗するように身をよじった。椅子の背もたれがきしんだ。ケイシーはわたしに目をむけて恐怖の色をさがしている。なに、苦労もせずに見つかるはずだ。こんな場面で恐怖を感じないのは愚か者だけだろう――愚か者は恐怖を感じないで、たちまち死ぬのだ。

ケイシーが譲歩した。「それでは今回だけにかぎるという条件で、きみの要請を認めるとしよう、ミスター・ブローディ。しかし、この条件をお互いが理解したかどうかを確認させてもらうよ。どうかな？」

「ああ」

「本当におたがい条件を理解したんだね？」

「そのとおりだ」

「それはよかった。というのも、ミスター・エイバーズが見るからに苦しそうだからだ。次になにか突発事が起こったら、わたしはもう自分を抑えない。いったん下した命令を取り消すのは大きらいだ。命令系統の弱体化を招く。次になにかミスがあったら、わたしたちのリストで次に名前があがっている人物ともどもサンドラ・ファンディーノもまた、きみの強情さが原因で犠牲になる。わたしの言葉を忘れるな――いいか、この先はいっさいの交渉を受けつけない」

　ここでもケイシーはぱちりと指を鳴らした。

「ジェニーのベビーシッター。上のフロアに住むマイヤーズ家の女」

　わたしの顔から血の気がひいた。

「親しい隣人だ。これはなかなか楽しそうだ」ケイシーはいった。「なにか名案でも？」

「薬を飲ませてから服をひんむいて半裸にし、夜遅くにこの街でも名うての治安のわるい地域に投げ捨ててこよう。白人女が大好物という男どもが多いあたりに――」

　エイバーズの頭が力なく左に垂れた。まぶたが痙攣《けいれん》していた。「ブローディ、おれは――」

　ケイシーがちらりと腕時計に目を落とした。「おや、わたしたちの〝時計〟は若干動きが速いみたいだね。かわいそうに。きみがなすべきことを実行しなければ、次はジェニーがおなじ目にあうよ、ミスター・ブローディ。警察のバックアップがついていようといまいと、必要とあれば、わたしたちはかならずやきみを排除する。いつでもどこでも、きみやきみの友人に手を伸ばせる。何者かがわたしたちに一歩でも近づいてきたら、きみの娘は死に、きみは死に、だれもかれもが死ぬことになる」

ケイシーはしゃがみこんで、わたしと目の高さをあわせた。

「さて、ミスター・エイバーズは猛烈に苦しんでいるぞ。この苦しみの原因は、ここと東京の両方できみが意地を張ったことだ。これ以上の言葉を費やす必要はないだろうね」

ケイシーはくるりと身をひるがえし、ふりかえりもせず出口へむかった。

ダーモットはわたしにむけてグロックをふりたてながら遠ざかった。「またそのうちにな、ブローディ」

それからダーモットは手錠の鍵を自分の足もとに落とし、にやりと笑ってドアから出ていった。わたしは鍵から目を離さずに思いきり身を乗りだした。手錠が手首に食いこんできたかと思うと、次の瞬間には椅子ごと横ざまに倒れこんだ。衝撃で片方の肘掛けが折れたほか、横桟がへし折れる音もきこえた。めったに見つからない二脚そろいの逸品がこの始末だ。店で三番めに高価な品が修復不可能なダメージを負ってしまった。

わたしは爪先を床に押しつけてじりじり前進し、なんとか鍵のすぐ近くにたどりついた。それから椅子ごと体を転がして仰向《あおむ》けになると、指先であたりをさぐりまわった。エイバーズがうめき声を洩《も》らした——顔は蒼白《そうはく》、体の下の血だまりは思わず不安になるほどのペースで拡大しつつある。ようやく鍵をさぐりあてた。鍵を指でしっかりつかんで体を左右に揺らすうちに、やがて勢いがついてきて、首尾よく横向きになれた。

背中側にある金属のブレスレットに指を走らせて鍵穴をさがす。鍵穴が見つかる。鍵を挿しこむと、かちりと音がして解錠したことがわかった。わたしは体を滑らせて反対側の手錠も解錠し、つづいてエイバーズの手錠をはずしてやった。エイバーズを床に寝かせて、多少なりとも出血を抑えるために銃で撃たれたほうの足をもちあげる。さらに手近にあった着物用の青い帯を止血帯代わりに巻きつけ、帯の余った部分を銃創そのものの上にきつく巻く。こんなふうにわたしが代用品の繃帯《ほうたい》を巻いているあいだ、エイバーズは低くうめきつづけていた。

９１１に緊急通報して救急車を要請してから、わたしは意識をなくしているわが友人エイバーズの上にかがみこんで顔を平手打ちした——まず片頬を、つづいて反対の頬を。

「ビル、きこえるか？」

答えはなかった。

遠くで響くサイレンの音を耳がとらえた。

「ほら、きこえるかい、ビル？　もう助けがこっちにむかってるぞ」

エイバーズがぱちりと目をあけた——顔が苦しみに歪《ゆが》んでいた。「なんだって？」

「サイレンだよ。助けが来るんだ」

「寒い。すっごく寒いんだ」

わたしは昔の朝鮮でつくられた寝室用箪笥《たんす》にかけてあった青い毛布を引き寄せて、エイバーズにかけた。「これで少しはましか？」

エイバーズの瞼《まぶた》がひくひく動いていた。「あいつらに店をめちゃくちゃに荒らされちまったな」

「直せないものはないさ」

「これからもフリカデルに不自由したくなかったら……」エイバーズは故郷の南アフリカのミートボールを例に出して話した。「早いうちに、いくつか商談をまとめる必要がありそうだ……」

「きみなら売れるさ」

「ああ、売ってやる」

消えていった。

「いつもどおりね」

エイバーズは小さくうなずくと目を閉じた――それっきり、顔に残っていた最後の生気がすうっと消えていった。

60

わたしは病院の待合室にすわって、両手で頭をかかえていた。完全に途方にくれていた。どこにむかえばいいのかも、なにをすればいいのかもわからなかった。なにを考えればいいのかさえわからなかった。熱に浮かされたような不安が胸に鉤爪《かぎづめ》を立てていた。呼吸はまるで発作のように不規則だった。わたしは自分が大事に思っている人たちのすべてを危険にさらしてしまった……。

病院のスタッフが手術室からエイバーズを運びだし、まっすぐ集中治療エリアへと運んでいった。集中治療エリアは面会謝絶だ。体内に負ったダメージには残らず手当てがほどこされたが、まだ合併症の問題があり、今後の経過は予断を許さなかった。

医者はわたしに、これから十二時間から二十四時間、エイバーズはひたすら眠っているだけだと伝え、家に帰るようにいってきた。そこでわたしは病院を出ると、朦朧《もうろう》とした頭のまま店にもどり、準備中のプレートはそのままにして、いつもなら得意客にしかふるまわない限定品の十二年貯蔵酒をとりだした。ひとりで飲みたくはなかったが、ほかに行くあてもない。レンナ警部補はいまごろ、妻の心の傷や罪悪感を相手にしていることだろう。マイヤーズ家に行けば、ジェニーのいちばんの親友であるリサと顔をあわせなくてはならない。自宅に帰れば帰ったで、どこに目をむけても娘のことを思ってしまうに決まっている。

となると、行き場は店しかなかった。

一杯めの長期熟成の古酒は記録的なスピードで消えた。わたしは二杯めをそそいで、一気に飲み干すと、瓶を手につかんで自分のデスクを離れ、オフィスに隣接しているこぢんまりした会議室へはいっていった。

それから三杯め、つづいて四杯めも飲み干した。ベージュのカーペットを見おろし、パールグレイの壁を見つめる。取引をまとめたり、新たに仕入れた美術品を調べたりするためのこの部屋が、わたしは以前から誇らしかった。それなのに、いまはなんの意味もなくなっていた。わたしの視線はあてもなく部屋をさまよったあげく、バーチフィールドの水彩画に落ち着いた。わたしは五杯めの日本酒を、この無視された画家に献杯した。

いつもどおり、この絵の淡いパステルカラーの色あいがわたしを引きこんだ。夜の闇が、地平線にわずかにのぞいているオレンジ色の曙光《しょこう》と出会っていた。そして前景ではピンクと黒と緑という超現実的な色のとりあわせで描かれた一本の木が天にむかって伸びていた——みずみずしく、脈打ち、生気をみなぎらせて。木は毅然《きぜん》とした威厳をのぞかせて、この日の訪れを待っていた。

威厳——それは、わたしがわずかながら知っていることだった。


スコット・ミュトラックスが広がる一方のせせら笑いを顔にのぞかせてわたしを投げ飛ばしたのは、これで三回めだった。わたしは十七歳で強情な性格だった。そんなわたしがよろよろと立ちあがって四回めの戦いに挑んでも、ミュトラックスは一瞬もためらわず、わたしをマットに叩きつけた。ミュトラックスはわたしよりも三つ年上、やたらに歯を剝《む》きだしてうなる乱暴者だった。対するわたしは、日本からロサンジェルスの道場に来たばかりの、夢を追う若造だった。そしてこのときまでは、東京とロサンジェルスのわずかな人々からも忘れられた存在だった。

叩きのめされて血を流しながらも、わたしは立ちあがろうとした。視界の周辺に闇があつまりはじめていた。怒りがわたしをむしばんでいた。そこへ美恵子がマットに踏みだしてきて、岡崎の山にまつわる和歌をわたしにささやいた。日本語で。それが初めてだった。その日本の詩歌のニュアンスは完全には理解できなかったものの、平穏と知見にまつわる禅の理想がほのめかされていることは感じとれた。その年齢ではメッセージの完全な理解は望むべくもなかったが、それでも当時のわたしはなぜか本質を理解していた。

美恵子の吐息は温かく、甘い香りがした。わたしの心臓は、美恵子が語りかける静寂をみずから包みこんだ。闇が明るく輝くようになって、美恵子とわたしは笑みをかわした。

わたしはその日はもうミュトラックスに挑戦しなかった。わたしは美恵子に手助けされるまま道場の隅へ引き返し、頭がすっきりするまですわっていた。わたしはまっすぐ背を伸ばし、頭を高くしてすわっていた。バーチフィールドが描いた木のように。

スコット・ミュトラックスはわたしが知らないことを知っていた。それがなんであれ、圧倒的な力のみなもとになっていた。しかしわたしは、その正体を突きとめる決意を固めていた。

それから二年間、わたしはひたすら練磨の日々だった。型《かた》と構《かま》えと自然体《しぜんたい》と礼《れい》がわたしの毎日と夢の双方を満たした。悪夢では、スコット・ミュトラックスのせせら笑いを見せつけられた。一年めがおわると、わたしはストリートで学んだ身ごなしを武道に取りこみはじめた。それから柔道も。さらにはテコンドーも。それまでにない組みあわせが生まれてきた。わたしはさらに修錬を積み、これを磨きあげた。静寂が見守っていた。手を伸ばしても、静寂はめったにとらえられなかった。つかんだままでもいられなかった。つながりをもてたときには、すべてを心得たかのような平穏が得られた。肌にちりちりと刺戟《しげき》が走り、裡《うち》なる光明がわたしにぬくもりをもたらした。

あの日、美恵子から道場のマットの上で教えられたのはこういうことだ——戦いに負けても、おのれに負けることなかれ。

そして二年後、スコット・ミュトラックスとわたしはふたたび戦った。わたしは十九歳、ミュトラックスは二十二歳。わたしの身長はさらに十センチ以上も伸びていた。わたしは二回にわたってミュトラックスをマットに投げ落とした。結局ミュトラックスは野次のなか、こそこそと退場していった。

曾我の連中が店にやってきた日の夜は、生涯でもいちばん長い夜だった。その前夜、誘拐されたジェニーのことが心配でならなかった夜よりもなお、長く孤独な夜だった。そして十四年におよんだ音信不通ののち、ジョージがいきなり電話をかけてきて父の死を伝えてきた日の夜よりも長く孤独な夜だった。

どんな夜よりも長く孤独に感じたのは、ここまで自分が無力に思えたことがなかったからだ。ジェニーとエイバーズの姿や、これまでに人生における善なるものやまっとうなものすべてが、わたしを苦しめた。答えは皆目わからないながら、疑問だけはあった——自分自身を見つけられない状態で、どうすればジェニーを見つけ、エイバーズを支えられるだろう？　わたしはその疑問を、日本酒とバーチフィールドの絵と自分自身に投げかけた。酒はわたしの心をなだめ、絵はわたしに霊感を与え、三つめは——精いっぱい深くまで掘り下げ、もう耳をすまさずともいいだろうというときになって——わたしに答えを与えた。

ふたたびわたしは静寂を見出《みいだ》し、光明を感じた。知見を。裡なる力を。ついできこえてきたのは、もうずいぶん昔にわたし自身の言葉になっていた父の言葉だった。

《堂々と頭を高くかかげよ。背の低き者たちのため——そしておのれのため》

曾我は美恵子を奪った。曾我はジェニーを連れ去った。しかしこうして息を吸っているかぎり、曾我の連中に命まで吸いだされてしまうつもりはなかった。

第九日

絶望

61

翌朝、わたしのオフィスの電話が呼出音を二回だけ鳴らして、それっきり切れた。

わたしは店の戸締まりをすませ、店のヴァン──裏にとめてあった店名などの表示がいっさいない白いパネルトラック──に乗りこんだ。それからロンバード・ストリートを東に走って右折、ヴァンネス・アヴェニューにはいると、数ブロック先の交差点にあるガソリンスタンドに車を乗り入れた。セルフで給油しながら店主のアルに手をふり、そのあと整備場の横にヴァンをとめる。整備場ではアルの息子がサファリのヴァンをラックに載せて、前輪車軸の修理中だった。わたしとアルの息子はうなずきかわした。わたしは裏口からするりと外へ出て駐車場奥にある金網フェンスのゲートを抜け、隣の軽食堂《ダイナー》に足を踏み入れた。曾我の連中のことだから、店近くの公衆電話には盗聴装置を仕掛けているだろうし、宙を飛びかう携帯電話の電波をとらえる録音装置も仕掛けてあるにちがいない。しかし外部からは見えないスタンドの裏口から外に出て、裏のダイナーにはいるだけなら、わたしの姿が外気にさらされるのは二十秒にも満たない。

コーヒーと適当なデニッシュを注文すると、わたしは店内を洗面所のほうへ歩き、二台の公衆電話を見つけた。すばやく目を走らせる──声がきこえる範囲にはだれもいないと確認できた。目的の番号に電話をかける──録音されたメッセージの指示どおりに硬貨を投入して待つ。相手の呼出音が一回だけ鳴った。

「もしもし?」と声がきこえた。

「わたしだ。なにかわかったか?」

「連中はこっちに来てる。人数は不明」

「ニューヨークに？　まちがいないか？」

「まちがいない。スーツを着てるが、よだれかけをつけたブルドッグそっくりだ」

「すいぶん手早い仕事ぶりだな」

「もちろん」相手は日本語でいった。「この仕事には十人のスタッフに二十四時間態勢であたらせてる。おれはいっさい外に出ない。ジョージもロサンジェルスでおなじように進めてる」

背すじを悪寒が駆け降りた。十人というのは軍隊なみだ。「いったはずだぞ、目立たないようにしてくれと。なにせジェニーの命がかかってるんだ」

「超長距離からの動向監視だけだ。近隣のビルやずっと離れたところにとめた車から双眼鏡で観察してる。相手にはいっさい近づいてない」

「向こうに見つかった者はいないんだな？」

「ああ、いない」

全身を安堵《あんど》が走り抜けた。「それならよかった。で、なにがわかった？」

「路地側の通用口と地下駐車場の監視をはじめるまでは、なにもわからなかった」

「連中は正面の出入口をつかっていない？」

「前はつかっていたかもしれないが、いまはつかっていないな」

あいつらは常に一手先を行くんだ――わたしは思った。わたしたちに手下のハッカーを特定されたことで、曾我は超潜伏モードに移行したのだ。「相手は何人？」

「これまでのところは五人」

「ジョージのチームが見つけたのは？」

「三人だ。全員がスモークガラスの車に乗って、地下駐車場から出入りし、ロビーのエレベーターには乗らずに裏の階段をつかってる。動きを押さえるのもひと苦労だ」

しかし、ありがたいことに野田はその仕事もすませていた。「五人というのは、あの手の連中にしては大人数だ。自宅の住所はつかんだのか？」

「ロングアイランドの北の海岸ぞいの人目につかない引っこんだところだ」

「高級住宅地か？」

「広くて木立があって、海に面してる。まわりは全部、高い塀で囲まれてる」

「どんな海だ？」

「広い海だ」

「ロングアイランド湾だな。本土との行き来も容易だ」

「ああ、入江はあるし、東西へも北へも移動しやすいな」

「つまり自宅に追いつめるのは無理か？」

「無理だ。桟橋があってボートが二隻ある。どっちもスピードの出そうなボートだ」

「所有者は？」

野田がうめき声を洩《も》らした。「道ぞいに三キロばかり離れた地元ガソリンスタンドに聞きこみにいかせた。話によれば、日本人の老人が年下の男ふたりといっしょに住んでるらしい」

後輩と先輩。若者が年長者に奉仕する関係。日本の典型的な階級制度。これは見こみがありそうだ。

「よし、進めよう」わたしはいった。

「こっちサイドの手配はおれがする」

「ありがたい。じゃ、今夜会おう」

「オーケイ」

「あとひとつだけ」わたしはいった。「やつらが訪ねてきた」

「人数は？」

「ふたりだけ。店の助手が撃たれた」一夜明けても、エイバーズは快方へむかっているとはいえなかった。

「話してくれ」野田がいい、わたしは話した。わたしの報告がおわっても、野田は長いあいだ黙りこくっていた。それから——「いまは医者を待つ以外にどうにもできないな。とにかく落ち着きをたもって、なりをひそめ、頭を低くしていることだ」

「そのつもりさ——でも、だれかにこの代償を払わせなくては」わたしは答えた。

野田はひと声うなって電話を切った。

次に電話をかけたのはレンナ警部補だ。曾我の手の者があぁして店に姿をあらわした以上、これからはもう警察の警部補といっしょにいるところを見られたり、話をしているところを盗み聞きされたりするわけにはいかない。レンナが電話口に出てくると、わたしはニューヨークで仕事を開始するが、パーティーに参加する気はあるかとたずねた。

「なにがなんでも参加したいね」レンナはいった。「けさ、公式に休暇を申しわたされたんだ。くわしい話は朝刊に出てる」

「完璧だ」曾我もその記事を読むだろう。「じゃ、あっちの海岸の街で落ちあえるな？」

「予定どおり。署長と市長はともかく、ほかの連中にはおれが街を出ることも知られない」

「けっこう。ほかには？」

「このへんには、おれたちのことを疑心暗鬼病だと思ってるやつらが大勢いる」

「あんたはどうなんだ？」

「ま、おれは多少いろいろ知っているからね」レンナはいった。

つづいてわたしは東京に電話をかけた。児澤吾郎が電話に出たが、どちらも名前は口にしない。わたしはいった。「あなたが話していたあちこちの扉をあける頃合になりました」

「では、方法を教えてくれたまえ」

わたしは話した。

それからわたしはテイクアウトの紙袋をこれ見よがしにかかえて、アルのガソリンスタンドへもどり、ガソリン代を払って店へ引き返した。そのあとオフィスから、ケイシーに命じられた用をすませるための電話をかけた。そう、原リッツァに電話をかけ、とるに足らないわが持ち札《カード》を切ったのだ。リッツァはわたしとの二度めの会合に前向きになってくれたが、わたしはひどく気がとがめた。リッツァを利用していることでは、父親の原克之と変わるところがないからだ。

原にとって、娘のリッツァは曾我をおびきよせるための標識灯《ビーコン》だった。

わたしにとって、リッツァは楯《たて》になるのだろう。

三ブロック離れたところで——

ジム・ブローディが店のヴァンに乗りこんで、まだ明らかではない目的地へむけて走りはじめると同時に、なんの標識もマークもない四台のヴァンが東西南北それぞれを固めるかたちで移動しはじめた。四台のそれぞれにはブローディの車の車台にとりつけた発信機に照準をあわせたＧＰＳシステムがそなわっており、どれもが距離をとってブローディのヴァンを追尾した。標的がロンバード・ストリートを東へ移動中は、追尾中の四台のうち二台が並行している左右の道路で、ブローディの車の先を走った。三台めはロンバード・ストリートの前方四百メートルほどの場所でブローディの車のすぐ前に出るように走り、四台めは八百メートル離れたところから尾行していた。

ブローディが右折してヴァンネス・アヴェニューにはいると、前後についていた追跡車はそれぞれおなじ方向に曲がり、ブローディの車と並走しはじめた。それまで並走していた二台はヴァンネス・アヴェニューにはいって、標的の前後をかためた。標的の車が移動中は、四台は外から見てわかるかたちで連絡をとりあうことはなかった。またどの車も、標的の三ブロック以内には近づかなかった。

対象の車が目的地に近づくと、監視車輛《しゃりょう》はいずれも加速した。後方から追跡していた車は、対象がガソリンスタンドへ車を入れると同時に加速、道をはさんで反対側にあった薄暗いドライブウェイに乗り入れた。こうすれば、ヴァンの後部に乗りこんでいる監視人がリアウィンドウのスモークガラスごしに鋭い観察眼をつかうことができる。

残る三台は前後左右それぞれの位置で、七十メートルから百メートル離れた位置に駐留ポイントをさだめ、二百メートル弱離れた蟋蟀《こおろぎ》の鳴き声もとらえる性能のパラボラ集音マイクを起動させた。いちばん近い場所にとまっている車のドライバーが四台めのマシンのスイッチを入れる。音声増幅ソフトウエアを調整すると、四台の長距離集音マイクのうち三台までが、ブローディの電話での会話を傍受することに成功した。

そのうち二台による録音は完璧だった。

62

ユナイテッド機のキャビンの窓から外へ目をむけると、遠くにマンハッタンが見えた。超高層ビル群が、うっすらくすんだ黄色い空に突き立てられた鉤爪《かぎづめ》のように見えている。飛行機がジョン・F・ケネディ国際空港に着陸すると、わたしは頭上の手荷物収納ラックからダッフルバッグをとりだし、タクシーで三八番ストリートと九番街の交差点に建つミッドタウンの某ホテルへむかった。埃《ほこり》をかぶったシャンデリアと黒白の市松模様になっているリノリウムの床、傷だらけの赤いビニール張りの二脚のソファというロビーに足を踏み入れる。ロビーのいちばん奥にドアがあって、その先はさらに赤いビニールがつかわれている安っぽいカクテルラウンジになっていた。バーの仄暗《ほのぐら》い明かりに目を凝らすと、仕立てのいいサマージャケットの生地のつややかな光が見えたが、当人の顔までは見えなかった。三八番ストリートと九番街で伊達男《だておとこ》ぶりのアピールか？

がたがた揺れるエレベーターで五階へあがり、おそらく八十年分になろうかという歳月の爪痕を見せる胡桃《くるみ》材模様のベニヤのドアをノックした。ドアがあいた。わたしは入室した。ドアが閉まった。薄暗いなかで、野田が携帯電話と拳銃を手に立っていた。照明は抑えられ、窓のカーテンは閉じてある。客室には、紋章のような模様があしらってある臙脂《えんじ》色の色褪《あ》せたベッドカバーのかかったダブルベッドがあり、靴で擦れてすっかり薄くなった茶色いカーペットが敷かれ、不細工な茶色いデスクがあった――デスクにつけられた刻み目の数は、マンハッタンに来るための高速道路の路面にあいている穴の数にも負けないだろう。

「おまえのすぐうしろには警官がついていた」野田はいった。「提携会社の調査員がケネディ空港でおまえの姿を確認している。尾行されていないことは確認ずみだ」

「下のカクテルラウンジでとぐろを巻いていたのはジョージかい？」

「ほかにだれがいる？」

野田はグレイのサマースラックスと黒いタートルネック、それに青灰色のジャケットという服装だった。ゆったりしたジャケットなので、ホルスターは少しも目立たない。

わたしは銃をさし示した。「忙しかったようだね」

「提携会社からの借り物だ。ジョージも銃を携行しているし、おまえの銃も用意してある」

そういって野田は小型のブローニングを投げてよこした。わたしは受けとった銃をウィンドブレーカーのサイドポケットに落としこんだ。

二分後、ドアにノックの音がした。野田がさっと銃を抜いて、わたしにうなずいた。わたしはドアスコープから外をのぞいて確かめ、ドアをあけた。レンナ警部補が部屋にはいってきた。わたしには見覚えのない私服警官と、ダスキーブロンドの髪にワイヤフレームの眼鏡をかけた男もいっしょだった——後者の男はイタリア製とおぼしきオリーブグリーンのスーツを着て、瞳が淡いグレイだった。

野田は自分の銃をホルスターにおさめた。

わたしはレンナにいった。「よくここまで来たな」

「片道旅行になるかもしれない旅さ。ゆうべ上から話をきかされた。この計画を進めても、ジャパンタウンの事件は解決できっこないんだから、家へ帰ったほうがましだとよ」

わたしは友人レンナに同情した。サンフランシスコでは市の役人たちが広報担当者のうしろに隠れ、レンナに責任を押しつけていた。事情通たちは、ジャパンタウン事件を担当するというレンナ警部補の決断を〝キャリア上の自殺〟と形容した。しかし、わたしをはじめ似たような考え方の少数の面々はちがう見方をしていた。バッターボックスに立つことで、レンナは正しいおこないをしたのである。ジャパンタウン事件を未解決のまま捨てておいたら、毎朝、鏡に映る自分とどうむきあえばいいのか？

問題は、これがあまりにも頻繁に起こることだ。それもわたしたち全員に。自分たちなりのジャパンタウンと直面した場合、わたしたちの大多数が逃げだす。配偶者の不貞、勤務先での裏切り、不治の病におかされた家族……どんなことであれ、わたしたちは問題に直面せず、背中をむけて逃げる。わたしがそれを知っているのも当然だ。かつて美恵子が死んだとき、わたしは八カ月ものあいだあいだ、あなぐらに這《は》いこんでいたのだ。

「ほかにもニュースがある」レンナは静かにいった。

沈んだ暗いその声を耳にして、冷え冷えとしたものが骨にまで忍びこんできた。もしやジェニーの死体が発見されたのか？　ケイシーがダーモットを解き放ったのか？

「エイバーズは助からなかった」

室内の全員が沈鬱な面もちで床に目を落とした。

自分でも気がつかないうちに、うめき声が唇から洩れだした。ほかの面々に背中をむけると、わたしはウィンドブレーカーのポケットに両手を突っこみ、生地を限界まで引き延ばした。体の内側にうつろな痛みがぱっくりと口をあけるなかで、わたしは下唇を噛《か》んだ。

だれかがわたしの肩に手をかけた。

「これがおわれれば、エイバーズをちゃんと弔う機会もある」レンナがいった。「いまは生きている人間に焦点をあわせる必要があるぞ」

つまりジェニーのことだ。重苦しく落ち着かない頭をかかえたまま、わたしは騒々しい音をたてて息を吸い、気をとりなおそうとした。

「たしかにそのとおりだ。よし、仕事にかかろう」わたしは室内の面々にむきなおり、レンナにたずねた。「ここにいるのは、ニューヨークのあんたの仲間かい？」

「ああ。ジェイミー・マッキャン、これがジム・ブローディだ」

わたしは紹介されたマッキャンという私服警官と握手をかわした。

「亡くなられた方のことは残念だ」マッキャンはいった。「ところでアイリッシュかい？」

「父方がね」

「それはいい」マッキャンは大柄で逞《たくま》しい体格の男で、レンナと同年代だった。レンナが口に拳をあてがって咳払《せきばら》いをした。「そして、こっちがルークだ」

「ファーストネーム？　それともラストネーム？」

「ただのルーク」

「なるほど」わたしはいい、握手をかわした。

マッキャンがいった。「ルークは〝局〟からの出向だよ。あなたがどんなところに手をまわしたのかは知らないが、おかげで何十年も閉ざされていた通路が何本もあいた。ニューヨークのとんでもない奇跡だ。必要になれば、充分な人員を即座に用立てられる。ＳＷＡＴ、対テロリスト部隊、空中援護航空隊、おまけにルークもいるんだ」

そちらには事情がわかるまい。どうやら、児澤はたしかにあちこちの扉をあけたようだ。

「あなたはなにをするんですか、ルーク？」

ルークは冷ややかな雰囲気の灰色の目の焦点をわたしにあわせた。瞳は小さく、その冷たい円は室内のあらゆるものを――感情や意見をまじえずに――とらえているかのようだった。風貌はどことなく北欧系を思わせ、高価なコロンをつけている。「わたしの仕事はおおむねゴミの除去だ。そしてきょうは、きみの背後に目を光らせる役だね」

「それは野田の仕事ですよ」

「その男にはそのまま仕事をしてもらえばいいが、わたしもおなじ仕事をする」

「ただし、わたしがほかの仕事を指図すれば話は変わる……？」

「もちろん」

わたしはうなずき、野田をルークに紹介した。またしても握手がかわされた。

「よろしく」レンナがいった。「英語は話せるか？」

「もちろん。スペリングコンテストでもやるか？」

「冗談だよ。力を貸してくれ」

野田の携帯電話が鳴った。フリップをさっとひらくと、相手にむかって英語で答える。「話をきかせろ」

野田は相手の声に耳をかたむけ、うなり声を洩らした。

「ひとりだけ？　目は薄い緑色で茶色の髪、黒のピンストライプのスーツで証券マンのように見える？」そういってレンナとルークとマッキャンに順繰りに目をむける。「だれの仲間だ？」

レンナはつかのま困惑顔だったが、すぐにこういった。「おれの仲間だ。入力がゴミなら出力もゴミってな」

「ゴミは出したほうがいい」ルークがいった。「そのときは知らせろ」

レンナはにやりと笑った。「覚えておく」

野田は携帯電話にむかっていった。「その男を通せ」

一分後、またドアにノックの音がした。レンナがドアノブに手を伸ばし、同時に野田とルークがそれぞれの銃を抜いてかまえた。レンナはその動きを目で確かめ、一拍の間をはさんでから、そっとドアを細くあけた。

「遅かったな」レンナは相手にそう声をかけた。室内では抜かれた銃がそれぞれのホルスターにおさめられた。

サンフランシスコ副市長のデモンドがしっかりした足どりで部屋にはいってきて、重々しくうなずいた。「やあ、諸君」

「ロバート・デモンド、愛称はボブ」レンナはそう紹介した。「サンフランシスコ市長室からやってきた」

それからレンナは、四角四面で知られるデモンドのために全員の名前をひととおり述べた。また、ひとしきり握手がかわされた。

それがおわるとデモンドはいった。「諸君の邪魔をするつもりはないよ。きみたちはプロだからね」顔には、あけっぴろげで人好きのする笑みをたたえている。

真面目《まじめ》ひと筋の堅物のデモンドだが、今回は形勢を読んで有利だと思える側についた。してみると、わたしが思っていた以上に市長の椅子にふさわしい男なのかもしれない。

マッキャンがにやりと笑った。「おれたちに好意をもっているだけじゃなく、横槍《よこやり》も入れない政治家か。またもやとびっきりのニューヨークの奇跡到来だ。いまはクリスマスにちがいないね」

デモンドは同意するように肩をすくめた。「わたしは見たままを報告しなくてはいけない立場だが、ひとつだけはっきりいわせてもらう——今回の悪夢がすっかりおわることを、関係者全員が心から願っているよ」

レンナがいった。「市長からは広報官のゲイルをよこすときかされてたぞ」

デモンドが拳を口にあてがって咳払いをした。「戦略の変更だよ。ゲイリーは——」というのは市長のゲイリー・ハーウィッツのことだ。「——きみたちに全幅の信頼をおいてはいる。ただ、その……一方で……広報官のゲイル・ウォンを隣に置いておきたがっている……万が一、こっちの作戦に番狂わせがあって、ダメージコントロールが必要になった場合にそなえてね」

レンナは宿命論者めいた視線をわたしに投げた。

わたしは肩をすくめ、室内の全員にむけていった。「オーケイ、紹介もひととおりすんだので最終チェックをおこなう。手順はもう全員わかっているな。作戦スタートの合図は、あしたの朝九時、わたしが原リッツァにかける電話だ。きみたちのほうは今夜は準備にあてててもいいが、あしたは早朝から全員持ち場についていてもらう必要がある。曾我のことだからリッツァの電話を盗聴しているだろうし、ホテルのわたしの客室にも夜明け前には盗聴装置が仕掛けられると見ていい。レンナ、そっちには本番直前の注意点はあるか?」

「ボブもいっていたが、関係者が本件の解決を求めてるってことくらいか」

「マッキャン、きみは?」

「準備はできてる。ここマンハッタン、それにニュージャージーとロングアイランド、コネティカットに連絡要員を配置した。だから、どの方向へ展開しても対応できる」

「よかった」

「それにしても、これだけの人員が本当に必要なのか?」マッキャンがたずねた。

「これで充分であってほしいと祈るばかりだよ」わたしはいった。「さらに、海上の守りも固める必要があるな。うっかり話し忘れていた」

マッキャンが物悲しげな目をレンナのほうへ送った。「まいったな、フランク。これはまたどうしたことだ。おまえとおれのつきあいも長いよ。だがこの稼業も二十五年になるおれでも、これほどの規模の作戦は初めてだ。これまでだって地上と空をカバーして、それこそ中国軍なみの人員を投入してる。とにかく信じられないよ」

わたしはいった。「裏づけが見たいか?」

マッキャンはさっと両手をふりあげた。「なんだって歓迎さ」

わたしは野田にむきなおった。「かまわないか？」

野田は肩をすくめ、タートルネックの襟をぐいと引きおろした。野田の生来の肌よりも若干淡い薄茶色で幅が一センチ半ほどの瘢痕《はんこん》が、あごのすぐ下で頸部《けいぶ》をとりまいており、左右の耳のすぐ下で見えなくなっていた。傷痕は軟膏《なんこう》でぬらりと光っていた。

マッキャンがいった。「こりゃ驚いた」

このころには、あの村でわたしたちがどんな歓迎を受けたかをこの場の全員が知っていた。

ルークが前に進みでた。「いいかな？」

野田は許可のしるしにうなずき、ルークはさらに近づいて傷痕を検分し、眉をひそめた。

マッキャンがいった。「どうかしたか？」

「これは強度を増したフレキシブルケーブルによる火傷《やけど》だね。軽量で細いタイプ。ちぎれることはないし、ボルトカッターでも切断できない。一メートルあたり千ドル近い高価なハイテクロープだ。ここはやはり、この面々の助言に残らず従うことをみんなに進言したいね」

「そちらのチームの用意は？」

「できています」ケイシーが答えた。

「できています」ダーモットも答えた。

いいぞ――荻は思った。選びぬいた八人の精鋭を前線に投入。さらに八人を周辺任務に配置。この十六人の戦闘員がこれまでに殺害した人間は合計で四十七人。荻の徒弟二名と荻自身をくわえれば、十九人が出動する計算になる。

ちょっとした保険は決して損にならない。そしてふんだんな保険こそが、まぎれもない純正の曾我ブランドをつくる。美術商とその一味徒党を始末するには過剰な対応かもしれない。しかしジャパンタウンの仕事では二百五十万ドルの報酬を得た。だから、あと始末には手を抜けない。

荻はいった。「前回同様、おまえたちふたりはブローディひとりの相手をしろ」

「かしこまりました」ふたりは同時にいった。

63

ザ・ロンドン・ニューヨークシティは、マンハッタンのミッドタウン——西五四番ストリートの六番街と七番街にはさまれたところ——に建つ、薄くてひらべったい高層ビルのホテルだ。西に出ればブロードウェイと劇場街、東へ出れば五番街とショッピングタウン。以前ここがリーガロイヤルホテルという名称で日本のホテルチェーンが所有していたころ、わたしは上得意客として安宿と大差ないビジネスディスカウント価格で利用できた。そして現在の所有者も、この特典を尊重してくれている。

フロントデスクは、斑《まだら》のあるオリーブグリーンと白のイタリア産大理石の大きな一枚板で、装飾用の真鍮《しんちゅう》のランプや長い万年筆などが配してあった。裾の長いサマードレス姿の女性が、ディナージャケットと赤いネクタイという上等な身なりの男性の腕に手をかけて、滑るような足どりでロビーを移動していく。いかにも高名そうな男たちのなかには、服の襟を花で飾っている者もいる。わたしはといえば、東京の埃がまとわりついたジーンズ姿だった。

フロントデスクで背すじを伸ばして立っているホテルのブレザーとネクタイという姿のスタッフが、

警戒のまなざしをむけてきた。わたしは〈ナイキ〉のトレードマークがはいった黒いダッフルバッグをもち、黒いジーンズを穿《は》いて、黒いウィンドブレーカーの下に〈バナナ・リパブリック〉のベージュのＴシャツ、そして足には決してわたしを裏切らない黒ずくめの〈リーボック〉といういでたちだった。ただしホテルへの到着にあたっては、わがイメージを汚さぬようブローニングの拳銃はポケットではなくバッグへ移動させていた。

「いらっしゃいませ」フロントのスタッフがいった。白い名札には《**ロベルト**》とある。

「予約のブローディだ」

　ロベルトはコンピューターのキーを数回打ち、無関心な目でスクリーンを確かめてから、わたしに客室のカードキーをわたした。そこでコンピューターから警告音があがった。ロベルトは驚きに片眉だけをぴくんと吊《つ》りあげた。

「ミズ・リッツァ原からのメッセージをお預かりしています。ホテルに到着次第、電話をかけてほしいとのことです」まるで知りあいについて話すような口調だった。

「わかった。電話をかけておこう」

「お客さまはミズ原のお知りあいですか？」

「わたしのファンなんだ。きみはあの人の知りあいか？」

「ミズ原からは数多くの日本人のお客さまを当ホテルへご紹介いただいております」いいながらロベルトは、嫌悪の目を〈ナイキ〉のシンボルマークへむけた。「ほとんどがＶＩＰのお客さまです」それから、さもいま思いついたかのようにコンピューターになにやら打ちこむ。「ミズ原から、お客さまのお部屋をアップグレードするようにという要請が寄せられていたようです。コンピューターのバグによるまちがいでなければいいんですが。お客さまのためにデラックススイートルームが押さえてあります」

「コンピューターのバグか」わたしはいった。「お察しするよ」

ロベルトは顔を赤らめた。「失礼しました。こちらが新しいカードキーです」

原一族の者が、わたしの宿泊予約に変更の手をくわえたことに愉快でない気分になりながら、わたしはエレベーターに乗りこむと、顔に渋面をしっかり貼りつけたままホテルの上層階へむかい、四十五階で降りた。廊下には毛足の長いカーペットが敷かれ、客室のドアとドアの間隔がかなり広くなっている。カードキーをスロットに挿し入れてドアをあけ、スイートの居室に足を踏み入れた。毛足の長いオフホワイトのカーペットが敷きつめられ、壁画なみに大きなワイドスクリーンテレビの前に、大きく広がっているような象牙色のソファが置いてある。そのソファにすわっていたのは、ジーンズとケーブルニットのセーターという服装の原リッツァだった。けばけばしいポップスターは姿を消していた。いまのリッツァは、女友だちが自宅でひらくお泊まりパーティーに出かけるところのようにも見えた。

「あなたのお世話をしなかったら、父から大目玉を食らうところよ。だから、あなたをあのままスタンダードタイプの部屋に泊めるわけにはいかなかったの」

「なるほど。お父さまとは、この数日間で話をしたのかい？」

「一、二分程度だけど。どうして？」

「わたしの部屋を変えるようにお父さまからいわれた？」

「いいえ。わたしの思いつき。どう、気にいった？」

リッツァは正直に答えているのだろうか、それとも真実は半分程度なのだろうか。さらに、こうやってリッツァが早めに姿を見せたことは、もっと規模の大きな企《たくら》みの一部ではないのか、という疑問が生じた。

「どう？」リッツァが答えを迫った。

「すてきな部屋だね」わたしは答えた。

「そう思ってもらえて、ほっとした。わたし、最新情勢をいち早くききたくてたまらなかったから、ここであなたを待とうと決めたの。わるく思わないでね。調査は進んだ？」

「多少は」

きょうのリッツァは髪をうしろへ撫《な》でつけて、メーキャップを最小限にとどめていた。大きく見開かれた目はうるんでいる。これまで泣いていたのか、そうでなければ泣く寸前だったにちがいない。話をしたがっているのは察しとれた。悲しみを分かちあいたがっている。苦しみがリッツァの体を食いながら奥へもぐりこみ、それによって生来の潑剌《はつらつ》さが薄らいでしまっていた。ただしそれは、リッツァが演技力の練習をしていないと仮定しての話——ちなみに有名になるにつれ、リッツァの演技力も向上していた。

ふだんだったら、リッツァにも〝疑わしきは被告人の利益に〟の原則をあてはめて話に調子をあわせるところだが、そのたぐいの配慮ある対処となると時間とエネルギーがさらに必要で、いまのわたしにその余裕はなかった。ジェニーの命が危険にさらされ、あしたは曾我に注視される身だ。リッツァがなにを必要としているにせよ、一日か二日は先延ばしにしてもらおう。わたしはこの昂奮《こうふん》しやすい歌手にして女優の卵を、部屋から穏やかに追いだす方策を考えていた。

しかし、わたしが適切な口実を思いつく間もなく、リッツァが、「あなたなら調査を進められると思ってた！」といって、ソファの上で飛びはねた。「これからクラブで、その話をぜんぶ教えてちょうだい」

「クラブ?」

「トライベッカにいいクラブがあって、たまに踊りにいくの。静かなボックスシートもあって、プライバシーも充分たもたれるし」

「いや、それはちょっと遠慮したい」

「あら、いいじゃない」リッツァはわたしの腕を引っぱった。「あなたもわたしも、少しくらい元気が出ることをしてもいいと思う。わたしたちが溜《た》まり場にしてるクラブはまだ新しい店よ。客筋も選びぬかれてる。だいたいまだ正式な店名もついてない。みんな、ただ〈ザ・クラブ〉って呼んでるだけ」

「わたしはクラバーという人種じゃない。そもそもクラブに行くのなら、まずきちんと日焼けをしなくては」

リッツァは控えめなパーティーモードに移行しているらしい。姉が巻きこまれた事件への悲しみの念はいまもそこにあって本物だが、なんとしても楽しみたいという気持ちもまた本物だった。いますぐ。今夜。それこそ必死になっているほど。

「だったら、ウォルドーフ・アストリア・ホテルのカクテルラウンジはどう? とっても静かで上品なところよ。あそこなら必要なプライバシーは確保できるから、調査でわかったことをすっかり話してもらえるし。もちろん、あなたはネクタイを締めなくちゃだめ。わたしはサムスンにいって、トランクからイヴニングドレスを出してこさせないと」

リッツァがなぜこんなことをいいだしたのかもわかった。ジャパンタウンの事件にかかわる調査の最新情況を知りたい一方で、必ず出てくるはずの重苦しい話を耳にするのなら、自分を元気づけてくれる環境にいたいのだ。お祭り騒ぎめいた場に身を置けないのなら、せめて落ち着いた環境、心などむような優美な雰囲気のある豪華な環境に身を置き、神経を鎮めてくれる飲み物を手にしていたいのだ。いや、すべてはわたしを外へ連れだすための方策か？　もしやリッツァは父親に、わたしからさらなる情報を引きだしてこいと送りこまれてきたのか？

　さらにわたしは、リッツァの口角が引き攣《つ》っていることや目の下のたるみにも、それをごまかそうとしてメーキャップを一層よぶんにほどこしていることにも気づいた。演技だろうとなかろうと、リッツァがまともに睡眠をとれていないのは明らかだった。

　不本意ではあったが、わたしはリッツァに同行を申しでた——ただし、そちらに割けるのは一時間だけだと釘《くぎ》を刺した。以前に父親の原克之に話したのとおなじ情報を話したら、二、三度リッツァの手を叩《たた》いて安心させて、その場を引きあげよう。

　しかし、その前に身なりをきれいにする必要があった。そこでわたしがシャワーを浴びて着替えたら、二十分後にホテルのロビーで待ち合わせようということになった。リッツァが客室を出ると、わたしは肌を刺すような熱いシャワーを浴び、生き返ったような気分の笑顔で出てきた。それから埃のついていないジーンズに足を通していると、客室の電話が鳴った。

　リッツァだった。「ねえ、女を待たせるのが無礼だって知らないの？」

「そろそろ部屋を出るところだよ」

　わたしはリッツァのせっかちな言葉に苛立《いらだ》ちを感じながら電話を切った。清潔なシャツとウィンドブレーカーを着て、銃をサイドポケットにしまいこんでいたそのとき、ふっと新しい考えが頭に浮かび、わたしはフロントに電話をかけた。

「はい、フロント係のジョナサンです」

「四五〇七号室の者だ」

「存じあげております」

「もうすぐそっちでミズ・リッツァ原と合流することになっていてね」

「そうでございましたか」

「いま、ミズ原がどこにいるかはわかるかい？」

「ティールームだと思われます」

「ミズ原は……その……知り合いらしい人と同席しているかな？」

「ロビーには、ミズ原のお知り合いらしき紳士が三、四名いらっしゃいます」

「カメラをもっている紳士かな？」

「ああ、いわれてみれば、ええ、そのとおりです」

してみるとリッツァは、あとあとまでも残って日本の新聞に掲載されるような写真、わたしとのツーショットを撮影させたがっているのだ。悲しみで正気をうしないそうになってはいても、骨身にしみついた習慣は簡単には抜けないらしい。ビッグアップルの異名があるニューヨークでのんびり過ごすあいだ、そのようすを日本のマスコミに提供することは、リッツァが日本で実入りのいいビジネスをつづける方策なのだ。わたしはリッツァの心が安らぐのならと思って同意した――そしてリッツァはわたしの好意への返礼として、この機会から精いっぱい甘い汁を搾りとろうとしている。転んでもぜったいにただでは起きない原一族の遺伝子か。人はリッツァを愛さずにはいられないが、ものには限度がある。なによりわたしがニューヨークへ来ているのは娘をとりかえすためだ。

「きみはこれまで日本のマスコミ関係者を見たことはあるかい？」

「はい、ございます。何度かは」

「ミズ原の知りあいらしい人たちを見て、日本のマスコミ関係者を連想するかい？」

「ええ、かなり」

「そうだろうと思った。メッセージを伝えてもらえるかな？」

「うけたまわります」

「こう伝えてくれ――わたしは急用で出かけなくてはならなくなった、と。そういえばミズ原には事情がわかる」

「かしこまりました」

そのあと髪をととのえていると、客室のドアベルが鳴った。リッツァは、すっぽかされて黙っているつもりはないと見える。弁解タイムだ。

わたしはスイートルームを横切って歩き、ドアをあけた。「いいかい、リッツァ、わたしは決めたんだ――」

口にできたのはここまでだった。

ドアの前に立っていたのはケイシーだった――誂《あつら》えとおぼしき光沢のあるシルバーグレイのスーツを着て、わたしのブローニングとよく似た銃をかまえている。髪はヘアオイルでぬらぬら光り、爪はどれも完璧にととのえられた小さな四角形だった。

ケイシーはいった。「セックス後の幸せ気分だったのかな、ミスター・ブローディ。その気のゆるみが命とり、ああ命とり」

そういってケイシーはわたしを撃った。

銃口から射《う》ちだされた小さな矢がわたしの腹部に突き刺さった。わたしがすぐに矢を抜くと、ケイシーはわたしの胸めがけて、さらに二本の矢を射ちかけてきた。視界がぼやけた。ケイシーはわたしのひたいに手のひらをあてがい、そのまま強く押した。わたしはたまらず、うしろへよろけた。ポケットの銃をとりだそうと思っても、手は命令にまったく従わず、鉛のおもりのように体の横に垂れ下がったままだった。ケイシーがするりと客室にはいってきた。そのすぐあとから、大型の洗濯物カートを押したダーモット・サマーズがつづく。ダーモットは、胸ポケットにホテル名の赤い刺繍《ししゅう》がはいっている清掃スタッフ用の青い制服姿だった。

ダーモットがいった。「これはびっくり、またびっくり。今度も場所をまちがえずに、あんたと会えたわけだね」

そういうとダーモットはカートをぐるりと方向転換させ、片足で爪先立ちになって体を回転させた。蹴りが迫ってくるのはだいぶ前からわかっていたが、腕も足も頭で思い描いていたような防御姿勢をとるべく動いてはくれなかった。わたしは蹴りをあごにまともに食らって、その場にぶっ倒れた。

「こんな目にあわせてやるのを、それはそれは長いこと待ってたんだよね」ダーモットはいった。

「さあ、もう楽しんだだろ？　仕事があるんだぞ」ケイシーがいうと、ダーモットはわたしの体を――ぬいぐるみの人形かなにかのように――床のカーペットから抱えあげ、無造作に洗濯物カートのなかに落としこんだ。それからダーモットはせせら笑いをのぞかせて、わたしを見おろした。

「またもやニューヨークの奇跡到来だ。いまはクリスマスにちがいないね」

マッキャンが二時間前にあのホテルの部屋でいった科白だ。してみると曾我は、わたしたちの会合にも忍びこんでいたのか。だれかが裏切り者にちがいない。しかし、だれだ？　レンナと野田は疑う余地もない。デモンドは部外者といってもいいくらいだ。マッキャンはレンナと古いつきあいの仲。残るはルーク。ルークには人や金を動かす力があり、児澤がバックについている。児澤は腹黒い男、つまり邪悪な魂胆の男だとわたしにいったのは、新聞記者のトミーこと富田だ。

《くれぐれも背中とポケットの財布に気をつけ、あの蛇男の言葉をひとことも信用しないことが肝心

だ》
　そうか、ルークはあの場に盗聴装置を帯びてやってきたのだ。クソ野郎め。
　つづいて、また役にも立たないあと知恵の瞬間が訪れた――わたしが思い出したのは、録音されたインタビューのなかで情報提供者がしゃべっていたこんな話だった。
《きみが送りだす戦闘要員がだれであれ、その人物はどんなレベルの秘密保持が採用されていようとも、いついかなるときも敵の攻撃があるという想定のもとに行動するべきだ。もしも途上でいつもと異なるものに注意を引かれたなら――小さな物音でも影でもいい、ささやき声でも、予期していないノックでも、とにかくなんであっても――質問などせず、まず相手を撃つべきだ。確証を待っていても死ぬだけだからね》
　ノック。ふりかえれば単純なことだった。わたしはてっきり、不満に口をとがらせたリッツァが戸口に立っているものと思いこんでドアをあけてしまった。みずから曾我にドアをあけはなったのだ。曾我の動きは見事というほかないものだった。明日に予定されていた覆面攻撃は、事前に出鼻をくじかれた。あした、わたしのバックアップチームがやってきても、わたしの姿はとうの昔に消え失《う》せているわけだ。
　わたしたちは戦闘がはじまる前から、敗北を喫したのだ。

64

　だれかがわたしの左頬をひっぱたいた。それもかなり強く。

「やめろ……」と訴えている自分の声がきこえたが、じっさいには声は不明瞭なつぶやきでしかなかった。自身のつぶやきが、わが心のずっと暗い通廊にわんわんと谺《こだま》した。無理やり瞼《まぶた》をこじあけた。だれかが瞼の上に立っているような感じだった。目の前の白く濁ったような靄《もや》のなかに、ダーモット・サマーズがふわふわ浮かんでいた。そのダーモットがまたわたしをひっぱたいた——それも、体重をかけた殴り方で。わたしの体が衝撃で揺れた。床に倒れはしなかったが、それはその前から床にへたりこんでいて、太いコードで体をしっかり縛られていたからだ。

「ようこそ、お帰り、生者の国へ」ケイシーがそっけなくいった。

「だけどまたすぐ出ていくぜ」ダーモットがせせら笑いながらいい添えた。

わたしはパネルヴァンに乗せられていた。ほかに乗っているのはケイシーとダーモットと運転手。床には毛足の長い茶色のカーペットが敷かれ、内装は白い自動車用塗料でととのえられている。バックパネルには窓がない。前部座席のバケットシートの隙間から前方を見やると、ヴァンのヘッドライトが左右両側から森にはさまれた二車線の田舎《いなか》道を照らしていた。マンハッタンからはずいぶん遠く離れたようだ。つまり、レンナとマッキャンをはじめとする特別機動部隊の面々からも。

「よし、あとひと息で到着だ」ケイシーが助手席からいった。

「どこに着くんだ？」今回、わたしの言葉は理解可能だった。

「おまえを木枠に詰めるための場所さ」ダーモットがいった。いまこの男は床のカーペットに膝を立ててすわり、わたしとは反対側の壁に背中をあずけていた。「おまえはきょう行方不明になる。あしたには珍しくもないニューヨークの統計の数字のひとつになるんだ」

わたしはつかのまのパニックに反撃した。「そんな話を信じるものか」

ダーモットがせせら笑った。「信じろよ。おまえはもうじき生肉になって、蛆虫《うじむし》の餌になる。まっ赤な生肉、死んだ肉」

　わたしは嘲弄の笑いを返しながら、拘束具の具合を調べた。つい目と鼻の先にエイバーズを殺した男がすわっている。憎しみが心臓を焼き焦がす思いだったが、当面できることはなにもない。両足は布地の拘束具のようなものでぐるぐる巻かれていた。腰のあたりに巻きつけてあるロープは、さらにわたしの背後のヴァンの壁にとりつけてある金属部品に縛りつけてあった。ロープで固定された手首をひねってみた。ロープはびくともしなかった。背中の腎臓のあたりに食いこんでいる金属部品を指先でさぐる――すると、フレームの裏側に刃物のように鋭いへりをそなえた金属の薄いばりがあるのがわかった。部品の製造工程で必要とされる小さな出っぱりだが、完成品ではだれの目にもとまらない場所なので、あえて除去の手間をかけなかったのだろう。はみだしたばりを片側に押すと動くことがわかった。やがてわたしの指は、ばりを前後にくりかえし動かしていた。

「いまの話は本当か、ケイシー？」わたしはエイバーズを撃てという命令を出した男をにらみつけながらたずねた。

「あいにくそのようだ」

　これはこれは。拉致実行犯としては一級の腕だが、嘘《うそ》つきとしては四級以下だ。ふたりはわたしを怖がらせようとしている――しかし、はったりなら耳できわけられる。

「うまい手だ――でも騙《だま》されるものか」いいながら、わたしは金属のばりをさらに動かした。だんだん抵抗が少なくなってくる。「そのつもりなら、あれだけの手間をかけてわざわざジェニーを誘拐したはずがない。女性警官をわざわざ殺したりするはずがない」

「魔法の粉だよ」ケイシーが答えた。「おまえをニューヨークへおびき寄せるためのな」

「それでも騙されないぞ、おまえたち」

金属ばりが部品本体から完全に離れ、反対の手のひらに落ちてきた。直径が二センチもない十セント硬貨ほどの大きさで、へりは刃物のように鋭利だった。わたしはばりを、親指と人さし指のあいだの肉づきのいいV字部分に隠した。

「さあ、着いたぞ」

ヴァンは、錬鉄の鉄筋で格子を組まれた五メートル弱の塔の前でがくんと停止した。塔には防犯カメラやカミソリ鉄条網がぎっしりととりつけてあった。ゲートそのものは装飾があしらわれているが、突破は不可能そうで、いかにもプライバシーを重んじる裕福な人間の門という感じだった。

運転手がインターフォンの下にあるコントロールパネルに暗証番号を打ちこむと、ゲートがひらいた。ヴァンはゲートを抜けた。高さ三メートル、いちばん上にカミソリ鉄条網をそなえた石塀が敷地をとりかこんでいた。塀の内側はぎっしり樹木が植えられていて、全体の面積は四万から五万平方メートル……いや、それ以上か。わたしたちのヴァンは、舗装された一本道の曲がりくねったドライブウェイを、おおよそ八百メートルばかり進んでいった。四つめのカーブをまわりこんだところで木立が途切れ、全体で二十五部屋はあろうかという広壮なフランス風の大邸宅が姿をあらわした。汚れひとつない煉瓦《れんが》づくりのファサードを堂々と誇示している建物には四本の煙突があり、うねるように広がる芝生の庭があり、上のフロアの見える範囲にある十五の窓のすべてに白塗りの木の鎧戸《よろいど》がそなわっている。一部は木立でさえぎられて見えないが、母屋の右側には来客用のコテージとおぼしきものがあり、さらにずっと先に目をうつせばコテージよりも大きな離れの付属建築物が黒々とした影になって見えていた。

すべてが理解できるまでには、一拍の間が必要だった。理解できたのは、ひとえにわたしがあの場に行ったことがあったからだ——そう、あの村に。恐怖の鋭いひと刺しで、胃のあたりの筋肉にさざなみが走った。わたしは身じろぎもせずすわったまま、目の前の光景すべてを吸収した。この光景を目にした部外者はいないだろうし、いたとしても、ごくごく少数だろう。

彼らはここに、現代に見あうべくアップデートしたかたちで曾我の村を築いている。

アメリカの国土の上で。

65

目の前に見える地面からすぐ先は、どちらを見ても松とオークとぎっしり生い茂る下生えの灌木《かんぼく》ばかりが目についた。邸宅の先はまた木立になっていて、木々のあいまからは月の光が細い筋になって反射している水面《みなも》がのぞいていた。ロングアイランド湾。

そう、湾が答えを明かしてくれた。いまいるのは、野田がその存在を掘りあてたロングアイランドの海岸ぞいの住居だ。ただし、じっさいに個人の住居などではなく、拡張の途上にある曾我のコミュニティだ。いってみれば、日本が他に類のない恐るべき一部分をアメリカへ輸出したようなものだ。

ダーモットの手で解き放たれると、わたしはよろけながら立ちあがった。視界はぼやけ、頭は靄でかすんでいた。大邸宅は、フラッドライトの青く冷たい光でライトアップされていた。ライトの先の暗がりでは、曾我の黒衣に身を包んだ男女が低く抑えた声で話しながら動きまわっていた。聴力が薬で増幅されているらしく、耳のなかで男女の声が幽霊の会話のように響いていた。

わたしたちはあらゆる側面で、曾我に出し抜かれていた。

ケイシーが先頭を歩き、ダーモットが後方警備にあたるかたちで、わたしたちは砂利敷きのドライブヴェイを横切り、正面の階段をあがって広大な大理石づくりの玄関ホールに足を踏み入れた。そこからむかった先は広々とした書斎だった。部屋の片側の壁ぎわにはベイビー・グランドピアノがあり、反対の壁ぎわには大きな植民地時代様式の机があって、壁は天井から床までの書棚になっていた。ダーモットはいかにもうれしそうに、うしろから絶え間なくわたしを小突いては前へ前へと進ませていた。ひとたび書斎にはいると、ダーモットはわたしをデスク近くの椅子に乱暴にすわらせ、背もたれの桟に通したロープで両手を背中側で縛って固定した——わたしの店で手錠をつかったときとおなじ手順だ。

ケイシーは、七十代なかばらしき背が高くて俊敏そうな男になにやら耳打ちしていた。男の肌は室内で日焼けマシンの使い方を失敗したようなマーマレード色で、いかめしい顔だち——薄い唇、細く尖ったあご、霞《かす》んだような茶色い瞳をもった目は絶えず動き、なにひとつ見のがしていない。着ているのは黒い作務衣《さむえ》だった——下はゆったりとした普通の長ズボン、裾の短い着物スタイルの上衣《うわぎ》を腰に巻いた帯で締めている。

わたしを縛るという手仕事をおえると、ダーモットは横へ移動してお辞儀をひとつした。

「よくやったな、ケイシーとダーモット」

ふたりは深々と一礼した。ふたりとも、いつのまにか肌とおなじ色のイヤフォンを耳にはめていた。となると、送信機を体のどこかに帯びているにちがいない。

わたしはうやうやしく話しかけた。「荻一族の方とお見うけします」

ダーモットが前へ進みでてきて、わたしに平手打ちを見舞った。「話しかけられるまでは話すな」

「第十四代の当主だ」老人は喜びに胸をふくらませながら、訛《なまり》のない英語で答えた。「いっておけば、ここでのきみの作法にまつわるミスター・ダーモットの注意は、まことにもってそのとおりだね」

脅しの言葉を口にした荻の口調にはケイシーに通じる高位の者ならではの響きがあり、所作にもケイシー同様の軽やかさが感じられた。曾我の修錬による最後の仕上げのひと筆だろうか。ダーモットにはその性質が移らなかったようだ。とはいえ、洗練が欠如しているからといって危険な男であることには変わりない。

「確かめたかっただけです」わたしはいった。

ダーモットがさっと手をふりあげたが、曾我の当主はダーモットを制した。この芝居にもわたしは騙されなかった。わたしのほうは最初から控えめな態度をつらぬいている。しかるにこの連中の行動は、服従と恐怖にまつわるものだ。わたしがどんな言葉を口にしようとも、まず最初にダーモットがわたしを平手打ちする――わたしの店で展開され、エイバーズへの銃撃でクライマックスに達した定番の芝居の変形だった。

これから先は言葉づかいにすこぶる神経をつかわなくては。

「きみの態度はこの場にふさわしくない」荻はユーモアの片鱗《へんりん》もない調子でいった。

ダーモットはケイシーとならぶ位置に引き返した――師から一歩さがったところだ。わたしの背後にはだれも立っていないし、わたしを背中側から見ている者もいない。わたしは金属のばりを親指横の隠し場所からずらし、鋭利な部分をロープに押し当てて動かしはじめた。

「まことに申しわけございません。無礼な意図は少しもありませんでした」

「あいわかった」荻の返答はあまりにもすばやかった――早くも退屈しているのか。「わたしに悔やむことがあるとすれば、きみの来訪が自発的ではなかったことだけだ」

「あなたはジャパンタウンの現場に署名を残していました。あれは招待状も同然でした」

荻は眉を寄せた。「あの漢字は警告のつもりで残したのだが。その警告をきみは無視する道を選んだね」

「警告とは知らなかったのです」

「原にはわかったぞ」

「しかし原は、その情報をわたしに伝えませんでした」

「ブローディ・セキュリティ社に振りこまれた報酬額が、その反対のことを示唆しているのではないかな？」

「わたしは、孫を殺されて悲しみにくれた祖父としての原を相手にしていると思っていたのです」

荻の目がすうっと細くなった。ついで底意地のわるい笑い声をあげる。「いいことを教えてやろう。きみの言葉を信じるよ」

かつての武将、荻の直系の子孫として、目の前にいる荻は、高貴な先祖が帯びていたにちがいない威風あたりを払う雰囲気をそなえていた。冷徹で高慢なふるまいに自身も喜びを覚えているのだろう。専属の私兵を号令一下、意のままに動かせると、どうしても自己評価が膨らんでしまうようだ。いや、自分が高貴な殺し屋一族の血を引いていることを鼻にかけているだけかもしれない。

「きみがじつに知識ゆたかな男であることが、いまは残念でならんな、ミスター・ブローディ。これがただの社交の席であれば、ひとしきり美術談義もできたかもしれない」荻はいった。「わたしはクレーを二点、ブランクーシを三点、それにディーベンコーンの作品を半ダース所有していることだし」

わたしは口をつぐんでいた。荻は補食者の目つきで、ちらりとわたしの顔色を観察していた。皮膚の色は荻に病的なてかりを与えていたが、筋肉は引き締まっている。なぜ肌があんな色なのか。

「これまでの長い歳月で――」曾我の首領である荻はいった。「われわれの作戦の実態にきみほど接近してきた者は、わずか三、四人だ。また、おなじくらいの数の者が曾我の村を訪ねて、なお生き延びた。しかし、その両方を成し遂げた者は、きみ以前にはひとりとしておらなんだ。賞賛すべき偉業だな。これほどの手柄をあげたとなれば、われわれとしては敬意を表さざるをえん――なんといっても、われわれの側は全力で……そう、目立たぬことに努めていたのだからね。われわれには掟《おきて》を守ることがなにより肝要。われらの伝統は三百年の昔にまで遡り、完全無欠を要求される。そして類稀《たぐいまれ》なる妙技に出会えば、それを賞賛することもわれらの名誉。あいにくきみは、最後の最後で力およばなくなった。われらの目からすれば、きみの死は名誉の死だ――きみよりも前に死んでいった何人もの先達とおなじだ」

　またこの話だ。当たり前のように繰りだされる話。この連中は警察の鼻先からジェニーを誘拐するというリスクをおかしたのだから、わたしをあっさり殺しては辻褄《つじつま》があわない。しかし論理が通っていようといまいと、荻のこのきっぱりした口調には真実がききとれたし、いかめしい顔からは最終的な決定の雰囲気が伝わってきた。

　エイバーズが撃たれた日の夜遅く、わたしが再発見したあの静寂が、いまわたしの胃の腑《ふ》の底に腰を落ち着けていた。それしか道がなければ死ぬのもやぶさかではない。天涯孤独なら。しかし現実はちがう。わたしはジェニーのことを考えてやらなくてはならない身だ。荻やその一味徒党といった無慈悲な連中の手で、ジェニーの命は断ち切られてしまうのか？

　わたしはなおもばりをロープに押しつけて往復させていた。遅々としたペースでも、ばりは着実にロープを切りつつあった。

「娘はどうなる？」

「前にも話したはずだぞ。根絶やしだ、と」

「そっちはわたしに手を引けといったんだ」

「しかしきみは手を引かなかった。きみはあえて危険をおかし、囚《とら》われの身になった。男らしく事実にむきあいたまえ」

「野田とジョージがいるぞ」

荻の右手の指先が、作務衣の左の袖口あたりにとどまっていた。すわっているわたしの目の位置が低かったこともあって、袖口の内側で金属が光っているのが、ちらりと見えた。

荻の表情は厳しかった。「そのふたりはわれわれがきみに求めた〝新しい任務〟で上海行きの飛行機に乗ったと、そうわれわれに信じこませようとしたのだろう？ われわれはきみの会社の東京オフィスに届く電子メールを傍受し、さらに航空会社の乗客名簿も調べた。なるほど、いま名前の出たふたりは航空券を購入し、彼らのパスポートを所持した人物がそのフライトに搭乗した。それなのにどうだ、ふたりはここニューヨークにいるではないか」

どうして曾我の者は、わたしたちの二重の目くらましをこうも短時間で見破ったのか？ 曾我対策に、東京で傍受されているコンピューターをつかうことを提案したのはわたしだった――曾我にメールを傍受させるためだ。しかし、あの計画もまた失敗したのだ。

わたしはため息をついた。「徹底的な仕事ぶりだな」

「いつものことだ」

具体的な方法はわからないながら、曾我はわたしたちの作戦行動のあらゆる面にはいりこんでいた。その効率いい仕事ぶりこそ、彼らの耐えがたい高慢さをつくりだしている。しかし、鍵穴からこっそり覗《のぞ》く者は、より大きな絵を見逃してはいまいかと疑心暗鬼に駆られもするのだ。

わたしはいった。「見あげた習慣だね」

「なんの話だ？」

「徹底した仕事ぶりの話だ」

荻はいぶかしげに細めた目をわたしにむけた。「なにをいっている?」

「先々まで考えているのは、おまえだけじゃないかもしれない、ということさ」

「もし時間稼ぎのつもりだったら、話すだけ無駄だぞ」

「一例をあげれば、わたしたちはもうテックQX社の件をすっかり知っているんだ」

荻が顔をぐるりと動かして、わたしにむけてきた。その目には好奇心がたたえられていた。わたしがここへ到着して以来、荻の目に生気が宿ったのはこれが初めてだった。「なにを知っている?」

「あれが儲《もう》け話だということ。ご褒美だということ」

荻の顔にゆっくりと笑いが広がってきた——ひんやりとした砂漠を音もなく滑って獲物に近づいていくガラガラ蛇に通じる、物憂げで余裕をうかがわせる笑みだった。それを見て自分の推測がまちがいだったことを悟った。またしても。テックQX社の名前を出したのは、わたしが知りすぎた男だから殺すわけにはいかないと示すためだった。しかし荻の笑みを見れば、わが企みが不発におわったことがわかった。

わたしの発言は、わたしがどれだけ知らないかを荻に教えただけだった。

「だからこそだよ」荻は舌なめずりするようにいった。「その件はまたとない隠れ蓑《みの》になってくれてね。原は積極的に打って出ることで、あまりにも多くの人々を怒らせたことだし」

つまりジャパンタウンの事件が反逆児の大実業家への攻撃だったのは事実だが、テックQX社が理由ではなかったということだ。わたしはいった。「隠れ蓑だろうとそうではなかろうと、テックQX社はこの先数十億もの金をつくりだすぞ」

「日本では、一が権力、金はその次だ。知っているだろう。権力を握れば、金はいつでも好きなだけ搾りとれるようになる」

腹立たしいが、そのとおりだ。それも両方とも。

「つまり、テックQX社の件は囮《おとり》ということか。これもあんたのアイデアか？」

「いかにも」荻は見まちがえようもないうぬぼれの笑みに顔を輝かせた――このあからさまな誇示とそれが意味するものに思わず嫌悪をおぼえて、わたしは体をうしろへ引いた。

荻はあまりにも気がねなく秘密を明かしている――これは、ダーモットと荻の双方がわたしに告げた言葉の正しさを証明する行為だった。そう、わたしの死刑執行命令はもう確定しているのだ。

66

わたしは新しい足がかりをつかもうと必死にあがいた。問題はこういうことだ――通常SMプレイの愛好家は鞭《むち》や鎖といったグッズをご近所の知りあいには見せないが、おなじく荻も仕事にあたっての創造の才をうかつに他人には明かさないはずだ。ところが曾我の首領は大事な秘密を、ひとりの男の前であけっぴろげに話した――それはつまり、話をきかせた相手が秘密をたずさえて遠くへ行くことはないと知っているからだ。

《考えろ、ブローディ、考えるんだ》

「鋭いな」わたしは自信あふれる声を出していることを祈りながらいった。「しかし、あんたはジャパンタウンでひとつの家族を皆殺しにした。あの仕事だったら、目の玉の飛びでるような値札をつけたんじゃないのか？　それだけの金をぽんと出せる人間はそう多くない。原のもっとも手ごわい大手ライバルのだれか、そうでなければ政府内部で不正資金をふんだんにプールしている者か。賭けろといわれたら政府関係者のほうに賭けるな」

荻が目をきらめかせた。わたしは失地を回復し、時間を多少稼いだらしい。「すこぶるおもしろい。しかし、なぜそんなことを？」

「政府というのは、ここでは中央省庁のことだね？」

「そのとおり」

わたしはゆっくりと息を吸いこんで、考えをまとめた。「原の場合には事情がちがった——そうだな？ジャパンタウンの事件を見ればわかる。原は前々から頭のよく働く男だった。会計監査で攻めても法令の改正という政府の常道で攻めても、原の帝国は小ゆるぎもしなかった。なぜなら原は戦うからであり、そうやって苦闘している姿で一般庶民の共感を得てもいたからだ。そこで彼らは、別の方策で原を倒すしかなかった」

荻はデスクのへりに体を寄せて、じっと動かず真剣に耳をかたむけつつ、ひとり楽しんでいる顔を見せていた。

《考えろ》中央省庁からひとりの使い走りが原をたずね、テックQX社の件で原をつつき、さらには脅迫する。このパフォーマンスがくりかえされる。ジャパンタウンの事件でショックをうけたのち、原は犯人さがしにとりかかる。容疑者として考えられる線があまりにも多く、原は半狂乱に追いやられる。家族をうしない、殺人犯を見つけられぬまま、この粘り強いビジネスの反逆児は避けようもなく、ゆっくりと瓦解していく。わたし自身、東京で原が壊れかけている明らかな証拠を目にしたし、いまにして思えば、その崩壊がどのようにおわるはずだったのかもわかる。原が完全に転落すれば、かつては偉大だったが、いまでは落魄《らくはく》しきった男という物語が世間に流通しはじめるのだろう。

ジャパンタウンの事件は、既存の権力集団と成りあがり反逆児の正面からの対決だった。

こうした理屈をさらに次のレベルにまであてはめてみると、答えがすとんと落ちてきた。

「サンフランシスコのあの殺人事件は、この先も長く人々の記憶に残る。だからあの事件は原への警告だけではなく、まわりの面々に原のあとを継ごうとしてはならぬという警告でもあった。だからこそ、あんたはあの漢字を名刺として現場に残したんだ」

荻は静かに両手を打ちあわせて無音の拍手をおくってよこした。「実に見事だね、ミスター・ブローディ。アンティークショップをやらせておくのは才能の無駄づかいだ。原は日本の実業界においては新種のリーダーだよ――和を重んじる従来の経営方針の伝統をかなぐり捨てて、より西欧流に近い個人主義的な道を選んだという意味でね。あの男は舌鋒《ぜっぽう》鋭く、独立独歩だ。そして日本の国益や〝日本株式会社〟の利益など考えずに行動する」

「その日本は中央省庁の命令で動いている……」

「もちろん。日本は小さな国だ。官僚たちが経済と法律と政治家と国民を支配している。人々の暮らしのあらゆる側面をね。官僚たちは日本でビジネスをする者たちだけではなく、日本を相手にビジネスをおこなう者たちをも支配している。ほかならぬきみの取引でさえ、官僚に支配されている。否定するかな？」

「いや。官僚たちのお節介のことならよく知っているよ」

荻はいった。「次第に高まる原の名声は中央省庁からすれば好ましくない傾向を示すものだった。この傾向がつづけば、中央省庁は支配力をなくす。そこで、われわれに連絡がとられた次第だ」

《いいぞ、このまましゃべらせておけ》

「どのくらい高い地位から？」

「トップだ」

「つまりは……湯田《ゆだ》か」

あいかわらず冷たい目のまま、荻はまた両手をあわせて無音の賞賛の拍手を送ってきた。

わたしはといえば息づかいが荒くなり、内面が怒りで燃えていた。湯田信吾《しんご》は財務省事務方トップの事務次官であり、この国きっての有力な官僚である。湯田が、本人いうところの〝自己中心的かつ反愛国的なビジネスの新倫理〟なるものに強硬に反対していることは有名だった。つまり湯田は、古なじみの仲間の互助会〈鉄の三角〉では、鬨《とき》の声をあげる役なのだ。

「話はあとひとつある」わたしはいった。

「このうえさらに、どんな話があるというのかな？」

《高齢の男性……六十代か七十代……性格は高慢で残忍……》

「ジャパンタウンで発見された漢字は、あんたが書いたものだね？」

荻は不自然なほど静かになった。そしてこのとき初めて、驕《おご》りたかぶった顔にちらりと怒りがのぞいた。わたしは深刻なミスをしでかした。荻の不興を買ったことの圧力がのしかかってきた。

荻はわたしをにらみつけた。「これなら最初からダーモットの願いをきくのだったな――あの男がきみの始末をまかせてくれと最初に頼みこんできたときにね。この大失態の穴は今夜のうちに埋めるとしよう。しかし、きみはあの漢字のことをたずねた。この答えをわたしからの餞別《せんべつ》だと思え。そう、あれはわたしが書き、ケイシーが運んだものだ」

ケイシーが運んだものだ。ご主人から名指しで褒められて、ケイシーは喜びに顔を赤らめていた。あきれたものだ。

わたしは嫌悪の念をふり払った。「あの漢字を見せたい相手は日本人に限定されていた――そうだね？」

「いかにも。原がみずから破滅したあとで、原のあとを継ごうと考える不心得者への警告のつもりだった。われわれのトレードマークをジャパンタウンの現場に残すのは、低リスクの作戦だ。あのときには東京へのチャンネルがすべて閉じていたからね。ただし、きみが現場にあらわれて事情が変わった。さて、話がすんだのなら、われわれにはほかにも、今夜のうちになすべき仕事があるのでね」

今回の荻の声には、本当に話を打ち切る気配が感じられた。しかしわたしには質問がまだひとつ残っていた。

「ジェニーはどうなる？」

「その件はすでに話しあったではないか。あの娘には死んでもらう」

「あの子に会えるか？」

「ごく短時間の面会なら手配してやれぬでもないが、あまり気が進まないね」

《ジェニーは生きている……》

わたしは安心したが、この安心には実体がなかった。わたしたちは敗北した。完膚なきまでに。わたしは敵の領地に囚われの身になり、レンナをはじめとする特別機動部隊の面々はずっと遠くにいて、いまごろあしたの夢を見ているだろうが、わたしがあしたを目にすることはなさそうだ。

「さらばだ、ミスター・ブローディ」

荻の指が蟹《かに》のように動いて袖のなかにもぐりこんだ。金属が布地とこすれる物音がしたかと思うと、曾我の首領が着ている作務衣の内側から長い金属のケーブルが出てくるのが見えてぎくりとした。ついで荻はケーブルの両端についている木の把手《とって》を左右の手でしっかり握り、ケーブルをぴんと張った。

金属ケーブル……木の把手……。

ついでわたしは一瞬にして理解した。老権力ブローカーの児澤が身近な者の死を悲しんで口にしていたあの言葉――。

《三年前、わたしが養子に迎えた男――わたしが引退にあたって仕事の後継者に指名した男――が軽井沢の路上で死体になって発見された。首が背骨まですっぱりと切られた姿でね。絞殺具がつかわれていた》

そしてわたしは、やはり一瞬にして自分の生命がどのようにしておわるのかを理解した。わたしはジェニーへの別れの言葉を口のなかでつぶやいて目を閉じた。瞼の裏に広がる濃密な闇のなか、わたしは静寂をしっかりつかんだ。あの和歌で〝白浪《しらなみ》〟と呼ばれていた盗人《ぬすびと》が、いまわたしの前に立っていた――しかしわたしは、この男でも奪えない静寂にしっかり腰を落ち着けていた。

心がまえはできていた。

67

ちょうどそのとき、遠くで起こった爆発が大邸宅をわずかに揺らした。天井で剝《む》きだしになっている梁《はり》から埃が舞い落ちてきた。

荻はふたりの兵隊に渋面をむけた。「何事か突きとめてこい」

ケイシーとダーモットはあたふたと一礼するなり、走って部屋から出ていった。

荻は爛々《らんらん》と燃える瞳でわたしにむきなおった。「いまの出来事について、なにか話したいことはあるか?」

爆発物? それならルークにちがいない。マッキャンには、いくら腕を伸ばしたところで爆発物の調達は無理だ。レンナの腕も同様。野田が得意なのは銃器とナイフ、および一対一の格闘にかぎられる。そこから不穏な可能性が浮きあがってきた——いまはその可能性に考えをめぐらせる時間の余裕はないが、それでもきわめて不穏なことに変わりはなかった。爆弾のような破壊力の強いものをみずから進んで仕掛けたのなら、ルークがチーム内の裏切り者であるはずはない。

「わたしにはさっぱりだ」わたしはいった。

荻が顔をしかめた。「いや、そんなはずがない。なんとしても話してもらうぞ」

そういうと荻は絞殺具をかかげた。わたしは椅子の背もたれに思いきり体を押しつけて、荻とのあいだの距離を十センチほど増やしたが……なんの役にも立たないだろう。

あわただしい足音が近づいてきた——次の瞬間、曾我の黒衣《くろご》姿の若い新兵が頭巾をはねあげて部屋に駆けこんできたかと思うと、いきなりその場で足をとめて深々とお辞儀をしてから、息を切らせてはいても抑制のきいた声で話しはじめた。「荻先生、敵がボートを破壊しました」

「二艘《そう》ともか？」

「はい、そうです」使者はまた一礼して辞去した。なぜかはわからないが、この使者の上司にあたる人物は、いまのニュースを電波で伝えたくなかったらしい。

《巧《うま》いぞ》わたしは思った。《これで連中には、海路で撤退する手段がなくなったわけだ》

荻がわたしをにらんだ。「きみをここへ連れてきたのは、ずいぶん経費のかかる温情だったな」

《いよいよ時間切れか……》

またしても廊下から足音が響いてきて、部屋の戸口にふたりめの兵士があらわれた。「荻先生、内藤《ないとう》先生がいますぐお目にかかりたいとのことです」

先生。いまこの現場には、荻以外にも司令官クラスが出動している。曾我はこの件に全力であたっているらしい。

「どういうことだ？」荻がたずねた。

兵士はちらりとわたしのほうを見た。「内藤先生はふたりだけで話をしたいとおっしゃっています」

荻は顔を曇らせた。「では、無線で連絡しよう」

使いの者は頭を左右にふった。「内藤先生は、電波のような傍受可能なメディアにご自身の発言を載せたくないと強く主張しています」

「わかった。だったら、ケイシーとダーモットをここへ呼びもどせ。ふたりにブローディの監視を命じる――ただし手出しを控え、わたしのためにブローディを生かしておくように」

使いの者は荻とわたしに背をむけ、押し殺した声でいまの命令を無線で伝えると、イヤフォンをつけた耳を片手で覆って相手の返答に耳をかたむけた。「ふたりはこちらへむかっています」

「わたしの友人たちがここに来ているぞ」わたしはいった。

「その事態も想定して備えていたよ。しかし、知りたい気持ちは抑えられん。お仲間は総勢で何人だ？」

わたしは黙っていた。

荻は苛立ちもあらわに鋭い目をわたしにむけた。「まあいい。どうせ連中にはわれわれをとめられん。あまり近づけば死ぬだけだ。それこそ曾我衆の得意技。われらの先祖が過去三世紀にわたってやってきたことだ。しかもわれらは負け知らずでね」

「村ではそっちが負けたぞ」

「あのときさみたちの相手をしたのは、訓練一年めの新人たちだ。われらの物差しでいえば赤子だ。いわばきみたちに本番練習の機会を提供してやったんだよ。あのときはきみの美術商という職業にうつかり目をくらまされてしまったが、おなじ過ちはくりかえすまい。今宵《こよい》、きみは死ぬ。もしわれらのロングアイランド基地が修復不可能なまでに破壊されたとしても、それならそれでいい。手間はかさむが、移転すれば失地回復はたやすいものだ。これが初めてというわけでもない。すでにギルバート・トゥイード社は処分したよ。われらの手の者は去り、彼らのファイルはシュレッダーにかけられた」

若き使いの者は片手をイヤフォンにあてがいながら、落ち着かない風情で身じろぎしていた。「内藤先生がお待ちです。どのように申しあげればよいでしょうか?」

荻はわたしのほうへ視線を投げ、「おまえはここに残していく——なに、じきにケイシーがもどってくる」といってから、使いの者にむきなおる。「わたしを内藤先生のところまで案内せよ」

曾我の首領はわたしに背中をむけた。このときにもまた金属が布地をこする音と同時に、ケーブルが作務衣の袖のなかへ蛇のように這いあがっていった。

ひとりになるやいなや、わたしは手首を縛っているロープの残った繊維を一気に断ち切った。両手をひとふりするだけで、ロープははらりとほどけて落ちた。心臓が激しく鳴っていた。千載一遇の好機。いま逃げるしかない。ここで連中に見つかれば、瞬時に処刑されてしまうことは確実だ。

ドアをめがけて全力で走りだしたが、すばやく近づいてくる足音がきこえた。速すぎる。わたしはコースを変えて、まず窓を大きくあけはなってから、荻のデスクの下にある椅子をおさめるためのスペースに潜りこんだ。

廊下からダーモットの声がした。「待たせたな、ブローディ。いよいよ、借りを返す時間だ」

「あいつのとどめは自分が刺すと、ご老体がいってるぞ」ケイシーが応じた。

「だからといって、やつをちょっとばかり……おっと、やつがいないぞ」

ケイシーがすぐに部屋にはいってきた。「いったいどうやって……。いや、それはどうでもいい。

やつは死を先延ばしにしただけだ」

「これで、やつはおれのものだな」ダーモットはいった。

「おまえが先にブローディを見つけたらの話だ。あいつが脱走したことで優先順位が明確になった。

発見したら即座に射殺だな」

「おれがあのクソ野郎をつかまえたら、あっさり撃ち殺すだけですませるものか」ダーモットはそういって、窓からひらりと外へ出ていった。つづいてケイシーが、わたしの脱走を無線で全員に教えている声がきこえてきた。

68

ふたたび部屋にひとりきりになると、わたしは隠れ場所から飛びだし、荻のデスクを急いで調べた。頭のなかでケイシーの言葉が反響していた——《やつは死を先延ばしにしただけだ》

〝優先順位が明確になった〟というお触《ふ》れが出た以上、ここの敷地には少なく見つもっても十人程度の武装した曾我の戦闘要員が、わたしを見つけしだい射殺せよという命令をうけて出動しているはずだ。

わたしは重苦しく不規則な呼吸をくりかえしながら、いくつもの抽斗《ひきだし》の把手に手をかけていった。いちばん下の抽斗に小型のベイビー・グロックと、スペアマガジンとサイレンサーもそろっている二二口径のベレッタがあった。どちらの拳銃にも、曾我の村でわたしが絶命しかける原因になった毒物が塗られている形跡は見あたらなかった。

わたしはベレッタをジーンズのウエストに突っこみ、サイレンサーとスペアマガジンをポケットにしまった。グロックはこの場に残していく。サイレンサーのない銃を発砲すれば、近くにいる曾我の者から反撃の銃火を浴びせられて死ぬことにもなりかねない。生き延びるチャンスが欲しければ、音をたてずに撤退するのみだ。そのチャンスもごくわずかしかない。野田とともにあの村から脱出できたのは幸運のたまものだし、それについて変な勘ちがいをしたことはない。

しかし正常に動く銃器をこの場に残していくのは自殺行為も同然だ。そこでわたしはレターオープナーの尖《とが》った先端をグロックのメカニズムに突き立て、撃針を折ってはずし、折った撃針で銃身の左右両側に筋を刻みこんで、牙を抜かれた銃であることを示した。昔、サウスセントラルで習い覚えたテクニックだ。すなわち《可能なら使用不可能にせよ》という掟。

新たな武器を手にいれたわたしは大邸宅の裏口から外に出て、荻と配下の兵士たちとは逆方向を目指した。曾我の者たちが戦闘モードにはいっているせいだろう、敷地内では照明が落とされていた。邸宅からたっぷり五十メートル近く離れると、大きな松の裏側に身を躍りこませて、もってきたベレッタを調べた。まずマガジンをはずす。弾薬は八発。スペアにも八発。薬室は空《から》だった。合計十六発。マガジンを元の位置にもどし、サイレンサーを装着して薬室に弾薬を送りこんでから、ジーンズのウエストの背中側に銃を突き入れた。

それから身じろぎひとつしないで耳をすませた。なにもきこえない。下生えのあるところをすり足で進む足音もきこえない。小枝や灌木を払いのけて進む物音もしない。邸宅からわたしの脱走を告げる叫び声もあがっていない。しかし、やはりここは曾我の領分。ことはそう簡単にはいかないだろう。転がりこんできた幸運のおかげで、ここでもチャンスに恵まれた――そのチャンスを無駄にはできない。なにより肝心なのは用心だ。

《わたしの友人たちがここに来ているぞ》さっきはそういった。

《その事態も想定して備えていたよ》荻はそう答えた。

遠くのゲートのあたりから銃声がきこえた。つづいて悲鳴。それっきり音は途絶えた。

くそ。いまの悲鳴は、荻の自慢たらしい言葉の正しさを裏づけていた。ちゃんと〝備えていた〟のだ。ここはロングアイランドかもしれないが、敷地内のつくりを見れば曾我の村にほかならない――周囲から隔絶された立地、ふんだんな隠れ場所や遮蔽物、そして突破の困難さ。本拠地ゆえの強みは圧倒的だ。

先ほどの悲鳴からわかるのは、マッキャンとその仲間たちによる最初の突入の試みがあっけなく押しかえされ、わたしたちの側に犠牲者が出たということだ。

曾我の者なら悲鳴をあげるはずがない。

いまは、マッキャンとレンナのふたりが十二分な手勢を連れてきていることを祈るしかない。しかし、ふたりはわたしが行方不明になったことを受けて大車輪でチームを編成したにちがいなく、だったら十二分なマンパワーは望めないかもしれない。マッキャンが急ごしらえであつめられたのは、ニューヨーク市警とロングアイランド郡警察の警官それぞれ数名程度か。曾我の連中が撤退しているようすは見えなかったし、それらしい音もきこえてこなかった。ということは、マッキャンの編成したチームはバンタムウェイト級であり、曾我がその少人数チームに打撃を与えたことが裏づけられる。わたしたちの人員に被害がおよべば、いったん撤退して、しっかりした人数のバックアップを要請することになる。しかし、それには時間がかかる。その時間の余裕がわたしにはない。もしふたたびジェニーに会いたいのなら。

どこからどう見ても、いまのわたしは孤立無援だ。敷地の境界線からは八百メートルも内側に引っこんだところにいた。外界とわたしを隔てている森のなかには、曾我の兵隊がうようよしている。しかし、そんなことはわたしの心配ごとのなかでも序の口にすぎない。敵にとって、いまやジェニーは捨ててもいい存在だ。警察がゲートに迫っているいま、ジェニーは交渉のための材料から、重荷に変わった。人質から証人候補に変わった。曾我がここから撤退するにあたって、ジェニーを連れていくわけがない。殺すに決まっている。

急がなくては。

わたしは森のさらに奥深くを目指した。ミントを思わせる松葉の香りが肺を満たした。木々のつくる天蓋ごしに、銀色の月明かりが柱のように射しこんでいた。わたしが曾我の一員なら、ゲートでの応戦は、荻や一族の重鎮たちが撤退して敷地から充分離れるまでの時間稼ぎにとどめる。ボートが二艘とも破壊されているため、撤退はいささか面倒になった。わたしが指揮をとるなら、ゲート守備チームには次なる外部からの攻撃をいましばらく阻止させ、すばやく突入したいという気を削《そ》がせておくだろう。警告のための射撃を数回おこなって数人の警官を傷つけることで、士気をくじくのもいい。しかし首脳スタッフたちが安全な距離にまで遠ざかったら、ゲート衛兵たちにはすばやく消えろと指示を出すところだ。

いま戦線の後方に残っているのはわたしだけだ。曾我の領地にひとり残っているわたしには、明白な命令も残されていた。確率に逆らってジェニーを見つけなくてはならない。そうでもしないと、曾我の連中は夜の闇を被害者の悲鳴であふれかえらせることだろう。

しかし時間はかぎられている。いますぐにでも情報が必要だ。つまりは捕虜が。

わたしは闇に身を隠したまま、灌木の茂みを歩きまわり、歩きながら敷地のようすを把握していった。森の地面は羊歯《しだ》と小さめの灌木と枯葉や枯枝で構成されていた。しかしあたりの空気は湿気をはらんでいるため、足もとで音をたてて折れるような乾燥したものはなかった。木々のあいだを道が――大半はけものみちだが、人が踏み分けた道もあった――曲がりくねって抜けていた。

《通常のパターンをみずから破壊することが必要だ……》

ひんぱんに人が通るらしい踏み分け道が見つかると、わたしは空を見あげた。十代のころ、それもかなり向こうみずな毎日を過ごした二年のあいだ、わたしは仲間ともども街なかでドラッグの売人《ディーラー》を襲い、彼らがかならず所持している現金の束を狙ったものだ。そもそもが危険ぶくみの稼業であり、いまふりかえって見れば正気の沙汰の範疇《はんちゅう》を越えているともいえる。しかし、わたしたちの策が見事に成功した。売人が夜ごとに通るルートを割りだし、そののち〝とまり木〟の場所をさがしたのだ――普通の歩行者が視線をめぐらせても視界にはいらない、高いところにある場所を。

適切な木が見つかる。その木によじのぼり、太い枝に腰かけて楽な姿勢をとると、幹にもたれかかって待ちはじめた。地面からの高さは五メートル弱。標的が身長百八十センチだとすれば、わたしには三メートルと少しの高さの余裕がある計算だ。

わたしはベレッタを背中のくぼみに移した。

ほどなく、わたしがふたたびジャングル猿の真似《まね》をするチャンスがやってきた。最後にこの真似をしてから十三年が経過していたが、一刻も早くこのわざを実行したい気持ちが血管で疼《うず》いていた。

このトリックで肝心なのは、地面から四メートル半ないし五メートル半の場所で相手を待つことである。標的人物には背後から襲いかかる――そのときには標的人物の体をクッションにつかって着地の衝撃をやわらげ、その衝撃でもって標的の行動能力を奪う。高所からのジャンプで得られるこの勢いがなによりも大事だ。高すぎてはタイミングが読みにくくなる。低すぎると衝撃が弱まって標的を倒せなくなる。

わたしと同程度の身長の男が、踏み分け道を近づいてきた。完璧だ。

わたしは静かに枝の先へと移動し、しゃがむ姿勢で待機した。

標的の男が真下を通った。

わたしはジャンプした。

69

標的への落下は完璧だった。

わたしの胴体が標的の後頭部にまともにあたって、そのまま標的を前のめりで地面に押し倒した。男は衝撃に茫然《ぼうぜん》として、身動きもせずに横たわっていた――瞼をあけてはいたが、目はどんよりと濁っていた。踏み分け道の左右をすばやく確かめたのち、わたしはつかまえた捕虜を仰向《あおむ》けにしてから、両の足首をつかんで森の深いところまで引きずりこみ、胸のあたりに馬乗りになった。

男はわたしが曾我の村で目にしたものとおなじ、体形にあわせてぴったりとフィットする黒衣を着て、最先端技術の粋をあつめた用具ベルトを締めていた。この男から武器のたぐいをすべて奪って無力化しておく必要がある――そこで男の暗視ゴーグルを剝ぎとって、つづいて頭巾も剝がした。頭巾の下にはイヤフォンもあった。イヤフォンを耳から引き抜き、胸にピンでとまっていた送信機ともどもポケットにおさめた。

捕虜の男はうめき声を洩らしながら、焦点のあっていない目をわたしの顔にむけた。男が意識を完全にとりもどす前に、ベレッタをのどに叩きつけた。

「じっと静かにしていろよ」と、耳もとにささやく。「物音をたてたり話したりするな。こっちから話しかけたとき以外はな」

男が目を大きく見ひらいた——つづいてこれまでの訓練がよみがえり、感覚の混乱も薄れていくにつれて、ケイシーやダーモットが見せていたのとおなじ、曾我の連中に滲《し》みついた生意気さが立ちあらわれてきた。もしこの男から必要な情報を引きだすのなら、この生意気さを叩き壊す必要がある。

わたしが捕虜とした男は、倒した敵の数だけベルトに刻み目を入れる一人前の曾我戦士でもおかしくない年齢だった。訓練で鍛えられる前は田舎の荒くれ男だったようだ——つまり上級管理職むきではなく現場の働き蜂むき。曾我への急行列車に乗っていなければ、いまごろは水田で稲をつくる作業をしていたか、そうでなければ地元の道路工事の作業員として働いていただろう。

わたしは銃口をさらに強く押しつけた。男の手が用具ベルトのほうへ這いはじめたのが、視界の隅に見えた。

「もしおまえがあと一センチでも手を動かしたら、後頭部から一発撃ちこむぞ。話がわかったら、一回だけまばたきをしろ」

まばたき。

「それからおまえが攻撃を仕掛けるより、わたしが引金を引くほうがずっと速い——おまえがどんな訓練をうけ、どんな洗脳でなにを吹きこまれていようとも」

まばたき。答えはイエスだ。

「けっこう。さて、今夜は何人の連中が実地に出動しているのかを教えてほしい。どうだ、教えてくれるか?」

まばたきが一回。

「けっこう。で、答えは？」

男はまばたきを十回し、いったん休んでから九回くりかえした。

「十九人。女はいるか？」

まばたき。

「人数は？」

まばたきが三回。

「出動している訓練生はいるか？」

まばたき。イエス。

「何人だ？」

まばたき、まばたき。ふたりだ。

「おまえをふくめてか？」

まばたき、まばたき。ノー。

「つまりおまえはそれなりに頭も切れる、だから、わたしがおまえを殺すと知っているんだな？」

イエス。

「いいぞ。忘れるな。で、あの女の子がどこにいるかは知ってるか？」

まばたきが二回。

「おまえは嘘をついているな」

まばたきが二回。ノー。

「ほら、嘘だ。ここには母屋の大邸宅がひとつと数軒の離れがあるだけだ。それぞれの建物には役割がある。ゲストハウス、宿舎、ガレージ。まあ、そんなところだ」わたしは曾我のアメリカ基地になにが必要かを推測しながら、知識の穴を埋めていった。「答えの範囲はおのずと限られる。いまここで何人が出動しているのかを知っているのなら、あの女の子の居場所も知っているはずだ」

ノー。

「だったら、もうおまえに用はない。さよならをいえ」

わたしは男がごほごほと咳《せ》きこむまで銃口をのどに強く押しつけた。男はせわしなくまばたきをしはじめた。

「考えなおしたいのか？」

まばたきが一回。イエス。

「つまり、記憶がよみがえってきたのかな？」

まばたき。

「確かなんだな？　あと一回でも嘘をついたら、おまえをさっさと殺して、訓練生をさがしにいくぞ」

まばたき。

「たいへんけっこう。さて、これからおまえが話はできるが大声をあげられないくらいには銃を離してやる。さあ、銃口をくわえろ。馬鹿な真似をすれば、すぐに引金を引く。低い声で話せ……嘘をいうな……そうすれば、ここで命を落とさずにすむ。わたしを騙そうとしたら、おまえの脳味噌《のうみそ》は羊歯の肥やしになる。わかったな？」

まばたき。

「けっこう。答えをきいたら、わたしはおまえのロープでおまえを縛り、猿ぐつわを嚙ませる。だれもおまえを見つけないし、決して逃げられない。娘がおまえの答えた場所にいなかったら、わたしは引き返してきて、おまえの眉間に一発撃ちこむ。だから、くれぐれもじっくり考えてから答えろ」

わたしは銃を二センチばかり、うしろへ引いた。

「離してください」男はあえぎ声でいった――日本語だった。「お願いします」

「おまえは何歳だ？」

「十九歳と半年です」

半年。年齢の推測は大きくはずれてはいなかったが、わが捕虜は〝半年〟がまだ大きな意味をもっている若者だった。両の頬が恥ずかしさに火照った。

わたしはまた銃口を押しつけて、若者の舌を押さえた。「おまえは嘘をついた。まだ訓練生ではないか」

若者はためらいを見せたのち、一回だけまばたきをした。

「おまえが技術レベルで嘘をついた理由はわかる。しかし、あと一回でも嘘をつけば、おまえは死ぬぞ。わかったな？」

まばたき。

「娘はどこだ？」

70

暗視ゴーグルが見せる緑色の風景のなかを、すばやく、なにごともないまま進んでいくうちに、わたしは来客用コテージの裏に近づいていった。

わたしがつかまえた若い男の話では、ジェニーは三軒めのコテージの二階に囚われているという。

建築様式でいえば、コテージは母屋の大邸宅と似通っていた――赤煉瓦の壁、赤煉瓦の煙突、窓にとりつけられた白い鎧戸。これまでおなじような二軒のコテージの前を通りすぎた。さらに目を凝らすと、さほど遠くないところに四軒めのコテージのずんぐりした影が見えた。

　暗視ゴーグルのおかげで、コテージ二階の窓のひとつで人が動いているのがわかった――これで、あらかじめ察していたとおりだと確認できた。コテージでは、曾我の者たちがわたしを待ちかまえている。コテージや敷地内の道ぞいなど、わたしが姿を見せそうなところならどこにでも。

《通常のパターンをみずから破壊することが必要だ……》

　曾我のユニフォームは、被服デザインの奇跡だった。わたしには五センチばかり短いサイズだったが、それでも完璧にフィットした。生地が伸縮して個々の体格の小さなちがいにあわせて調節されるばかりか、体のあらゆるカーブや筋肉を絶妙に包みこむ。上等なシルクなみの薄さと軽さを備え、通気性があって、体温を保持してもくれる。重さはほぼゼロといってもいい。通常であれば衣類は一・三キロから三キロ程度の重さを付加する。一方このユニフォームの重量はグラム単位で計れるのではないか。荻とケイシーとダーモットがあれほど自信たっぷりなのも無理はない。曾我はあらゆる側面において進歩している。

　ジェニーが囚われているとおぼしいコテージの前に接近するにつれ、全身の神経が緊張にぶうんとうなりはじめた。曾我がジェニーの衛兵として大人数を割いたとは考えにくい。せいぜい二、三人だろう。一階にひとり、二階にもうひとり。さらにパトロール要員がひとり。となると、これからの連中との対決は運まかせの危険なものになる。

　裏口のドアは鎧戸にあわせて白く塗られていて、上半分は六つの小さな四角形に区切られた窓になっていた。わたしは用具ベルトから金属粒を黒革の袋につめたブラックジャックをはずして足に沿わせ、空《あ》いている手でガラスを小さく叩いた。背中のくぼみ、曾我の黒衣にベレッタを押しつけてあるあたりに汗が溜まってきた。コテージの奥の闇から黒い人影があらわれてきて、ドアを引きあけた。

「なにか知らせは？」黒ずくめの相手が日本語でたずねてきた。

「いや、無線で知らされたことだけだ」わたしも日本語で答えた。「敵に犠牲者が出た。こっちはまもなくここから撤退する」

衛兵はうなずき、周囲にすばやく目を走らせてから、わたしに手ぶりで入室をうながし、屋内に引っこんだ。わたしはコテージに足を踏み入れてからドアを閉め、屋内の隅という隅に視線を飛ばして、ほかの衛兵の有無を確かめながら、男のあとについて歩いていった。わたしたちがいるのは狭い食品庫だった。右側をさらに進んだ先は調理用具がそろっているキッチンで、コテージの裏手側に沿っている。キッチンにはだれもいない。歩いていると、また別のドアが近づいてきた――このドアはコテージの正面側に通じていた。やはり無人だ。先導役の男をブラックジャックで殴りつけると、金属の小さな粒と男の頭部がぶつかりあって生まれた振動が腕をつたってきた。黒衣の案内役はくずおれたものの、完全には倒れなかった。あらためて一撃をくわえると、男は鈍い音とともにぐんにゃりと床に倒れた。

「くそ」わたしは小声の日本語で毒づいた。

「どうかしたか？」コテージ正面側の部屋から抑えた声がした。

「爪先を怪我《けが》した」

次の瞬間、わたしの真正面の戸口に人影が浮きあがってきた。人影へむけてサイレンサーを装着したベレッタの引金を二回つづけて引くと、人影は力なく壁にもたれて、そのまま横へずるずる滑っていき、塗料を塗られた壁面に黒っぽい鮮血の弧を描いていった。

わたしは近づいて相手をよく観察した。死んでいた。女だ。

十代の女。酸っぱい味が唇を越えてあふれた。女を撃ち殺した。わたしの内面の奥深くで、なにかが力をうしなっていった。曾我の村では、敵と戦っても殺しはしなかった。今夜、わたしは人殺しになった——わたし自身が忌みきらっている種類の人間に。わたしはまず手近の壁にもたれ、ついでもたれたままずるずると床にへたりこむと、両膝のあいだに頭《こうべ》を垂れた。

《とっとと体を動かせ、ブローディ》

自分が腐った気分だった。自己嫌悪。

《無駄にできる時間はないぞ。三人めがドアからこっちへ来たらどうする？》

わたしはぎくりとし、弾《はじ》かれたように立ちあがった。モラルの流砂に足をとられ、そこから抜けだそうともがくあいだ、わたしは殺されてもおかしくないほど長く警戒心をゆるめてしまった。今夜このまま生き抜いてジェニーを救いたいのなら、いま泣き崩れている余裕はない。

わたしはふたりの衛兵の体を食品庫のいちばん奥まった壁ぞいにまで急いで引きずっていき、三人めの衛兵がコテージの正面側やキッチンから駆けこんできても、その視線にとまらない場所に隠れて立った。ベレッタを抜いてかまえたまま、コテージ内外の物音に耳をすます。コテージ内にはオークと松、それに洗剤の香りが満ちていた。外で梟《ふくろう》が鳴いた。蟋蟀が鳴いていた。屋内からはなんの音もきこえない。一階からも、上の階からも。争うような物音もきこえない。床板がきしむこともなかった。ふたりを倒したわたしへの反撃策を話しあう囁《ささや》き声もきこえない。さらに一分待った。また梟が鳴いた。ロングアイランドの牧歌的な雰囲気。これ以上に人を油断させる環境があるだろうか？

衛兵はひとりもあらわれない。そこでわたしは身構えつつ、銃をかまえたまま慎重な身ごなしでキッチンへはいっていった。ここも無人。飛びかかって攻撃してくる者はいない。新たな歩兵があらわれることもなかった。書斎の先に目をむけると、正面玄関のドアと居間が見えた。

いっとき立ちどまり、アドレナリンの作用で激しい鼓動を搏《う》つ心臓を鎮めてから一気に居間へ踏みこんだ。暗視ゴーグルのおかげで、影に隠れた奥まった隅のすべてが明るく照らされたように見えた。黒い革ばりのソファと、おなじく黒革ばりの椅子がひとつずつあり、大きな窓からはよく手入れされた芝生と森がのぞめた。しかし、黒衣の衛兵は見当たらなかった。

室内にひとわたり目を走らせ、窓の外の地面にも目をむけた。人が動く気配はゼロ。緑にぼうっと光っている人形《ひとがた》もない。暗がりから出ないようにしながら居間を横切った。いちばん奥にある三つめのドアをあけると、その先はふたりの衛兵が倒れている食品庫だった——一階をぐるりと一周したことになる。

これで一階の安全は確保できた。

わたしはふたりの衛兵から送信機をとりはずし、踏み潰して壊した。それからふたりをバスルームまで運んで、ドアの鍵をかけた。さらにキッチンから楊枝《ようじ》を数本もってくると、鍵穴に突っこんでへし折った。頭をブラックジャックで殴って気絶させた男が今夜のうちに意識をとりもどすとは思えなかったが、想定外のことが起こるかもしれない。そこでわたしは野田を手本にして、男の頭を銃で撃った。恐ろしく気がとがめたし、モラル面で考えなくてはならない問題もあったが、いまはその時間ではない。ごく簡単に要約すれば、この連中はうちの娘を誘拐したことで一線を越えたのだし、わたしたちに反撃してくるかもしれない誘拐犯がひとり減れば、わたしはその事実に安心できる。

一階の安全を確保すると、わたしは階段をあがりはじめた——銃を太腿《ふともも》の裏側に隠し、隠しもしない足音でわたしの接近を周囲に宣伝しながら。

階段をあがりきった先は、三つのドアがならんでいる短い廊下だった。ふたつは寝室の、残るひとつはバスルームのドアだろう。三つめのドアからだれかが頭を突きだして、わたしのほうを見た。わたしは左手をふりながら、右手で発砲した。一発めは狙いを大きくはずしたが、二発めと三発めの弾丸は相手の頭部とのどに命中した。曾我の戦士が床に倒れこむと同時に、わたしはすばやく階段まであとずさって床に伏せ、両の肘でしっかりとカーペットをとらえつつ、四人めや五人めが出現した場合に左右どちらへもすばやく銃をふり動かせるよう、廊下のなかほどの一点に狙いをつけた。

その姿勢を一分間保持し、さらに一分待った。なにごとも起こらなかった。腹這いで進み、最初のドアをそっとつついた。動きの気配はなかった。体を低くしたまま、すばやく入室する。やはりなにもない。中央のドアもおなじように押しあけた。バスルーム。無人。最後の部屋へもおなじように慎重に近づくと、衛兵の死体をまたぎ、今回は体を低くしたままゆっくりと入室した。

左にはクロゼット。奥の壁ぞいに大きなダブルベッドがあり、だれかが濃紺のサマーキルトをかぶって横たわっていた。

拳銃の銃身をつかって、クロゼットの扉をあける。

危険なし。

ベッドの下をのぞく。

なにもない。

わたしは背すじをいっぱいに伸ばした。

ベッドに身じろぎもせずに横たわり、顔を枕に押しつけているのは……ジェニーだった。

心臓が激しく鼓動を搏った。間に合わなかった。かねて恐れていたとおり、敷地内で戦闘がはじまるなり、ジェニーが人質としてそなえていた交渉材料という価値は消えた。それゆえ彼らは娘を殺した。見たところ、ジェニーは枕で窒息死させられたようだった。

《最初はエイバーズ……今度はジェニー》

わたしは力なく壁にもたれかかった。目が激しく痛み、頭はぐるぐるとまわっていた。

71

わたしはごくりと唾を飲みこみながら、生気のまったく感じられないわが娘の小さな寝姿を、暗視ゴーグルの緑の闇ごしに見つめていた。両目の隅に塩水が刺すような痛みがあった。朦朧《もうろう》として頭も麻痺《まひ》したような状態のまま、わたしはかつておのれの血と肉だった姿をひたすら見つめた。ジャパンタウンの丸石舗装に横たわっていた幼い中村美貴の姿が目の前を幻になって横切っていった。

わたしは震えながら上体をかがめ、ジェニーの頰にキスをした。頰は温かかった。体温。本来なら冷え切っているはずなのに、冷たくはない。わたしはゴーグルをひたいへ押しあげて、つぶさに娘を調べた。やった！　動いてる！　暗視ゴーグルが見せる緑の霧ごしでは感知できなかったものが、部屋の暗さに目が慣れてくるにつれて、くっきり見えてきた。近くに目を寄せていくと、ジェニーの胸が不自然にも思える緩慢なペースで上下に動いていることが見てとれた。

ジェニーは死んではいなかった。しかし呼吸は、ふだんの睡眠時のパターンとくらべても明らかに浅い。なぜ？　死んでいるようなこの眠り方にはどんな説明がつけられる？　薬を盛られている。そうにちがいない。ジェニーを黙らせておけば、曾我はそのあいだもずっと優位を確保できた。そう、わが娘は生きている！

あらためて二度めによく見たことで、わが喜びがいくぶん薄れた。ジェニーのボディランゲージは、なにやら忌まわしい経験をしたことを物語っていた。薄手のベッドカバーの下でジェニーは体を小さく丸めて寝ていて、頭皮に寝汗が浮いていた。寝ていたにせよ起きていたにせよ、人質としての滞在はジェニーにとって断じて愉快な経験ではなかったにちがいない。

ベレッタを腰のベルトに突っこむと、わたしは青いキルトの上がけを剝がしてジェニーを両腕にすくいあげた。ジェニーの瞼がひくひくと震えてひらいた。眠気は残っているようだが意識はあるらしく、娘は隠しようもない恐怖の目をわたしにむけた。

わたしは頭巾をはねあげた。「父さんだよ、ジェン」

「ほんとに？」

声帯を酷使したらしく、声には空気の洩れるような音が混じっていたし、まだ少し残っているらしい薬による眠気に負けまいと戦ってもいた。

「ほんとだ」

ジェニーは片手をわたしの頰に押し当てた。「ほんとに、ほ、ほんとに父さんだ。やっと来てくれた」

そういって、わたしの首と肩にはさまれたポケット部分に顔を埋《うず》める。わたしはそんなジェニーを胸もとに抱き寄せた。娘の心臓の鼓動が感じとれ、それに応じるわが心臓の鼓動も感じられた。ジェニーの体は温かく、柔らかく、いかにも頼りなかった。湿気をはらんだ繊細なその吐息が、わたしの首すじをくすぐる。いまもまだ信じられなかった。この子を永遠にうしなったと思いこんでいたのだ。

「父さん、おうちに帰りたい」

「ああ、これからおうちに帰るんだ」

「あの人たち、まだここにいる？」

「この家にはいないよ。どこか痛いのか？」

「ううん。じゃ、外にはあの人たちがいる？」

「いるね」

ジェニーの体がびくんと緊張した。

「でも、もうすぐいなくなるよ」わたしは急いでいい添えた。

「父さんがやっつけちゃうから？」

「そんなところさ」

ジェニーは顔の向きを変え、わたしの肩に耳を押しつけた——そのせいで首すじにあたる息づかいが強くなった。いまジェニーはわたしの左腕にちょこんと腰かけるような姿勢をとっている。わたしは右手でベッドから毛布とシーツをつかんで引き剝がし、二枚いっしょに空いている右肩にかけると、ジェニーを抱いたまま寝室の戸口へと進んだ。ベレッタを抜き、すばやく廊下の左右を確かめる。どちらも無人だ。わたしはすばやくドアから廊下へ出て階段をおり、裏口から外へ出た——そのあいだもおりおりに足をとめて、曾我の戦士の有無を確認する。ひとりもいなかった。

外に出たわたしはすかさず森に飛びこみ、踏み分け道を避けて下生えの生えている柔らかな地面を歩くことで、敷地のさらに奥へとむかった。音をたてずに進み、松やオークやヒッコリーの木の横を過ぎる。十歩進むごとにうしろへ顔をむけて確認しつづけるうちに、ようやくあの来客用コテージからずいぶん遠ざかることができた。

わたしは天を衝《つ》くようなオークの巨木の裏に身を滑りこませ、荒い息をつぎながら、幹にもたれた。とりあえずは安全だ。深々と息を吸い、ゆっくり吐きだす。息を吸っても、空気がしゃっくりのように切れ切れにしかはいってこない。心搏数《しんばくすう》は計りきれないほど多かった。自分の命を守るために戦うのと、娘の命を守るために戦うのではまるっきり勝手がちがう。

わたしはジェニーを抱き寄せた。娘を抱いていられることが、それだけでも計りしれないほどのたいまいものに思えた。いまばかりは安全だ。

このときもまた目の隅が痛みはじめた。もう二度とジェニーをうしなうわけにはいかない。そんなことになったらわたしは生きていられない。しかし、どうすれば曾我という敵から娘を守れるのか？今夜は首尾よくあの魔手から逃れられても――警察が荻やその配下を一網打尽にしないかぎり――逃げていられるのはせいぜい一時のことにすぎない。曾我は早くも撤退へむけて動いている。荻が自信たっぷりに断言していたように、曾我の面々はいったん散り散りになったあとで再集結し、自分たちなりのタイムスケジュールに従ってわたしたちを狩り立てにかかるだろう。荻の言葉を裏づけるのは、三百年におよぶ成功つづきの歴史で積み重なった多くの証拠の数々だ。あの〝根絶やし〟の件もある――自分たち一族を守るために敵の一族を皆殺しにするという、残酷だが当然視されていた日本の習慣。冷酷で血も涙もない習慣だ――生き残ることを許されるのはたったひとりだけ。

わたしはとことん勘ちがいをしていた。

わたしたちはとうてい安全とはいえなかった。

72

ジェニーが顔をあげた。「なんで立ち止まってるの？」

「父さんにはまだ仕事が残ってる」

「戦うお仕事？」

「そうだ」

ジェニーの目が恐怖に光った。「ひとりにしないで、父さん」

「おまえに手伝ってもらいたいくらいだ」

ジェニーが体を震わせた。「わたしもあの人たちと戦えっていうの？」

「ちがう。おまえには、ここで父さんを待っていてほしい。できるかな？」

わたしの言葉に、娘は内部の回路がいかれてしまった機械仕掛けの人形のように、ぶんぶん激しく頭を左右にふり動かしはじめた。「いや、ぜったいにいや。もうひとりにしないで、父さん。もうひとりはいやなの。お願い」

言葉のひとつひとつがナイフになって胸を刺した。わたしはジェニーに無理な願いをしていた。いったんは誘拐されたジェニーは、ふたたびわたしと出会えたのに、またすぐ離れ離れになるかもしれないと思って怯《おび》えていた。

わたしは力のかぎりジェニーを抱きしめた。娘をこの場に残していくのは人生でも最大の難事になる。しかし、それ以外に方法はない。

「よくきくんだ」わたしはささやき声で話しはじめた。「この世界はぐるぐるまわっている。おまけに、わるい方向にまわってる。でもいまなら――いますぐなら――おまえと父さんが世界の回転を正しい向きに直すチャンスがあるんだよ」

「父さん……お願いだから……よして……」ジェニーの声がわなないて途切れた。

「またこうしていっしょになれた――そうだろ？」

「うん。でも――」

「これはいいことだ。だからね、まず最初に父さんはおまえが安全でいられるように手を尽くす。それができれば、ふたりにとっていいことがまたいっぱい積み重なる。これからおまえを地面におろすけど、下に降りたらすぐに父さんの背中におぶさってほしい」

ジェニーはしぶしぶ地面に滑り降りた。わたしはシーツと毛布を首に巻いて、しゃがみこんだ。ジェニーが背中によじのぼってきた。

「じゃ、父さんのお腹《なか》に両腕で抱きつけ」

その言葉にジェニーが従うと、わたしは輪にしたシーツをジェニーの頭から背中側へまわし、さらにヒップまですべらせた。それからシーツの両端を自分の腹の前でしっかり結んで即席のおんぶ紐にして、娘のほっそりした体を背中に固定した。

ジェニーが頭を左右に動かしていた。姿は見えなくても、動きは背中に感じとれた。

わたしは声をかけた。「心配ない。父さんにしっかりつかまってろ。これから木のぼりをするぞ」

わたしは暗視ゴーグルをつかって、選んだ木をあらためて検分した。上へむかって大きく枝葉を広げている巨大なオークで、根元はかなり太い。わたしはふんだんに茂る葉を見あげ、枝のあいだを視線で這い進んだ。やがて高さも太さも目的にかなう枝が見つかると、わたしはまず低いところの枝まで体を引きあげ、さらに上を目指しはじめた。

上へあがっていくあいだには葉の塊が肌をこすりあげてくることもあり、不意討ちのように枝が叩いてくるたびに、ジェニーが身をすくめているのが感じとれた。地面から九メートルばかり上に来ると、わたしはがっしりした枝に這いでていき、両足でまたいで腰をおろした。そのままじりじり後退して、ジェニーの背中を木の幹に押しつける。わたしが〝とまり木〟に選んだこの枝は、幹からの分岐部分ではスポーツ用の大きなメディシンボールの直径なみに太く、ジェニーとわたしをあわせた体重のさらに二倍の重さもなんなく支えてくれそうだった。

ジェニーに大枝を両足でまたいですわり、できるだけ早く両手でしがみつくよう指示してから、わたしはシーツの結び目をほどいた。それからじりじりと枝の先へと進み、ジェニーとの安全な距離を確保してから左足をもちあげて、枝に横向きで腰かけた。体のバランスをしっかり保持してから、今度は反対の足をふりあげて枝をまたぐと、ジェニーとむかいあわせになれた。わたしが前へ進んでいくと、ジェニーがわたしの首に両腕を巻きつけてきた。

「父さんならぜったい来てくれるってわかってた」ジェニーはささやきながら、また頭をわたしの肩にあずけた。

わたしたちは、しばらくその姿勢のまま動かなかった。まわりからきこえる木の葉のそよぎや虫たちのハミングのような声が、わたしたちの神経を鎮めてくれた。こんなふうに抱いているあいだに、いつしかジェニーが寝入ったときのことが思い出された。ふたりで過ごした静かな夜のすべてが記憶に甦《よみがえ》ってきた——ジェニーがわたしの膝にすんなり身を落ち着け、おしゃべりをしたり、いっしょに笑ったり、ディズニー映画を見たりした夜のこと。今夜、こうして肩に感じるジェニーの小さな頭の重みこそ、想像できるかぎり最高にすてきな重さだ。ふたりでこれからの数時間を生き延びられたら、ジェニーと過ごす瞬間を決して当たり前のものだと思うまい。これまでとは事情がちがう。やがてジェニーの息づかいが穏やかになると、わたしはそっと身を離した。寂しさを感じながら。気が進まないながら。避けられないことだと思いつつ。

ジェニーが目をあけた。「もう行く時間？」

「そうだよ」

娘の下唇がわなないていた。「あいつら、いっぱいいるんでしょう？」

「でも前よりは人数が減った。それにクリスティーンとジョーイのお父さんも、おまわりさんをいっぱい連れて、ここへ来てるんだ」

ジェニーの声にわずかながら昂奮の響きがはいりこんできた。「すごく強い味方じゃない？　ふたりのお父さんは悪者を逮捕できるんでしょう？」

「もちろん」

「それからどうなるの？」

以前の悲惨におわった娘との電話のひと幕を思い起こしながら、わたしは言葉を選んで答えた。「運に恵まれれば、あいつら悪者は永遠に消えて、二度とわたしたちに手出ししなくなる」

「わたしはなにをすればいいの？」

「ここでじっとしていればいい――ここなら悪者にぜったい見つからないから、父さんがもどってくるまで、とにかく静かにじっとしているんだ」

「こんな木の上に？　ひとりで？　落っこちたらどうするの？」

わたしはシーツをもちあげて笑顔でいった。「これからシーツでおまえをこの大木に縛ってあげるよ」

「それに毛布があるから寒くない！　木の上でキャンプするのね！　うん、それなら大丈夫！」

「いいぞ。だけど、声はもうちょっと小さくしてくれるかな。それに父さんが出かけたら、物音をぜったいにたてないこと。大声をあげるとか、おしゃべりをするとかは駄目だし、おまえが大好きなのはわかっているが、歌うのも我慢だぞ。今夜だけはね。木の上でじっとしていれば安全だ――まわりには木が何千本もあって、だれもいちいち上を見たりしないからね」

「話しちゃ駄目？　もしなにかあっても？」

「なにも起こらないと思うよ」

「でも、もしなにかあったら？」

わたしは娘をまっすぐ見つめた。あごが震えていた。「ジェン、おまえはもう大きなお姉さんだ。だから自分のことは自分で決めること。前から父さんがおまえに教えているとおりだ。あとはなにかをするときに、それが正しいおこないだと確かめるのを忘れるな」

「でも、そんなこと、どうすればわかるの？」

六歳児の口から、永遠の疑問が出てきた。いつもの平凡な日常でも答えに窮する疑問である。暗がりを曾我の連中がこっそりうろついているいま、答えるのは不可能といってもいい。わたしは静寂について思いをめぐらせた。ジャパンタウンに思いをめぐらせた。和歌では〝白浪〟と表現されていた盗人と岡崎の山に思いを馳《は》せ、核の部分に立ちかえった。見つかった答えはひとつだけだった。

昔から変わらぬ答えだ。

「じっと耳をすますんだ」わたしはいった。

「どういうこと？　わたし、まだ子供だからわかんない」

わたしはもどかしい思いに、ふっと息を吐いた。いかにも、ジェニーのいうとおりだ。いま不安をなだめる錨《いかり》を与えないことには、ジェニーをここに残してはいけない。

「おまえにとって悩みの種になっている疑問があれば、まず自分に問いかけることだ――そうしてじっとしていれば、答えは自然と頭に浮かんでくる」

「どこから？」

わたしはジェニーの胸をぽんと軽く叩いた。「ここからだよ」

ジェニーの眉がつながって一本になった。わたしの言葉に考えこんでいるのだ――ジェニー本人は、これが大人に負けない熟慮だと思いこんでいる。「父さんがいろいろ知っているのは、そんなふうにしていろいろ知ったから？」

「むずかしい問題にぶつかったら、答えを得る方法はそれしかないんだよ」

それだけ話すと、わたしは強く後ろ髪を引かれるのを感じつつジェニーのもとを離れた——そして、ふたたび夜の闇のなかへ分けいっていった。

73

先ほどはコテージから早く離れたいと急ぐあまり、曾我の工作員ならたやすく読みとれる足跡を残してしまった。地面につけられたばかりの、不自然なほど深い足跡を見つければ、彼らはたちどころにジェニーの体重が加わった足跡だと見抜くだろう。となると、ジェニーが安全に身を隠している場所から連中の注意を逸《そ》らす方向で動く必要があった。

ところが木から降り立って五歩も進まないうちに、わたしの左の腰の近くを一発の銃弾がかすめ飛び、松の若木のてっぺんを削ぎ落とした。

「そのままぜったいに動くな、ブローディ。次の一発は外さないぞ」

大きな糸杉のうしろから、ダーモットが四五口径のグロックをわたしの腹部へむけながら出てきた。曾我の黒衣を着て、暗視ゴーグルを装着している。

「コテージでは、ずいぶん暴れてくれたな。だから、今度はおれがおまえ相手に暴れてやろう」

パニックが洪水の勢いで思考に流れこんできた。こんな近距離で相手がすでに銃を抜いていたら、どこにも逃げ場はないように思えた。

「女の子はどこにいる?」

「とっくに逃げたよ」わたしは答えた。「隣人のところに」

「そんなことがあるものか。どうせ木の上にでも娘を隠したんだろう——栗鼠《りす》みたいに」

「父さん？」

ダーモットが反射的に目を上へむけた。「ほら、図星だったんだろう？」

わたしはダーモットが樹上のジェニーへむけて発砲しないことを祈り、視線がわたしから逸れた瞬間を逃さず、近くにあったヒッコリーの鱗状《うろこじょう》の樹皮に覆われた太い幹の陰に滑りこんでベレッタを抜いた。それからすかさず腕を幹の反対側へむけて伸ばし、とにかくダーモットを見かけたあたりへむけて——いちいち目で確かめずに——引金を引いた。サウスセントラル時代に韓国人の隣人から教わった狡猾《こうかつ》な乱射テクニックだ。銃口を上にむけたり下におろしたり、右に左に動かしたりしながらつづけざまに撃っていくと、敵がわたしに応戦してくる間もなくマガジンの弾薬が尽きた。ダーモットのうめき声と地面に倒れる音がきこえた。わたしは空のマガジンをはずし、予備のマガジンを叩きつけるように装着すると、一発めの弾薬を薬室に送りこもうとした。ところが、銃が弾詰まりを起こした。くそっ。

用心しながら幹の反対側をのぞくと、ダーモットはもう立っていなかった——地面に膝立ちになっていた。グロックは体の横に垂れ落ちている——重すぎてもちあげられなくなったかのように。反対の手は腹を押さえていた。指のあいだから血があふれていた。

わたしは街のちんぴらのふりをしていたこの男に銃の狙いをつけたまま、木の陰からひらけた場所に進みでた。曾我の暗殺者であるダーモットが銃をもちあげたら、即座にまたヒッコリーの裏に飛びこむつもりだった。しかし、そんなことはなかった。わたしの姿を見ても、もう関心のかけらもなさそうだった。わたしが撃った二発めの弾丸がダーモットの胸に命中し、肺を破裂させたらしい。すでに息づかいが苦しげになっていた。

「ガキ……」ダーモットがいった。「六歳のガキと……ならず者の父親にしてやられるとはな……」

それっきりダーモットはばったりと倒れた。

そしてわたしがまだ動きださないうちに、わたしの死角になっていたあたりから人影が進みでてきて、わたしの後頭部に銃口をあてがった。

「ミスター・ブローディ、きみも幸運な男だ」背後の人物がいった。「いや、〝だった〟と過去形でいうべきだね」


道路がカーブしていて、スナイパーによる銃撃から守られているあたり——曾我の敷地の正面ゲートから二百メートル弱離れたところ——で、いまレンナ警部補は落ち着きなく歩きまわっていた。「時間がかかりすぎてるぞ、ジェイミー」

愛称で呼ばれたマッキャンは唇を引き結んだ。「我慢しろ、フランク。あいつらは十五キロ以上離れたところから来るんだ。なに、もういつ到着してもおかしくない」

「時間の余裕がないんだよ。ブローディが連れていかれてから、ずいぶん時間がたってしまってるし」

「こっちだって動きを封じられてる。第一波の攻撃があんなに悲惨な結果になったせいでね」

レンナは髪の毛を指で梳《す》きあげながら、あいかわらず落ち着かなげに歩いていた。「わかってる、わかってるよ。しかし、なにか手を打たなくては。敵の注意をこちらに引きつけて、内部にいるこっちの仲間から目を逸らさせよう。連中はブローディと娘さんを捕えているし、ひょっとしたらルークと野田も敵の手に落ちたかもしれないんだ」

「そうはいっても、増援部隊が来るまでは手も足も出せない。敵にこれだけの射撃能力があるとは、だれも予想していなかった。これまでにも多くの被害者が出てる。だから追加の装備品が届かないかぎり、第二段階の攻撃の許可なんか出せっこない。それくらいわかっているはずだぞ」

「でも、こっちは仲間が四人も敷地内にいて、刻々と時間切れが迫ってる。なんらかの対策をとらなくては」

マッキャンは思うにまかせぬ苛立ちののぞく顔をそむけた。「おれはいま手を縛られてる。とにかく暴徒鎮圧用のフル装備が届くまで、現状のまま待機しろと命令されてるんだから」

「でも、なにか打てる手があるはずだ」

「ないんだよ。打てる手は打ちつくした。ブローディたちには自力でなんとかしてもらうしかない」

74

慎重に頭をめぐらせて背後に目をむけると、見えてきたのは手入れ用のオイルを塗られたベイビー・グロックの銃身だった。

「ケイシーか」

その顔は冷ややかで険しかった。「まずはおまえだ。それからこの木をよじのぼって、娘っ子を撃ち殺す。おまえには死ぬ前に、そのことをぜひとも知っておいてほしくてね」

《近すぎる。あまりにも近すぎる。さっきジェニーがあんなふうに自分の居場所を明かすことさえなければ、せめてあの子だけは助かったかもしれないのに》

「武器を地面に落とし、ゆっくりとこっちをむけ」ケイシーがいった。

「どうやってわたしを見つけた？」

ケイシーは黒衣を着ていなかったし、用具ベルトも締めていなかった。暗視ゴーグルをかけていただけだ。ダーモットとは異なり、装備をととのえる時間がなかったので暗視ゴーグルと手近にあった銃をつかみあげた――というところか。

「最初は母屋のまわりを調べたが、おまえの痕跡が見つからなかったので、道に沿って調べながらまた母屋へ引き返し、そこからさらに例のコテージを目指した。いずれはおまえがコテージに行くのではないかとにらんでね。あいにく、おれたちが到着したときには遅かったが、おまえはずいぶんあからさまな足跡を残していたよ。ダーモットとふたりで足跡をたどったが、おまえがどっちに進んだのかが曖昧になったので、ついさっき、ふた手にわかれたんだ。ダーモットのやつは、おまえをひとりでつかまえようと功を焦ったらしいが、そうでなければ、いまあいつが倒れている場所には、おまえが倒れていたはずだ。しかし、それもどうだっていい。さあ、おれを見るんだ、ブローディ。これからおまえを殺す――そのときには、おまえの目から命の光が消えていくところを見ていたいよ」

わたしはゆっくりと体の向きを変え、ケイシーの銃を見つめていった。「こっちもおまえの目を見ていたいよ」

ケイシーにそれ以上の言葉を発するひまをあたえずに、わたしはすばやく体を回転させて、ベレッタの銃口をケイシーのひたい中央に押しつけた。スチールがおでこにキスをした――もうずっと昔、この男がまだあどけない子供だったころ、母親がキスしたように。

「遅いぞ」ケイシーがいい、銃の引金を引いた。

〝かちり〟という音こそしたが不発だった。ケイシーの本能が主導権を握った。電光石火のすばやい視線を、最初は動作しない自分のグロックに、つづいてひたいに押しつけられているベレッタの銃身にむけ、そのあいだにも拳銃をかまえたわたしの腕を横へ払いのけて、わたしから拳銃を奪おうとした。しかしこちらは、ケイシーのグロックがまともに動かず、自分のベレッタも同様に無用の長物だと知っていた分、わずかにケイシーに先んじていた。ケイシーには、わたしが繰りだした攻撃が見えていなかった。わたしは左手の掌底《しょうてい》をケイシーの鼻にめりこませた――軟骨がへし折れる感触が伝わってきた。

ケイシーはよろよろとあとずさった。通常ケイシーのように力量のある闘士なら、わたしに攻撃されれば即座に自衛のための反撃を仕掛けてくるはずだ――苦痛があろうとなかろうと、何年にも及ぶ高度な訓練の成果にスイッチがはいる。しかし、わたしがケイシーの頭に銃を突きつけていたことや、ケイシーの拳銃が不発だったこと、それに鼻の軟骨をぐずぐずに砕いたわたしの一撃などがあいまって、わずか一秒間とはいえ、わたしは優位に立てた。

長年の訓練の成果として、わたしは一秒を最大限に利用した。

左手でケイシーの鼻に一撃をくわえていたあいだにも、とどめを刺すために腰を落として構えた。ケイシーがよろけてあとずさると同時に、腰をぐっと伸ばして回転させることで回し蹴りを繰りだす。回し蹴りはすばらしいパワーを発揮する――てこの原理でつくられる勢いは、ケイシー以上の能力を秘めた相手の動きでも阻止できるのだ。その点は長所だ。しかし、短所は所要時間だ。足をふりまわして最大限の威力を発揮させるためには一秒という余分な時間が必要になるので、相手からすれば攻撃を逸らすのもかわすのも簡単になってしまう。だからこそわたしとしては、いったんケイシーの不意をついて集中を削いでおくことが必要だったのである。

ケイシーが気をとりなおしたときには、わたしが蹴りのために大きくまわしていた足は、すでに標的のケイシーまでわずか三十センチに迫っていた。わたしの蹴りがケイシーののどをまともにとらえ、またしても軟骨を砕いた。

ケイシーはのけぞったまま仰向けに倒れこみ、自分の首をかきむしりはじめた。顔が見る見る紅潮してくる。さらにケイシーは羊歯や落葉のあいだで七転八倒し、全身が抑えようもないほど激しく跳ねたり反ったりしはじめた。ぜいぜいと荒い息の音をさせて酸素をとりこもうとしていたが、しょせんは無駄なあがきだった。わたしに咽頭を砕かれたため、いまケイシーは自分の肉体をのどに詰まらせて窒息しかけていた。鼻腔《びこう》からいびきめいた音が出てきた。爪をぎりぎりと自分ののどに食いこませている。ついで体をねじって、大きくぶるっと震え……それっきり静かになった。生きていたときと同様、死にざまも見苦しいかぎりだった。

これまでに無数の時間をスパーリングに費やしたればこそ、今回の生死のかかった決闘で命を落とさずに勝つことができた。本能の力。条件反射の力で。しかし対決のあと深い森ならではの静寂があたりをつつみ、木の上にいるわが娘ひとりが無言の目撃者となっているいま、わたしは身のすくむ思いだった。さらにふたりの男を殺してしまった。このときにもまた、隅で体を丸めたい気持ちがこみあげた。しかし娘ともども曾我の領分にいるいま、さらに先へ進むしかなかった。自己非難に暮れている場合ではなかった。

わたしは気が急《せ》くのを感じながらケイシーのグロックを拾いあげ、わたし自身が銃身に刻んだ細長い筋を目で確かめてから、この去勢ずみの銃器を灌木に投げ捨てた。

遠くから銃声が響いてきて、わたしは麻痺したような状態から一気に目を覚ました。

特別機動部隊の第二波の攻撃がはじまったのだ。わたしはジェニーに手ぶりでその場にとどまっていろと命じると、銃声の方角へ進みはじめた。

75

わたしが敷地の正面側へ近づくころ、味方による攻撃が最高潮に達した。催涙ガスの容器がいくつも塀を越えて投げこまれては、くるくると渦を巻く煙をたなびかせている。煙は細い筋になって木々のあいだに広がっていった。曾我の敷地は、いまや戦闘ゾーンの様相を呈していた。

顔に笑みが広がってきた。塀の向こう側からきこえてくるざわめきの響きは、反撃できない規模の増援部隊が到着したことを示していた。曾我の側になにやら新しい策略でもないかぎり、わたしたちと助けの手をへだてているのは、もうあの錬鉄のゲートだけだ。

わたしは左側へ移動して標的地点から充分な距離をとると、一本の木にのぼった──やがて、塀の反対側の動きがよく見える場所が確保できた。塀の外にあつまっていたのは、二百人はいようかという男たちだった。月明かりが、ガスマスクと暴徒鎮圧用の楯とフルボディアーマーに身を固めた男たちの姿を浮かびあがらせていた。ニューヨーク市警の面々もSWATメンバーや郡警察の者もいる。州警察からも人員が来ているかもしれない。その大多数は前線をつくっている警察車輛の列から、たっぷり距離をとって後方に控えていた。警察車輛はゲート前でほぼ半円を描いていた。さらにずっとうしろでは、警察のヴァンから追加の楯やガスマスクが運びおろされていた。

塀と地面が接するあたりから、なにかを掘り返しているような音が響いていた──次の瞬間、一台の装甲車が塀の陰からいきなり視界に飛びこんできたかと思うと、頑丈な錬鉄のゲートをまるで生垣のようにやすやすと突破して、敷地に突入してきた。そのうしろから、ヘルメットと全身をカバーする楯とガスマスクに身を固めた警官たちがどっと駆けこんできた。そんな彼らにむけて、わたしの右側の木の上から弾丸がはなたれ、三人の警官が倒れて苦痛にもがき苦しみだした。ゲート外の樹上にひそんでいたニューヨーク市警の狙撃チームのメンバーふたりが、曾我側のスナイパーの位置を銃口炎で特定した――その結果、スナイパーが木の上から地面へ落ちた。しかし曾我側の新しい狙撃担当者が卓越したテクニックを発揮し、警察の狙撃手をふたりとも樹上から撃ち落とした。こののち警察側の三人めのライフル担当者が、しっかり狙いをつけた一発の弾丸で曾我のふたりめのスナイパーを見事に仕留めた。これで樹上同士の争いはいったんおわった。

パトカーが一台また一台と走りはじめて、警官部隊と装甲車のさらにうしろで車列をつくりはじめていた。それから十秒とかからずに警察は十台のパトカーを敷地にはいりこませ、さらにそのあとから警官たちの第二チームを現場に投入した。この時点からマッキャンのチームは、およそ動くものがあれば、近距離から雨あられと銃弾を浴びせかけることができるようになった。曾我の面々は、すばやく音もたてずに撤退していくはずだ。姿こそ見えなかったが、彼らが引き下がりつつあることはわかった。荻をはじめとする重鎮の面々は、もうとっくの昔に敷地を離れているにちがいない。

マッキャン率いる特別機動部隊は敷地境界線の数カ所から同時に突入する作戦をとらず――そんな作戦をとれば人員が減ることにつながる――むしろメインゲート前に集結して、武力を見せつける作戦に出ていた。この戦略は見たところ奏効していた。彼らがスナイパーの弾丸を浴びることはもうなかった。催涙ガスによる攻撃はおわって、警察の分遣隊が曾我の領地の中心部を目指し、細い道をメインの母屋のほうへじりじりと進んでいた。

レンナ警部補は第二波攻撃の面々ともども敷地に突入した。マッキャンがつづいた。野田とルークの姿は見えなかったが、ジョージとデモンドは民間人オブザーバーとしての立場で、いちばん遠い境界線のところに立っていた。中心となる隊列がゆっくり母屋へむかうあいだ、ふたつの補佐チームが道路の左右を囲む森のなかを進んでいた。警察の作戦というよりも軍事行動を思わせる動きだったが、これは必要な対応であり、警察官たちもこれ以上はないほど見事に任務をこなしていた。

レンナは右側面をカバーするチームに合流、マッキャンは中央隊列の左側を進む面々とともに先を目指し、どちらもわたしがいる場所から遠ざかっていった。ジェニーを迎えにいく時間だ。頭に弾丸を撃ちこまれる事態を避けるため、わたしは頭巾を脱ぎ、曾我の着衣のシャツも脱いで、袖を腰に巻いて縛った。脱いだ頭巾をポケットに突っこむと、わたしは音をたてずに木から降りていった。

チームが森のなかを二十メートル弱進んだところで、レンナだけが隊列を離れて森のさらに奥へとむかっていった。その姿が切れ切れに見えた。暗視ゴーグルのピントを調節した。レンナがぎくりと身をこわばらせてしゃがみこんだ。レンナよりも先の地域を暗視ゴーグルでスキャンすると、人影がわたしの視界を右から左へ横切っていった——レンナの存在には気づいていないようだ。

《離れていろ！》と叫びたいのは山々だったが、言葉を発したらレンナが接近していることを敵に知らせてしまうことになってしまう。

曾我の戦士は忍びよるレンナに気づいたらしく、一瞬だけ体の動きをとめてから、いきなり急角度で進路を変えた。

レンナが猛然と走りだし、走りながら発砲しては左に身を躍らせ、さらに右に飛ぶというジグザグコースをたどった。警察で訓練される標準的な動き。つまり——相手から予測されうるパターンだ。

レンナは二回発砲した。一発めは大きく逸れたが、二発めは相手の肩に命中した。曾我の者の体が衝撃で回転し、抜いていた拳銃がその手からすっ飛んだ。レンナは重ねて発砲したが、人影はコースを変えて木々のあいだに姿を消した。そして一瞬後、レンナの右側面から姿をあらわした——しかも用具ベルトから這いあがってくるその手にはナイフが握られていた。

わたしは叫んだが——時すでに遅し。

ナイフはふたりのあいだの約五メートルをなめらかに飛び、レンナの防護ベストのへりをかすめ、いったん腕を切りつけてから地面に落ちた。攻撃した曾我の者はまた走りはじめた。レンナは地面に片膝をついて拳銃の狙いを安定させると、すばやく逃げていく人影を目で追いかけて銃口を左へ移動させた。レンナの指が引金をしぼるさまも見えた。そしてレンナは高めへむけて、一発だけ発砲した

——曾我の戦士の体が回転し、その場にばったり倒れた。

「仕留めたぞ、クソ野郎」レンナがいった。

それからレンナ警部補は立ちあがり、倒れた敵のほうへ三歩進んだところで、仰向けにひっくりかえった。それでもなんとか立ちあがったが、いかにも苦しげに二歩だけ進んだところで、横ざまに倒れた。さらにもう一度立ちあがろうとしたが、果たせずにおわり、もどかしい思いに叫び声をあげた。

アドレナリンが大量に放出されるのを感じながら、わたしは倒れている友人のもとへ全力疾走で近づいていった。

レンナは焦点のあっていない目をわたしにむけた。「ブローディ？　おまえか？」

「そうだ。動くんじゃない」そういってから、わたしはゲート方向へ大声で叫んだ。「怪我人だ！大至急、救急隊員をこっちへよこせ！」

目に見えず、理解もできない力と戦いながら、レンナはがっしりした上体をもちあげて地面にすわる姿勢をとろうとした。「このままじゃ、あのクソな連中がまとわりついてきちまう……」

「その心配はないよ」わたしはいいながら、またレンナをそっと地面に寝かせた。

「さっきの下衆《げす》野郎……起きあがったりしてないか？」

「いや、あんたは見事にやつを仕留めた。さあ、静かに寝ていろ」

「こんなの、ただのかすり傷だ」

「いや、毒物だ」わたしはいった。「猛毒だよ」

わたしはレンナが着ていたベストとシャツを引き裂いた。レンナの目玉がぎょろりと上に回転して、白目ばかりが剝きだしになった。

「早く医者を！」わたしはまた叫んだ。

今回はすぐに足音と大声がきこえた。

「どこだ？」とたずねる声がした。

「こっちだ。きみの右側の木立のなかだ」

レンナがうめいた。「ああ、目がまわる。声がきこえない……」

わたしは、ナイフの傷をあらわにした。レンナの上腕二頭筋に長さ五センチほどの切り傷ができていた。ナイフは筋肉を横切るように切り傷をつくって、出血させていた。傷そのものはごく浅いが、毒物は傷からじかに血管へと流れこんでいた。

わたしは切り傷周囲の肉をぎゅっと手で搾るようにして顔を近づけ、汗ばんでいる肌からあふれている赤い液体を口で吸いだして、たまった血を地面へ吐き捨てた。泥のような味だった。たちまち舌先がじんじん痺《しび》れて無感覚になった。

レンナのうめき声がずいぶん大きくなっていた。急がなくては。できるだけ多くの血液を吸っては吐き、次は傷の中央部分に口をつけて血を吸い、傷の両端からも血を吸いあげては捨てた。

救急隊員が到着し、地面に膝をついて医療キットを広げた。

「毒蛇ですか？」

「いや、人間の毒にやられたんだ」わたしは答えた。「ナイフに毒が塗ってあった」

救急隊員は地面のナイフに手を伸ばした。

「触る前に柄《え》を調べるといい」わたしはいった。「油らしいものが塗ってあるか?」

救急隊員は目を細くして、においを吸った。「刃に油が塗ってあります。なにかはわからないが、花のようなにおいだ。解毒剤は?」

「わからない」

レンナがなにかつぶやいていた。わたしは顔を近づけて傾け、レンナの口もとに耳を寄せてはっきりききとろうとした。

「……自動車を売ってる……正規ディーラー店を三十一店所有し……叔父《おじ》さんの店も買いとって……」

わたしの呼気がのどの奥でとまった。レンナはついに美恵子を殺した犯人を見つけだしたらしい。

「だれなのかを教えてくれ、フランク。名前だけでも」

唇がひらき、レンナがなにかつぶやいたが、言葉は理解できなかった――そしてそれっきりレンナは気をうしなった。くそ。わたしは血を吸いだす作業を再開した。頭のなかを思考が駆けめぐっていた。レンナは、ディーラーシップの買収にもちいられたペーパーカンパニーの所有者をついにつきとめたのだ。わたしとレンナが別れたあと、真夜中の電話でその情報がもたらされたにちがいない。

「意識が消えかかってます」救急隊員がいった。

「なにか注射できないのか? 気付薬とか?」

「どんな毒を相手にしているのかがわからなければ、なにもできないも同然です。あとあと薬の副作用で、この人が死んでしまうかもしれません」

「射ってくれ。そうでなくても、いまこの瞬間、毒がこいつを殺しかけてるんだ」

「あなたはこの人の上司ですか?」

「ちがう」

レンナの口から黄色い粘液があふれてきた。救急隊員は頭をめぐらせて後方に目をやりながら、立ちあがろうとしていた。「この人の上司をさがしてこないと」

わたしは隊員の肩に手をかけ、無理やりまたしゃがませた。「とにかく、なにか薬を頼む」

「正式な承諾がなければ無理です。あとで、この人の家族から訴えられたら――」

「わたしはあの一家の友人なんだ。大丈夫、訴えたりするものか」

「断言はできませんよ」

「頼むから！　いますぐ！　そうでもしないと、あいつは死んでしまう」

隊員は医療キットから注射器をとりだすと、針をレンナの腕に刺した。

レンナがいきなり目をあけた。「ブローディ。や、や、やっぱりおまえか。てっきり夢だとばかり思ったよ」

「だれなんだ、フランク？　名前を教えてくれ」

レンナの唇が動いたが、出てきたのは理解不可能なうわごとだけで、またすぐに意識をうしなった。

救急隊員は渋い顔になって、レンナに平手打ちをくらわせた。左頬、右頬。反応なし。渋面が深くなった。「ショック症状を起こしてます」

わたしはふたたびレンナの体に顔を近づけ、熱意も新たに傷を浄める仕事を再開した。やがて、傷から血が出なくなった。救急車が到着して隊員がストレッチャーにレンナの体を寝かせると、わたしはあとずさって離れた。そのあと隊員がレンナを救急車へ運んでいくあいだ、列のうしろを小走りについていった。

隊員が救急車の後部ドアをわたしの前で閉める直前、わたしはドクターに今後の予想を教えてくれとせがんだ。医者がわたしに見せたのは、できれば見たくなかった同情の表情だった。

76

わたしたちは戦闘には勝ったが、戦争には負けた。

　わたしが数えたところでは、ケイシーとダーモット、それに七人の曾我の戦士たちが死んだか、われわれの囚われの身になっていた。しかし荻は警察の網の目からすり抜けて消えていたし、上記以外の曾我の面々も同様だった。つまり曾我はどこかで再集結し、自分たちに都合のいいタイミングを選んで攻撃を仕掛けられる。わたしであれ、ほかのだれかであれ、次の機会に曾我を阻止できるとは思えなかった。いや、そもそも次の機会に曾我の者の姿を見ることができるかどうかさえ疑わしい。

《では、その組織の弱点を教えてくれ》あの録音で、高級官僚はそう情報提供者にたずねていた。《わたしが知っている弱点はひとつだけだ。彼らは四人ひと組で行動する。作戦の全貌を把握しているのはトップのひとり、あるいはふたりだけ。リーダーたちを殺すのは女王蜂を殺すようなものだ。それだけで下働きの者たちはなにもできず、あてもなくぶんぶんまわりを飛ぶだけになるだろうよ》

　当然だが、この逆もまた真だ。《荻が死んだり逮捕されたりするような事態でないのなら、わが命には一片の価値もない》

　曾我はわたしたちを叩き潰した。エイバーズは死に、レンナは危篤状態にあり、野田とルークは正式に行方不明と宣告され、すでに死んでいると推測されている。マッキャンは、二艘のボートを爆破したのが野田とルークだと認め、さらにあの爆発音はいささか注意をあつめすぎてしまった、といい添えた。曾我の面々が木々のあいだをすばやく移動して、海岸で——ドックの近くあたりで——野田とルークを追いつめているようすが容易に想像できた。マッキャンの推測だが、野田とルークは任務に成功したがゆえに標的になったのだ。

わたしはジェニーを連れもどすため、また森へとってかえした——今回の攻撃のたったひとつの明るい成果だ。警察が荻をつかまえるまで、わたしたち親子はどこかで潜伏するのもいいかもしれない。しかし、いつまで？　曾我はいつまでも捜索の手をゆるめまい。わたしはジェニーが囚われていたコテージを迂回《うかい》し、いまジェニーがいる樹上の巣をめざした。腰のベルトにはレンナの銃をさしていた。

敷地の要所要所から、なにやら新しい発見をした警官たちがあげている大きな叫び声がきこえた。征服者ならではの自信の念が広がっている。わたしにも、お祝いに参加する理由があればいいのにと思わずにいられなかった。

ジェニーがいるオークの下にたどりついたわたしは、木登りにとりかかる前にいったん動きをとめて気力をととのえた。ジェニーには不安なそぶりをいっさい見せてはならない。もう安全だという幻想でジェニーを包んで、家へ連れ帰ろう。しかしエイバーズが死に、レンナが明日をも知れない容態、おまけにジェニーの心が折れそうな状態とあっては、わたしたちの帰宅がどれほど喜ばしいものになるのか。レンナにもしものことがあったら、ミリアムになにをどう話せばいい？　クリスティーンとジョーイの目をまっすぐ見ることができるか？　備えを立てなおした曾我を相手に、わたしとジェニーはいつまで潜伏生活を余儀なくされるのか？　そう考えると、わたしたちの今回の襲撃は大失敗だった。

わたしがいちばん下の枝に手を伸ばしたそのとき、背後から物音がきこえた。

「そのまま動くな、ブローディ」

わたしはふりかえった。闇から人影が離れて進みでてきた。気がつくとわたしは、またしても曾我の者が愛用するグロックの銃身を見おろしていた。

その拳銃をかまえていたのは、一万キロばかり離れたところにいるはずの男だった。

「あなたでしたか」わたしはいった。「あなたがここでなにをしてるんです?」

77

苦悩に満ちた静寂に包まれ、わたしと相手は一挺《ちょう》の銃をはさんで見つめあっていた。この男がわたしを裏切った理由はわからないが、男がみずからの選択に痛みを感じていることは顔に刻みこまれていた。

「よりにもよって、あなただったとは」わたしはいった。

「すまなかったね、ブローディくん」

グロックの反対側からわたしをにらみかえしていたのは、楢崎滋だった――亡き父の長年のパートナーにして、わが一家の友人、わたしにとって、おじも同然の人物。

楢崎がこの現場にこうして姿をあらわしたことで、わたしは核の部分にいたるまで動揺させられていた。わたしは家族に裏切られたのだ。

頭のなかでは、この事実がはらむさまざまな意味がめまぐるしく駆けめぐっていた。曾我がいつもわたしたちに一歩先んじていられたのは楢崎がいたからだ。友人の新聞記者と会う前に、わたしがありとあらゆる注意を払ったにもかかわらず連中に見つかったのも楢崎のせいだ。ほかの面々にとってはニューヨークこそ明白な目的地だったにもかかわらず、楢崎ひとりが野田をロンドンへむかわせようとした理由も、いまになればわかる。そしてニューヨークでわたしたちの秘密の計画を敵に明かしたのも、ルークではなく楢崎だった。わたしはこれまで以上に、成功をおさめた曾我の方法論を深くまでのぞくことができた――彼らは複数の角度から背後の守りを固めるのだ。

「これでも曾我の連中を遠ざけておこうと努力したんだよ」楢崎はいった。

わたしは信じられない思いに頭を左右にふった。絆《きずな》が叩き切られた衝撃は大きかった。「いったいなんの話ですか？」

「わたしは曾我の生まれだ。ただし訓練なかばで、みずから身を引いた。曾我とわたしはそれぞれ妥協した。それがすなわちブローディ・セキュリティ社だ。ジェイクが東京で最初に欧米流の私立探偵社をひらいたとき、ジェイクの会社には大口の依頼が寄せられるだろうともっぱらの評判だった。そして、じっさいそのとおりになった」

父ジェイクには数々の武勇伝が語られている。ジェイクが探偵社を開業した一九七三年には、終戦直後の日本で無法状態をつくりだしていた連中はすでに地下へもぐっていた。みな、体裁のいい表むきの顔をつくっていた。闇市の仕切り屋、やくざ、イタリア系マフィア、それにテキサスやモスクワやパリ、そのほか十指にあまる連合国のさまざまな都市からわたってきた山師めいた連中――そのだれもが、一九四五年の日本の降伏から二十年のあいだ、日本の警察が去勢されたような状態だったのをいいことに、ほぼなんの束縛もなく、好き放題に活動していた。民間の私企業にとって、わが世の春のような時代だった――合法的な企業であれ、合法と非合法すれすれの灰色企業であれ、それ以外であれ。一九七三年になっても、そういった連中は活動していた。彼らが守るべきものは多く、昔ながらの強圧的な手段に訴えることも珍しくはなかった。さらに進化した犯罪集団を前に、日本の警察は無力だった。こうして八方ふさがりの窮境に陥った面々に、ブローディ・セキュリティ社は解決策を示した。ジェイクは新聞の見出しになるような事件を期待以上にたくさん解決し、会社は繁栄した。

「なんでこんなことができたんです？　あなたは父といっしょに四十年も会社を経営してきたのに」

「合法的な仕事ばかりだよ。われわれはすばらしい仕事をいくつも成し遂げた。ごく稀に――そうだね、年に一回程度だが――曾我に関連する案件が舞いこむことがあると、わたしはそういった案件を経験の浅い社員に割り振って、わざと調査を難航させた。長年そうしていたんだよ――ジェイクのことも、会社のことも傷つけずにね。曾我は、依頼人相手にわれわれの顔が立つ程度のわずかな情報こそ流してきたが、真実をいえば、その手の案件が最後まで解決したためしはない。また必要とあれば、依頼人の内部情報を曾我側に提供したこともある。こうした譲歩によって、わたしは会社のまっとうな面での仕事もできるようになった。ここまで事態がエスカレートしたのは残念だね。これまでもわたしは、きみをここへ近づけないために全力を尽くした。すべての調査をやめろと、きみを二回も説得したじゃないか」

長広舌だったが、この多弁のなかには、いつもの気安げな釣りがらみの比喩はひとつもなかった。曾我は山に閉ざされた土地だ。

「そしてあなたは、連中にわたしの娘を誘拐させたんですね」

これに楢崎は即座に驚きの反応を見せた。「あのかわいい由美ちゃんを？　まさか！　そんなことはだれからも頼まれてない。いや、話だってきかされてないぞ」

「曾我を雇って妻の美恵子を殺させたのはだれなんですか？」

「さあ、わたしは知らないね」

この二点については、楢崎を信じた。わたしの妻とその家族の命を奪った連続殺人事件は、楢崎がいた東京から海をはさんで遠く離れた地で起こったのだ。

「しかし、池袋で連中にわたしを追わせたのはあなたの仕業ですね？」

楢崎はしっかりと銃をかまえた。「きみと野田が曾我の村で、訓練生チームと戦って生き延びて以来、わたしには選択の余地がなくなったのだよ。もうきみを守れなくなった。何度も頼みこんだが、荻は態度を硬化させていてね。荻も最初はきみたちを無傷で村から帰すという話に同意していたんだ。ところが、いざきみたちが曾我に姿を見せると、それが荻にとって抵抗しがたい誘惑になった。そして荻はわたしをも裏切った。村でなにがあったかを知ったあと、わたしは荻に直談判《じかだんぱん》をした――しかし、きみたちが逃げるのに成功した事実が、すなわち荻の主張の正しさを証明していた。さらにきみが児澤と手を組んだことで、きみの死を見届けたいという荻の決意はますます強くなった。こうなるとわたしに残されたのは、きみをこの件の調査からはずして身を隠させるという窮余の一策だけになっていた。しかし、きみは引き下がろうとしなかった。わたしがここへ来たのは、最後にもう一度だけ荻にきみの助命嘆願をするためだった――しかし、しょせん成功の見込みのない賭けだったね」

ショックと信じられないという気持ちと嫌悪がさざなみとなって、立てつづけにわたしの体を震わせた。そもそもの依頼人がわたしたちを罠《わな》にかけ、さらに会社でのパートナーがわたしたちの秘密を洩らしていたとあっては、わたしたちは最初から四面楚歌《しめんそか》だったといえる。

「つまりあなたは、あらゆる面にかかわっていた？」

「いかにも」

「ブローディ・セキュリティ社に仕掛けてあったデータ盗聴器は？」

「あれは、きみや野田が内部の人間による情報漏洩《ろうえい》を疑った場合にそなえ、前もって埋めこんでおいた口実だよ。融が見つけるとは思ってもいなかったな」

「例のハッカーは？」

「きみたちの目を逸らすのが目的だった。時間を無駄につかわせることもね。東京で、きみと野田の目を逸らせたかった。ただし、真理とあの風変わりなボーイフレンドの融が、われわれのコンピューター担当者をつかまえるとは予想していなかったし、さらに足どりをたどって、こちらのホームグラウンドを突きとめるなどとは思っていなかった。とりわけ、わたしが例のハッカーに、おまえはストーキングされているぞと警告したあとではね」

「あなたにはわたしを撃てないよ、楢崎。自分でもわかっているはずだ」

後悔の色が楢崎の目を満たしていた。「ああ、今夜になるまでは撃てないと思っていたよ。しかしいまでは、きみが生きていれば、わたしが曾我に追われる羽目になる。きみたちが曾我の村から脱出したときには、きみたちを助けたといって、わたしが荻に責め立てられた。われわれの三百年の歴史において、村にあれだけの犠牲者を出した者はこれまでひとりとしていなかった。荻はそのことを理由に、きみへの手出しを控えてくれというわたしの要請を却下したばかりか、次の攻撃できみが生き延びれば、わたしに個人的な責任があるとみなす、とまでいってきた。そしてきみは池袋で拉致の企てにあっても逃げのびたことで、〝次の攻撃〟を生き延びたことになった。荻はいまでも、わたしが村と池袋の双方できみの手引をしたと思いこんでいる。今夜もきみが母屋から脱出したあと、荻はおなじ言葉をわたしにくりかえしたよ」

楢崎の言葉が、わたしから恐怖心を抜きとっていった。父の仕事を継いだとき、わたしが範としたいと思った人物によって、恐怖心が焼き消されたのだ。これはわたしが知っている世界ではなかった。

「そうはいっても、わたしをこのまま逃がすこともできますよ。わたしを見つけなかったふりをすればいい」

楢崎は寂しげな目でわたしを見つめた――拳銃は一瞬も揺らがない。「たとえできたとしても、きみに目こぼしする気はないよ。きみはもう死んだも同然だ。あしたになれば、世界じゅうの曾我の工作員がきみを狩り立てはじめる。いまこうすれば、われわれの片方だけは生き延びるわけだ」

「村の件とギルバート・トゥイード社の件で？　なぜそこまで強硬になるんです？　もう秘密は明かされてしまったのに」

楢崎のひたいに悲しみの皺《しわ》が刻まれた。「いや、そのどちらでもない。わたしから最後の土壇場で減刑嘆願をして、それが通る見通しもないではなかったが……きみがお世継ぎを殺したあの瞬間、すべての望みが断たれたんだ」

「そんなことをした覚えはありません」

「覚えがない？　ケイシーだよ。ケイシーは荻一族のひとり。そして次代の首領になるお方だったんだ」

つかのま、わたしは言葉をなくして立ちつくし、いまの発言の意味に思いをめぐらせていた。ケイシーが荻一族の世継ぎだった？　なるほど、ケイシーが傲慢で権柄《けんぺい》ずくな物言いの男だったのも無理はない。エイバーズを撃てと命令したときには、頭ごなしで無造作そのものの口ぶりだった。

昔からの家族の友人の言葉は正しかった。わたしは世継ぎを殺したことで自分を殺したのである。

楢崎の指がじりじりと引金を引きかけていた。「いまだろうと、あとまわしにしようと、そこにちがいはないな」

「父さんを撃たないで、シグおじさん」

よせ！　わたしの心臓がびくんと跳ねた。ジェニーはあと一歩で助かるところだった。今夜のことは、すべてがジェニーのためだった。わたしの身になにが起ころうとも、娘を銃火の心配のないところへ移したという事実に大いなる安堵をおぼえていた。あの子は無事だ――万一わたしが倒れても、それだけは心の救いになるはずだった。しかし、こうなってはもうじきジェニーも死ぬことになる。

わたしは疲れを感じ、敗北感にかぶりをふるばかりだった。楢崎がジェニーを生かしておくはずがない。ダーモットを相手にしていたときには、ジェニーのタイミングは完璧だった。しかし今回、わたしは身を隠す場所からも楢崎本人からも遠く離れていて、いまの驚きの要素を利用することもできなかった。

楢崎はわたしにむけた銃の狙いはそのまま、ちらりと上方の闇に目をむけた。「あの子を木の上に隠したのか。抜け目ないな。ジェイクにそっくりだ。きみの娘がわれわれの会話をきいていなければよかったんだが」

「その心配なら無用です」わたしはいった。「一週間もすれば、今夜のエピソードのすべてを忘れるに決まってる。子供とはそういうものですから」

楢崎は眉を寄せた。「あいにく、その頼みはきけない。すまないね」

「わたしに免じて……それが無理なら、父のジェイクに免じてくれませんか」

「頼みをきいてやりたいのは山々だが、ジェニーには去ってもらわなくては。本当に残念だよ。せめて——」

なんの警告もなく、わたしの背後でサイレンサーを装着された銃の呟きこむような銃声があがった。楢崎が両膝をがくりと折り、うめき声をあげながらすわりこんだ。肩に穿《うが》たれた射入口から血があふれて、服を赤く染めていた。

野田が上司に銃の狙いをつけたまま、物陰から姿をあらわした。

野田は生きていた！

諦観しきったような楢崎の笑みには感謝の念が見え隠れしていた。「ありがとう、ケイくん。ジェイクの息子さんを撃ちたくはなかった」

「わかってる」野田はいった。

「だれかに始末してもらうのなら、それがきみだったことがうれしい。さあ、やりかけの仕事を最後まですませたまえ」

野田はためらっていた。

「早く片をつけてくれ、ケイくん。わが人生はもうおわりだ。あとは刑務所に入れられるか、さもなければ曾我の手にかかるだけだ」

野田は旧友の顔をじっと見つめていた。「おれには無理だ」

「きみがわたしを撃てないのなら、こちらはブローディを撃つまでだ」楢崎は気乗り薄なようすで拳銃をもちあげた。木立の奥からまたもや銃声が響いたかと思うと、楢崎のひたいに忽然《こつぜん》と穴が穿たれた。つづいて、わが父の長年のパートナーだった男は地面に積もった落葉のなかへ倒れ伏した。

ルークが茂みから姿をあらわした。

「入力がゴミなら出力もゴミだね」ルークはいった。

野田は悲しみに翳《かげ》った目で倒れた男をしばし見つめてから、CIAのルークにぶっきらぼうな感謝の言葉をかけた。ルークはうなずき、拳銃をホルスターにおさめた。野田が体の向きを変えると、ルークがそのすぐあとについて歩きながら、短い単語をひとつ口にした。「荻」

ブローディ・セキュリティ社の主任調査員をつとめる野田はひと声うなり、ルークともども森にはいっていった——曾我の首領をさがしだすために。

78

わたしはジェニーを隠れ場所から運びおろし、ひとたび堅牢《けんろう》な大地に立つと、娘が息もできないほど強く抱きしめた。ジェニーもわたしの体に両腕をまわし、全身全霊で抱きついてきた。どちらもしゃべらなかった。足もとには命をなくした死体が横たわっていたが——いや、むしろ死体は、わたしたちが危険に満ちた道のりをどれほど遠くまで来たのかを語る証拠であり、だからこそ——親子のあいだの沈黙は長くつづき、安堵と生まれ変わった気分が満ちあふれんばかりになっていた。これまでふたりで耐えてきたことすべて、おたがいが相手に感じている意味すべて、そして過去九日間に明らかになったことのすべてが、この抱擁にほとばしっていた。

ややあって、わたしはいった。「顔を見せておくれ、ジェン」

ジェニーは顔をあげ、母親ゆずりの探るような茶色の瞳をわたしにむけた。左右の瞳にはいくつもの疑問があふれていた。わたしは何日かぶりに笑い声をあげていた。耳慣れない奇妙な声だった。娘は美しく、娘はわたしのもの。その思いが押し寄せてきて、純粋な歓喜の念をもたらした。ふたりで荻を乗り越えていこう。なんとかして。たとえそのために、何カ月もの潜伏生活を余儀なくされても。

「ジェン、父さんがおまえにいっておきたいことは、たとえなにがあっても——」

いきなり、背後の灌木の茂みが爆発するようにがさがさと動き、嘲笑《あざわら》うような声が耳もとにきこえた。「おやおや、この世界は不思議な場所だね」

声は憎悪で歪《ゆが》んでいたが、抑揚の調子はききまちがえようもなかった。

なんといっても、この男は現場に派遣されている〝市長の目〟だ。

人助け精神。四角四面。わたしたち全員が、なんの魂胆も秘めていない政治家を仲間に迎えられることを喜んでいた。

わたしたち全員が騙されていたのだ。

デモンドは二二口径の拳銃でジェニーを狙ったまま茂みから出てくると、すばやい空手キックが届かないところまであとずさった。この男は事前に充分な情報を仕入れている。

「あの夜、きみの奥さんがご両親の家に泊まっていなければ、奥さんは死ななかったはずだし、きみが今回の調査にここまでかたくなに入れこむこともなかったはずだね。しかし、奥さんはあの家に泊まり、きみは調査にのめりこんだ。そしていま――とうてい信じがたいことだが――曾我は崩壊の危機に瀕《ひん》していて、わたしが手を下すしかなくなった。今夜はずいぶん死体が転がっているから、きみときみの娘が死んだところで、犠牲者がふたり増えるだけだ。わたしはこれまでずっと、その手の幸運に恵まれていてね」

わたしの頭は高速で回転していた。デモンドはなにをべらべらしゃべっているのか？　頭のネジが飛んだのか？　そう思ったところでいきなり啓示が訪れて霧が晴れた。最初にわたしが副市長と会ったあと、レンナは《ボブはやり手の営業マンで、一代で財をなした百万長者》だと話していた。デモンドが営業マンとして売っていたのは自動車ではないか。そうだ、自動車の販売店を所有していたにちがいない。それこそ、レンナが今夜わたしに告げようとしていたことだ。

《デモンドが曾我を雇って、三人の自動車ディーラーたちが〝事故死〟するような工作をおこなわせた。デモンドは三人の販売店が欲しくてたまらなかった……そのなかに美恵子の叔父が所有していた販売店もあったわけだ》

すべてを焼きつくすような激怒が全身の血管で荒れくるった。妻の死に責任のある男が、つい二メートルほど先に立って、わたしの娘に二二口径の拳銃をむけている。わたしは頭のなかで計算した。

小口径の銃だ。わたしなら二発や三発撃たれたところで、あの男を倒して生き延びることもできよう。しかし六歳の子供が至近距離から撃たれたら、まず命はない。

胸の裡《うち》には、いまなお信じがたい気持ちもあった。曾我がもたらす障害の数々――あの村でのことや、あやうく絞殺具で殺されかけたこと、ジェニーを救出したことや、ダーモットばかりかケイシーともかわした前哨戦《ぜんしょうせん》など――をなんとか乗り越えたいま、仲間の顔をしてするりとはいりこんできたデモンドのせいで死ぬことになるとは。デモンドの計画が単純だったことも、わたしには衝撃だった。

ジェニーを腕に抱いているいま、わたしにはもうデモンドをとめられなかった。

また新たな啓示がわたしをとらえた。わたしたちのホテルでの会合の席に、曾我のための盗聴装置を帯びて出席していたのはデモンドだったのだ。楢崎はわたしたちのニューヨークでの作戦の基本部分こそ知ってはいたが、詳細な部分や閉ざされたドアの奥で交わされた言葉などは知らなかった。

わたしは時間を稼ごうとした。「レンナはおまえのことを知っているぞ」

デモンドはそれで合点がいったといいたげにうなずいた。「ああ、たしかにあの男はなにかを知っていたようだ。今夜はわたしを妙な目つきで見ていたな。しかし、きいた話だとレンナ警部補は瀕死の状態だというじゃないか。いずれにせよ、あの男はもうなにひとつ証明できまい」

ジェニーが身をくねらせて、わたしの腕をすり抜けた。わずか一瞬でジェニーはわたしの腕から逃れ、わたしのすぐ隣に立っていた。デモンドは凍りついた。発砲しなかった。デモンドが反応できずにいるあいだに、わたしはすばやくジェニーの前にまわりこみ、相手に一歩近づいた。ただし、あくまでも子を守る親らしくふるまった。なにもしない受け身のまま。害意のかけらも見せないで。

デモンドが横へ移動し、ふたたびジェニーに銃の狙いをつけようと、その小さな体を銃身で追った。

素人《しろうと》の反応だった。わたしはすかさず前に飛びだした。デモンドは拳銃をかまえた腕をわたしにふりむけようとしたが、すでに手遅れだった。デモンドの手首がわたしのあばらのあたりに強く当たった——わたしはすかさず相手の腕を自分の腕ではさんで固定し、体を回転させてデモンドの背中側にまわりこんだ——こうすることで銃身をジェニーから遠ざけ、同時にデモンドの肘関節を力ずくで反対に曲げてへし折ったのだ。デモンドが絶叫し、関節が折れてゴムのようになった腕のまま、わたしの横へよろよろと倒れこんできた。わたしは空いている腕で、デモンドのうなじに肘打ちを食らわせた。骨が鳴った——一撃で頸椎《けいつい》があっけなく折れ、わたしの妻を殺した男は力なく地面に倒れた。

死んでいた。

いともあっさりと。

デモンドの試練は一瞬の痛みだけでおわった。美恵子が死んだあと、ジェニーとわたしが何カ月も苦しみつづけたことを思えば、とても公平には思えなかった。そう、まるっきり公平とはいえない。しかし、公平だろうとなかろうと、これでおわりだった。

ようやくおわったのだ。

79

いまではもう、分単位の時間の問題になっていた。

野田とルークは十五分を費やして荻の足どりをたどり、曾我の首領に着実に迫りつつあった。これ以前にふたりは、ほんの数秒差で荻をとり逃がしていた。二艘のボートを破壊するための爆弾を仕掛けたあとで、いざ爆発が起こった時点からふたりが母屋にたどりつくまでには九十秒かかった。母屋までまだ三十メートルというところで、ふたりは曾我の首領がひとりの若い戦士に先導されて、あわただしく大邸宅から出てくるところを目にした。ふたりは荻の足跡に目をとめ、さらにふたりの男たちが大邸宅に出入りしているさまを観察したのち、自分たちも邸宅に侵入した——ブローディなり娘なりが見つかることを期待して。

すべての部屋を捜索したが、だれも見つけられなかった。ふたたび外にとってかえしたふたりは、はっきりとした荻の足跡を見つけてたどった。いったん見うしなって敷地をあちこち歩いたが、そのあとまた足跡を見つけてたどるうちに、ブローディと楢崎が対峙《たいじ》している現場に行きあわせた。荻はブローディの近くの茂みにしばし身を潜めてから、そこを離れたらしい——野田とルークが近づく気配を察して、持ち場を明けわたしたのだろう。そこから、曾我の首領である荻がまだ近くにいることが察せられた。

そこでふたりは、最高位の獲物をさがしに出発した。ふたりの自信は一分ごとに高まってきた。理由は不明だが、荻は敷地をまだ離れていなかった——それが荻の命とりになることが、まもなく証明されそうだ。いよいよ対決の時が迫るという期待に、ふたりは武器を抜いた。

しかし、足跡はまた途切れていた。

この離れ業には説明はつけられず、どうやったのかを明かす手がかりも残っていなかった。

ふたりはその場で凍りついた。すばやく手ぶりを交わしあったのち、まず野田が茂みのなかを西へ移動し、さらに円を描くルートで北へむかった。ルークは東にむかってから南下した。ふたりは安全装置をはずした拳銃をかまえ、卓越したテクニックを発揮しながら、周辺の森のなかを同心円を描くように歩きまわった——最初は直径五メートル、次は十メートル、それから十五メートル。ふたりはそこまでで捜索を切りあげた。新しい足跡はひとつも発見できなかった。

「ずるがしこいやつだな」ルークはいった。「なんの痕跡も残ってないぞ」

野田はおもしろくなさそうな顔でうなずいた。

ルークがいった。「歩いてきたルートを逆にたどったのかもしれない。ブローディを追いかけて」

「ほかに理由はないな」

ルークは低い声で罵った——ただし、言葉は定かではなかった。「荻はわたしたちの気配をききつけた。そして、わたしたちのどちらかに……あるいはふたりに追われていると知り、わざと足跡をつけて、わたしたちを遠くまでおびきだしたんだ」

「おまけに作戦は成功した。おれたちはこうして遠くまで来てしまったんだから」

「わたしは携帯をもっている。だが……」

野田はうなずいたが、唇を結んだまま無言だった。ふたりはブローディのホテルの客室で、ナイトスタンドに放置されていた携帯電話を発見していた。

ルークがいった。「荻はわたしたちをまんまと戦いの場から外へおびきだしたわけだ。で、あの男は腕がたつのか？」

野田の答えは不気味だった。「腕はたつ。だが、それほどじゃない」

80

ジェニーをさがして木立に目を走らせると、大きな松の陰で身を縮こまらせている娘が見えた。そちらに歩きかけたところで、背後から金属と布地がこすれあうヒスノイズのようなかすかな音がきこえた。
《荻！》
《背後だ……絞殺具を用意している》
《ふりかえって攻撃を仕掛けるには近すぎる》
両手の手のひらをひたいに叩きつけ、肘をぐっと引き、腕で顔と首を守る体勢をとるのが精いっぱいだった。これがあと一秒でも遅ければ、背後からワイヤを首にかけられ、そのワイヤが——前腕の腱《けん》ではなく——頸部の柔らかな組織をとらえていたことだろう。
この防御姿勢で首を絞殺具から守ることはできたが、ワイヤが腕の肉を切り裂いて食い込んでくることまでは防げなかった。わたしは激痛に悲鳴をあげながら、ひと思いにうしろへ飛びすさって、手近な木の幹に荻を叩きつけた。荻のあばら骨が二本ばかり折れ、熱い唾液をまぶされた悲鳴が口からあがった。それでも荻はがむしゃらにワイヤを引きしぼった。ワイヤがますます深く腕の肉に食いこんできた。冷たいスチールの刃が剝きだしの神経をぎりぎりと断っていく。わたしの悲鳴が木のてっぺんにまで届いた。視界がちらちらと暗くなり、意識が遠のいていくのがわかった。
それでもわたしは火事場の馬鹿力をふりしぼり、後頭部を荻の顔面に叩きつけた。一度……二度……三度と、荻の顔へ後方頭突きを食らわせると、やがて鼻がひしゃげて頬骨が砕けるのがわかった。これでようやく、このしぶとい老戦士の手から力がわずかに抜け、ワイヤにたるみができた。
荻は苦痛にぜいぜいと荒い息をついていた。しゃがれた音とともに吹きだす息が、わたしの耳に熱く重く感じとれた。わたしはなおもふりかえらないまま曾我の首領の体をふたたび木の幹に強く押しつけ、さらに下へおろした左右の肘を交互に背後へ繰りだし、荻の胴体につづけざまの肘打ちをくわえた。そのあいだ殺人ワイヤーは、わたしの腕の切り傷にはさまったまま垂れさがって揺れていた。

また肋骨《ろっこつ》が一本折れて、荻は力なく地面にくずおれた。わたしはすばやくその場を離れた。曾我の首領は起きあがろうとしたが果たせなかった。目を閉じて静かになる。いくらたっぷりと修錬を積んでいるとはいえ、七十代の男があれだけの打撃を受けたら、ほかからの助力なくしては恢復《かいふく》はまず望めない。

わたしは全身が麻痺したような状態だった。左右の前腕からは鮮血がだらだらと流れていた。絞殺具によって神経系にあたえられたショックのせいで、全身が一時停止状態になっていた——システムがシャットダウンしたのだ。痛みが何本もの矢になって全身を貫いた。瞼の裏側を何本ものぎざぎざの白い閃光《せんこう》が走り抜けていった。気をうしなうまいと必死だった。意識が闇に飲みこまれるのを防ごうと、わたしは舌を嚙んだ。そうやってつくった痛みがアドレナリンのあわただしい奔流を引き起こした。副作用の眩暈《めまい》に襲われたが、いまこの場で気絶してしまう危険だけは遠ざけられた。

それからわたしは歯を食いしばりながら、切りこみを入れられて血があふれ出ている腕の傷から絞殺具を引き剝がし、暗闇に投げ捨てた。

《作戦の全貌を把握しているのはトップのひとり、あるいはふたりだけ》

ジェニーとわたしが生きるためには、荻には死んでもらうほかはない。曾我の首領はいまぴくりとも動かず、わたしの足もとに横たわっていた。呼吸は弱々しい。原の予言ともいえる言葉が思い出された。

《欲しいものがあれば、かならず手にいれる男だ》

わたしのなかには、荻とその犯罪を裁判で裁いてほしがっている部分があった。こいつが世間の耳目にさらされれば、たくさんいるはずの荻の犠牲者たちはいくらかなりとも溜飲《りゅういん》をさげられる。一方では、わたしたちの暮らしからこの男を永遠に追い払っておきたがっている部分もあった。それも、早ければ早いほどいい。

わたしは曾我の頭巾をポケットから抜きだして、片腕の切り傷に巻きつけた。さらに曾我のシャツを反対の腕に巻いた。本来なら荻はいまごろ何キロも離れたところまで逃げていたはずだった――しかし、自負と復讐心《ふくしゅうしん》に呼びもどされたのだろう。

背後からジェニーがわたしを小さな声で呼んだ。「父さん？」

わたしは顔をうしろへむけた。ジェニーが身を隠していた木々のあいだから、ためらいがちに少しずつ近づいてくるところだった。ジェニーの目から恐怖が流れ落ちていった。わたしが安心させるように笑みをむけるなり、ジェニーは両手を大きく広げて駆け寄ってきた。わたしはそちらへむきなおり、ジェニーをすくいあげて抱きしめた。親としての安堵の大波が全身を洗っているそのさなか――冷たい刃物が背中を這いあがってくる感触がした――だれもいない寝袋にこっそり這いこんでいく蝮《まむし》のような感触。ついで白熱した痛みの電撃が胴体のすみずみにまで広がった。

《なぜこんなことになった？　叩きのめされた曾我の首領から目を離していたのは、わずか一秒にも満たないあいだだったのに……》

わたしは横へよろけながら、ジェニーを前方へ押しやった――また木立のあいだに隠そうと思ったのだ。荻と自分のあいだの距離を少しでも増やしておきたくもあった。次の瞬間、両足が反乱を起こして、わたしは森の地面に前のめりになって倒れこんだ。背中にスチールの棒のようなものが感じとれた。

ちらりとうしろへ目を走らせる。曾我の首領は膝立ちになって、にたにた笑っていた――あごが奇怪な角度で垂れ落ちていた。荻は片手の刃物でわたしを刺し、反対の手でわたしの背中のくぼみからレンナの拳銃を抜いていた。荻は打ちのめされたふりをしていたらしい。わたしが背中を見せた瞬間に、膝立ちで前へ進んできたのだ。

そしていま荻は無力なわたしに銃の狙いをつけたまま、二本の足でなんとか立ちあがった。それにしてもいつ動いたのか？　物音はまったくきこえなかった。人間ばなれしている。あごの骨が砕け、肋骨が三本も折れているのに。しかし、そこで荻の言葉を思い出した――《それこそ曾我衆の得意技。われらの先祖が過去三世紀にわたってやってきたことだ》という言葉を。

鼻が叩きつぶされて、あごが変形しているせいで、荻の顔は人間ではなく魔物にさえ見えた。両眼は苦痛にちらちら揺れていたが、それでもしっかりわたしを見すえていた。

そのときだった――荻の片方の手のひらに、油のような青い筋が何本もあることに気がついた。

毒だ。わたしの背中に突き刺さっているナイフの毒だ。

荻はあの毒に免疫ができているのかもしれないが、これはわたしにとってどういう意味をもつのだろうか？　わたしは頭を働かせた。レンナを倒したナイフの場合、刀身には毒が塗ってあったが、柄に毒はなかった。刀身と柄の双方に毒が塗ってあったわけではない。同様のパターンは、曾我の村で泊まった旅館の天井裏から曾我の訓練生がはなったナイフにも見られた。あのナイフの場合、柄には毒が塗られ、刀身はきれいだった。もうひとつのナイフとは反対だった。理由はわからないが、片方だけに毒を塗るのが曾我の流儀らしい。どちらにするかは選ぶのだろう。荻がつかったナイフは柄に毒が塗ってあった。だとしたら、刀身には毒は塗っていなかったのではあるまいか。しかし、本当にそうだろうか？

荻が足を引きずりながら近づき、わたしはわたしで必死になって地面に爪をたて、体を前へ引きずろうとしていた。荻が前進する。わたしは爪先で地面を押して前へ進む。わたしの進みぶりは、センチ単位で計れるくらいだった。

荻はわたしの背後五メートル弱のところにいて、距離をじりじり詰めていた。

草木がぎっしりと生えている茂み――ジェニーはそこからこっちを見ているのだろうが――までは三メートル弱なのに、どうしてもたどりつけない。

わたしの肉体を燃えるような感覚が駆け抜けていった。

二メートルを切ると、荻が声をかけてきた。「あきらめろ、ブローディ。もうおわりだ」

わたしは首を伸ばして目をむけた。荻は体をふらつかせ、両足をひらいてバランスをとろうとしながら、拳銃でわたしの頭を狙っていた。これだけの近距離なら、経験を積んだ射手が撃ちそんじることはない。たとえへべれけに酔っていてもだ。わたしはまた二、三センチほど前に進んだ。荻が引金を引き、わたしの右肩から毛ひと筋ほど先の地面から土埃が舞いあがった。わたしはもがくのをやめ、体を横向きにして荻の顔を見あげた。

荻はこの瞬間の美味をじっくり味わっているのだろう、にやりと笑った。「これからおまえはじわりじわりと、すさまじい苦しみを嘗《な》めながら死んでいくのだ、ブローディ」

わたしは無言だった。

「おまえごときの想像もおよばぬ猛烈な苦しみが襲うのだぞ」

わたしは横向きのまま、ごくわずかずつ体をうしろへずらしていた。ほんの少しでも距離を稼ぐことが重要だった。

「これからおまえの体に、一度にひとつずつ弾丸で穴をあけてくれよう。それも関節の近くにだ」

《最初は石だと思った……でも、これには握りがあって……》

変形している荻のあごが、せせら笑いの形に歪んだ。「関節の近くがもっとも強烈な痛みをつくりだす。知っていたかな？」荻が手にした拳銃の銃口があがった。荻はうれしくてたまらない顔で、わたしの左膝に狙いをつけた。「最初の弾丸が体を突き抜けていったとたん、おまえはきっと――」

背後にまわしたわたしの手が、楢崎の拳銃をつかんだ――ルークに撃たれたとき、楢崎の手から落ちた拳銃だ。荻が勝ち誇った顔を見せているさなか、わたしは楢崎の拳銃を腰の高さにもちあげて引金をしぼった。一発めを撃つと同時に、目に見えない力が曾我の首領の体をいきなり後方へ強く押しやった。

「ぐわあぁぁぁぁ！」荻が叫んだ。

荻はすばやく銃をふり動かした。わたしはすかさず発砲した。つづけて三発め。

そのあとも撃ちつづけた。

わたしは心の目で、銃弾のひとつひとつを犠牲者ひとりひとりにあてはめていた。この一発は美恵子のため、この一発は中村一家のため。この一発は国語学者の森のため。そしてこの一発は野田の親戚のため。エイバーズのためにも、レンナのためにも一発ずつ。そして、わたしが会うことはなかったけれども、存在していることは知っている多くの犠牲者のため。

発砲のたびに銃の反動で体を引き裂くような激痛に襲われ、わたしは曾我の犠牲者ひとりひとりが味わった苦悶《くもん》を自分で追体験しているように悲鳴をあげつづけた。

激痛に襲われても、わたしは撃ちつづけた。

発砲のたびに、自分の悲鳴が耳についた。

弾丸が命中するたびに、荻の体は痙攣《けいれん》しているかのような、ぎくしゃくした動きを見せていた。最後の一弾が、曾我の首領を地面から浮かびあがらせた。荻は死体となって仰向けに倒れた――力をなくした手は、まだレンナの拳銃を握りしめたままだった。

今回はもう、死からの蘇生《そせい》もありえないだろう。わたしは濡《ぬ》れた落葉にひたいを押し当てた。全身が苦悶のネットワークの疼きに襲われていた。

「父さん？」

ためらいがちな足音がして、ジェニーが隠れ場所の茂みから出てきたことがわかった。わたしは無理をして頭をもちあげた。見るとジェニーがわたしの腰に刺さっているナイフへ手を伸ばしていた。わたしはジェニーが柄に触れる前に、急いでその手を払いのけた。

「ナイフに触っちゃだめだ」わたしは——下肢の末端に痺れが広がっていることに不安を感じながら——ささやいた。「柄には毒が塗りつけてある。それに、刃が刺さっているから血が体のなかに押しとどめられているんだよ。ジェニー、おまえに助けを呼んできてほしい」

「父さんをひとり残していくのは無理。だって父さん、苦しそうだもん」

「でも、おまえに助けを呼んできてほしいんだ」

「ひとりで？」

「ああ」

「こんなに暗いのに」

わたしは顔をしかめた。また障害だ。いつになったらおわるのか？　ジェニーはわたしの身を案じ、ひとりでここを離れて進んでいくことに怯え、暗闇をこわがっている。つまりジェニーの悪夢のありったけが、いまこの瞬間に凝縮されているのだ。

神経が苦痛に金切り声をあげる、抑える間もなくうめき声が唇から洩れて、ジェニーのパニックをさらに煽《あお》った。わたしは精いっぱい冷静で安心させるような声を出そうと努めた。

「ジェン、できるだけ早く救急隊員の人を見つけてくれるかな。ここの道を右に二百メートルばかり走るだけだ。そこで出会った最初の人に、お医者さんの助けが必要だと話してくれればいい。わかったね？」

「でも──」

わたしのひたいに玉の汗が浮いていた。「いますぐおまえに行ってほしい。とっても大事なことなんだ。悪者はもうひとり残らずいなくなった。ここに残っているのは父さんたちの味方ばっかりだ。だから、そのひとりと出会ったら頼みを──」いきなり激しい痛みがこみあげ、わたしはぎりぎりと歯を食いしばった。

「父さんを置いていけっこないもん。そんなことしたら父さんが死んじゃう、死んじゃう、死んじゃう！」

《おまえが助けを呼びにいかなければ、父さんは死んじゃうんだよ》そう叫びたかったが叫べなかった。それでなくてもジェニーは追いつめられている。このうえわたしが弱っているところを見せれば、ジェニーは完全に崩壊しかねない。そうなったら、ジェニーはわたしを守るつもりでずっとそばを離れず、恐怖と自分への疑いの念をたたえた瞳でじっとわたしを見守るだろうし、見守られているわたしはじわじわと命をうしなっていくのだろう。そしていざわたしが死ねば、罪悪感がジェニーの壊れやすい魂を情け容赦なく叩き壊す。ここでわたしがうまく説得し、ジェニーが自分から助けを呼びにいくようにしなければ……ふたりとも死ぬのだ。

わが胸の裡では絶望が口やかましくあれこれ要求していた。わたしはジェニーの自信を呼びさませる言葉を頭のなかでさがした。

「ジェン、父さんを愛してるかい？」

「愛してるに決まってる」

「父さんを愛してるんだったら、助けを呼んできてくれ。ほかのことは全部忘れて」

「父さんのことは愛してる……でも……」

「ほかのこと忘れるんだ」

「無理だもん」

「やってごらん」

ジェニーの声が途切れがちになった。「そんなの……無理……」

わたしはあきらめの吐息をついた。「わかった。無理だというなら無理なんだね」

「ごめんなさい、父さん」

なにを期待していたのか？　ジェニーはまだ六歳だ。最初は誘拐された。次は囚われの身で怯えどおしだった。そしていま、生か死かの決断を迫られている。いってみれば世界は、わがちっちゃな娘に過大な要求をしているのだ。そこでわたしは体力がまだ残っているあいだに、ジェニーを保護するモードに切り替えた。

「わかったよ、ジェニー。いいことを教えようか？　それでいいんだ。でも、ひとつだけ約束をしてほしい。これまでで最高の約束だ。あいにく、これまでで最高のなぞなぞじゃないけどね」

「どういう約束？」

いざ死ぬのなら、その前に先回りをしてジェニーの罪悪感をとりのぞいておきたかった。誘拐されたことから今夜のあれこれがもたらした恐怖を乗り越えて、さらに生きつづけるための理由をジェニーに与えておきたかった。

「今夜これからなにがあっても、そのどれひとつ、おまえのせいじゃないってことを忘れないでほしい」

「そうなの？」

「ああ、そうだとも。世界がわるい方向にまわっている。それだけだ。おまえがしっかり強くなれば、こんなことは乗り越えられる。おまえは父さんの娘だからだ。おまえはおまえだからだ。わかったかな？」

「うん、なんとか」

「こまかな話は忘れたっていい。とにかく、これまでで最高の約束だ。おまえのせいじゃない――それだけを心に刻め。いずれもっと大きくなれば、父さんのいってる意味もちゃんとわかるようになる」

「いまのわたしって強い子？」

「当たり前だよ」

「なんで〝当たり前〟なの？」

「おまえは母さんの強さを受け継いでるからだよ」

ジェニーが目を大きくした。「ほんとに？」

「ほんとだ」

ジェニーは下唇を噛んだまま、しばしわたしを見つめていたかと思うと……その目の奥でなにかが変化した。それからジェニーはわたしのもとを離れ、横たわった狄の膝を蹴った。命が抜けて重くなった足が力なくぶるんと揺れ動き、娘が見せた勇敢さにわたしの鼓動が一段階速まった。ジェニーは生き抜いた。いくらかは傷を負ったかもしれないが、やりぬいたのだ。これなら、わたしはもう休んでもいい。そう思って、わたしは目を閉じた。

「父さん、わたし、こいつを蹴飛ばしてやった」

「ああ、そうだね」わたしは気が遠くなりながらも答えた。

わたしの声が途切れた。わずかに残っていた体力のかけらまでもが消えていくのを感じ、今夜はもう二回めだったが、意識がうしなわれる危険が迫ってきていた。

ジェニーはわたしが気をうしないかけているのを見てとったらしい。「父さん？」

娘の言葉に応じるだけのエネルギーさえ、わたしは呼び起こせなかった。

「父さん、わたしの声がきこえてる？」

わたしは意志の力で瞼をひらき、なんとか微笑《ほほえ》みの亡霊めいたものを顔に浮かべた。

ジェニーがいった。「わたし、これから助けを呼んでくるね。わかった？」

わたしの口から言葉が出てこなかった。

「わかった？」食い下がってくるジェニーの態度の裏にパニックがのぞいていた。「お願いだから、〝わかった〟っていってよ」

これ以上は無理なほどの頼りない声で、わたしは娘の求めに応じられる返事をなんとか口にした。

「わたしを待ってて、いい？　約束する？」

最後に残された呼気をつかって、わたしはそう返事した。

ジェニーはわたしの頬にキスをしてから、道を走って離れていった。

疲労困憊《こんぱい》したわたしは、もう瞼をあけていられなくなった。《父さんを許しておくれ、ジェニー……守れない約束をした父さんを》体内に毒物は侵入していなかったが、そんなことはもう問題ではなかった。絞殺具とナイフの両方で攻撃されたことで、わたしは大量の血をうしなっていた。もう疑いの余地はない——いまわたしは死にかけている。それでもわたしは勝った。荻は死んだ。荻の世継ぎの息子も死んだ。曾我は死んだ。美恵子を殺した犯人も死んだ。そのすべてが、これからもジェニーが生きつづけることを意味している。それで充分だ。

母屋の大邸宅に群がった警官たちがあげている歓声が、遠くからきこえていた。わたしは瞼を無理やりひらいた。ヘリコプターが編隊を組んで到着し、頭上の空で機械ならではの怒りの咆哮《ほうこう》をあげて飛んでいた。ヘリコプターに搭載されたスポットライトの光が闇を切り裂いている。わたしは疲れと安堵の双方から、これで最後と瞼が落ちて閉じるにまかせ——それから微笑んだ。仕上げの残敵掃討作戦がはじまっていた。ジェニーは警官にめぐりあうだろう。警官のほうが先に娘を見つけるかもしれない。いまのわたしは、そこにしか関心がない。いま六歳のジェニーには、まだまだ経験していないことが山ほどある。わたしは三十二年の波瀾万丈《はらんばんじょう》の長い歳月を生きてきた。世界を旅した。東京とロサンジェルスとサンフランシスコのそれぞれに住んだ。それぞれの街やそれ以外のところでも、生涯の友人に恵まれもした。愛し、愛された。もはやこれ以上望むことはない。

新しい種類の暗黒が視野のへりを曇らせ、同時にすこやかさの感覚をもたらしてきた。痛みが軽くなり、やがて消えていった。心なごむ暗闇が、ちくちくと疼くぬくもりをわたしに広げてきた。おわりを前にした最後の段階だ……。

「ごめんよ、ジェン」わたしは夜にむけてささやいた。「父さんはベストを尽くしたんだ」

エピローグ

わたしは高熱が引き起こす幻覚に包まれたまま、十八時間も眠りつづけた。くりかえし何度も見たのは、両腕をいっぱいに伸ばして駆け寄ってくる娘ジェニーの夢だ。そのシーンが際限もなくループで再生され、わたしは飽きもせずに見いった。薬剤が誘発する幻のなかで、世界は完璧だった。直近の記憶にあった悲しみや苦しみは、エアブラシによる修整で除去されていた。わたしが愛する人たちはだれも喪失に苦しむことなく、痛みや悲しみを感じることもなく、ただ微笑《ほほえ》みや喜びの表情だけを慈《いつく》しんで育み、運んでくる枕のように柔らかいもののなかで、ふわふわと浮かびただよっているだけだった。

しかし、わが精神の薄暗い一画には、剝《む》きだしの苛酷きわまる現実がうろついてもいた。エイバーズが撃たれ、レンナが毒にやられ、ジェニーは心の傷を負い、楢崎は死んだ。薬に誘発されたわたしの夢のなかでは、おじ同然の楢崎が生きかえり、にこにこ笑いながら昔と変わらぬ友愛のしぐさでわたしの背中を平手で叩《たた》いていた。楢崎はどんな人生を歩んだのか？　楢崎はどんな死にとらえられてしまったのか？　かつては愛称で〝シグおじさん〟と呼んでいた人物のことをどう考えればいいのか？

何時間もたってから、わたしは睡眠薬による眠りからがむしゃらに這《は》いあがった。周囲を見まわすと、予想もしていなかった光景に出迎えられた。部屋の反対側にあるベッドにレンナが横たわっていた。右腕は吊《つ》り繃帯《ほうたい》で吊られ、反対の腕には点滴の輸液が規則正しく流れこんでいた。レンナは頭をめぐらせて、わたしに顔をむけた。

「どうやってここへ着いたんだろう？」わたしはたずねた。

「わからん」

「あんたは助かったんだね？」

「そうらしい」

わたしはうなずき、それっきり、またふわりと沈んで離れていった。頭上で亡霊たちがダンスをしていた。わたしは本当にレンナと話をしたのだろうか？　それともまた幻覚を見ただけか？　ジェニーはどこにいる？　野田はどこだ？　そもそもここはどこだ？　ルークは本当に楢崎を殺した？　それともあれも悪夢？　だれが死んだ？　だれが生き延びた？　わたしはどっちだ？

そして十時間後、わたしは二度めに目覚めた。

レンナがわたしに視線を投げた。「答えならわかるぞ」

「なんの？」

「どうやってここに着いたか、という質問の答えだ。おまえの不吉な言葉のせいだよ。ほら、〝死がふたりを分かつまで〟ってな――覚えてるか？」

「覚えてるし……できれば忘れていたかったな」

わたしの上がけの下でなにかが動いた。毛布をもちあげて確かめると、ジェニーが横からわたしにぴったりと身を寄せて、ぐっすり眠りこんでいた。

次に顔を見せたのはジェイミー・マッキャン警部補だった。マッキャンがわたしたちの病室に来るのは三回めだったが、全員が目を覚ましていたのはこのときが初めてだった。マッキャンはレンナとわたしに最新情報を伝え、これだけ成果をあげれば曾我というモンスターに勝ったと宣言してもいいだろうか、とたずねてきた。もちろん、これこそいま最大の疑問だった。

曾我の手勢はまだ残っているのか？　それとも残らず牙を抜かれたのか？

わからなかった。

マッキャンはわたしたちに、ロングアイランドがまるで戦闘地域のようだったと教えてくれた。曾我が所有する敷地への攻撃で、総勢六人の警官が死亡した。負傷者数は十七人という衝撃的な人数に達した。攻撃の第一波で負傷した警官は十二人――ありがたいことに大半が足への被弾だった。ゲート近くに二挺《ちょう》の遠隔操作タイプのサブマシンガンが仕掛けてあり、この二挺が最前列にいた警官たちのちょうど足首の高さに大量の弾丸を浴びせかけ、第一陣の攻撃部隊をあらかた倒したうえ、マッキャンがこれまでのキャリアでも耳にしたことがないほど恐ろしい悲鳴の渦をつくりだした。

《いったいあの曾我ってのはどんな連中なんだ？　自分たちがなにをしていると思っていやがったんだ？》マッキャンは一度ならずそう疑問を口にした。

曾我側の被害をいうなら、まず警察はゲート付近にいたふたりのスナイパーを始末した。これにレンナが撃ちとった者をふくめれば三人。マッキャンによれば、わたしはひとりだけの破壊工作クルーになったらしい。わたしは荻とケイシーとダーモットを倒し、娘のジェニーの見張りをつとめていた三人を倒したほか、猿ぐつわをかけて縛りあげた訓練生を茂みのなかに置いてきていた。合計で九人が死亡し、ひとりがつかまった。ずばぬけた技倆《ぎりょう》をそなえた敵だったことを思えば――曾我の戦士のうち九名が逃げおおせたとはいえ――作戦は大成功だったといえるのではないか。それ以外に、一般人の犠牲者も出ていた。サンフランシスコ市長室所属のデモンド副市長。およびブローディ・セキュリティ社の楢崎だ。

その翌日、病室のベッドに寝ていても明瞭な言葉で話せるようになると、わたしは、ロングアイランドでの対戦の一部始終を東京にいる防衛省の手島と権力ブローカーの児澤に伝えた。ふたりとも勝利を祝う言葉をかけてきたが、同時によそよそしく、あまり話したくないようすだった。こうした抑え気味の反応は、ふたりのいずれか、あるいは両名ともが隠蔽工作モードにはいったことを意味するとわかって寂しい気分になった。

しかし、ふたりはしょせんそういう人間だ。わたしは肩をすくめて、その件をふり払うと、三つめの番号に電話をかけた。トミーガンこと新聞記者の富田はわたしの話をきくと、それ相応に喜んでくれた。富田はマッキャンとサンフランシスコ市警察に裏づけ取材をおこない、またしても毎日新聞の一面をスクープ記事で飾った。その直後に、気乗り薄な政府高官たちが行動を起こした。のちに富田が話してくれたが、かりに政治家や官僚たちが従来のように無為を決めこんで時間を稼ぐ手法に固執し、自分たちにできることがあっても無視するばかりか、それ以外の不都合な事柄を〝日本の良好なイメージを損なわないため〟とかなんとか、その場しのぎの理由づけで隠蔽してしまえば、今回の曾我の崩壊が国際競争の場で今後何年もつづく悪影響を与えかねなかったからだ。

かくして日本の現代史上では初めてのことだったが、司法当局は曾我の村をまるまる封鎖した。町を完全に焼き払うとか、一族を皆殺しにするといった思い切った手段がとられた大名や将軍の時代以来のことだった。

自衛隊の特殊部隊が曾我の村を包囲した。道路は封鎖され、山中の通り道もおなじく封じられた。川には鉄条網が張られた。かくして曾我十条は完全に外界と遮断された。

財務省の高官三人が起訴された。つづいて自殺者が出はじめた。その筆頭になったのは、荻がジャパンタウン事件の依頼人だったと名ざしした財務省トップの湯田信吾だった。自殺者は総勢十二人になった——財務省から七人、経済産業省と外務省からは五人。このあとさらに起訴される者が出た。防衛省も無傷ではいられなかった。

ブローディ・セキュリティ社は英雄あつかいされた。新聞各紙はわが社の不屈の努力をたたえた。それと前後して、わが社が日本の国旗である日の丸や、日の丸が象徴するすべての栄誉をけがしたと主張する右翼勢力が、わたしたちに脅迫を寄せるようにもなった。彼らの憤慨ぶりの激しさにかんがみて、わが社では営業時間中に出入口を封鎖するなどの措置をとったが、それを別にすれば通常どおりの業務をすすめた。

ジェニーとわたしにとって最良のニュースは、手島からの最後の電話でもたらされた。自衛隊は曾我の村で発見された台帳をもとに、海外に派遣されていた曾我の暗殺要員の居場所をつきとめ、彼らひとりひとりに一回かぎりの恩赦と、社会復帰のためのリハビリテーションの機会を提供した――古典的な日本ならではの解決法である。首領の荻が死んだとはいえ、わたしは復讐《ふくしゅう》を求める暗殺者たちにつけ狙われるのが心配だった。しかし、こうして免責されるとなれば、仕返しをしたいという動機もなくなるだろう。

アメリカの側も、すばやい対応にはひけをとらなかった。ニューヨーク・シティの病室でわたしが見まもる前で、フランクリン・トマス・レンナ警部補はサンフランシスコの新しい副市長から感謝状を贈呈された。新副市長はレンナの妻のミリアムやふたりの子供たちをともなって、飛行機で東海岸までやってきたのだ。

医者たちが教えてくれたが、レンナが助かる確率は五分五分だったらしい。しかし、わたしがあのとき現場でおこなった処置は、確率の針を明るいほうに動かす助けになったようだ。二週間後、自宅にもどるために飛行機に乗りこんだときのレンナは、ほぼ完全に恢復《かいふく》していた。

わたし自身の恢復も望み薄だと見られていた。大量失血、および中枢神経系と自律神経系にもたらされた激しいショックが、わが肉体を――医師の言葉を引用するなら――〝恒久的な急降下状態〟におとしいれてもおかしくなかった。医者はさらに「エンジンが停止した飛行機のようなものでした」と説明した。スチールのナイフを刺されたことは知覚システムにとって大打撃だったが、ナイフを抜かずに体外への流血を抑えたのは、わたしのもっとも賢明な行動だった。さらにこの行動によって、ナイフの鋸状《のこぎりじょう》の刃が本来の目的を果たさなかったことも有利にはたらいた――ぎざぎざの刃は、ナイフを抜くときに傷をさらに大きく広げるようにつくられていたのだ。しかし、わたしが命拾いをしたいちばん大きな理由は――医師は打ち明けてくれた――ナイフがあまり深くまで刺さっていなかったことだ。わたしの頭突きや肘打ちで弱っていた荻は、ナイフを五センチ半ばかり刺すのが精いっぱいだった。そのことで、「幸運にも主要な臓器や脊髄《せきずい》が傷つかずにすんだが、胃の内壁に穴があくことになった」とは医者の弁だ。結局、わたしの入院は三十日間におよんだ。

　恢復期のあいだ、わたしがとりもどしたのは健康だけではなかった。美恵子があれほど努力して暗闇から引きだそうとした静寂――美恵子がだれの内面にも存在するとわたしに断言した静寂――をもとりもどした。長い年月のあいだにわたしは静寂をうしない、ふたたび手に入れ、またうしなっていた。二十一歳で母が死んだときには、永遠にうしなったと思った。しかし、母の死はわたしにふたたび美恵子をもたらし、同時に美恵子の叡知《えいち》をもたらした。美恵子の死と同時に、その知見もまた去っていったが、そののちジャパンタウンの血塗られた舗装の丸石の上で、わたしの生活にふたたび押し入ってきた。そのすべてを病室でふりかえって考えなおすことで、わたしは足がかりを得られ、もどってきた静寂はその場にとどまった。わたしが目標と定めて追尾していたのは深遠かつ明晰《めいせき》なものであり、それが日常の暮らしを越えた先にあるものとの緊密なつながりを提供してくれた。これがつねにわたしとともに存在していたことが、ようやく理解できた――うしなったことは一度もなかった。なくしたのは自分自身だけだった。

ほっとして目を閉じれば、瞼の先に広がる闇のなかに、美恵子の真珠のような白い笑みがかすかに見えた。

エイバーズのことをきいてから一カ月、ジェニーは毎晩わたしのベッドで寝ていた。それでもジェニーのショックはしだいに薄らいできていた。ジェニーのようすをわたしは注意深く観察していた——しかし、誘拐で負った心の傷があとあとまで傷痕を残すことはなさそうだった。学校でちょっとした有名人になったことも助けになった。しかしジェニーがいずれ全快するという確信を得たのは、ジェニーが陽気さをとりもどし、わたしがずっと耳にしたいと思っていた質問をやっと口にしてくれたそのときだった。

そのときわたしたちはキッチンテーブルを囲み、特大のピーマンいりオムレツをたいらげたあとの食休みのさなかだった。

「父さん、わたしのこれまでで最高のジョークの答え、まだわからない？」

「ミルクがどんどん出てくるお菓子はなーんだ？——だっけ？」

ジェニーはうれしそうにわたしの手を握った。「覚えててくれたんだね！」

「もちろんだよ。東京にいるあいだもずっと考えていたよ——おまえのこともいっぱい考えた。でも、ほとんどの時間はどうすればおまえが安全でいられるかを考えたり、父さんたちを追いかけてくる悪人たちのことを考えるので忙しくてね」

「父さんは東京で大活躍したんでしょう？　新聞にそう書いてあった」

「もう新聞を読めるようになったのかい？」

「うん、なんとなくね。父さんやわたしの名前がいっぱい出てた。レンナさんの名前も」

「ふむふむ」

「でね、父さんは今度のことで大活躍したから、これからこれまでで最高のジョークの答えを教えてあげる。でも、今回だけよ。父さんが答えをほかの人には秘密にするって約束してくれたらね。約束する？」

わたしは片手をかかげた。「はい、約束します」

「ほんとに秘密にする？」

「誓うよ」

「じゃ、答えをいうね。問題――ミルクがどんどん出てくるお菓子はなーんだ？　答えは……パイ、おっ・パイ」

ようやくジェニーから答えをきかされ、本来ならここで大笑いするところだろう。しかし、わたしの顔には困惑しかなかった。「ええと……おっきなパイという意味かい？　それとも珍しいパイ？」

「やだなあ、父さんてば。ほんと、なんにも知らないんだから」ジェニーは教会の鐘を鳴らす人のように、わたしの腕をぐいっと引っぱった。「おっ・パイ。おっパイ。おっぱい。大きな女の子がもってるあれ」

「ああ、あれか」

そしてジェニーは、かつて母親の美恵子がよくやっていたように、手で口を覆って含み笑いを洩《も》らしていた。そんなジェニーは、亡き母親と同様に感染力をもつ笑い声をあげるようになりかけていた。親としてのわたしのショックが冷めていき、わたしもいっしょに笑いはじめた。いろいろあるにせよ、娘はどんどん成長している。その成長を、わたしはここで見届けるつもりだった。

真実性について

本書において作者は、日本に関係する事物をできるかぎり正確に描写するべく全力を尽くした。かれこれ三十年にわたって日本に住んでいることで、その面では成長してはいるが、まったく過たないとまではいえない。以下は事実である——。

漢字と日本語の背景にまつわる情報はすべてが事実に即している。曾我の漢字は本書のための創作であり、その構成要素は現実に存在する漢字をもとにしている。

日本の書道や木版画をはじめとする芸術作品（日本のものであれ、ほかの国のものであれ）についての描写も事実に即している。

旅館、料亭、蕎麦屋《そば》をはじめとするすべての場所の描写には、わたしがみずから訪問した実体験が反映されている。曾我の村とその住民たちは虚構だが、その土地の描写や細部は、日本の当該地方における村落での生活に立脚している。過去にはその地域に、出自のさまざまな暗殺者たちの秘密のグループが住んでいたこともある。

盆祭りは日本で愛されている伝統行事である。

阪神・淡路大震災における神戸での出来事は事実に即している——ただし、本書で描写されている個人はいずれも虚構である。

本書で言及している各省庁は、いずれも公式の政府の組織である。ただし、名称が変わる場合もある。たとえば阪神・淡路大震災のときには厚生省という名称だった組織は、いまでは厚生労働省に変わっている。日本国民の大多数は、本書でも描写したように省庁のことを上から支配してくる存在だと感じている。度合いは個々人で異なるが、本書で書き記したような見解は決して極端なものではない。

影の権力ブローカーめいた存在は近い過去には実在していたし、現代においてもある程度までは実在しているだろう。そういった存在が滅びつつあると見る識者もいる。また、そういった存在の役割が時代とともに変わっただけだという見方をとる者もいる。いずれにしても、権力のふるまい方が変わることはない。

〝犬公方《いぬくぼう》〟というのは、全十五代の徳川家将軍のうち第五代をつとめた徳川綱吉のきわめて適切なニックネームである。また四十七人の浪士たちも歴史上の人物で、彼らは東京都心にある泉岳寺の墓所で眠っている。

第二次世界大戦以前と戦争中、大日本帝国は〝新秩序〟あるいは〝共栄圏〟の設立を目的としてアジア近隣諸国を侵略した。こうした領土拡張主義者たちの努力の重要な役割をになわされたのが憲兵隊（ＫＰＴ）として知られる秘密警察組織であり、この組織は数え切れないほどの残虐行為をおこなった。

アメリカ合衆国やヨーロッパで採用されている指標に照らせば、日本ではジャーナリストの活動が厳しく制限されているといえる。

阪神タイガースは実在のプロ野球チームだ——あまたいるファンたちがそのことを証言してくれるだろう。

本書で美恵子ブローディが口にする和歌は、尼僧の大田垣蓮月《おおたがきれんげつ》（一七九一〜一八七五）の作品であり、ジョン・スティーヴンスによる抑制のきいた英訳が、この歌人のコンパクトだが優雅な作品集『蓮の月《ロータス・ムーン》』に収録された。ここに歌われた岡崎の山々が京都の東端にある東山《ひがしやま》連峰の前景をなしていることを、わたしは喜んでみなさんにお伝えしたい。

謝辞

本が世に出るには多くの人々の尽力が必要だという話は、みなさんもよくおききになるだろう。わたしの場合も、これほど真実をいいあてた言葉はない。わたしはつくづく知りあう人々に恵まれている。だれもが惜しみなく、進んで助力やアドバイスや知見を授けてくれた。

わたしが多大な感謝を捧《ささ》げるべき相手はわがエージェントのロバート・ゴットリーブだ。ロバートは最初から〝わかった〟といい、一貫してわたしを支え、プロらしさを貫き、つねに的確だった。さらにエリカ・スペルマン-シルヴァーマン、アドリエンヌ・ロンバード、マーク・ゴットリーブをはじめとするトライデント・メディア・グループのみなさんに感謝したい。

サイモン＆シュースター社のセーラ・ナイトにもおなじように深く感謝している――セーラは本書の原稿を一読して、ニューヨークから東京のわたしに電話をかけてきた。セーラはわたしと同等に、いや、わたし以上にこの作品のことを知っていた。セーラの鋭い編集センスと熱意、それにとびっきり上質なユーモアはつねに天恵だった。おなじくサイモン＆シュースター社のスタッフで、最初から強く関心を示して支援してくれたランス・フィッツジェラルドにも感謝を。賢明な助言と親切な言葉をかけてくれたメアリースー・ルッチ。そのほか出版まわりの業務を効率的にさばいたモリー・リンドリー。強く印象に残るジャケットデザインを担当したジャッキー・セオとトマス・ウン、マーケテイング担当のアンドレア・デウェード。広告担当のグレイス・スターンズ。デジタルマーケティング担当のエリナ・ヴェイスベイン。正確な手ぎわで制作を仕切ったキャシー・ヒグチ。目覚ましい原稿整理をしたアン・チェリー。鷹《たか》のごとく鋭い目をもつ校閲者のジェイムズ・ウォルシュ。さらに、まだお目にかかる機会を得てはいないが、想像力に満ちあふれた最先端の仕事ぶりを発揮しているインターネットとIT技術の専門スタッフ諸氏。そして最後に、このプロジェクトを支援したジョナサン・カープとリチャード・ロアラーの両氏にわが深い感謝を。

以下の方々にも謝意を表したい。日本とアジアに焦点をあわせ、さらに著者写真を撮影したプロカメラマンのベン・シモンズ。すばらしいウェブサイトを構築したマッデン・ジェイムズとそのクルーであるジェンとライアン、および xuni.com のスタッフのみなさん。心の傷を負った幼い少女の恢復《かいふく》についてご教示たまわった心理学者のベッツィー・オルスン。

これまでずっと支援と激励を寄せてくれた以下の方々に、ここで感謝したい。マイクとセシリーのサーロ夫妻、アン・スレイター、ジャネット・アシュビー、エセル・マーゴリン、ジョン・ペイン、ジェフとボニーのスターン夫妻、リチャード・マレック、ジョン・S・ノウレンド、リンカーン・ランセット、マージーとマイクのウィルスン夫妻、リンダとブルースのミラー夫妻、J・A・テッド・ベイア、アドリエンヌ・K・ディジャコモ、キャスリーン・アイルランド、フレッド・ランドルフ、そしてマイルズ・クライン。

これまでの長い年月で、日本にいる出版関係の友人たちから刺戟《しげき》的な会話の機会や、親切な支援などを提供してもらった。鈴木《すずき》重好《しげよし》（本書内で美術商の手書きとしてつかわれている漢字を書いてもくれた）、浦田未央《うらたみお》、赤荻文子《あかおぎあやこ》、赤松通子《あかまつみちこ》、そしてマイクル・ブレイス。

家族の果たした役割は大きい。いつもインターネットをはさんで反対側のカリフォルニアにいてくれた両親の存在と、疑うことを知らないその支援は、無条件の信頼が力を発揮する日もあることの証明になっている。弟のマークも尽きることなき熱意を傾け、勇躍スリラーとミステリーの世界に飛びこんで何年も過ごした――そのため、マークの助言や知見が目の覚めるようなものだったことは珍しくない。マークの妻のアネット・デバウにも、このプロジェクトへの熱意や、仕事が困難にぶつかったわたしがマークの家を短時間たずねたおりのあたたかな歓迎ぶりに感謝している。末弟のスコットと妻のロザリーンにも感謝を――ふたりは本書のプロジェクトのごく初期から励ましてくれた。それだけではまだ不足だというかのように、ふたりの子供たちのダリアンナとダニエルは大変力のある応援団だとわかった。メルボルンとテレサのウェドル夫妻は初期の支援者であり、メルは親切にも法律面での知恵をさずけてくれた。家庭では、わたしが果てしなくキーボードを打ちつづけているのを、妻の春子《はるこ》はにこやかに受け入れてくれた。子供たち――ルネとマイクル――は父親が心ここにあらずの状態になったり、生活の時間が乱れたりすることを進んで我慢してくれた。子供たちの存在はわたしにとって――子供たち自身が想像もつかないようなレベルでの――インスピレーションの源だ。

また日本では、わが義父母の堀内《ほりうち》穂積《ほずみ》と政子《まさこ》のおふたりよりおりおりに夕食や会話の機会を提供され、おもしろい話をきかせてもらった。千葉ギャングの面々――永瀬《ながせ》政治《まさはる》と浩子《ひろこ》夫妻、永瀬敬隆《ひろたか》、永瀬周子《ちかこ》――はいつも変わらず親切で、いつもそこにいてくれた。

いまお名前をあげたすべての人たち、そしてここでお名前をあげなかったすべての人たち、そのひとりひとりに作者は心からの深甚なる謝意を表すると同時に、またすべてをやってのけると約束したい――それも近いうちに。

本書『ジャパンタウン』は日本とアメリカを舞台にしたフィクションです。広く知られた歴史上の人物をのぞいて、登場人物はすべて架空のものであり、著者の想像力の産物です。一部の日本の企業および機関が実名で登場しますが、いずれも日本での知名度が高く、臨場感を出すために使用しました。ただし作中で描かれている諸団体の動きや関係する事件は、すべて物語上の創作であることをお断わりしておきます。

——バリー・ランセット

解説

池上冬樹

　正直いって、こんなに力強い作家だと思わなかった。全編ではないものの日本を舞台にしたミステリ、それも『ジャパンタウン』というタイトルから、いくら作者が日本に住んでいた経験があるからといって、異国情緒的な、どこか欧米の読者の求めに応じるフジヤマ・ゲイシャ的な古臭い日本人観を出してくる小説かと思ったら、ぜんぜん違っていた。悪役に多少の誇張やデフォルメがないとはいわないけれど、それでも細部にわたる記述は正確で違和感がない。いや違和感がないどころか、逆に感心してしまった。日本に関する記述ではない。何より小説としての面白さに感心してしまった。

　解説依頼を受けたとき、すぐに検索をかけて、作者のホームページにとび、『ジャパンタウン』から始まる古美術商＆私立探偵の「ジム・ブローディ」シリーズを調べてみた。『ジャパンタウン』（二〇一三）『トウキョウ・キル』（二〇一四）『パシフィック・バーン』（二〇一六）『ザ・スパイ・アクロス・ザ・テーブル』（二〇一七）と四作出ているが、新聞と雑誌（どれも大手だ）の評判がとてもいい。本書『ジャパンタウン』はバリー賞最優秀新人賞を受賞しているし、『トウキョウ・キル』は受賞を逃したもののアメリカ私立探偵作家クラブ賞（シェイマス賞）最優秀長篇賞にノミネートされている。でも目をひいたのは賞のことではない。二人の作家の賛辞だ。

　まずは、『ラグナ・ヒート』『サイレント・ジョー』でおなじみのT・ジェファーソン・パーカーは、本書に次のような賛辞を寄せている。「才能と将来性にみちた作家の素晴らしいデビュー作だ。実に巧みに作られていて情緒にも富む。芸術と暴力、過去と現在、東と西の文化の魅力を豊かに織り上げている」

もうひとりは、『暗殺者グレイマン』『暗殺者の正義』など、現在世界最高の活劇小説のシリーズといっていい「グレイマン」シリーズでおなじみのマーク・グリーニーだ。グリーニーの小説はすべて読んでいるが（トム・クランシーとの共著の「ジャック・ライアン」シリーズもまた）、すべて傑作・秀作のレベルで、作家として最も信頼がおける。そのグリーニーが第四作『ザ・スパイ・アクロス・ザ・テーブル』についてこう評している。「ミステリとスパイ小説の完璧な組み合わせである。物語は肌が粟立《あわ》つようなアクションの連続と職人的なプロットに満ちていて実に巧緻。最初のページから最後まで読者をぞくぞくさせるに違いない」

もうこの二人の賛辞が全てを物語っている。ラスト百頁を読めばわかるが、T・ジェファーソン・パーカーがもつエモーショナルなドラマと、グリーニーがもつ圧倒的なディテールの緊迫感みなぎる活劇の連続がここにある。なるほど二人がほめる理由がよくわかる。自分たちと同じものをもち、全力投球で小説にしていることが心地好いのだろう。親近感と信頼感と、作家として成長していくに違いない期待感を寄せている。そのくらい熱気が溢れているし、新人作家として侮れない膂力《りょりょく》がある。

簡単に本書『ジャパンタウン』を紹介しよう。

物語は、サンフランシスコで古美術商と私立探偵業を営むジム・ブローディが市警の友人から一本の電話をもらう場面から始まる。ジャパンタウンで一家全員が射殺される事件が起きたという。ブローディは日本で生まれ育ち、父親は日本とサンフランシスコに探偵事務所をもち、父亡きあとブローディがそれを引き継いでいた。日本事情に詳しいために助言を求められたのだった。

ブローディはさっそく現場におもむき、凄惨な情況に驚く。そして唯一残された手がかりに既視感を覚える。血まみれの一枚の紙片が残されていたのだが、そこには漢字の一文字が記されていた。その文字は、四年前妻が住宅火災で亡くなった現場にもあった。妻の事件と何か関係があるのだろうか。自宅に戻ると六歳になる一人娘ジェニーが不審者を見たという。追いかけると格闘となり、家に近づくなと脅すと、男は、お前たちはずっぽりとはまりこんでいる、自分で気づいている以上になといって逃げていく。一体何のことだろう。

ブローディは、東京の探偵事務所のスタッフの力をかりて、漢字の謎を追求していく。アジア方面での広範な交友関係や流暢《りゅうちょう》な日本語を駆使して、事件の中心にいる大資本家からの依頼を受けて、やがて事件現場から遠く離れた日本へと引き寄せられ、驚くべき事実に直面する。度重なる警告を無視して調べていくうちに、ブローディのみならず、愛する家族や友人たちの命も危険にさらされていく。

日本人にとって漢字をめぐる話はさほど強い興味をひく問題ではないだろう。デビュー作なので、前半はいささか（テンポが速くても）単調なきらいがあるものの、中盤から少しずつ緊張感が高まり、対決の図式がかたまり、やがてボルテージは最高潮を迎える。とくに最後の「第九日　絶望」は圧巻で、激烈なアクションの連続となる。およそ百頁、次々と敵があらわれ、すさまじい死闘が繰り広げられ、ひねりも充分にあり、意外な犯人も登場して、たっぷりと読ませるのだ。なかでも（ネタバレになるので詳しくは語ることができないが）危機の中での父と娘の交流がサスペンス豊かに語られ、ときに胸が熱くなるほどの対話がなされる。

デビュー作なので、とくに前半はやや硬いところもあるけれど、少しずつほぐれてきて快調の運びとなる。ハードボイルドファンとして嬉しいのは、「ジム・ブローディ」シリーズには往年のハードボイルドの息吹を感じさせる懐かしさ、マーク・グリーニーやリー・チャイルドのアクション小説に横溢《おういつ》している、推理力と格闘技にたけた活劇ヒーローの新しさ、そして私立探偵小説の豊かさがあることだろう。

作者のバリー・ランセットについて紹介しよう。バリー氏は長く講談社インターナショナルに勤めていて、日本の芸術や歴史のみならずアジア関係の本をたくさん編集してきた。四半世紀以上日本で暮らし仕事をしてきた知日家でもある。シリーズはさきほど記したように既刊四作で、本書『ジャパンタウン』は、映画監督J・J・エイブラムス（『M:i:III』『スター・トレック』『SUPER8／スーパーエイト』）によってテレビドラマ化に動いているという。大いに期待したいものだ。

（いけがみ・ふゆき　文芸評論家）

バリー・ランセット　Barry Lancet

アメリカ合衆国オハイオ州シンシナティ生まれ。4歳の時、カリフォルニア州ロサンゼルスへ。UCLA（カリフォルニア大学ロサンゼルス校）で2年間心理学を学んだ後、UCB（カリフォルニア大学バークレー校）に転校し英文学の学位を取得。アメリカでさまざまな仕事をした後、講談社インターナショナルに入社。25年間にわたって、美術、工芸、歴史、料理、社会学、小説、詩、東洋哲学など、多くのテーマに関する本を編集。帰国後、東京で生まれ育った私立探偵ジム・ブローディを主人公とするミステリ・シリーズを執筆。第一作の『ジャパンタウン』（2013）は、バリー賞最優秀新人賞などを受賞したほか、「サスペンスマガジン」誌の最優秀デビュー作品の一つに選ばれた。続く二作目『Tokyo Kill』（2014）は、アメリカ私立探偵作家クラブのシェイマス賞の最優秀長篇賞にノミネートされ、「フォーブス」誌のアジア諸国首脳の必読書として選ばれる。同シリーズは、第三作『Pacific Burn』（2016）、第四作『The Spy Across the Table』（2017）のほか、短篇「Three-Star Sushi」（2018）がある。

白石 朗　しらいし・ろう

1959年生まれ。英米小説翻訳家。早稲田大学第一文学部卒。主な訳書にスティーヴン・キング『グリーン・マイル』『ドクター・スリープ』『ミスター・メルセデス』、ジョー・ヒル『ファイアマン』、ジョン・グリシャム『法律事務所』『司法取引』『危険な弁護士』、ネルソン・デミル『王者のゲーム』『アップ・カントリー 兵士の帰還』『獅子の血戦』、ジェイムズ・ヒルトン『チップス先生、さようなら』、ジーン・アウル『エイラ地上の旅人5　マンモス・ハンター』『エイラ地上の旅人6　故郷の岩屋』など多数。

Published by arrangement with the original publisher, Simon & Schuster, Inc.
through Japan UNI Agency, Inc., Tokyo

装丁　松田行正＋杉本聖士
写真　©Greg Stott/Masterfile/amanaimages

ジャパンタウン

2019年12月18日　第1刷発行

著　者　バリー・ランセット
訳　者　白石《しらいし》　朗《ろう》

発行人　遅塚久美子
発行所　株式会社ホーム社
〒101-0051　東京都千代田区神田神保町3-29　共同ビル
電話　編集部　03-5211-2966
発売元　株式会社集英社
〒101-8050　東京都千代田区一ツ橋2-5-10
電話　販売部　03-3230-6393（書店専用）
読者係　03-3230-6080

本文組版　有限会社一企画
印刷所　大日本印刷株式会社
製本所　加藤製本株式会社

ISBN978-4-8342-5334-4　C0097